HORROR & THRILLER
BAND 116

GRAHAM MASTERTON

DIE SCHLAFLOSEN

Aus dem Englischen von Michael Krug

FESTA

Die englische Originalausgabe *The Sleepless*
erschien 1993 im Verlag William Heinemann.

1. Auflage Mai 2017

Titelbild: Dean Samed

ISBN 978-3-86552-546-8
eBook 978-3-86552-547-5

1

John O'Brien stand im reflektierten Sonnenlicht vor dem Spiegel in seinem Ankleideraum und rückte seine rot geblümte Armani-Krawatte zurecht. Er tat es präzise und feierlich – nicht nur, weil er immer präzise war und es genoss, feierlich zu tun, sondern auch, weil er wusste, es würde das letzte Mal sein, dass er sich als Normalsterblicher eine Krawatte gebunden hatte.

Er zupfte an seiner dunkelblauen Weste, bis sie besser saß, dann zupfte er auch an seinen Manschetten. Ihm gefiel, was er sah. Er hatte sich schon immer gut gekleidet. Sein Vater hatte einst zu ihm gesagt: »Du weißt nie, wann du deinem Schöpfer gegenübertreten wirst, also zieh dich jeden Morgen so an, als wäre es heute so weit.« Als sein Vater fast auf den Tag genau vor zwei Jahren an einem Herzinfarkt starb, hatte er ein Sakko von Abercrombie & Fitch getragen.

Eva erschien im Spiegel hinter ihm, auf aristokratische Weise attraktiv in ihrem schlüsselblumengelben Anzug von Eva Chun. »Sind Euer Ehren, Herr Richter des Obersten Gerichtshofs, bereit?« Sie lächelte.

John streckte das Kinn vor und drehte den Kopf von einer Seite zur anderen. »Euer Ehren sind bereit, aber Euer Ehren sind offiziell noch kein Richter des Obersten Gerichtshofs, bis Euer Ehren vereidigt worden sind.«

»Euer *Ehren* betreiben schon wieder Haarspalterei«, meinte Eva nach wie vor lächelnd. Sie trat hinter ihn und schlang die Arme um seine Taille.

»Haarspaltereien sind mein Geschäft, Schatz. Das gehört zu meiner Arbeit. Du weißt doch, wie es im 14. Verfassungszusatz heißt, oder? ›Kein Staat darf jemandem das Recht auf Leben, Freiheit oder Eigentum vorenthalten, ohne jedes Haar zwischen hier und Kalamazoo zu spalten.‹«

Eva lächelte immer noch, drückte ihn und küsste ihn auf die Schulter. »Du wirst der beste Haarspalter sein, den es je gegeben hat.«

Johns Stimme wurde ernster: »Jedenfalls werde ich mein Bestes geben.«

»Du wirst brillant sein«, versicherte Eva. »Du wirst dem Obersten Gerichtshof wieder Rückgrat geben.«

Er klopfte sich auf den Bauch und brummte belustigt. »Du meinst wohl eher, der Oberste Gerichtshof wird mir meine Wampe zurückgeben. In meinem ganzen Leben musste ich noch nie so oft essen gehen.« Kurz verstummte er, dann fragte er: »Was hältst du von dieser Krawatte? Ist doch nicht zu protzig, oder? Vielleicht sollte ich eine dezentere tragen.«

»Sie ist perfekt! Protzig, ja. Aber auf geschmackvolle Weise. Genau wie du.«

Er lachte. Dann standen sie einen Moment lang da und betrachteten sich gegenseitig zufrieden und stolz im Spiegel. Mit 48 Jahren verkörperte John einen der jüngsten Männer, die man je zu Richtern des Obersten Bundesgerichts ernannt hatte – sogar noch jünger als William Rehnquist, als er 1971 von Richard Nixon ernannt worden war. John war groß, knapp über 1,90. Er besaß gewelltes, eisengraues Haar und ein breites, ausdrucksstarkes Gesicht. Er sah aus, als hätte ihn ein Bildhauer mit Geschmack, Begeisterung und grandiosem Talent, aber ohne jede Lust auf penible Details aus einem Holzklotz geschnitzt.

Ungeachtet seiner zerklüfteten, männlichen, irgendwie unfertigen Züge war Johns Werdegang makellos verlaufen – der beste, den einem Familienbeziehungen und ein Haufen altes Geld aus Massachusetts ermöglichen konnten. Sein verstorbener Vater war Senator Douglas O'Brien gewesen, Bostons wohlhabendster und unverblümtester Politiker seit Joseph Kennedy. John und seine zwei Brüder waren in privilegierten und kultivierten Verhältnissen aufgewachsen, mit Reisen, Jachtausflügen, Polo, Skilaufen und gesellschaftlicher Kontaktpflege von Monaco bis Aspen, überall, wo es etwas zählte. Zu seinem 18. Geburtstag hatte ihm sein Vater einen Aston Martin mit Speziallackierung im O'Brien-Grün – der immer noch in der Garage stand – sowie Aktien und Anleihen im Wert von 7,2 Millionen Dollar geschenkt. Zu seinem 21. Geburtstag hatte ihm sein Vater dieses Haus gekauft – eine von Efeu umrankte Backsteinvilla in englischem Stil mit Aussicht auf den Charles River, 13 Schlafzimmern, einem kleinen Ballsaal und einer riesigen Bibliothek.

Jene Bibliothek beherbergte insgesamt über 1500 Regallaufmeter aus Eichenholz mit ledergebundenen juristischen Fachbüchern. Beim ersten Betreten des Raumes hatte John die Augen geschlossen und gesagt: »Wenn die Gerechtigkeit einen Geruch hat, dann diesen.«

Im Alter von 24 hatte John *summa cum laude* das Studium der Rechtswissenschaften in Harvard abgeschlossen und danach sofort eine für ihn reservierte Stelle bei Howell Rhodes Macklin angetreten, Bostons renommiertester Kanzlei und nebenbei die Rechtsvertretung seiner Familie. Mit 29, nachdem er erfolgreich die Verteidigung im Betrugsfall *Das Volk gegen Bonatello* bestritten hatte, war er zum vollwertigen Partner ernannt worden, und unter der Regierung Carter hatte er durch sein energisches Eintreten für Bürgerrechte Justizminister Griffin B. Bell auf sich aufmerksam gemacht, der ihn prompt zu seinem Stellvertreter im Justizministerium ernannt hatte.

Und nun hatte er dadurch, dass Everett Berkenheim, Richter des Obersten Bundesgerichts der Vereinigten Staaten, unlängst wegen Lungenkrebs das Zeitliche gesegnet hatte und John als Berkenheims Ersatz nominiert worden war, den ruhmreichen Gipfel erreicht, von dem er immer geträumt hatte – einer jener neun Menschen zu werden, denen es oblag, die Verfassung der Vereinigten Staaten von Amerika zu hegen und zu pflegen und zu interpretieren, ein Richter, erhaben über alle anderen.

Das *Time Magazine* hatte sich zwar verständlicherweise skeptisch über Johns liberale Politik – und insbesondere sein vehementes Engagement gegen die Todesstrafe – geäußert, ihn jedoch als »mutig« und »geradeheraus« beschrieben. Und ja, die meiste Zeit fühlte sich John tatsächlich mutig, genau wie er die meiste Zeit das Gefühl hatte, direkt und geradeheraus zu sein. Manchmal konnte er sogar behaupten, dass er sich beherzt fühlte. Er liebte Eva mehr als je zuvor – jene verworrene Affäre, die er vor drei Jahren mit seiner Juniorpartnerin Elizabeth gehabt hatte, schien ihre Ehe mehr gestärkt als ihr geschadet zu haben. Er war reich, er war fit, er hatte eine hübsche Tochter und buchstäblich Hunderte Freunde, und jeder Tag schien von lohnenden Herausforderungen und Sonnenschein erfüllt zu sein.

Das Einzige, was ihm innere Unruhe bereitete, war »Mr. Hillarius«.

Nur ein winziger Makel in seinem Leben, doch »Mr. Hillarius« wurde er einfach nicht los. Die Sache schien nichtig, so unbedeutend wie ein stecknadelkopfgroßer Schimmelfleck an einer tadellos ausgemalten Wand, dennoch ließ sie ihm keine Ruhe. Seit seiner Kindheit wurden seine Nächte ständig von einem einzigen, Furcht einflößenden Bild heimgesucht, einem Bild, das stumm und kalt in einem abgelegenen Winkel seines Geistes lauerte. Tagsüber blieb es ein unerreichbares Bild. Mit Ende 20 hatte er es mit Hypnose versucht, danach hatte er sich zwei Jahre lang einer absurd kostspieligen Psychoanalyse unterzogen. Doch für sein waches Bewusstsein blieb das Bild unzugänglich – obwohl er wusste, dass es immer vorhanden war.

Es handelte sich um das Bild eines Mannes, der beobachtend und wartend dastand, mehr nicht, eines Mannes mit Zügen so undeutlich wie ein Rorschach-Tintenklecks. John konnte nicht begreifen, weshalb, aber das Erscheinen des Mannes erfüllte ihn mit einem solchen Gefühl des Grauens, dass er schweißgebadet und nach Luft ringend davon aufwachte. Nie rührte er sich, dieser Mann, auch dann nicht, wenn ihn John – schlafend, panisch – *anflehte,* sich zu bewegen. Am liebsten hätte er geschrien: »Komm und hol mich! Bringen wir es hinter uns! Tu etwas! Irgendetwas! Aber *mach* es endlich!«

Aber immer blieb das Bild regungslos, bewahrte Abstand, hielt das Schweigen aufrecht, wartete bösartig auf seinen eigenen richtigen Zeitpunkt. John wusste mit Sicherheit, dass es ihm nichts Gutes wollte. Vielleicht handelte es sich sogar um das Bild seines eigenen Todes. Als er jünger gewesen war, hatte er geglaubt, er könnte sich vielleicht damit arrangieren und abends zu Bett gehen, ohne sich davor zu fürchten, erneut davon heimgesucht zu werden. Aber seine Angst legte sich nie, das Bild verschwand einfach nicht, und viel zu oft, wenn er schlief, bog er um jene schreckliche, graue, vertraute Ecke, und da stand er. Und beobachtete ihn.

John hatte ihn »Mr. Hillarius« getauft, als er noch ein

kleiner Junge gewesen war. Er wusste nicht, weshalb – ebenso wenig wie er wusste, wer oder was »Mr. Hillarius« eigentlich war. Letzten Endes hatte er sich damit abgefunden, dass »Mr. Hillarius« immer da sein würde, solange er lebte, und ihn beobachtete und darauf wartete, dass er starb.

»Willst du Kaffee?«, fragte ihn Eva.

John legte seine goldene Breitling Chronomat an. Sie zeigte 10:28 Uhr. *Um diese Zeit morgen bin ich John O'Brien, Richter des Obersten Bundesgerichts, und dann beginnt der Rest meines Lebens erst richtig.* Die glorreichen Jahre. Die Jahre der Errungenschaften und des Ruhms.

»Ich weiß nicht recht«, erwiderte er, drehte sich um und küsste Eva auf die Stirn. »Ich glaube nicht, dass ich einen Koffeinschub brauche. Ich bin so schon kribbelig genug.«

»Ach, entspann dich. Der Hubschrauber wird frühestens in zehn Minuten hier sein. Ich habe Madeleine diese neue Arabica-Mischung vom Bentonwood Café aufsetzen lassen.«

John schlüpfte in sein Jackett und zupfte erneut an den Manschetten seines Hemds, dann folgte er Eva die gewundene Eichentreppe hinunter in den Vorraum. Auch die Wände waren mit Eichenholz getäfelt und wurden von Meereslandschaften geziert. Darunter befand sich ein riesiges Gemälde von Winslow Homer, das Haifischer in der Karibik zeigte und vor kräftigen Grün- und schimmernden Blautönen strotzte. Evas neue Schuhe klackten laut über den weißen Fliesenboden. Die Sonne schien durch das leicht getönte Buntglasfenster über der Veranda. An der Tür zum Morgenzimmer erwartete sie Madeleine, eine dunkelhaarige Hausangestellte aus Quebec, die ihnen von Charles Dabney empfohlen worden war, einem der Seniorpartner. John hatte sich ein wesentlich jüngeres Hausmädchen gewünscht, aber Eva war wegen seiner Affäre mit Elizabeth noch emotional empfindlich gewesen und hatte mit Freuden einer erfahrenen Hausangestellten eines gewissen Alters wie Madeleine den Vorzug gegeben – insbesondere deshalb, weil Madeleine mit einem unschönen Hinken ging und einen behaarten Leberfleck links am Kinn hatte.

Die Standuhr im Flur, so hoch wie ein Kirchturm, schlug halb elf, was bedeutete, dass keine 40 Minuten mehr blieben.

»Wir sind Freitagabend zurück, Madeleine«, sagte Eva. »Gegen sieben. Und wir brechen dann direkt zum Dinner mit den Kochs auf. Könnten Sie wohl mein grünes Versace vorbereiten und Newton ersuchen, für Euer Ehren den Frack herauszulegen?«

»Ja, Madame«, antwortete Madeleine mit tonloser Stimme und französischem Akzent.

»Und könnten Sie für mich bei Bloomingdale's anrufen und nachfragen, was aus der Courrèges-Schildkröte geworden ist, die ich bestellt habe? Reden Sie mit Lonnie von Place Elegante auf der Zwei. Und vergessen Sie nicht die neuen Serviettenringe, ja? Die sollten inzwischen bereit sein. Rufen Sie Jackie bei Quadrum an. Die Nummer haben Sie ja, nicht wahr? Die mit den vielen Fünfen.«

John ließ sich auf einem der eleganten, gelb gestreiften Sessel im Kolonialstil nieder. Das Morgenzimmer war erfüllt von Sonnenschein, den der polierte Fußboden blendend grell reflektierte. Madeleine schenkte ihm eine Tasse Kaffee ein. Er beobachtete sie dabei und fragte sich, wie ihre Mutter und ihr Vater wohl aussahen und was sie bewogen hatte, Madeleine zu bekommen. Vielleicht war ihre Mutter wunderschön gewesen, obwohl er es bezweifelte. Vielleicht war auch ihr Vater ein schneidiger Bursche gewesen. Ein Geiger, ein Akrobat, ein Straßenfeger. Wer konnte das schon wissen?

Eva nahm ihm gegenüber Platz und schlug elegant die Beine übereinander. »Ich habe über unsere Geburtstagsparty für Sissy nachgedacht«, verriet sie.

»Ach ja?« John vermeinte, das entfernte *Wusch-wusch-wusch* eines Helikopters zu hören. Vielleicht handelte es sich aber auch nur um den Sommerwind, der durch die Ahornbäume blies.

»Sie will eine Mottoparty, etwas im Stil der 1950er, eine Beatnik-Party.«

John bedachte sie mit einem stirnrunzelnden Blick. »Sie will eine Beatnik-Party? Du meinst mit Baskenmützen und gestreiften Pullis?«

Es war doch ein Helikopter. Mittlerweile konnte man ihn deutlich hören. Ein tiefes, unterschwelliges Brummen und das *Wusch-wusch-wusch* von Rotorblättern, die sich über Riverdale näherten und nach Osten schwenkten. Das war sie: seine Verabredung mit dem Schicksal. Ein kurzer Helikopterflug zum Logan International Airport, dann weiter mit einem Learjet nach Washington. John sah auf die Armbanduhr: 10:37 Uhr.

Offensichtlich hatte auch Eva den Hubschrauber gehört. Aber aus irgendeinem Grund schien sie fest entschlossen zu sein, ihn zu ignorieren.

»Der Helikopter«, sagte John und hob einen Finger.

»Ja«, erwiderte sie nur, doch das blieb alles.

Womöglich fürchtete sie sich plötzlich vor dem neuen Leben, in das der Hubschrauber sie befördern würde. Vielleicht fürchtete sie, John könnte einer weiteren Elizabeth begegnen – einer noch bezaubernderen und sexuell anziehenderen Elizabeth, da sie ja wusste, wie die Frauen in Washington waren. Junge Frauen mochten sich von Rockstars angezogen fühlen, aber Evas Erfahrung nach zog es sie zehnmal stärker zu Politikern, Industriellen oder

Richtern hin – auch dann, wenn diese Männer mittleren Alters, kahl und fett waren. Das störte Frauen nicht. Es war die Aura der Macht, die sie ansprach. Und ein Richter des Obersten Bundesgerichts besaß nicht bloß die Aura von Macht, sondern die Aura *ultimativer* Macht. Es gab Hunderte Rockstars und zig attraktive Schauspieler, aber nur neun Richter des Obersten Bundesgerichts, und sieben davon waren über 65. Wollte man es durch und durch derb ausdrücken, konnte man sagen, dass John durch seine Ernennung zu einem der fickbarsten Männer Amerikas geworden war.

John musterte Eva und vermeinte zu erahnen, worin das Problem bestand. In letzter Zeit fand er es schwierig, ihr zu sagen, dass er sie so sehr liebte. Er fürchtete stets, er könnte sich wie ein Heuchler anhören. In Wirklichkeit liebte er sie auf eine völlig andere Weise als damals, als sie sich kennengelernt hatten. Aber er mochte sie immer noch, verließ sich nach wie vor auf sie, und es fühlte sich immer noch zutiefst befriedigend an, mit ihr intim zu werden – obwohl er sie manchmal, wenn er kam und die Nachttischlampen brannten, dabei ertappte, wie sie das Gesicht von ihm abwandte und an die Wand starrte. Verächtlich? Desinteressiert? Oder vielleicht gequält? John wusste es wirklich nicht. Er hatte das Gefühl, nicht mehr an den Kern ihrer Persönlichkeit heranzugelangen. Aber er war gewillt, es weiter zu versuchen. Vielleicht würde sie ihn eines Tages wieder an sich heranlassen.

Immerhin war sie nach wie vor wunderschön. Sie war die einzige Tochter von Mr. und Mrs. Hunter Hamilton III aus Lynnfield, eine gediegene, schlanke Frau, die jeden, der ihr begegnete, an eine vornehme Julia Roberts erinnerte. Aschblond, stets tadellos gekleidet, untadelige Manieren und selbst wohlhabend. Allerdings hatte John immer das

Gefühl gehabt, dass in ihrer Ehe etwas fehlte, ein Puzzle ohne das letzte Teil. Und nach seiner Affäre mit Elizabeth hatte ihn der Eindruck beschlichen, dass er jeden Tag weitere fehlende Teile entdeckte.

Der Lärm des Helikopters wurde lauter, und nach ein, zwei Minuten konnten sie fühlen, wie er direkt über das Haus flog. Die antiken Kaffeelöffel aus Silber vibrierten auf den Untertassen.

»Er ist früh dran«, stellte Eva fest. »Es ist erst Viertel vor elf.«

Cecilia, genannt Sissy, ihre 14-jährige Tochter, betrat das Morgenzimmer – sie trug einen schlüsselblumengelben Anzug, der zur Aufmachung ihrer Mutter passte. Sissy sah ihrer Mutter wesentlich ähnlicher als ihrem Vater, aber ihr Vater hatte den Zügen ihrer Mutter eine gewisse Breite und Großzügigkeit hinzugefügt, wodurch ihre Schönheit nicht ganz so verkniffen wirkte. Die blonden Haare waren zu einem hinten längeren Pagenkopf geschnitten, und sie trug riesige, handgefertigte Ohrringe aus Kristall und Silber von Rio Bahio in der Commonwealth Avenue. An diesem Morgen hatte sie sich mehr als reichlich mit ihrem neuen Lieblingsparfüm eingesprüht, *L'Insolent,* und jeder hätte sie für 18 gehalten.

»Mein Gott, der Lärm fährt einem geradewegs ins *Hirn*«, klagte sie, als der Helikopter mit brummenden Triebwerken und pfeifenden Rotoren über dem südlichen Rasen schwebte, bis er letztlich die Nase nach vorne neigte und auf dem Gras aufsetzte.

»Wenigstens müssen wir nicht fahren«, meinte John.

»Müssen wir wirklich drei volle Tage in Washington bleiben?«, fragte Sissy. »Es wird *heiß* und so was von *langweilig* sein.«

»Sissy, Liebes, mach dich nicht lächerlich«, gab Eva zurück. »Wir haben Partys, Empfänge, Pressekonferenzen und alle möglichen sonstigen Veranstaltungen, die wir besuchen. Es kommt nicht alle Tage vor, dass ein Mann im Alter deines Vaters zu einem Richter des Obersten Bundesgerichtshofs ernannt wird.«

»Gott sei Dank«, merkte Sissy dazu an.

John stand auf. »Willst du zu Hause bleiben?«, fragte er mit trügerischer Milde in der Stimme. »Wenn du zu Hause bleiben willst – nur zu, bleib zu Hause. Ist mir egal, das ist deine Entscheidung.«

Sissy setzte eine Schmollmiene auf und schwieg. Sie kannte ihren Vater gut genug, um zu erahnen, was als Nächstes folgen würde: ein megalangweiliger Moralvortrag.

»Du kannst zu Hause bleiben«, wiederholte er. »Aber denk gut darüber nach. Meine Gefühle würdest du mit Sicherheit verletzen. Und die Gefühle deiner Mutter auch. Aber was sehr viel schwerer wiegt als das: Du würdest dich von einer der bedeutendsten Zeremonien abwenden, die dieses Land zu bieten hat – von der Vereidigung eines gewöhnlichen Menschen, der fortan über Belange der Verfassung unserer Nation beraten und befinden soll, des Herzens und der Seele der amerikanischen Nation.«

»Schon gut, ich komme ja mit, okay?«, sagte Sissy. »Und es wird mir gefallen, in Ordnung? Ich hab bloß Spaß gemacht.«

John stellte seine Kaffeetasse ab und wischte sich eine imaginäre Staubfluse vom Ärmel. »Dir scheint die Bedeutung, die Einzigartigkeit des Obersten Gerichtshofs nicht klar zu sein.«

»Ich *komme mit*, kapiert?«

»In den vergangenen 40 Jahren hatte der Oberste Gerichtshof vermutlich mehr Einfluss auf das Leben gewöhnlicher Amerikaner als alle vom Kongress erlassenen Gesetze zusammen.«

»Ich komme mit!«, heulte Sissy mit gespielter Verzweiflung auf. »Du brauchst nichts mehr zu sagen! Ich komme mit!«

Newton, ihr Butler, eilte krummbeinig mit ihrem üppigen Gepäck über den gepflegten Rasen hin und her – sechs Koffer von Louis Vuitton und zwei Hutschachteln. John ging zur Tür, beobachtete ihn und dachte belustigt, dass er wie Bill Cosby aussah, der Groucho Marx nachahmt. Der graue und weiße Sikorsky Helikopter kauerte im Sonnenlicht, während sich seine Rotoren senkten. Der Pilot, der einen hellblauen Arbeitsanzug trug, redete mit einem jungen Mann mit Brille in einem stark zerknitterten Leinenanzug, den John als Dean McAllister erkannte, einen talentierten neuen Assistenten im Justizministerium.

Kaum tauchten John, Eva und Sissy auf der Veranda auf, klopfte Dean dem Piloten rasch auf die Schulter und eilte auf sie zu. Er hatte sandblondes Haar, Sommersprossen und war mollig. Der Justizminister hatte sich angewöhnt, ihn »Jelly Bean McAllister« zu nennen, weil das Rosa seines Gesichts exakt der Farbe der Geleebohnen mit Wassermelonengeschmack entsprach.

»Herzlichen Glückwunsch, Sir!«, sagte Dean und drückte John die Hand. »Und Ihnen auch, Mrs. O'Brien! Was für ein großer Tag! Ich kann Ihnen gar nicht sagen, wie sehr wir uns für Sie freuen!«

»Wenn mal der Präsident nur halb so erfreut wäre«, gab John mit einem sarkastischen Lächeln zurück.

»Oho!«, rief Dean. »Sogar der Präsident muss hochkarätige Kompetenz zur Kenntnis nehmen, wenn er sie direkt vor der Nase hat.« Dann wandte er sich an Sissy: »Du wirst heute Abend richtig Spaß haben. Die Beaumonts geben eine Abschiedsparty für Clarissa, und du bist eingeladen.

Und jetzt rate mal, wer kommt. Ist das zu fassen? Ta-*da!* – John Travolta!«

Langsam rümpfte Sissy die Nase. »John *Travolta?* Der muss inzwischen um die 80 sein!«

Alle lachten. Dean meinte: »Jedenfalls bist du trotzdem eingeladen, auch wenn ein, zwei Altersschwache kommen. Nun denn – sind wir so weit? Der Abflug des Jets ist für 11:25 Uhr geplant, und wenn wir gleich aufbrechen, sollten wir das mühelos schaffen.«

»Sicher, wir sind bereit«, bestätigte John. Er drehte sich zu Newton um, der hinter ihm stand und sich mit einem gefalteten Taschentuch die Stirn abtupfte. »Newton, würden Sie Jimmy ausrichten, dass der Graue neu zu beschlagen ist? Und behalten Sie die Poolputzer aufmerksam im Auge. Das letzte Mal haben sie sämtliche Filter verstopft.«

»Sehr wohl, Sir. Ich wünsche Ihnen und Mrs. O'Brien einen sicheren Flug.«

Sie überquerten den Rasen zum Hubschrauber. Der Pilot salutierte zackig vor ihnen, dann schüttelten sie sich gegenseitig die Hände. »Wie geht es Ihnen, Sir? Mein Name ist Frank Coward. Willkommen an Bord.«

Frank entpuppte sich als sonnengebräunter Mann mit ledriger Haut, einer Spalte an der Nasenspitze und keinem Gramm Fett am Leib. Er trug blickdichte, grün getönte Ray-Bans, in deren Gläsern John nur sein eigenes, gekrümmtes Spiegelbild und die weißen Säulen der Veranda hinter sich sehen konnte. Entlang der Innenseite von Franks linkem Arm verlief eine lange weiße Narbe, und an seinem Revers haftete ein Anstecker mit dem Schriftzug *»Semper Fi US Marines«*.

»Wir sollten höchstens zehn Minuten zum Logan brauchen, Sir«, fügte der Mann hinzu. »Entspannen Sie sich einfach und genießen Sie den Flug.«

Er schloss die Tür des Helikopters und bahnte sich geduckt den Weg zum Pilotensitz, ließ sich darauf nieder und setzte seinen roten und weißen Helm auf, bevor er mit geübten Handgriffen mit der Vorflugkontrolle begann und den zernarbten Arm hob, um Schalter an den Bedienfeldern über seinem Kopf umzulegen. John und Eva setzten sich nebeneinander und schnallten sich auf den grauen Ledersitzen an, während Sissy und Dean ihnen gegenüber Platz nahmen.

Dean ergriff das Wort. »Die *Post* hat gestern Nachmittag angerufen. Anscheinend ist man interessiert daran, eine umfassende Analyse sämtlicher Ihrer Verteidigungsfälle aus der Vergangenheit und all der Arbeit zu bringen, die Sie für Griffin Bell geleistet haben. Vor allem über die Schulgesetze.«

»Es geht los, meine Damen und Herren«, kündigte der Pilot an. »Festhalten.« Und damit startete er die zwei Triebwerke. Die Motoren des Helikopters brummten, die Rotoren begannen sich zu drehen. John drückte Evas Hand, als sie langsam vom Rasen abhoben und sich fast sofort in Richtung Charles River neigten. Sie sahen, wie ihre eigenen, grob gemähten Pferdekoppeln unter ihnen vorbeizogen, dann folgte in schrägem Winkel ein Blick auf das Haus mit den leuchtenden Efeuranken und den roten Dachziegeln, und schließlich funkelte unten der Fluss wie geschmolzenes Gold, so gleißend, dass er sie blendete.

»Logan Tower, hier Helikopter Justice Three«, meldete Frank gedehnt. »Wir sind 60 Grad Ostnordost über Riverdale unterwegs, Höhe 1000 Fuß, geschätzte Ankunft in acht Minuten und 15 Sekunden.«

Sie flogen über den Highway 1 und die schimmernden, rechteckigen Trakte des VA Medical Center. Ihr Schatten hüpfte und holperte unter ihnen über die Welt.

»Was denken Sie?«, erkundigte sich John bei Dean. »Über die *Post*, meine ich.«

Dean beugte sich vor und antwortete: »Meiner wohlüberlegten Ansicht nach sollten Sie es ablehnen zu kooperieren. Falls man nach dem Grund fragt, sagen Sie, dass man Sie an Ihren *künftigen* Beratungen mit dem Obersten Gerichtshof messen sollte, nicht an Ihren alten Verteidigungsstrategien. Das Gesetz mag auf Präzedenzfällen begründet sein, aber das Gesetz entwickelt sich weiter, und Sie werden der Mann sein, der die Weiterentwicklung vorantreibt.«

John bedachte den jungen Assistenten mit einem sarkastischen Lächeln. »Ich glaube, genau das bereitet den meisten meiner Kritiker Kopfzerbrechen.«

»Na ja, schon, mit Sicherheit«, gab Dean zurück. »Aber denken Sie einfach daran, was der Oberste Bundesrichter Charles Evans Hughes darüber zu sagen hatte. ›Die Verfassung ist nicht mehr oder weniger als das, was die Richter sagen.‹ Und Sie sind jetzt einer dieser Richter.«

»Ich bin *bald* einer dieser Richter«, korrigierte ihn John.

»Haarspalter«, warf Eva ein und drückte seine Hand ein wenig fester.

Sissy murmelte: »John Travolta! Ich kann's kaum *nicht* erwarten!«

Sie überquerten gerade die Bezirksgrenze von Norfolk, als der Helikopter ohne Vorwarnung erzitterte und nach Steuerbord krängte. Eva sog scharf die Luft ein, und Sissy entfuhr ein spitzer Aufschrei. John brüllte: »Frank! Was zum Teufel ist los?«

»Nur eine kleine Antriebsstörung, kein Grund zur Beunruhigung, ich habe alles im Griff«, rief Frank zurück. Eine Weile sah es so aus, als würde er damit recht behalten. Der Helikopter setzte den Flug mit hoher Geschwindigkeit fort, wenngleich die Wellenleistungstriebwerke auf eine Weise heulten und grollten, wie sie es zuvor nicht getan hatten.

»Meinen Sie nicht, es wäre besser, uns runterzubringen?«, rief John.

Aber bevor Frank antworten konnte, ertönte das ohrenbetäubende Kreischen von blockierenden Metallzahnrädern, und der Hubschrauber sackte mit einer wilden, unkontrollierten Spiralbewegung 60 bis 90 Meter in die Tiefe. John hatte das Gefühl, sein Magen wäre irgendwo über ihm am Himmel zurückgeblieben. Er klammerte sich an der Armlehne des Sitzes fest und packte Evas Hand. Unmittelbar vor sich sah er Sissys Gesicht, die Kiefermuskeln starr vor Grauen. Lauwarmer Kaffee und bittere Galle fluteten seinen Mund. Er meinte zu hören, wie ihn Eva anschrie, doch der Helikopter zitterte und brüllte so laut, dass es sich unmöglich mit Sicherheit sagen ließ.

Als John bereits glaubte, sie würden gleich auf dem Boden aufschlagen, gelang es Frank irgendwie, das Heck des Helikopters zu stabilisieren und die Rotoren so zu neigen, dass sie ein paar verzweifelte Höhenmeter gewannen. Allerdings vibrierte der Rumpf unablässig und heftig. Dazwischen ratterte ein tiefes, klobiges Geräusch und dichter, brauner Rauch begann an den Fenstern vorbeizuziehen.

»Großer Gott, großer Gott, großer Gott!«, schrie Dean, der Mund so breit wie ein Froschmaul.

»Wir stürzen ab!«, kreischte Sissy. »Daddy, wir werden sterben!«

Hilflos und verängstigt brüllte John in die Richtung von Franks Hinterkopf. »Frank! Hören Sie mich, Frank? Um Himmels willen, bringen Sie die Maschine runter!«

Eva umklammerte Johns Hand so fest, dass ihr Ehering gegen seine Nerven presste, doch er freute sich beinah über die Schmerzen, weil sie ihm verrieten, dass er noch atmete, und solange er noch atmete, bestand die Chance. zu überleben.

Durchgerüttelt und von Übelkeit überwältigt versuchte er, zwischen den feinen Tröpfchen braunen Öls hindurchzuspähen, die auf die Fenster spritzten, um herauszufinden, wo sie sich befanden. Er glaubte, erst den Jamaica Pond und dann den Franklin Park auszumachen. Ihm wurde klar, dass sie sich in einem trägen, weitläufigen Kreis nach Osten in Richtung des Meeres bewegten – höchstwahrscheinlich auf die Quincy Bay zu. Er sah Gebäude, Abschnitte funkelnden Wassers, Bäume und schließlich das gelbbraune Betonband des Southeast Expressway. Der Helikopter stieg auf und sackte ab wie ein Motorboot bei kabbeliger See. Das Gebrüll und das Mahlen der Triebwerke wurden so laut, dass John dachte, er würde nie wieder etwas hören können, selbst wenn er überleben sollte.

Eva klammerte sich an ihn, an sein Jackett, an seinen Arm. Sissy krallte sich an Deans Arm fest, und Dean starrte John durch und durch panisch an, während sich ein dunkler Fleck im Schritt seines Leinenanzugs ausbreitete. John versuchte erneut, Frank zuzurufen, aber Frank kämpfte in seiner eigenen kleinen, ohrenbetäubenden Hölle ums nackte Überleben und hatte keine Zeit für irgendetwas anderes.

Mittlerweile flogen sie so tief, dass John auf den Straßen und Stränden unter ihnen Menschen erkennen konnte, die mit den Händen die Augen abschirmten und sich umdrehten, als der Helikopter röchelnd und stotternd über ihre Köpfe hinwegsauste. Einige ergriffen die Flucht, weil sie offensichtlich fürchteten, die Maschine könnte auf sie stürzen. John konnte kaum glauben, dass sie sich überhaupt noch in der Luft befanden. Sie flogen deutlich unter der Höhe der Dächer und der Stromleitungen, doch irgendwie gelang es ihnen, schlingernd ein wenig Auftrieb zu erlangen, den grauen, sandigen Streifen von Wollaston Beach zu überqueren und die Quincy Bay zu erreichen, deren Wasser funkelnd die Sonne reflektierte.

Durch das von Öl beschlagene Fenster sah John Jachtsegel, die wie frisch gewaschene Laken schillerten, und einen Moment lang war er überzeugt, sie würden es schaffen, Frank würde sie sanft im Meer absetzen und alles würde gut werden.

Er streckte den Arm vor, ergriff auch Sissys Hand und sagte: »Wir schaffen es, wir schaffen es. Er bringt uns in der Bucht runter. Halt einfach durch, uns passiert nichts.«

Dean konnte ihn nur entsetzt anstarren, schloss und öffnete dabei stumm den Mund. John drehte sich Eva zu, aber sie presste sich die rechte Hand aufs Gesicht und sah aus, als ob sie bete.

Auch John betete. *Lieber Gott, bitte bewahre meine Familie vor dem Tod. Lieber Gott, nur dieses eine Mal – lass uns alle überleben.*

Die Triebwerke des Sikorsky stimmten ein letztes, hässliches *Grrrrrr!* an. Es klang wie ein Pitbullterrier, dem die Eingeweide herausgerissen werden. Dann fiel die Maschine wie ein Stein. Sie schlug hart auf das Wasser auf, und John spürte, wie etwas in seinen Rücken krachte. Eva stieß einen so schrillen und unnatürlichen Schrei aus, dass er einen Wimpernschlag lang dachte, es handle sich um zerreißendes Metall – als bräche der gesamte Rumpf des Hubschraubers auseinander. Dann holperte der Helikopter weiter und prallte auf etwas Härteres als das Meer – das Fenster auf Johns Seite des Rumpfs zerbarst, und Salzwasser spritzte ihm explosionsartig ins Gesicht.

Großer Gott! Würde die Maschine denn nie aufhören sich zu überschlagen und zu holpern? John sah Meer,

Sonnenlicht, verschwommen das Rosa von Sissys Gesicht, das Aufblitzen von Deans linkem Arm, und die ganze Zeit schrie Eva gellend: »*Oh Gott, oh Gott, wir werden alle sterben, wir werden alle sterben, sterben, sterben!*«

Plötzlich kam der Hubschrauber zum Stillstand, zu drei Vierteln geneigt wie ein Baseballspieler, der jäh an der dritten Base bremst und durch den eigenen Schwung, durch die Vorwärtsbewegung, aus dem Gleichgewicht gerät und wankt. Schließlich rollte die Maschine mit einem schweren Knirschen auf den Bauch und kam auf Sand zum Liegen. Dabei gab der Boden des Hubschraubers nach und drückte gnadenlos ihre Füße unter den Sitzen zusammen, wo sie sich befanden, weil sie alle instinktiv Embryonalhaltung eingenommen hatten. John spürte, wie seine Fersen gegen das Aluminiumgestell gepresst wurden, an dem sein Sitzgurt befestigt war. Dann brachen alle ihre Fußgelenke gleichzeitig mit Lauten, die an eine Salve einer Pistole erinnerten, und sie starrten sich gegenseitig an und brüllten vor Schmerzen.

Danach kehrte Stille ein, abgesehen von den Geräuschen der auflaufenden Flut, dem traurigen Heulen des Windes und dem vereinzelten Knacken abkühlenden Metalls. In der gesamten Kabine stank es nach Kerosin, aber es schien nicht mehr zu qualmen, und kein Feuer knisterte. Eva zog unablässig an Johns Hand und flüsterte: »Gott, oh Gott, John. Oh Gott!« Ihr Gesicht war grau, ihre Stirn wies schlimme Blutergüsse auf. Dean zitterte am ganzen Leib und massierte sich unaufhörlich mit schmerzverzerrter Miene die Kniescheiben. Sissy starrte nur ausdruckslos ins Leere – John vermutete, dass sie bereits in einen klinischen Schockzustand verfiel.

Seine eigenen Füße brannten wie Feuer. Er hatte noch nie im Leben solche Schmerzen erlitten, nicht einmal, als er Ende letzten Jahres von seinem Polopony gefallen war und sich die Schulter ausgerenkt hatte. Jeder Nerv in seinen Fußgelenken krümmte sich und pulsierte, und hätte ihn in jenem Moment jemand gefragt, ob er sich die Füße amputieren lassen wollte, hätte er denjenigen dafür bezahlt, es zu tun.

»Oh Gott, John«, presste Eva hervor. Sie weinte. »Ich glaube, meine Knöchel sind beide gebrochen.«

»Ich glaube, *alle* unsere Knöchel sind gebrochen«, erwiderte John. »Behalt Sissy im Auge … sie hat einen Schock.«

»Wo sind wir?«, meldete sich Dean mit erstickter, unwirklich klingender Stimme zu Wort. Mit verschwommenem Blick spähte er auf die Bucht hinaus. »Ich dachte, wir wären über Wasser.«

»Waren wir auch«, gab John zurück. »Aber wir müssen auf Nantasket Beach gestürzt sein. Das ist ein Landstreifen, der in die Bucht hinausragt.«

»Also kann man zu uns? Die Einsatzkräfte können zu uns?«

»Mit Sicherheit.« John schauderte. »Wir haben es überstanden, keine Sorge. Man kann zu uns.«

»Was ist mit Frank?«, fragte Dean. »Glauben Sie, er hat einen Notruf abgesetzt?«

John beugte sich in seinem Sitz ein paar Zentimeter zur Seite. Mehr schaffte er nicht, bevor unerträgliche Schmerzen in seinen Fußgelenken aufflammten. Er konnte nur die Rückseite von Franks Helm und einen Teil der Schulter seines blauen Hemds ausmachen.

»Frank!«, rief John verzweifelt. »Frank, ist alles in Ordnung? Um Himmels willen, unsere Füße stecken fest!«

Frank antwortete nicht. »Vielleicht hat er eine Gehirnerschütterung«, meinte Dean.

»Vielleicht«, murmelte John. Angesichts des unnatürlichen Winkels von Franks Kopf vermutete er, Frank könnte mehr als eine Gehirnerschütterung haben. Es sah eher so aus, als wäre sein Genick gebrochen. Aber John wollte Eva nicht noch mehr in Panik versetzen, außerdem litt er selbst zu große Schmerzen, um Mutmaßungen anstellen zu wollen. Aus seiner Sicht hatte für sie alle höchste Priorität, die Sitze von den Beinen zu bekommen, um den Druck von den Fußgelenken zu nehmen und nach draußen kriechen zu können.

Kriechen, nicht gehen. Zu gehen wäre unmöglich. Er konnte spüren, wie die gebrochenen Knochen unter seiner Haut aneinander rieben. Es fühlte sich an wie ein Marmeladenglas voll zerstoßener Scherben.

Mit einem eigenartigen Unterton von Resignation in der Stimme fragte Eva: »John, kannst du mich hören? Ich ertrage das nicht. Es tut so unglaublich weh.«

»Es wird alles gut, Schatz«, versicherte ihr John. »Die Rettungskräfte werden sehr bald hier sein. Du glaubst doch nicht etwa, man würde den neuesten Richter des Obersten Bundesgerichts einfach am Nantasket Beach liegen lassen, oder?« Er zuckte zusammen, als sich sein Mund mit metallisch und sauer schmeckendem Blut füllte, doch es gelang ihm, sich von ihr wegzudrehen und es seitlich neben seinem Sitz auszuspucken. Bei dem Schlag gegen seinen Rücken mussten einige Rippen gebrochen sein, vielleicht war auch ein Lungenflügel eingerissen.

»Wenn wir nur nicht verbrennen«, murmelte Dean. Der Gestank von Kerosin wurde mittlerweile intensiver, und John konnte das Flimmern der Dämpfe in der leichten Brise sogar sehen. »Ich könnte es nicht ertragen zu verbrennen.«

»Keine Sorge«, sagte John zu ihm. »Es wird alles wieder gut.«

»Ich musste mal mit ansehen, wie jemand draußen am Rockville Pike in einem Volkswagen verbrannt ist. So etwas will ich nie wieder erleben müssen. Der Junge ist ganz *schwarz* geworden, wie Rindfleisch.«

Deans Stimme begann schrill und wurde zunehmend leiser, wodurch John vermutete, dass auch er in einen Schockzustand verfiel. Sissys Augen waren nach oben gerollt, ihre Atmung ging angestrengt und langsam.

»Herrgott noch mal, wie lange brauchen die Rettungskräfte denn?«, schimpfte John ins Leere.

Doch kaum hatte er es ausgesprochen, passierte der Schatten eines Mannes das zerbrochene Fenster.

»He!«, brüllte er. »He – wir sind hier drin!«

»Ist jemand da?«, fragte Eva und zuckte vor Schmerzen zusammen. »Ist schon jemand eingetroffen?«

Wieder wanderte der Schatten am Fenster vorbei. Obwohl das auf dem Meer gleißende Sonnenlicht den Anblick der Gestalt verzerrte, konnte John erkennen, dass der Mann einen langen, dunklen Regenmantel trug. Gott sei Dank – es musste sich um einen Feuerwehrmann handeln.

»He!«, rief er heiser. »He, wir sind alle hier drin! Wir sitzen fest! Können Sie uns um Himmels willen rausholen?«

Eine lange Pause entstand, doch es kam keine Antwort. In weiter Ferne konnte John Sirenen hören, sechs, sieben oder sogar noch mehr, die einen an- und abschwellenden Chor bildeten. Mittlerweile tobten die Schmerzen in seinen Fußgelenken so intensiv, dass sie bis hinauf zu den Oberschenkeln durch seine Beine pulsierten, und ein rötlicher Nebel trübte seine Sicht. *Verlier jetzt nicht das Bewusstsein,* befahl er sich. *Deine Familie braucht dich; Dean braucht dich; dein Land braucht dich.*

Er hörte, wie jemand ein Stück des verbogenen Fensterrahmens wegzog. Dann tauchte eine dünne, dunkle Gestalt am zerbrochenen Fenster auf, ein Mann mit kurz gestutzten Haaren, Igelfrisur und tiefschwarzer Sonnenbrille. Auf undurchsichtige, außergewöhnliche Weise vermeinte John, ihn zu kennen – doch vermutlich lag es nur an dem überwältigenden Gefühl der Erleichterung darüber, dass sie den Hubschrauberabsturz überlebt hatten und dass tatsächlich jemand gekommen war, um sie aus dem Wrack zu bergen.

Mit dem Absatz eines hohen, schwarzen Schnürstiefels trat der Mann die letzten Reste von Plexiglas weg. Der Fensterrahmen hatte sich zu schmal zusammengebogen, als dass er hätte hereinklettern können, aber er schob vorsichtig den Kopf ins Innere, sah sich in der Kabine um und schniefte dabei gelegentlich trocken.

»Wir hängen alle an den Fußgelenken fest«, teilte ihm John mit. »Der Boden ist eingeknickt. Jemand muss die Sitze rausnehmen – vielleicht mit einem Wagenheber oder so. Können Sie bitte schnell machen? Meine Tochter ist in sehr schlechter Verfassung.«

Der Mann wischte sich mit einem schwarz behandschuhten Handrücken über die Nase. Dann fragte er mit einem leichten, nördlichen Akzent und heiserer Stimme: »Ist das Mr. O'Briens Gruppe?«

»Ich bin John O'Brien. Das ist meine Familie. Bitte tun Sie etwas. Holen Sie uns hier raus, so schnell Sie können.«

Der Mann sah sich noch ein wenig um, schaute hoch zur Decke, runter zum Boden. »Dafür wird Schneidwerkzeug nötig sein«, kündigte er bedächtig an wie ein Anstreicher, der zu entscheiden versucht, welche Farbe er verwenden soll.

John erwiderte: »Was immer Sie meinen. Tun Sie's einfach.«

Er spürte, dass ihm Blut seitlich aus dem Mund lief und auf den Kragen seines Hemds tropfte. Dann hustete er und wünschte sofort, er hätte es nicht getan, denn es schmerzte heftig, und sein Mund füllte sich mit noch mehr Blut.

Vorsichtig zog der Mann den Kopf durch den Fensterrahmen zurück und verschwand wieder im Sonnenschein. Eva zupfte an Johns Ärmel und fragte: »Was passiert jetzt? Was macht er? Kann er uns rausholen?«

»Er muss uns rausschneiden.«

»Oh Gott, meine Beine tun so weh, John. Ich ertrage das nicht. Oh Gott, wo sind die Rettungskräfte?«

Dean schwieg. Seine Augen waren glasig, seine Wangen blass und eingefallen. Seine Atmung ging in kurzen, gequälten Stößen. Voll Schmerzen warteten sie eine gefühlte Ewigkeit. Wohin war der Mann gegangen? Was hatte er vor? Warum versuchte er nicht, sie zu befreien? Und wo steckte der Rest der Feuerwehrleute und der Rettungskräfte mit Infusionen, Sauerstoffmasken und Anästhetika?

John schloss die Augen und dachte, dass er vermutlich sterben würde. Und als er die Augen schloss, nahm er »Mr. Hillarius« wahr, der beobachtend im hintersten Winkel seines Gehirns lauerte wie ein grauer Käfer, der geduldig in einer ausgehöhlten Nussschale wartet, bereit, bei der kleinsten Störung daraus hervorzukrabbeln.

Du bist also hier, du Mistkerl, ging es ihm durch den Kopf. *Du warst am Anfang hier, und du bist am Ende hier. Ich hoffe nur, wenn ich sterbe, verreckst du auch. Das wird es beinah wert gewesen sein.*

John begann, in Bewusstlosigkeit abzugleiten, als rutsche er einen grauen, glitschigen Hang hinab in das graue, schmierige Wasser eines stillen Kanals.

Vielleicht wäre es besser, einfach einzudösen. Wenn er schliefe, würden all die Schmerzen in seinen Knöcheln verschwinden, und er würde vor dem Obersten Gerichtshof stehen, um sich vereidigen zu lassen, und alles, was sich an diesem Vormittag zugetragen hatte, wäre nur ein Traum. Dann jedoch wurde die Stille von einem lauten, schnarrenden Gebrüll zerrissen – lauter als ein startendes Motorrad. Fast unmittelbar danach tauchte der Mann wieder am Fenster auf, und er hielt eine riesige, glänzende Stahlzange, die wie die groteske Parodie eines gigantischen Papageienschnabels anmutete.

»Was ist das?«, fragte John. »Was in Dreiteufelsnamen ist das?«

Mit einem hydraulischen Zischen öffnete sich der Papageienschnabel langsam. Zum Vorschein kamen Reihen gezackter Stahlzähne. Der Mann erwiderte nichts, sah John nur an und lächelte. Dann setzte er den Papageienschnabel mit einer knappen, geübten Bewegung an der unteren Ecke des Fensterrahmens an und betätigte den Handgriff. Mit dem Geräusch einer Cola-Dose, die zusammengedrückt wird und sich verbiegt, schnitt die Schere durch das Metall des Rahmens. Der Mann öffnete den Papageienschnabel, bewegte ihn weiter nach unten und betätigte erneut den Handgriff. Wieder und wieder schnitt er, und in weniger als einer Minute war die gesamte Seite des Helikopter-Rumpfs weit geöffnet. Wind und Sonnenlicht fluteten die Kabine.

Mit der Metallschere in der linken Hand kletterte der Mann zwischen sie herein. »Sie hatten Glück, dass Sie hier gelandet sind, Mr. O'Brien«, meinte er zu John. »Sie befinden sich an der Spitze von Sagamore Head in der Nähe vom Nantasket Beach. Wenn Sie nur 15 Meter von hier entfernt zum Liegen gekommen wären, dann wären Sie inzwischen mit Sicherheit ertrunken.«

John schauderte. Er biss die Zähne zusammen und nickte. »Wird das lange dauern? Holen Sie zuerst meine Tochter, dann meine Frau raus.«

»Immer schön eins nach dem anderen«, gab der Mann

zurück. Er bedachte John mit einem schiefen Grinsen. »Aber es sollte überhaupt nicht lange dauern.«

»Bitte beeilen Sie sich«, flehte ihn John an. Dean begann zu wimmern, dann hustete er.

»Werfen wir zuerst mal einen Blick auf den Piloten«, schlug der Mann vor. Er zog den Kopf ein, bahnte sich den Weg ins Cockpit und schleifte dabei eine Hydraulikleitung hinter sich her. Nachdem er Frank ins Gesicht geblickt und dessen Wangen getätschelt hatte, verkündete er: »Lebt noch. Aber wohl nicht mehr lange, und er muss schrecklich leiden. Mann oh Mann, Sie sollten seine Beine sehen, Mr. O'Brien. Nur noch ein einziger Brei.«

Einige Momente lang betrachtete der Mann Frank nachdenklich. Die kleinen, dunklen Gläser der Sonnenbrille gestalteten es für John unmöglich, zu erahnen, was ihm durch den Kopf gehen mochte.

»Ich hasse es, jemanden leiden zu sehen«, meinte er schließlich. »Was ist mit Ihnen, Mr. O'Brien? Hassen Sie es nicht auch, Menschen leiden zu sehen?«

Rote und graue Schlieren beeinträchtigten Johns Sicht. Ruckartig nickte er zustimmend. Ihm war alles recht, wenn es nur bald überstanden wäre. Wenn Eva und Sissy nur rausgeholt würden.

»Nun denn«, sagte der Mann. Er hob den Papageienschnabel der Metallschere und setzte ihn behutsam zu beiden Seiten von Franks rotem und weißem Helm an.

»Was sagt man dazu?«, meinte er. »Passt geradezu perfekt. Die Öffnungsweite der Klingen beträgt 267 Millimeter, und dieser Helm hat höchstens 263.«

John starrte ihn an. Es fiel ihm schwer, sich zu konzentrieren. »Was machen Sie da?«, verlangte er blubbernd, den Mund voller Blut, zu erfahren.

»Haben Sie noch nie davon gehört, dass man Menschen

von ihrem Leiden erlösen soll? Jetzt hören Sie aber auf – Sie sind doch Anwalt, einer der allerbesten. Gerade Sie sollten doch über Gnade Bescheid wissen. Wie in: ›Die Art der Gnade weiß von keinem Zwang. Sie träufelt wie des Himmels milder Regen.‹«

»Was zum Teufel machen Sie da?«, brüllte John ihn an. Mittlerweile konnte er etliche Sirenen hören, die wesentlich näher klangen, und sie erfüllten ihn mit neuer Hoffnung, dass sie alle überleben würden. Er wurde nur nicht schlau aus diesem im Plauderton sprechenden Exzentriker mit der dunklen Sonnenbrille und seinem riesigen Schneidgerät mit dem Papageienschnabel.

Als hätte der Mann Johns Gedanken gelesen, brachte er das Schneidgerät in Anschlag. »Das hier ist eine Holmatro 2009 U Hochleistungsrettungsschere für allgemeine Rettungseinsätze«, sagte er, als erkläre er einem kleinen Jungen, wie eine Dampflokomotive funktioniert. »Sie kann durch 25 Millimeter dicken Rundstahl, massives Blech oder Metallstreifen mit 100 mal zehn Millimeter schneiden. Hergestellt wird sie in Holland, aber sie wird von Feuerwehrleuten überall auf der Welt benutzt, weil sie die beste ist. Lebensspender, so nennen die Rettungskräfte diese Schere. Für Sie allerdings dürfte wohl die Schneidkraft am interessantesten sein. Die beträgt nämlich – na, was schätzen Sie, wie viel?«

»Um Himmels willen, holen Sie uns einfach hier raus«, gab John flehentlich zurück. Er sah, dass Sissys Lider zu zucken begannen, und er betete, sie würde nicht das Bewusstsein wiedererlangen und die schrecklichen Schmerzen spüren müssen.

»30 Tonnen.« Triumphierend grinste der Mann. *»30 verfluchte Tonnen.«*

»Was?«, stieß John benommen hervor.

»Ich brauche nur diesen Griff hier zu betätigen, und dieser arme, leidende Mann erfährt, wie es sich anfühlt, wenn einem beispielsweise ein 30 Tonnen schwerer Laster über den Kopf rollt.«

»Um Gottes willen, hören Sie auf damit!« John weinte. Er hatte keine Kraft mehr übrig.

Der Mann hob den Kopf und schien dem Wind, dem Meer und den sich nähernden Sirenen zu lauschen. »Sie haben recht«, sagte er. »Ich trödle, nicht wahr?« Damit betätigte der Mann nüchtern den Handgriff der Rettungsschere, und John beobachtete, wie sich die Hydraulikleitung versteifte. Der an Franks Helm angesetzte Papageienschnabel aus dickem Stahl schloss sich ohne jedes Zögern, und ein brüchiges Knacken ertönte. Der gesamte Inhalt von Franks Kopf spritzte auf das Steuerpult des Helikopters wie eine glitschige Handvoll Fischinnereien, die jemand in ein Spülbecken wirft. John nahm den Anblick nur für den Bruchteil einer Sekunde wahr, bevor er aus seinem Sichtfeld verschwand, doch in jenem flüchtigen Moment sah er weiße, glitzernde Gehirnmasse, Klumpen blutigen Muskelgewebes und Teile des Unterkiefers, alles durch strähnige Membranen miteinander verbunden.

Der Mann hielt kurz inne, dann öffnete er die Rettungsschere. Franks Helm blieb als zerschnittenes Oval zurück und erinnerte auf eigenartige Weise an zwei aneinandergepresste Essteller. Der Unbekannte klopfte Frank auf die Schulter und sagte: »Komm schon, Mann. Kein Grund, gleich so den Kopf zu verlieren.« Dann stimmte er ein hohes, asthmatisches Rasseln an – das John durch seine Schmerzen hindurch als Lachen interpretierte.

Der Mann kletterte zurück in die Passagierkabine. Er ließ den Blick von Dean zu Eva und Sissy wandern, bevor er ihn auf John heftete.

John flüsterte: »Hören Sie, Mann, Sie können von mir haben, was Sie wollen. Sie können jede Summe bekommen, die Sie mir nennen. Eine Million Dollar. Ich bin reich, besitze jede Menge Wertpapiere. Ich werde Sie nicht identifizieren, und ich werde niemandem erzählen, was passiert ist.«

Der Mann schniefte. »Sie übersehen, worum es hier geht, Mr. O'Brien.«

»Und worum geht es, verdammt noch mal?«

»Sie wissen nicht, worum es hier verdammt noch mal geht? Warum versuchen Sie nicht, darüber nachzudenken? Sie sind doch ein intellektueller Mensch.« Er tippte sich mit dem Zeigefinger an die Stirn. »Sie haben ein gut möbliertes Oberstübchen. Und in der Zwischenzeit – während Sie überlegen – machen wir mal weiter.«

Der Mann schob sich zwischen sie, bis er in gebückter Haltung über Dean aufragte. Matt versuchte John, den schwarzen Regenmantel des Mannes zu fassen zu bekommen, doch der Unbekannte wirbelte ansatzlos herum und schlug John mit dem Rücken einer offenen Hand seitlich gegen den Kopf. Beinah blind vor Schmerzen erstarrte John.

Der Mann wandte sich wieder Dean zu. »Na schön, mein Freund, schneiden wir Ihre Beine los. Es wird alles wieder gut.«

Verwirrt starrte Dean zu ihm hoch. Weil er mit dem Rücken zum Cockpit saß, hatte er nicht gesehen, was der Mann mit Frank gemacht hatte.

Der Unbekannte öffnete den Papageienschnabel der Rettungsschere und setzte die Klingen zu beiden Seiten von Deans rechtem Oberschenkel an, klemmte sie fest gegen seine Weste. Dabei grinste er Dean direkt ins Gesicht, und Dean grinste zurück.

Mein Gott, schoss es John durch den Kopf. *Er wird ihm das rechte Bein abschneiden.*

Dean hob den Arm und legte die Hand auf die Schulter des Mannes. »Meine Beine tun so weh«, flüsterte er.

»Nicht mehr lange, das verspreche ich Ihnen«, versicherte der Mann und betätigte den Griff der Schere. Mit einem leisen Knirschen durchtrennten 30 Tonnen hydraulischer Schneidkraft Deans rechtes Bein. Der Mann öffnete die Klingen und hob die Schere weg.

Deans Körper stand dermaßen unter Schock, dass er zunächst nicht verstand, was gerade geschehen war. Immerhin befand er sich nach wie vor auf seinem Sitz, und sein Bein war noch da, unmittelbar vor ihm, auch wenn die beige Leinenhose plötzlich von Blut geflutet wurde. Mit offenem Mund und geweiteten Augen schaute er zu dem Mann auf und stammelte: »W-was? *Was?*«

Der Mann aber lächelte nur, setzte die Klingen um Deans linken Oberschenkel an, betätigte den Griff und schnitt so mühelos durch Haut, Muskelgewebe und Knochen wie durch Käse und Cracker.

Dean schrie. Der Mann schlug ihm ins Gesicht und sagte: »Was brüllen Sie denn so? Sie sind frei. Springen Sie einfach vom Sitz und verschwinden Sie.«

Damit versetzte er Dean mit der offenen Hand einen kräftigen Stoß, und Dean kippte vom Sitz. Beide blutigen Beinstümpfe zappelten durch die Luft, als jongliere jemand mit zwei frisch geschnittenen Rindfleischstücken. Überallhin wurde Blut gepumpt, zwei dicke Arterienstrahlen, die in alle Richtungen spritzten, während sich Dean kreischend auf dem Kabinenboden wand, ein Dean, der nur noch einem menschlichen Rumpf mit fuchtelnden Armen glich. Seine abgetrennten Beine blieben ordentlich nebeneinander an dem von Blut durchtränkten Sitz stehen.

Der Mann trat Dean von sich. Deans Kopf wurde teilweise unter dem Sitz neben seinen eigenen Schuhen eingeklemmt. Zitternd und zuckend lag er da und starb vor Johns Augen. Jetzt drehte sich der Mann langsam Eva zu. Eva war verstummt. John hielt ihre Hand und konnte spüren, wie sie von Kopf bis Fuß bebte – buchstäblich *bebte.*

»Töten Sie mich nicht«, flehte sie.

Der Mann schüttelte den Kopf. »Wenn Sie wollen, bete ich für Ihre Seele. Aber das ist alles an Entgegenkommen, wozu ich bereit bin.«

Inzwischen schluchzte John hemmungslos. Er konnte sich nicht dagegen wehren. »Bitte tun Sie ihr nichts an! Ich liebe sie, rühren Sie meine Frau nicht an!«

Der Mann jedoch sagte zu Eva: »Ich muss herausfinden, woraus Ladys wie Sie gemacht sind, verstehen Sie das denn nicht?«

Er öffnete den Papageienschnabel der Rettungsschere bis zum Anschlag. Dann zwängte er die untere Klinge tief zwischen Evas Beine, wackelte obszön damit hin und her, um sicherzustellen, dass er sie so weit wie möglich hineingeschoben hatte. Die Klingen besaßen sowohl an den Innen- als auch an den Außenkanten Zähne, die ihren Rock, ihre Strumpfhose und den Ledersitz zerrissen. Die Spitze der oberen Klinge presste der Mann knapp unterhalb des Brustkorbs gegen Evas schlüsselblumengelbe Jacke.

Eva umklammerte Johns Hand im krampfhaften Grauen. Sie war so verängstigt, dass sie nicht einmal schreien konnte. John starrte den Mann an und sagte im tödlichsten, bedrohlichsten Tonfall, den er zustande brachte: »Wer immer Sie sind, ich warne Sie – wenn Sie auch nur …«

Zu mehr jedoch kam er nicht. Er wusste, der Mann würde es tun, was immer er sagte. Jede Drohung wäre zwecklos. Jedes Flehen um Gnade würde etwas, das bereits ein vollkommener Albtraum war, lediglich um Demütigung ergänzen. Der Mann bedachte John mit einem Lächeln gespielten Bedauerns. Dann betätigte er den Griff der Rettungsschere, und die Klingen verschwanden in Evas Bauch, schnitten ihren Beckenboden entzwei und schlitzten ihren Unterleib auf wie eine scharlachrote Reisetasche. Schmierige Eingeweide glitschten auf Evas Schoß. Sie konnte nur völlig entsetzt darauf starren und schien verwirrt darüber zu sein, dass sie tatsächlich innen so aussah.

John konnte nicht sprechen, konnte sich nicht überwinden hinzusehen. Sein Gehirn fühlte sich an, als implodiere es langsam. Aber immer noch umklammerte er Evas Hand, und Eva umklammerte immer noch die seine. Er spürte jedes Schaudern und jedes Zucken, als der Mann grauenhaft flink mit der Schere weiterarbeitete. John hörte ihn rau durch den Mund atmen, als er den Papageienschnabel höher ansetzte und durch Evas Brustbein schnitt. Er öffnete ihren Brustkorb, und als John sie keuchen hörte, konnte er nicht anders, als hinzusehen. Ihre Lungenflügel, blutig und mit dem letzten verzweifelten Atemzug aufgebläht, baumelten in ihrem Brustraum wie gefüllte Wärmflaschen an der Rückseite einer Schranktür.

Als Nächstes bohrte der Mann den Papageienschnabel in den dunklen, blutigen Tunnel ihrer Luftröhre und schnitt erst in ihren Hals, bevor er ihren Unterkiefer teilte. Zuletzt platzierte er die untere Klinge an Evas Gaumen, die obere an ihrem Scheitel, und mit einem einzigen, sorgfältig berechneten Schnitt teilte er ihren Schädel in zwei Hälften. Mittlerweile war ihre Hand erschlafft, und John musste sie loslassen. Ansehen konnte er sie nicht mehr, aber er hörte das glitschende Geräusch, als ihr halbierter

Schädel auseinanderfiel, und er hatte keine andere Wahl, als den gasigen Schießpulvergeruch von menschlichen Eingeweiden einzuatmen.

Der Mann trat dicht vor ihn hin und forderte ihn auf: »Sehen Sie mich an!«

John schaute zu ihm auf. Seine Lider zuckten und flatterten wie bei einem Hund, der mit einer Tracht Prügel rechnet.

»Bringen wir es einfach hinter uns«, flüsterte er.

»Sie verstehen es immer noch nicht, oder?«, fragte der Mann. »Was Sie heute Vormittag hier gesehen haben, war ein Mann, der sich für besonders ausgebufft gehalten hat, ein wahrer Erfolgsmensch. Aber wie ausgebufft kann jemand sein, wenn man ihm die Beine abschneidet? Was Sie hier gesehen haben, war eine Frau, die dachte, sie sei reich und wunderschön und überlegen und etwas Besonderes – aber wenn man in sie hineinschaut, was sieht man dann? Blut, Eingeweide, Organe und eine allgemeine Sauerei. Wie bei jedem anderen. Man hat Sie zu einem Richter über Menschen gemacht, Mr. O'Brien. Man hat Ihnen die Kontrolle über Millionen Leben, Millionen menschliche Schicksale übertragen. Und wissen Sie was? Ich glaube, Sie wären ein guter Oberster Bundesrichter – ehrlich, selbstlos und gerecht. Nur … jetzt will ich sehen, wie ehrlich, selbstlos und gerecht Sie wirklich sind.«

»Was soll das heißen?«, fragte John elend. Blut blubberte dabei über seine Lippen.

Der Mann beugte sich vor, bis sein bleiches, pockennarbiges Gesicht Johns gesamtes, vor Schmerzen getrübtes Sichtfeld ausfüllte. Beinah glaubte John, seine Seele würde in den unergründlichen schwarzen Tiefen der Sonnenbrille verschwinden, wenn das Gesicht des Fremden noch näher käme. Mit leiser Stimme sagte der Mann: »Sie hören es ja selbst … Die Polizei, die Rettung und die Feuerwehr sind fast da. Mir bleibt also nur noch Zeit, mich um einen oder eine zu kümmern – um Sie oder um Ihre Tochter.«

»Ich … ich verstehe nicht …« In Wirklichkeit verstand John durchaus, worum es ging, nur konnte er den Gedanken nicht ertragen.

»Dann passen Sie mal gut auf, Mr. O'Brien. Ich ersuche Sie, ein Urteil zu fällen. Das ist doch Ihre Aufgabe, nicht wahr? Urteile zu fällen? Mir bleibt nur noch Zeit, mich um Sie oder um Ihre Tochter zu kümmern, das heißt, jemand wird sterben und jemand wird weiterleben. Sie müssen entscheiden, wer.«

John hustete Blut. »Sie gottverdammter Irrer. Sie Drecksack. Wenn Sie meiner Tochter auch nur ein Haar krümmen …«

»Ts, ts, ts. Das ist nicht der springende Punkt, Mr. O'Brien. Wir stellen hier einen Vergleich zwischen den stark unterschiedlichen Werten menschlichen Lebens an. Wissen Sie, wir sind *nicht* alle gleich. Drücken wir es so aus: Wenn Sie überleben und am Obersten Gerichtshof landen, werden Sie das Leben aller Menschen in den Vereinigten Staaten beeinflussen, nicht nur jetzt, sondern für Jahrhunderte. Sie werden die *Geschichte* beeinflussen.

Wenn Sie hingegen sterben und Ihre Tochter überlebt, was wird sie wohl tun? Mit dem Erbe ihres alten Herrn Party machen bis zum Abwinken? Teure Drogen einwerfen? Irgendeinen reichen Langweiler aus Newport heiraten und ein paar kleine Langweiler bekommen, für die Opa nur ein Grabstein auf dem Friedhof ist?«

Kurz verstummte der Mann und setzte langsam ein raubtierartiges Lächeln auf. »Es liegt ganz bei Ihnen, Euer Ehren. Sie haben die Wahl. Nur treffen Sie die besser schnell, sonst bin ich gezwungen, sie für Sie zu treffen.«

Einen katastrophalen Moment lang geriet John durch das Argument des Mannes tatsächlich in Versuchung. Wenn er starb, würde jede radikale Idee, von der er je geträumt hatte, mit ihm sterben. In Amerika herrschten soziale und rechtliche Ungerechtigkeiten, die nach Reformen schrien. Auf jeder Ebene des öffentlichen Lebens gab es Vorurteile, Diskriminierung, Korruption und Brutalität. Der Erste Zusatzartikel der Verfassung der Vereinigten Staaten wurde von Bigotterie, politischem Dogma und Intoleranz erstickt, und die einzige Möglichkeit, wie jemand der Nation seine Meinung mitteilen konnte, bestand darin, sich für Millionen Dollar Sendezeit zu kaufen.

Er konnte etwas bewegen. Vielleicht nur als einer von neun Obersten Bundesrichtern, aber es wäre ein Anfang. Was hingegen würde Sissy als diejenige tun, die überlebte? Der Mann besaß eine erschreckende Auffassungsgabe. Sie würde sein gesamtes Geld mit einem ausschweifenden Lebensstil verprassen. Das Haus, das Familienerbe und die Bibliothek, die nach Gerechtigkeit roch, würden verkauft, in alle Winde verstreut und in ihre Bestandteile zerlegt werden.

John brauchte den Bruchteil einer Sekunde für diesen Gedankengang. Aber wie ein Bruchteil des zersprungenen Spiegels in *Die Schneekönigin,* der einen Jungen ins Auge traf und alles pervertierte, was er sah, trieb ihn jener Bruchteil vor Scham beinah in den Wahnsinn. Sissy war seine Tochter. Sissy war sein Kind. Sie sah so sehr wie Eva aus. Und was hatte er gerade getan? Im allerletzten Augenblick seines Lebens hatte er sie verraten.

»Nehmen Sie mich«, presste er undeutlich und mit belegter Stimme hervor.

»Was?«, fragte der Mann nach. Mittlerweile klangen die Sirenen sehr nah, und der Wind nahm zu.

»Nehmen Sie *mich*«, wiederholte John.

»Ihre Entscheidung, Euer Ehren«, sagte der Mann.

Er trat seitlich neben Johns Sitz, legte die rechte Hand zwischen Johns Schulterblätter und drückte John nach vorn, bis sich sein Gesicht zwischen den Knien befand. Dann setzte er den Papageienschnabel der Rettungsschere zu beiden Seiten von Johns Hals an.

John versuchte, an überhaupt nichts zu denken. Ihm fiel kein Gebet ein. Er sah die kleinsten Details des grau melierten Teppichs des Hubschraubers, in dem ein glänzender, schwarzer Kaugummirest klebte, und er sah das dunkle Rokokomuster von Deans Arterienblut. Er spürte, wie die Metallzähne der Rettungsschere in seine Haut kniffen, was er jedoch höchstens als lästig empfand. John beobachtete, wie der Schatten einer Wolke über den Teppich zog, oder vielleicht handelte es sich auch um Rauch.

Dann hörte er ein hydraulisches Zischen; ein blendend greller Schmerz, so weiß, weiß, weiß, explodierte in ihm und erfüllte sein gesamtes Wesen. Und er hörte – *hörte* –, wie sein Kopf auf den Boden fiel.

Aber er hörte nicht mehr, wie der Papageienschnabel die Aluminiumstützen von Sissys Sitz durchschnitt. Ebenso wenig hörte er, wie der Mann aus dem Helikopter kletterte und wie kurz danach heulende Sirenen und brüllende Stimmen eintrafen.

Auch das leise *Wusch* hörte er nicht, als Kerosin in Brand geriet und der Hubschrauber zu einem gewaltigen Flammenmeer explodierte.

2

An der Tür des Arbeitszimmers ertönte ein zaghaftes Klopfen. Wie von der Tarantel gestochen warf Michael seine Ausgabe der Zeitschrift *Mushing* weg und sprang von der Ledercouch auf. Als Jason die Tür öffnete und eintrat, saß Michael an seinem Schreibtisch vor dem Fenster, den Kopf auf eine Hand gestützt, während er mit der anderen auf einem Notizblock kritzelte, als täte er es schon seit Stunden.

Er machte weiter, als sich Jason dem Schreibtisch näherte. Jason trat leise auf, weil er wusste, dass sein Vater beschäftigt war und es nicht mochte, wenn seine Gedankengänge unterbrochen wurden. Jason war 13, dünn, sanftmütig und groß für sein Alter, das blonde Haar kurz gestutzt wie eine Scheuerbürste. Er trug eine Clark-Kent-Brille mit schwarzem Gestell, die seine Ohren abstehen ließ, aber er besaß unheimlich fesselnde blaue Augen, klar wie zwei spiegelglatte Seen, und einen bezaubernden, trockenen Sinn für Humor. Er trug ein T-Shirt mit der roten Aufschrift *Legastheniker verheddren Buschtaben*.

Michael drehte sich auf seinem abgewetzten, grünen Lederstuhl herum und fragte mit bemühter Geduld: »Ja, Jason, was gibt's?«

»Draußen ist so ein Typ, der will mit dir reden«, antwortete sein Sohn.

»Ein Typ also, ja?«, hakte Michael nach. »Hat der Typ auch gesagt, was er will?«

Jason zuckte mit den Schultern. »Er hat nur gesagt: ›Ist Mr. Rearden zu Hause?‹«

Michael lehnte sich auf dem Stuhl zurück und tippte sich mit dem Kugelschreiber gegen die Schneidezähne. »Er hat nichts von der Games Company erwähnt?«

»M-m.«

»Ich erwarte nämlich jemanden von der Games Company. Siehst du all das Zeug auf dem Schreibtisch? Die Hunderte kleiner Zettel? Das ist es, mein neuester Goldesel. Projekt X.«

Jason spähte aus dem Augenwinkel zu den unzähligen Haufen von Kärtchen, Post-its, Zeitungsausschnitten, Blättern aus Notizblöcken und herausgerissenen Zeitschriftenartikeln, die sich alle leicht in der Brise regten, die zart durch das halb offene Fenster hereinwehte.

»Du willst in die Altpapierverwertung einsteigen?«, riet er.

Michael ließ den Arm vorschnellen und versetzte ihm einen angedeuteten Klaps hinters Ohr. »Altpapierverwertung! Klugscheißer!«

Er schwenkte wieder herum und ergriff seinen Notizblock. »Das, mein Freund, ist das erste bedeutende neue Fragenspiel seit Trivial Pursuit. Das wird Millionen einbringen. Ach was, gelogen – *Milliarden.* In den kommenden Jahren wird man dieses Spiel in einem Atemzug mit Monopoly und Scrabble nennen. Dann werden du und ich in Saus und Braus in Palm Beach leben, mit Schnellbooten, Lamborghinis und so vielen Zuckerschnecken, wie wir verkraften. Na ja, so vielen Zuckerschnecken, wie *du* verkraftest. Ich bin rundum zufrieden mit deiner Mutter.«

Jason betrachtete das Chaos mit ernster Miene und meinte: »Sieht irgendwie kompliziert aus.«

Michael verzog das Gesicht. »Oh, klar. *Jetzt* sieht es

kompliziert aus. Aber denk mal darüber nach: Bevor man eine Uhr zusammenbaut, sieht sie auch irgendwie kompliziert aus, oder? All die kleinen Rädchen und der Kram. Aber wenn ich erst mal fertig bin« – er schichtete einige Zettel zu einem Stoß – »tja, dann wird es weniger kompliziert sein.«

»Der Typ hat gesagt, er muss unbedingt mit dir reden.«

»Ach ja, der Typ. Hat er dir verraten, wie er heißt?«

»Rocky Woods, glaube ich.«

Mit schlagartig ernster Miene sah Michael seinen Sohn an. »Rocky Woods? Das hat er gesagt?«

»Seine exakten Worte waren: ›Ich muss mit deinem Vater reden. Frag ihn, ob er sich an Rocky Woods erinnert.‹«

Einen Moment lang bedeckte Michael mit der Hand den Mund und schwieg. Nur seine Augen verrieten, was ihm durch den Kopf ging. Sie zuckten hin und her, als lese er von einem Teleprompter ab oder erinnere sich lebhaft und in mehr Einzelheiten als die meisten Menschen an etwas, das ihn einst aufgewühlt hatte.

»Dad?«, fragte Jason. »Hab ich was falsch gemacht? Willst du, dass ich ihm sage, er soll gehen?«

Aber Michael streckte den Arm aus, ergriff Jasons Handgelenk, drückte es, bemühte sich zu lächeln und erwiderte: »Du hast alles richtig gemacht. Geh und bitte ihn herein, ja?«

»Okay, wenn du meinst.«

Nachdem Jason losgerannt war und die Tür angelehnt gelassen hatte, stand Michael auf und ging um den Schreibtisch herum zum Fenster. Sein Arbeitszimmer war kaum mehr als ein heruntergekommener Wintergarten mit Aussicht auf die grasbewachsenen Dünen des Strands von New Seabury und das immerblaue Wasser von Nantucket Sound. Der Rest des Gebäudes war genauso spartanisch – ein

Sommerhäuschen mit drei Schlafzimmern, das er von einem Freund bei Plymouth Insurance gekauft hatte. Es bestand aus nackten, abgewetzten Dielen, Quäker-Einrichtung und Läufern in indianischem Stil. Als sein Freund mit seiner Familie aus Boston hergekommen war, um zu sehen, wie es Michael erging, hatte er scherzhaft gemeint, es fühle sich an, als verbrächte man ein Wochenende mit den Pilgervätern – »Succotash, Kürbiskuchen und die große Frage, wie man durch den Winter kommt«.

Michael war ein schlanker, 34-jähriger Mann mit falkenartiger Nase, mattbraunen, kurz gestutzten Haaren und blauen, undurchsichtigen Augen, während die seines Sohnes blau und klar waren. Er war auf die Weise attraktiv, wie es Jimmy Dean oder der junge Clint Eastwood gewesen waren – er wirkte ein wenig zu abgehärmt, leicht verwirrt und verletzt in der Art, wie er Menschen ansah. In seinem blau karierten, kurzärmligen Hemd muteten seine Handgelenke knorrig und so an, als bestünden sie aus drei Gelenken, und seine kurze, khakifarbene Wanderhose betonte seine schlaksigen Beine wenig vorteilhaft. Seine Bewegungen kamen einem zögerlich vor, zurückhaltend, gelegentlich beinah weibisch. Dennoch bestand kein Zweifel an seiner Männlichkeit. Abgesehen davon, dass er der hübschesten Frau bei Plymouth Insurance den Hof gemacht und sie letztlich geheiratet hatte, entsprachen seine Interessen dem klassisch männlichen Schema: Angeln, Baseball, Bier und Herumbasteln an allen möglichen Dingen.

Seine größte Leidenschaft bezeichnete er selbst als »Windrichtungsdenken« – was bedeutete, dass man Probleme löste, indem man sich in Windrichtung von hinten an sie anpirschte und sich dann auf sie stürzte, wenn sie am wenigsten damit rechneten. Seit dem Umzug nach New Seabury vor über anderthalb Jahren hatte er ein selbstlösendes Gewicht zum Auswerfen von Angelleinen in Rekordweiten erfunden und Patsys elektrisches Trainingsgerät in eine Vorrichtung umgebaut, mit der man Seepocken, Napfschnecken und andere Schalentiere von Jachtkielen entfernen konnte. Auf dieselbe Weise, wie das Trainingsgerät bewirkte, dass sich menschliche Muskeln zusammenzogen, brachte der »Kletten-Zapper« zweischalige Muscheln dazu, ihren gesamten Körper zu verkrampfen, wodurch sie buchstäblich vom Kiel sprangen.

Aber zwei mittelprächtig erfolgreiche Erfindungen hatten nicht annähernd genug an Einkommen generiert, um dafür zu sorgen, dass Patsy weiterhin Strumpfhosen oder Jason weiterhin Adidas tragen konnte, und sie lebten nach wie vor sehr wie die Pilgerväter. Nur gab es Hackbraten statt Succotash und Wackelpudding statt Kürbiskuchen, und sie fragten sich regelmäßig, wie sie bis zum Monatsende überleben sollten, ohne überhaupt erst an den Winter zu denken.

Michael beobachtete, wie die Schatten der Wolken über den Sand wanderten. Sie erinnerten ihn an riesige Rochen, die flink und lautlos über den Meeresboden glitten. Er erblickte drei Kinder, die einen roten Kastendrachen steigen ließen, und eine Frau in rosa Badeanzug mit einem riesigen rosa Hut, die mit einem braunen und weißen Cockerspaniel spazieren ging. Wenn man diese Szene nur genauso einfangen könnte, wie sie war, einschließlich Wind und Bewegung und Ton samt den Netzvorhängen, die sich am Fenster kräuselten. Er lächelte bei sich, als ihm klar wurde, dass er gerade das Fernsehen erfunden hatte.

Es ertönte kein Klopfen an der Tür, aber er hörte, wie sie ein wenig weiter aufschwang. Michael drehte sich um, und da stand Joe Garboden, wie er ihn in Erinnerung hatte, in einem malvenfarben, grün, kirschrot und gelb gestreiften

Blazer, der anmutete, als wäre er von den Mambo Kings als zu protzig abgelehnt worden. Joe besaß einen großen Kopf, dichtes, schwarzes, schmieriges Haar und Wangen mit der Beschaffenheit von Blumenkohl. Seine Augen saßen tief in den Höhlen und funkelten, aber auf freundliche Weise, und er lächelte viel – jedenfalls mehr als der Durchschnitt –, wodurch er zu einem der erträglichsten Überbringer schlechter Neuigkeiten wurde, die Michael je kennengelernt hatte.

»Hallo, Joe«, begrüßte er ihn und behielt die Hände tief in den Taschen seiner Wandershorts vergraben.

Joe kam näher und stellte sich neben ihn, eine Hand ausgestreckt. Er wartete und wartete, bis er letztlich meinte: »Was ist denn los, Michael? Ist es wichtiger, mit deinem Södel rumzuspielen, als einen alten Kollegen mit Handschlag zu begrüßen?«

Zögerlich nahm Michael eine Hand aus der Tasche und schüttelte die ihm dargereichte. Joe lächelte, dann starrte er auf seine Handfläche und sagte: »Ich hoffe, du hast nicht *wirklich* mit deinem Dödel gespielt.«

»Siehst du mich erblinden? Wohl eher nicht, oder?«, konterte Michael.

»Das liegt aber nur daran, dass du's nicht richtig machst.«

Joe legte seinen speckigen Panamahut auf den Schreibtisch, direkt auf Michaels Notizblock, dann trat er vors Fenster und bewunderte die Aussicht. »Ein wunderschöner Tag, nicht wahr? Im Sommer ist dieses Haus ein Traum. Wie ist es im Winter? Höllisch, möchte ich wetten. Wie beheizt du es?«

»Decken.«

»Decken?«

»Genau. Von Thanksgiving bis zum Memorial Day bleiben wir durchgehend im Bett.«

»He, gute Idee. Vor allem mit Patsy, wenn du mir die Bemerkung gestattest. Sie sieht immer noch wie der Traum jedes Mannes aus.«

»Oh … du hast sie gesehen?«

»Klar, wir haben uns unterhalten. Sie ist draußen im Hof und wäscht den Wagen. Oder – wie soll ich sagen? – sie wäscht die Teile, die den Rost zusammenhalten.«

»Was führt dich so weit hier runter?«, wollte Michael von Joe wissen. »Du bist doch nicht hergekommen, um mir diesen Blazer zu zeigen, hoffe ich.«

Joe erwiderte: »Was dagegen, wenn ich mich hinpflanze?« Und damit nahm er auf der Ledercouch Platz. Er ergriff Michaels Zeitschrift und betrachtete stirnrunzelnd das Cover. »*Mushing?*«, fragte er ungläubig.

»Ja, Mushing«, sagte Michael »Du weißt schon – Huskys darauf abrichten, Schlitten zu ziehen, Skijöring, all so was. Mush! Mush!«

»Ist das hier in der Gegend stark verbreitet?«, fragte Joe, ohne eine Miene zu verziehen.

»Vergiss es, Joe – ist bloß so eine Idee, an der ich arbeite.«

»Alles klar«, erwiderte Joe. Er holte ein zerknittertes Taschentuch hervor und wischte sich damit die Stirn ab. »Ich sage dir wohl besser mal, weshalb ich hergekommen bin.«

»Du hast Rocky Woods erwähnt. Mein Junge dachte, das wäre dein Name.«

»Tut mir leid. Das ist kein Begriff, über den man scherzt, nicht wahr?«

Michael erwiderte nichts, sondern wandte sich ab und beobachtete den Kastendrachen, der über der Küste seine Kreise zog. Er ahnte ungefähr, was Joe ihn fragen würde, und er war nicht sicher, ob er ihm dabei ins Gesicht sehen wollte.

Joe fuhr fort. »Natürlich hast du von John O'Brien gehört. Dem designierten Richter des Obersten Bundesgerichts.«

»Natürlich. Wer nicht? Ziemliches Pech, was? Der Herr hat ihm gegeben, aber der Herr hat ihm definitiv auch reichlich genommen.«

»Der Helikopter war bei Plymouth versichert, mit Tyrell & Croteau als Versicherungsträger. Besitzer und Betreiber waren Revere Aeronautic Services, aber an dem Tag war die Maschine vom Justizministerium gechartert.«

»Im Fernsehen habe ich gehört, es sei ein Triebwerksausfall gewesen.«

»Das hat man im Fernsehen gehört.«

»Du meinst, es war kein Triebwerksausfall?«

»Ich meine, dass man das im Fernsehen gehört hat. Ein Triebwerksausfall war auf jeden Fall ein Teil der Geschichte. Wahrscheinlich war ein Triebwerksausfall die Hauptursache für den Absturz der Maschine – obwohl wir noch nicht wissen, *wieso* oder wie die Triebwerke ausgefallen sind oder ob es Sabotage gewesen sein könnte. Aber richtiges Kopfzerbrechen bereitet uns, was *nach* dem Absturz passiert ist.«

»Die Maschine ist verbrannt, oder? Mit 750 Litern Kerosin beladene Helikopter geraten leicht in Brand.«

»Das ist bei diesem erst neuneinhalb Minuten nach dem Absturz eingetreten.«

»Neuneinhalb Minuten lang ist niemand beim Wrack eingetroffen?«

»Das ist die Frage. Die *Rettungskräfte* sind erst nach neuneinhalb Minuten beim Wrack eingetroffen. Die Absturzstelle war weit draußen im Sand am Ende von Sagamore Head – und darüber hinaus hat jemand einen verbeulten Winnebago auf der Straße vom Nantasket Beach stehen gelassen. Allein um *den* aus dem Weg zu räumen, hat die Feuerwehr fünf Minuten gebraucht.«

Joe faltete sein Taschentuch zusammen und tupfte sich erneut die Stirn. »Allerdings … war sehr wohl *irgendjemand* draußen beim Wrack, bevor es explodiert ist. Mehrere Jachtpassagiere haben berichtet, einen schwarzen Chevy Blazer oder ein ähnliches Fahrzeug gesehen zu haben, das vielleicht zwei, drei Minuten nach dem Absturz neben den Trümmern geparkt hat. Ein Mann hat sogar seine Jacht ungefähr 60 Meter von der Landspitze entfernt vor Anker gelassen und ist mit seinem Beiboot ans Ufer gepaddelt, um nachzusehen, ob er helfen kann. Er sagt, er habe deutlich ein schwarzes Allradfahrzeug gesehen – und eine mit einem schwarzen Mantel bekleidete Person, die aus dem Wrack kam und etwas trug, das eine Tasche oder ein Sack gewesen sein könnte. Etwa 20 Sekunden später ist der Helikopter explodiert, und der Vorhang aus Rauch und Flammen war so dicht, dass er nichts mehr erkennen konnte. Als er am Ufer ankam, war der Wagen verschwunden, und der Hubschrauber war fast vollständig ausgebrannt.«

Michael massierte sich mit den Fingerspitzen die Schläfen wie ein Mann, der das Einsetzen von Migräne verspürt. »Du willst mir also sagen, dass eine oder mehrere unbekannte Personen den Helikopter vor den Rettungskräften erreicht und etwas aus dem Wrack entfernt haben?«

»Genau das will ich damit sagen. Genau das.« Eine Weile schwieg Michael nachdenklich. Joe beobachtete ihn, tupfte sich Schweiß von der Stirn und räusperte sich gelegentlich.

»Wer bearbeitet den Fall?«

»Kevin Murray und ein Neuer, Rolbein.«

»Kevin ist gut«, meinte Michael. »Der löst das schon für euch.«

»Kevin ist gut, ja. Aber Kevin ist nicht inspirierend.«

Michael drehte sich zu Joe zurück. »Und deshalb bist du den ganzen Weg in dieses Kaff am Meer gefahren, um mit mir zu reden? Um kostenlose Inspiration zu bekommen?«

Joe breitete die Hände aus. »Ich bekenne mich schuldig im Sinne der Anklage.« An den Achseln seines gestreiften Blazers hatten sich Schweißhalbkreise gebildet. »Bin ich nicht ein Scheißkerl?«

»Alles wie gehabt«, meinte Michael.

»Na ja, klar, Michael. Aber sieh's doch mal von meinem Standpunkt aus. Bei diesem Anspruch geht es um Hunderte Millionen Dollar. Du solltest mal allein die Höhe von John O'Briens Lebensversicherungspolice sehen – die ist doppelt so hoch wie die nationalen Reserven von Haiti und Dominica zusammen, und die von Kuba kannst du auch gleich noch dazupacken. Dann sind da noch die Lebensversicherungen von Eva O'Brien und der gemeinsamen Tochter Sissy – ganz zu schweigen von den Eventualforderungen wegen Verlusten und Schäden und Fahrlässigkeit.«

Joe putzte sich geräuschvoll die Nase. »Das wäre ja noch nicht so schlimm, wenn alles eindeutig und in trockenen Tüchern wäre. Aber der ganzen Sache haftet ein sehr verdächtiger Geruch an. Weißt du, wie das ist, wenn man einen Anspruch wegen eines ausgebrannten Wohngebäudes überprüft und meint, man könne ganz leicht den Geruch von Benzin oder Farbverdünner oder Spiritus wahrnehmen? So ein Geruch ist es. Denn es gibt zu viele eigenartige Unstimmigkeiten. Und ich rede nicht von den normalen Unstimmigkeiten, auf die man im Alltag stößt, sondern von solchen, bei denen man sich unwillkürlich denkt: Halt mal, wie kann *das* jetzt sein?«

»Nenn mir ein Beispiel.«

»Denk doch mal nach: Der Helikopter hat einen Triebwerksausfall, stürzt auf Nantasket Beach ab, und anscheinend wartet dort jemand genau darauf. Wenn der Triebwerksausfall echt war, woher konnte dieser Jemand haargenau wissen, wo der Helikopter runterkommen würde?«

»Klingt, als hättest du ein Problem«, befand Michael, setzte sich auf seinen Drehstuhl und drehte sich damit hin und her.

»Kannst du laut sagen. Und ich stehe unter Druck, schnelle Ergebnisse zu liefern. Henry Croteau ist 17-mal täglich an meinem Fall dran. Und unser geschätzter Präsident Edgar Bedford *70*-mal täglich.«

»Was ist mit der Polizei? Kooperiert die?«

»Das ist eine weitere Merkwürdigkeit. Als sich Polizeichef Hudson zum ersten Mal an die Medien gewandt hat, wurde eine ›volle, offene und schonungslose Untersuchung‹ versprochen. Aber bisher scheint die Polizei den ganzen Fall ungefähr so ernst zu nehmen, als wäre G. I. Joe aus seinem Plastikhubschrauber gefallen.«

»Und die Bundesluftfahrtbehörde?«

»Nichts. Die FAA weigert sich, auch nur ihre vorläufigen Erkenntnisse bekannt zu geben. Die behaupten, sie müssten erst das gesamte Wrack wieder zusammensetzen, bevor sie irgendwelche Angaben zum Wieso oder Weshalb machen könnten. Ich kann dir sagen, wie zugeknöpft die sich geben: Sie räumen nicht mal ein, dass sie irgendwelche vorläufigen Erkenntnisse *haben*.«

»Wer ist zuständig für die Rekonstruktion?«

»Dein alter Kumpel Jorge da Silva.«

»Wirklich? Sieht Jorge gar nicht ähnlich, zugeknöpft zu sein. Und der Gerichtsmediziner?«

»Dasselbe.« Joe tat so, als ziehe er einen Reißverschluss quer über seinen Mund zu. »Alles, was uns der Gerichtsmediziner bisher bereit ist mitzuteilen, lautet, mehr oder weniger wörtlich zitiert: ›Die O'Brien-Gruppe war in einen tödlichen Helikopterunfall verwickelt, und es gibt anscheinend keine Überlebenden.‹«

Michael überlegte kurz, bevor er nachfragte: »›Die O'Brien-Gruppe‹. Wie viele Leute waren das genau?«

»Sag du es mir«, gab Joe mit einem Funkeln in den Augen zurück. »Die schlichte Tatsache ist, dass niemand damit herausrückt. In jenem speziellen Helikopter hätten es drei oder auch bis zu acht Personen sein können. Und was zum Teufel soll ›anscheinend keine Überlebenden‹ heißen? Für meine Begriffe passen ›Überleben‹ und ›anscheinend‹ nicht zusammen. Falls ich, Gott bewahre, je in einen Hubschrauberabsturz gerate, will ich jedenfalls nicht *anscheinend* überleben. Ich will quicklebendig in den Abendnachrichten auf NBC zu sehen sein, wie ich mit Ruß im Gesicht und einem Pflaster auf der Stirn das Können und den Mut des Piloten in den Himmel lobe.«

»Also hat noch niemand offiziell die Zahl der Toten bestätigt?«, fragte Michael.

»Du hast es erfasst. Willst du wissen, was ich als Auskunft bekommen habe? ›Die physischen Traumata waren so schwer, dass eine vollständige Identifizierung noch aussteht.‹ Was für ein Quatsch. Du und ich, wir waren beide in Rocky Woods, und oben in Rocky Woods war nichts ausstehend. Wenn man wissen will, mit wie vielen Leichen man es zu tun hat, zählt man die Köpfe, wie wir es getan haben, egal ob diese Köpfe noch an etwas befestigt sind oder nicht.«

Nachdenklich meinte Michael: »Wir haben mal John O'Brien, richtig? Und seine Frau Eva O'Brien. Und ihre Tochter, korrekt?«

»Genau. Sissy O'Brien, 14 Jahre alt.«

Michael zählte an den Fingern mit. »Natürlich war da ein Pilot. Ein Co-Pilot?«

»M-m. Aber ein aufstrebender junger Typ vom Justizministerium war dabei, Dean McAllister. Er ist am Vorabend aus Washington angereist, damit er Mr. O'Brien zur Vereidigungszeremonie begleiten konnte.«

»Also fünf. Hätte auch nach einem Brand nicht allzu schwierig sein dürfen, sich das zusammenzureimen. Wer ist der Gerichtsmediziner?«

»Raymond Moorpath vom Boston Central.«

»Moorpath? Der arbeitet doch jetzt dort in der Privatwirtschaft.«

»Trotzdem, dorthin hat man die Leichen gebracht, und Moorpath gebührt die Ehre der Autopsien. Sonderwunsch von sehr, sehr, *sehr* hoch oben. Aber du kannst nicht leugnen, dass Moorpath schon immer der Beste war, vor allem bei Brandopfern. Bei Wasserleichen ist er auch gut.«

Michael überlegte eine Weile. Dann erkundigte er sich: »Willst du ein Bier?«

Joe zuckte mit den Schultern. »Wenn du auch eines trinkst.«

»Komm mit in die Küche.«

Sie verließen das Arbeitszimmer. Ein plötzlicher Windstoß blies einen kleinen Blizzard aus Papier von Michaels Schreibtisch. Die Tür fiel mit einem Knall hinter ihnen zu, und sie überquerten im Gänsemarsch die schmale Holzbrücke, die zur Küchentür führte. Ihre Füße verursachten auf den Brettern hohle Laute. Zu ihrer Linken befanden sich nur der grasbewachsene Strand und das glitzernde Meer. Zu ihrer Rechten führte eine steile, von der Sonne ausgebleichte Treppenflucht hinunter zum abschüssigen, betonierten Hof vor dem Haus, wo Patsy mit dem Schlauch ihren ähnlich ausgebleichten, grünen Mercury Marquis Baujahr 1966 abspritzte, und Jason sah ihr dabei zu, saß auf der Waschbetonwand und ließ die Beine baumeln. Patsy schaute hoch und winkte. Michael winkte zurück und rief vergnügt: »Wie läuft's mit der Autowäsche, Schatz?« Gleichzeitig jedoch zuckte er kaum merklich mit dem Kopf und verdrehte die Augen, um ihr mitzuteilen, dass ihm Joes Anwesenheit überhaupt nicht in den Kram passte.

Patsy lächelte und spritzte weiter den Wagen ab. Michael hatte sich nie zuvor in seinem Leben jemandem so nah gefühlt, ob Mann oder Frau. Patsy und er lachten zusammen, sorgten sich zusammen, atmeten praktisch zusammen ein und aus. Er liebte sie, doch wie sie tagein, tagaus zusammenlebten, war wesentlich komplizierter als alles, was er bisher als Liebe bezeichnet hatte. Es handelte sich um eine vollkommene physische, emotionale und intellektuelle Verstrickung.

Patsy war gerade mal einen Hauch größer als 1,57, besaß eine zottige, unbändige Mähne sonnengebleichter Haare und ein süßes Puppengesicht mit porzellanblauen Augen, einer Stupsnase und vollen rosa Lippen. An diesem Tag trug sie ein eng anliegendes, rosa und weiß gestreiftes T-Shirt, das ihre üppigen Brüste betonte, dazu äußerst knappe weiße Shorts aus Baumwolle und neonrosa Gummistiefel.

Der Präsident von Plymouth Insurance, Edgar Bedford, hatte sie einmal abfällig als »Michaels Tussi« bezeichnet. Aber trotz ihres Aussehens einer Barbiepuppe war Patsy gebildet, lustig und entschlossen – und in Wirklichkeit hatte sich Michael in diese Eigenschaften verliebt. Natürlich war sie obendrein ein Blickfang, und natürlich wirkte sie sexuell aufreizend, und auch das liebte er. Aber sie konnte sich bei jeder Dinnerparty bei Unterhaltungen über Mozart oder Matisse oder Guy de Maupassant behaupten, oder über die Urknalltheorie, Politik und Zensur, Rock'n' Roll, Frauenordination oder ob sich die Erde wirklich erwärmte oder nicht.

Michael und Joe gingen in die Küche mit ihrem schlichten, abgesetzten Tisch, dem großen, altmodischen Spülbecken und den klimpernden Keramikmobiles mit Schwänen, Jachten und Gemüse. Michael öffnete den Kühlschrank, holte zwei Flaschen Michelob daraus hervor und warf Joe eine zu. Dann hockte er sich verkehrt herum auf einen Stuhl, schraubte sein Bier auf, setzte die Flasche steil am Mund an und trank einen kurzen Schluck.

»Klingt definitiv, als versuche jemand, etwas zu vertuschen«, meinte er. »Die Frage lautet natürlich, was – und ob es in Bezug auf Versicherungsforderungen relevant ist.«

Joe erwiderte: »John O'Briens Police deckt nur Unfalltod ab. Insbesondere ausgeschlossen sind Selbstmord und Mord.«

»Und wie viel genau ist sie wert?«

»278 Millionen Dollar und ein paar Zerquetschte.«

»Also liegt es offensichtlich in Plymouths Interesse, zu beweisen, dass er vorsätzlich getötet wurde oder seinen eigenen Tod selbst geplant hat, richtig?«

Joe trank einen Schluck von seinem Bier und wischte sich mit dem Handrücken über den Mund. »Darauf wollen wir zwar nicht allzu offensichtlich pochen, aber ja.«

Michael überlegte eine Weile und trank dabei regelmäßig aus der Flasche. Schließlich schaute er zu Joe auf und sagte: »Dann viel Glück.«

»Dir ist schon klar, dass ich dich gerade ersuche, dich der Sache anzunehmen, oder?«, gab Joe zurück.

»Joe – ich habe gekündigt. Ich *will* mich der Sache nicht annehmen. Patsy und ich sind ausgestiegen, und wir sind rundum glücklich, wie es jetzt ist.«

Emotionslos erklärte Joe: »Dein Konto bei der Bank ist mit 6358 Dollar im Minus, und du hast keine Aussicht auf Geld bis Ende Oktober, wenn die nächste Lizenzgebühr von

Marine Developments, Inc. kommt – die, wie ich dir im Voraus sagen kann, unter 1500 Dollar ausmachen wird.«

Michael starrte ihn an. »Wie zum Geier hast du das herausgefunden?«

»Ach, jetzt hör aber auf, Michael, du kennst den Ablauf. Ohne Knarre geht man nicht auf Entenjagd, oder?«

Michael wusste, wovon Joe redete. Es galt als übliche Praxis für Versicherungsdetektive, Bankkonten, Bonitätsbewertungen und vertrauliche Krankenakten zu überprüfen. Im Gegensatz zur Polizei mussten sie nicht so pingelig sein, was Durchsuchungsbefehle oder Beweisregeln anging. Während seiner neunjährigen Laufbahn bei Plymouth Insurance hatte Michael regelmäßig Bankangestellte geschmiert, damit sie ihn einen Blick auf private Kontoauszüge werfen ließen. Nun jedoch, als Opfer, fühlte er sich bloßgestellt, wütend und gedemütigt, weil Joe herausgefunden hatte, wie pleite sie waren.

»Echt jetzt«, raunte er, »dazu hattest du kein gottverdammtes Recht, überhaupt keins.«

»Tut mir leid«, entschuldigte sich Joe, obwohl er nicht im Geringsten so klang, als täte es ihm leid. »Aber weißt du, wärst du flüssig, wäre es wahrscheinlich reine Zeitverschwendung gewesen, hierherzufahren.«

Michael konterte: »Glaub mir, es *war* eine Zeitverschwendung – deiner Zeit und meiner. Ich mag vielleicht Kohle brauchen, aber ich brauche sie nicht *so* dringend.«

»Michael … Ich gebe mir gerade größte Mühe, nett zu sein. Glaubst du wirklich, ich wäre für nichts und wieder nichts hierhergekommen? Ich hasse den Strand. Und das Meer. Und den ganzen verfluchten Sand. Pass auf – das ist ein einmaliger Auftrag. Du hängst dich rein, klärst die Sache, holst dir dein Geld ab und kehrst nach Hause zurück. Das ist alles, was ich verlange.« Kurz verstummte er, um abzuwägen, was für einen Eindruck er damit gemacht hatte, dann bekreuzigte er sich und fügte hinzu: »Es wird das erste und letzte Mal sein, versprochen. Du hast meine persönliche Garantie darauf.«

»Joe, du musst ein halbes Dutzend Leute haben, die locker so gut sind, wie ich es je war«, argumentierte Michael. »Und nicht nur das, ich bin seit fast zwei Jahren raus aus dem Geschäft. Die meisten meiner früheren Kontakte sind weggezogen, gestorben oder befördert worden. Mein Filofax ist bloß noch ein Museumsstück. Bei der Hälfte der Nummern klingelt es endlos, ohne dass je jemand abhebt.«

Joe trank einen Schluck Bier, trommelte mit den knubbeligen Fingern auf der billigen Tischfläche und schaute aus dem Fenster. Er räusperte sich. Es ließ sich nicht übersehen, dass er noch etwas auf dem Herzen hatte, allerdings würde er nicht damit herausrücken, jedenfalls nicht ohne gutes Zureden. Schließlich fragte Michael: »Da ist noch etwas, oder? Etwas, das du mir nicht sagen willst.«

Eine Augenbraue wurde hochgezogen. »Was meinst du?«

»Verarsch mich nicht, Joe, dafür kennen wir uns schon zu lange.«

»Na schön – ja«, räumte Joe ein. »Da ist noch etwas, das ich dir nicht gesagt habe.«

»Und? Was ist es?«

»Es ist supervertraulich. Ich hab's von ganz oben. Und ich musste schwören, dass ich es dir erst weitergeben würde, nachdem du zugestimmt hast, die O'Brien-Ermittlungen zu übernehmen.«

»Denkst du, ich würde meine Meinung ändern, wenn du es mir jetzt sagst?«

»Ohne jeden Zweifel.«

»Was ist dann das Problem? Vertraust du mir nicht oder

was? Ich meine, was glaubst du, wem ich es weitersagen würde?«

»Michael, Michael ... natürlich vertraue ich dir. Aber weißt du, sogar Strände haben Ohren. Wenn ich es dir sage und du trotzdem nicht einwilligst, an dieser Untersuchung zu arbeiten, und diese spezielle Information irgendwie nach außen dringt, dann reißt man mir den Arsch auf. Und wir reden hier nicht von einer schnöden Verwarnung. Wir reden von einem *quer* aufgerissenen Arsch.«

Michael stand auf. Joe beobachtete ihn, ohne zu blinzeln, als er um den Tisch herumkam. »Tut mir leid, Joe«, sagte Michael zu ihm. »Ich will nicht undankbar oder so klingen, ehrlich. Ich meine, ich weiß zu schätzen, dass du an mich gedacht hast. Aber soweit es mich betrifft, war Rocky Woods der Schlusspunkt. Das war die Ziellinie. Ich habe lieber im Himmel ein um 6358 Dollar überzogenes Konto als ein üppig bestücktes Spesenkonto in der Hölle.«

Joe blieb beharrlich. »Ich zahle dir 25.000 plus ein halbes Prozent von allem, was du uns sparst. 12.500 im Voraus – in welcher Währung du auch willst. Rubel, Zloty – sambische Kwacha, wenn dir danach ist, die stehen derzeit bei 2,16 US-Dollar.«

»Joe ... Ich habe Nein gesagt.«

»Gesteh mir wenigstens zu, dass du darüber nachdenkst.« Joes Gesicht glich einer Maske aus glänzendem Schweiß.

»Ich will nicht darüber nachdenken. Die Antwort bleibt Nein. Es gibt nichts, was du sagen oder tun kannst, um mich umzustimmen.«

»30.000, mit 15.000 als Anzahlung? Und ich meine damit 15.000 hier und jetzt, bar auf die Kralle. Keine Schulden mehr, keine Sorgen mehr, und zur Feier des Tages lade ich euch alle in den Lobster Shack ein.«

Mitleidig schüttelte Michael den Kopf. Allerdings musste er zugeben, dass er stark in Versuchung geriet. Patsy und er hatten so hart gekämpft, seit er seinen Job gekündigt hatte und sie hierhergezogen waren, und dennoch war ihnen lediglich gelungen, ärmer zu werden und unter schäbigeren Umständen zu leben. In letzter Zeit plagten ihn jeden Morgen, wenn er aufwachte, überaus verstörende Selbstzweifel. Was versuchte er eigentlich wirklich zu erreichen, indem er Bier trank und Träumen nachhing, er, der Besitzer von kaum mehr als einem billigen, heruntergekommenen Ferienhaus am Strand, zwei Paar Jeans und einem rostigen Mercury, der Öl verlor? Tief in seinem Herzen wusste er, dass er nie genug Antrieb aufbringen würde, um sein Brettspiel zu vollenden und zu vermarkten, nicht so, wie Haney und Abbott fieberhaft daran gearbeitet hatten, Trivial Pursuit zu entwickeln. Wahrscheinlich würde er auch nie mit einem Hundegespann über das Eis fahren, um den magnetischen Nordpol zu erreichen. Er würde vermutlich *nie* etwas Bedeutendes vollbringen, und er würde wohl noch bankrotter sterben, als er es im Augenblick war.

Aber die Erinnerung an Rocky Woods war blutig, düster und eindringlich wie ein Albtraum aus der Kindheit, der einen sogar während der Stunden des Tageslichts verfolgt. Michael traute sich nicht einmal, in Windrichtung daran zu denken. Rocky Woods war der Hades auf Erden gewesen, ein Massaker an Unschuldigen mit Feuer und Schwefel und eimerweise Blut. Am 17. März vor zwei Jahren um 17:05 Uhr war eine L10-11 der Midwest Airlines über Westwood, südwestlich von Boston, drei Minuten nach dem Start vom Flughafen Logan International in der Luft explodiert. Der Rumpf der Maschine war der Länge nach aufgebrochen, und 312 Männer, Frauen und Kinder waren rund 750 Meter tief in das Naturschutzgebiet Rocky Woods gefallen.

Über anderthalb Minuten lang hatte es buchstäblich Menschen geregnet.

Joe und Michael waren von Plymouth Insurance damit beauftragt worden, die Absturzursache zu untersuchen. Sie hatten eine ganze Nacht und den Großteil des nächsten Tages damit verbracht, Sanitäterteams von einer Leiche zur nächsten zu folgen, sie zu zählen, zu identifizieren und ihre Positionen zu markieren. Michael war dabei auf eine Birke gestoßen, die aus der Ferne den Anschein erweckt hatte, zu blühen. Erst als er näher herangekommen war, hatte er erkannt, dass die Blüten menschliche Hände gewesen waren.

Anschließend hatte er mehr als sechs Wochen lang nicht richtig geschlafen. Dann hatte er eines Morgens mitten in einem Telefongespräch über Schmelzpunkte mit der Feuerwehr von Boston den Hörer aufgelegt, war aus dem Büro gegangen und nie zurückgekehrt. Zuerst wollte ihn Edgar Bedford wegen Vertragsbruchs verklagen, aber Joe hatte Edgar Bedford einige der schlimmsten Fotos aus Rocky Woods gezeigt, was ihn davon überzeugt hatte, es – wenn auch widerwillig – gut sein zu lassen.

Selbst jetzt, 18 Monate später, träumte Michael immer noch davon, wie er sich einen Weg durch jene dunklen und verrauchten Wälder bahnte, während überall die Strahlen von Taschenlampen hin und her schwenkten und am Himmel Helikopter dröhnten. Er träumte immer noch von dem Mädchen, das er gefunden hatte. Die Kleine hatte unter einem Baum gesessen, mit offenen Augen, als wäre sie noch am Leben. Michael hatte sogar gerufen: »Hier lebt noch jemand!« Schnell jedoch war ihm klar geworden, dass niemand in freiem Fall einen Sturz aus 750 Metern Höhe überleben konnte und er in Wirklichkeit nur ein halbes Mädchen von der Hüfte aufwärts vor sich sah. In den Händen hatte die arme Kleine noch eine blaue Puppe von

Grobi aus der *Sesamstraße* gehalten, und ihre Haare waren fein und blond wie Maisgrannen gewesen.

Mehr als alles andere bedeutete die Erinnerung an jenes Mädchen für ihn, dass er nie zu seinem alten Job zurückkehren könnte. Er hatte sogar ihren Namen und ihre Adresse herausgefunden: Sarah-May Williams, Alsace Drive, Indiana, vier Jahre alt. Auch ihre Eltern waren beide gestorben.

Joe und er hatten sich zusammen jedes einzelne der Opfer angesehen – alle außer einer 16-Jährigen namens Elaine Parker. Von ihr hatte man eine Handtasche, das Gepäck und einen ihrer Schuhe gefunden, Elaine Parker selbst jedoch war für immer in Rocky Woods verschwunden, als hätte sie nie gelebt.

»Komm mir wenigstens ein Stück weit entgegen, Michael, ja?«, bat Joe. »Sag mir wenigstens, dass du darüber nachdenken wirst.«

»Tut mir leid, Joe. Das muss ich nicht.«

»Auch nicht um der alten Zeiten willen?«

In dem Moment öffnete sich die Küchentür. Patsy kam gerötet und erhitzt herein. Sie trug einen leeren Plastikeimer. »Das wäre erledigt«, verkündete sie. Dann fragte sie: »Auch nicht um *welcher* alten Zeiten willen?«

»Um keiner alten Zeiten willen«, erwiderte Michael und legte ihr einen Arm um die Schultern. »Joe und ich haben bloß von Erinnerungen gesprochen.«

»Draußen hat er mir erzählt, er habe dir einen interessanten Vorschlag zu unterbreiten«, meinte Patsy. Sie zog den Gingan-Vorhang unter dem Spülbecken auf und verstaute den Eimer. Dann setzte sie sich und streckte das linke Bein aus, damit ihr Michael aus dem rosa Gummistiefel helfen konnte. Er setzte die Hand unter der Ferse an und zog ihn ihr vom Fuß. Patsy wackelte mit den Zehen. »Meine Füße sind ganz verschwitzt. War es ein guter Vorschlag?«

Michael schüttelte den Kopf. »Joe dachte, ich könnte ihm helfen.«

»Wobei? Ehrlich, Michael, wir könnten im Augenblick ein bisschen mehr Geld gut gebrauchen, oder? Jason braucht ein paar neue Sweatshirts, und wenn wir den Wagen nicht bald zum Service bringen, gibt er endgültig den Geist auf.«

»Gute Frau«, befand Joe und hob prostend seine Bierflasche an. »Sag's ihm ruhig.«

»Ich will es einfach nicht tun, das ist alles«, rechtfertigte sich Michael in defensivem Tonfall.

»Und worum geht es eigentlich? Es kann doch unmöglich *so* abstoßend sein, oder?«

»Weißt du«, erwiderte Michael, »ich habe die Arbeit in der Versicherungsbranche aufgegeben, weil ich sie nicht mehr machen wollte. Ich bin damit durch. Kannst du das nicht verstehen?«

»Ich hab's dir ja schon gesagt«, warf Joe hinterrücks sein, »es ist eine einmalige Sache. Rein und raus. Kein Haken, kein Garnichts.«

»Nein, Joe«, blieb Michael beharrlich. »Absolut und definitiv nein.«

Patsy ergriff seinen Arm. Auf ihrer Oberlippe glänzten winzige Schweißperlen. Sie drückte seinen Arm und wollte wissen: »Was springt dabei heraus?«

»Michael ist stur«, antwortete Joe. »Ich habe ihm 30 große Scheine und ein halbes Prozent von allem angeboten, was er uns spart. Aber es ist nun mal, wie es ist. Ein moralischer Grundsatz ist ein moralischer Grundsatz. Ein Nein ist ein Nein.«

Ungläubig starrte Patsy ihren Ehemann an. »Er hat dir 30.000 Dollar geboten, und du hast abgelehnt?«

Michael spürte, wie er rot anlief. »Komm schon, Schatz.

Ich habe das aufgegeben. Wenn ich nicht erfolgreich tun kann, was ich tun will, was für ein Mann soll ich dann sein? Das wäre, als würde ich zugeben, dass ich es nicht packe. Als würde ich das Handtuch werfen.«

»Was redest du da?«, entgegnete Patsy. »Joe bietet dir doch die Chance, etwas zu tun, worin du sehr gut bist. Wie kann das so sein, als würdest du das Handtuch werfen? Und da wir gerade von Handtüchern reden, auch davon könnten wir einen neuen Satz gebrauchen. Die meisten sind zu besseren Lumpen verschlissen.«

Joe trank sein Bier und grinste. »Weißt du was, Michael?«, sagte er. »Gegen eine Frau kannst du nie und nimmer gewinnen.«

Aber Michael schüttelte langsam den Kopf. »Ich mache es nicht, Joe. Auch nicht für 30 Millionen Dollar.«

»Michael …«, setzte Patsy an, doch Michael hob die Hand und sagte: »Später, in Ordnung? Wir reden später darüber.«

Joe stand auf und stellte seine leere Flasche auf den Tisch. Er ergriff seinen Hut und starrte hinein, als erwarte er halb, darin etwas Interessantes zu finden, zum Beispiel Geld oder die Antwort auf all seine Probleme. Schließlich setzte er ihn auf.

»Niemand kann behaupten, ich hätte es nicht versucht«, meinte er mit echtem Bedauern in der Stimme.

»War trotzdem schön, dich wiederzusehen«, sagte Michael zu ihm. »Warum kommst du mit Marcia nicht mal sonntags zum Brunch vorbei?«

»Also, danke für die Einladung, aber ich denke, nicht. Marcia hasst den Strand genauso sehr wie ich. Außerdem … würde ich einem verhungernden Erfinder und seiner Familie nichts wegessen wollen.«

»Joe …«, warnte Michael, aber Joe ergriff seine Hand,

klopfte ihm auf den Rücken und beteuerte: »War bloß Spaß. Nur ein Scherz.«

Michael begleitete ihn hinaus zu seinem Auto, einem brandneuen Cadillac Seville in mitternachtsblauer Metalliclackierung. Patsy blieb oben am Uferweg. Ihre blonden Locken wehten in der Brise. Eine Möwe flog kläglich kreischend über sie hinweg.

»Du weißt, was man über Möwen sagt, oder?«, merkte Joe an, als er die Tür seines Wagens öffnete. »Angeblich sind sie ein Omen. Überbringer schlechter Neuigkeiten.«

»Das sagt man über dich auch, Joe«, erwiderte Michael und scherzte damit nicht wirklich.

Joe setzte mit dem Auto auf die sandige Fahrbahn zurück, winkte ihnen zu und fuhr davon. Michael stand noch lange am Bürgersteig und schaute ihm nach, bis die Sonne jäh aus seinem Außenspiegel verschwand, dann war er weg. Langsam erklomm Michael die Holzstufen zurück hinauf zu Patsy und setzte eine resignierte Miene auf. »Es tut mir leid«, entschuldigte er sich. »Er wollte, dass ich mir diesen Hubschrauberabsturz ansehe – der, bei dem John O'Brien und seine Familie umgekommen sind.«

»Und dem konntest du dich nicht stellen?«

Michael schürzte die Lippen und schüttelte knapp den Kopf.

»Aber du würdest dir doch die Leichen nicht ansehen müssen, oder?«

»Natürlich müsste ich das. Man muss wissen, wie sie gestorben sind, wo sie gestorben sind … man muss überprüfen, in welchen Positionen man sie gefunden hat.«

»Und das kannst du wirklich nicht tun?«

Michael stellte sich dicht neben sie und ergriff das splittrige Holzgeländer. »Seit der Nacht, in der Joe und ich Rocky Woods durchforsten mussten, wandelt meine geistige Gesundheit so nah am Rand des Abgrunds, wie es überhaupt möglich ist. Ich bin ausgestiegen, weil ich sonst vollkommen den Verstand verloren hätte. Ich kann nicht erklären, was das Erlebnis bei mir bewirkt hat, und ich erwarte auch nicht, dass du verstehst, warum ich keinen Auftrag annehmen kann, der unsere Geldprobleme mit einem Fingerschnippen gelöst hätte.«

Patsy ergriff seinen Arm und küsste ihn. »Michael … Ich muss es nicht verstehen. Ich *könnte* es gar nicht verstehen, oder? Das könnte ich nur, wenn ich selbst dort gewesen wäre, wenn ich es mit eigenen Augen gesehen hätte. Aber ich muss es nicht verstehen, weil ich dir vertraue. Ich weiß, du hättest es getan, wenn du könntest. Ich vertraue dir, und ich liebe dich. Das Letzte auf der Welt, was ich wollte, wäre, dass dich etwas verletzt. Ich habe nicht vor, deinen Seelenfrieden für ein paar neue Handtücher aufs Spiel zu setzen.«

Michael küsste erst ihr Haar, dann ihre Stirn und schließlich ihre Lippen. »Irgendetwas wird sich ergeben«, versprach er ihr. »Ich kann's in der Luft fühlen.«

Die Möwe kreiste und flatterte über ihnen, stemmte sich gegen den Wind. Fallweise schrie sie wie ein Baby … oder wie ein verirrtes Kind … oder wie ein Überbringer schlechter Neuigkeiten.

Als er in jener Nacht im Bett lag, öffnete sich die Welt unter ihm, und er stürzte in die Finsternis. Einige ausgedehnte Momente lang schien er mitten in der Luft zu schweben, während sich die dunkle Landschaft unter ihm langsam drehte und in der Ferne winzige Lichter funkelten. Es gab keinen Sog, der an seinen Ohren vorbeirauschte, nur Stille, dennoch wusste er, dass er fiel, und er wusste, er fiel *schnell.*

Er nahm wahr, dass um ihn herum auch andere Leute fielen, ein stummer Hagel von Menschen. Niemand kreischte, niemand schrie. Sie fielen einfach zusammen durch die Dunkelheit und warteten auf den Moment, in dem ihnen plötzlich die Bäume entgegenrasen und sie auf dem Boden aufschlagen würden.

Michael wartete und wartete. Dabei fürchtete er sich so sehr, dass er kaum atmen konnte. Vielleicht würde der Boden ja gar nie auftauchen. Vielleicht würde er ewig weiterfallen, tiefer und tiefer, hinein in die Nacht. Doch er konnte beobachten, wie die Lichter ausgingen, erst eins nach dem anderen, dann immer schneller, während die Hügel um ihn herum aufstiegen. Da wusste er mit Sicherheit, dass er sterben würde.

Zu Tode verängstigt fuchtelte er mit beiden Armen und versuchte, irgendetwas zu fassen zu bekommen, das ihn retten könnte, versuchte zu fliegen. Er spürte etwas an seiner linken Hand und griff danach, verfehlte es, griff erneut danach. Es handelte sich um ein junges Mädchen, das neben ihm fiel. Die Kleine konnte ihn nicht retten – sie waren beide dazu verdammt, zusammen abzustürzen. Dennoch hielt er sie fest, so fest, wie er konnte.

Erst da wurde ihm klar, dass sie ihn in der Dunkelheit anstarrte. Er konnte den fahlen Schimmer ihrer offenen Augen sehen. Ihm schoss durch den Kopf: *Oh Gott, sie ist schon tot …* Und als er nach unten fasste, bemerkte er, dass er lediglich ein halbes Mädchen festhielt, den Rumpf eines Kindes und nur blutige Lumpen unterhalb der Taille.

Da schrie er und wand sich, aber irgendwie gelang es dem Rumpf des Mädchens, sich an ihm festzuklammern, und er konnte sich nicht davon befreien. Michael spürte, wie ihm das eiskalte Blut der armen Kleinen die Oberschenkel hinablief. Er konnte das hohle Geräusch des Windes hören, der durch ihre leere Körperhöhle blies. Er konnte die kalte, feuchte Berührung ihrer Wange fühlen.

Ihre Lippen näherten sich seinem Ohr, und er hörte klar und deutlich, wie sie flüsterte: *Lass mich nicht fallen! Lass mich nicht fallen!*

Dann krachten sie beide auf den Boden. Michael schlug die Augen auf und fand sich zusammengekrümmt in seinem Bett wieder, glitschig vor Schweiß, die Zähne zusammengebissen, die Muskeln dermaßen angespannt, dass Krämpfe durch seine Waden zuckten.

Eine lange Weile lag er still, atmete tief durch und versuchte, sich zu entspannen. Gott sei Dank hatte er Patsy nicht geweckt. Diesen Albtraum hatte er lange, lange Zeit nicht mehr gehabt, und die Bilder hatten ihn noch nie so lebendig heimgesucht. Michael konnte kaum glauben, dass er nicht wirklich gefallen war und noch lebte.

Vorsichtig stieg er aus dem Bett. Unter den nackten Füßen spürte er die raue Sisal-Matte. Nackt schlich er auf Zehenspitzen durchs Zimmer und achtete darauf, nicht gegen den Schaukelstuhl in der Ecke zu stoßen, über den sie für gewöhnlich ihre Kleidung hängten. Es war 4:07 Uhr, und die ersten matten Strahlen des Sonnenaufgangs begannen gerade, durch die geblümten Baumwollvorhänge zu dringen.

Er ging in die Küche und schenkte sich ein großes Glas mit kaltem Wasser ein. Mit der Hand am Hahn stand er da und trank in großen, atemlosen Zügen. Dann trat er ans Fenster, das hinaus auf Nantucket Sound wies, und öffnete die Jalousien. Mit etwas Mühe konnte er die bleichen, prähistorischen Erhebungen der Sanddünen und die schimmernde weiße Linie der Brandung ausmachen.

Er fühlte sich unendlich deprimiert. Würde ihn der Albtraum von Rocky Woods auf ewig heimsuchen? Würde er nie ihn der Lage sein, ihn abzuschütteln? Das grauenhafte Gefühl, mit dem der Traum jedes Mal begann – als hätte sich sein Bett direkt unter ihm geöffnet –, war mehr, als Michael ertragen konnte. Noch mehr so deutliche und realistische Albträume wie in dieser Nacht, und er könnte ohne Weiteres in totalen Wahnsinn abgleiten, das spürte er.

Vielleicht hatte er einen Fehler begangen, indem er seinen Job hingeschmissen und versucht hatte, davor wegzurennen. Vielleicht hätte er bei Plymouth bleiben und sich seinen Ängsten so lange stellen sollen, bis er gelernt hätte, sie zu kontrollieren. Vielleicht hätte dann irgendeine Therapie geholfen. Aber er entstammte einer Familie, die von jeher stolz, in sich gekehrt und unabhängig gewesen war, einer Familie, die nie jemanden um Hilfe bat, sei es finanzieller oder emotionaler Natur.

28 Jahre lang hatte Michaels Vater sein eigenes Bootsbauunternehmen im Hafenbecken von Boston betrieben, und seine Ruder- und Schlauchboote waren von Rockland bis Marblehead berühmt für ihre feine, traditionelle Handwerkskunst gewesen. Aber Anfang der 1960er, als Glasfaserboote allmählich Holz abgelöst hatten, war es nur sehr wenigen der althergebrachten Bootsbauer gelungen, den Übergang zu vollziehen. *Rearden Schiffsbedarf* hatte nicht dazu gehört.

Michael konnte sich noch an die Zeiten erinnern, als man die Küste von Boston entlangschlendern und den lärmenden Chor von Bootsrümpfen hören konnte, die mit Hämmern und Muskelkraft gebaut wurden. Ebenso konnte er sich daran erinnern, wie sein Vater abgezehrt und ergraut in ihrem leeren Wohnzimmer auf einer Holzkiste gesessen hatte, während die Möbelpacker die letzten Einrichtungsgegenstände davontrugen. Er hatte sich damals neben seinen Vater gestellt, ihm die Hand auf die Schulter gelegt und gesagt: »Die Bank hätte dir geholfen, das weißt du, oder?«

Doch sein Vater hatte nur seine Hand getätschelt und erwidert: »Glaubst du, ich will, dass mich irgendein verfluchter Banker mit Leib und Seele besitzt? Niemand außer mir selbst besitzt mich mit Leib und Seele.«

Michael hatte viel von dieser selbstzerstörerischen Sturheit geerbt, von diesem Gefühl, ein minderwertigerer Mensch zu sein, wenn man es nicht aus eigener Kraft schaffen konnte.

Er dachte immer noch an seinen Vater und beobachtete die Brandung, als das Telefon klingelte. Sofort hob er ab, damit es nicht Patsy oder Jason weckte.

»Michael?«

»Wer ist da?«

»Michael, ich bin's, Joe. Hab ich dich geweckt?«

»Nein, nein. Ich habe nicht geschlafen.«

»Hör mal … Es tut mir leid, dass ich dich so spät anrufe. Oder vielleicht tut es mir leid, dass ich dich so früh anrufe, ich bin nicht sicher, was zutreffender ist. Aber ich habe gerade ein Fax bekommen, das mich autorisiert, dir alles zu erzählen, was wir über den O'Brien-Absturz wissen. Viel ist es zwar nicht, aber ich denke, ein bisschen Gedankennahrung kann ich dir schon geben.«

Müde drückte sich Michael den Handballen gegen die Stirn. »Joe … Ich habe mit Patsy darüber geredet, und die Antwort ist immer noch Nein.«

»Lass mich dir einfach sagen, was wir herausgefunden haben.«

»Interessiert mich nicht. Ich will's nicht wissen.«

»Aber das ist 24-karätiges Gold, das kann ich dir versprechen. Es kommt direkt von Roger Bannerman von Boston Life & Trust. Er und Edgar spielen zusammen Golf.«

»Ist mir egal, und wenn sie zusammen duschen. Die Antwort bleibt trotzdem Nein.«

Eine längere Pause entstand. Allmählich wurde Michael kalt, und er wünschte, er wäre wieder im Bett. Aber er konnte Joe am anderen Ende der Leitung immer noch atmen hören, und es klang wie das stete Atemgeräusch von Nemesis, wie der frostige Atem des erbarmungslosen Schicksals. Michael wusste bereits, dass Joe ihm erzählen würde, was Edgar herausgefunden hatte, und er wusste auch, dass er Joe zuhören würde. Außerdem wusste er, dass es ihn wahrscheinlich überzeugen würde, sein eigensinniges Leben hier in New Seabury aufzugeben und zurückzukehren, um sich den albtraumhaften Folgen von Rocky Woods zu stellen.

»John O'Briens Tochter wird vermisst«, ließ Joe die Bombe platzen.

»Was?«, hakte Michael unwillkürlich nach.

»John O'Briens 14-jährige Tochter Cecilia ... sie war mit ihren Eltern unterwegs nach Washington, D. C. zur Vereidigungszeremonie. Man hat im Helikopter ihre Handtasche gefunden, und man hat ihr Gepäck gefunden. Merkwürdigerweise auch ihre Schuhe, unter ihrem Sitz. Aber von Cecilia selbst fehlt jede Spur.«

Michael erwiderte: »Ich dachte, die von der Gerichtsmedizin hätten behauptet, die physischen Traumata wären so schwer, dass man nicht einmal weiß, mit wie vielen Leichen man es zu tun hat.«

»Das hat man *gesagt,* ja. Aber damit haben die nur auf Zeit gespielt. Die Wirklichkeit sieht etwas anders aus.«

»Wie hat Roger Bannerman davon erfahren?«

»Ganz einfach. Mrs. Bannerman ist ehrenamtliche Sanitäterin. Sie war selbst an der Absturzstelle.«

»Und sie ist sicher, dass das Mädchen nicht dort war? Dass Cecilia nicht rausgeschleudert wurde oder etwas in der Art?«

»Sie muss sicher gewesen sein, sonst hätte sie es ihrem Mann nicht erzählt.«

»Trotzdem – die Meinung einer ehrenamtlichen Sanitäterin aus zweiter Hand ist nicht unbedingt ein Beweis.«

»Ich habe nie behauptet, dass es ein Beweis ist«, entgegnete Joe. »Ich habe nur gesagt, dass es Gedankennahrung ist.«

Michael zögerte und schauderte. Mittlerweile hatte die Morgendämmerung voll eingesetzt, und er konnte den Horizont sehen, das schiefergraue Meer vor dem Hintergrund des helleren Graus des Himmels. Draußen in Richtung Nantucket Island schien es zu regnen. »Was weißt du sonst noch?«, fragte er.

»Das ist alles. Der Helikopter ist abgestürzt, und eine oder mehrere Personen wurden dabei beobachtet, wie sie etwas aus dem Wrack entfernt haben. Als anschließend die Rettungskräfte eingetroffen sind, hat jede Spur von Cecilia O'Brien gefehlt – obwohl mit Sicherheit feststeht, dass sie ihre Eltern begleitet hat.«

»Ich verstehe immer noch nicht, warum du ausgerechnet mich dafür brauchst.«

Joe ließ ein schweres Seufzen vernehmen. »Ich brauche *dich*, Michael, weil ich jemanden brauche, der feinfühlig ist. Ich brauche jemanden, der ein wenig verrückt ist. Ich brauche weder ein Arbeitstier noch einen Analysten. Ich brauche jemanden, der spontan Schlüsse ziehen kann. Wie hieß das noch mal, was du mir immer gepredigt hast? ›Windrichtungsdenken‹. *Das* brauche ich.«

»Was sagt die Polizei zu Cecilia O'Brien?«

»Nichts. Die geben nicht mal zu, dass sie nicht im Wrack war.«

»Wer also vertuscht die Sache und weshalb?«

»Gib mir ein paar Vermutungen.«

Michael fuhr sich mit der Hand durch die zerzausten Haare. »O'Brien war ein Liberaler, richtig? Er war gegen die Todesstrafe, er war gegen Rassismus, Rassentrennung und Polizeidiskriminierung gegen ethnische Minderheiten. Er hat sich für die Abtreibung eingesetzt und sich gegen Zensur starkgemacht. Bestechung und Korruption waren ihm ein Dorn im Auge. Er hat die Legalisierung weicher Drogen unterstützt, sich aber vehement gegen Crack, Heroin und Koks ausgesprochen, und er war entschieden gegen liberale Schusswaffengesetze. Im Grunde hat er sich zur Zielscheibe für jeden Drogendealer, jeden krummen Politiker, jeden Hinterwäldler und jeden religiösen Fanatiker auf dem Festland der Vereinigten Staaten gemacht.«

»Haargenau«, bestätigte Joe. Dann fügte er hinzu: »Erinnerst du dich an Rocky Woods?«

»Du glaubst doch nicht ernsthaft, ich könnte Rocky Woods *jemals* vergessen, oder?«

»Nein, natürlich nicht, tut mir leid, dämliche Frage. Aber denk daran zurück, wer in Rocky Woods gestorben ist.«

»312 arglose Männer, Frauen und Kinder. Das waren die Opfer von Rocky Woods.«

»Und darunter Dan Margolis.«

»Dan Margolis?«

»Ganz genau, Michael. Dan Margolis, der kurz davor von William Webster dazu auserkoren worden war, die Drug Enforcement Agency zu leiten, um den kolumbianischen Kokainhandel abzuwürgen, bevor er den Kinderschuhen entwachsen konnte.«

»Ich erinnere mich an Dan Margolis«, sagte Michael. »Er hat früher bei der Staatsanwaltschaft gearbeitet, oder? Ziemlich energisch und zielstrebig, wenn ich mich recht erinnere.«

»Genau der.«

»Was versuchst du, mir damit zu sagen?«, fragte Michael.

»Ich versuche gar nicht, dir etwas zu sagen. Wüsste ich die Antworten, würde ich mich nicht an dich wenden, oder? Ich versuche lediglich, in Windrichtung zu denken, wie du es tust.«

»Und?«

»Und – na ja – nichts. Nur haben wir zwei tödliche Abstürze von Fluggeräten innerhalb eines Zeitraums von zwei Jahren. In beiden Fällen war ein prominenter Liberaler involviert, in beiden Fällen sind Unschuldige umgekommen, und in beiden Fällen haben wir das spurlose und unerklärliche Verschwinden einer einzigen weiblichen Person. In Rocky Woods war es Elaine Parker. Bei John O'Briens Helikopter war es Cecilia O'Brien.«

»Joe«, protestierte Michael, »das ist kein Windrichtungsdenken. Das ist Bauen von Häusern ohne Dächer. Die logischste Erklärung für das Verschwinden von Elaine Parker in Rocky Woods war, dass sie außerhalb des Suchgebiets gelandet ist. Vielleicht hat sie ein Windstoß erfasst oder ein Trümmerteil ihre Flugbahn abgelenkt, wer weiß? Diese Menschen sind über eine Fläche von 23 Quadratkilometern verteilt gefallen. Und was Cecilia O'Brien angeht – das wissen wir noch gar nicht mit Sicherheit. Und in Rocky Woods sind mindestens drei weitere Menschen gestorben, die das Ziel von Mordanschlägen aus Rache oder wegen Versicherungsansprüchen hätten sein können. Mal ganz von der Tatsache abgesehen, dass wir nie herausgefunden haben, was die Explosion der L10-11 überhaupt verursacht hat.«

»Michael«, konterte Joe, »ich versuche gerade, dich zum Nachdenken anzuregen. Ich versuche, dich *einzubeziehen.*«

»Um Himmels willen, Joe, ich will nicht einbezogen werden. Ich will nicht wissen, wie dieser Helikopter abgestürzt ist, und ich will auch nicht wissen, warum, und vor allem will ich nicht die Leute sehen, die darin gestorben sind.«

Diesmal verstummte Joe und blieb stumm.

»Für mich ist das alles vorbei«, klärte ihn Michael auf. »Ich bin jetzt Erfinder, ganz gleich, wie schlecht ich damit deiner Ansicht nach über die Runden komme. Ich bin Erfinder, und ich erschaffe Dinge, ich kreiere Dinge. Ich wühle mich nicht mehr durch Trümmerteile, ich verdiene mir den Lebensunterhalt nicht mehr mit dem Kummer anderer. Ich bin kein Aasgeier. Ich mag etwas tun, das wenig einbringt, aber ich tue etwas Ehrliches.«

»Alles klar«, erwiderte Joe. »Tut mir leid, dich gestört zu haben.«

Damit legte er auf, und Michael blieb allein mit jenem einsamen Dauerton in der Leitung zurück. Nach einer Weile legte auch er den Hörer auf, sah sich um und kehrte rasch ins Schlafzimmer zurück.

Er schloss gerade hinter sich die Tür, als Patsy die Augen öffnete, ihn anstarrte und fragte: »Warum bist du denn auf? Wie spät ist es?«

»Halb fünf«, antwortete Michael und stieg zurück ins Bett.

Sie schmiegte sich an ihn. »Gott, bist du kalt«, stellte sie fest.

»Im Bett«, erwiderte er, »kannst du mich ruhig Michael nennen.«

3

Der Morgen wurde allmählich wärmer. Lieutenant Thomas J. Boyle stieg aus seinem neuen, ahorndunklen Caprice und wischte mit dem Ärmel seiner Jacke einige Fingerabdrücke vom Dach. Während er den Bürgersteig überquerte, kramte er in den Taschen nach Zigaretten, während er sich die Kippen gleichzeitig ziemlich deutlich auf dem Nachttisch neben seinem Bett vorstellen konnte, wo er sie liegen gelassen hatte. Sergeant David Jahnke wartete vor dem alten Sandsteinhaus auf ihn. Er trug einen Baumwollblouson und sah mehr wie Michael Douglas in *Die Straßen von San Francisco* aus, als es einem Sergeant zustand. Unaufgefordert bot er Thomas eine Winston an, die Thomas entgegennahm, ohne ihn anzusehen oder ein Wort zu sagen. David zündete sie für ihn an und wartete darauf, dass er das Wort ergriff. Die Tür zum Haus stand offen. Im Flur konnte Thomas eine braun gemusterte Tapete und sechs oder sieben gerahmte Bilder erkennen, allerdings reflektierte das Glas die Beleuchtung so, dass er nicht zu sagen vermochte, was sie zeigten.

Thomas blies eine dünne Rauchwolke aus und sah sich um. Drei Streifen- und ein Krankenwagen parkten ordentlich am Randstein. Und wurde ordentlich eingeparkt, bedeutete das, es gab bereits Tote. Dann hatte es nämlich keinen Sinn mehr, mit quietschenden Reifen unmittelbar vor dem Haus in willkürlichem Winkel zu bremsen und mit einer Trage und einem Erste-Hilfe-Kasten hineinzustürmen, die Schusswaffen für den Fall von Gefahr gezückt.

»Nette Gegend«, merkte er an. »Nur einen Block von den öffentlichen Gärten entfernt. Von welcher Größenordnung reden wir hier? 900.000 für Eigentum?«

David zuckte mit den Schultern. »Ist nicht meine Liga.«

»Arschloch. Sie sollen ja bloß schätzen, nicht kaufen.«

Verlegen fuhr sich David mit der Hand durch die zurückgekämmten Haare. »Miltjaworski ist drin, falls Sie reinschauen möchten.«

»Gleich. Erzählen Sie mir erst etwas.«

David holte seinen Notizblock hervor und schlug ihn auf. Kurz hielt er inne, blätterte eine Seite nach vorn und zwei Seiten zurück. Dann sagte er: »In Ordnung, hier haben wir es. Eine Frau, weiß, ungefähr 20 Jahre alt. Blond, blaue Augen, keine Muttermale. Sie wurde mit dem Gesicht nach unten auf einer Liege im Schlafzimmer gefunden, an allen vieren mit Stacheldraht gefesselt, was schwere Schnittwunden an den Hand- und Fußgelenken verursacht hat. Überall an ihrem Körper sind starke Blutergüsse, darunter Male, die wie Fingerabdrücke aussehen, und andere Male, die Zigarettenverbrennungen und Verbrennungen durch Schürhaken oder Brandeisen sein dürften. Die Liege ist stark mit Blut und Urin befleckt.«

Thomas atmete Rauch ein und blies ihn durch die Nase aus. Er hasste es, zu rauchen, und wünschte, er würde es nicht tun. Andere Beamte kamen mit all dem Blut und dem Geruch und dem Chaos von Menschenleben klar, ohne je auf Alkohol, Marlboro, Crack oder Ecstasy auszuweichen. Aber Thomas brauchte eine Krücke. Er musste etwas Offensichtliches tun, um zu zeigen, dass seine Psyche angeschlagen von dem war, was er tat, und Rauchen stellte dafür die ungefährlichste Möglichkeit dar, die ihm einfiel. Allerdings konnte er sich noch gut daran erinnern, wie seine Mutter auf der Krebsstation gestorben war, aufgedunsen, mit gelblicher Haut, geschüttelt von Schmerzen, und jeden Morgen nahm er sich fest vor, weniger zu rauchen. Aber jeden Morgen wurde er gerufen, um sich Opfer mit Schussverletzungen oder von einem Feuer verbrannte Familien oder tote, geschändete Kinder anzusehen – was also konnte er schon tun, außer sich eine weitere Zigarette anzuzünden?

Er war 44 Jahre alt, hatte nicht mehr lange bis zur Rente vor sich. Mit seiner schlaksigen Gestalt und seinen buschigen Augenbrauen war er auf ähnliche Weise wie Abraham Lincoln attraktiv. Aber er war überdurchschnittlich groß, fast 1,93, und seine Größe hatte sein gesamtes Leben beeinträchtigt. In der Schule war er dadurch zur Zielscheibe für gnadenloses Mobbing und grausame Scherze geworden. In seinen frühen Jahren bei der Polizei von Boston hingegen hatte sie ihm Respekt eingebracht und war seiner Beförderung zuträglich gewesen. Er war jung mit einem entschlossenen und körperlich dominanten Auftreten gewesen. Im mittleren Alter wiederum hatte ihn seine Größe zu einer Art Dinosaurier gemacht – einfach erkennbar für aggressive junge Rivalen sowohl bei der Polizei als auch aus der Politik, leicht von der Presse zu sichten und unübersehbar für die Verbrecher von Boston. Kevin Cato, der eines der einträglichsten, unlauteren Import-/Exportunternehmen von Rockland bis Marblehead betrieb, nannte ihn »Giraffe«.

Manchmal zog ihn Megan auf und nannte ihn ebenfalls Giraffe. Megan, seine Frau: Bostonerin mit irischen Wurzeln, 1,64 groß, zierlich, dunkel und trotz ihres Gebrechens temperamentvoll. Thomas ließ sich ihr gegenüber nie anmerken, dass es ihn störte. Aber eines Tages würde jemand sagen: »Holt euch die Giraffe.« Und das wäre das Ende vom Lied. Quietschende Reifen über die Haverhill und den Causeway oder unten am Hafen; Schüsse; dann nur noch ein Bürgersteig aus kaltem Beton, einsetzende Dunkelheit und dabei zusehen, wie das eigene Blut aus dem Körper abfließt.

Thomas nahm einen letzten, knappen Zug von der Zigarette und fragte: »Irgendetwas zur Identifizierung da? Handtasche, Kreditkarten, etwas in der Art?«

David schüttelte den Kopf. »Überhaupt nichts. Und ich meine wirklich rein gar nichts. Keinerlei Kleidung, kein Schmuck, keine Kosmetika, kein Kamm, keine Zahnbürste. Nichts. Die Frau war in jeder Bedeutung des Wortes komplett nackt.«

»Habt ihr schon mit den Nachbarn geredet?«

»Oh, klar. Die Dallens auf der einen Seite, die Giffords auf der anderen.«

»Sie haben nichts gesehen. Sie haben nichts gehört.«

David nickte. Die Byron Street gehörte zu den Straßen, in denen die Menschen kamen und gingen und sich um ihre eigenen Angelegenheiten kümmerten. Zu den Straßen, in denen niemand häusliche Gewalt, Schreiduelle oder einen Skandal zugeben würde. Die Polizei riefen die Bewohner der Byron Street nur, wenn sie aus Versicherungsgründen einen Einbruch melden mussten oder wenn eine lautstarke Party zu lange dauerte.

»Wollen Sie einen Blick darauf werfen?«, fragte David.

»Oh … sicher«, erwiderte Thomas. »Wer hat Meldung erstattet?«

Wieder blätterte David seinen Notizblock auf. »Miss Anna Krasilovsky von der Immobilienverwaltung. Die Mieter hatten zwei Monate hintereinander nicht bezahlt, deshalb ist sie hergekommen, um nach dem Rechten zu sehen. Auf die Türklingel hat niemand reagiert, und telefonisch hieß es, dass es keinen Anschluss unter der Nummer gibt. Also hat sie ihren Hauptschlüssel benutzt. Sie hat einen eigenartigen Geruch wahrgenommen, ist nach oben gegangen, und da war sie.«

»Haben Sie mit ihr geredet, mit dieser Miss …«

»Krasilovsky. Ja, klar. Sie wird gerade wegen eines Schocks behandelt. Aber alles, was sie sagt, passt zusammen.«

»Was wissen wir über die Mieter?«

»Dr. James T. Honeyman, Diplom-Zahnmediziner, also Zahnarzt, und Mrs. Honeyman. Anscheinend wollte Dr. Honeyman die Immobilie für eine auf Implantatchirurgie spezialisierte Praxis nutzen.«

»Woher kommen die beiden ursprünglich?«

»Wir überprüfen ihren Hintergrund gerade. Aber laut den Aufzeichnungen der Immobiliengesellschaft ist ihre dauerhafte Wohnadresse die Feriengemeinde Hawk-Salt-Ash in Plymouth, Vermont.«

»Merkwürdig«, befand Thomas. »Wer wohnt in Plymouth, Vermont, und richtet in Boston eine Praxis ein?«

»Wir sollten innerhalb der nächsten Stunde eine Rückmeldung aus Plymouth bekommen«, versicherte ihm David. »Meine Vermutung ist ja, dass es sich um eine Scheinadresse handelt. Aber wir überprüfen es natürlich sicherheitshalber.«

»Ach echt? Sie meinen tatsächlich, es könnte eine Scheinadresse sein?«, fragte Thomas sarkastisch. »Vielleicht machen wir ja doch noch einen Ermittler aus Ihnen.«

Aber er wusste, die Zeit für den grausigen Augenblick war gekommen, und er musste sich dem stellen. Warum er sich für eine Laufbahn im Morddezernat entschieden hatte, obwohl er es nicht einmal ertragen konnte, ein überfahrenes Reh auf einer Landstraße anzusehen, konnte er sich selbst nie erklären. Vielleicht hatte er sich eingebildet, es wäre nicht verstörender, als Cluedo zu spielen oder einen

Sherlock-Holmes-Roman zu lesen. Thomas konnte sich wirklich nicht erinnern. Aber es gab Tage, an denen kam er vom Polizeirevier nach Hause, stand 20 Minuten am Stück mit fest zugepressten Augen unter der Dusche und versuchte, den Geruch des Todes von sich abzuwaschen, den Anblick der blinden, blutigen, sich windenden Maden zu vergessen.

Er folgte David die Stufen hinauf und durch die offene Eingangstür. Kaum hatte er den Flur betreten, roch er Tod. Eine junge Polizeibeamtin, die ziemlich blass aussah, rempelte ihn an, als sie sich an ihm vorbei nach draußen drängte. Er herrschte sie nicht an, tadelte sie nicht, wie er es getan hätte, wenn sie ihn im Revier geschubst hätte. Stattdessen beobachtete er, wie sie mit auf den Mund gepresster Hand die Stufen hinuntereilte, und dachte: *Scheiße, das muss ein heftiger Anblick sein.*

David ergriff das Wort. »Hier entlang, Sir.«

Aber Thomas gab zurück: »Warten Sie.« Er betrachtete die gerahmten Bilder, die im Flur hingen – teils weil er den Moment hinauszögern wollte, wenn er sich der Verstorbenen stellen musste, teils weil er die Bilder anderer Menschen oft sehr aufschlussreich fand. Man musste ein Bild für sehr bedeutungsvoll halten, bevor man beschloss, es zu rahmen und an die Wand zu hängen. Manchmal war den Menschen gar nicht bewusst, wie viel die Wahl ihrer Bilder über sie verriet. Insbesondere Aktbilder. Und in diesem Fall handelte es sich ausschließlich um Aktbilder – Fotografien in Sepiatönen und Schwarz-Weiß aus viktorianischer Zeit, aus der Ära von Edward VII. und aus den 1920ern mit üppigen Hüften und blasser Haut, kokett und verschämt. Nur ein Bild war anders – ein eigenartiger Stahlstich formell gekleideter Männer und Frauen, die um einen Tisch standen, den ein Tuch aus schwerem Damast bedeckte. In der Mitte des Tisches lag ein kleines, dunkles, verkrümmtes Etwas, das ein menschlicher Fötus sein mochte, aber das Glas des Rahmens war stark verdreckt, weshalb es sich unmöglich mit Sicherheit sagen ließ.

»Was ist *das* hier Ihrer Meinung nach?«, fragte Thomas.

Offenbar hatte es sich David zuvor noch nicht angesehen. Er beugte sich vor und betrachtete es eingehend. »Keine Ahnung ... irgendein verschrumpeltes Wurzelgemüse?«

»Und warum starren dann all die Leute so gebannt darauf? Ich meine, was haben wir hier vor uns, die Steckrübenfreunde Amerikas oder wie?«

Betrübt schaute David zu ihm auf. »Ich weiß es wirklich nicht, Sir. Tut mir leid.«

»Meine Fresse, von wegen Wurzelgemüse«, brummte Thomas abfällig.

Verlegen richtete David den Blick wieder auf das Bild. »Es könnte auch ein toter Vogel sein.«

»Oh, klar. Und es könnte ein verdorrter Pfannkuchen oder irgendjemandes Toupet sein, Herrgott noch mal. Oder ein Viertelpfund Limburger Käse, dem Fell gewachsen ist.«

»Ich weiß es nicht, Lieutenant«, wiederholte David und bemühte sich, nüchtern und sachlich zu klingen. »Ihre Vermutung ist so gut wie meine.«

Thomas sah sich die übrigen Bilder an. »Ich will keine Vermutungen, David, und ganz sicher will ich keine Vermutungen, die nur so gut sind wie meine. Ich will konstruktive Ermittlungsarbeit. Ich will *Analysen.*«

Wieder nahm David die Bilder in Augenschein, sah dabei jedoch weiter entschieden unglücklich aus.

»Was sagen Ihnen diese Bilder?«, fragte Thomas mit Nachdruck. »Schauen Sie hin, David. Was sagen sie Ihnen? Sie sagen nämlich etwas aus! Sie sagen ... was? Jetzt kommen Sie schon, David, sie sagen ...«

Thomas ließ die Hand in der Luft kreisen, als könnte er die Worte aus Davids Kehlkopf wie aus einem Leierkasten kurbeln. »Jetzt machen Sie schon. Die Bilder sagen glasklar und überdeutlich etwas aus.«

David räusperte sich. »Sie sagen mir, dass derjenige, der sie aufgehängt hat, wahrscheinlich heterosexuell war.«

Thomas klatschte in die Hände. »Falsch! Damit gehen Sie davon aus, dass sie von einem Mann aufgehängt wurden! Vielleicht war es ja eine Frau!«

»Was sagen sie mir dann?«, fragte David zutiefst unbehaglich.

Thomas hob eines der Bilder von der Wand, drehte es um und las das Etikett des Rahmers auf der Rückseite. Dann hängte er es zurück und überprüfte alle anderen. »Ich verrate Ihnen, was sie aussagen. Sie sagen aus, dass sie alle lokal gerahmt wurden, hier in Chestnut Hill. Sie sagen aus, dass sie alle zur selben Zeit gerahmt wurden, was bedeuten könnte, dass sie einfach von einem Innenarchitekten in diesem Haus aufgehängt wurden und dass sie zur Immobilie gehören statt Dr. und Mrs. Honeyman persönlich. Außerdem sagen sie aus, dass sie von jemandem aufgehängt wurden, der Fleisch auf den Rippen mochte, wer immer es war. Schauen Sie her: Wir reden hier von üppigen Frauen. Haben Sie Miss Krovilavsky gefragt, ob diese Bilder den vorherigen Mietern gehört haben oder ob sie ihrer Immobiliengesellschaft gehören?«

»Miss Krasilovsky, Sir. Nicht Krovilavsky.«

»Ist doch Jacke wie Hose. Und, nein, Sie haben sie nicht gefragt, oder?«

»Nein, Sir. Der Gedanke ist mir nicht gekommen.«

Thomas hob einen Finger. »Wann immer etwas Sexuelles in eine Ermittlung hineinspielt, dann *fragen* Sie. Sex ist an sich schon ein Motiv.« Erneut besah er die Bilder.

»Vor allem, wenn jemand einen so exzentrischen sexuellen Geschmack unter Beweis stellt.«

Er untersuchte immer noch das Bild der um den Tisch stehenden Gruppe, als Detective Jaworski die Treppe aus dem Schlafzimmer herunterkam. Detective Jaworski war klein, kräftig und besaß einen pelzigen blonden Bürstenhaarschnitt und Augen so winzig wie zwei in eine Rübe gesteckte Stahlnägel. Er war erst vor fünf Wochen zum Morddezernat versetzt worden. Der Mann sah blass aus, schwitzte heftig und schluckte unablässig.

»Wofür halten Sie das?«, fragte ihn Thomas und zeigte auf das behaarte Objekt in dem Stahlstich auf dem Tisch.

Detective Jaworski betrachtete es ohne Begeisterung.

»Kann ich nicht sagen, Sir«, erwiderte er kopfschüttelnd.

»Ein Tier, ein Gemüse oder ein Mineral?«

»Ich weiß es wirklich nicht, Sir. Mir ist noch nie etwas untergekommen, das so aussieht.«

»Ja …«, murmelte Thomas. »Mir auch nicht. Sieht aber irgendwie ungesund aus, finden Sie nicht?«

Wortlos drehte sich Detective Jaworski urplötzlich um, stakste drei steife Schritte den Flur hinunter, schob die Tür zur Toilette auf und schlug sie hinter sich zu. Thomas und David warteten mit teilnahmslosen Mienen, während er sich geräuschvoll übergab.

Als er herauskam, wischte er sich den Mund mit Klopapier ab. »Orangensaft«, sagte er, als erkläre das alles.

Thomas verriet: »Das ist der Grund, weshalb ich nie frühstücke.«

»Gewöhnt man sich nicht daran?«, fragte Detective Jaworski.

»Ich sag's Ihnen, wenn's bei mir so weit ist«, gab Thomas zurück. »Und jetzt … sehen wir uns die Sache besser mal an.«

Sie erklommen eine steile Flucht mit braunem Teppich ausgelegter Stufen zum ersten Stock. Vor ihnen befand sich ein großes Fenster aus Buntglas in Gelb- und Sepiatönen, gemustert mit Orchideen und Aronstab. Es verlieh dem Treppenabsatz dieselbe bleiche, bräunliche Beleuchtung wie den Fotos im Flur.

Rechts befand sich eine geschlossene Mahagonitür. Thomas fragte Detective Jaworski: »Was ist da drin?«

»Badezimmer, Sir.«

Thomas öffnete die Tür und spähte hinein. Das Badezimmer erwies sich als kalt und roch nach Feuchtigkeit. Bis zur Hälfte bedeckten braune Majolika-Fliesen die Wände, der Rest war ockerfarben gestrichen und von schwarzen, kleinen Schimmelflecken gesprenkelt. In der Mitte der gegenüberliegenden Wand stand eine riesige, altmodische Badewanne. Im Inneren bildete eine gräuliche Schmiere dicke Ringe, und dunkelbraune Flecke prangten an den Seiten. Graue, menschliche Haare verstopften den Abfluss.

»Ist die Spurensicherung schon hier drin gewesen?«, wollte Thomas wissen.

»Noch nicht, Lieutenant. Die haben im Schlafzimmer alle Hände voll zu tun.«

»Sorgen Sie dafür, dass sie Proben dieser Haare mitnehmen.« Er ging zum braun gefleckten Spiegel über dem Waschbecken und fuhr mit einer Fingerspitze die Ablage darunter entlang. Alter Rasierschaum mit winzigen schwarzen Pünktchen verkrustete sie. Thomas hielt den Finger Detective Jaworski unter die Nase. »Menschliche Stoppeln. Sagen Sie denen, sie sollen auch davon eine Probe nehmen.«

Detective Jaworski betrachtete sie mit unverhohlener Abscheu. »Wie Sie meinen, Sir.«

Thomas sah sich weiter im Badezimmer um – Wände, Boden, Decke, Lampen –, dann starrte er sich einen gedehnten, nachdenklichen Moment lang im Spiegel an. Schließlich meinte er: »Okay.« Damit ging er hinaus. David und Detective Jaworski folgten ihm dichtauf.

Das Schlafzimmer befand sich hinter der zweiten Tür entlang des Flurs im ersten Stock. Davor stand ein stämmiger, rothaariger Cop mit vor dem Bauch verschränkten Händen. Aus dem Zimmer flackerten elektronische Blitze wie bei einem Sommergewitter, und Thomas hörte jemanden sagen: »Machen Sie noch zwei Aufnahmen von den Füßen. Von den *Füßen*, Herrgott noch mal.«

Thomas klopfte dem Polizisten auf die Schulter. »Wie geht's Ihnen, Jimmy? Schon Großpapa geworden?«

»Noch nicht, Lieutenant. Am zehnten August«, antwortete der Cop. »Und es wird ein Mädchen.«

»Tja, grüßen Sie Eileen von mir«, erwiderte Thomas. »Und vergessen Sie mir nicht die Zigarren.«

Bevor Thomas weitergehen konnte, streckte der Beamte die Hand aus, hielt ihn zurück und nickte in Richtung der Schlafzimmertür. »Atmen Sie tief durch, Lieutenant. Ist ein heftiger Anblick.«

Thomas sah ihn an. Wenn Jimmy O'Sullivan einen Anblick als heftig beschrieb, dann *war* er heftig. »Danke, Jimmy.« Dann atmete Thomas scharf ein und betrat den Raum.

Vier Fotolampen hatten das Schlafzimmer in eine grelle, surrealistisch anmutende Bühnenkulisse verwandelt. Zwei Beamte der Spurensicherung krochen auf Händen und Knien in der gegenüberliegenden Ecke, bürsteten sorgfältig den weißen, zottigen Läufer nach Haaren, Fasern und sonstigen interessanten Details ab. Ein junger Polizeifotograf mit einer schmierigen Tolle justierte gerade sein Stativ, um Nahaufnahmen am Fußende des Bettes zu schießen. Und ein dünner Mann mit Brille in einem hellblauen Laborkittel stand mit einem Klemmbrett unter dem Arm und einem Bleistift hinter einem elfenähnlichen Ohr neben dem Bett und schaute nachdenklich drein.

Das Bett selbst schockierte Thomas mehr als alles andere. Auf den ersten Blick dachte er, jemand habe eine dunkelbraune Decke darübergeworfen. Erst als er sah, dass überall darauf Schmeißfliegen krabbelten, wurde ihm klar, dass es sich gar nicht um eine dunkelbraune Decke handelte, sondern um ein weißes Laken, völlig von Blut durchtränkt – Blut, das grellrot gewesen sein musste, als es ursprünglich vergossen worden war, mittlerweile jedoch war es zur Farbe eines riesigen, fleckigen Schorfs oxidiert.

In der Mitte des Bettes lag mit dem Gesicht nach unten der nackte Körper einer jungen Frau. Man hatte sie mit drei Wicklungen eines matten Stacheldrahts an den Gelenken gefesselt, die Hände hinter dem Rücken, die Knie angehoben. Das lange Haar strotzte dermaßen dicht vor geronnenem Blut, dass Thomas nicht zu sagen vermochte, welche natürliche Farbe es vielleicht gehabt hatte. Der Fäulnisprozess war deutlich fortgeschritten, wodurch die Haut eine grünlich-graue, fast leuchtende Blässe angenommen hatte, doch sie war auch von Blutergüssen übersät, narbenbedeckt und unfassbar verbrannt.

Aus einer Tasche holte Thomas sein Taschentuch hervor, das er auseinanderfaltete und flach auf eine Handfläche legte. Aus einer anderen Tasche zog er ein kleines Fläschchen mit einer Gewürznelkenessenz, die ihm Megan regelmäßig in einem kleinen Delikatessenladen in der Nähe von Faneuil Hall besorgte. Er träufelte die Essenz in das Taschentuch, faltete es wieder zusammen und bedeckte damit Nase und Mund.

Anschließend trat er auf den Mann im hellblauen Laborkittel zu, der keinerlei Maske trug. »Lieutenant Boyle«, kündigte er sich mit gedämpfter Stimme an. »Ich glaube, wir sind uns noch nicht begegnet, oder?«

»Victor Kurylowicz«, stellte sich der Gerichtsmediziner vor. »Ich bin vor einem Monat aus Newark, New Jersey, hierhergezogen. Die Hand schüttle ich Ihnen lieber nicht.«

Thomas blickte auf den Leichnam der jungen Frau hinab. Die Haare bedeckten zur Hälfte das Gesicht. Er konnte nur den unteren Teil der Nase und den Mund sehen. Unter dem Kinn befand sich eine Masse von Maden, die beinah aussah, als brodle sie.

»Keine Ahnung, wie Sie den Geruch ertragen«, meinte Thomas zu Kurylowicz.

Der Gerichtsmediziner zuckte mit den Schultern. »Es geht nicht darum, ob man ihn ertragen kann oder nicht. Er ist wichtig. Er verrät mir Dinge. Erinnern Sie sich daran, was Coleridge über Köln gesagt hat? ›Da zählt ich 72 üble Gerüche, all wohl zu scheiden – und manches Gestänke!‹«

»Oh ... Sie sind wohl Literaturwissenschaftler«, brummte Thomas.

»Ich bin Rechtsmediziner«, entgegnete Kurylowicz. Die Augen des Mannes hinter der Brille mit dem schwarzen Gestell wirkten intelligent und dunkel. »Ich kenne mich mit Leichen aus, und mit allem, was mit Leichen zu tun hat. Insbesondere Leichen, die eine derartige Behandlung erlitten haben.«

Thomas musterte Kurylowicz über das Taschentuch hinweg. Der Gestank von getrocknetem Blut und verwesendem Fleisch war so durchdringend, dass er sogar die aromatischen Dämpfe des in Gewürznelkenessenz getränkten Taschentuchs zu überlagern begann. Eine schreckliche Reife lag darin, die Thomas immer an Gas, Äpfel und ungeklärtes Abwasser erinnerte. Er glaubte, daran ersticken zu müssen – oder, falls nicht, dass er nie wieder in der Lage sein würde, etwas anderes als Tod zu riechen. »Wollen Sie mir etwas über sie erzählen?«, fragte er. Seine Kehle fühlte sich dabei wie zugeschnürt an.

Kurylowicz blickte auf sein Klemmbrett hinab. »Auf jeden Fall. Diese bedauernswerte junge Dame ist eine 20 bis 21 Jahre alte Weiße mit blonden Haaren und blauen Augen. Sie war wohl ziemlich zierlich, als sie gestorben ist, was bedeutet, dass ihr Gewicht etwas unterdurchschnittlich für ihr Alter und ihre Größe war, aber nicht dramatisch. Mit anderen Worten: Wer immer sie gefangen hielt, hat sie gut gefüttert. Nach oberflächlicher Untersuchung würde ich sagen, dass ihr Leben vor etwas mehr als zwei Wochen erloschen ist.«

»Irgendeine Ahnung, wie sie gestorben ist?«

»Oh ja. Wie Sie selbst sehen, wurde sie mit Stacheldraht gefesselt. Dann wurden ihre Halsschlagader, ihre untere Eingeweidearterie und ihre Kniekehlenarterie fachmännisch durchtrennt, wodurch sie innerhalb von zehn Minuten verblutet ist.«

»Was meinen Sie mit ›fachmännisch‹?«

Kurylowicz rieb sich die Nasenspitze. »Ich meine damit, von jemandem, der verdammt genau wusste, was er tut.«

»Von einem Arzt?«

»Vielleicht. Jedenfalls sehen die Verletzungen eher nach Skalpell- als nach Messerwunden aus.«

»Ein Zahnarzt?«

»Schon möglich, wer weiß? Sogar ein Mechaniker, der sich mit Anatomie auskennt, hätte es tun können.«

»Aber dieser Täter kannte sich definitiv mit Anatomie aus?«

»Mit Sicherheit. Alle Schnitte wurden sauber und präzise ausgeführt, es gibt keinerlei Spuren eines Zögerns.«

Thomas zwang sich, den Leichnam der jungen Frau in Augenschein zu nehmen. Etliche Zigarettenverbrennungen prangten daran, außerdem buchstäblich Hunderte blaue Flecke, Schnitte, Narben und sogar grobe Tätowierungen – Dreiecke, Kreise und Schnörkel. Zu allem Überfluss hatte ihr jemand auch einen Smiley auf ein Schulterblatt gebrannt.

»Das ist schwerer Sadismus«, stellte Thomas fest.

Kurylowicz nickte. »Kann sein. Andererseits ist es vielleicht auch schwerer *Masochismus.* Mir sind schon reichlich junge Frauen untergekommen, die auf so etwas abfahren. Und auch jede Menge Kerle. Bei meinem letzten Auftrag, bevor ich hierherkam, hatte sich ein Mann das eigene Skrotum abgeschnitten und lief mit seinen Eiern in einer Plastiktüte rum.«

Thomas wollte von so etwas nichts hören, schon gar nicht im Augenblick.

»Die Verletzungen sind nicht alle erst neulich entstanden, oder?«, merkte er an. »Einige der Narben sehen ziemlich verheilt aus.«

Kurylowicz fuhr leicht mit den Fingerspitzen über die Erhebungen der Haut auf dem nackten Rücken der jungen Frau. »Es ist schwierig, sie genau zu datieren – aber ja, einige dieser Male könnten sechs Monate oder älter sein.«

»Also wurde sie seit Weihnachten und vielleicht noch länger systematisch gefoltert?«

»Oh, länger. Daran besteht kein Zweifel. Irgendwo im Bereich von einem Jahr bis 18 Monaten.«

»Und kein Hinweis darauf, wer sie ist oder was sie hier gemacht hat?«

Kurylowicz schüttelte den Kopf. »Keinerlei Identifizierungsmerkmale. Keine Ringe, keine Ohrringe, keine Muttermale. Natürlich überprüfen wir den Gebissabdruck, aber wenn sie nicht aus der Gegend oder gar aus einem anderen Staat stammt, könnte es ewig dauern, einen Treffer zu landen.«

»Wurde sie sexuell missbraucht?«

»Hunderte Male, würde ich sagen. Sie hat schwere vaginale und anale Traumata erlitten. Sehen Sie selbst. Sie weist Dutzende Zigarettenverbrennungen um den Genitalbereich auf, außerdem andere Verbrennungen, die nach bestimmten sadomasochistischen Praktiken aussehen, die zwar selten, mir aber schon untergekommen sind.«

Thomas atmete Gewürznelken und Tod ein, Gewürznelken und Tod. Kurylowicz starrte ihn mit funkelnden Augen an.

Thomas sagte: »Würden Sie mir erklären, was diese bestimmten sadomasochistischen Praktiken sind? Sie wissen schon – für einen dieser dämlichen, unbedarften Typen, die denken, Flagellation habe etwas mit Fahnen zu tun.«

Kurylowicz' zu schmalen Linien verkniffene Lippen schienen beinah zu lächeln. »Wir reden hier von Sodomie mit einer angezündeten Kerze, Lieutenant, entweder zwangsweise oder selbst eingeführt. Und wir reden nicht davon, die Kerze zu löschen, wenn es unerträglich wird.«

Langsam schüttelte Thomas den Kopf. »Ich habe ja schon von ziemlich verrücktem Kram gehört, aber davon noch nie.«

Kurylowicz blickte auf die junge Frau hinab, und einen Moment lang fand Thomas, dass er beinah traurig wirkte. »Die Menschen tun sich selbst Dinge an, das können Sie sich nicht mal vorstellen. Wissen Sie, ich bin Katholik. ›Der Körper des Menschen ist ein Tempel.‹ Nur wenige Menschen behandeln ihren Körper wie einen Tempel. Zwei Prozent. Die meisten Menschen behandeln ihren Körper wie ein Scheißhaus. Und dann gibt es noch welche, die wollen ihn schlechter als ein Scheißhaus behandeln, die wollen ihn verwüsten, ihn zerstören, ihn einreißen, Baustein für Baustein.«

Ein langes Schweigen breitete sich zwischen den beiden Männern aus. Der Fotograf wurde mit den Aufnahmen der Füße fertig, packte seine Ausrüstung zusammen, winkte und ging. Thomas hatte noch nie jemanden gesehen, der sich so abgehackt und so schnell bewegte. Wie die Keystone Kops aus den alten Stummfilmen. Die zwei Forensiker hingegen schien der Gestank nicht zu stören. Sie krochen weiter fleißig über den Läufer, holten gelegentlich kleine Polyäthylentütchen aus ihren Taschen, verstauten darin Haare, Flusen oder Faserfragmente, etikettierten die Tütchen und beschrifteten die Etiketten mit Filzstiften.

»Irving … Da ist eine blaue Wollfaser, wie mir vorher noch keine untergekommen ist«, sagte einer der beiden.

Der andere nahm sie entgegen und betrachtete sie eingehend. »Hm«, brummte er, warf sie in ein Tütchen und kennzeichnete es.

Kurylowicz ergriff das Wort. »Da ist noch etwas … Etwas, worauf ich mir bisher keinen rechten Reim machen kann.«

»Raus damit«, forderte Thomas ihn auf. Er bemühte sich sehr, geduldig zu bleiben, allerdings glaubte er nicht, dass er in der Lage sein würde, den Gestank dieser verwesenden Unbekannten mehr als weitere zwei bis drei Minuten auszuhalten.

»Ich würde Sie bitten, mal hierher zu sehen«, sagte Kurylowicz und deutete mit dem Finger auf zwei kleine Wunden im mittleren Rückenbereich der jungen Frau, höchstens 15 Zentimeter voneinander entfernt.

»Noch mehr Folter?«, fragte Thomas, der nicht sicher war, wonach er suchen oder was er davon halten sollte, selbst wenn er es fände.

»Offen gesagt weiß ich nicht, was das ist. Aber es scheint sich um sehr tiefe Wunden zu handeln, Wunden mit geringem Durchmesser oder Einstichlöcher, die geöffnet wurden, verheilen durften, wieder geöffnet wurden, wieder verheilen durften und so weiter und so fort.«

»Warum sollte jemand so etwas tun wollen?«

»Ich weiß es nicht ... vielleicht hat der Täter immer wieder etwas in ihren Rücken injiziert, um sie ruhig zu halten oder um die Schmerzen zu lindern ... so etwas wie ein Epiduralanästhetikum. Vielleicht war das ein Bestandteil der Folterung.«

»Herrgott ...«, entfuhr es Thomas. »Man kann sich gar nicht vorstellen, wie sie gelitten haben muss, oder? Man will gar nicht darüber nachdenken.«

»Da ist noch ein weiterer Punkt«, fügte Kurylowicz hinzu.

»Und welcher?«

»Ich muss das im Labor erst näher untersuchen – aber sehen Sie sich den unteren Bereich der Beine an.«

Thomas tat, wie ihm geheißen, und bemühte sich, nicht auf die von blauen Flecken und Schnittwunden übersäten Waden zu achten. »Ich sehe nichts.«

»Es geht darum, wie die Knochen vorstehen. Ich will zwar keine voreiligen Schlüsse ziehen, aber ich glaube, dass beide Beine gebrochen wurden – nicht unlängst, sondern vor höchstens 18 Monaten. Sie wurden gerichtet, allerdings nicht von einem hoch qualifizierten Chirurgen. Sehen Sie den leichten Knick in der linken Wade?«

»Was bedeutet das?«, fragte Thomas verdutzt.

Kurylowicz tippte sich mit seinem Stift gegen die Zähne, dann zuckte er mit den Schultern. »Ich weiß es nicht. Mir steht noch eine Menge Arbeit bevor.«

Einer der Forensiker stand auf und kam herüber. Er war

klein und fett mit einer Tolle wie Kookie Byrnes und nah beisammenliegenden Augen. Schweißperlen hatten sich auf seiner Oberlippe gebildet.

»Wie kommen Sie voran, Irving?«, erkundigte sich Thomas.

»Langsam, aber sicher«, antwortete der Tatortermittler mit einem asthmatischen Keuchen in der Stimme. »Bisher haben wir sieben verschiedene Textilfasern und genug Haare gefunden, um eine Matratze damit auszustopfen. Außerdem Kerzenwachs, Zigarettenasche, neun Zigarettenstummel, mehrere Nadeln und Spieße, verbrannte Streichholzheftchen und Angelhaken.«

Thomas nickte. Allmählich trieb ihm die Gewürznelkenessenz Tränen in die Augen, aber sein Magen drohte gegen den Verwesungsgestank zu rebellieren, deshalb wagte er nicht, das Taschentuch vom Gesicht zu entfernen. Unter seinem Hemd drang ein hörbares Knurren hervor, und Irving sah ihn überrascht an.

»Bin bloß hungrig«, erklärte Thomas. »Ich hatte kein Frühstück.«

»Sehr klug«, befand Irving. »Das Erste, was ich getan habe, als ich hier angekommen bin, war, drei Tassen Kaffee und eine doppelte Portion Rührei hochzukotzen.«

Thomas schaute zurück zu Kurylowicz, der sagte: »Ist schon in Ordnung, Sir. Im Augenblick habe ich Ihnen nichts mehr zu zeigen. Bestimmt haben Sie noch jede Menge andere Dinge, um die Sie sich kümmern müssen. Ich behandle diesen Fall mit Priorität und liefere Ihnen die Ergebnisse so bald wie möglich auf den Schreibtisch.«

In Kurylowicz' Stimme schwang ein erkennbar herablassender Tonfall mit. Was für ein Lieutenant des Morddezernats konnte den Geruch von Tod nicht ertragen? Aber Thomas war zu erleichtert darüber, dass er gehen konnte, um den Mann zurechtzuweisen. Außerdem hätte der Versuch, seinem Rang mit einem in Nelkenessenz getränkten Taschentuch vor dem Gesicht Geltung zu verschaffen, wohl eher verflucht lächerlich angemutet.

»In Ordnung, Kurylowicz. Gute Arbeit. Sergeant Jahnke bleibt für den Fall, dass Sie etwas brauchen.«

»Wie bitte?«, fragte Kurylowicz nach.

Thomas löste das Taschentuch vom Mund und holte Luft, um seine Äußerung zu wiederholen. Allerdings stieg ihm der Übelkeit erregend süßliche Gestank sofort in die Nase und drang so tief und dicht in seine Lunge, dass er kein Wort hervorbrachte. Stattdessen bedachte er Kurylowicz mit einem einhändigen Gruß im Stil von *Inspektor Columbo* und verließ hastig das Schlafzimmer.

»Alles in Ordnung, Sir?«, rief Jimmy, der Streifenpolizist, hinter ihm her, als er die Treppe hinuntereilte.

Thomas antwortete nicht. Er konnte nicht. Warmer, salziger Speichel flutete seinen Mund, und Krämpfe durchzuckten seinen Magen.

Die Hand fest auf den unteren Teil seines Gesichts gepresst, lief er mit voller Geschwindigkeit durch den Flur, nahm flüchtige, durcheinandergewürfelte Bilder jener vasenförmigen viktorianischen Nackedei, einen Hutständer und sein eigenes, kalkweißes Gesicht in einem Spiegel neben der Tür wahr, als würde der Affe, der nichts Böses sagt, von dem verfolgt, der nichts Böses hört. Die Eingangsstufen stürmte er drei auf einmal hinunter, und als er sich draußen auf dem Bürgersteig im warmen Vormittagswind befand, sog er einen tiefen Atemzug nach dem anderen ein.

Detective Jaworski hatte sich auf der gegenüberliegenden Straßenseite mit einem der anderen Streifenpolizisten unterhalten. Er kam herüber und erkundigte sich besorgt: »Geht es Ihnen gut, Lieutenant?«

»Nein, es geht mir nicht gut«, antwortete ihm Thomas. »Es geht mir alles andere als gut.«

Detective Jaworski fasste in seine Tasche und holte ein neues Päckchen Marlboros hervor. »Das ist der schlimmste Fall, den ich je erlebt habe. Noch schlimmer als diese Familie in der Otis Street, erinnern Sie sich daran?«

Thomas versuchte, sich die Zigarette anzuzünden, die ihm Detective Jaworski gegeben hatte, doch es gelang ihm nicht. Schließlich hielt Detective Jaworski seine Hand für ihn ruhig, und Thomas zündete sie an, atmete den Tabakrauch tief in die Lunge ein.

»Sie können sich glücklich schätzen, dass Sie gekotzt haben«, sagte er und meinte es auch so.

Detective Jaworski erwiderte: »All diese Narben. All diese Verbrennungen. Was denken Sie? War es so etwas wie ein Kultmord? Satanisten vielleicht, irgendetwas in der Art?«

Thomas schaute zum Haus zurück. »Ist noch viel zu früh, um das zu sagen. Zuerst müssen wir herausfinden, wer sie war, wie sie gefoltert wurde und wie genau sie gestorben ist.«

»Wissen Sie noch, was Sie an meinem ersten Tag beim Morddezernat zu mir gesagt haben?«, fragte Detective Jaworski. »Sie haben gesagt, Mord sei lediglich eine andere Art von Diebstahl, nur dass der Mörder jemandem Zeit statt Besitz stiehlt.«

»Das habe ich gesagt?«

»Ja. Ich fand das eine unglaubliche Art und Weise, es zu betrachten, deshalb habe ich es mir gemerkt. Sie haben gesagt, findet man die gestohlene Zeit, findet man auch den Mörder.«

»Das habe ich wirklich gesagt?«

»Klar«, bestätigte Detective Jaworski und nickte mit einem begeisterten Grinsen.

»Was habe ich damit gemeint?«, fragte Thomas.

Sehr langsam verschwand das Grinsen aus Detective Jaworskis Gesicht. »Sie haben damit gemeint … also, Sie haben damit gemeint, wenn jemand Zeit stiehlt, in gewisser Weise … Sie wissen schon … und wenn man sie wiederfinden kann … also, sozusagen, dann …«

Thomas legte Detective Jaworski eine Hand auf die Schulter.

»Sie wissen nicht, was es bedeutet, *ich* weiß nicht, was es bedeutet. Falls ich je wieder solchen Quatsch verzapfe, haben Sie meine Erlaubnis, mir Kaffee aufs Hemd zu kippen.«

»Ja, Sir«, sagte Detective Jaworski verblüfft. Dann: »Ja, Sir. Wie Sie meinen.«

Um Viertel nach drei fuhr Thomas nach Hause. Er wusste, dass ihm eine lange Nacht bevorstand, und er wollte sich vergewissern, dass Megan alles hatte, was sie brauchte. Thomas manövrierte seinen Caprice in die unangenehm abschüssige Zufahrt zu ihrem Wohngebäude und öffnete die Tür vorsichtig, um sie nicht an der Stützmauer aus Beton zu zerschrammen.

Er erklomm gerade die Stufen zwischen den Beeten flatternder Geranien, als sich die Eingangstür aus Glas öffnete und Mr. Novato herauskam, der Hausbesorger. In seiner blauen Baumwolljacke und mit der knalligen grünen Krawatte erinnerte er mehr denn je an einen untalentierten Bruder von Placido Domingo. Aus der Nähe roch der Mann nach Knoblauch, Lavendel und etwas, das Thomas nicht recht einzuordnen vermochte. Vielleicht Käse.

»Wird es lange dauern, Mr. Boyle?«, erkundigte er sich, und man brauchte keinen Doktortitel in Soziologie zu besitzen, um zu erahnen, welchen Verlauf das Gespräch nehmen würde.

»Höchstens 20 Minuten«, antwortete Thomas.

Mr. Novato schaute über die Schulter zum Auto. »Es ist nur so, dass Sie die Zufahrt blockieren.«

»Wenn jemand die Zufahrt benutzen will, brauchen Sie mich nur zu rufen, dann fahre ich weg.«

»Also … ich weiß nicht recht, Mr. Boyle. Wissen Sie, es verstößt gegen die Brandschutzbestimmungen, wenn ein Fahrzeug die Zufahrt versperrt.«

Mit gewaltiger Zurückhaltung entgegnete Thomas: »Lesen Sie es mir von den Lippen ab, Mr. Novato. Ich bin Polizeibeamter und ermittle in einem wichtigen Mordfall. Ich lasse mein Auto genau dort, wo es steht. Falls jemand in den nächsten 20 Minuten aus legitimen Gründen die Zufahrt benutzen will, fahre ich gerne weg.«

»Ich will keinen Ärger, Mr. Boyle.«

»Sie wollen keinen Ärger?«

»Genau das habe ich gesagt, Mr. Boyle. Ich will keinen Ärger.«

»Wenn Sie keinen Ärger wollen, Mr. Novato, ist die Lösung ganz einfach. Sagen Sie nur nichts mehr.«

Damit ging Thomas hinein und ließ Mr. Novato hinter sich stehen. Thomas mochte fast alles Italienische – das Essen, die Musik, den Wein, die Mode –, Mr. Novato jedoch war ihm auf Anhieb unsympathisch gewesen, als sie vor drei Jahren hier eingezogen waren, und seither hatte Mr. Novato nichts getan, um seine Meinung zu ändern. Der Mann war bürokratisch, faul und auf kreative Weise dumm. Hätte Thomas nicht gelegentlich Mr. Novatos Hilfe gebraucht, um Megan ins Auto zu heben, Nachrichten entgegenzunehmen oder ein besonderes Auge auf Megan zu haben, wenn Thomas unterwegs war, hätte er sich längst bei den Hausbesitzern über den Mann beschwert und ihn feuern lassen.

Na ja, vielleicht nicht gleich feuern, aber zurechtweisen. Schließlich mussten sich auch nervige italienische Hausbesorger irgendwie den Lebensunterhalt verdienen.

Thomas drückte den Fahrstuhlknopf für den zweiten Stock, und die Türen schlossen sich. Zum ersten Mal seit Wochen fühlte er sich richtig müde. Regelrecht ausgelaugt, als wäre er zwei Nächte hintereinander wach geblieben. Seine Sicht verschwamm andauernd, sein Gehör fühlte sich wie mit Baumwolle gedämpft an, seine Nebenhöhlen waren zu, aber trocken. Er schloss die Augen und lehnte sich an die Spiegelwand zurück, während ihn der Fahrstuhl nach oben beförderte.

Schließlich öffnete er die Tür zu Wohnung 303 und rief mit belegter Stimme: »Megan!« Er zog seine Jacke aus, hängte sie an den überfüllten Haken im Flur neben das gerahmte Bild von Jesus und Maria Magdalena und die Aussicht auf den Lough Oughter, dann ging er ins Wohnzimmer. Und da saß sie in ihrem Rollstuhl am Fenster, blickte hinaus auf die Commercial Street und den North End Playground und schrieb in ihr Notizbuch. Rotbraune Haare, Sommersprossen, grüne Augen, eine Stupsnase und der leichte Hauch eines Überbisses. Sie trug eine weiße, kurzärmlige Bluse und – wie immer – ein Kruzifix um den Hals.

Thomas ging zu ihr und küsste sie. »Wie war die Therapie?«, erkundigte er sich.

»Oh ... wie üblich«, erwiderte sie, schloss das Notizbuch und legte es auf den Tisch. ›Wie üblich‹ bedeutete ›schmerzhaft, mühsam und letztlich hoffnungslos‹. »Dr. Saul hat mir ein neues Schmerzmittel gegeben.«

Thomas zog sich einen der beiden Essstühle mit gerader Rückenlehne herüber, die zu beiden Seiten des Porzellanschranks standen, und nahm neben ihr Platz. Seit sie an den Rollstuhl gefesselt war, saß er kaum noch auf Lehnsesseln, weil sie immer zu niedrig zu sein schienen und ihm das Gefühl vermittelten, er hätte es gemütlich, während Megan unter der starren Rückenlehne ihres Rollstuhls zu leiden hatte.

»Das wird ein schwieriger Fall«, eröffnete er ihr. »Vielleicht solltest du eine Zeit lang bei Shirley bleiben.«

Megan schüttelte den Kopf. »Ich komme schon klar. Manchmal bin ich gern allein.«

»Aber ich werde mir Sorgen um dich machen. Das weißt du.«

Sie berührte die Außenseite seines Handgelenks und streichelte es zerstreut mit der Fingerspitze in einer kreisförmigen Bewegung. »Früher hast du dir nie Sorgen gemacht. Warum jetzt? Ich bin noch genauso kompetent.«

»Du bist jetzt *kompetenter*«, gab er zurück. »Aber das ist eine dieser Untersuchungen, die etliche Überstunden erfordern, vielleicht sogar Nächte, in denen ich gar nicht nach Hause kommen kann.«

»Du machst immer so viel Tamtam«, meinte sie mit einem plötzlich strahlenden Lächeln. »Ich habe meinen Fernseher. Ich habe meine Musik. Ich habe mein Kochbuch.«

»Vielleicht könnte Shirley ja hierbleiben.«

»Vielleicht will Shirley nicht hierbleiben.«

Thomas sah sie direkt und herzlich an und konnte sich ein Lächeln nicht verkneifen. »Du stures irisches Frauenzimmer, du.«

»Ach, so stur bin ich gar nicht«, schwächte sie ab. »Ich schätze lediglich meine Unabhängigkeit.«

»Natürlich«, sagte Thomas und hatte plötzlich das Bild der anonymen Frau vor Augen, die mit Stacheldraht gefesselt und mit dem Gesicht nach unten auf jenem von Blut verkrusteten Bett lag, und er hatte jenen Geruch in der Nase.

»Was ist?«, fragte Megan.

»Nichts«, wiegelte er ab.

»Er ist wirklich schlimm, nicht wahr? Dieser Fall, den du bearbeitest.«

»Es ist – äh … ja, es ist ein schlimmer Fall. Ich glaube nicht, dass ich wirklich darüber reden will.«

»Das könnte aber helfen, Tommy. Hat es früher immer.«

Er senkte den Blick. »Ich glaube, nicht, Megs. Nicht dieses Mal.«

Sie hörte auf, ihn zu streicheln, und umklammerte stattdessen fest sein Handgelenk. »Erzähl mir davon«, verlangte sie.

»Bitte nicht jetzt.«

»Erzähl mir davon.«

Zu seiner Überraschung stellte er unverhofft fest, dass er weinte. Er saß Megan aufrecht auf seinem Essstuhl von Angesicht zu Angesicht gegenüber, und ihm liefen Tränen über die Wangen. Noch nie zuvor hatte er bei einem Mordfall geweint, nicht um des Opfers willen, nicht um seiner selbst willen. Und doch heulte er nun wie ein Kind, zum ersten Mal in 17 Jahren.

»Wenn du sehen könntest, was man mit ihr *gemacht* hat …«, presste er schluchzend hervor. Er ließ den Kopf hängen, und Megan schlang die Arme um ihn, streichelte sein Haar und tröstete ihn. »Ich verstehe nicht, wie man zu so etwas fähig sein kann …«

Megan hielt ihn fest an ihren Busen gedrückt und tröstete ihn weiter. Ihr Rollstuhl knarrte leise, während sie ihn wiegte und streichelte. Schon oft hatte sie sich gefragt, wann es so weit sein würde, wann er endgültig zusammenbrechen würde. So viele Male hatte sie ihn mit Augen wie Steine gesehen, wenn er alles in sich hineingefressen hatte. Oder wenn er sich im Badezimmerspiegel angestarrt und dabei auf der Unterlippe gekaut hatte. Sie wusste immer, wann es sich um einen schlimmen Fall handelte, mit einer Frau oder einem Kind als Opfer, oder um etwas besonders Brutales. Er rauchte dann mehr, saß niemals still und starrte mit der unruhigen Verwirrung eines Tiers in einem Käfig zum Fenster hinaus.

»Erzähl mir davon«, wiederholte sie mit beruhigender Stimme.

Er richtete sich auf und wischte sich erst mit den Fingern, dann mit dem Handrücken über die Augen. »Ich kann nicht. Zuerst muss ich es verstehen. Und im Augenblick verstehe ich es nicht. Ich verstehe es *überhaupt nicht.* Es passt zu nichts, was ich weiß, übersteigt meine Erfahrung. Es war kein Fall von häuslicher Gewalt. Es waren keine Yummies. Es war so *seltsam.* Als fände man das Opfer eines Hai-Angriffs mitten in einer Stadt.«

Megan wusste, was er mit »Yummies« meinte. Es handelte sich um eine Abkürzung, einen Begriff, den der Kolumnist Mike Barnicle vom *Boston Globe* geprägt hatte und der für »Young Urban Maggots« stand, junges urbanes Gewürm, eine dauerhafte Unterschicht junger Schwarzer und Latinos mit jeder Menge Munition und keinerlei Hoffnung, wild entschlossen, sich gegenseitig und selbst mit Uzis und Crack zu zerstören.

»Soll ich dir etwas für heute Abend zum Mitnehmen herrichten?«, fragte ihn Megan. »Ich habe diese Salami aus Genua gekauft, die du so magst.«

Thomas schüttelte den Kopf. »Ich hole mir einen Hotdog, falls ich hungrig werde.«

»Bist du sicher? Willst du jetzt etwas essen? Eine überbackene Käseschnitte? Ein schnelles Hühnchen-Sandwich?«

Wieder schüttelte er den Kopf. Er hatte immer noch jenen grauenhaften Gestank verwesenden Fleisches in der Nase. Tatsächlich konnte er ihn sogar beinah *schmecken.* Wenn er jetzt etwas zu sich nähme, würde er mit Sicherheit nicht zwischen Käse, Hühnchen und Leiche unterscheiden können.

»Ich möchte wirklich nichts.« Er nickte in Richtung ihres Notizbuchs. »Komm ... lass uns nicht über mich reden. Vergessen wir wenigstens fünf Minuten lang das Morddezernat. Wie geht's mit dem Kochbuch voran?«

»Oh, richtig gut! Gina hat mich angerufen, bevor ich losmusste, und sie hat mir dieses wunderbare Rezept für Rinderbraten gegeben.«

»Wird das morgen unser Abendessen?«

»Ich muss es einfach ausprobieren.«

Thomas streckte den Arm aus und drückte ihre Hand. »Ich beschwere mich ja nicht, das weißt du. Besser als ich isst bei der Polizei niemand.«

Megan lächelte, und er liebte ihr Lächeln. Seit ihrem Unfall liebte er seine Ehefrau mehr als je zuvor, wenngleich er sich ein wenig scheute, es ihr gegenüber zum Ausdruck zu bringen, damit sie nicht glaubte, er sage es aus Mitleid statt aus tief empfundener Zuneigung. Außerdem war ihm noch etwas klar geworden: Wenn er ihr zu enthusiastisch seine Liebe versicherte, würde sich in ihr der Verdacht regen, er könnte eine Affäre haben – oder eine Frau kennengelernt haben, die ihm gefiel, und sich eine Affäre wünschen.

Thomas liebte Megan und wusste, dass er nie aufhören würde, sie zu lieben, dennoch waren da immer der Rollstuhl, immer die Therapie, immer die Schmerzen. Früher war sie Ski gelaufen, geschwommen, gejoggt, hatte getanzt und trainiert. Dann, vor drei Jahren, war sie zum

Bauernmarkt auf dem Parkplatz in der Webster Street in Brookline gegangen – und unbedarft und überhastet vom Bürgersteig getreten. Ein voll beladener Lastwagen eines Bauern hatte sie erfasst und war ihr über den Rücken gerollt. Thomas war damals sicher gewesen, dass sie sterben würde.

Natürlich war sie nicht gestorben – aber sie war unumkehrbar von der Hüfte abwärts gelähmt. Einmal hatte sie ihm anvertraut, dass sie lieber gestorben wäre. Aber danach hatte sie es nie wieder erwähnt und stattdessen einfach versucht, das Beste aus ihrer Lage zu machen.

Vor Megs Unfall hätte sich Thomas nie vorzustellen vermocht, was für einen Kampf es verhieß, in einer auf Menschen mit zwei gesunden Beinen ausgerichteten Welt eine querschnittsgelähmte Frau zu haben. Sogar die unbedeutendsten Einkaufsausflüge mussten sorgfältig im Voraus geplant werden. Wo würden sie parken? Wie sah es mit Treppen und Fahrstühlen aus? Gab es Drehtüren? Wo befanden sich Toiletten? Am Tag, als sie nach dem Unfall zum ersten Mal zusammen ausgegangen waren, hatte Thomas die albtraumhafte Entdeckung gemacht, dass über zwei Drittel der zivilisierten Welt plötzlich unzugänglich für sie geworden waren.

Ihre engen Freunde – ihre Freunde bei der Polizei – waren ihnen größtenteils erhalten geblieben. Dennoch war ihr Gesellschaftsleben nach und nach verkümmert, bis sie sich schon glücklich schätzten, wenn sie zweimal im Jahr irgendwohin eingeladen wurden. Sogar Megs Schwester Joan und ihr stets gut gelaunter Ehemann Ray luden sie kaum noch zu sich nach Framingham ein. Wer wollte schon wirklich eine Frau in einem Rollstuhl an seinem Esstisch haben? Und es nahm auch kaum jemand noch *ihre* Einladungen an. Megan kochte nach wie vor göttlich, aber Gäste schienen sich immer vor Verlegenheit zu winden, wenn sie den Schmorbraten auf einem speziellen Brett quer über den Griffen ihres Rollstuhls hereinbrachte. Als würde das Essen dadurch anders *schmecken*.

Thomas hatte keine Zeit, um deswegen verbittert zu sein. Er war zu beschäftigt damit, grässliche Mordfälle zu bearbeiten, einkaufen zu gehen und zu versuchen, den Lebensunterhalt für sie beide zu verdienen. Vor diesem Tag war er noch nie in Tränen ausgebrochen. Mehr als einmal hatte er sich die Frage gestellt, ob das Leben fair sei, aber er hatte sich nie darauf geantwortet.

Auf dem Newmarket-Parkplatz an der Ecke Massachusetts Avenue und Newmarket Square hielt er an. Es war vier Uhr an einem drückend schwülen Nachmittag. Der an sich helle Himmel war verschwommen vor Wolken, der Verkehr klang gedämpft. Einer solchen Schwüle haftete etwas sonderbar Traumartiges an, als liefen die Menschen wie in einem surrealen Film herum, nur der Form halber mit irgendetwas beschäftigt.

Thomas parkte den Wagen, schloss ihn penibel ab und ging zu dem dampfenden Hotdog-Wagen hinüber, der in eine beengte Lücke zwischen einem alten Lincoln und einem mit Nationalparkaufklebern übersäten Winnebago gepfercht stand. Ezra »Speed« Anderson holte bereits einen Hotdog für ihn aus dem siedenden Wasser und ertränkte ihn in all seinen Spezialsoßen. In Speeds mit Daumenabdrücken übersäter Sonnenbrille sah Thomas zwei zwergenhafte Bilder seiner selbst, wie er auf den Wagen zuging und einen von der Linse gekrümmten Arm ausstreckte.

»Ein Speed-Dog, kommt sofort«, sagte Speed lakonisch. »Sie sehen aus, als könnten Sie etwas Nahrhaftes vertragen, Lieutenant.«

Thomas holte ein paar Scheine hervor und bezahlte. »Hab's bloß mit einem üblen Fall zu tun, mehr nicht.«

»Die Welt ist ein kranker Ort, Lieutenant.«

Thomas nahm einen Bissen von seinem Hotdog. Speeds Soßen waren üppig und würzig genug, um den Geschmack von Tod zu übertünchen. Thomas kaute, obwohl er keinerlei Hunger verspürte, aber er kaute trotzdem weiter.

»Meinen Sie, ich sollte eine ganze Kette eröffnen?«, fragte Speed.

»Wofür?«, entgegnete Thomas. »Ihr Wagen gehört zu den bedeutendsten kulinarischen Schätzen von Boston. Wollen Sie das verderben, indem Sie eine Kette eröffnen?«

»Ich weiß nicht«, meinte Speed. »Manchmal träume ich von unermesslichem Reichtum.«

Thomas erwiderte: »Das Leben an sich ist unermesslicher Reichtum. Mehr als das braucht man nicht.«

4

»Ich hatte wieder diesen Albtraum«, sagte Michael.

Dr. Rice spielte Solitär in sternförmiger Anordnung. Die Lippen fest aufeinandergepresst spähte er über seine halbmondförmigen Brillengläser, erwiderte jedoch nichts. Offensichtlich wartete er darauf, dass Michael ihm verriet, welchen Albtraum, denn es gab mehrere. Da war zum einen der Albtraum von dem Leichenschauhaus, dann der Albtraum von der L10-11, die sich öffnete wie ein Schwein mit aufgeschlitztem Bauch, und der Albtraum von den Bäumen mit menschlichen Händen als Blüten und der von dem Mädchen, das nur ein halbes Mädchen war.

Und noch andere – manche explizit und düster, andere geheimnisvolle, undurchsichtige, aufrüttelnde Schrecken ohne Namen oder Gesichter. Michael Rearden glich einem Wrack, einem Schmelztiegel von Traumata, Grauen und grässlichen Erfahrungen, die er wieder und wieder durchlebte, bis jede Faser seiner Psyche zum Zerreißen gespannt war.

Seit mittlerweile über einem Jahr versuchte Dr. Rice, Michaels Traumata aufzulösen, doch einfach gestaltete es sich nicht. Sobald es ihm gelang, einen Albtraum zu zerfransen, knotete sich ein anderer fest zusammen. Aber Dr. Rice war nicht nur kompetent, sondern auch unendlich geduldig, und er ging davon aus, Michael mit weiteren vier bis fünf Jahren Therapie letztlich wieder in denselben Zustand seelischen Gleichgewichts bringen zu können, in dem er mit einem Helikopter in Rocky Woods gelandet war, enthusiastisch, ehrgeizig und vollkommen unvorbereitet auf eine der grausigsten Katastrophen der zivilen Luftfahrt der jüngeren Geschichte.

Es bestand ein Unterschied zwischen dem erneuten Durchleben seiner Albträume und dem Umgang mit ihnen. Im Augenblick durchlebte sie Michael lediglich erneut, wieder und wieder, und er kam dabei emotional kaum voran.

»Den Albtraum mit dem Fallen«, erklärte Michael. »Mit der Leiche des Mädchens. *Diesen* Albtraum.«

Dr. Rice zögerte über dem Solitärbrett. Dann ergriff er den letzten Spielstein, den er aufnehmen konnte, und sagte: »Drei übrig. Warum gelingen mir nie weniger als drei?«

»Ich glaube nicht, dass ich irgendwelche Fortschritte erziele«, klagte Michael. »Es ist derselbe Albtraum, genauso deutlich wie immer. Genauso Furcht einflößend. Ich versuche ja, ihn zu bewältigen, aber mein Verstand *will* das gar nicht. Es ist fast so, als versuchte ich, mich selbst zu bestrafen.«

»Das ist nicht ungewöhnlich«, erklärte Dr. Rice. »Wir haben doch schon darüber geredet, oder? Ein Teil Ihres Problems ist das Überlebenden-Syndrom. Das Syndrom der ›Gnade Gottes‹, wie es Dr. Leavis zu nennen pflegte. ›Allein der Gnade Gottes halber bin ich – und was fühle ich mich schuldig deswegen!‹«

»Ich war nicht mal ein Passagier des Flugs«, merkte Michael an.

Dr. Rice schüttelte den Kopf. »Das spielt keine Rolle. Sie haben Tote gesehen, unschuldige Frauen und Kinder, in Stücke zerschmettert. Sie sind unter ihnen gegangen und waren noch am Leben.«

Michael hievte sich aus dem unbequemen Stuhl aus

Chrom und Segeltuchmaterial. Dr. Rice begann, systematisch alle Spielsteine zurück auf sein Solitärbrett zu legen, und beobachtete Michael nicht einmal, als sein Patient das Büro durchquerte und durch die vertikalen Lamellen der Jalousien auf die Straße hinausspähte. Michael konnte nur das Heck eines gelben Vans mit der roten Aufschrift *Al's Transmissions* auf der Seite sehen und die Ecke des Restaurants *Contented Cod* mit kitschigen, roten Vorhängen und einer weißen Veranda in nachgeahmtem Kolonialstil. Außerdem erspähte er einen gelblichen Hund, der in der Sonne schlief, und ein Dreirad mit einem roten Wimpel und einem mit Lebensmitteln, Brot, Salat gefüllten Korb. Es war eine merkwürdig leere Szenerie. Keine Autos fuhren vorbei, keine Fußgänger liefen vorbei. Das erinnerte ihn an ein Gemälde von Edward Hopper.

Dr. Rice wartete geduldig auf ihn. Er konnte es sich leisten, geduldig zu sein. Michaels Therapie wurde von Plymouth Insurance bezahlt, ein Bestandteil seines Abfindungspakets, und es lag an Dr. Rice, zu entscheiden, wann Michael emotional wiederhergestellt war. Dr. Rice glaubte voll Überzeugung an die Wirksamkeit der Hypnotherapie, genauso überzeugt jedoch glaubte er an Cashflow. »Klein und stetig ist besser als sporadisch und spektakulär«, hatte er zu seinem Broker am fünften Loch in Dunfey's Hyannis Resort gesagt. Aber er war kein Heuchler – er glaubte aufrichtig, dass Michael nur durch eine sehr allmähliche und gut strukturierte Akzeptanz dessen, was er erlebt hatte, geheilt werden konnte.

Eines Tages würde Michael akzeptieren müssen, dass das Bezeugen einer Tragödie nicht dasselbe war wie sie zu verursachen. Es hatte Menschen vom Himmel geregnet, ja. Kinder waren gestorben. All die persönlichen und kostbaren Habseligkeiten Hunderter menschlicher Leben waren über die Landschaft verteilt worden. Aber es war nicht Michaels Schuld gewesen. Sobald Michael das verstanden haben würde, sobald er sich *wirklich* mit seiner Unschuld abgefunden haben würde, könnte sein Heilungsprozess beginnen. Bis dahin konnte Dr. Rice für ihn nur ein leitendes Licht hochhalten, während er sich durch das dornige Gestrüpp seiner Albträume mühte, und aller Unwahrscheinlichkeit zum Trotz hoffen, dass er in die richtige Richtung steuerte.

»Glauben Sie, dass etwas diesen Albtraum ausgelöst haben könnte?«, fragte Dr. Rice. »Etwas, das Sie gelesen oder im Fernsehen gesehen haben? Oder ist er einfach spontan aufgetreten?«

Michael antwortete: »Die wollen, dass ich zurückkomme. Sie wollen, dass ich es wieder tue.«

»Wer? Was meinen Sie damit?«

»Joe Garboden von Plymouth Insurance. Er hat gestern vorbeigeschaut. Unangekündigt, unerwartet. Er hat gesagt, sie bräuchten Hilfe bei diesem Helikopterabsturz … Haben Sie davon gehört? Von dem, bei dem John O'Brien und seine Familie umgekommen sind?«

»Ja«, erwiderte Dr. Rice. »Selbstverständlich. Aber warum wollen die ausgerechnet Sie dafür haben?«

Michael zuckte mit den Schultern. »Die scheinen zu glauben, ich hätte ein besonderes Talent.«

»Aber … die müssen doch wissen, dass Sie nach wie vor in Therapie sind.«

»Ich glaube, das juckt die nicht so besonders. Die interessiert nur der Umstand, dass sie unter Umständen viele, viele Millionen Dollar rausrücken müssen.«

»Die müssen doch reichlich qualifizierte Versicherungsdetektive haben, die das genauso gut wie Sie erledigen können.«

Michael warf einen langen letzten Blick aus dem Fenster. »Das glauben sie anscheinend nicht.«

Dr. Rice stand auf. Er war sehr groß, mindestens 1,90, und so dünn, dass er aussah, als litte er unter einer lebensbedrohlichen Krankheit, obwohl er sich – abgesehen von einer Leber, die er im Alter von Mitte zwanzig mit Alkohol und Drogen geschädigt hatte – hervorragender Gesundheit erfreute. Die schwarz gefärbte Mähne trug er streng von der knochigen, an ein Pferd erinnernden Stirn zurückgekämmt. Seine Augen waren so blass, dass sie fast farblos wirkten, wie das Meer, das über einen Stein spülte, dafür besaßen sie Ausdrucksstärke. Feuer, Elan, Intellekt, Herzlichkeit. Seine scharf geschnittenen Wangenknochen säumten eine schmale, komplizierte, knochige Nase.

Er war ein Überlebender aus den 1960ern. Nachdem er seinen Abschluss in Psychologie an der University of Massachusetts in Columbia Point gemacht hatte, war er nach Westen gegangen und hatte in Sandstone und Carmel und Haight-Ashbury gelebt. Er hatte lange, irre, zugedröhnte Nächte mit Timothy Leary, Ken Kesey und einem Yaqui-Mystiker verbracht, der ihm den Schädel hinter jedem menschlichen Gesicht gezeigt hatte. Irgendwann hatte er Gott *fast* verstanden. Aber eines Morgens im Frühjahr 1974 war er im Balboa Park in San Diego aufgewacht, rasend durstig und vollkommen ausgehungert, und da war ihm aufgegangen, dass seine Tage der Offenbarungen zu Ende waren. Es war an der Zeit gewesen, nach Cape Cod heimzukehren, an der Zeit, sich um seine Mutter zu kümmern, an der Zeit, eine ehrbare Praxis zu eröffnen und seinen mit Blumen verzierten VW Campingbus gegen einen neuen Mercedes-Benz in Goldmetallic einzutauschen. Nun, 20 Jahre später, unterhielt er eine schicke und ausgesprochen profitable Partnerschaft in Hyannis und half dabei, die psychologischen Komplexe wohlhabender, einflussreicher, mit sich selbst beschäftigter und schlichtweg gelangweilter Persönlichkeiten zu behandeln.

Er schlang die langen Finger um Michaels Schulter. »Die können Sie aber nicht zwingen zurückzukommen, oder?«, meinte er in äußerst sanftem Tonfall.

Michael verzog das Gesicht. »Nein, die nicht. Aber Armut schon.«

»Wie viel bieten die Ihnen?«

»30.000 plus Spesen.«

»Ich finde, Ihr psychologisches Wohlbefinden ist mehr wert als 30.000 plus Spesen. Sie nicht?«

»Ich weiß es nicht. Ja, ich schätze schon. Aber ich habe auch das Gefühl, dass ich zurückkehren muss – dass es mir nie besser gehen wird, bis ich mich der Angst stelle.«

Dr. Rice zog eine Augenbraue hoch. »Ich glaube, Ihnen sind die Risiken nicht ganz klar. Sie könnten einen irreparablen psychischen Schaden erleiden. Dann wären Sie ein zwar hoch bezahlter, aber nachweislich hoffnungsloser Fall.«

Michael erwiderte nichts. Er fühlte sich bereits wie ein hoffnungsloser Fall. Seit Joe Garboden gesagt hatte *Erinnerst du dich an Rocky Woods?*, war sein Geist nach und nach unter seinem eigenen, schrecklichen Gewicht eingeknickt.

»Wollen Sie in Ihr Unterbewusstsein abtauchen?«, fragte Dr. Rice.

»Denken Sie, das wird irgendetwas lösen?«

»Es könnte Ihnen dabei helfen, die Risiken abzuwägen. Vielleicht finden Sie dadurch heraus, warum Sie den Drang verspüren, zurückzukehren. Aber Sie sollten sich dabei vor Augen halten, dass der Zweck dieser Therapie darin besteht, Ihnen überwinden zu helfen, was Sie erlebt haben, es ins richtige Verhältnis zu rücken. Glauben Sie mir, es ist ein Irrglaube, dass ein erneutes Durchleben eines Traumas dazu beitragen kann, es zu bewältigen. Das ist ausschließlich in Filmen so. Der beste Weg für den Umgang mit einem Trauma besteht darin, den beschädigten Teil der Psyche aufzuspüren und herauszufinden, was man tun kann, um ihn zu reparieren.«

Michael überlegte eine Weile. Auf der anderen Straßenseite stieg ein hübsches junges Mädchen in rot-weiß gestreiften Shorts auf das verlassene Dreirad und rollte langsam davon. Die Kleine sah aus, als sänge sie dabei, aber Michael konnte sie nicht hören. Der schlafende Hund rührte sich nicht.

»Okay«, entschied Michael. »Ich tauche ab.«

»Sind Sie sicher?«

»Klar bin ich sicher.«

Er setzte sich wieder auf den Stuhl aus Chrom und Segeltuch. An der Wand neben ihm hing ein üppig beleuchtetes Zeugnis von der *Akademie des Hypnotismus und Mesmerismus, Wien* aus dem Jahr 1981, halb unkenntlich durch das vom Rahmen reflektierte Licht. Es bestätigte, dass David Walden Rice einen Abschluss in erweiterter Hypnotherapie besaß. Darunter prangte ein leicht verstörender Nachdruck von Charles Sheelers Gemälde des Oberdecks eines Ozeandampfers – verwaist wie die Straße draußen, mit penibel dargestellten Relings, Ventilatoren und Kabeln. Ein menschenleeres Szenario, darauf wartend, dass etwas passierte.

Dr. Rice zog an der Kette der Jalousien, um sie zu schließen. Schatten in warmen Brauntönen erfüllten seine Praxis. »Haben Sie es bequem?«, fragte er Michael. Dieselbe Frage hatte er schon so oft gestellt, dass Michael keine Notwendigkeit sah, darauf zu antworten. »Bitte stellen Sie die Füße ein wenig weiter auseinander. Ja, genau so. Jetzt legen

Sie die linke Hand mit der Handfläche nach oben auf Ihr linkes Knie und die rechte Hand auf die linke Hand, ebenfalls mit der Handfläche nach oben.«

Michael hatte bereits getan, wozu ihn Dr. Rice aufforderte. Dr. Rice kam näher, und Michael konnte an seiner Kleidung Zigarettentabak und jenes nach Nelken duftende Aftershave riechen, das er immer benutzte. Dr. Rice berührte Michaels Stirn mit den Fingerspitzen und stellte fest: »Sie sind verkrampfter als sonst. Entspannen Sie sich. Halten Sie die Ellbogen nah an den Seiten, aber nicht zu nah. Drehen Sie den Kopf hin und her, lockern Sie die Halsmuskeln.«

Nach einer Weile fasste er in die Tasche seines grün karierten Hemds und holte eine kleine Metallscheibe hervor, kaum größer als eine Vierteldollarmünze. Behutsam, geradezu ehrfürchtig, als handle es sich um eine Kommunionsoblate, legte er sie auf Michaels offene Handfläche. Die Scheibe bestand aus stumpfem, grauem Zink mit einem Mittelteil aus poliertem Kupfer. Dr. Rice ergriff das Wort. »Heften Sie den Blick auf die Mitte der Scheibe … auf die Stelle aus Kupfer … lassen Sie die Augen fest darauf fixiert.«

Jedes Mal, wenn Dr. Rice begann, Michael in sein Unterbewusstsein eintauchen zu lassen, war Michael überzeugt davon, dass es diesmal nicht klappen würde. Er war überhaupt nicht müde; und an diesem Tag hatte er das Gefühl, sein Widerstand sei stärker als je zuvor. Wie könnte ihn Dr. Rice einschlafen lassen, indem er ihn bloß auf eine Scheibe aus Zink und Kupfer starren ließ? Und doch wusste Michael, dass die Scheibe funktionierte. Die Scheibe hatte ihn schon Hunderte Male in seine Träume und in die Dunkelheit hinter seinen Träumen geleitet, und noch tiefer – in den Marianengraben des menschlichen Unterbewusstseins, wo Formen und Gefühle in fast völliger Finsternis trieben ... Formen und Gefühle, die nie dem nackten Licht des Wachzustands ausgesetzt werden durften.

Deshalb maß Michaels Geist der Scheibe geradezu Heiligkeit bei – ein Talisman, ein magisches Artefakt. Dabei glaubte er gar nicht daran, jedenfalls nicht wirklich. Andererseits schätzte und respektierte er sie. Die Scheibe besaß *irgendeine* mystische Aura, wenngleich er nicht verstehen konnte, welche. In der Hinsicht glich sie der meeresgrünen Glücksmurmel aus Glas, mit der er in der Schule immer gespielt hatte. Er hatte nicht wirklich geglaubt, dass sie Glück brachte, dennoch hatte er sie immer benutzt, wenn ein Spiel knapp wurde, und er war untröstlich gewesen, als er sie verloren hatte.

»Sie verspüren den Drang, zu schlafen«, sagte Dr. Rice in nüchternem Tonfall. »Kämpfen Sie nicht gegen das Empfinden an. Gestatten Sie dem Gefühl, sich in seinem eigenen Tempo zu manifestieren. Wenn ich Sie auffordere, die Augen zu schließen, dann tun Sie es.«

Dann fing Dr. Rice an, vor Michaels Gesicht mit den Handflächen seiner ausgestreckten Arme Abwärtsbewegungen zu vollführen, wieder und wieder. Dabei kamen seine Hände jedes Mal ein wenig näher, bis sie beinah Michaels Wimpern berührten.

»Sie werden allmählich schläfrig«, sagte er mit jener ruhigen, monotonen Stimme, die er immer benutzte, wenn er Michael einschlafen ließ. »Sie werden allmählich schläfrig. Ihre Augen sind müde. Sie verlieren das Gefühl in den Beinen und Armen. Ihr Körper beginnt zu ruhen. Sie dösen ein. In einer Minute werden Sie schlafen.«

Er berührte Michaels Lider und schloss sie behutsam. »Ihre Augen schließen sich«, murmelte er. »Es ist Ihnen unmöglich, sie offen zu halten. Sie schlafen tief und fest ein.

Jetzt schlafen Sie. Und Sie können die Augen nicht öffnen. Sie sind fest verschlossen.«

Michael spürte, wie der Raum dunkler wurde. Diesmal war er fest entschlossen, wach zu bleiben. Allerdings empfand er die Dunkelheit als so warm und einladend, und er hatte ja die Scheibe als Geleit – was würde es schon für eine Rolle spielen, wenn er nur ein paar Momente döste? Dr. Rice würde es nie erfahren. Er könnte flugs schlafen, sich erfrischen und dann die Augen wieder öffnen – was würde das schon für einen Unterschied machen? Er hatte ohnehin nie wirklich an Hypnose geglaubt. Fast jedes Mal, wenn er von Dr. Rice in sein Unterbewusstsein geschickt worden war, hatte er sich danach besser gefühlt, allerdings nicht *viel* besser. Und er hatte sich nie an etwas erinnert, von dem er geträumt oder fantasiert hatte.

Michael kämpfte darum, die Augen offen zu halten, um Dr. Rice zu zeigen, dass er noch wach war, doch er musste feststellen, dass er es nicht konnte. Sein Gehirn schien außerstande zu sein, den Schalter zum Heben der Lider zu finden. Immer noch konnte er Dr. Rice leiern hören. »Ihre Augen sind jetzt fest geschlossen. Sie schlafen, schlafen tief.« Ganz gleich, wie sehr Michael das Gesicht verzog, seine Augen weigerten sich schlicht, sich zu öffnen. *Gott*, dachte er. *Blind. Hilflos*. Er wollte etwas sagen. Er wollte Dr. Rice auffordern aufzuhören, aber irgendwie funktionierte auch sein Mund nicht. Sein Kehlkopf weigerte sich, die Worte zu formen.

Obwohl er die Augen geschlossen hatte und nicht öffnen konnte, sah er ein leichtes Flackern von rosigem Licht. Dasselbe Phänomen nahm er jedes Mal wahr, wenn ihn Dr. Rice hypnotisierte, doch er verstand immer noch nicht, worum es sich handelte. Einen Moment lang glühte es wie das Nordlicht, blendete ihn beinah, dann erlosch es wie üblich.

Anschließend, nach jenem grellen Aufflammen, spürte er, wie er abwärtssank. Anfangs langsam wie ein Mann, dessen Lunge sich nach und nach mit Tinte füllt. Dann schneller und schneller, hinein in die endlose Dunkelheit seines Unterbewusstseins – in jene Welt, in der sein eigenes Grauen mit ihm sprechen konnte und seine schlimmsten Ängste Gestalt annahmen.

Er hörte Dr. Rice sagen: »Tiefer ... und tiefer ... und *tiefer* schlafen Sie.« Es klang, als spräche er einen 30 Meter tiefen Brunnenschacht herab.

Michael wusste durchaus, wo er sich befand – er saß in Dr. Rices Praxis auf Dr. Rices Stuhl aus Chrom und Segeltuchmaterial. Zugleich jedoch befand er sich zu Hause, stand in der Küche und trank Folgers dunkle Kaffeeröstung aus seiner Tasse mit der Aufschrift *Ross Perot als Präsident,* während die Morgensonne schräg über den Tisch schien. Draußen vor dem Fenster tänzelten rot-weiße Drachen in einer steten Brise über dem Strand von New Seabury, und der Fensterflügel ratterte, verstummte, ratterte im Luftzug. Jason saß über seine Cornflakesschüssel gebeugt, und sein zerzaustes Haar glänzte im Sonnenlicht, während Patsy in ihrem rosa Baumwollmorgenrock mit dem zerrissenen Spitzenkragen am Spülbecken stand.

»Hast du es dir noch einmal durch den Kopf gehen lassen?«, fragte ihn Patsy mit verzerrter Stimme. *Es* bedeutete Tod. *Es* bedeutete John O'Briens Leichnam. *Es* bedeutete weitere wie schwerer Regen vom Himmel fallende Menschen und einen ausgebrannten Helikopter. Patsy drehte sich um, und aus irgendeinem Grund konnte sich Michael nicht auf ihr Gesicht konzentrieren, obwohl er mit Sicherheit wusste, dass sie es war.

Er nickte. »Ich habe die ganze Nacht darüber nachgedacht.«

Jason schaute auf, und Michael stellte fest, dass er sich auch unmöglich auf *sein* Gesicht konzentrieren konnte. »Dad … wenn du aus Hyannis zurück bist, kannst du dann meine hintere Bremse reparieren? Die schleift ständig am Rad.« Danach hob er den Kopf erneut und sagte: »… schleift ständig am Rad.« Und wieder hob er den Kopf und sagte: »… schleift ständig am Rad.«

Michael dachte: *Ja, ich sollte Jasons Fahrrad wirklich gut in Schuss halten.* Aber bevor er antworten konnte, sagte Patsy: »Hast du es dir noch einmal durch den Kopf gehen lassen?« Und Michael beschlich das Gefühl, ohne Ausweg in einer Erinnerungsschleife gefangen zu sein, die wieder und wieder ablief.

Er wollte gerade etwas zu Patsy über Joe Garboden sagen, als er feststellte, dass er sich gar nicht in der Küche aufhielt, sondern entlang der Straße des Strands von Popponosset nach Hyannis fuhr. Michael wusste nicht, weshalb er diesen Weg nahm. Eigentlich hätte er direkt nach South Mashpee und auf die Route 28 fahren sollen. Der Weg durch Popponosset verhieß einen unnötigen Umweg. Ungeachtet dessen hatte er das vage Gefühl, dass er in Popponosset jemanden treffen sollte, wenngleich er keine Ahnung hatte, um wen es sich handeln könnte.

Seltsam fand er auch, dass er beim Fahren stand, als wäre er immer noch in der Küche. Der von der Sonne erhellte Küstenstreifen der Bucht von Popponosset zog klar und zweidimensional in ausgebleichten Farben wie mit Spezialeffekten aus einem billigen Film der 1960er Jahre an ihm vorbei.

Aus dem Autoradio sprach eine leise, trockene Stimme: »… treffen uns später, ja. Das ist vollkommen richtig. Sonst hat er nichts gesagt.«

Michael passierte das Popponosset Inn mit seinem

gekachelten Strandhaus und seiner Veranda und seinen gestreiften, in der Brise wippenden Sonnenschirmen. Er glaubte, einen großen Mann in grauem Anzug zu erspähen, der am Geländer stand und ihn beobachtete, doch als er den Kopf drehte, um noch einmal hinzuschauen, war der Mann verschwunden. Nur ein junges Paar in weißen Polohemden befand sich auf der Veranda.

Aber etwas hatte sich verändert. Etwas bereitete ihm plötzlich Unbehagen. Obwohl er nicht verstehen konnte, wie er es wahrgenommen hatte, wusste er mit Sicherheit, dass ihn der Mann im grauen Anzug gesehen hatte und verfolgen wollte. Immer wieder drehte er sich um, konnte den Mann jedoch nirgendwo ausmachen. Und dennoch: Der Mann war hinter ihm her und hatte vor, ihm schweres Leid zuzufügen.

Allmählich fühlte er sich beunruhigt. Der Himmel über der Bucht von Popponosset verdunkelte sich rasant, das Weiß der Brandung begann in der Düsternis wie die Zähne wilder, hungriger Hunde zu schimmern. Der Wind legte abrupt zu und Michael konnte ihn im Gesicht spüren, salzig, warm und kratzig vor Flugsand.

Der Mann erwartete ihn am Strand. Seltsamerweise sah die Umgebung nicht mehr nach dem Strand von Popponosset aus, sondern nach irgendeinem anderen Ort – einem Ort, den Michael schon einmal gesehen hatte, davon war er überzeugt, nur konnte er ihn nicht einordnen. In der Ferne nahm er eine von Büschen bewachsene Landspitze und eine Reihe grün bemalter Saltbox-Häuser wahr, außerdem einen gekrümmten Felsverlauf, der ihn stark an Popponosset erinnerte. Allerdings befand sich hier ein kompakter, geweißter Leuchtturm, und einen solchen Leuchtturm hatte es in Popponosset nie gegeben.

Sein Auto schien sich einfach in Luft aufgelöst zu haben. Er stellte fest, dass er in seinen Adidas-Turnschuhen über den trockenen, vom Wind verwehten Sand lief. Deutlich konnte er die Geräusche der Brandung und das schrille Pfeifen eines Mannes hören, der seinen Hund zu sich rief. »Wir treffen uns später«, sagte eine Stimme sehr nah an seinem Ohr, und Michael fürchtete sich zu sehr, um den Kopf zu drehen und nachzusehen, von wem sie stammte. »Wir treffen uns später … schleift ständig am Rad.«

Zu seiner Rechten zeichnete sich der Himmel über dem Atlantik in einem bösartigen Schwarz ab, und der Wind wehte mittlerweile so stark, dass der Sand wie Schlangen um seine Fußgelenke peitschte. Er konnte seinen Herzschlag hören, die Atmung seiner Lungenflügel und sogar das leise Knistern der Elektrizität in seinen Nervenenden. Der große Mann in Grau wartete immer noch am Ende des Strands auf ihn, und allmählich beschlich Michael richtige Angst. An sich befand er sich nur unter Hypnose in einer suggestiven Therapie. Er *wusste,* dass es sich nur um Hypnose handelte, obwohl er die Küste so lebendig wahrnahm. Er *wusste,* dass er nach wie vor in Dr. Rices Praxis saß.

Und doch stand hier dieser große Mann in Grau, und er sah nicht wie jemand aus, den Michael je gekannt hatte, oder wie jemand, den sich Michael vielleicht hätte einbilden können. Er war noch nie zuvor in einem von Michaels Hypnoseträumen vorgekommen. Und doch empfand Michael seine Gegenwart als so ausgeprägt, dass er sie beinah schmecken konnte. Wie Kupfer und Donner und noch etwas anderes – der metallische Geschmack von menschlichem Blut. Michael hatte ihn noch nie zuvor gesehen. Er war überzeugt davon, ihn noch nie zuvor gesehen zu haben, auch wenn er glaubte, den kompakten weißen Leuchtturm und den verwaisten, grasbewachsenen Strand wiederzuerkennen. *Wir treffen uns später.*

Mehr als alles andere beunruhigte Michael, dass er sich einfach nicht davon abhalten konnte, mit so schnellen Schritten auf diesen Mann zuzugehen. Seine Beine schienen einen eigenen Willen zu besitzen, einen Willen, den er nicht kontrollieren konnte, der ihn zu Eile antrieb, zu Eile, obwohl sich sein Geist zunehmend mit blankem Grauen füllte wie eine Flasche mit schwarzem Blut.

Der Mann besaß knochenbleiches Haar, lang und seidig, und er trug es zurückgekämmt, wenngleich ein Teil davon im Küstenwind wehte. Ein längliches Gesicht mit scharf geschnittenen Zügen, einer geraden, schmalen Nase, markanten Wangenknochen und dunklen, gebieterischen Augen. Tatsächlich war er beängstigend gut aussehend, einer jener Männer, in deren Gegenwart Ehemänner instinktiv schützend den Arm um ihre Frauen schlangen. Er trug einen langen, teuer wirkenden Mantel aus hellgrauer, weicher, gewobener Wolle, der sich im Wind bauschte und darin flatterte und Michael den Eindruck vermittelte, der Mann schwebe einige Zentimeter über dem Sand – ein Eindruck, den das völlige Fehlen von Fußabdrücken in seiner Nähe verstärkte. Natürlich hatte in Wirklichkeit der Wind die Fußabdrücke verweht, dachte Michael bei sich, als er näher und näher hineilte. Trotzdem schien der große Mann in Grau zu schweben. Und nicht nur zu schweben, sondern auch *zurückzuweichen*, als locke er Michael weiter und weiter den Strand entlang, zu den Dünen, zu den Felsen, zu dem kompakten, weißen Leuchtturm auf der Klippe.

Michael biss die Zähne zusammen und spannte die Schultermuskeln an, gab sich gewaltige körperliche Mühe, nicht weiterzugehen. Ihm war bewusst, dass er über den Strand eilte, gleichzeitig jedoch war ihm bewusst, dass er die Armlehnen von Dr. Rices Stuhl verbog, als er krampfhaft versuchte anzuhalten.

»Kommen Sie, Michael«, sagte der Mann. Seine Stimme ertönte so leise, dass Michael nicht sicher war, ob er wirklich mit ihm sprach oder ob es sich lediglich um das verlockende Säuseln der Brandung handelte. »Sie sollten sich uns anschließen, Michael. Sie sollten sich uns anschließen. Wir können Ihren Schmerz lindern, Michael. Wir können Ihnen Vergessen schenken. Wir können Ihnen Absolution erteilen.«

Michael grunzte vor Anstrengung, als er versuchte, sich davon abzuhalten, weiterzugehen. Seine Muskeln spannten sich derart an, dass sein Rücken schmerzte, und die Kiefer presste er so verbissen aufeinander, dass er nicht wusste, ob er sie je wieder auseinanderbekommen würde.

Doch trotz aller Bemühungen näherte er sich weiter halb rutschend, halb taumelnd der Düne, in deren Nähe sich der Mann befand, und erst als ihn kein ganzer Meter mehr davon trennte, gelang es ihm endlich, stehen zu bleiben.

Der Mann schälte mit äußerst scharfen Fingernägeln eine Limette. Er stand da und beobachtete Michael mit einem gemischten Ausdruck im Gesicht, teils neugierig, teils verächtlich, teils mitleidig. Michael wollte zurückweichen, konnte jedoch nicht genug Kraft dafür aufbringen. Der große Mann in Grau wollte ihn hier haben, und damit hatte es sich. Michael öffnete und schloss den Mund. Dabei wurde ihm klar, dass er sich noch nie zuvor im Leben dermaßen vor einem anderen Menschen gefürchtet hatte. Dieser Mann jagte ihm solche Angst ein, dass er nicht einmal *atmen* konnte.

Wer immer er sein mochte, was immer er wollte, dieser Mann war der Tod höchstpersönlich. Und das Beängstigendste daran: Michael wusste *mit uneingeschränkter Sicherheit,* dass es sich um den Tod handelte.

»Wollen Sie den Rest Ihres Lebens wie ein halber Mann

verbringen?«, flüsterte die Erscheinung mit beinah traurig klingender Stimme. »Wollen Sie, dass Ihnen all Ihre Träume und all Ihre Ziele wie Sand durch die Finger gleiten?«

Er wurde mit dem Schälen der Frucht fertig und hob die dünne Spirale der dunkelgrünen Schale an, sodass sie sich in der Brise drehte. Dann biss er tief in die Limette und zuckte dabei mit keiner Wimper.

»Sie sollten mich kennen, Michael«, sagte der Mann, dem Saft über das Kinn lief, zu ihm. »Mein Name ist …«

Michael presste sich die Hände auf die Ohren. Er wollte den Namen dieses Mannes nicht hören. Wenn er den Namen hörte, würde er mit Bestimmtheit wissen, dass er real war. Und wenn er real war, konnte er ihn verfolgen, nicht nur in Träumen und Albträumen und hypnotischer Trance, sondern auch in Autos und Bussen und auf dem Gehweg, bis er Michaels Tür erreichte und Michael sie öffnete, dann würde er vor ihm stehen, groß und grau und furchterregend.

Michael dachte: *Er wird mich umbringen. Irgendwie, irgendwann werde ich diesem großen Mann in Grau begegnen, und wenn es so weit ist, wird er mich umbringen. Wahrscheinlich würde er mich hier und jetzt töten, wenn er könnte, an diesem Strand, in dieser Praxis, während das Meer rauscht und durch das Fenster der Verkehrslärm hereindringt.*

»Sie wollen doch nicht wie ein halber Mann leben, oder?«, flüsterte der Mann lächelnd.

Dann sagte er: *»Aufwachen.«*

»Wissen Sie, wir können Sie von Ihrer Schuld reinwaschen.«

»Wachen Sie auf, Michael. Wenn ich bis sechs gezählt habe, möchte ich, dass Sie die Augen öffnen und mich ansehen, dann sind Sie vollständig wach. Sie werden sich an

alles erinnern, woran Sie gedacht haben, und Sie werden mir sofort davon erzählen.«

»Was?«, fragte Michael. Er verstand nicht.

»Wachen Sie auf«, beharrte Dr. Rice, und da sah sich Michael um und begriff, welche seiner parallelen Existenzen real war. Die Geräusche des Meeres verstummten, der große Mann in Grau verblasste, und das Letzte, was Michael bewusst sah, war der kompakte weiße Leuchtturm, der fast zehn Sekunden lang als dunkles, dreieckiges Bild auf seiner Netzhaut verharrte, bevor auch das verblasste.

Dr. Rice wirkte besorgt. »Michael? Geht es Ihnen gut?«

Michael blinzelte. Trotz der geschlossenen Jalousien schien es in der Praxis unangenehm hell zu sein. »Sicher, ja ... Ich glaube, schon. Aber das war eine der merkwürdigsten Sitzungen, die ich je hatte.«

»Das brauchen Sie mir nicht zu sagen. Werfen Sie mal einen Blick auf die Armlehnen Ihres Stuhls.«

Vorsichtig hob Michael beide Hände und betrachtete die Armlehnen. Die rechte – vormals vollkommen gerade – war zu einer S-Form verbogen. Bei der linken sah es nicht ganz so schlimm aus, dennoch wies auch sie einen merklichen Doppelknick auf. Zudem war ein Teil der Sitzfläche aus Segeltuch zerrissen.

»Was ist passiert?«, fragte er ungläubig. »Was habe ich gemacht?«

Dr. Rice antwortete: »Sie haben gezogen, sich verrenkt, geschrien und versucht, meinen besten Oggetti-Stuhl zu einer Brezel zu verbiegen, das haben Sie gemacht.«

Michael ergriff mit beiden Händen eine der Armlehnen und wollte sie zurückbiegen, doch es gelang ihm nicht. Verwirrt und verlegen schaute er zu Dr. Rice auf.

Der Psychiater zuckte mit den Schultern. »Ich glaube kaum, dass Sie in der Lage sein werden, sie gerade zu biegen. Die meisten Menschen zeigen unter tiefer Hypnose ein gewisses Maß an erhöhter körperlicher Kraft, aber bei Ihnen hat es dieses gewisse Maß völlig gesprengt. Der Stuhl besteht aus sechs Millimeter dicken Stahlrohren. Normalerweise bräuchte man eine große Rohrzange, um diese Armlehnen zu verbiegen.«

»Ich habe versucht, mich von etwas abzuhalten«, erklärte Michael. »Ich habe versucht, mich davon abzuhalten … *zu gehen* … Ich wollte nicht zu diesem …« Plötzlich wurde ihm bewusst, dass sein Hemd hinten trotz der Klimaanlage durchgeschwitzt war und dass er zitterte wie ein Mann, der gerade einen Autounfall überlebt hatte.

Das Problem war: Er verstand nicht, *warum* diese Trance so heftig gewesen war, *warum* er sie als so traumatisch empfunden hatte. Er hatte davon geträumt, einem großen Schreckgespenst in Grau an einem Strand begegnet zu sein, das war aber schon alles. Michael konnte sich nicht einmal daran erinnern, weshalb ihm der Mann eine solche Angst eingejagt hatte – obwohl ihm nach wie vor überaus bewusst war, dass er es getan *hatte.* Jedenfalls hoffte er, dass er nie wieder von ihm träumen würde.

»Wollen Sie mir davon erzählen?«, fragte Dr. Rice und ließ sich auf dem Rand seines Schreibtisches nieder.

»Ich weiß nicht … Ich weiß nicht, ob es überhaupt irgendwie relevant für Rocky Woods ist.«

»Jedenfalls hat es Sie eindeutig erschüttert. Sie haben wie ein Irrer an dem Stuhl gezerrt und herumgebrüllt.«

»Ich habe gebrüllt? Was habe ich gebrüllt?«

Dr. Rice stand auf, ging zu seinem Bang & Olufsen Aufnahmeturm und spulte den Kassettenrekorder zurück. »Es war ungewöhnlich für Sie … und Sie haben mit mehreren verschiedenen Stimmen gesprochen. Ich habe eine ganze Reihe von Patienten, die mit drei oder vier verschiedenen

Stimmen reden. Das ist ein recht verbreitetes Symptom eines extremen emotionalen Traumas. Viele Menschen verstört das, was sie erlebt haben, so sehr, dass sie es nur bewältigen können, indem sie es durch die Augen anderer zum Ausdruck bringen oder durch ihre eigenen Augen als Kinder. Deshalb benutzen Sie verschiedene Stimmen. Aber Sie haben sich bisher strikt auf eine einzige Stimme beschränkt.«

»Damit klinge ich ziemlich einfallslos und langweilig, finde ich.«

Dr. Rice lächelte. »Glauben Sie mir, es gestaltet die Behandlung erheblich einfacher. Bei einem Fall mit mehreren Stimmen kann der Therapeut manchmal Jahre brauchen, um eine Stimme von der anderen unterscheiden zu können. Letztes Jahr hatte ich einen Mann in Behandlung – einen Weißen –, der unter Hypnose immer wie Eddie Murphy sprach. Wie sich herausgestellt hat, war er der Überzeugung, jemand wie Eddie Murphy würde die lustige Seite dessen sehen, was er getan hat, während er selbst außerstande war, darüber zu lachen.«

»Und was *hat* er getan?«, hakte Michael nach.

»Oh ... er hat seine Frau und seine Kinder mit Benzin übergossen und in Brand gesteckt.«

»Großer Gott.«

An der Stelle fand Dr. Rice den Beginn der Sitzung auf dem Band.

»Hier, hören Sie sich das an.«

Kurz ertönte ein Knistern, dann erkannte Michael den Klang seiner eigenen Atmung. Die Atemgeräusche setzten sich zwei, drei Minuten lang fort, und er konnte im Hintergrund ein Rascheln hören, das wohl davon stammte, dass sich Dr. Rice in der Praxis herumbewegt und Papier geschichtet hatte.

Dann setzte ohne Vorwarnung eine seltsame, hohe Stimme ein, fast wie eine Frauenstimme, nur etwas rauer.

»Hast du es dir noch einmal durch den Kopf gehen lassen?«

Michael drehte sich um und starrte Dr. Rice an. »Wer zum Teufel war das?«

»Sie waren das.«

»*Ich* soll das gewesen sein? Hat überhaupt nicht nach mir geklungen.«

»Wollen Sie es noch einmal hören?« Dr. Rice beugte sich vor und spulte das Band ein kurzes Stück zurück. Die Atemgeräusche kehrten wieder, dann folgte dieselbe angespannte, hohe Stimme.

»Hast du es dir noch einmal durch den Kopf gehen lassen?«

»Jetzt erinnere ich mich daran«, sagte Michael. »Ich dachte, ich wäre zu Hause. Patsy wollte von mir wissen, ob ich den Auftrag der Versicherung annehmen werde oder nicht.«

»Nun ... Sie mögen gedacht haben, dass es Patsy war«, meinte Dr. Rice. »Aber in Wirklichkeit waren das *Sie.*«

»Das verstehe ich nicht. Warum sollte ich versuchen, mit Patsys Stimme zu reden?«

»Das ist nicht unüblich. Es ist eine Möglichkeit, ein Problem mit sich selbst zu diskutieren, sonst nichts. So als hätten Sie versucht, die Situation auch von Patsys Seite aus zu betrachten.«

Das Band lief weiter. Als Nächstes sprach Michael annähernd mit seiner gewöhnlichen Stimme, allerdings klang er verträumt oder wie unter Drogen – wie die meisten Menschen unter tiefer Hypnose.

»Ich habe die ganze Nacht darüber nachgedacht.«

Dann jedoch änderte sich seine Stimme erneut, wurde höher und heller.

»Dad ... wenn du aus Hyannis zurück bist, kannst du

dann meine hintere Bremse reparieren? Die schleift ständig am Rad.«

»Jason«, sagte Michael. »Da versuche ich, wie Jason zu reden.«

Dann hörte er das Telefon klingeln, und Dr. Rice ging rasch ran. *»Hallo? Ja, am Apparat. Oh, Dr. Fellowes. Ja. Mit Sicherheit. Wir treffen uns später, ja. Das ist vollkommen richtig. Nein, das hat Dr. Osman nicht erwähnt. Er hat überhaupt nichts gesagt.«*

Michael meinte: »Ich erinnere mich an einen Teil des Gesprächs aus meiner Trance. Aber nicht an alles. Ich dachte, es sei ein Bestandteil dessen, was vor sich ging.«

Eine längere Pause entstand, wenngleich Michael deutlich seine eigene Atmung hören konnte. Zunächst ging sie langsam und gleichmäßig. Dann wurde sie plötzlich rauer, als liefe er, gleich darauf noch rauer, als renne er. Michael hörte das Quietschen seiner Hände auf den Armlehnen des Stuhls und das Reißen von Segeltuch.

»Kommen Sie, Michael«, hörte er eine Stimme, die ihn mit einem atemlosen Flüstern lockte. Er runzelte die Stirn und beugte sich im Stuhl vor, um besser zu hören.

»Das waren auch Sie«, warf Dr. Rice ein.

Michael schüttelte den Kopf. »Das hat überhaupt nicht nach mir geklungen. Nicht einmal so, als würde ich jemand anderen nachahmen wollen.«

»Glauben Sie mir«, beharrte Dr. Rice, »Sie waren derjenige, der die Lippen bewegt hat.«

Ein Keuchen, ein Schnaufen und: *»Sie sollten sich uns anschließen, Michael, Sie sollten sich uns anschließen.«*

»Das kann nicht ich sein«, protestierte Michael.

»Wir können Ihren Schmerz lindern, Michael, wir können Ihnen Vergessen schenken. Wir können Ihnen Absolution erteilen.«

»Das ist unglaublich«, befand Michael. »In meiner Trance war da dieser Mann … dieser richtig große Kerl in einem grauen Mantel … Das ist nicht meine Stimme … das ist *seine,* ich schwör's. Hören Sie hin – das klingt nicht einmal ansatzweise nach mir!«

Dr. Rice lehnte sich zurück und schlug die Beine übereinander. »Ich weiß, es fällt Ihnen schwer, das zu glauben, aber unter Hypnose ist man zu allen möglichen außerordentlichen Leistungen fähig. Die Menschen demonstrieren dann Talente, die zu zeigen sie sonst zu gehemmt sind. Oder vielleicht wussten sie gar nie, dass sie diese Fähigkeiten überhaupt besitzen. Sie sind auch in der Lage, ihre Stimmbänder so zu verändern, dass sie mit völlig anderen Stimmen sprechen können.«

»Wollen Sie den Rest Ihres Lebens wie ein halber Mann verbringen?«, fragte die Stimme.

»Nein!«, hörte sich Michael brüllen.

»Wollen Sie, dass Ihnen all Ihre Träume und all Ihre Ziele wie Sand durch die Finger gleiten?«

»Nein!«, schrie Michael, und er konnte einfach nicht fassen, dass er so geschrien haben sollte. Ihm war nicht bewusst gewesen, dass er gebrüllt hatte – nur dass er darum gekämpft hatte, dem großen Mann mit dem langen, grauen Mantel fernzubleiben. *»Rühren Sie mich nicht an! Rühren Sie mich nicht an! Ich will aufwachen! Ich will aufwachen! Ich will aufwachen!«*

Ein verwirrtes, gehetztes Klopfgeräusch folgte. Er hörte Dr. Rice sagen: *»Michael! Michael! Wachen Sie auf, Michael! Wenn ich bis sechs gezählt habe, möchte ich, dass Sie die Augen öffnen und mich ansehen, dann sind Sie vollständig wach.«*

»Rühren Sie mich nicht an!«, schrie Michael wieder und wieder. *»Rühren Sie mich nicht an!«*

Ein Poltern und ein gurgelndes Geräusch. Dann flüsterte

die Stimme: *»Sie sollten mich kennen, Michael. Mein Name ist …«* Aber der Name wurde von einem weiteren gurgelnden Geräusch überlagert.

Dr. Rice schaltete das Band ab. Eine lange Weile sah er Michael an, ohne ein Wort zu verlieren. Michael zog ein Taschentuch hervor und wischte sich Schweiß aus dem Gesicht und vom Nacken.

»Sie sagen also, Sie haben einen sehr großen Mann in einem grauen Mantel gesehen?«

Michael räusperte sich und nickte. »Er war unten am Strand.«

»An einem bestimmten Strand?«

»Nein, ich habe ihn nicht erkannt. Im Hintergrund war ein Leuchtturm, das ist alles, woran ich mich noch erinnere.«

»Aber es war kein Ort, an dem Sie schon mal gewesen sind? An dem Sie beispielsweise eine Untersuchung durchgeführt haben? Tod durch Ertrinken oder etwas in der Art?«

Michael schüttelte den Kopf. »Ich hatte schon Fälle mit Ertrunkenen, aber an keinem solchen Ort.«

»Ist Ihnen irgendetwas an diesem Mann mit dem grauen Mantel bekannt vorgekommen?«

»Ich habe ihn noch nie zuvor gesehen, noch nie.«

»Er hat gesagt: *›Sie sollten mich kennen, Michael.‹*«

»Ich habe ihn nicht gekannt.«

»Aber Sie hatten Angst vor ihm, nicht wahr? Wieso hatten Sie Angst vor ihm?«

Michael faltete sein Taschentuch zusammen und wischte sich erneut den Nacken ab. »Ich weiß es nicht. Ich vermute, es war eines dieser irrationalen Dinge, die unter Hypnose vorkommen. Sie wissen schon … wie in Albträumen.«

»Er hat Ihnen seinen Namen gesagt.«

»Ich konnte ihn nicht hören. Ich glaube, ich *wollte* ihn nicht hören. Ich habe mir die Ohren zugehalten.«

»Warum wollten Sie ihn nicht hören? Hatten Sie Angst, dass Sie ihn vielleicht doch kennen könnten?«

»Ich habe ihn nicht gekannt, in Ordnung? Er war eine unheimliche Gestalt aus einem Traum, das ist alles.«

Dr. Rice notierte sich ein paar Worte auf seinem Block, dann meinte er: »Na schön. Ich würde sagen, das reicht für heute. Mir scheint, dieses Jobangebot könnte Gefühle aufgerüttelt haben, die Sie bisher unter Verschluss hatten. Durchaus möglich, dass sie uns in einige neue Richtungen führen … und uns helfen, Ihr Trauma aus anderen Winkeln in Angriff zu nehmen.«

»Was bedeutet das?«

»Ich bin mir noch nicht sicher. Das hängt in gewisser Weise davon ab, wer dieser große Mann mit dem Mantel in Wirklichkeit ist oder war … und, wie Sie schon sagten, ob er überhaupt relevant für Rocky Woods ist oder nicht.«

»Bedeutet das, ich sollte den Auftrag annehmen?«

Dr. Rice tippte sich mit seinem Stift gegen die Zähne und musterte Michael mit ernster Miene. »Wollen Sie den Auftrag denn annehmen?«

»Ich weiß es nicht. Ja und nein. Ich hätte gern das Geld, ich hätte gern den Respekt. Außerdem habe ich das Gefühl, es könnte mir dabei helfen, mich wieder in der realen Welt zu verankern, falls Sie verstehen, was ich meine. Wenn man jeden einzelnen Tag allein verbringt und von niemandem Rückmeldungen zu seinen Ideen bekommt … dann wird man tendenziell ein wenig verschroben.«

»Das sind die Pluspunkte«, gab ihm Dr. Rice recht. »Was ist mit den Negativpunkten?«

Michael wandte sich ab und starrte auf das Bild von Relings, Lüftungsrohren und Masten. Ein Schiff, das auf

Passagiere wartete. Ein Moment, der darauf wartete, zu beginnen.

»Ich habe Angst«, gestand er so leise, dass Dr. Rice ihn kaum hören konnte.

»Wovor haben Sie am meisten Angst?«

»Vor allem. Vor nichts. Herrgott – ich habe Angst, dass ich nur einen Blick auf diese Toten werfe und sich mein Gehirn so verabschieden könnte, dass ich nie wieder in der Lage sein werde zu denken, zu sprechen, mich zu bewegen oder überhaupt irgendetwas zu tun.«

Dr. Rice schwieg für eine sehr lange Weile. Aber letztlich kritzelte er eine weitere Notiz auf seinen Block und fragte: »Was ist mit dem großen Mann mit dem grauen Mantel? Denken Sie, er könnte diese spezielle Angst repräsentieren? Was ich damit sagen will, ist: Denken Sie, er könnte so etwas wie eine symbolische Gestalt sein? Ihr eigenes Trauma in Fleisch und Blut?«

Michael sah ihn an. »Würde das einen Unterschied machen?«

»Unter Umständen. Immerhin haben Sie mir klar und deutlich gezeigt, dass Sie in der Lage sind, sich ihm zu widersetzen – dass Sie mit aller mentalen und körperlichen Kraft gegen ihn ankämpfen, die Ihnen zur Verfügung steht … und sogar mehr. Ihre größte Angst in Form eines tatsächlichen Menschen zu visualisieren, könnte der bedeutendste Schritt hin zur Genesung sein, den Sie seit der ursprünglichen Traumatisierung gemacht haben.«

»Also denken Sie, ich sollte den Auftrag annehmen?«

»Aha! Tut mir leid, Michael. Dabei kann ich Ihnen nicht helfen. Diese Entscheidung kann niemand außer Ihnen treffen.«

Zurück zu Hause an seinem Zeichenbrett skizzierte Michael ein Bild des Küstenstreifens, an dem der Mann gestanden hatte, und des kompakten weißen Leuchtturms. Mit der grasbewachsenen Landspitze, den vom Meer verwitterten Klippen und dem gekrümmt verlaufenden Sandstrand hätte es sich um so gut wie jede Bucht von Pigeon Cove bis Horseneck Beach handeln können. Vielleicht lag sie nicht einmal in Massachusetts, obwohl er auf irrationale Weise davon überzeugt war, dass sie es tat. Oder vielleicht gab es den Strand überhaupt nicht wirklich.

Auf einem anderen Blatt Papier versuchte er, den großen Mann mit dem langen, grauen Mantel zu zeichnen. Es erwies sich als sonderbar schwierig. Obwohl er sich überaus deutlich daran erinnern konnte, welchen Eindruck der Mann auf ihn gemacht hatte und dass er groß und weißhaarig mit einer schmalen Nase war, stellte er fest, dass es ihm beinah unmöglich war, all diese Eigenschaften zu einem erkennbaren Gesicht zusammenzufügen. Fast zwei Stunden lang zeichnete und schattierte er mit dem Bleistift, und letzten Endes gelang es ihm, eine Gestalt anzufertigen, die eine vage Ähnlichkeit mit dem Mann besaß, doch Michael war alles andere als zufrieden damit.

Stirnrunzelnd lehnte er sich zurück und schaute hinaus zu den Wolken, die über dem Küstenstreifen von New Seabury trieben. Der Sandstrand lag verwaist da. Keine Schwimmer, keine Spaziergänger, niemand ließ Drachen steigen. Eine Landschaft, die darauf wartete, dass etwas passierte.

Den gesamten Weg zurück aus Hyannis hatte er mit uneingeschränkter Sicherheit gewusst, was er tun würde. Michael hob einen Stapel Papier beiseite, unter dem sich sein Telefon wie ein in den Sand eingegrabener Krebs versteckt hatte, und ergriff das Handteil. Er gab eine Nummer ein, die selbst Hypnotherapie niemals aus seinem Gedächtnis zu löschen vermocht hätte, 617–999 9999.

Als sich die Stimme einer jungen Frau mit »Plymouth, wir sind die Besten, was kann ich für Sie tun?« meldete, zögerte er nur einen Moment lang, bevor er sagte: »Joe Garboden bitte.«

Er hörte, wie es unter Joes Durchwahl klingelte, und da wusste er, es gab kein Zurück mehr.

5

»Das ist er!«, rief Detective Ralph Brossard in dem Moment, als der schlaksige Schwarze an der Tür auftauchte und dazu ansetzte, mit beschwingten Schritten den Bürgersteig entlangzulaufen. Ralph schnippte seine gerade erst angezündete Zigarette durchs Autofenster hinaus und griff nach seinem Funkgerät.

»Newt - Newt, Jambo ist gerade zur Vordertür rausgekommen. Jetzt überquert er die Straße und steuert auf seinen Wagen zu. Er hat eine Sporttasche dabei. Zugriff.«

Neben ihm fasste Detective John Minatello in seine cremefarbene Windjacke aus Baumwolle und zog seine 38er. Er bedachte Ralph mit einem kurzen, blassen, verschwitzten Grinsen und sagte mit nervöser Befriedigung: »Wir *haben* den Mistkerl. Geronimo!«

Ralph ließ den Motor des Pontiac an und spähte rasch nach hinten, um sich zu vergewissern, dass keine zivilen Fahrzeuge die Straße entlangkamen. Mit flacher Hand kurbelte er das Lenkrad auf Anschlag nach links, bis die Servolenkung ein Pfeifen von sich gab. Dann leckte er sich über die Lippen und wartete angespannt.

»Komm schon, du Penner«, murmelte er.

Es war sechs Minuten nach elf Uhr vormittags in der Seaver Street, dem Einsatzgebiet. Die Wohnhäuser aus Ziegelstein waren braun, die Bürgersteige waren braun, und sogar die Luft wirkte braun. Der Tag roch nach Speisefett, Autoabgasen und vertrockneten Wasserabscheidern.

Ralph parkte bereits seit 15 Minuten vor Sonnenaufgang mit seinem Grand Prix am Randstein und hatte darauf gewartet, dass Jambo aus Hausnummer 1334 herauskam. John Minatello und er hatten zum Frühstück Egg McMuffins und schalen Kaffee gehabt. Den Vinylsitz übersäten noch die Überreste ihrer Mahlzeit sowie zerknüllte Keksverpackungen, leere Winston-Lights-Schachteln und eine eselsohrige Ausgabe des Romans *Inseln im Strom* von Ernest Hemingway.

Ralph war ein Hemingway-Fan mit einer Vorliebe für karierte Hemden und Waffen. Ein ganzer Mann.

Schon sein Leben lang … nun ja, zumindest seit seiner Scheidung von Thelma vor vier Jahren bereitete sich Ralph auf einen Ruhestand im Stile Hemingways in der Karibik vor, wo er in tiefblauen Gewässern nach Haien und Speerfischen angeln, dem auf ein Dach aus Palmwedeln prasselnden Regen lauschen, Strandgut sammeln, Whisky trinken und einen warmen Tropentag gemächlich in den nächsten übergehen lassen würde. Er hatte sogar angefangen, ein wenig wie Hemingway auszusehen, wenngleich die Dienstvorschriften der Polizei einen Vollbart untersagten. Ralph besaß ein breites, kantiges Gesicht mit einem schwarz-weißen Schnurrbart und Augen, um die sich Fältchen bildeten und die weit über Boston hinausblickten, sogar dann, wenn er Tage am Stück in Autos saß und auf Verdächtige wartete oder wenn er Berichte tippte.

Noch zwei Jahre und sieben Monate, dann könnte Ralph seine Dienstwaffe an den Nagel hängen, sein Abzeichen zurückgeben und in ein Flugzeug Richtung Süden steigen, erst nach Miami, anschließend nach Bimini, um die verschwitzten, braunen Sommer und die klirrend kalten Winter, die Luftverschmutzung und all die dreckigen Verbrechen hinter sich zurückzulassen. Er könnte die arroganten, reichen Schnösel in der Newbury Street und die aggressiven armen Teufel in der Blue Hill Avenue hinter sich lassen – und alles andere, was er an dieser überheblichen, verkommenen, kuriosen und gefährlichen Stadt verabscheute.

Seit mittlerweile mehr als einem Jahr klebte er Jambo DuFreyne an den Fersen, fünf mühsame Jahreszeiten hindurch. Knospen waren erblüht, Eis war geschmolzen, Sonnenschein hatte die Straßen erfüllt. Alle zwei Wochen brachte Jambo Kokain mustergültiger Qualität in einer Sporttasche aus Atlanta, Georgia, mit, um es in Boston zu verkaufen. Ralph und John hatten ihn bei Regen, bei Schneefall, bei Sonnenschein und in gefrierendem Nebel dabei beobachtet, wie er diese Eingangstür geöffnet und mit beschwingten Schritten die Straße überquert hatte, dünn und mit dürren Beinen, immer mit derselben braunen Wollmütze und derselben knielangen Lederjacke, um anschließend in denselben braunen Buick mit den quietschenden Radlagern zu steigen.

Bis heute hatten sie Jambo in Ruhe gelassen. Immerhin verkörperte Jambo kaum mehr als einen Laufburschen. Aber hier in diesem Apartmentgebäude im vierten Stock ganz hinten wohnte Luther Johnson, eine der fiesesten Visagen von ganz Boston, die Spinne aus der Seaver Street. Und von Luther Johnsons Wohnung aus hatte Ralph das von Jambo in die Stadt gebrachte Kokain zu einer Crack-Küche in Cambridge verfolgt und von der Crack-Küche in Cambridge zu den meisten der wichtigen Verkaufsstellen, wozu die Universität von Harvard, das MIT und die medizinische Fakultät in Harvard gehörten, wo reiche Kids bereit waren, deutlich überhöhte Preise für Ware guter Qualität zu bezahlen.

Ralph hatte bereits ausreichend Beweise, um die Söhne und Töchter einiger der wohlhabendsten und einflussreichsten

Familien der Vereinigten Staaten wegen Suchtgifthandels, Verschwörung, Erpressung und Steuerhinterziehung zu verhaften. Er hatte Videos und Mitschnitte von Abhörgeräten über Belmonts, Woolleys, Pembrokes und Cabots. Jambo DuFreyne bildete das letzte Bindeglied. An diesem Morgen hatte er eine Sporttasche mit gebrauchten 100-Dollar-Scheinen dabei, der Zahlung für seine letzte Lieferung – alle gekennzeichnet und schlüssig zu den betuchten jungen Männern und Frauen auf fünf verschiedenen Campus zurückverfolgbar, wovon Jambo natürlich nichts wusste. Ralph hatte dem Geflecht den Spitznamen »Elite-Uni-Verbindung« gegeben.

Jambo stieg in sein Auto, und einige Augenblicke lang konnte Ralph ihn nicht sehen, weil er ungefähr 50 Meter weiter die Straße hinauf auf der anderen Seite hinter einem großen, grünen Lieferwagen parkte.

»Komm schon, du Penner«, wiederholte er und trommelte mit den Fingern aufs Lenkrad.

»Er kommt, er kommt«, meldete John Minatello. »Er hat den Motor angelassen. Ich sehe die Auspuffdämpfe.«

»Newt! Bist du da, Newt?«, rief Ralph in sein Funkgerät.

»Ich bin da, Ralph, krieg dich wieder ein.«

»Wenn ich *zuschlagen* sage, Newt, dann schlägst du zu, und du rammst das Heck des Penners so heftig, dass er nicht weiß, ob wir heute oder morgen oder Weihnachten haben.«

»Hab's kapiert, Ralph, keine Sorge.«

»Komm schon, du Penner«, wiederholte Ralph.

Er spähte in den Seitenspiegel. Die Straße erwies sich als frei. Behutsam trat er aufs Gas, dann schaute er erneut in den Rückspiegel. Ein pulverblauer VW Käfer war aus dem Nichts aufgetaucht und näherte sich langsam. »Scheiße«, fluchte Ralph. Das Allerletzte, was er im Augenblick wollte, war die Anwesenheit von Zivilisten. Es schien nämlich undenkbar zu sein, dass Jambo *nicht* bewaffnet sein könnte. Er konnte alles Mögliche bei sich haben, von einer 44er bis hin zu einer Uzi oder auch beides, und er würde nicht zögern, davon Gebrauch zu machen. Jambo hatte ein Vorstrafenregister wegen bewaffneten Raubüberfalls und gewalttätiger Übergriffe, das Saddam Hussein wie den heiligen Franz von Assisi erscheinen ließ.

Ralph konnte nur beten, dass der Käfer das ferne Ende der Straße erreichen würde, bevor Jambo beschloss, von seinem Parkplatz loszurollen. Er könnte selbst losrollen, um dem Käfer den Weg zu versperren, aber dann müsste er an Jambo vorbeifahren, sonst würde Jambo sofort schnallen, dass er in einen Hinterhalt gelockt wurde. Und wenn er an Jambo vorbeiführe, würde er dem Drecksack eine offene Fluchtroute bieten.

Andererseits: Wenn er dem Käfer nicht den Weg abschnitte, würde Jambo vielleicht sofort losrollen – solange sich der Käfer noch auf halbem Weg zwischen Jambo und dem Ende der Straße befand, wo Newt wartete. Auf beiden Straßenseiten parkten Lieferwagen und Pkw, und wenn der Käfer Newt behinderte, könnte er nicht vom anderen Ende angerast kommen und Jambo von hinten rammen, um ihn festzunageln.

Abgesehen davon bestünde ein inakzeptabel hohes Risiko, dass der Fahrer oder die Fahrerin des Käfers verletzt oder gar getötet werden könnte.

»Ein Zivilfahrzeug nähert sich«, meldete Newt mit tonloser Stimme.

»Hab ich gemerkt«, gab Ralph zurück.

»Was willst du tun?«

»Zum heiligen Phillip beten, dass es sich vom Acker macht.«

»Du könntest dem Auto den Weg versperren.«

»Jambo ist noch nicht in Bewegung. Und wenn er wittert, dass irgendetwas im Busch ist, setzt er sich auch nicht in Bewegung, sondern verduftet.«

Der Käfer tuckerte näher und näher.

»Wir könnten ihn gehen lassen«, schlug Newt vor. »Und ihn uns stattdessen auf der Washington Street schnappen.«

»M-m. Wir müssen ihn hier erwischen. Denk an *DeSisto.*«

DeSisto gegen den Staat Massachusetts war ein berüchtigter Fall, bei dem die Verurteilung eines Drogenkuriers aufgehoben worden war, weil die Polizei sein Fahrzeug im Verkehr vorübergehend aus den Augen verloren hatte. DeSistos Strafverteidiger hatte argumentiert, dass während jener wenigen fehlenden Sekunden jeder das Paket mit den belastenden Beweisen in den Wagen seines Klienten hätte werfen können. Ob das nun *wahrscheinlich* sein mochte oder nicht, war unerheblich. Es war *möglich,* und DeSisto war freigekommen. Ralph war fest entschlossen, Jambo nicht davonkommen zu lassen, denn wenn Jambo davonkäme, würden auch all diese schnöseligen, überheblichen Eliteunistudenten und all die arroganten MIT-Technokraten davonkommen. Den Großteil seiner Zeit verbrachte Ralph damit, kleine Schieber, Crack-Junkies und Durchgeknallte mit angepissten Hosen einzubuchten. Seiner Meinung nach stellte es einen zutiefst moralischen Grundsatz dar, dass die Gesetze mit derselben Härte gegen jene angewandt werden sollten, die Calvin Klein und Nino Cerruti trugen und ihre Sommer in Newport oder in der Karibik verbrachten.

Langsam kroch der Käfer an Ralph vorbei. Er warf einen flüchtigen Blick auf die Fahrerin. Eine junge Schwarze, ungefähr 23, mit Cornrows und silbrigen Ohrreifen. Auf der Tür des Käfers prangte ein Bild einer Zeichentrickkrähe aus *Dumbo,* die einen Strohhut lüpfte und sagte: »Küss mir die Füße!« Ralph fiel auf, dass die Heckradkästen des Wagens stark verrostet und mit Glasfaser geflickt waren, zudem war das Kennzeichen abgelaufen.

»Mach schon, Schätzchen«, drängte Ralph die Fahrerin leise. Mittlerweile hatte sie Jambos Wagen beinah erreicht. »Komm schon, Kleine, drück auf die Tube.«

Aber stattdessen kroch der Käfer langsamer und langsamer. Als er sich fast auf der Höhe von Jambos Parkplatz befand, blieb er vollends stehen, und das Auspuffrohr rülpste braunen Rauch aus. Kurz dachte Ralph, die junge Frau habe vielleicht eine Panne, dann jedoch erkannte er, dass sie nur angehalten hatte, weil sie nach einem bestimmten Gebäude suchte. Knapp eine Minute verharrte der Käfer an Ort und Stelle, klapperte und verströmte Qualm, während Ralph unruhig im Wagen saß, mit den Fingern auf das Lenkrad trommelte, schwitzte und *betete,* die junge Frau möge weiterfahren.

»Was zum Henker *macht* sie da?«, fragte Newt über Funk.

»Sieht so aus, als hielte sie nach den Hausnummern Ausschau«, antwortete Ralph. »Sie muss sich wohl verfahren haben.«

»Wieso zum Teufel verirrt sie sich nicht irgendwo anders?«

Ralph erwiderte nichts. Dafür war er viel zu angespannt. Die junge Frau hatte sich verirrt, weil sie sich nun mal verirrt hatte und weil jede Observierung, die Ralph je arrangiert hatte, von harmlosen Pannen heimgesucht wurde. Von Leuten, die verwirrt und ahnungslos in die Schusslinie stolperten, von Lastwagen, die vor Fenstern parkten, die sie beobachteten, von Straßenarbeitern, die unverhofft entschieden, ihre Presslufthämmer neben Telefonzellen anzuwerfen, die sie abhörten.

»Komm schon, Schätzchen, *fahr*«, zischte er … aber der Käfer rührte sich nach wie vor nicht von der Stelle und qualmte weiter vor sich hin.

Er hörte, wie Jambo auf die Hupe drückte, und das setzte die junge Frau in Bewegung. Sie tuckerte ein paar Meter weiter, und Jambo manövrierte seinen schwarzen Electra aus der Parklücke. Durch die annähernd violette Tönung der Windschutzscheibe konnte Ralph die Silhouette von Jambos Wollmütze und seine Sonnenbrille sehen, schwarz und ausdruckslos wie Insektenaugen. Aber der Käfer hatte unmittelbar hinter ihm wieder angehalten, was bedeutete, dass Newt mit der Herausforderung konfrontiert war, rund 40 Meter die Straße entlangzurasen und sich mit einer Geschwindigkeit von etwa 80 Stundenkilometern zwischen dem bummelnden Käfer und den am Randstein parkenden Autos durchzuquetschen – wofür ihm zu beiden Seiten weniger als 15 bis 20 Zentimeter Platz bleiben würden.

»Newt, willst du's versuchen?«, fragte Ralph.

»Sag niemals nie«, antwortete Newt.

Jambos Karre hatte die Parklücke mittlerweile verlassen und fuhr mit steigendem Tempo auf Ralph zu. Jambos Electra war ein Modell Baujahr 1981, ungewaschen, aber mechanisch gut in Schuss, tiefergelegt und mit breiten Reifen. Ralph wusste mit Sicherheit, wenn er Jambo nicht sofort aufhielte, bräuchte er praktisch ein Wunder, um ihn auf der Washington Street, der Mautstraße oder einer sonstigen Route zu stoppen, auf der er zum Flughafen rasen würde. Und er durfte ihn nicht aus den Augen lassen, keinen Herzschlag lang, nicht einmal ein Blinzeln lang, sonst hieße es wieder *DeSisto*. Bei diesem Fall betrachtete er es als schlichtweg undenkbar, ihn zu verlieren. Er konnte die Vorstellung nicht ertragen, dass diese Elitestudenten über ihn lachen würden. Ralph musste sie festnageln, anklagen und einbuchten, das war alles, was zählte. Er musste sie auf den Boden zurückholen, denn sie *waren* Bodensatz, sie waren Scheiße.

»Alles oder nichts«, sagte er in so nüchternem Tonfall, dass er John Minatello völlig überraschte, als er den Fuß aufs Gaspedal rammte und den Grand Prix mit einem arienhaften Kreischen der Reifen hinaus in die Mitte der Straße katapultierte.

Jambo blieb nicht einmal Zeit, auf die Bremse zu treten. Sein knapp zwei Tonnen schwerer Electra hatte fast 50 Stundenkilometer drauf, als er frontal gegen Ralphs Grand Prix krachte. Ralph hörte einen verheerenden Zusammenstoß, und sein Kopf wurde rückwärts gegen den Sitz geschleudert, während sein linkes Bein gegen die Tür klatschte. Dann brüllte er: »Raus! Raus!« Und er trat die Tür auf und rollte sich hinaus auf die Straße. Er zog seine nicht den Dienstvorschriften entsprechende 44er aus dem Holster, spannte den Hahn und rollte weiter hinter einen geparkten Wagen. Als er sich letztlich auf die Beine rappelte, hielt er die 44er in beiden Händen und wurde vom tief liegenden Heck eines uralten Le Sabre abgeschirmt.

Er sah, dass John Minatello hinter der Beifahrertür ihres beschädigten Grand Prix kauerte. Mit gezückter 38er schrie er: »Zeig mir deine Hände! Ich will deine verfickten Hände sehen!«

Ralph erblickte Newt in seinem meeresgrünen Plymouth, der mit brüllendem Motor und blinkendem Blaulicht die Seaver Street herab auf sie zuraste, verschwommen vor gleißendem Sonnenlicht und Rauch. Für den Bruchteil einer Sekunde glaubte Ralph wirklich, Newt würde es durch die schmale Lücke zwischen dem Käfer und den am

Straßenrand parkenden Autos schaffen. Sein Mund bildete sogar schon die Worte: *Geschafft, du wunderbarer Mistkerl.* Dann jedoch beobachtete er, wie Außenspiegelteile im Sonnenlicht hochspritzten, und hörte das schreckliche Kreischen und Krachen kollidierender Autos. Der Käfer kippte und wippte zurück, und Newts Plymouth wurde fest gegen einen rostbraunen Pick-up gekeilt.

Jambo – halb aus der Fahrerseite ausgestiegen – drehte sich um und blickte mit außergewöhnlicher Anmut hinter sich, beinah so, als führe er eine Ballettchoreografie auf. Ralph sah, wie sich seine schmale Brust nach hinten lehnte und seine Hüften rotierten.

»Zeig mir deine Hände!«, tobte John Minatello. Aber Jambo ignorierte ihn, und da erkannte Ralph, dass Jambo eine ziemlich große Schusswaffe in der Hand hielt.

Gott, Ralph wollte Jambo lebend. Er *brauchte* Jambo lebend. Er brüllte John Minatello zu: *»Nicht!«* Doch plötzlich erschütterten zwei schwere Schüsse den Morgen, dann: *Bum!* Ein weiterer schwerer Schuss. Dann: *Peng! Peng! Peng!* von John Minatellos 38er.

Ralph sah, wie die Heckscheibe des Käfers explodierte und ein Schwall Blut herausspritzte – fast so, als hätte die Fahrerin einen Becher Kaffee auf die Straße geworfen. *Scheiße,* ging ihm durch den Kopf, *er hat sie umgebracht.* Gleich darauf tauchten Sprünge in der Windschutzscheibe von Newts Plymouth auf, sie zerbarst, und Newt erwiderte das Feuer mit einer schnellen, durchgehenden Salve. Plötzlich erfüllten Rauch und theatralische Lichtbündel die Straße, und Jambo war wie von Zauberhand verschwunden.

Ralph lehnte sich schwer keuchend erst an der einen Seite des geparkten Autos vor, dann auf der anderen. Der Pisser war weg, einfach weg. Die Knie leicht gebeugt, die Waffe in beiden Händen nach oben gerichtet, das blaue

T-Shirt von dunklen Schweißflecken übersät verharrte Ralph.

»Wo ist er hin?«, rief er zu John Minatello.

Dessen Gesicht wirkte so blass und lang wie eine Kalbshirnwurst. »Ich sehe ihn nicht. Ich dachte, ich hätte ihn getroffen.«

»Newt!«, brüllte Ralph mit rauer, hoher Stimme.

»Alles in Ordnung, Ralph!«, brüllte Newt zurück.

»Wo zum Teufel ist er?«, verlangte Ralph zu erfahren.

»Ich weiß es nicht. Hab nicht gesehen, wo er hin ist.«

»Was zum Henker soll das heißen, du hast nicht gesehen, wo er hin ist?«

»Das heißt, ich hab nicht gesehen, wo er hin ist.«

Ein ausgedehntes Schweigen setzte ein. Auf der Seaver Street herrschte eine eigenartige Stille, abgesehen von den Hintergrundgeräuschen des nahen Verkehrs und dem Klang einer vom Flughafen Logan abhebenden L10-11, die in südwestlicher Richtung startete.

Zögerlich rückte Ralph um das Heck des Wagens vor. Die 44er hielt er nach wie vor beidhändig, mittlerweile vor sich gestreckt, und er wusste, dass der Lauf zitterte, doch das schrieb er Adrenalin zu.

»Mr. DuFreyne!«, rief er und schaute zu John Minatello hinüber. »Mr. DuFreyne, wir sind Polizeibeamte und haben einen auf Ihren Namen lautenden Haftbefehl. Sie können es also auf die einfache oder auf die harte Tour haben.«

Der Rauch begann auseinanderzutreiben, und als sich die Schwaden lichteten, endete die Stille. Plötzlich raunten Menschenmengen, spielte Musik, kläfften Hunde und raschelten Bäume.

Ralph bückte sich und spähte unter das Auto, das er als Deckung benutzt hatte. Er schaute bis auf die andere Straßenseite. Aber abgesehen von reichlich

Kaugummipapier, Flaschen, zerdrückten Getränkedosen und einem schwarzen Gegenstand, der an einen weggeworfenen Bondage-Anzug erinnerte, sah er nichts.

»Mr. DuFreyne, Sie sind verhaftet, aber wenn Sie kooperieren, könnte die Sache sehr harmlos für Sie ausgehen!«, brüllte Ralph. »Hören Sie mich? Wir sind hinter Ihren Käufern her, nicht hinter Ihnen! Wir sind nicht mal an Luther interessiert! Sie sagen uns einfach, wer dieses kleine Unternehmen finanziert, und Sie können einen einmaligen Deal aushandeln. Vergessen Sie nicht, wir haben ein Wahljahr! Der Staatsanwalt geht ziemlich entgegenkommend mit Leuten um, die im öffentlichen Interesse handeln. Das wissen Sie. Denken Sie nur an Mack Rivera.«

Es trat wieder Stille ein. Ralph pfiff John Minatello zu, um dessen Aufmerksamkeit zu erlangen, und bedeutete ihm mit einer eindringlichen Geste seiner Waffe, er solle die relative Sicherheit hinter der Autotür verlassen und sich langsam den Bürgersteig entlang den Weg bahnen, bis er sehen könnte, wo sich Jambo DuFreyne versteckte.

Seine einzige echte Sorge bestand darin, Jambo könnte einen Harry Lime abgezogen haben – indem er einen Gullydeckel geöffnet hatte und in die Kanalisation geflüchtet war. Er rückte den Gehweg entlang vor und duckte sich vereinzelt, um zu sehen, ob er irgendwo Jambos Beine erspähen konnte. »Newt!«, rief er. »Funktioniert dein Funkgerät noch?«

»Tut es, Ralph«, rief Newt zurück. »Ich hab schon einen Krankenwagen angefordert.«

»Scheiße«, fluchte Ralph bei sich. Ein übles Gefühl nistete sich in seiner Magengrube ein. Er hätte Jambo fahren, ihn entkommen lassen sollen. Selbst der Tod einer einzigen Unbeteiligten war ein zu hoher Preis für eine Verhaftung – selbst für eine der spektakulärsten Drogenverhaftungen in der Geschichte von Massachusetts. Selbst wenn die junge Frau mit den Cornrows und den Ohrreifen nicht tot war, musste sie zumindest schwer verletzt sein, und ihre Familie und ihre Freunde, ihr Anwalt und jeder Fernsehsender und jede Zeitung in New England würden wissen wollen, warum Detective Ralph Brossard einen Zugriff gestartet hatte, während sie noch in der Schusslinie auf der Seaver Street bummelte.

»Scheiße«, wiederholte er, »Scheiße, Scheiße, Scheiße.« Ralph war wütend, erschüttert, erfüllt von verbittertem Bedauern und auch verängstigt; und alles, was er schmecken konnte, war Scheiße.

»Ich seh ihn nicht!«, rief John Minatello.

»Wo zum Geier steckt er dann?«, fragte Ralph ungeduldig.

Newt meldete sich zu Wort. »Seht unter den Autos nach, um Himmels willen. Unter den Autos.«

»Hab ich schon«, protestierte John Minatello.

So tief geduckt, wie er konnte, bahnte sich Ralph den Weg auf der linken Straßenseite entlang. Gelegentlich beugte er sich zur Seite, stützte sich mit der flachen Hand auf dem heißen, körnigen Bürgersteig ab, um unter den geparkten Fahrzeugen nach einem Anzeichen von Jambos Fußgelenken Ausschau zu halten. Eine ältere Schwarze beobachtete ihn teilnahmslos durch ein offenes Fenster, die Augen durch ihre Brille derart vergrößert, dass sie wie zwei frisch geöffnete Austern wirkten.

»Verschwinden Sie hinein!«, herrschte er sie an.

»Wieso?«, wollte sie wissen. »Ich hab schon öfter gesehen, wie Menschen sterben.«

»Polizei!«, klärte Ralph sie auf. »Und jetzt verschwinden Sie verdammt noch mal hinein!«

In dem Moment, als er abgelenkt war, brüllte Newt: *»Da ist er!«* Und Ralph nahm einen dunklen Schatten wahr, der zwischen den Autos flackerte und nur aus Armen und Beinen zu bestehen schien … und das protzige Funkeln einer nickelbeschichteten Schusswaffe.

»Keine Bewegung!«, brüllte er, hob die 44er an und zielte beidhändig den Bürgersteig entlang zu der Stelle, wo Jambo durch seinen nächsten Sprung auftauchen würde. Er sah, wie Jambos Wollmütze hinter dem abblätternden Vinyldach eines braunen Sedan de Ville auf und ab wippte. Er sah, wie Jambo plötzlich auftauchte, auf den Bürgersteig hechtete und sich herumdrehte. Eine dunkle Sonnenbrille, Zähne und eine funkelnde Waffe blitzten auf.

Er sah auch die junge Frau, die unmittelbar hinter Jambo einen Kinderwagen aus dem Eingang zum Wohngebäude schob, so klar und deutlich, wie er je etwas gesehen hatte, so klar, wie er Thelma eines Sommermorgens sah, als er zum ersten Mal erkannt hatte, dass er sie nicht liebte. Thelma hatte zufrieden gelächelt, ohne zu ahnen, dass die Zeit ihrer glücklichen Tage zu Ende war und nur noch Einsamkeit und Tränen auf sie warteten.

Auch die junge Frau hier lächelte, als sie sich vorbeugte, um ihrem Baby das vollgesabberte Kinn abzuwischen. Als Jambo einen schweren, anschwellenden, widerhallenden Schuss abfeuerte. Als Ralph zurückschoss, eine Patrone Kaliber 44 den Lauf seiner Waffe mit einer Geschwindigkeit von über 230 Metern pro Sekunde verließ … und den Kinderwagen wie eine Bombe zersprengte, Matratze, Decken, Pferdchenrasseln aus Kunststoff, blutiges Fleisch.

Jambo rappelte sich auf die Beine und drehte sich fassungslos um. Newt kam die Straße entlanggeeilt, den Revolver steif vor sich gestreckt. Er rammte die Mündung praktisch Jambos Nase hoch und schrie ihn an: »Fallen lassen! Keine Bewegung! Mit dem Gesicht nach unten auf den Boden, du Pisser!«

Ralph stand mit in die Luft gestreckter Waffe da. Die junge Frau mit dem Baby drehte sich zur Seite und sah ihn an, und noch niemand je zuvor hatte ihn so angesehen, nicht einmal Ehefrauen, deren Männer er zu töten gezwungen gewesen war, oder Männer, deren Söhne sich im Gefängnis erhängt hatten.

John Minatello kam herüber. »Ralph«, sagte er. »Gib mir die Kanone.«

»Was?«, fragte Ralph.

»Gib mir die Kanone. Ich hab gesehen, was passiert ist. Es war nicht deine Schuld.«

Ralph starrte ihn an. Ihm war zuvor nie aufgefallen, wie blass John Minatello war. Seine Haut schimmerte weiß wie Wachs, mit großen, unübersehbaren Poren. Er hatte große, traurige braune Augen und ein Muttermal auf der rechten Wange. Und diesen albernen, seidigen braunen Schnurrbart, einen der Art, den sich Halbwüchsige wachsen lassen, um zu zeigen, dass sie Männer sind. Und dieses lächerliche, rosa und silberne Hawaiihemd mit Palmen und Hula-Mädchen.

Newt hatte Jambo mit dem Gesicht flach auf dem Bürgersteig fixiert und legte ihm mit ruckartigen Bewegungen wie ein Mann, der einen Truthahn verschnürt, Handschellen an. Die junge Frau mit dem Kinderwagen starrte sie alle ungläubig an.

»Mein Baby«, stieß sie hervor. Dabei klang sie beinah, als singe sie, statt zu sprechen. *»Mein Ba–a–a–aby.«*

Ralph ging zu ihr, zögerlich, vorsichtig. Er hielt den Revolver weiter in die Luft gestreckt, um ihr zu zeigen, dass er ihr nichts tun wollte. Sie erwies sich als junge Schwarze mit vergleichsweise heller Haut, ovalem, hübschem Gesicht, die Frisur steif vor Haarlack, die Augenbrauen schmal gezupft. Sie trug einen roten und gelben Kittel und schwarze Leggings. Ihr Blick wirkte glasig, und sie zitterte. Für Ralph war offensichtlich, dass sie einen Schock hatte. Genau wie er.

»Mein Baby«, wiederholte sie, fasste in den verheerten Kinderwagen und hob etwas heraus, das wie ein blutiges, eingerolltes Handtuch aussah. Nur baumelte aus der Seite ein kleiner, draller, lebloser Arm, und Blut tropfte von winzigen Fingerchen.

»Ich …«, setzte Ralph an. Aber plötzlich fühlte sich seine Kehle wie zugeschnürt an, seinen Mund befiel eine Starre, und er war völlig außerstande zu sprechen. Er wollte sich entschuldigen, er wollte es der jungen Frau erklären. Er wollte sie um Vergebung anflehen. Aber was hätte es für einen Sinn gehabt, sich zu entschuldigen? Was für einen Sinn, ihr etwas zu erklären? Und wie könnte er je erwarten, dass sie ihm verzieh, was er getan hatte?

John Minatello hob die Hand und nahm ihm sachte die 44er ab.

»Komm mit, Ralph, es ist vorbei.«

»Ich … wollte nicht …«, presste er erstickt hervor.

»Schon gut, Ralph.«

Sirenen schrillten durch die heiße, braune Luft. Ein Krankenwagen bog am gegenüberliegenden Ende in die Seaver Street, gefolgt von einem weiteren und dann zwei Streifenwagen. Ralph ließ sich von John Minatello zurück zu ihrem Grand Prix führen. Mit hängendem Kopf ließ er sich auf den Beifahrersitz plumpsen und starrte auf den Asphaltbelag. Er hörte Leute, die hin und her eilten. Er hörte, wie ein Fenster zerbrach, hatte jedoch keine Ahnung, was das bedeutete. Nach einer Weile schaute er auf und fragte: »John? Was ist mit der jungen Frau? Der im Käfer?«

John lehnte an der offenen Tür und sah sich sorgenvoll um. Er schaute zu Ralph und antwortete: »Schwer zu sagen.

Die Rettungssanitäter untersuchen sie gerade. Da ist eine Menge Blut. Und Hirnmasse. Sieht nicht besonders hoffnungsvoll aus.«

Ein weiteres Fenster zerbrach. Ralph hörte Gebrüll, aufgebrachte Stimmen und ein Trommeln. Ohne Vorwarnung segelte ein Ziegelstein durch die Luft und prallte vom Heck seines Wagens ab. Benommen, bestürzt hob er den Kopf. Irgendetwas ging vor sich, aber er konnte nicht recht begreifen, was. Ein weiterer Ziegelstein kam angeflogen und zerbarst in der Nähe seiner Füße, dann noch einer, gefolgt von einer Flasche und einem Stück Rohr, das aufgerichtet auf der Kante landete und über das Pflaster tänzelte wie Fred Astaires Stock.

Ralph stand auf. Er konnte nicht glauben, was er sah. Die Seaver Street, noch wenige Augenblicke zuvor eine schwüle, stickige und verwaiste Straße, strotzte auf einmal vor einer drängelnden, kreischenden, tobenden Menge junger Schwarzer. Sie warfen Ziegelsteine, Flaschen, Radkappen und Holztrümmer, und ein junger Afroamerikaner mit breitkrempigem Hut und Dreadlocks drosch mit zwei Metallhämmern einen wilden Reggae-Rhythmus auf die Motorhaube eines geparkten Autos und rief: »*Latomba! Latomba!*«

»Was zum Teufel soll das?«, wollte Ralph wissen. In dem Moment kam Sergeant Riordan schnaubend und mit finsterer Miene auf ihn zugestürmt.

»Schaffen Sie Ihren Arsch hier weg, Brossard, Sie dämlicher Mistkerl!«

»Was zum Teufel ist hier passiert?«, fragte Ralph.

»Sie sind passiert«, gab Sergeant Riordan zurück. »Sie und Ihr verfickter stümperhafter Zugriff! Sie haben nur eben den ersten und einzigen Sohn des geliebten lokalen Helden der Leute hier abgeknallt, mehr nicht. Selbst wenn sie uns nicht umbringen, werden sie die Straße hier restlos verwüsten, und das bedeutet, dass elf Jahre Rassendiplomatie, behutsame Politik und Gleichbehandlung für alle in einem Abwasch das Klo runterrauschen, weg für immer. Und jetzt verpissen Sie sich schleunigst von hier, bevor Sie verbrannt, zu Tode geprügelt oder abgeknallt werden.«

»Wovon reden Sie da, Riordan?«, brüllte Ralph ihn an. »Wir haben gerade eine der bedeutendsten Drogenverhaftungen geschafft, die diese verfluchte Stadt je erlebt hat! Das mit dem Baby tut mir leid, in Ordnung? Ich wünschte, es wäre nicht passiert, aber es ist nun mal passiert, und ich konnte nicht das Geringste dagegen tun!«

John Minatello packte ihn am Arm. »Komm mit, Ralph, wir müssen hier weg.«

Ralph drehte sich um und starrte ihn an. »Wir müssen auf jeden Fall hier weg. Aber Jambo kommt mit.«

»Newt hat Jambo bereits weggebracht.«

»Newt hat Jambo weggebracht?«

Weitere Flaschen und Ziegelsteine schlugen rings um sie ein, und plötzlich – drüben bei den Stufen, die hinauf zum Eingang von Luther Johnsons Wohngebäude führten – flammte eine orange Feuersäule auf, und der Bürgersteig stand in Flammen.

»Komm schon, Ralph«, drängte ihn John Minatello. »Die schmeißen Molotowcocktails. Wir sind für so etwas nicht ausgerüstet.«

»Gib mir meine Knarre«, verlangte Ralph.

»Ralph … du weißt genau, dass ich das nicht tun kann.«

Ein riesiges Stück Straßenpflaster zerbarst auf dem Asphalt neben ihnen und erstickte sie beinah vor Staub. Bisher war es zwei uniformierten Beamten mit Schnellfeuergewehren gelungen, die aufgebrachte Menge einigermaßen in Schach zu halten, aber als die Sanitäter die zerfetzten Überreste des

Kinderwagens in den Krankenwagen hoben und alle mit eigenen Augen sehen konnten, wie blutig und zerrissen sie waren, ging ein wütender Aufschrei durch die Meute, und Flaschen und Ziegelsteine landeten wie ein donnernder, vernichtender Hagel rings um die Streifenwagen. Ein Monsun des Kummers, der Frustration und rasender Wut.

Sergeant Riordan wurde von einem dreieckigen Betonbrocken an der Schulter getroffen, Ralph von einer Flasche am Hinterkopf.

»Gib mir meine gottverdammte Knarre, John!«, brüllte Ralph seinen Kollegen an. »Das ist ein Befehl!« John Minatello zögerte, schaute zu Sergeant Riordan, zögerte noch einen Atemzug länger und gab Ralph die Waffe schließlich zurück. Ungeduldig riss sie ihm Ralph aus der Hand und spannte den Hahn.

Sergeant Riordan, der sich Betonstaub von der Schulter wischte, herrschte ihn an: »Hauen Sie endlich ab, Brossard, und wenn einer meiner Männer auch nur einen verfluchten Kratzer abbekommt, kümmere ich mich höchstpersönlich um Sie, darauf können Sie sich verlassen.«

»Hat Newt die Sporttasche?«, fragte Ralph.

»Das ist der springende Punkt«, sagte John Minatello.

»Was ist der springende Punkt? Was soll das heißen, ›das ist der springende Punkt‹? Was ist der verfickte springende Punkt?«

»Der springende Punkt ist, dass wir die Tasche aus den Augen verloren haben.«

Ralph starrte ihn an. Links und rechts von ihnen prasselten Flaschen, Dosen, Ziegel und Steine herab und holperten über den Asphalt, doch Ralph verharrte vollkommen regungslos, die Schultern vor Ungläubigkeit leicht angespannt. Er versuchte nicht, sich irgendwie zu schützen, und seine Waffe hing an seiner Seite hinab.

»Ihr habt sie aus den Augen verloren?«

John Minatello zuckte verlegen mit den Schultern, dann duckte er sich, als eine Flasche an seinem Gesicht vorbeiflog.

»Jambo muss sie irgendwohin geworfen haben. Sie ist spurlos verschwunden.«

»Was zum Teufel soll das heißen, er muss sie irgendwohin geworfen haben? Wohin? Wie weit kann er sie geworfen haben? Drei Meter? Sechs Meter?«

»Tut mir leid, Ralph. Es fehlt jede Spur von ihr. Wir haben bis zurück zu den Gebäuden und unter allen Autos danach gesucht.«

Ralph biss sich auf die Unterlippe. Er war sogar zu aufgebracht, um zu fluchen. Sie hatten die Sporttasche und damit das gesamte gekennzeichnete Geld verloren – was bedeutete, dass über ein Jahr mühsamer Überwachung, Abhörung und Informationsbeschaffung vollkommen umsonst gewesen war. Über ein Jahr seines Lebens war sinnlos vergeudet worden. All die öden Stunden des Herumsitzens in Autos mit schalen Hamburgern und Kaffee aus Plastikbechern; all die nervtötenden Stunden des Wartens auf Abhörgenehmigungen in Gerichtsgebäuden; all die Jahreszeiten; all der Einfallsreichtum; all die Eingebungen; all die intuitive Ermittlungsarbeit; alles.

Ein weiterer Molotowcocktail explodierte mitten auf der Straße, und die Vorderreifen eines Mazda Pick-ups gerieten in Brand. Mittlerweile kreischte die Menge – ein merkwürdiges, schrilles, an- und abschwellendes Geschrei, und Sergeant Riordan sagte: »Kommen Sie, Ralph. Es ist höchste Zeit, zu verschwinden. Sonst reißen die uns in Stücke.«

Ein junger uniformierter Polizist kam tief geduckt die Straße entlanggerannt. »Wir haben den Befehl, abzurücken, Sir. Es wird Verstärkung geschickt.«

»In Ordnung, O'Hara«, gab Sergeant Riordan zurück. Er brüllte dem Rest seiner Männer Anweisungen zu, wenngleich seine Stimme im schrillen Geheul der Sirenen von Krankenwagen beinah unterging.

»Tod den Schweinen! Tod den Schweinen!«, brüllte die Menschenmenge. Weiter unten entlang der Straße wippte die aufgebrachte Meute einen Chevy Pick-up hin und her und kippte ihn schließlich um. Der Wagen explodierte mit einem Splittern und Brüllen, und eine riesige Wolke öligen Rauchs wallte in die Luft empor. Die Menge schrie noch lauter.

Sergeant Riordan packte Ralph am Arm, entschieden zu wild, um angenehm zu sein. »Sie kommen am besten mit uns, Brossard. Die sind hinter Ihrem Arsch her, und mit Ihrer Karre kommen Sie jetzt nie mehr weg.«

Geduckt überquerten sie die Straße durch einen Blizzard aus Steinen, Ziegeln, Brettern, Flaschen und sogar Münzen. Newt war es gelungen, seinen Wagen anzulassen, und er setzte gerade mit einem schrillen Quietschen gequälter Reifen die Straße entlang zurück. Drei junge Männer rannten hinter ihm her, brüllten, sprangen und hieben mit Baseballschlägern und Eisenstangen auf seine Fenster ein. Sie zertrümmerten die Seitenscheiben und überzogen die Windschutzscheibe mit einem Geflecht von Sprüngen. Aber irgendwie gelang es Newt, unter kreischendem Einsatz der Handbremse zu wenden und in nördlicher Richtung davonzurasen. Das Heck des Wagens schlingerte dabei wild hin und her.

Sergeant Riordan riss die Hintertür seines Streifenwagens auf und stieß Ralph grob hinein. »Fuß aufs Gas, O'Hara«, befahl er. »Wir haben den Albatros an Bord.«

Er öffnete gerade seine eigene Tür, als Ralph spürte, wie der Mann schwer gegen die Seite des Wagens taumelte. Blut strömte über Ralphs Fenster, als wäre ein Eimer aus einem Schlachthaus darüber ausgeleert worden. »*Sergeant!*«, kreischte O'Hara wie eine verängstigte Frau.

»Zurücksetzen!«, brüllte Ralph ihn an.

»Was?«, fragte O'Hara mit kalkweißem Gesicht. Ein halber Ziegelstein prallte vom Dach des Streifenwagens ab.

»Zurücksetzen, um Himmels willen!«

O'Hara ließ den Motor aufheulen, bis er dröhnte, dann setzte er mit dem Streifenwagen die Straße entlang zurück. »Jetzt anhalten!«, befahl ihm Ralph.

O'Hara stieg auf die Bremse. Ralph trat seine Tür auf und rannte durch den Geröllhagel zurück zu Sergeant Riordan, der auf dem Rücken lag, die Arme wie ein bettelnder Welpe angewinkelt, während die Beine unkontrolliert zuckten. Blut überzog sein Gesicht als dunkelroter Vorhang, und als sich Ralph neben ihn kniete, sah er auf Anhieb, dass ihm die Schädeldecke weggeschossen worden war.

Sergeant Riordan starrte hilflos zu ihm hoch. Wahrscheinlich bekam er gar nicht mit, wer Ralph war oder was um ihn herum geschah. Ralph hatte schon zu viel von all dem gesehen, zu viel Blut, zu viel Hilflosigkeit, und er hegte nicht den geringsten Zweifel daran, dass Sergeant Riordan sterben würde.

Die aufgebrachte Meute strömte rings um ihn heran, schrie ihm entgegen, bedrohte ihn und brüllte: »Tötet den Pisser! Tötet das Schwein!«

Langsam, wortlos stand Ralph auf, die 44er in der rechten Hand erhoben. Es folgte ein Moment, in dem er stämmig, aber durch und durch angespannt dastand, wachsam und entschlossen, mit all der männlichen Bedrohlichkeit eines echten Hemingway.

Die Menge wich ein wenig zurück, aber lange würde es ihm nicht gelingen, sie sich vom Leib zu halten. Er ertappte sich dabei, von einem Gesicht zum anderen zu blicken – es handelte sich größtenteils um junge Männer, doch es befanden sich auch Frauen und Kinder unter ihnen –, und er spürte, wie angesichts des Hasses, der ihre Züge zu Fratzen verzerrte, ein Gefühl der Beklommenheit und Ungläubigkeit in ihm aufstieg. Wie konnten sie jemanden so sehr hassen – noch dazu einen Mann, den sie nicht einmal kannten?

Ein Ziegelstein schwirrte durch die Luft und traf ihn an der Schulter, brachte ihn aus dem Gleichgewicht. Mit einem Schlachtruf wogte die Menge vorwärts. Ralph brachte den Revolver mit beiden Händen in Anschlag und brüllte: »*Keine Bewegung!*« Aber die außer Rand und Band geratenen Menschen näherten sich weiter.

»*Keine Bewegung!*«, schrie er ein zweites Mal, doch immer noch kamen sie, und ein junger Mann mit roter Baseballmütze, nackter Brust und Perlen und Federn um den Hals tänzelte auf ihn zu und schlug mit einer Radioantenne nach seinem Arm.

Ralph schwenkte herum und schoss auf ihn. Der Knall war ohrenbetäubend. Der junge Mann tänzelte noch einen Herzschlag lang weiter, dann rutschte er aus und fiel auf den Asphalt, starrte Ralph voll Überraschung an. In seiner Brust prangte ein Loch, größer als ein Baseball, aus dem Arterienblut sprudelte.

Die Menge kreischte – *kreischte* – mit einem Geräusch, das Glas zum Zerspringen gebracht hätte. Ralph wich zurück, entsetzt von dem Kreischen, entsetzt darüber, was er getan hatte. Er mochte wie Hemingway sein – er mochte der heißeste, härteste, abgebrühteste Detective des Drogendezernats sein –, er mochte Blut und Eingeweide und mit Rasiermessern aufgeschlitzte Nutten gesehen haben … aber er hatte soeben im Alter von 43 Jahren zum ersten Mal einen Mann von Angesicht zu Angesicht getötet, ihn einfach so vorsätzlich erschossen, und er fühlte sich schockiert, verdutzt und auch erregt. Adrenalin strömte derart kraftvoll durch ihn, er hätte mit einem Satz sechs Meter zurückspringen können.

Dann jedoch brandete die Menge auf ihn zu, und die Leute schwangen Schläger und schleuderten Ziegel. Ein rostiges Knierohr traf ihn an der Stirn, bescherte ihm beinah eine Gehirnerschütterung. Er feuerte zweimal in die Luft. Die Meute nahm keine Notiz davon, also schoss er abermals. Eine junge Frau kippte um. Wieder schoss er, und ein weiterer junger Mann ging zu Boden.

Die Menge hörte nicht auf. Seine Schüsse beirrten die Menschen nicht, ließen sie nur noch mehr in Raserei verfallen. Jeder Treffer gab ihnen einen weiteren Märtyrer. Jeder Schuss rechtfertigte ihr Vorgehen in ihren Augen mehr. *Tötet die Schweine!*

Ralph glaubte, sie würden ihn in Stücke reißen. Dann allerdings hörte irgendein Teil seines Bewussteins das tiefe *Wumm!* einer mit Schrotmunition geladenen Pumpgun, gefolgt von einem weiteren *Wumm!*

Ralph hatte sich nie ausgemalt, wie es sein würde, mit anzusehen, wie Menschen erschossen wurden. Stücke wurden aus ihnen gerissen, ganze Muskelstränge flatterten lose in der Luft, Gesichter wurden zu Himbeerbrei gematscht.

Dann driftete der Streifenwagen neben ihn, die Tür schwang auf, und John Minatello brüllte: »Ralph! Um Himmels willen, Ralph!«

Und Ralph feuerte einen weiteren Schuss ab, zielte bewusst hoch, bevor er rücklings in den Streifenwagen stolperte. O'Hara trat das Gaspedal durch, riss das Lenkrad herum und krachte gegen Jambos Electra. Er setzte zurück, und sie konnten den weichen, zugleich jedoch schweren Ruck spüren, als Menschen angefahren wurden. Dann drosch die Meute mit Hämmern und Betonbrocken auf das Dach ein. Die Seitenfenster gaben klein bei, und John Minatello schrie O'Hara an: *»Schaffen Sie uns verdammt noch mal schleunigst hier raus!«*

Es folgte ein Augenblick, in dem Ralph überzeugt war, sie würden sterben, und er rief: »Heilige Mutter Gottes, vergib mir!« Das Ende einer Gerüststange schoss explosionsartig durch die rechte Seite der Windschutzscheibe und bohrte sich tief in den Sitz. Hätte Sergeant Riordan dort gesessen, wäre er gepfählt worden. Dann holperte der Streifenwagen und setzte sich schlingernd in Bewegung, kollidierte mit geparkten Fahrzeugen und Trümmern, wurde von Ziegelsteinen getroffen, und plötzlich bogen sie rasant am Ende der Straße ab und steuerten nach Norden.

Ralph saß hinten im Streifenwagen, zutiefst geschockt und losgelöst von der Situation. Er hörte das Geheul von Sirenen, als Polizei- und Feuerwehrwagen an ihnen vorbeirasten, er hörte am Himmel das Wummern der Rotoren von Helikoptern. Doch es dauerte nicht lang, bis sie durch normale Straßen fuhren, in denen normale Menschen flanierten und einkauften und Kids Skateboard fuhren, und auf einmal war es ein gewöhnlicher Sommermorgen in den Vororten des Südens von Boston.

Seine 44er lag auf seinem Schoß, nicht mehr warm, aber der Revolver roch beißend nach verbranntem Schießpulver. John Minatello spähte das eine oder andere Mal darauf, unternahm jedoch keinen Versuch, ihm die Waffe abzunehmen. Ralph sprach kein Wort, beobachtete nur, wie die Bäume, die Gebäude und der Verkehr an ihm vorbeizogen, was er durch den roten, gerinnenden Filter von Sergeant Riordans Blut wahrnahm.

Matthew Monyatta unterhielt sich gerade mit einer jungen, alleinerziehenden Mutter über ihre Rechte als Mieterin, als die Tür zu seinem Büro jäh aufschwang.

»Einen Moment, ich bin beschäftigt!«, rief er und hob eine Hand.

Aber sein unerwarteter Besucher ließ sich davon nicht beirren. Er klopfte mit den Knöcheln an die offene Tür und sagte: »Tut mir ja leid, dass ich so hereinplatze, Matthew ... aber ...« Mit erwartungsvoller Miene überließ er es Matthew, ihn zu fragen, was er wollte.

»Muss wohl wichtig sein, was?«, erwiderte Matthew.

»Es *ist* wichtig«, bestätigte sein Besucher und nickte. »Es ist sogar *kritisch*.«

»Wie lange wird es dauern?«, fragte Matthew.

Sein Besucher verzog das Gesicht. »So lange, wie es eben dauert, fürchte ich.«

Matthew drehte sich der jungen Frau mit dem gequälten, mandelförmigen äthiopischen Gesicht, den riesigen goldenen Ohrringen und dem roten Satinkleid zu und sagte: »Elizabeth ... Es tut mir leid, aber ich fürchte, ich muss Sie ersuchen, mich eine Weile zu entschuldigen. Zerbrechen Sie sich nicht den Kopf ... Sie werden nicht auf die Straße gesetzt. Das lasse ich nicht zu. Sie haben das Recht, zu bleiben, wo Sie sind, und Sie haben das Recht, nicht belästigt zu werden. Machen Sie sich also keine Sorgen. Sie haben den Herrn auf Ihrer Seite, das Gesetz und mich auch.«

Die junge Frau ergriff seine Hand und drückte sie. Dabei sah sie aus, als wäre sie ohne Weiteres bereit gewesen, auf die Knie zu sinken und seine Füße zu küssen. Dann erhob sie sich von ihrem Stuhl, und ohne Matthews Besucher auch nur anzusehen, verließ sie den Raum mit einem Rascheln seidiger Röcke.

Der Besucher kam herein und schloss fest die Tür hinter

sich. Es handelte sich um einen Weißen mit breiten Schultern, rosigem Gesicht, drahtigem blondem Haar und Augen, die ein wenig zu breit um sich starrten, als wäre der Mann nicht ganz richtig im Kopf. Sein Körperbau erinnerte an den eines altmodischen Wandschranks. Er trug ein schrilles, kariertes Sportsakko in Senfgelb und Blau, dazu ein Hemd in der Farbe von pochiertem Lachs, das beinah seinem Teint entsprach.

»Haben Sie die Neuigkeit nicht gehört?«, fragte er Matthew abrupt.

»Natürlich habe ich die Neuigkeit gehört«, entgegnete Matthew und lehnte sich auf dem Stuhl zurück, dass die Federn nur so quietschten. Er war ein löwenköpfiger, 55-jähriger Mann – im Alter attraktiver als früher, denn seine Augen waren ein wenig eingesunken, seine Wangenknochen zeichneten sich deutlicher ab und seine Kieferpartie hatte eine biblische Kantigkeit entwickelt. Sein Haar war dicht und schlohweiß. Er trug eine weite, haferbreifarbige Djellaba, ein nordafrikanisches Kapuzengewand, das ihm nicht nur das Aussehen eines Propheten oder Mystikers verlieh, sondern auch seine beträchtliche Körperfülle verschleierte. An jeder Hand trug er drei schwere Goldringe.

Sein Besucher setzte sich. Er war schon in diesem Raum gewesen, deshalb zeigte er keine Neugier mehr angesichts der Drucke, die an den beige gestrichenen Wänden hingen: Sanddünen, Pyramiden und seltsame, stilisierte afrikanische Gesichter mit geschlitzten Augen. Matthew Monyatta war Gründer, Präsident und Oberguru von Bostons *Olduvai-Gruppe schwarzen Bewusstseins.* In den Tagen der Black Muslims war er ein Protegé von Malcolm X gewesen, aber nachdem seine Frau und seine Kinder 1973 bei einer blutigen Auseinandersetzung zwischen schwarzen politischen Fraktionen erschossen worden waren, war er weit weniger fanatisch und wesentlich interessierter an Rassenversöhnung geworden, während er gleichzeitig aufzuzeigen versuchte, dass die schwarze Zivilisation so alt und tief verwurzelt wie die weiße war.

Daher auch der Name »Olduvai« von jener Schlucht in Tansania, in der einige der ältesten Fossilien des *Homo erectus* gefunden worden waren.

»Da draußen tobt der totale Krieg«, sagte sein Besucher.

»Überrascht Sie das, Herr Bürgermeisterstellvertreter?«, fragte Matthew. »Ein weißer Polizeibeamter hat den drei Monate alten Sohn eines der größten Helden des Ghettos erschossen. Außerdem sind vier weitere schwarze Brüder und eine schwarze Schwester gestorben. Es war ein Massaker direkt vor unserer Haustür. Und angeblich geschah das alles im Rahmen einer Aktion zur Zerschlagung eines Drogenrings, betrieben von reichen, weißen Eliteunistudenten, die nie auch nur mit hochgekurbelten Fenstern und auf Innenluft geschalteter Klimaanlage die Seaver Street entlanggefahren sind.«

Kenneth Flynn presste die Lippen fest zusammen und wandte den Blick ab. Er hatte Matthew Monyatta noch nie gemocht und wusste, dass er ihn nie mögen würde. Was keineswegs etwas mit Rassenvorurteilen zu tun hatte – einer seiner besten Freunde vom College war schwarz und kandidierte derzeit als Staatsfinanzminister. Kenneth hatte bloß mit Volkstum nichts am Hut, das war alles. Irisches Volkstum fand er genauso schlimm wie afrikanisches Volkstum: Beides lief auf hässliche, handgefertigte Tonwaren hinaus, auf eintönige Lieder mit einer Menge amateurhafter Harmonien und auf verpeilte junge Leute mit Sandalen an den Füßen und naiv-hoffnungsvollen Augen.

Indes standen unten in der Seaver Street Wohnblocks in

Flammen, Supermärkte wurden geplündert und Hieronymus Bosch hatte in der Gegend Einzug gehalten.

»Ich habe mit dem Bürgermeister gesprochen, und er hat mich ersucht, mich an Sie zu wenden«, erklärte Kenneth.

»Natürlich hat er das«, sagte Matthew. »Er hat Sie zu mir geschickt, weil Sie gut darin sind, Leute zu Dingen zu überreden, die sie in Wirklichkeit gar nicht tun wollen. Und er will, dass ich in die Seaver Street fahre, um die Schwarzen dort aufzufordern, mit dem Aufstand und dem Plündern aufzuhören und sich friedlich zu verhalten, weil das etwas ist, worin ich gut bin. Manchmal frage ich mich allerdings, worin *er* eigentlich gut ist.«

»Im Delegieren«, antwortete Kenneth. »Er ist ein hervorragender, praxisorientierter Delegierer.«

Matthew schaute auf, bedachte Kenneth mit einem sarkastischen Lächeln und nickte. »Diesmal, Herr Bürgermeisterstellvertreter, bin ich ganz und gar nicht sicher, ob ich hingehen will. Das ist eine Polizeiangelegenheit. Hier geht es um einen Zugriff, der nie hätte stattfinden sollen, nicht in der Seaver Street – nicht einmal, wenn er richtig abgelaufen *wäre*. Wenn ich dorthin gehe, die Arme hebe und sage: ›Leute, Leute, hört auf zu randalieren, hört auf zu plündern, die Schweine haben's nicht so gemeint‹, was macht das dann aus mir? Einen Onkel Tom? Einen Verräter an meiner Rasse? Oder ein ehrenamtliches Schwein?

Ich mag vielleicht andere Standpunkte vertreten als Fly Latomba, aber mein Herz blutet wie das aller anderen in der Seaver Street für Fly Latombas erschossenes Baby, für all die anderen Leben, die an diesem Morgen ausgelöscht wurden, und für alle jene, die gelitten haben, und auch für Boston.«

Kenneth fuhr mit einem Finger an der Innenseite seines Kragens entlang und verzog das Gesicht. »Ersparen Sie mir die Rhetorik, Matthew. Wenn Sie nicht mit diesen Leuten reden, steht uns ein gewaltiges Blutvergießen bevor. Diese Stadt wird brennen, Matthew, und Sie sind der Einzige, der die Flammen löschen kann.«

Matthew hievte seine Masse von rund 120 Kilo aus dem Stuhl, der zwei-, dreimal nachwippte – *quietsch, quietsch* –, als wolle er Erleichterung kundtun. Matthew bewegte sich um seinen Schreibtisch herum und ragte wie der Mount Monyatta über Kenneth auf, blockierte das durchs Fenster einfallende Sonnenlicht. Um seinen Hals hingen sechs oder sieben Ketten mit afrikanischen Perlen, Bronzescheiben und Amuletten, angefertigt aus Ziegenhaar, Kupferdraht und Glas.

»›Kannst du deine Stimme zu der Wolke erheben‹«, zitierte er, »›dass dich die Menge des Wassers bedecke? Kannst du die Blitze auslassen, dass sie hinfahren und sprechen zu dir: Hier sind wir. Weißt du des Himmels Ordnungen, oder bestimmst du seine Herrschaft über die Erde?‹«

Langsam hob Kenneth den Blick, bis er Matthew unverwandt ins Gesicht sah. »›Ich hatte von dir mit den Ohren gehört‹«, zitierte er zurück. »›Aber nun hat dich mein Auge gesehen.‹«

Eine sehr lange Weile starrte Matthew auf ihn hinab. Dann streckte er den Arm über den Schreibtisch aus, ergriff sein Mobiltelefon und ließ es zusammen mit seiner Brieftasche und seinen Autoschlüsseln in die geräumige Tasche seiner Robe fallen.

»Sie sind ein überaus kluger Mann, Herr Bürgermeisterstellvertreter«, sagte er. »Am besten weisen Sie mir den Weg hinunter in die Hölle.«

6

Als Michael aus dem Auto stieg, sah er, wie sich Rauch aus dem Roxbury-Viertel emporkräuselte. Eine Weile stand er auf dem Parkplatz und beobachtete die dichten Schwaden, lauschte dem entfernten, gedämpften Geheul von Sirenen. Helikopter flatterten am Himmel, umkreisten das Kampfgebiet in einem gestelzten Lufttanz und flatterten wieder davon.

Der Tag war schwül, kaum eine Brise wehte, und die Luft schmeckte nach Kupfer wie Pennys. Die Wettervorhersage hatte an diesem Morgen vor Gewitterstürmen mit schweren Regenfällen gewarnt.

Michael schloss das Auto ab und steuerte mit den Schlüsseln klimpernd auf den Eingang des Boston Central Hospital zu. Er war am vergangenen Nachmittag aus New Seabury hergefahren und hatte die Nacht auf Joe Garbodens Couch verbracht. An diesem Morgen war er mit dumpfen, vom hohen Luftdruck verursachten Kopfschmerzen bei Plymouth Insurance aufgekreuzt. Verstärkt wurde das unangenehme Pochen von einer Flasche Maker's Mark, die Joe und er zur Feier seiner Rückkehr zu zweit geleert hatten. Bei Plymouth Insurance hatte man ihn offiziell wieder willkommen geheißen und ihm einen sattelbraunen Ringordner mit der Aufschrift O'BRIEN übergeben.

Den Großteil der Akte hatte er bei einem einsamen Mittagessen in Clarke's Saloon gegenüber der Faneuil Hall gelesen – Cheeseburger und eiskaltes Mick. Er wollte vertraut mit dem Hintergrund sein, bevor er von Angesicht zu Angesicht mit Kevin Murray und Artur Rolbein sprach, den beiden Ermittlern, die bisher Plymouths Interessen vertreten hatten.

Den beiden würde es vermutlich nicht passen, dass er dazugeholt wurde, das war Michael bewusst; Kevin Murray hatte getan, was er konnte, aber die Polizei und der Gerichtsmediziner hatten ihm nur äußerst vage Informationen geliefert, und ein Sprecher der FAA hatte auf sämtliche Anfragen ausweichend geantwortet: »Zum aktuellen Zeitpunkt sind wir noch nicht in der Lage, Vermutungen anzustellen.«

In der Akte von Artur Rolbein befand sich eine interessante Anmerkung. Rolbein hatte mit dem Jachtbesitzer gesprochen, der in seinem Beiboot an Land gepaddelt war, nachdem er gesehen hatte, wie John O'Briens Helikopter auf Nantasket Beach abgestürzt war. Der Mann war ein Anzeigenleiter aus New York namens Neal Masky und besaß ein kleines Sommerhaus in Cohasset.

Masky: *Nach dem Absturz des Helikopters am Strand war es ziemlich lange unglaublich still. Ich weiß nicht genau, mindestens drei oder vier Minuten lang. Ich habe gewendet, und dabei habe ich einen schwarzen oder dunkelblauen Pick-up bemerkt, der nicht allzu weit vom Wrack entfernt gestanden hat. Ich war nicht sicher, wie er dorthin gelangt sein konnte … Jedenfalls hatte ich ihn nicht seit dem Absturz heranfahren gesehen, allerdings könnte es mir auch entgangen sein, weil ich beschäftigt damit war, gegen den Wind zu wenden, und weil der Helikopter die Sicht eingeschränkt hat.*

Andererseits … Ich war so besorgt um die Leute im Hubschrauber, dass ich immer wieder hinübergeschaut habe, um zu sehen, ob es irgendein Lebenszeichen gibt, deshalb bin ich mir sicher, dass ich einen sich nähernden Pick-up bemerkt hätte. Ich weiß wirklich nicht, wie er mir entgangen sein kann.

Ich kann nur davon ausgehen, dass er schon dort geparkt hat … na ja, bevor *der Helikopter abgestürzt ist.*

Rolbein: *Sie haben gesagt, Sie hätten jemanden in der Nähe des Wracks gesehen. Jemanden, der einen schwarzen Mantel trug.*

Masky: *Das ist richtig. Eine genauere Beschreibung kann ich Ihnen nicht geben, es war ein sehr unförmiger Mantel. Oder … Ich bin nicht ganz sicher, ob unförmig das richtige Wort ist. Vielleicht eher voluminös.*

Rolbein: *Was hat die Person gemacht, soweit Sie das erkennen konnten?*

Masky: *Die Gestalt hatte irgendein Gerät zum Schneiden, irgendeine Ausrüstung, wie sie die Feuerwehr bei Verkehrsunfällen einsetzt. Ich konnte den Generator hören, und ich konnte sehen, wie die Person das Schneidgerät wie eine riesige Krabbenschere angehoben hat.*

Rolbein: *Ein Lebensspender.*

Masky: *Nennt man das so? Damit kenne ich mich nun wirklich nicht aus. Für mich hat das Ding wie eine Krabbenschere ausgesehen.*

Rolbein: *Und dann haben Sie gesehen, wie diese Person etwas aus dem Wrack getragen hat? Ist das richtig?*

Masky: *Das ist richtig, ja. Allerdings habe ich nicht einmal eine Vermutung, was es gewesen sein könnte. Ich habe zwar gerufen, aber ich war noch zu weit entfernt, um gehört zu werden. Ich habe angefangen, schneller zu rudern, aber wenn man in einem Beiboot paddelt, sitzt man natürlich mit dem Rücken zur Fahrtrichtung, und als Nächstes habe ich dieses laute Wusch-Geräusch mitbekommen und einen Hitzeschwall im Genick gespürt, und der ganze verdammte Helikopter hat über und über gebrannt.*

Rolbein: *Und Sie haben nicht gesehen, wohin der Pick-up gefahren ist?*

Masky: *Es gibt nur einen Weg, den er gefahren sein kann, nämlich Sagamore Head entlang zurück und dann entweder nach Norden oder nach Süden auf die Nantasket Road. Richtung Norden kommt man natürlich nur bis Hull und Stoney Beach, weiter nicht, außer man erwischt die Passagierfähre.*

Rolbein: *Aber Sie haben es nicht gesehen?*

Masky: *Nein, Sir. Ich habe es nicht gesehen.*

Unter dieses Gesprächsprotokoll hatte sich Rolbein mit Kugelschreiber eine Frage für sich selbst notiert:

Ist es vorstellbar, dass der Pick-up rein zufällig am Sagamore Head geparkt hat und der Fahrer die Gelegenheit genutzt hat, um das Wrack zu plündern? Andererseits hatte der Fahrer des Pick-ups etwas dabei, das professionelle Ausrüstung zum Metallschneiden zu sein schien, Holmatro oder etwas Ähnliches – eine Tatsache, die bei den Verlautbarungen der Polizei an die Presse nicht erwähnt worden ist.

(Warum?) Der Fahrer hat die Schneidausrüstung benutzt, um sich Zugang zu dem zu verschaffen, was er wollte. Er war also nicht nur zum richtigen Zeitpunkt am richtigen Ort, sondern auch für etwas voll ausgerüstet, das nur mit großen Vorbehalten als Unfall betrachtet werden kann. Stünde jemand in der Hoffnung auf einen nahen Helikopterabsturz an einer zufälligen Stelle der Küste von Massachusetts, wären die Chancen, dass es wirklich eintritt, laut Berechnungen unserer Computer etwa 87.234.000 : 1, was bedeutet, man könnte 239.000 Jahre lang dort stehen, ohne Glück zu haben. Es ist also davon auszugehen, dass der Fahrer des Pick-ups gewusst haben muss, dass der O'Brien-Hubschrauber dort abstürzen würde. Wie ist das möglich? Wurde der Absturz an der Stelle vorsätzlich verursacht? Durch ein bisher nicht gemeldetes oder unerkanntes Raketengeschoss? Mit einem Gewehr oder mit Flugabwehrbeschuss? (Selbst dann wäre keine so präzise Bruchlandung gewährleistet gewesen … nur wenige Meter kürzer, und die Maschine wäre geradewegs ins Meer gestürzt.) Von einem Kamikaze-Piloten? Anmerkung: persönliche Krankenakten des Piloten überprüfen … Bericht des Gerichtsmediziners anfordern. Vielleicht hat der Pilot an einer tödlichen Krankheit gelitten und wollte, dass seine Familie von einer Unfallversicherung profitiert. Siehe Fall Pan American Airlines gegen Roddick.

Michael hatte auch den Rest des Ordners durchgeblättert, aber Rolbeins Gedankengänge stellten die mit Abstand provokativsten Vermutungen in der gesamten Akte dar. Er hatte Rolbein angerufen, ihm eine Nachricht auf dem Anrufbeantworter hinterlassen und um ein Treffen in den nächsten Tagen ersucht. In der Zwischenzeit stattete er dem Boston Central Hospital einen Besuch ab, um mit Dr. Raymond Moorpath zu sprechen, der die medizinische

Untersuchung der Opfer des O'Brien-Helikopterabsturzes auf speziellen Wunsch von Bostons Polizeichef Homer T. Hudson durchgeführt hatte.

Das Boston Central war früher ein schäbiges, heruntergekommenes Großstadtkrankenhaus mit in den Gängen lungernden Junkies, Blut in den Toiletten und brüllenden Alkoholikern in jedem Stockwerk gewesen. 1981 war es mangels Budget geschlossen worden, aber Jahre später hatte es ein mächtiges Konsortium von Financiers, Immobilienentwicklern und wohlhabenden Ärzten übernommen. Die prunkvolle Backsteingotik war restauriert worden. Jeder Raum beherbergte ein Luxuszimmer. Für diejenigen, die es sich leisten konnten oder sich ausreichend bei TAHPS, Bay State oder Blue Cross versichert hatten, bot das Boston Central modernste Behandlungen bei Herz- und Gefäßerkrankungen, Diabetes, Krebs, AIDS und Transplantationen. Im Boston Central bekam man Photopherese zur Bekämpfung von Autoimmunerkrankungen, Neutronen-Einfangtherapie gegen Gehirntumore oder Hochfrequenz-Katheterablation gegen Herzrhythmusstörungen.

Das Boston Central glich einem vergoldeten Tempel der modernen Medizin, und Dr. Raymond Moorpath verkörperte den erhabensten seiner Priester.

Michael musste fast 15 Minuten in der Eingangshalle im Erdgeschoss warten. Zuerst lief er den auf Hochglanz polierten Mosaikfußboden auf und ab und betrachtete die Ölgemälde prominenter Bostoner Ärzte, dann setzte er sich auf eine riesige, braune Ledercouch und blätterte die Broschüren für Fettabsaugung durch, die »Körperkonturierung für ein ästhetischeres Erscheinungsbild« versprachen und »… wir beseitigen ›Reiterhosen‹ an den Oberschenkeln, Spitzbäuche, ›Rettungsringe‹, Doppelkinne und männliche Busen«.

Die Augen der brünetten Empfangsdame mit der niedlichen, kleinen, lediglich als Zierde dienenden Schwesternhaube schimmerten im Licht ihrer Schreibtischlampe violett, als sie sich unverhofft vorbeugte und sagte: »Mr. Rearden? Dr. Moorpath empfängt Sie jetzt. Siebenter Stock, Zimmer 7202.«

Das Krankenhaus besaß weiche Teppiche in Nilgrün und roch mehr nach einem Hotel als nach einer medizinischen Einrichtung. An den Wänden hingen zurückhaltende, chaotisch-abstrakte Kunstwerke, die aussahen, als wären sie von Neurotikern gemalt und von Kunstbanausen gekauft worden. Michael passierte einen weißhaarigen Mann in einem Rollstuhl, der ihn mit wirrem Blick anstarrte und fragte: »Sind Sie Lloyd Bridges?«

Dr. Moorpath fand er Golf spielend in einem riesigen Eckbüro mit hoher Decke vor. Die Aussicht durch die Fenster war zwar dunstig und verschwommen, dennoch konnte Michael nur wenige Kilometer entfernt das schreckliche orange Flackern von Feuer, braunen Rauch, der sich dicht und träge in die Luft emporschraubte, und Helikopter erkennen, die wie Libellen am Himmel schwebten. Nichts davon schien Dr. Moorpath zu stören, falls er es überhaupt bemerkt hatte. Michael beschlich das Gefühl, es bereitete dem Mann ein gewisses Maß an boshaftem Vergnügen. Alles, was die Armen und Unterprivilegierten taten, um noch mehr Elend über sich zu bringen, stellte lediglich einen Beweis für ihre Dummheit dar, so Dr. Moorpaths Meinung. »Niemandem ist je der Gedanke gekommen, es könnte ihnen gefallen, unterprivilegiert zu sein. Das gibt ihnen ein Gefühl von Wichtigkeit.«

Das Büro war in einem Stil eingerichtet, der die Würde und Gediegenheit eines englischen Landsitzes einfangen sollte. Mit Eichenholz getäfelte Wände. Ein mächtiger

Kamin aus Stein. Ein Schreibtisch mit Lederoberfläche, der beinah groß genug zu sein schien, um eine der armen und unterprivilegierten Familien zu beherbergen, über die sich Dr. Moorpath stets beschwerte. An der gegenüberliegenden Wand hing ein riesiges Ölgemälde der Quorn Hunt in England – ein Gewirr leuchtend roter Jagdsakkos, glänzender Zylinderhüte und polierter Stiefel.

Dr. Moorpath selbst war gigantisch, ein Mann der Art, die allein einen Fahrstuhl ausfüllte. Er besaß ein großes, pausbäckiges Gesicht und buschige schwarze Augenbrauen. Das glänzende, rabenschwarze Haar trug er stets streng von der Stirn zurückgekämmt. Das Schwarz seiner Haare mutete so intensiv an, dass sie gefärbt sein mussten: eine plumpe und offensichtliche Eitelkeit, die so gar nicht der komplexen Persönlichkeit des Mannes entsprach und die Michael nie richtig verstanden hatte. Dr. Moorpath trug eine äußerst kostspielige bordeauxrote Strickjacke mit Schalkragen, eine weite, lohfarbene Cordhose und Jesuslatschen mit dunkelgrünen Socken.

Der Mann hatte seinen Abschluss in Pathologie mit Auszeichnung an der medizinischen Fakultät von Harvard gemacht und zwei Jahrzehnte lang als einer der engagiertesten Rechtsmediziner des Staates gegolten. Er hatte das definitive Standardwerk über forensische Entomologie zur Bestimmung von Todesdatum und -zeit durch die Entwicklung von Fleischfliegen im Leichnam verfasst, *Der Lebenszyklus der Sarcophaga carnara bei der Ermittlung des Zeitpunkts des Ablebens* – von Medizinstudenten zumeist als *Moorpaths Fliegen* bezeichnet.

Aber durch die heftigen internen Politquerelen bei der Gerichtsmedizin war ihm ein ums andere Mal eine Beförderung verwehrt worden, bis er vor zwölf Jahren verärgert und frustriert das Angebot von Brigham and Women's

Hospital angenommen hatte, dort die Pathologie zu übernehmen, und als das Boston Central wiedereröffnet hatte, war er hier als Leiter der Pathologie an Bord gekommen. Er war wohlhabend, angesehen, rundum unbeliebt und 20-mal lauter als je zuvor geworden.

»Michael!«, dröhnte er. »Was für eine wundervolle Überraschung! Es muss mindestens fünf Jahre her sein!«

»So ungefähr«, erwiderte Michael. Er schüttelte Dr. Moorpaths gewaltige Hand, und wie immer kam er sich durch die bananengroßen Finger seines Gegenübers wie ein kleiner Junge vor.

»Ich habe gehört, Sie haben gekündigt«, sagte Dr. Moorpath in einem Tonfall, als wäre eine Kündigung so widerwärtig wie Urinieren in der Öffentlichkeit.

»Nun, ja, habe ich in gewisser Weise«, bestätigte Michael und sah sich im Raum um. »Ich hatte leichte Schwierigkeiten mit dem Nervenkostüm.«

»Habe ich auch gehört, ja. Ist wohl so, dass manche Psychen die Belastung verkraften und andere nicht. Der Tod ist selbst im besten Fall nicht attraktiv, nicht wahr? Ich bin gerade mit einer interessanten Arbeit über Gangräne beschäftigt – insbesondere durch Quetschungen oder Verbrennungen verursachte Gangräne. Faszinierend … aber nein, definitiv nicht attraktiv.«

»Ein ziemlich schickes Büro haben Sie hier«, merkte Michael an.

»Hm, danke. Ich sage mir gern, es bietet etwas Würde für einen Beruf, dem es notorisch an Würde mangelt. Die Proportionen sind ein wenig anders, und die Decke ist niedriger, aber davon abgesehen ist es eine fast exakte Nachbildung des Hauptsalons von Foxley Hall in Huntingdonshire, England. Bis auf die Hightech-Ausrüstung natürlich.«

Er trat zu einer edlen Kommode in jakobinischem Stil und öffnete sie, wodurch sie einen Schreibtisch bildete. Darin befanden sich drei Telefone, ein Apple Desktopcomputer und ein Faxgerät.

»Und sehen Sie sich das an«, sagte der Mediziner lachend. Er ließ die Türen eines schmalen Eichenholzschranks daneben aufschwingen. Zum Vorschein kam eine CD-i. »Ich mag interaktives Golf ... so kann ich zwischen den Fällen üben.«

»Ich bin beeindruckt«, gestand Michael.

Dr. Moorpath schloss die Türen und erkundigte sich: »Einen Drink? Ich habe einen vorzüglichen trockenen Sherry da. Oder Scotch – oder auch Bier, wenn Sie wollen. Haben Sie schon mal Singha-Bier aus Thailand probiert? Schmeckt hervorragend. Sechs Flaschen davon, und Sie verstehen Thai ganz ohne aufwendiges Lernen. ›Sei nicht vernarrt in Ehre‹, besagt ein altes Thai-Sprichwort.«

»Ich versuche, einen klaren Kopf zu behalten«, erwiderte Michael.

»Tja ... ist wahrscheinlich klug«, räumte Dr. Moorpath ein. Ungeachtet dessen schenkte er sich ein großes Glas Glenmorangie ein und hielt es sich kurz an die Nase wie eine Sauerstoffmaske, um die Whisky-Dämpfe einzuatmen. Dann murmelte er: »Ah ... es geht doch nichts über dieses Aroma.«

»Wahrscheinlich fragen Sie sich, warum ich mit Ihnen reden wollte«, sagte Michael.

»Meine Sekretärin meinte, es gehe um einige meiner alten Fälle. Schreiben Sie Ihre Memoiren? Oder durchleben Sie Ihre Albträume erneut? Welche speziellen Fälle hatten Sie im Sinn?«

»Ich fürchte, keinen davon. Ich bin nicht ganz ehrlich zu Ihrer Sekretärin gewesen.«

Dr. Moorpath pflanzte seinen üppigen Hintern auf die Armlehne des Sofas. »Aber wir haben schon an einigen guten Fällen gearbeitet, nicht wahr? Was war noch mal der letzte? Dieser Rennbootunfall vor Spectacle Island, oder? Die bezaubernde Mrs. Deerhart III, reich genug, um sich alles und jeden zu kaufen, nur ihre eigenen amputierten Füße nicht.«

Michael lächelte sarkastisch und nickte. »Sie hat 7,19 Millionen Dollar bekommen, was fast eine Wiedergutmachung dafür gewesen ist. Und sie kann heute wieder ziemlich gut tanzen.«

»Tja, schön für sie«, meinte Dr. Moorpath. »Das ist mehr, als ich behaupten kann. Meine Frau sagt, ich tanze wie Godzilla. Meine vierte Frau übrigens. Sie haben Jane noch nicht kennengelernt, oder? Wir haben vergangenen April in Santa Cruz Huatullo geheiratet. Wunderschöne junge Frau – eine aufgeweckte, brillante Hostess. Sie war in der engeren Wahl zum Playmate des Monats.« Kurz überlegte er, dann räusperte er sich laut. »Verstehen Sie mich nicht falsch, es hätte mir nichts *ausgemacht,* wenn sie es geworden wäre, also Playmate des Monats, aber ich bin trotzdem froh, dass es anders gekommen ist.«

Michael ergriff das Wort. »Der wahre Grund, weshalb ich hier bin, ist, dass mich Plymouth damit beauftragt hat, den Unfall von John O'Brien zu untersuchen.«

Dr. Moorpath bedeckte mit der rechten Hand die Augen. Fast eine Minute lang verharrte er auf diese Weise maskiert, ohne ein Wort zu sagen, aber als er die Hand schließlich entfernte, starrte er Michael mit tiefer Entrüstung und voll Argwohn an, als hätte ihn Michael gerade wegen Missbrauchs seiner Töchter bei der Sozialabteilung gemeldet.

Michael atmete flach ein und eröffnete ihm: »Ich würde Ihnen gern ein, zwei Fragen stellen, wenn das möglich wäre.«

Dr. Moorpaths Tonfall klang bereits feindselig. »Ich habe schon mit jemandem von Plymouth gesprochen. Wie hieß er noch mal? Ballpen oder so ähnlich.«

»Rolbein«, korrigierte ihn Michael. »Und gut, ja. Rolbein hat berichtet, dass Sie im Rahmen dessen, was Sie bereit waren herauszurücken, durchaus kooperativ gewesen sind. Das Problem war nur, Sie wollten nicht besonders viel herausrücken. Sie haben eine ganze Menge überaus entscheidender Informationen zurückgehalten. Zum Beispiel den vorläufigen Obduktionsbericht. Zum Beispiel Kopien von Todesbescheinigungen. Zum Beispiel, wie viele Personen in diesem Wrack gestorben sind und ob es eine Diskrepanz zwischen der Anzahl der Personen gibt, die im Wrack gefunden wurden, und der Personen, die bei Mr. O'Brien zu Hause an Bord gegangen sind. Ich meine, wir reden hier von einem sehr hohen Versicherungsanspruch, Raymond, von einem richtig dicken Brocken, und wir brauchen diese Informationen.«

»Was glauben Sie, warum der Polizeichef *mich* ersucht hat, die Obduktionen durchzuführen?«, fragte Dr. Moorpath. »Und ich meine damit, dass er mich *persönlich* darum ersucht hat.« Er hob eine Hand ans Ohr, Daumen und den kleinen Finger abgestreckt, um einen Telefonanruf anzudeuten.

»Ich vermute, er wollte aus Diskretionsgründen Sie dafür haben«, erwiderte Michael. »Hätte man die Opfer ins städtische Leichenschauhaus gebracht, hätte der *Globe* am nächsten Morgen Fotos der auf den jeweiligen Tischen liegenden Leichen auf der Titelseite gebracht. ›O'Brien-Familie im Tod vereint‹ oder etwas in der Art.«

»Ganz genau«, bestätigte Dr. Moorpath. »Er hat die sterblichen Überreste zu mir geschickt, weil die Leichen von John O'Briens Familie eben nicht bloß Aas, nicht bloß irgendwelche Kadaver sind. John O'Brien war Richter des Obersten Bundesgerichts, John O'Briens Vater war ein Freund meines Vaters, und diese ganze tragische Angelegenheit verlangt nach Verschwiegenheit, nach Würde, nach Zurückhaltung und nach Eindämmung wilder und nutzloser Spekulationen.«

»Manch einer würde sagen, dass nur dann auf Verschwiegenheit bestanden wird, wenn es etwas zu verbergen gibt.«

Dr. Moorpath dachte darüber nach und gab ein tiefes, rumorendes Brummen tief in der Kehle von sich. Michael merkte ihm an, dass er zutiefst irritiert war. Dennoch fiel es ihm sehr schwer, dem Drang zu widerstehen, den Pathologen noch weiter zu reizen. Dr. Moorpath hatte nie etwas für Dummköpfe oder Andersdenkende übriggehabt, und es hatte ihn schon immer zur Weißglut getrieben, wenn jemand sein klinisches Urteilsvermögen infrage stellte. Allerdings hatte Michael schnell kapiert, dass der Mann umso unsicherer wurde, je zorniger man ihn machte; und dass ein Wutausbruch bei ihm kein Zeichen dafür war, dass man zurückstecken sollte, sondern dass man erst recht nachbohren, nachbohren und noch mal nachbohren sollte.

»Haben Sie Ihre vorläufigen Untersuchungen denn abgeschlossen?«, fragte er.

»Wenn es so weit ist, werde ich die Ergebnisse über die entsprechenden Kanäle bekannt geben.«

»Also sind Sie noch nicht damit fertig?«

»Das habe ich nicht gesagt.«

»Also *sind* Sie damit fertig?«

»Auch das habe ich nicht gesagt.«

»Raymond ... Herrgott noch mal. Sie haben eine Aufgabe zu erledigen, ich habe eine Aufgabe zu erledigen. Der Mann ist tot, seine Familie ist tot. Wen würden Sie mit etwas mehr Offenheit schädigen?«

Dr. Moorpath bedachte Michael mit einem seiner berüchtigten vernichtenden Blicke. »Das würden Sie nicht verstehen.«

»Versuchen Sie's, Raymond. Meine Auftraggeber sind damit konfrontiert, unter Umständen Millionen und *Abermillionen* Dollar zahlen zu müssen, was bedeutet, dass meinen Auftraggebern erheblich weniger Geld zur Verfügung steht, das sie in die Interessen anderer Kunden investieren können, und erheblich weniger Geld, um sich selbst Maseratis und Whirlpools aus Marmor zu kaufen. Sie werden stinksauer sein. Und dasselbe gilt für mich, denn sie werden nicht auf *Sie* stinksauer sein, sondern auf *mich.*«

Dr. Moorpath trank einen Schluck Whisky und schauderte leicht, als wäre jemand an seiner Grabstätte vorbeigegangen und hätte angehalten, um darauf hinabzulächeln. »Sie haben sich nicht verändert, was?«, meinte er mit einem freudlosen Lächeln.

»Lassen Sie mich den Bericht sehen«, verlangte Michael. Dabei wollte er den Bericht gar nicht wirklich sehen. Er musste immerzu an verbrannte, verschrumpelte Leichen denken. Starr grinsende Fratzen, von den Flammen freigelegte Zähne.

Dr. Moorpath schüttelte den Kopf. »Sie würden es wirklich nicht verstehen, Michael. Wenn ein Mann wie John O'Brien plötzlich umkommt ... nun, dann hat das Auswirkungen. Politische, rechtliche, finanzielle ... Das ist nicht wie bei einer Familie aus der Vorstadt, die bei der Heimfahrt mit ihrem Kombi auf dem VFW Parkway einen tödlichen Unfall hat, oder wie bei einem Säufer, der in irgendeiner Seitengasse verreckt. Es ist eine heikle Angelegenheit. Die auf vielen verschiedenen Ebenen bearbeitet werden muss.«

»Das ist mir schon klar«, sagte Michael. »Aber Plymouth ist an John O'Brien genauso interessiert wie jede andere Partei. Wenn nicht noch mehr.«

Dr. Moorpath zuckte mit den Schultern. Er gebärdete sich, als wäre er leicht beschwipst, und es ließ sich nicht übersehen, dass ihm nicht nach Hilfsbereitschaft zumute war. Michael setzte sich, musterte ihn und dachte dabei: *Was ist nur aus diesem einst so engagierten Mann geworden? Niemand ist so verbittert, stur und mit sich selbst beschäftigt wie ein Idealist, der seine Ideale über Bord geworfen hat.*

Minuten vergingen. Draußen vor dem Fenster stieg weiter Rauch in den sommerlichen Himmel. Die Schwaden sahen aus wie Haufen dreckigen Blumenkohls. Dr. Moorpath trank seinen Glenmorangie aus und sparte sich jegliche weiteren Worte. Michael saß da und beobachtete ihn. Er wusste, dass er im Augenblick keinerlei Fortschritte erzielte, dennoch widerstrebte es ihm irgendwie, zu gehen. Als könnte Dr. Moorpath jeden Moment einknicken und ihm alles erzählen. Oder als könnte sich irgendein aufsehenerregendes Zeichen manifestieren, zum Beispiel eine schimmernde, vom Himmel herabschwebende Taube.

»Sie haben einen Jungen, nicht wahr?«, fragte Dr. Moorpath schließlich in unerwartetem Plauderton.

»Jason, ja. Ist ein prima Junge. Er ist jetzt 13. Er hat zwar ein paar Probleme mit dem Lesen, aber …«

»Ich habe auch Kinder«, fiel ihm Dr. Moorpath ins Wort. »Juniper – meine Älteste – ist inzwischen 27, älter als Jane. Ich glaube, insgesamt hasst sie mich. Na ja, sie ist Feministin. Ist schon merkwürdig, wie Feministinnen Männer hassen. Ich hätte gedacht, die oberste Aufgabe einer Feministin sollte darin bestehen, sich mit Männern anzufreunden … sie zu ihren Verbündeten statt zu Feinden zu machen.«

»Lassen Sie mich jetzt diese Akte ansehen?«, fragte Michael.

Dr. Moorpath schaute auf, zog eine Augenbraue hoch und machte: »Hm?« Und da wurde Michael klar, dass der Mann gar nicht betrunken war, sondern etwas verdeutlichen wollte. Er teilte Michael ohne Worte mit, dass es sich beim Fall John O'Brien um ein Tabuthema handelte, dass er unter keinen Umständen darüber sprechen würde und dass er nicht einmal dazu befragt werden wollte.

Michael sagte: »Ich denke, ich probiere doch dieses Thai-Bier.« Seine Kehle fühlte sich plötzlich an wie voll von Disteln. Er spürte Gefahr – Gefahr aus einer unerwarteten Richtung, als wäre er ein Schwimmer, unter dem sich etwas sehr Großes und Dunkles und Amorphes näherte wie ein riesiger, durch das Meer aufsteigender schwarzer Krake.

Dr. Moorpath öffnete einen Kühlschrank, der von außen wie ein viktorianischer Walnusssekretär aussah, ein kleiner Schreibtisch für junge Schülerinnen aus adeligem Hause. Er holte eine kalte Bierflasche daraus hervor und öffnete sie. »Sieht wie Armageddon aus, finden Sie nicht?«, meinte er und nickte in Richtung des aus der Stadt aufsteigenden Rauchs. »Wie sagt man noch gleich? ›Armageddon, Armageddon, Armageddon, nichts wie weg.‹«

»Wir haben echte Probleme, mit der O'Brien-Untersuchung voranzukommen«, sagte Michael und beobachtete aufmerksam, wie Dr. Moorpath sein Bier einschenkte.

»Tja … unter den gegebenen Umständen ist das nur zu erwarten.«

»Ich bin nicht einmal sicher, was für Umstände das sind.«

»Die Umstände sind, dass John O'Briens Ernennung letztlich ausschlaggebend gegen die Richter des rechten Flügels gewesen wäre, die erstmals Richard Nixon eingesetzt hat. Und noch viel mehr als das. John O'Briens Ernennung hätte Amerika für immer verändert.«

»Haben Sie ihn unterstützt?«, fragte Michael.

Der wahre Ausdruck in Dr. Moorpaths Gesicht wurde von Licht und Schatten getarnt. »Ich bin Pathologe«, antwortete er. »Ich befasse mich mit Gewebe, nicht mit politischen Idealen.«

Michael wollte Dr. Moorpath gerade weiter bearbeiten, als ein kurzes, flüchtiges Klopfen an der Tür ertönte und ein dunkelhäutiger, bärtiger, gehetzt wirkender Arzt ins Büro geeilt kam. »Dr. Moorpath, es tut mir leid, Sie zu stören. Aber es sind gerade einige Opfer der Straßenkämpfe hereingekommen, und sowohl der Polizeichef als auch der stellvertretende Bezirksstaatsanwalt wollen unbedingt, dass Sie einen Blick darauf werfen. Anscheinend will man wissen …« Er bemerkte Michael und verstummte mitten im Satz, aber Michael konnte sich zusammenreimen, was er gerade sagen wollte. *Anscheinend will man wissen, wer sie getötet hat und wie.* Die Cops im Kampfgebiet galten als fast so schießwütig wie die Yummies.

»Na schön«, sagte Dr. Moorpath und stand auf. Er wandte sich Michael zu und fragte ihn in durch und durch abweisendem Tonfall: »Ja, Michael? Hätten Sie sonst noch etwas gebraucht?«

»Eigentlich schon«, antwortete Michael. »Ich wollte Sie noch über Zeiten und Verfahren befragen, mich erkundigen, was Sie gemacht haben, als die Leichen hier eingetroffen sind, und wer Umgang mit ihnen hatte.«

»Kann das nicht bis morgen warten?«, gab Dr. Moorpath ungeduldig zurück und zog seinen weißen Mantel an.

»Ich könnte Sie zum Mittagessen einladen«, schlug Michael vor.

»Danke, Michael, aber meine Mittagessen sind alle restlos ausgebucht.«

»Bei Jasper's?«

»Danke. Klingt verlockend, aber nein, danke.«

»In Ordnung ...«, sagte Michael gedehnt und erhob sich. »Ich bin zwar nicht sicher, was der alte Bedford davon halten wird, aber – was soll's? Spielen Sie beide eigentlich immer noch Golf zusammen?«

Dr. Moorpath sah auf seine funkelnde Armbanduhr von Jaeger-LeCoultre. »Hören Sie, Michael ... Das wird nicht lange dauern. Geben Sie mir 20 Minuten. Blättern Sie in ein paar Zeitschriften. Janice bringt Ihnen Kaffee.«

Michael setzte sich wieder. »Raymond ... Edgar wird das sehr zu schätzen wissen.«

Aber Dr. Moorpath war bereits wie eine Tiefdruckfront zur Tür hinausgestürmt und hatte Michael allein in seinem Landhausimitat im siebenten Stock zurückgelassen, umgeben nur von Stille, klimatisierter Kälte und der Aussicht auf das brennende Boston.

Michael schlenderte durch den Raum, ergriff eine Hirtin aus Porzellan und las das Etikett am unteren Rand. »Oliver Sutton Antiquitäten, London. Staffordshire, *ca.* 1815. Echtheit garantiert.« Vorsichtig stellte er die Figur zurück. Persönlich mochte er Antiquitäten nicht besonders. Ihm missfiel die Vorstellung, dass die Menschen, die sie erschaffen hatten, und die Menschen, die sie ursprünglich gekauft hatten, längst tot und vergessen waren, die Namen nirgendwo mehr verzeichnet, die Leben wie Staub vom Wind der Zeit verweht.

Er trat ans Fenster und beobachtete den aufsteigenden Rauch, das Funkeln des Verkehrs. Sieben Stockwerke tiefer auf dem Parkplatz des Krankenhauses gingen zwei Miniaturärzte aufeinander zu und führten eine ameisenartige Unterhaltung. Michael sah, wie beide die Köpfe drehten, als eine Krankenschwester mit forschen Schritten an ihnen vorbeilief.

Er starrte immer noch durchs Fenster hinaus, als sich die Tür hinter ihm öffnete.

»Oh, tut mir leid …«, sagte die Stimme einer jungen Frau. »Ich wollte zu Dr. Moorpath.«

Michael drehte sich um. Eine große Brünette in grauem Nadelstreifenanzug stand mit drei Aktenmappen in der Hand an der Tür.

Michael erwiderte: »Schon gut … Dr. Moorpath wurde zu einem Notfall gerufen.«

»Ich habe diese Fotos für ihn, das ist alles. Er wollte sie dringend haben.«

»Sie können Sie hierlassen. Er kommt in ein paar Minuten zurück.«

Die junge Frau drückte sich die Mappen beschützend an die Brust. »Ich weiß nicht recht … Man hat mir gesagt, ich soll sie Dr. Moorpath persönlich übergeben.«

»Na ja … Sie können auch warten, wenn Sie wollen. Er wird nicht lange weg sein.«

Nervös sah die Frau auf die Uhr, dann betrat sie das Büro und wartete, trat dabei zappelig von einem Fuß auf den anderen. Michael fand sie sehr attraktiv: Sie erinnerte ihn an Linda Carter, als sie *Wonder Woman* gespielt hatte. Ungeachtet der Strenge ihres Anzugs besaß sie eine vollschlanke Figur und strahlende, hyazinthenblaue Augen.

»Ich habe um zwölf einen Termin zum Mittagessen«, erklärte sie mit einem Lächeln, das sich rasch auflöste.

»Dr. Moorpath sollte bald zurück sein«, versicherte ihr Michael.

»Wissen Sie, es sind Vergrößerungen«, teilte ihm die junge Frau mit. »Dr. Moorpath wollte mit dem Computer optimierte Vergrößerungen haben.«

Michael nickte. Es interessierte ihn nicht wirklich. »Da draußen tobt ein regelrechter Krieg«, merkte er an und deutete mit dem Kopf auf den aufsteigenden Rauch und die kreisenden Hubschrauber.

Die junge Frau lächelte, zappelte ein wenig mehr und sah ein zweites Mal auf die Uhr. Schließlich sagte sie: »Hören Sie ... Mir brennt wirklich die Zeit unter den Nägeln. Wenn ich sie hierlasse, könnten Sie dann sicherstellen, dass Dr. Moorpath sie bekommt? Ich meine, persönlich in die Hände? Sie sind wirklich wichtig.«

»Sicher«, antwortete Michael. »Legen Sie die Fotos einfach auf den Schreibtisch. Ich sorge dafür, dass er sie bekommt.«

»Danke«, hauchte die junge Frau begeistert. »Sie sind ein Lebensretter.« Und damit legte sie die Aktenmappen auf Dr. Moorpaths lederbezogenen Schreibtisch, blies Michael einen Kuss zu und ging. Michael nippte an seinem Bier und lächelte bei sich. Bevor er verheiratet war, hätte er sie wohl um eine Verabredung gebeten. Oder sie zumindest nach ihrem Sternzeichen gefragt. Schütze, vermutete er. Eine wunderschöne, unruhige Zauderin.

Zehn Minuten vergingen. Dann wurden daraus 20. Immer noch kam Dr. Moorpath nicht zurück. Unten hörte Michael Sirenen und er beobachtete, wie drei weitere Krankenwagen mit flimmerndem Blaulicht eintrafen. Die Türen der Fahrzeuge öffneten sich und Miniatursanitäter kümmerten sich hastig um Miniaturopfer. Er wollte nicht hinsehen. Plötzlich wurde ihm schwindlig und er hatte das Gefühl, auf den Beton 60 Meter unter ihm hinabzustürzen. Unwillkürlich suchte ihn eine Erinnerung von zerschmetterten Körpern und Bäumen heim, an denen menschliche Hände wuchsen.

Er streunte ein wenig mehr durch Dr. Moorpaths Büro, hielt sich vom Fenster fern. Schließlich und vielleicht unausweichlich gelangte er zu Dr. Moorpaths Schreibtisch, wo die

Aktenmappen lagen. Auf der obersten stand ROOSA, gefolgt von einer langen Seriennummer. Michael wusste alles über den demokratischen Senator George Roosa. Man hatte ihn an einem Rollhandtuch baumelnd in der Herrentoilette einer Tankstelle in New Brighton, Watertown gefunden. Manche meinten, es sei Mord gewesen, andere Selbstmord, wieder andere eine sexuelle Perversion. Michael entschied, dass er sich keine vergrößerten Fotos von George Roosa ansehen wollte, tot oder lebendig.

Er hob die ROOSA-Mappe an, darunter befand sich eine mit der Aufschrift ZERBEY. Michael hatte noch nie von jemandem namens Zerbey gehört, und er war sich ziemlich sicher, den Rest seines Lebens bequem leben zu können, ohne herauszufinden, wer Zerbey war – vor allem, falls er oder sie einen grauenhaften Tod erlitten hatte.

In der Ferne hörte er das Geheul von Krankenwagensirenen. Schließlich ergriff er die dritte Aktenmappe, und sie wies ein Etikett mit der Aufschrift O'BRIEN auf.

Eine lange Weile hielt er die Mappe in der Hand, und seine Hand zitterte dabei, als trüge er einen schweren Koffer von einem Ende der U-Bahn-Station Park Street zum anderen.

O'BRIEN, 343/244D/678E/01X. Er wusste sogar, was die Zahlen bedeuteten. Es handelte sich um Aktenzahlen aus der Gerichtsmedizin, und das »01X« bedeutete, dass der Inhalt dieser Aktenmappe und alles im Zusammenhang mit dem Fall O'Brien als streng vertraulich galt und nur für die Augen von autorisiertem Personal bestimmt war. »01X« bedeutete: »Wenn du mit *irgendjemandem* – und sei es nur deine Frau – darüber redest, bist du deinen Job los, endest in Armut und vielleicht in noch Schlimmerem.«

Michael sah sich um, dann lauschte er. Im Büro herrschte Stille, er konnte weder das Geräusch von Fahrstühlen noch Schritte hören.

Er wartete noch etwas länger, atmete dabei langsam und flach, verhielt sich lautlos. Immer noch hörte er niemanden. Kalter Schweiß lief ihm unter dem Hemd den Körper hinab, als er die Aktenmappe O'BRIEN umdrehte und begann, den gewachsten Faden zu lösen, der den Falz zusammenhielt.

Abermals hielt er inne und lauschte. Er hörte, wie sich jemand draußen mit raschen Schritten den Korridor entlang näherte, aber genauso schnell entfernten sich die Schritte in die andere Richtung, und ins Büro kehrte wieder Stille ein.

Behutsam zog er die Hochglanz-Farbfotos aus der Aktenmappe. Insgesamt elf. Michael breitete sie fächerförmig auf Dr. Moorpaths Schreibtisch aus. Er stand da und starrte sie an, und einen Moment lang hatte er das Gefühl, den Halt zu verlieren, als würde sich der Boden unter seinen Füßen wie der Bauch der L10-11 über Rocky Woods auftun und er würde in die Dunkelheit zu Bäumen und Felsen hinabstürzen und zu Knochen und Blut zerschmettert werden.

Er sah einen verbrannten, vornübergebeugten Mann, einen Mann ohne Beine. Er sah eine verbrannte Frau, der Körper vom Schritt bis zur Schädeldecke geöffnet. Er sah einen verbrannten Mann, der zwischen den verbrannten Sitzen eines Helikopters lag, einen Mann ohne Kopf.

Er sah einen Mann mit einem zerbrochenen Pilotenhelm, die Überreste eines Mannes, das Gesicht merkwürdig und beängstigend entstellt wie ein schauerlicher Picasso, die Wangenknochen roh und rußig vom Feuer.

Großer Gott, großer Gott, großer Gott ...

Michael schloss die Augen. Immer noch konnte er die Bilder sehen, sogar mit geschlossenen Lidern. Starrende Augen, freiliegende Wangenknochen, verrenkte Arme und Beine. Eindringlich sagte er sich: *Ruhig Blut, um Himmels willen, ruhig Blut.*

Abermals untersuchte er jedes Foto genau, verglich die Bilder stirnrunzelnd miteinander. Sein Atem klang rau und abgehackt, seine Hände zitterten heftig. Er konnte fühlen, wie jene dunkle, amorphe Gestalt unter ihm aufstieg. Er konnte fühlen, wie jener riesige, schwarze Krake aus dem Meer auftauchte, um sich um seine geistige Gesundheit zu schlingen. Aber er straffte die Schultern, hielt einen Moment lang den Atem an und forderte sich auf: *Reiß dich gefälligst zusammen … das ist wichtig.*

Dann studierte er die Fotos mit der langsamen, analytischen Sorgfalt von jemandem, der weiß, wonach er sucht. Wie lagen die Leichen? Wie waren sie in diese Positionen gefallen? Waren sie vom Aufprall, von der Explosion oder vom Feuer verstümmelt worden? Warum befand sich einer der Leichname vornübergebeugt auf dem Boden? Wie konnte der Körper der Frau so gewaltsam aufgeschnitten worden sein? Was war mit dem Kopf des kopflosen Mannes passiert?

Michael stellte auf Anhieb fest, dass die Verbrennungen der Leichen weit weniger schwer waren, als man die Presse offensichtlich hatte glauben lassen. *Wir reden hier nicht von »unkenntlich«. Wir reden nicht von »verschrumpelten, geschwärzten Affen«. Das sind vier eindeutige und identifizierbare Kadaver, die kurzzeitig von den Flammen der Explosion mehrerer Hundert Liter Kerosin erfasst wurden, aber keineswegs vollkommen verbrannt sind.* Jeder hätte zählen können, wie viele Leichen es waren. Jene ersten offiziellen Berichte, in denen behauptet worden war: »Die physischen Traumata waren so schwer, dass eine vollständige Identifizierung noch aussteht« – sie stimmten schlichtweg nicht. Michael konnte mühelos vier separate Leichen ausmachen, und genauso mühelos konnte er zuordnen, um wen es sich handelte. Frank Coward, Pilot. Dean McAllister, Assistent im

Justizministerium. Eva Hamilton O'Brien, Ehefrau von John O'Brien, und trotz der Tatsache, dass der Kopf fehlte: John O'Brien selbst, designierter Richter des Obersten Bundesgerichts, der es nicht ganz zur Vereidigung geschafft hatte.

Für Michael war noch etwas anderes eklatant offensichtlich: Diese Leichen mussten schon Leichen gewesen sein, *bevor* sie verbrannt waren. Die Stümpfe von Dean McAllisters Beinen waren teilweise von den Flammen kauterisiert worden. Mrs. O'Briens Gedärme waren durch die Hitze geschrumpft, ein klarer Hinweis darauf, dass sie bereits *vor* dem Feuer ausgeweidet worden war. Frank Cowards Gesicht war rot versengt – allerdings nur jene Teile des Gesichts, die frei gelegen hatten, *nachdem* sein Helm zerquetscht worden war.

John O'Brien mochte kopflos sein, aber nur der Rücken seines Anzugs war verbrannt, was bedeutete, dass er vornübergebeugt auf seinem Sitz gesessen haben musste, als das Wrack explodiert war.

Michael hob ein Foto nach dem anderen an, überprüfte die Bilder und verglich sie miteinander. Kein Wunder, dass diesen Absturz ein solches Geflecht der Geheimhaltung umgab. Kein Wunder, dass Murray und Rolbein sowohl bei der Polizei als auch bei der Gerichtsmedizin gegen Mauern gerannt waren. Michael hatte »Unfälle« dieser Art schon Dutzende Male erlebt, in ausgebrannten Gebäuden und Gerippen von Fahrzeugen.

Es bestand kein Zweifel: Jemand hatte die Familie O'Brien getötet – und zwar auf so grauenhafte Weise, dass es Michaels Schmerzgrenze beinah überstieg.

Erneut schloss er einen Moment lang die Augen. Von der Straße unten vernahm er einen Chor heulender Sirenen. Entschlossen raffte er die Fotos zusammen und trug sie zu Dr. Moorpaths Imitat eines jakobinischen Sekretärs.

Er öffnete die Vorderseite und schaltete Dr. Moorpaths Faxgerät von NEC ein. Rasch gab er seine eigene Faxnummer bei Plymouth ein. Sein Mund hatte sich schon davor trocken angefühlt, nun jedoch wurde er noch trockener. Seine Hände wollten einfach nicht aufhören zu zittern, als er das Foto von John O'Briens kopflosem Leichnam einlegte und auf die erste Übertragung wartete.

Das Fax piepte, zwitscherte und akzeptierte die Nummer. Michael spürte, wie der Schweiß, der sich in seinem Kreuz gesammelt hatte, nach und nach abkühlte. Langsam bahnte sich das erste Foto den Weg durch den Scanner. Es schien Stunden zu dauern. Michael trommelte mit den Fingern auf den Rand des Sekretärs und betete bei sich, Dr. Moorpath möge nicht zurückkommen, bevor er fertig wäre.

Als die erste Übertragung gerade geendet hatte und Michael das Foto aus dem Gerät nahm, wurde die Tür des Büros aufgestoßen, und ein großer, afroamerikanischer Arzt in weißem Kittel stand da.

»Dr. Moorpath?«, fragte er verdutzt.

»Unten in der Notaufnahme«, sagte Michael.

Der Arzt sah sich im Büro um. Dann sagte er: »Darf ich fragen, was *Sie* hier machen?«

Michael nickte in Richtung des Faxgeräts. »Wartung«, antwortete er.

»Oh …«, machte der Arzt. »Okay«, fügte er hinzu, ging und schloss die Tür hinter sich.

So schnell wie möglich legte Michael die nächste Fotografie in das Gerät ein.

Er brauchte knapp 15 Minuten, um alle elf Bilder zu übertragen, aber Dr. Moorpath kehrte erst fast eine halbe Stunde später von seinem Notfall zurück, und bis dahin hatte Michael das Faxgerät längst ausgeschaltet und die Fotos zurück in die Aktenmappe gesteckt.

Dr. Moorpath sah blass und zerstreut aus. »Alles in Ordnung?«, erkundigte sich Michael.

»Da draußen geht es zu wie in Vietnam«, erwiderte Dr. Moorpath. Damit stapfte er zu seinem Spirituosenschrank und schenkte sich einen weiteren großen Scotch ein. Er trank ihn in drei Zügen leer, anschließend hustete er.

»Vielleicht sollte ich doch morgen wiederkommen«, schlug Michael vor.

»Ja, das wäre gut. Vereinbaren Sie einen Termin mit Janice. Ich glaube, nach vier bin ich frei.«

»Mache ich. Danke für Ihre Zeit.«

Michael schüttelte Dr. Moorpath die Hand, und für den Bruchteil einer Sekunde sah ihm Dr. Moorpath eindringlich in die Augen und runzelte die Stirn.

»Stimmt etwas nicht, Michael?«, erkundigte er sich, wobei er Michaels Finger nach wie vor fest umklammerte.

»Alles in bester Ordnung. Ich bin bloß ein wenig müde, das ist alles. Bin an normale Arbeitstage nicht mehr gewöhnt.«

Dr. Moorpath hielt seine Hand noch einige Atemzüge länger fest, und Michael spürte, dass er etwas vermutete, aber eindeutig nicht wusste, was genau.

»Passen Sie auf sich auf«, sagte der Pathologe schließlich, ging zu seinem Schreibtisch und ergriff die Aktenmappen mit den Fotos.

»Ach ja … irgendeine junge Frau war hier, nachdem Sie weggerufen worden sind, und hat die für Sie hiergelassen.«

Dr. Moorpath las die Etiketten. »O'Brien«, sagte er, als er bei der letzten Mappe anlangte. »Auf die habe ich schon gewartet.«

»Lassen Sie mich einen Blick darauf werfen?«, fragte Michael verwegen.

Dr. Moorpath schüttelte den Kopf. »Noch nicht. Alles zu seiner Zeit.«

Michael zuckte mit den Schultern, verließ das Büro und schloss überaus leise die Tür hinter sich.

Patrice Latomba aß sein Müsli zu Ende und stapelte die Schüssel auf all das andere dreckige Geschirr im Spülbecken. Er teilte mit den Fingern die Jalousien und starrte eine Weile durch das Fenster hinaus auf den aufsteigenden Rauch. Der Aufruhr hatte nachgelassen. Die Polizei hatte den Großteil des Viertels umstellt, aber die Feuerwehr war ferngeblieben und ließ die Brände von selbst ausgehen. Nur ein, zwei Helikopter kreisten noch gelegentlich – im Gegensatz zu den ganzen Schwärmen, die am Vortag stundenlang am Himmel gebrüllt hatten, bis Patrice gedacht hatte, er müsste den Verstand verlieren. Und Verna hatte gleichzeitig hinter dem weißen Vinylsofa gekauert und wie am Spieß geschrien und geschrien.

Er konnte ihr keinen Vorwurf daraus machen. Immerhin hatte sie mit angesehen, wie der kleine Toussaint unmittelbar vor ihren Augen erschossen worden war. Den Leichnam hatte Patrice nicht gesehen, aber den Kinderwagen, ein zersprengtes Gerüst mit einer zerfetzten Schaumstoffmatratze, dermaßen von Blut durchtränkt, dass sie wie ein Erdbeerbiskuitkuchen ausgesehen hatte. Ein weißer Arzt hatte etwas zu ihm gesagt, so leise, dass er es nicht verstanden hatte. Dann jedoch hatte ein schwarzer Krankenpfleger die Worte des Arztes mit grausamer Deutlichkeit wiederholt. »Diesen Schuss hätte niemand überleben können, wirklich niemand. Nicht einmal Mike Tyson. Wir können nur sagen, dass er nichts davon mitbekommen hat. Überhaupt nichts.«

»Keine Schmerzen?«, hatte Patrice ihn gefragt, und der Pfleger hatte mitfühlend den Kopf geschüttelt, was das

Schlimmste von allem gewesen war. Toussaint musste katastrophal verwundet gewesen sein, wenn sich der Pfleger so sicher sein konnte. Patrice war hinaus auf den Parkplatz des Krankenhauses gegangen und hatte gejault und geschrien und geweint wie ein verletzter Wolf.

In jener Nacht war er langbeinig und vor blanker Hysterie unerschöpflich durch die Straßen des Kampfgebiets gerannt und hatte mit einem Baseballschläger aus Aluminium die Windschutzscheiben von Autos zertrümmert, Ziegel und Bordsteinbrocken durch die Gegend geworfen und der wild johlenden Menge geholfen, Lastwagen umzukippen. Die Suchscheinwerfer von Helikoptern waren kreuz und quer über die Straßen gezuckt, und irgendwann kurz nach Mitternacht war die Seaver Street mit Tränengas geflutet worden. Patrice hatte zwar gewürgt und geröchelt, es jedoch belebend gefunden, ein gewaltiger natürlicher Rausch. *Terminator! Universal Soldier! New Jack City!* Gewehre hatten in der Dunkelheit geknallt, Querschläger waren überall hin und her geschnellt. Musik hatte aus jeder Wohnung gedröhnt und pulsiert, Musik wie ein Schlachtruf: *Das ist sie, Bruder, das ist die Revolution!* Schaufenster waren eingeschlagen worden, das Bersten von Flachglasscheiben hatte wie das Geläut misstönender Glocken durch die Nacht gehallt. Teenager waren in den Rauch und die Finsternis davongerannt, nachdem sie Videorekorder, Adidas-Schuhe, Mixer, stapelweise CDs und so viele Lederjacken abgestaubt hatten, wie sie tragen konnten. Brüder mit grimmigen Mienen hatten mit Brecheisen die Sicherheitsgitter der Schaufenster von Schnapsläden entfernt und anschließend zwischen den Regalen gewütet, alles gestohlen, was sie konnten, und den Rest zerdeppert. Whisky war über die Bürgersteige geströmt, Wodka gurgelnd die Gullys hinabgeronnen. Sie waren in den Münzwaschsalon des Seaver Square eingebrochen, hatten die Waschmaschinen von ihren Verankerungen gerissen und hinaus auf die Straße geschleudert. In ihrer ausgelassenen, unkontrollierbaren Tobsucht hatten sie sogar ihre eigenen Wohngebäude und Autos in Brand gesteckt und Tausende und Abertausende Fensterscheiben zerbrochen.

Im Fernsehen hatte der Bürgermeister an diesem Morgen gesagt: »Ich kann die Mentalität von Menschen nicht verstehen, die ihrem Empfinden sozialer Ungerechtigkeit durch die Zerstörung des eigenen Viertels Ausdruck verleihen.«

Aber Patrice verstand sie. Patrice verstand, dass sie alles niederreißen wollten, was zu sein sie ihre Geschichte in Amerika gezwungen hatte. Patrice verstand, wie beschnitten sie sich fühlten, wie arm, wie machtlos und wie abgenutzt, während sie ihr Leben in diesem verarmten Vorort der blühenden Großstadt Weißer fristeten. Patrice verstand, dass sie wieder nackt und frei sein wollten, dass sie atmen, dass sie tanzen mussten. Patrice verstand, dass sie sich ihre *eigene* Zivilisation aufbauen wollten, aus dem Nichts, wenn es sein musste. Gut, sie mochten das Viertel zerstören – aber sie zerstörten nicht ihr *eigenes* Viertel. Sie zerstörten ein Viertel, das weiße Menschen als gut für sie betrachteten.

Patrice war 33, ein ehemaliger Boxer mit einem harten, schlanken Körperbau, der gerade erst anfing, durch das Alter und den Mangel an konstantem Training etwas weich zu werden. Das Haar trug er kurz, oben flach gestutzt mit rasierten Seiten, doch sein Gesicht war attraktiv und ausdrucksstark genug dafür. Seine Nase war zweimal gebrochen worden, aber immer noch gerade, und wenngleich seine Augenbrauenpartie durch die ständigen Schläge angeschwollen war, verbarg sie nicht die Klarheit und dunkle Intensität seiner Augen. Durch den Boxsport war er zum Helden des Viertels geworden – 1986 hatte er

Lightning Gary Montana nach fünf Runden mit dicken Spritzern aus Blut und Schweiß k.o. geschlagen und war danach im Fernsehen aufgetreten. Damals hatte er bei sich gedacht: *Ich hab's geschafft – Ruhm, Geld.* Dann jedoch hatte er das Werk *Schwarze Identität* von Matthew Monyatta entdeckt, das ihn quasi über Nacht in einen aktiven Revolutionär verwandelt hatte, einen Straßenkämpfer, einen Schwarzen mit einer so fanatischen Einstellung, dass sich sogar Reporter vom *The National's* geweigert hatten, ohne Leibwächter mit ihm zu reden. Nachdem er im Madison Square Garden Lenny Fassbinder in zwei vernichtenden Runden auf die Bretter geschickt hatte, hatte er beide Fäuste in Richtung der Fernsehkameras geschwenkt und ihnen entgegengebrüllt: »Einer erledigt, der Rest von euch Kalkleisten kommt noch dran!« Damit hatte er sich eine lebenslange Sperre im Profiboxsport eingehandelt – aber in der Seaver Street hatte es ihn beinah in den Heiligenstand erhoben. Von da an hatte er sein Leben als politischer Führer gestaltet, als Vaterfigur, als Exzentriker, als Lover und – nach Ansicht des *Globe* – als nützliche Quelle extremistischer Zitate von Schwarzen.

An diesem Tag trug er Schwarz. Ein schlichtes schwarzes Hemd, ein schwarzes Kopftuch und Jeans, dazu um den Hals einen Talisman aus Gewürzen, Kräutern und der Asche seines Bruders Aaron. Er trauerte um den kleinen Toussaint, der nur 78 Tage alt geworden war, keine Chance gehabt hatte, als sein Kinderwagen von Detective Ralph Brossards Projektil Kaliber 44 getroffen worden war, und sich nun im Himmel befand, wo er mit all den anderen toten Babys süß und klar sang.

Auch Verna trug Schwarz, ein einfaches, schwarzes, knöchellanges Kleid. Die Haare hatte sie sich zurückgebürstet und mit einem Elfenbeinkamm befestigt. Sie war sehr dünn und wunderschön, und durch die Trauer sah sie noch schöner aus.

»Isst du etwas?«, fragte Patrice seine Frau.

Verna zuckte mit den Schultern, die sich dabei hart und kantig hoben, was an einen Picasso einer bügelnden Frau erinnerte.

»Du musst etwas essen, Verna«, sagte er eindringlich zu ihr.

»Werd ich«, versprach sie. »Aber nicht jetzt.«

»Soll ich den Arzt rufen?«

»Der Arzt wird nicht kommen. Niemand wird kommen, bis die Kämpfe aufgehört haben.«

»Sie kämpfen für den kleinen Toussaint, Schatz. Sie kämpfen zum Gedenken an unser Baby. Jeder Schuss, den du hörst, ist ein weiterer Bruder, der sagt: *Keine toten Kinder mehr, keine toten Kinder mehr.*«

Sie schaute auf. Ihre Augen wirkten wie flüssig. »Der kleine Toussaint hätte keine Kämpfe gewollt, oder? Er hätte nichts von all den Bränden, dem Töten und dem Plündern gewollt.«

»Die haben mein Baby ermordet, Verna. Die haben einen Zugriff in einer verdammten Vorstadtstraße durchgeführt, in der zwangsläufig Frauen und Kinder herumlaufen mussten, und sie haben ihn *ermordet*. Daran gibt es nichts zu rütteln.«

Verna ließ den Kopf sinken. Ihr Finger zeichnete ein kreisförmiges Muster auf den rot laminierten Tisch, immer wieder dasselbe Muster.

»Es ändert nicht das Geringste, oder?«, fragte sie schließlich. »Er ist tot, und nichts wird ihn je zurückbringen.«

Patrice stand mit den Händen an den Hüften da und sah sich in der Küche um. Viel war es nicht, was er nach all dem Training und all den Kämpfen und all den Jahren politischer Bemühungen vorzuweisen hatte. Der Raum war winzig und düster und sonnenblumengelb gestrichen, um ihn aufzuhellen, aber irgendwie wirkte er durch das Gelb nur umso gedrückter, umso deprimierender. Polaroidausdrucke des kleinen Toussaint hingen mit Reißnägeln befestigt an den billigen, orange laminierten Schränken, und ein Elefantenbeißring lag neben dem Kühlschrank. Patrice schauderte, als wäre der Geist des kleinen Toussaint gerade kurz durch die Küche gezogen, um seinen Vater und seine Mutter ein letztes Mal zu berühren, bevor er sie für immer verließ.

»Vielleicht solltest du eine Weile bei deiner Mama wohnen«, schlug Patrice vor.

Verna schüttelte abwesend den Kopf. »Das kann ich nicht, Schatz. Das wäre so, als würde ich ihn verlassen. Ich meine, mal angenommen, er blickt von irgendwo auf uns herab … und sieht, dass ich nicht einmal mehr zu Hause bin …«

Patrice legte ihr eine Hand auf die Schulter. Er verstand, was sie meinte.

»Können wir all das Kämpfen nicht beenden?«, fragte sie. »Toussaint hätte nie irgendwelche Kämpfe gewollt.«

»›Das schwarze Volk Amerikas darf nie zu kämpfen aufhören‹«, antwortete Patrice darauf in ausdruckslosem Tonfall mit einem Zitat aus *Schwarze Identität.* »›Das schwarze Volk Amerikas muss jeden Tag seines Lebens kämpfen, kämpfen, kämpfen, um nur zu behalten, was es bereits hat, geschweige denn, etwas dazuzugewinnen.‹«

»Aber nicht *jetzt,* Patrice!«, flehte ihn Verna an, die Augen klebrig vor Tränen. »Nicht jetzt und nicht so und nicht wegen dem kleinen Toussaint!«

Patrice schüttelte schnell und ablehnend den Kopf wie ein Hund, der eine lästige Wespe abzuschütteln versucht.

Draußen hörte er quietschende Reifen und – in der Ferne – die schweren, gezielten Schüsse eines Hochleistungsgewehrs, drei insgesamt. Er hasste die Weißen mehr, als er je auszudrücken vermochte. Er hasste diejenigen mit finsteren Mienen, er hasste diejenigen, die geradewegs durch ihn hindurchblickten, und er hasste diejenigen, die lächelten und sich mit ihm anzufreunden versuchten.

Wenn Boston von einem Ende zum anderen brannte, würde er den Weißen vor Augen geführt haben, dass ihre Tage der Herrschaft gezählt waren, und er würde sich hämisch darüber freuen.

»Patrice«, bettelte Verna, »das ist nicht der richtige Weg! Wir wollen doch Gerechtigkeit, oder? Nicht Rache!«

»Ach ja? Wessen Gerechtigkeit? *Deren* Gerechtigkeit?«

»Patrice, tu es für mich. Das wird überhaupt nichts lösen. Patrice, bitte … für den kleinen Toussaint, wenn schon nicht für mich.«

Auf logischer Ebene wusste er, dass sie recht hatte. Plünderungen und Aufstände würden die Dinge nur verschlimmern. Das Anliegen der schwarzen Identität hatte die spärlichen Sympathien der Öffentlichkeit, die es gehabt hatte, bereits eingebüßt. Und wo würden sie nach den Tagen der Brände, der Schießereien und der Verwüstungen Geschworene finden, die Detective Brossard wegen etwas Schlimmerem als Fahrlässigkeit für schuldig befinden würden? Sofern Detective Brossard überhaupt je vor Gericht gestellt würde. Wahrscheinlicher würde ihm der Polizeichef lediglich eine Standpauke halten, um ihn anschließend in den Brendan Behan Club auf einen Drink einzuladen und Witze über explodierende schwarze Babys zu reißen.

»Ich weiß nicht …«, meinte er zu Verna. »Ich muss darüber nachdenken.«

In dem Moment klingelte es an der Tür. Fragend sahen

sie sich gegenseitig an, dann jedoch sagte Patrice: »Das wird Bertrand sein. Er will mir irgendeinen Bruder aus Los Angeles vorstellen. Anscheinend hat er damals geholfen, diese Rodney-King-Sache anzuzetteln.«

»Patrice«, wiederholte Verna eindringlich. »Kein Kämpfen mehr. Ich flehe dich beim gebrochenen Herzen unseres Kindes an.«

Patrice behielt recht: Es war Bertrand – eine zappelige, nervöse Gestalt mit Dreadlocks, kohlenschwarzer Sonnenbrille und karmesinroter Cowboyjacke aus Veloursleder mit Fransen. Allerdings hatte Bertrand eine andere Botschaft. »Matthew Monyatta will dich sehen, Mann.«

»Matthew Monyatta? Was macht der denn hier?«

»Er war schon gestern Abend hier, Mann, hat nach dir gesucht, nur hat keiner gewusst, wo du warst. Er sagt, er will mit dir über das reden, was hier abgeht.«

Patrice schaute zu Verna, dann sah er wieder Bertrand an. »Wo ist er? Kann er nicht hierherkommen?«

»Er wartet im Palm Diner auf dich. Sagt aber, er wird nicht lange bleiben.«

»Warum kommt er nicht hier rauf?«

Bertrand erwiderte nichts, doch sie kannten die Antwort beide. Es war eine Frage der Rangordnung, eine Frage des Protokolls. Die Seaver Street galt als Patrice Latombas Hoheitsgebiet, aber Matthew Monyatta verkörperte den älteren Politiker, und Patrice hatte ihm Respekt zu erweisen.

»Was ist mit dem anderen Bruder?«, fragte Patrice.

»Der kann warten«, teilte ihm Bertrand mit.

»Na schön, dann … machen wir uns auf die Socken.«

Patrice gab Verna einen flüchtigen Kuss, drückte ihr die Hand, um ihr wortlos zu versichern, dass ihm nichts passieren würde, und verließ die Wohnung. Sekunden später entriegelte er die Tür noch einmal und rief: »Vergiss nicht, die Kette vorzulegen! Und mach niemandem auf!« Er schlug die Tür wieder zu, aber nach einigen weiteren Sekunden öffnete er sie abermals und Verna hörte, wie er das Wohnzimmer durchquerte, die Kommodenschublade öffnete und etwas daraus hervorholte, das metallisch klang. Sie wusste, worum es sich handelte: seine automatische 45er.

Matthew Monyatta saß im hinteren Bereich des Palm Diner. Er trug eine braune Samtmütze und eine weite, braune Djellaba. Im Lokal herrschte Düsternis, weil alle Fenster eingeschlagen und mit Brettern vernagelt worden waren. Trotzdem spielten 20 bis 30 junge Männer Poolbillard, rauchten und lachten, und Kenny, der Eigentümer, servierte immer noch Grillrippchen und Brathähnchen. Durch die Luft dröhnte Reggaemusik. »Ist lange her, Matthew«, meinte Patrice, als er sich näherte und die Hand ausstreckte.

Matthew ließ die Arme verschränkt. Mit argwöhnischem Missfallen musterte er Patrice von oben bis unten.

»Was ist los, Mann?«, wollte Patrice wissen und drehte sich auf dem Absatz. »Weißt du, ist echt nicht nötig, dass du mir krumm kommst. Du hast ja wohl gehört, was die Scheißkerle mit meinem Kind gemacht haben.«

»Ich habe es gehört, und es tut mir leid.«

»Es tut dir leid? Es tut dir *leid?* Wenn es dir wirklich leidtäte, würdest du nicht hier aufkreuzen, um Botengänge für die Weißbrote zu erledigen.«

»Botengänge?«, entgegnete Matthew barsch. »Du solltest mich wirklich besser kennen. Ich mache keine Botengänge, für niemanden. Nicht für Weißbrote, nicht für Brüder. Für niemanden. Ich arbeite für schwarzen Stolz, ich arbeite für schwarze Identität, und ich arbeite für den Platz des schwarzen Mannes in der Geschichte. Und wie nennst du das, was ihr tut? Ihr brennt eure eigenen Häuser nieder, ihr plündert eure eigenen Geschäfte, ihr verwüstet euer eigenes Viertel, und dann beschwert ihr euch, dass euch das Leben schwer gemacht wird, dass ihr unterdrückt werdet, dass euch niemand je eine Chance gibt.

Ja, die haben dein Baby umgebracht, Mann, und das war eine Tragödie. Aber eine solche Tragödie ist nichts anderes als ein Symptom dessen, was ihr hier zugelassen habt, durch eure eigene Nachlässigkeit, durch eure eigene Dummheit. Durch eure eigene böswillige Rebellion.«

»Du bist dir untreu geworden, Mann«, warf ihm Patrice abweisend vor. »Du hast dich total verkauft.«

»Setz dich«, forderte Matthew ihn auf, aber Patrice blieb stehen. »Na schön«, meinte Matthew, »lass mich dir etwas sagen. Ich bin gestern hier gewesen, um mit dir zu reden, weil mich der Bürgermeister darum gebeten hat, und niemand wusste, wo man dich finden kann. Du bist Amok gelaufen, nicht wahr? Wolltest ein paar Feuer brennen sehen, stimmt's? Du wolltest den Himmel leuchten sehen, damit jeder wissen würde, dass Fly Latomba leidet, dass Fly Latomba ein Unrecht angetan worden ist. Tja, ich habe den Himmel leuchten gesehen, und ich war nicht beeindruckt. Aber hier bin ich wieder, und ich will, dass die Brände, das Randalieren und das ganze gottverdammte Theater aufhören, und damit meine ich *sofort*. Du bist verletzt, das ist mir schon klar. Aber verletz nicht deine Freunde und deine Verwandtschaft, nur um ihnen zu zeigen, wie übel man dir mitgespielt hat. Sie schauen zu dir auf, Fly, wie sie früher zu mir aufgeschaut haben.«

Patrice schniefte, ein trockener, koksnasiger Laut, und er wandte den Blick ab.

»Hast du gehört?«, bohrte Matthew nach.

Patrice wirbelte herum und funkelte ihn mit geweiteten Augen an. »Was bist du, Matthew? Irgendein gottverdammter Heiliger oder so?«

Matthew bedachte ihn mit einem traurigen Blick. »Ich bin ein schwarzer Mann, Fly, das bin ich. Meine Seele wurde in Olduvai geboren, und mein Körper wurde hierhergetragen.«

»Bull*shit*«, spottete Patrice.

Matthew entgegnete: »Hör mir zu, Fly … Ich habe es in einer Prophezeiung gesehen … Ich habe es in den Knochen gesehen.«

Bertrand fing an, nervöser als sonst zu wirken. Für ihn – wie für die meisten jungen Schwarzen – gehörte der Name Matthew Monyatta zu einer Legende, und Worte afrikanischer Weissagung zu hören gefiel ihm ganz und gar nicht, erst recht nicht so nah.

Patrice gab zurück: »Vergiss es, Matthew. Das ist alles Quatsch. Nur zwei Dinge bringen dich auf dieser Welt weiter: a – Geld, und b – weiße Haut. Sieh dir nur Michael Jackson an, um Himmels willen. Das Erste hat er, am Zweiten arbeitet er hart – und was davon ist wichtiger?«

»Du forderst das Schicksal heraus, Fly«, beharrte Matthew. »Es gibt auf dieser Welt Menschen, die würden nichts lieber sehen, als dass du dich selbst vernichtest. Ich weiß das.« Er fasste sich mit den Fingern an die Stirn. »Ich weiß es *hier.*«

»Bull*shit*«, wiederholte Patrice.

Matthew bedachte ihn mit einem massigen Schulterzucken, als wäre er zwar enttäuscht, aber nicht überrascht. »Ich bin ein schwarzer Mann, Fly, genau wie du. Aber darum geht es nicht.«

»Und worum geht es *dann?*«, forderte ihn Patrice heraus.

»Du willst, dass wir mit dem Aufstand aufhören? Du willst, dass wir mit der Brandstiftung aufhören? Du willst, dass wir brave, kleine, zahme Schwarze sind, die sich alles gefallen lassen? Du willst, dass wir alles einfach hinnehmen, schwarzer Mann? Ist es so? Du willst, dass wir alles, alles, alles einfach hinnehmen?«

Matthew ließ den Kopf sinken und erwiderte nichts, aber er ballte die Hände zu Fäusten, und seine mächtige Brust hob und senkte sich so heftig, dass Bertrand zurückzuweichen begann, als rechne er mit einer gewaltigen Explosion.

»Fly«, sagte Matthew schließlich, »du nimmst es mit mehr auf, als du auch nur ansatzweise ahnst. Was glaubst du, warum diese Cops überhaupt hier waren?«

Patrice schniefte nervös. »Um eine Drogenverhaftung durchzuführen, hab ich gehört.«

»Eine Drogenverhaftung«, wiederholte Matthew. »Eine simple, gewöhnliche, stinknormale Drogenverhaftung?«

»Woher zum Teufel soll ich das wissen? Die haben mein Baby umgebracht!«

Matthew Monyatta starrte Patrice einen intensiven, angespannten Moment lang an. Dann meinte er: »Du solltest den Aufstand abblasen, Patrice. Sag deinen Leuten, sie sollen sich einkriegen und nach Hause gehen. Tu's nicht für den Bürgermeister, und tu's nicht für mich. Tu's auch nicht für die Bostoner Handelskammer. Blas die Sache einfach ab, für dich selbst und für uns alle. Du trittst hier nicht gegen die weiße Gesellschaft an. Du kämpfst hier nicht gegen Weiße.«

»Ach nein?«, hakte Patrice herausfordernd nach. »Wenn nicht gegen die Weißen, gegen wen dann?«

»Gegen diejenigen, die weißer als weiß sind«, antwortete Matthew geheimnisvoll. »Gegen die *richtig* Weißen.«

Patrice musterte ihn mit zu Schlitzen verengten Augen.

Bertrand zappelte neben ihm, trat von einem Bein aufs andere und wirkte entschieden unbehaglich. »Komm schon, Mann, das ist jetzt echt schlechtes Karma.«

»Ich weiß nicht, was du verdammt noch mal meinst«, sagte Patrice zu Matthew.

Der hob einen Finger. »Das wirst du noch herausfinden, Fly. Du wirst es herausfinden. Aber es wird dir nicht gefallen, wenn es so weit ist. Deshalb warne ich dich jetzt.«

»Versuchst du, mir Angst einzujagen, oder was?«, wollte Patrice wissen.

»Ich kann dir keine Angst einjagen, aber *sie* werden es. Oh Mann … und was für Angst sie dir einjagen werden.«

Patrice starrte Matthew fast eine Minute lang an, ängstlich, verständnislos. Dann wich er langsam zwischen den Tischen hindurch zurück, durch den Hanfrauch und die wummernde Reggaemusik, und Bertrand zog sich mit ihm zurück.

Erst als er die Tür erreichte, drehte er sich um und schrie in Matthews Richtung: »Du bist verrückt, weißt du das eigentlich? Soll ich dir was sagen? Früher warst du mein Held. Und sieh dich jetzt an! Du bist selbst weißer als verfickt weiß!«

Matthew blieb, wo er war, und beobachtete, wie Patrice ging. Schließlich kam Bürgermeisterstellvertreter Kenneth Flynn aus den Schatten neben der Jukebox und stellte sich mit den Händen in den Hosentaschen neben ihn.

»Hat nichts gebracht, was?«, fragte Kenneth.

»Ich weiß es nicht«, erwiderte Matthew. »Vielleicht kommt er doch noch zur Vernunft.«

»Was hat er Ihnen da zugebrüllt? Weißer als verdammt weiß?«

»Sie kommen nicht aus dem Heiligen Land«, sagte Matthew. »Sie sind nie mit Aaron gewandert.«

Damit schob er seinen Stuhl zurück und verließ das Lokal. Kenneth ging zur Theke hinüber und holte drei 20-Dollar-Scheine aus seiner Brieftasche.

»Kommen Sie bloß nicht allein noch mal her, Mann«, warnte ihn der Besitzer.

Draußen marschierte Matthew zu Kenneths dunkelblauem Buick und stieg ein, wodurch der gesamte Wagen heftig auf der Radaufhängung wippte, und er wartete geduldig darauf, von Kenneth nach Hause gefahren zu werden.

Kenneth blieb eine Weile vor dem Lokal stehen und beobachtete, wie Roxbury brannte, lauschte den harten Salven halbautomatischer Waffen in der mittleren Ferne und den pfeifenden Chören der Querschläger. Zum ersten Mal in seiner politischen Laufbahn wurde ihm klar, dass er nicht verstand, was in Boston oder irgendwo in Amerika vor sich ging. Und zum ersten Mal in seinem Leben verspürte er ein Gefühl echter Angst.

7

Joe Garboden legte die Faxe auf seinen Schreibtisch und lehnte sich in seinem hellbraunen Lederstuhl zurück.

»Die sind verflucht dunkel«, merkte er an. »Das hier sieht wie Mitternacht in einer Bibelfabrik aus.«

»Aber man kann O'Briens Leiche erkennen«, beharrte Michael. »Schau her ... das ist die Krümmung seines Rückens ... und hier hätte sein Kopf sein sollen.«

»Nun, es sind jedenfalls Hinweise«, räumte Joe ein. »Aber von einem Beweis sind wir damit noch weit entfernt.«

»O'Briens Policen bei Plymouth decken seinen Tod durch Unfall oder eine Verletzung ab, aber nicht durch Kriegshandlungen, Terrorismus oder Mord«, entgegnete Michael. »Ihm ist der Kopf abgeschnitten worden, um Himmels willen. Was für eine Art von Unfall soll das sein?«

»Es ist schon vorgekommen, dass Menschen durch Unfälle die Köpfe verloren haben«, gab Joe zu bedenken. »Erinnere dich an die arme Jayne Mansfield. Und dabei bin ich voll auf sie abgefahren, als ich 15 war.«

Michael sammelte die Faxe ein und schob sie zurück in einen Umschlag. »Auf den Bildern ist genug, um den Gerichtsmediziner zu zwingen, uns die Originale zu zeigen.«

»Komm schon, Michael, wir müssen in der Sache ein wenig Vorsicht walten lassen. Diese Fotos sind polizeiliche Beweismittel. Ich bin nicht sicher, ob du nicht gegen das

Gesetz verstoßen hast, indem du sie kopiert hast. Fragen wir lieber erst bei unseren Anwälten nach. Wir wollen den Fall nicht durch irgendeine illegale Vorgehensweise gefährden.«

»Findest du nicht, dass, wenn ein Richter des Obersten Bundesgerichts ermordet worden ist, jeder das Recht hat, davon zu erfahren, unabhängig davon, wie die Informationen erlangt wurden? Mal ganz abgesehen von Plymouths Interesse daran.«

»Diese Faxe sind kein schlüssiger Beweis dafür, dass er ermordet worden ist. Genauso wenig, wie es die Fotos sind, von denen du sie ursprünglich kopiert hast. Du *sagst* zwar, dass McAllisters abgetrennte Oberschenkel kauterisiert wurden und dass Mrs. O'Briens Eingeweide geschrumpft waren … aber das ist keine Expertenmeinung. Wir müssen Moorpaths Obduktionsbericht und den Absturzbericht der FAA sehen, bevor wir sicher sein können.«

Joe räusperte sich, dann fügte er hinzu: »Ich bin mit dir einer Meinung … es sieht stark danach aus, dass O'Brien und seine Familie *tatsächlich* ermordet worden sind. Aber wir dürfen nicht riskieren, Plymouths Fall zu gefährden oder Plymouths Ruf zu schädigen, indem wir das Gesetz verbiegen.«

Michael wusste, dass Joe recht hatte. Richter wurden zunehmend kritischer in Hinblick auf die Bemühungen, die Versicherungsgesellschaften unternahmen, um es sich zu ersparen, strittige Forderungen auszubezahlen. Plymouth war dieses Jahr bereits einmal gedemütigt worden, als ein Berufungsrichter den Mitschnitt eines Telefongesprächs einer Frau, die angeblich bei einem Autounfall die Stimme verloren hatte, nicht als Beweismittel zuließ, weil ihr Telefon illegal angezapft worden war.

»Na schön«, meinte er zu Joe. »Ich bleibe einfach weiter am Ball.«

»Da ist noch etwas …«, sagte Joe. »Ist dir aufgefallen, ob Cecilia O'Brien auf einem der Fotos zu erkennen war? Du weißt schon – Sissy, die Tochter?«

Michael dachte darüber nach, dann schüttelte er den Kopf. »Nein … war sie nicht. Es waren nur vier Leichen … O'Brien, seine Frau, McAllister und Coward. Keine Bilder von Cecilia.«

»Das ist auch etwas, das es wert sein könnte, es weiterzuverfolgen«, schlug Joe vor.

Michael hob den Umschlag zu einer winkenden Geste an. »Hast du heute Abend noch Zeit für einen Drink?«, fragte er.

»M-m. Mildreds Schwester kommt vorbei. Ich nenne sie das Alien. In Brookline hört einen niemand schreien.«

»Gute Nacht, Joe«, verabschiedete sich Michael und verließ das Büro.

Er bahnte sich den Weg durch die Drehtüren aus Rauchglas unten am Gebäude von Plymouth Insurance hinaus in die Hitze und das Gedränge auf der Huntington Avenue. Plötzlich fühlte er sich allein. Er hatte vor dem Verlassen des Büros noch Patsy angerufen, aber ihr Telefon hatte geklingelt und geklingelt, und sie war nicht rangegangen. Michael hatte versucht, sich vorzustellen, wo sie sein konnte, was sie gerade tat, und unerwarteterweise hatte er festgestellt, dass er sie vermisste – wesentlich intensiver, als er sie je zuvor vermisst hatte.

Die vergangene Nacht hatte er bei Joe und Mildred auf dem Ausziehbett in ihrem Apartment in Brookline übernachtet, aber Joe hatte ihm bereits eine kleine Wohnung über der *Cantina Napoletana* in der Hanover Street besorgt. Michael hatte das North End mit seinem Lärm, seiner Schäbigkeit und seinen durchdringend riechenden, kleinen Geschäften immer gemocht, daher wusste er, dass er sich wie zu Hause fühlen würde. Nur dass Patsy und Jason nicht bei ihm waren und er wirklich arbeiten musste, hart arbeiten. Keine Tagträume mehr am Ozean.

Er überquerte den Copley Place, ging an den betonierten Blumenbeeten mit sagenhaft roten Geranien und dem Wasserbecken vorbei, das die Brise mit feinen Wellen überzog. Hinter ihm ragten die schimmernden Türme der Back Bay auf: der Prudential Tower, das Plymouth-Gebäude und das Marriott Hotel. Aber vor ihm, weit im Süden, besudelte immer noch dunkelbrauner Rauch den Himmel, während die Seaver Street und zwanzig Blocks der umliegenden Vororte geplündert und niedergebrannt wurden.

Zwei riesige Helikopter der Nationalgarde brausten laut über ihn hinweg. Ihre Rotoren blitzten im Sonnenlicht. Michael schirmte mit der Hand die Augen ab, um zu beobachten, wie sie Richtung Süden flogen. Als sie über die Gebäude verschwunden waren, drehte er sich um – und seine Aufmerksamkeit wurde von einer jähen Bewegung unter den sauber gepflanzten Baumreihen in der Nähe erregt. Es schien, als hätte jemand gesehen, wie er sich umdrehte, und wäre daraufhin rasch in die Schatten zwischen den Bäumen zurückgewichen, um nicht bemerkt zu werden.

Michael war sich nicht sicher, weshalb ihm der Gedanke kam. Aber irgendetwas daran, wie der Unbekannte außer Sicht geriet und nicht wieder aus den Schatten ins Sonnenlicht kam, wie es bei einem normalen Spaziergang der Fall gewesen wäre, mutete verstohlen an. Natürlich könnte es sich auch um eine *Sie* gehandelt haben, allerdings schien ihm die Gestalt zu groß für eine Frau zu sein.

Er blieb stehen, verengte die Augen zu Schlitzen und versuchte auszumachen, wer sich dort aufhielt. Vielleicht auch niemand. Vielleicht war er durch die grausigen Bilder, die er in Dr. Moorpaths Büro gesehen hatte, nur übernervös. Er hatte einmal geträumt, all die Toten von dem Absturz über Rocky Woods seien eines Nachts in seinen Garten geschlurft, hätten an seine Tür geklopft, stumm und anklagend im Mondlicht gestanden und mit schrecklicher Geduld darauf gewartet, dass er ihnen ihre verlorenen Leben zurückgab. Jener Traum hatte ihn fast vier Monate lang heimgesucht, und es hatte des gesamten Könnens von Dr. Rice bedurft, ihn zu verbannen. Eines Nachts hatte er geträumt, es habe jemand an seine Tür geklopft, und als er hingegangen war, um sie zu öffnen, hatte er den Garten vom Mondlicht erhellt, aber verwaist vorgefunden. Da hatte er gewusst, dass die Opfer nicht länger Wiedergutmachung von ihm verlangten – oder Wiederauferstehung oder was immer sonst sie von ihm gewollt hatten. Trotzdem war er nie mehr in der Lage gewesen, das Gefühl abzuschütteln, dass uns die Toten folgen, uns stumm um Hilfe anflehen können.

Er ging weiter, schaute gelegentlich über die Schulter zurück. Anfangs sah er nichts, aber als er sich dem Ende der Blumenbeete näherte, vermeinte er, hinter den Bäumen das Wallen eines Mantels auszumachen. Er blieb stehen und wartete, doch niemand tauchte auf. Dann trat er erst zur einen Seite, dann zur anderen und versuchte, seinen Verfolger zu erspähen. Doch weit und breit waren nur von Sonnenlicht unterbrochene Schatten, das Donnern, das Quietschen und das Hupen des Verkehrs und die warme Brise des Südwestwinds.

Er setzte sich diagonal über den Betonweg in Richtung der Bäume in Bewegung. Falls ihm jemand folgte, wollte er wissen, um wen es sich handelte. Er kletterte über die niedrige Stützmauer, dann lief er schneller und schneller auf die Bäume zu.

Als er den Schatten unter den Blättern und Ästen betrat, erblickte er einen alten, blinden Mann in einer ausgewaschenen Leinenjacke, der sich mit einem Stock den Weg auf ihn zu ertastete. Der Blinde trug eine Baskenmütze und eine sehr schwarze Sonnenbrille und wurde von einer gelangweilt wirkenden, schwarz-weißen Promenadenmischung begleitet.

Sonst befand sich weit und breit niemand in der Nähe. Michael drehte sich hin und her, doch es fehlte jede Spur von jemandem, der einen Mantel trug, oder jemandem, der einen Grund haben könnte, ihn zu verfolgen – sei es real, eingebildet oder aus seinen Albträumen.

Ein paar Schritte entfernt blieb der Blinde stehen. »Haben Sie etwas verloren, Sir?«, fragte er mit einer Stimme so trocken wie zerstoßene Cracker. Seine Promenadenmischung leckte sich über die Lippen.

»Ich dachte, ich hätte jemanden gesehen, den ich kenne«, log Michael. Dann: »Woher wissen Sie, dass ich nach etwas suche?«

»Hm! Dadurch, wie sich Ihre Füße gedreht haben – erst hierhin, dann dahin und wieder zurück.«

»Sie müssen ja ein ziemlich empfindliches Gehör haben.«

»Manchmal zu verflixt empfindlich. Gelegentlich höre ich Dinge, die ich lieber nicht hören würde.«

»Tja … danke für Ihr Interesse«, sagte Michael und wandte sich zum Gehen.

»Wissen Sie, er war hier«, meinte der Blinde zu ihm.

Unvermittelt blieb Michael stehen und drehte sich um. »Wer? Wovon reden Sie?«

»Der Mann, nach dem Sie gesucht haben. Wissen Sie, er *war* hier.«

»Woher wissen Sie das? Ich weiß ja nicht mal selbst, wie er aussieht.«

»Ich dachte, Sie hätten gesagt, es sei jemand, den Sie kennen«, gab der Blinde zurück.

»Ich war mir nicht sicher.«

»Aber er hat Sie sehr wohl gekannt. Er ist Ihnen gefolgt, hat angehalten, wenn Sie es getan haben, und darauf geachtet, selbst versteckt zu bleiben.«

Rasch sah sich Michael um. »Und wo ist er jetzt?«

Der blinde Mann lächelte. »Es gibt auch andere Orte, an die man gehen kann, nicht nur ›weg‹.«

Der hat sie nicht alle, ging es Michael durch den Kopf. *Er ist nicht nur blind, sondern auch verrückt.*

Eine seltsame Pause entstand zwischen ihnen. Einen Moment lang fragte sich Michael, ob er den Gedanken versehentlich laut ausgesprochen hatte. Doch dann sagte der Blinde: »Wissen Sie, ich wurde auch hypnotisiert. Als ich noch Augen hatte. Da wurde ich sechs- oder siebenmal hypnotisiert.«

Michael erwiderte nichts. Das musste eine Art Spiel sein, irgendein aufwendiger Scherz. Wie konnte dieser Mann wissen, dass er sich einer Hypnotherapie unterzog? Immerhin sah man es ihm nicht am Gesicht an – und selbst wenn, dieser Mann konnte sein Gesicht ja nicht einmal *sehen.* Auch im Tonfall seiner Stimme sollte es wohl kaum mitschwingen.

Die Promenadenmischung stimmte tief in der Kehle ein verhaltenes Winseln an, wollte offensichtlich weiter.

Der blinde Mann erklärte: »Es gibt Menschen, die leben hier, und es gibt Menschen, die leben dort, und es gibt Menschen, die leben hier und dort.«

»Ich fürchte, ich verstehe Sie nicht.«

Der Blinde lächelte und hob den Arm mit nach außen gedrehter Handfläche. »Hoffen wir, dass Sie es nie verstehen werden.«

»Sie haben *gehört*, wie mich jemand verfolgt hat?«, ließ Michael nicht locker.

Der blinde Mann nickte. »Ihr alter Freund Mr. Hillarius.«

»Ich kenne niemanden namens Mr. Hillarius.«

Ohne ein weiteres Wort schlurfte der blinde Mann davon und verschwand mit dem Stock tappend zwischen den Bäumen. Michael sah ihm nach, wischte sich mit der Hand die Haare zurück. Er fühlte sich merkwürdig verstört, als hätte er gerade zufällig festgestellt, dass die Welt überhaupt nicht so war, wie er immer gedacht hatte – als gäbe es überall unsichtbare Türen, durch die Menschen kommen und gehen konnten, die ihm jedoch nie zuvor aufgefallen waren, von denen er nie etwas gewusst hatte.

Aber … *nein*, der blinde alte Mann war nur ein blinder alter Mann mit einem losen Geist. »Mr. Hillarius« war vermutlich jemand, den der Blinde gekannt hatte, als er jung gewesen war – ein Lehrer an seiner Schule, ein Ladenbesitzer oder ein Freund seiner Familie. Dennoch fand es Michael beunruhigend, dass der Mann von seiner Hypnotherapie gewusst hatte. Tatsächlich hatte er gesagt: *Ich wurde auch hypnotisiert.*

Michael erreichte die Columbus Avenue und rief sich ein Taxi. Wenn er sich im Zentrum von Boston aufhielt, nahm er fast immer den Bus oder die U-Bahn, aber an diesem Abend hatte er das Gefühl, so schnell wie möglich vom Büro wegzumüssen. »346 Hanover« sagte er, und der grauhaarige Taxifahrer mit der Red-Sox-Baseballmütze reihte sich wortlos in den Verkehr ein.

Zwei weitere Chinooks der Nationalgarde donnerten über die Straße hinweg. Der Taxifahrer schaute im Innenspiegel zu Michael, und Michael sah, dass eines seiner Augen dunkel blutunterlaufen war. »Sieht so aus, als hätten wir Krieg«, merkte der Taxifahrer an.

»Ich habe die letzten Meldungen nicht gehört«, erwiderte Michael. »Dauert der Aufruhr noch an?«

»Die Bullen knallen immer noch unschuldige Unbeteiligte ab, falls Sie das meinen.«

»He«, entgegnete Michael, »ich will hier nicht politisch werden.«

»Wer wird denn politisch?«, gab der Taxifahrer zurück. »Das ist der Tag der Buße, nicht wahr? Das ist nicht politisch, sondern biblisch.«

»Was immer es sein mag, es ist eine himmelschreiende Schande«, befand Michael.

»Es ist der Tag der Buße«, wiederholte der Taxifahrer. »Ich wusste immer, dass er kommen würde, und jetzt ist er da.«

Er setzte Michael vor der *Cantina Napoletana* ab. Die frühabendliche Sonne tünchte die Hanover Street in geschmolzenes Gold. Die *Cantina Napoletana* war ein kleines, altmodisches Restaurant mit einer rot-grünen Markise, einem glänzenden Schaufenster mit glänzendem, vergoldetem Schriftzug und je einem kleinen Lorbeerbäumchen auf jeder Seite der Eingangstür.

Der Taxifahrer gab Michael sein Wechselgeld und starrte ihn dabei mit einem heilen und einem blutunterlaufenen Auge an. »Es ist ein Brandopfer, genau das ist es«, erklärte er mit aggressiver, übermäßiger Betonung. »Ein Opfer durch Feuer, ein besänftigendes Aroma für den Herrn.«

»Ein was?«

»Ein besä-hä-hänftigendes Aroma«, wiederholte der Taxifahrer, bevor er in den Verkehr davonfuhr.

Joe hatte sich für Michael ins Zeug gelegt. Die Wohnung erwies sich als unerwartet groß und luftig, besaß einen frisch geschliffenen und versiegelten Eichenholzboden und weiß gestrichene Wände. Das Wohnzimmer bot einen Ausblick auf die Hanover Street und führte auf einen schmiedeeisernen Balkon, gerade breit genug für zwei Klappstühle, einen umgedrehten Terracotta-Übertopf, der als Tisch diente, und einen Kunststoffblumenkasten mit staubigen Geranien. Die Möbel im Raum waren unscheinbar und haferbreifarben. Nur ein Bild hing an der Wand, ein Reiseposter eines knochenbleichen, grasbewachsenen Strands unter einem tintenblauen Himmel.

Michael zog die weißen Leinenjalousien hoch und öffnete die Balkontüren. Sofort drangen der Lärm und die Wärme des frühen Abends und die Gerüche vom Restaurant unten herein – Zwiebeln, Knoblauch, Tomaten und Basilikum, die sanft in Pfannen mit goldgelbem, nativem Olivenöl schwitzten.

Joe hatte Michaels abgewetzten, hellbraunen Lederkoffer hergebracht und im Gang stehen gelassen. Michael trug ihn ins Schlafzimmer und hievte ihn aufs Bett. Nachdem er die Schnallen geöffnet hatte, betrachtete er resigniert seine zerknitterten Polohemden und geriffelten Hosen. Er war nie gut darin gewesen, Kleidung zusammenzulegen und einzupacken, außerdem packte er immer zu viel ein. Er wusste nicht, warum er jenen riesigen, kastanienbraunen Fischerpullover mitgenommen hatte, den er bei John McClusky, dem Köderverkäufer unten am Strand, erstanden hatte … oder vielleicht wusste er es doch. Vielleicht als eine Art Sicherheitspolster – eine Erinnerung an zu Hause und die Küste, an Patsy und auch Jason, an all die Liebe und all die Freiheit, die er gezwungen war, für Geld hintanzustellen.

Er hängte seine Kleidung in die weißen Schränke mit den Lamellentüren. Die Schränke rochen nach frischen Spanplatten. Den leeren Koffer zwängte Michael unters Bett. Das Schlafzimmer entpuppte sich als genauso schlicht wie das

Wohnzimmer – ein weißer Nachttisch aus Bambus-*Imitat* und ein Bett von der Stange mit einer Tagesdecke in Weiß und Haferfarbe. In dieser Wohnung kam so viel Haferfarbe vor, dass Michael anfing, sich zu fragen, ob sie von einem Pferd gestaltet worden war. Aber vor dem Schlafzimmerfenster befanden sich feine Netzvorhänge, und durch sie konnte er zu dem gepflasterten Hof hinter dem Restaurant sehen, wo die Köche von Zeit zu Zeit auftauchten, um sich die Hälse mit Geschirrtüchern abzuwischen, eine Zigarette zu rauchen, zu brüllen und zu lachen.

Er wusch sich in dem kleinen, weiß gefliesten Badezimmer das Gesicht und die Hände, dann rief er Patsy erneut an.

»Bin gerade in der Hanover Street angekommen.«

»Wie ist es? Sieht es gut aus?«

»Es ist toll. Großes Wohnzimmer, Schlafzimmer, Badezimmer und Küche. Alles, was ich brauche. Oder sagen wir so: alles, was ich vorerst brauche. Aber es ist schon gut, dass ich italienisches Essen mag. Die Wohnung liegt direkt über einem neapolitanischen Restaurant.« Zur Melodie von »Pennies from Heaven« sang er: »Jedes Mal, wenn ich atme, atme ich pollo all'abruzzese.«

Patsy lachte kurz, dann jedoch erkundigte sie sich ernst: »Wie läuft's? Mit der Arbeit? Du hast im Büro irgendwie angespannt geklungen.«

»Gut, die Arbeit läuft gut. Ich vermisse euch beide nur jetzt schon.«

»Du hast keine Probleme?«

»Probleme? Was für Probleme?«

»Na ja, du weißt schon … Stress oder so.«

Michael dachte an die flüchtig wahrgenommene Gestalt, die ihn anscheinend zwischen den Bäumen am Copley Place verfolgt hatte, und an den blinden Mann, der gewusst hatte, dass er nach jemandem suchte. *Mr. Hillarius,* wer immer das sein mochte.

Er dachte an den Taxifahrer, der über Buße und biblische Bestrafung und jene Opfergabe durch Feuer, ein besänftigendes Aroma für den Herrn gesprochen hatte.

Aber er sagte, wenngleich ein wenig steif: »Alles bestens. Ich hab mich voll im Griff.«

Patsy erwiderte: »Du würdest doch nicht versuchen, es mir zu verheimlichen, wenn die Dinge anfangen, aus den Fugen zu geraten, oder, Michael? Es wäre nicht deine Schuld. Und es wäre nichts, wofür du dich schämen müsstest. Du brauchst mich dann nur anzurufen, und wir können darüber reden. Oder ruf Dr. Rice an. Ich weiß, wir brauchen das Geld, aber so dringend brauchen wir es auch wieder nicht.«

Er räusperte sich. Die Netzvorhänge hoben und senkten sich in den späten Sonnenstrahlen. »Schon gut, es ist alles in Ordnung. Joe kümmert sich um mich. Er hat sogar meinen Koffer hergebracht.«

»Die Unruhen sind auf jedem Sender im Fernsehen.«

»Na ja, man sieht Rauch und eine Menge Hubschrauber, die vorbeifliegen, und als ich heute Vormittag im Boston Central war, sind dort Opfer eingeliefert worden. Aber sonst scheint alles normal zu sein. Ist wohl bloß eine dieser Eigenheiten langer, heißer Sommer, mehr nicht.«

»Pass einfach gut auf dich auf«, mahnte Patsy. »Wir sehen uns am Wochenende, in Ordnung?«

»Könnte sein, dass ich da arbeite.«

»Dann komme ich rauf nach Boston, dich besuchen. Du hast doch nichts gegen ein wenig Gesellschaft, wenn du arbeitest, oder?«

Michael lächelte. Der *Boston Globe* lag an der Ecke des Bettes, wo er die Zeitung hingelegt hatte. Die Schlagzeile lautete: »Monyatta ruft zur Ruhe auf: Zahl der Todesopfer auf 23 angestiegen«. Sein Lächeln verblasste zusammen mit dem durchs Fenster einfallenden Licht. Er fühlte sich seltsam verantwortlich, als wären die Unruhen indirekt *seine* Schuld – als hätte seine unerwartete Ankunft in Boston das Gleichgewicht der Stadt gestört.

»Michael?«, fragte Patsy

»Bin noch dran«, erwiderte er. Unten fingen die Köche an, Fisch zu braten.

Draußen war es noch hell, als ihn das Telefon weckte. Kein Tageslicht, kein Mondlicht, sondern das Flutlicht, das den Hinterhof der *Cantina Napoletana* beleuchtete, während die Geschirrspüler rumpelten und die Köche lachten und rauchten und über Frauen mit von Fettuccine geformten Figuren redeten. In einer Stunde würden sie zu Hause in Pyjamas neben ihren Ehefrauen schnarchen.

Zuerst konnte Michael das Telefon in der fremden Wohnung nicht finden, aber es bimmelte beharrlich weiter, immer und immer wieder, bis er es schließlich auf dem Segeltuchstuhl in der Ecke des Schlafzimmers unter seiner abgelegten Jacke aufstöberte. Er hob ab und sagte: »Ja? Was gibt's?« Michael fühlte sich leicht benommen und orientierungslos. Er konnte sich nicht einmal daran erinnern, wovon er geträumt hatte. Nur daran, dass es etwas mit Bäumen zu tun gehabt hatte. Und mit einem Mantelsaum, der flatternd außer Sicht geraten war. Seine Zunge fühlte sich an, als wäre sie mit Salz bestreut worden.

»Mikey? Bist du das?«

»Wer ist da?«

»Joe … was denkst du denn?«

»Oh, Joe. Was willst du? Wie spät ist es, verdammt?«

»Sieben nach drei. Ich hab mir die Nachrichten angesehen. Du nicht?«

»Soll das ein Scherz sein? Wer zum Geier sieht sich um sieben nach drei die Nachrichten an? Ich hab geschlafen.«

»Oh, du hast geschlafen. Na, das erklärt's. Du hast so lange gebraucht, um ranzugehen, ich dachte schon, du hättest deinen Koffer gepackt und wärst zurück nach New Seabury verschwunden. Hab mir Sorgen gemacht, du könntest Heimweh bekommen haben. Hab mir Sorgen gemacht, du könntest den Job hingeschmissen haben.«

»Das könnte noch passieren, wenn du mich weiterhin um diese Zeit nachts anrufst.«

»Michael … das ist eine einmalige Sache. Schalt die Nachrichten ein.«

»Ich hab noch keinen Fernseher. Du wirst es mir erzählen müssen.«

»Oh … wenn das so ist, hör zu. Man hat gerade Sissy O'Brien gefunden.«

Michael setzte sich auf die Bettkante. »Man hat sie gefunden? Sissy O'Brien? Wer hat sie gefunden? Wo? Lebt sie noch?«

»Die Küstenwache hat sie in der Bucht von Nahant gefunden. Sie ist ziemlich tot.«

»Man hat sie *wo* gefunden? In der Bucht von Nahant? Das ist fast 20 Kilometer nördlich von Nantasket Beach.«

»Genau. Und wenn ihre Leiche von der Absturzstelle des Helikopters auf Sagamore Head nach East Point getrieben wäre, wo man sie gefunden hat, hätte sie durch die Bucht von Hingham oder durch die Bucht von Quincy treiben müssen, vorbei an Peddocks Island und Long Island und Georges Island und all dem Rest der Inseln und all dem Rest der Gezeiten – quer durch die Bucht von Massachusetts und dann zurück ans Ufer.«

»War das alles, was verlautbart worden ist? Dass man sie gefunden hat und dass sie tot ist?«

»Das war die Quintessenz davon.«

Michael erblickte im Spiegel sein dürres, blasses, nacktes Ebenbild, sein zerzaustes braunes Haar, seine verweichlichten Arme und Beine, seinen schlaff herabbaumelnden Pimmel. Er räusperte sich, dann sagte er: »Die Bucht von Nahant ist in Essex County, richtig? Wer bearbeitet den Fall? Doch nicht Wellman Brock, oder?«

»Weiß ich noch nicht«, erwiderte Joe. »Aber ich bezweifle es stark. Der alte Sheriff Brock könnte in einer Kläranlage keine Kackwurst finden.«

»Hol mich in 20 Minuten ab«, verlangte Michael. »Sehen wir uns die Bucht von Nahant mal an.«

»Was? Es ist erst Viertel nach drei.«

»Worüber zerbrichst du dir den Kopf? Bis wir dort sind, wird es hell sein.«

Michael und Joe parkten in schrägem Winkel an den Dünen und stiegen aus dem Auto. Joe drehte sich zum Wagen zurück und fluchte: »Scheiße. Weißt du eigentlich, was dieser gottverdammte Sand an der Lackierung anrichten kann?«

Sie schlitterten, liefen, schlitterten die Dünen hinunter. Joe fluchte erneut, als er Sand in seine Gucci-Schuhe bekam. Und er fluchte wieder, als ihm Sand in die Augen wehte. Michael war an Sand gewöhnt und wusste daher, dass man das Gesicht abwandte, wenn ein Windstoß einsetzte.

Nördlich von East Point war der Strand für 60 Meter mit einem orangen Wimpelband gesperrt worden, obwohl es eigentlich nichts mehr zu sehen gab. Der morgendliche Himmel wies eine fahle, annähernd malvenfarbige Tönung auf. Auch der Atlantik präsentierte sich annähernd malvenfarbig, aber aufgewühlt und ein wenig zornig, und am Ufer zickte er und schmollte und zickte erneut, schleppte Seetang an und schleifte ihn wieder weg.

Michaels Nasenöffnungen fühlten sich vor Salz, Kälte und der klimatisierten Luft aus Joes Seville völlig ausgescheuert an. Er trug seinen kastanienbraunen Fischerpullover und war froh darüber, während Joe in seinem smaragdgrünen italienischen Jackett und seinen von Sand besudelten Gucci-Schuhen schlotterte.

Zwei Streifenwagen vom Büro des Sheriffs von Essex County parkten noch in der Nähe, außerdem drei zivile Fahrzeuge, darunter ein ahorndunkler Caprice und ein erbsengrüner Buick Century mit einer spektakulären Beule im fahrerseitigen Kotflügel. In der Nähe der Küstenlinie standen ein sehr großer Mann in einem beigen Regenmantel, ein jüngerer Bursche mit zurückgekämmten Haaren, der einen Anzug trug, und ein stämmiger, schwammig wirkender Mann mit Pfadfinderhut, den Michael fast auf Anhieb als Sheriff Brock erkannte.

Joe hob das Wimpelband an, und ein von Akne gezeichneter Deputy kam auf ihn zu und hob die Hand.

»Tut mir leid, Sir, Sperrgebiet.«

»Tom!«, rief Joe und winkte mit ausladender Geste in Richtung des sehr großen Mannes mit dem zerknitterten, beigen Regenmantel.

Der sehr große Mann mit dem zerknitterten, beigen Regenmantel winkte zurück. Joe ließ das Wimpelband zurückfallen und setzte den Marsch über den Sand fort.

»He, tut mir leid«, wiederholte der Deputy. »Dieser Bereich hier ist wirklich gesperrt. Ich meine, das bedeutet, es ist …«

Joe drehte sich um, schleuderte ihm einen finsteren Blick zu und herrschte ihn an: »Scher dich zum Teufel.« Er ging weiter auf die Uferlinie zu. Dann drehte er sich noch einmal um und fauchte erneut: »Scher dich zum Teufel!«

Der Deputy brüllte »Halt!« und löste den Druckknopf an seinem Holster, aber Michael beschleunigte die Schritte und legte die Hand auf die des Deputys. Trotz der Kälte – oder gerade deswegen – zitterte der Junge.

»Hör zu«, sagte Michael zu ihm aus dem Mundwinkel, als rede er gar nicht wirklich mit ihm. »Wir geraten alle mal in Situationen, in denen wir nur verlieren können. Das ist eine solche Situation. Du erfüllst deine Pflicht, und das machst du sehr gut, aber von diesen Leuten wird es niemand so sehen. Der große Kerl mit dem Regenmantel ist Lieutenant Thomas Boyle von der Bostoner Polizei, richtig? Und das da ist dein Boss, Sheriff Wellman Brock, dessen Wunsch dir Befehl ist, richtig? Und zu guter Letzt haben wir da Joe Garboden von Plymouth Insurance, der mich zwar nicht wirklich *besitzt,* aber so gut wie. Also lass uns beide lieber an unsere Pensionen denken und die großen Jungs sollen den Sandkasten übernehmen. Deine Zeit kommt noch, glaub mir.«

Der junge, pickelige Deputy starrte ihn an, als wäre er wahnsinnig. Dann jedoch sagte er »Okay …«, als hätte er nicht recht verstanden, und schloss den Druckknopf seines Holsters wieder.

Michael drückte den Arm des Jungen. »Glaub mir, deine Zeit kommt noch, wenn diese Kerle gebrechlich in Altersheimen sitzen und vergessen, dass sie je Essen aus Aluminiumkochtöpfen gegessen haben.«

Der Deputy nickte und grinste breit. »Genau«, meinte er. Dann machte er auf dem Absatz kehrt und grinste weiter.

Michael steuerte über den feuchten Sand aufs Ufer zu, die linke Wange gegen den Wind gedreht. »Giraffe«, sagte er und streckte Lieutenant Boyle die Hand entgegen. »Wie geht's Megan? Ich habe ihren Artikel im *Boston Magazine* gesehen. Den über Schmorbraten oder so ähnlich.«

»Na, sieh einer an, Mikey Rearden«, sagte Thomas lächelnd. Er sah müde aus. Seine Wangen waren weiß, während der Wind seine Nase gerötet hatte. »Man hat mir gesagt, Sie hätten das Handtuch geworfen.«

»Psychische Probleme«, gestand Michael. »Ein leichter Fall von Spinnerei.«

Thomas schniefte und zog ein Taschentuch hervor. »Hab ich gehört«, sagte er.

Michael tippte sich an die Stirn. »War nichts allzu Ernstes. Ich konnte bloß nicht verhindern, dass äußere Erlebnisse da eindringen. Verstehen Sie, was ich meine? Aber inzwischen bin ich so ziemlich geheilt. Ich mache eine Hypnotherapie.«

»Ach ja? Und funktioniert das wirklich?«

»Kommt drauf an. Ich denke, man muss wollen, dass es funktioniert.«

»Ich habe schon wegen einer Hypnotherapie für Megan überlegt«, verriet Thomas. »Um ihr zu einer positiveren Einstellung zu verhelfen. Manchmal ist sie ziemlich niedergeschlagen. Sie sagt es mir zwar nicht, aber *ich* an ihrer Stelle wäre es.«

»Ich weiß nicht recht.« Michael zuckte mit den Schultern, und er hatte wirklich keine Ahnung, ob es das Richtige für sie wäre. »Ich denke, sie könnte auf jeden Fall mit ihrem Arzt darüber reden. Aber ich glaube, manchmal kann Hypnotherapie in mehr Wespennester stechen, als einem lieb ist. Bis ich hypnotisiert wurde, wusste ich nicht mal, dass ich Angst vor der Dunkelheit hatte.«

Joe wirkte unbehaglich. Genau wie Sheriff Brock – ein riesiger, wabbelnder Pudding von einem Mann in sandfarbener Uniform und mit unübersehbar künstlicher Haartracht. Sein Blick schnellte hin und her, und er sah entschieden wie jemand aus, der sich verzweifelt nach seinem

Frühstück, seinem Bürostuhl und einer ausgiebigen Fortsetzung des Schlafs der vergangenen Nacht sehnte.

Thomas drückte Michaels Ellbogen. »Reden wir später darüber weiter, in Ordnung? Die Leute hier sind schon seit drei auf den Beinen.«

»Wo hat man sie gefunden?«, fragte Joe mit unnatürlich lauter Stimme.

Thomas ging zum glatteren Sand am Ufer voraus. Aus der Brandung ragte eine schlichte Holzmarkierung – ein Stock, mehr nicht. Jede Spur von Sissy O'Briens Ankunft an der Stelle war bereits vom Meer weggewaschen worden.

»Haben Sie schon mit der Küstenwache gesprochen?«, fragte Michael.

Thomas sah ihn an und nickte. »Sie denken an Winde, Gezeiten und Strömungen, richtig?«

»Genau«, bestätigte Michael.

»Nun … die Küstenwache hat mir eine Gezeitenstudie ab dem Zeitpunkt versprochen, zu dem der Hubschrauber abgestürzt ist. Vielleicht versuchen die sogar, einen Dummy von Sagamore Head treiben zu lassen, um zu sehen, was passiert … Man kann zwar die Winde und Gezeiten mathematisch berechnen, aber ein treibender Körper macht nicht immer das, was man erwarten würde.«

»Sie reden da mit einem Fischer«, warf Joe ein.

Michael sah sich um. Irgendwie hatte dieser gekrümmt verlaufende Strandabschnitt etwas Vertrautes an sich, obwohl ihm beim besten Willen nicht einfiel, weshalb. Er ging zum Ufer hinunter, bis die Brandung die Sohlen seiner Schuhe umspülte. Mit beiden Händen schirmte er die Augen ab und blickte konzentriert zum Horizont. Er war schon einmal hier gewesen, davon war er überzeugt. Vielleicht als Kind mit seinem Vater. Jedes Mal, wenn sein Vater ein Boot fertiggestellt hatte, das ihm wirklich gefiel, war er damit hinauf nach Marblehead oder runter nach Plymouth gekreuzt und hatte Michael mitgenommen. Dabei hatten sie immer Kakao in Thermosflaschen und braune Tüten mit Käse- und Fleischwurstsandwiches dabeigehabt. Und sie hatten zusammen Seemannslieder gesungen, alte, traditionelle Weisen oder alberne, selbst erfundene Stücke.

Wir segelten in 'nem Schiff namens Bum
Mit 'nem üppigen Vorrat an feinem Rum.
Bum ist nicht gesunken, aber hat fies gestunken.
Der Name ist zum Haareraufen, wir sollten sie wohl anders taufen.
Einen Namen wie Bum gibt man keinen Schiffen,
Aber was soll's, wir sind nun mal ungeschliffen.

Michael lächelte bei sich, obwohl ihm gleichzeitig ein wenig zum Weinen zumute wurde. Er schaute zum Strand zu Joe und Thomas, und Thomas zündete sich eine Zigarette an.

»Hat man sie schon weggebracht?«, rief er nach hinten.

Thomas drehte sich um. »Nein … der Leichenwagen ist noch da. Wir haben eine kleine Meinungsverschiedenheit darüber, wohin sie gebracht werden soll. Polizeichef Hudson will sie im Boston Central beim Rest der toten O'Briens haben. Ich will sie bei uns haben … bei der anderen jungen Frau, die wir am Dienstag gefunden haben.«

Michael runzelte die Stirn. »Was für eine andere junge Frau?«

»Haben Sie es nicht in den Nachrichten gesehen? Wir haben in einem Haus in der Byron Street, oben bei den öffentlichen Gärten, eine junge Frau gefunden. Sie ist mit Stacheldraht an den Hand- und Fußgelenken gefesselt und ausgiebig gefoltert worden, auf jede erdenkliche Weise.«

»Und worin besteht die Verbindung?«

Thomas winkte ihn den Strand hinauf. Michael warf einen letzten, flüchtigen Blick aufs Meer, bevor er ihm folgte. Es gestaltete sich schwierig, die Dünen zu erklimmen, und Thomas begann zu röcheln, bevor sie den Gipfel erreichten.

»Sie sollten mit dem Rauchen aufhören«, merkte Joe an.

»Können Sie laut sagen«, gab Thomas zurück.

Der Krankenwagen der Gerichtsmedizin von Essex County parkte in schrägem Winkel an der von Sandverwehungen überzogenen Straße. Sein Blaulicht rotierte stumm, als wäre das Fahrzeug ein Leuchtturm, der vor dem Tod warnte. Eine der hinteren Türen stand offen, und ein junger Sanitäter mit blondem, flaumigem Schnurrbart lehnte daran, sah müde und gelangweilt aus.

»Irgendwas Neues, Lieutenant?«, fragte er Thomas, als sie sich dem Mann näherten.

Thomas schüttelte den Kopf. »Das ist einer der Fälle, bei dem Politik Vorrang gegenüber gesundem Menschenverstand hat. Diese Herren hier vertreten Plymouth Insurance, sie sind Versicherungsdetektive. Dürfen sie mal einen Blick auf sie werfen?«

»Wollen Sie das *wirklich?*«, fragte der Sanitäter die Neuankömmlinge mit einer Ungläubigkeit in der Stimme, die ein Kribbeln in Michaels Händen auslöste.

»Machen Sie einfach auf, ja?«, forderte Thomas ihn ungeduldig auf.

»Uff«, machte der Sanitäter, und sein Tonfall vermittelte deutlich, dass er jeden, der sich dieses spezielle Exemplar menschlichen Treibguts ansehen wollte, für bescheuert hielt.

Er öffnete die zweite Tür weit und stieg in den Krankenwagen. Ein grauer Leichensack lag auf der zusammengeklappten Bahre. Man hatte bereits ein Identifizierungsetikett daran angebracht. Der Sanitäter zog den Reißverschluss bis fast ganz nach unten auf, und plötzlich schwang ein grünlich-grauer Arm aus dem Sack und ließ Michael erschrocken zusammenzucken. Der Sanitäter musste es bemerkt haben, denn er meinte belustigt: »Keine Bange, sie ist tot. Sie wird nicht aufspringen und Sie über den Strand jagen.«

»Danke«, sagte Thomas und stieg ebenfalls in den Krankenwagen. Im Gegensatz zu Leuten, die Tote wegschaffen mussten, hielt er nichts von makabrem Humor – vor allem nicht, wenn der oder die Tote so gelitten hatte wie dieses arme Mädchen. Manchmal konnte der Tod schon lustig sein, genau wie das Leben manchmal lustig sein konnte. Aber aus irgendeinem Grund konnte er sich daran einfach nicht gewöhnen, und es brachte ihn kaum je zum Lachen.

Michael kletterte mit tief geducktem Kopf neben ihn in den Wagen. Der Körper des Mädchens roch stark nach Meereswasser und Verwesung. Ein junges, schlankes Mädchen, der Figur nach zu urteilen höchstens 14 oder 15 Jahre alt. Die Haare waren kurz, blond, triefnass und von Seetang durchsetzt. Sand füllte das sichtbare Ohr, und sie trug noch einen Zierohrring, der aussah, als bestünde er aus Glas und irgendeinem trübbaren Metall – möglicherweise Silber.

Die geöffneten Augen starrten blicklos zur Decke des Krankenwagens. Die Regenbogenhäute überzog jedoch ein milchiger Film, der wie gedünsteter Dorsch anmutete, und natürlich blinzelte sie nicht. Auch in den Nasenlöchern befand sich Sand, ebenso wie im leicht geöffneten Mund.

Am meisten entsetzte Michael der Körper. Die kleinen Brüste überzogen kreuz und quer tiefe, offene Schnitte, als wäre sie mit einem Tapeziermesser malträtiert worden. In die Brustwarzen hatte man mit einer Heftmaschine jeweils sechs oder sieben Klammern gejagt, weshalb sie verzerrt und verkrümmt wirkten. Den nackten Bauch übersäten etliche Verbrennungen, Kratzer und Risse, die meisten wegen der langen Zeit im Meer bleich und aufgedunsen. Auch im oberen Bereich der Schenkel prangten Verbrennungen und Schnitte.

»Das ist Sissy O'Brien?«, fragte Michael, dem der Mund vor Speichel beinah überging.

Thomas holte ein Farbfoto aus der Jackentasche und hielt es vor ihn hin. Das Foto zitterte, und Michael musste es still halten, um es deutlich erkennen zu können.

»Sissy O'Brien, daran besteht kein Zweifel«, meinte Thomas. »Sehen Sie selbst. Die formelle Identifizierung steht natürlich noch aus.«

»Großer Gott, wer könnte das getan haben?«

»Wir glauben, dieselben Leute, die unsere Unbekannte in der Byron Street ermordet haben. Dieselbe perverse Vorgehensweise, dieselben Schnitte, dieselben blauen Flecke von Schlägen, dieselben Folterverbrennungen … und wir haben nichts davon an die Medien weitergegeben, also reden wir hier nicht von einem Nachahmungstäter.«

»Was ist das, eine Art SM-Kult oder so?«

Thomas schüttelte den Kopf. Er hätte eine weitere Zigarette vertragen, aber er wusste, dass er in einem Krankenwagen nicht rauchen durfte. Auch wenn es keine Rolle gespielt hätte, immerhin war die Patientin bereits tot.

Es kostete Michael gewaltige Überwindung, den Reißverschluss des Leichensacks ein Stück weiter aufzuziehen. Zwischen Sissy O'Briens Beinen, überall um die Vulva herum und an den Innenseiten der Schenkel, befanden sich dunkelviolette Male von Verbrennungen und Narben.

»Irgendein Scherzbold hatte mächtig Spaß mit einem Zippo«, merkte Thomas mit vollkommen tonloser Stimme an. Er wollte sich gar nicht erst ausmalen, wie sehr Sissy

O'Brien geschrien haben musste. Oder vielleicht war sie gar nicht in der Lage gewesen, zu schreien. Blutergüsse rings um den Mund wiesen darauf hin, dass sie unter Umständen geknebelt gewesen sein könnte – wahrscheinlich mit einem dieser aufblasbaren Gummiknebel, die Fetischisten benutzten.

Michael beugte sich vor, und da erblickte er etwas, das ihn vor totalem Grauen zurückschrecken ließ. Mit geweiteten Augen starrte er Thomas an. Etwas Dunkles, Buschiges und Nasses prangte eingeklemmt zwischen Sissy O'Briens Oberschenkeln.

»Da ist irgendetwas«, stieß er hervor, und seine Stimme klang dabei überhaupt nicht nach ihm.

Thomas schluckte und zuckte mit den Schultern. »Ihr ist richtig übel mitgespielt worden, das können Sie mir glauben.«

Michael wagte nicht, einen zweiten Blick darauf zu werfen. Er konnte nachvollziehen, dass Thomas müde war; hingegen konnte er nicht begreifen, wie irgendjemand blanken Wahnsinn als so selbstverständlich hinnehmen konnte. Da war *irgendetwas* – etwas Dunkles und Widerwärtiges und Buschiges, dicht von Blut verkrustet –, das zwischen Sissy O'Briens totenbleichen Pobacken hervorragte.

»Verfluchte Scheiße, Thomas, sie hat einen *Schwanz.*«

Unverhofft sagte Thomas: »Lassen Sie uns aussteigen.«

»Was?«

»Lassen Sie uns *aussteigen!*«, fuhr Thomas ihn an und drängte ihn die Stufen des Krankenwagens hinunter auf den Sand. Joe stand ein paar Meter entfernt, wo er sich mit Sergeant Jahnke unterhielt, und beide schauten besorgt zu Michael und Thomas.

»Tut mir leid«, entschuldigte sich Thomas. Er holte tief Luft. »Ich sage mir immer wieder, ich darf diese Dinge nicht an mich ranlassen, aber sie setzen mir trotzdem jedes Mal zu.«

»Sie hat einen *Schwanz*«, wiederholte Michael. Ihm war bewusst, dass er sich hysterisch anhörte, doch es kümmerte ihn nicht sonderlich. »Thomas, sie hat einen gottverdammten *Schwanz!*«

Thomas holte ein Streichholzheftchen vom Sunset Grill & Tap hervor und verbrachte eine ganze Weile damit, sich eine Zigarette anzuzünden, indem er die Flamme mit der Hand gegen die Brise abschirmte.

»Ich hab Ihnen ja gesagt, dass man ihr richtig übel mitgespielt hat. Man hat irgendetwas mit ihr gemacht … mit einer Katze, soweit wir das abschätzen können. Mit Sicherheit können wir es noch nicht sagen.«

»Mit einer *Katze?* Was zum Teufel soll das heißen, mit einer *Katze?*« Michael war zutiefst aufgebracht.

Der Wind wirbelte Sand zwischen ihnen auf. Jemand brüllte: »Jack! Jack! Komm hier runter!«

An der Stelle tauchte ein dünner, junger Mann mit Brille in einer dunkelblauen Windjacke um die Seite des Krankenwagens herum auf. Er trat auf Thomas zu und verkündete: »Alles geklärt, Lieutenant. Wir können sie mitnehmen. Ich habe mit dem Leiter der Gerichtsmedizin geredet, und der Leiter der Gerichtsmedizin hat mit dem Polizeichef geredet, und der Polizeichef mit dem Gouverneur.«

»Mit dem *Gouverneur?* Du meine Güte, was haben Sie bloß gesagt?«

»Ich habe gesagt, dass es wahrscheinlich ein Serienmord war, dass weitere Morde folgen könnten, und ich habe die Frage gestellt, wie es wohl im Fernsehen rüberkäme, wenn die Polizei versucht, die Sache zu vertuschen.«

»Sie haben ja Nerven, Victor«, konstatierte Thomas dem Mann mit widerwilliger Bewunderung.

»Jeder kann Nerven haben, wenn man weiß, was man tut.«

Zu Michael sagte Thomas: »Mikey … das ist Victor Kurylowicz, unser neuer Rechtsmediziner. Ist aus Newark, New Jersey, hierhergezogen. Victor ist Experte für Wasserleichen und auch Brandopfer.«

Michael streckte ihm die Hand entgegen. Victors Händedruck erwies sich als kalt, nachgiebig und schlaff – als schüttle man die Hand eines unlängst Verstorbenen. »Freut mich, Sie kennenzulernen«, sagte er. »Ich bin Michael Rearden, Plymouth Insurance. Na ja, eigentlich verdiene ich mir den Lebensunterhalt damit, Brettspiele und Bootszubehör zu erfinden. Aber Plymouth hat mich gebeten, mir diese Sache anzusehen … diesen O'Brien-Fall.«

»Tja, dann wünsche ich Ihnen viel Glück«, meinte Victor. »Das ist ein ziemlich seltsamer Fall.«

»Was ist das mit dieser Katze?«, wollte Michael wissen.

Victor bedachte ihn mit einem raschen Blick. »Darüber will ich im Augenblick wirklich noch nicht reden. Ich hatte noch keine Gelegenheit für eine genauere Untersuchung.«

Michaels Stimme zitterte. »Das Mädchen hat einen *Schwanz,* um Himmels willen.«

»Hören Sie«, sagte Victor. »Ich habe eine ziemlich klare Vorstellung davon, was man mit ihr gemacht hat, aber mit Sicherheit werde ich es erst sagen können, nachdem ich die Obduktion vorgenommen habe. Es ist zu verflucht grausig, um Vermutungen darüber anzustellen.«

Michael atmete drei- oder viermal tief durch. Sein Kopf fühlte sich allmählich an, als fülle er sich mit zähflüssigem, schwarzem Blut. »Das ergibt alles keinen Sinn. Wie ist Sissy O'Brien hierhergelangt? Und wer könnte sie auf diese Weise verletzen wollen?«

»Ich habe keine Ahnung«, sagte Thomas mit tonloser Stimme.

»Wie kann irgendjemand auch nur auf die *Idee* gekommen sein, so etwas zu tun?«

»Mikey … ehrlich, ich habe nicht die geringste Ahnung. Aber wir arbeiten daran. Wenn wir eine Verbindung zwischen Sissy O'Brien und der jungen Frau finden, die in der Byron Street ermordet worden ist … nun ja, dann könnten wir vielleicht endlich richtige Fortschritte erzielen.«

»Es gibt eine Verbindung«, warf Victor mit vollkommen emotionsloser Bestimmtheit ein. »Tatsächlich gibt es sogar mehr als eine Verbindung. Diese zwei Morde sind total ineinander verwoben, glauben Sie mir. Das rieche ich.«

»Ein verhinderter Detective«, merkte Thomas an. »Hätte wirklich einer werden können, wenn er nicht viel zu intelligent dafür wäre. Eierköpfe mag man an sich bei der Polizei nicht, stimmt's, Victor? Aber in Boston werden sie zähneknirschend toleriert.«

Michael schaute zurück zum Krankenwagen. Der junge Sanitäter mit dem Schnurrbart zog gerade wieder den Reißverschluss des Leichensacks zu und grinste Michael dabei an. Herrgott. Manchmal konnten die Retter genauso hartherzig wie die Mörder sein.

»Wenn die Familie O'Brien vorsätzlich getötet wurde, müssen wir die Versicherung nicht ausbezahlen, das wissen Sie, nicht wahr?«, fragte Michael.

Thomas blies Rauch aus. »Die einzige O'Brien, die mich interessiert, ist Sissy, und sie ist ermordet worden, daran besteht kein Zweifel.«

»Es wurde jemand gesehen, der etwas aus dem Wrack des Helikopters getragen hat«, sagte Michael. »Dieses Etwas könnte Sissy gewesen sein, verletzt oder bewusstlos.«

»Ist eine Möglichkeit«, pflichtete ihm Thomas bei. »Tatsächlich sogar die wahrscheinlichste Möglichkeit. Ich glaube nicht, dass sie von Sagamore Head hierher geschwemmt worden ist, keinen Moment lang. Ich glaube vielmehr, sie wurde hier abgeladen, und zwar spät gestern Nacht und von den Leuten, die sie umgebracht haben.«

»Wie sieht der nächste Schritt aus?«, erkundigte sich Michael.

»Der nächste Schritt besteht darin, sie schlüssig mit dem Opfer aus der Byron Street in Verbindung zu bringen und gleichzeitig anzufangen, jeden zu befragen, der beobachtet haben könnte, wie jemand etwas ins Meer geworfen hat. Befragungen von Haustür zu Haustür, sollte aber nicht allzu schwierig werden, so abgeschieden, wie es hier draußen ist. Nahant hat 4200 Einwohner, darunter Katzen.«

»Meinen Sie, dass Sie die Verbindung herstellen können?«

Thomas nickte. »Die junge Frau, die wir in der Byron Street gefunden haben, hatte zwei Einstichwunden am Rücken, knapp oberhalb des Beckens. Sissy O'Brien weist sehr ähnliche Male auf.«

Michael wischte sich mit dem Handrücken kalten Schweiß von der Stirn. »Einstichwunden?«, fragte er nach.

Victor ergriff das Wort. »Wir wissen nicht, was sie sind, aber sie sind deutlich weniger brutal als alle anderen Verletzungen. Sie muten fast schon klinisch an.«

Michael beobachtete eine Weile, wie Thomas rauchte, dann erkundigte er sich: »Was glauben Sie, was dieser ganze Mist soll?«

Thomas schnippte seine Zigarette in die Brandung. »Ihre Vermutung ist so gut wie meine.«

»Haben Sie etwas dagegen, wenn ich mir die andere Frau ansehe? Die aus der Byron Street? Nicht unbedingt in Fleisch und Blut. Fotos würden reichen.«

»Kein Problem. Rufen Sie mich an, dann arrangiere ich das für Sie.«

Victor warf ein: »Sie sieht genauso schlimm aus wie das Mädchen hier, das können Sie mir glauben … und sie war schon erheblich länger tot.«

»Was schätzen Sie, wie lange Sissy im Wasser war?«, fragte Michael.

Victor verzog das Gesicht. »Weiß ich noch nicht. Acht, neun Stunden, vielleicht auch länger.«

»Wurde sie ertränkt?«

»Sieht nicht danach aus. Wird nicht schwer sein, das herauszufinden.«

Michael verengte die Augen und blickte den bleichen, vom Wind gepeitschten Strand entlang. »Jemand hat sie also von Sagamore Head mitgenommen, gefoltert, hierhergebracht und ins Meer geworfen. Was, meinen Sie, könnte der Grund *dafür* gewesen sein?«

»Die Täter wollten irgendetwas«, schlug Thomas vor.

»Sie wollten etwas? *Was* wollten sie?«

»Keine Ahnung … aber niemand wird völlig grundlos ermordet. *Nie.* Ein Ehemann könnte vielleicht Ruhe und Frieden wollen und bringt deshalb seine Kinder um. Ein Angestellter könnte eine Beförderung wollen und tötet den Einzigen, der ihm dabei im Weg steht. Eine Geliebte könnte eifersüchtig werden und die Ehefrau ihres Lovers umbringen.«

»Und was könnte irgendjemand von Sissy O'Brien gewollt haben – zumal ihre Eltern bereits tot waren und niemand Lösegeld für sie bezahlt hätte?«

»Also …«, setzte Thomas an, legte Michael die Hand auf die Schulter und bedachte ihn mit seinem berühmten schiefen Lächeln. »Die Täter wollten kein Geld, und sie wollten keinen Sex, und sie wollten kein Blut. Sagen Sie mir, wofür sie das Mädchen getötet haben könnten.«

Eine Möwe flog sehr tief vorbei und kreischte ihnen entgegen. »Vielleicht werde ich das«, meinte Michael.

Es schien an der Zeit zu sein, zu gehen. Joe gestikulierte, und Sergeant Jahnke hielt sein Funkgerät in die Luft, um Thomas anzuzeigen, dass jemand mit ihm sprechen wollte, offenbar dringend.

Michael und Victor stapften zusammen die Dünen hinauf. »Wissen Sie, die verbergen etwas«, verriet Victor unverhofft.

»Wer?«

»Die höheren Stellen. Der Leichenbeschauer, der Polizeichef, der Gouverneur. Vielleicht noch höhere Stellen.«

»Wie kommen Sie darauf?«

»Ich habe dasselbe in Jersey erlebt, wenn wichtige Persönlichkeiten der Lokalbehörden, jemand aus dem Gesetzesvollzug oder jemand von der Mafia getötet wurden. Die Leichen wurden immer schnell weggeschafft, die Beweise sind immer verschwunden. Die einzigen Morde, die je mit klaren Verurteilungen geendet haben, waren Morde an Menschen, die keine Rolle gespielt hatten.«

Michael überlegte einen Moment, dann erwiderte er: »Ich habe Fotos von John O'Briens Hubschrauber nach dem Absturz gesehen.«

»Er war ausgebrannt, richtig?«

»Er war nicht *so* ausgebrannt, wie die Medien offensichtlich denken. Man konnte die Leichen noch identifizieren.«

»Ich dachte, sie wären so stark verkohlt, dass man sie nicht voneinander unterscheiden kann.«

»M-m, überhaupt nicht. Es muss zwar ein kurz und intensiv aufflammendes Feuer gegeben haben, aber das war es auch schon.«

»Soll das ein Scherz sein? Mir hat der Leichenbeschauer erzählt, sie wären bis zur Unkenntlichkeit verbrannt. Holzkohle, meinte er.«

»Es waren vier Personen in dem Wrack – der Pilot, ein

Mann namens Coward; ein junger Assistent vom Justizministerium namens Dean McAllister; Mrs. O'Brien; und John O'Brien selbst. Als ich die Fotos zum ersten Mal gesehen habe, ist mir durch den Kopf gegangen, ob vielleicht zwei oder drei fehlen … Sie wissen schon, Bilder von Sissy O'Brien. Aber jetzt weiß ich, dass sie gar nicht dort gewesen ist.«

Victor fragte: »Warum sollte der Polizeichef darüber lügen?«

»Ich weiß es nicht. Aber ich habe Kopien der Fotos und hätte gern, dass Sie einen Blick darauf werfen. Die Qualität ist durchschnittlich bis beschissen. Ich musste sie von Dr. Moorpaths Büro aus faxen, während Dr. Moorpath mit Opfern aus der Seaver Street beschäftigt war. Wie ich schon sagte, sie sind ziemlich körnig und dunkel. Aber vielleicht sehen Sie darauf trotzdem etwas, das mir entgeht.«

Victor blieb stehen, nahm die Brille ab und polierte sie nachdenklich mit einem kleinen Stück eines zerknitterten Geschirrtuchs.

»Sie gehen ein ziemliches Risiko ein, indem Sie mir das erzählen, oder? Woher wissen Sie, dass Dr. Moorpath und ich keine Busenfreunde sind? Rechtsmediziner vom selben Schlag halten tendenziell zusammen, falls Sie das nicht wissen. Und Dr. Moorpath und ich sind beide Mitglieder des Verbands der praktizierenden Pathologen von Massachusetts.«

»Klar gehe ich damit ein Risiko ein«, bestätigte Michael. »Aber das liegt daran, dass Sie mir wie jemand aussehen, der selbst als Toter nicht dabei beobachtet werden möchte, wie er in Chestnut Hill mit Raymond Moorpath Golf spielt. Abgesehen davon gibt es keinen solchen Verband.«

Victor setzte seine Brille wieder auf. »Na schön«, meinte er schließlich. Er sah auf die Uhr. »Heute ist nichts mehr drin. Aber wir können uns morgen treffen – sagen wir um elf. Ich muss vorher noch zum Friseur.«

Michael war zwar nicht sicher, ob er mit Victor Kurylowicz einen Verbündeten gefunden hatte oder nicht, aber ihm gefiel Victors Kombination aus Selbstironie, Abgebrühtheit und Verschrobenheit. Es bedurfte aller drei Eigenschaften, um ein guter Rechtsmediziner zu sein. Michael war schon beim Anblick von Leichen total ausgeflippt; Victor musste den ganzen Tag damit verbringen, sie aufzuschneiden, mit ihren inneren Organen zu hantieren, ihre Gehirne aus den Köpfen zu heben und gleichzeitig zu versuchen, sie nicht als jemandes Mutter oder Kind zu betrachten – als jemanden, der sich noch vor wenigen Stunden mit ihm hätte unterhalten können.

Er stapfte weiter die Dünen hinauf und warf einen letzten Blick um sich. Joe wartete auf ihn und redete sichtlich ungeduldig mit Sergeant Jahnke. Hinter sich hörte Michael, wie der Krankenwagen losfuhr und plötzlich kurz die Sirene aufheulen ließ, was sie alle zusammenzucken ließ.

Dann erblickte er in der mittleren Ferne etwas Weißes. Etwas, das im goldenen, morgendlichen Dunst schimmerte wie ein Segel.

Michael schirmte die Augen gegen das Gleißen ab, konnte jedoch nicht mit Sicherheit sagen, worum es sich handelte. Er wandte sich an jemanden von der Küstenwache, der in der Nähe stand, und fragte, ob er sich dessen Fernglas ausleihen dürfte.

»Na schön, Sir, aber mit Respekt behandeln, ja? Ist von Zeiss, kostet über 700 Mäuse.« Der Mann von der Küstenwache hatte auf jeder Wange eine Ansammlung grellroter Pünktchen, und Michael hoffte, sie zeugten von nichts Ansteckendem.

Er nahm das Fernglas entgegen und richtete es auf den weißen Schemen in der Ferne. Die Form blieb wegen des sommermorgendlichen Nebels, der vom Meer aufstieg, weiterhin verschwommen. Dennoch bestand kein Zweifel mehr darüber, worum es sich handelte. Was er anfangs für ein Segel gehalten hatte, befand sich an Land auf einer rauen, grasbewachsenen Landzunge. Oben auf dem weißen, annähernd dreieckigen Gebilde befanden sich ein schwarzer Gitterwerkbalkon und eine schimmernde Glaslinse.

Ein Leuchtturm – allerdings nicht bloß irgendein Leuchtturm. Es war derselbe kompakte weiße Leuchtturm, den er in seiner hypnotischen Trance gesehen hatte.

Und weiter rechts hinter den vom Wind gepeitschten Bäumen folgte eine Reihe grün gestrichener Saltbox-Häuser. Dieselben Häuser, die er in seiner Trance gesehen hatte.

Mit allmählich ansteigender Erregung vor lauter Beklommenheit und Erkenntnis drehte er sich bald hierhin, bald dorthin, und da wurde ihm mit Gewissheit klar, dass *dies* die Bucht war – *dies* war die Bucht, die er gesehen hatte, als ihn Dr. Rice neulich in Hypnose eintauchen ließ.

Dies war die Bucht, und dies war der Leuchtturm, und hier, wo man Sissy O'Brien aus dem Ozean geholt hatte, würde sich sein Leben verändern. Er konnte fühlen, dass sein Schicksal einen Schwenk vollführte wie eine Wetterfahne. Er konnte das Rieseln von Sand im Seegras hören. Aufgeregt, verängstigt schaute er zurück zum Leuchtturm, und als Joe herüberkam, ihn am Ellbogen packte und sagte »Komm schon, Michael, ich bin am Verhungern. Gehen wir irgendwo frühstücken«, da waren Michaels Augen geweitet und starrten bang, er wusste es, und Joe ließ ihn instinktiv los.

»Michael? Was ist denn?«

»Nichts. Aber die Dinge fügen sich allmählich zusammen.«

»Willst du mir davon erzählen?«

»Ich weiß nicht recht … nein, lieber noch nicht. Gehen wir frühstücken.«

»He!«, brüllte der Mann von der Küstenwache, als sie davongingen. »Das ist mein verdammtes Fernglas!«

Verna Latomba stand in der Küche und bügelte ihren schwarzen Rock, als es an der Tür klingelte. Sie streckte die Hand aus und regelte die Lautstärke des Fernsehers herunter. Verna sah sich gerade an, wie Oprah Winfrey über Inzest redete. Ein Mann mit sehr blassem Gesicht hatte gestanden, sich in seine 16-jährige Tochter verliebt zu haben. Mit gerunzelter Stirn lauschte Verna. Sie erwartete niemanden. Und sie wusste, dass Patrice nicht vor Einbruch der Dunkelheit zurück sein würde, vielleicht sogar viel später, außerdem hatte er einen Schlüssel und könnte selbst herein.

Sie stellte das Bügeleisen auf dessen Ablage und durchquerte das Wohnzimmer. Dabei sah sie, dass sie vergessen hatte, an der Eingangstür die Kette vorzulegen. Sie hob die Hände darauf zu, doch bevor sie es tun konnte, läutete die Türklingel erneut und erschreckte sie. Zögernd lauschte sie abermals und wartete, aber es klingelte nicht noch einmal, also trat sie direkt an die Tür und rief: »Patrice? Bist du das?«

Eine lange Stille trat ein. Niemand sprach. Aber Verna war überzeugt davon, dass sich draußen jemand aufhielt – und nicht nur, weil sie keine den Absatz entlang zurückweichenden Schritte gehört hatte. Sie konnte niemanden reden hören. Sie konnte niemanden atmen hören. Und dennoch konnte sie die Anwesenheit von jemandem *fühlen,* von jemandem, der wartete, jemandem mit unendlicher Geduld und unvorstellbaren Absichten.

»Wer ist da?«, rief sie.

Keine Antwort. Sie ergriff den am Ende der Türkette baumelnden Knauf. Neben dem Türrahmen blickte ihr von der gelb tapezierten Wand traurig ein Bild von Jesus entgegen – Jesus, als Schwarzer mit gelben Augen dargestellt.

»Wir sind Freunde«, sagte die Stimme eines jungen Mannes vom Flur draußen.

Verna stand mit halb zum Riegel erhobener Kette da.

»Freunde?«, fragte sie nach. »Welche Freunde?«

»Freunde«, wiederholte der junge Mann, als wäre das völlig ausreichend.

»Ihr seid keine Freunde, die ich kenne«, entgegnete Verna.

»Freunde von Patrice.«

»Patrice hat gesagt, ich soll niemanden hereinlassen.«

Eine weitere ausgedehnte Pause. Dann: »*Uns* kannst du reinlassen.«

»Das kann ich nicht, tut mir leid.«

»Patrice hat gesagt, *uns* kannst du reinlassen. Wir haben Patrice auf der Straße vor dem Palm Diner getroffen.«

»Zu mir hat Patrice gesagt, niemanden.«

»Du willst die Tür wirklich nicht aufmachen?«

»Ich kann nicht, Patrice würde glatt durchdrehen.«

»Weißt du, was wir tun werden, wenn du die Tür nicht aufmachst?«

»Wagt es bloß nicht, mir zu drohen.«

»Wenn du die Tür nicht aufmachst, dann werden wir husten und prusten und dir dein Haus zusammenpusten.«

»Was ist los mit euch, seid ihr krank oder was? Verschwindet!«

Wieder eine Pause. Verna vermeinte, Getuschel und das Schlurfen von Füßen zu hören. Sie hätte schwören können, dass ein junger Mann kicherte.

Dann – ohne die geringste Vorwarnung – klickte das Schloss, und die Tür wurde aufgestoßen.

»Raus!«, kreischte Verna. »Haut ab!« Sie schleuderte sich gegen die Tür und stieß sich die Schulter, aber sie hatte keine Chance. Zwei junge Männer mit Sonnenbrillen verschafften sich gewaltsam Zutritt und stießen Verna mit den Handballen der ausgestreckten Hände von sich. Einer schlug die Tür hinter ihnen zu und brachte die Sicherheitskette an.

Der andere stieß, stieß, stieß Verna weiter ins Wohnzimmer und dort rücklings aufs Sofa. Es war ein altes Sofa, das ihnen ein Freund von Patrice geschenkt hatte, bedeckt von einem beigen und weißen Dhurrie. Verna stieß sich die Hüfte daran, als sie nach hinten fiel. Sie versuchte, sich aufzurappeln, aber der junge Mann stieß sie sofort wieder zurück.

»Was wollt ihr?«, fragte sie die beiden, zitternd vor Wut und Angst. »Ihr seid keine Freunde von Patrice, die ich kenne.«

»Und was hast du jetzt vor, Verna?«, wollte einer der jungen Männer wissen und grinste sie an. »Die Bullen rufen?«

»Die Bullen?«, konterte sie, obwohl ihre Stimme dabei entschieden schrill klang. »Die Leute, die ich rufen werde, lassen euch das hier viel schlimmer bereuen, als es die Bullen je könnten.«

Ein zweites Mal versuchte sie, auf die Beine zu kommen, aber der junge Mann stieß sie erneut, diesmal härter, und er herrschte sie an: »Sitz, Verna, sitz! Sei eine brave Bitch!«

Die jungen Männer waren dürr und zierlich, hatten keinerlei Fleisch auf den Rippen, und auf den ersten Blick dachte sie, Zwillinge vor sich zu haben. Aber als sie sich in der Wohnung umsahen, stellte sie fest, dass sie sich in

Wirklichkeit völlig voneinander unterschieden und nur durch ihre mehlweißen Gesichter und ihre kleinen, blickdichten Sonnenbrillen so ähnlich wirkten.

Einer war groß und trug das fettige, schwarze Haar streng von der Stirn zurückgekämmt und zu einem kurzen, strähnigen Pferdeschwanz zusammengebunden. Er hatte eine große, fleischige Nase und eingefallene Wangen. Seine Lippen waren so blutleer, dass sie fast malvenfarbig anmuteten, und links an seinem Kinn prangte ein Muttermal, aus dem ein einziges, langes Haar spross.

Er trug eine seidige schwarze Jacke mit einem schwarzen T-Shirt darunter, dazu eine weite schwarze Hose. Der Mann erinnerte Verna an einen Manager aus der Rockmusikszene, den sie einmal gekannt hatte – modebewusst und hipp, aber so eigennützig, dass es an Grausamkeit gegenüber allen grenzte, die von ihm abhingen, außerdem unsagbar schmierig.

Ein seltsamer, durchdringender Geruch ging von ihm aus, wie ein abgestandenes Potpourri, vermischt mit irgendeinem verbrannten Speiseöl, vielleicht Walnussöl oder Sesamöl.

Der andere junge Mann hatte kurz gestutzte Haare und eine ebenfalls kurze, spitze Nase sowie ein dauerhaftes Wolfsgrinsen, das seine Lippen über die Zähne spannte. Er war kürzer als sein Gefährte geraten, drahtiger und deutlich hyperaktiver, huschte von einem Winkel der Wohnung zum anderen, ergriff dieses und jenes und legte es wieder zurück. Der Kleinere trug einen schwarzen Polosweater, eine schwarze, mit Haken, Ketten und Sicherheitsnadeln verzierte Lederhose und schwarze Kampfstiefel mit Gummisohlen. Über der Schulter hatte er eine schwarze Segeltuchtasche, die gegen seine Hüfte wippte, als er durch den Raum streunte.

»Also tun wir es, Joseph?«, wollte er wissen, während er weiter dahin und dorthin huschte.

»Sicher«, antwortete derjenige, der Joseph hieß. »Sicher tun wir es.«

»Tun wir es *jetzt sofort?*«, fragte der junge Mann ungeduldig.

Joseph setzte ein malvenfarbiges, blutleeres Lächeln auf. »Sicher, Bryan. Sicher tun wir es jetzt sofort.«

Bryan hob sich den Tragriemen der schwarzen Segeltuchtasche über den Kopf und stellte die Tasche auf die geflieste Platte des Kaffeetischs. Joseph beugte sich vor, öffnete die Schnallen und kramte in der Tasche herum. Verna hörte ein metallisches Klimpern und Klirren. Dann holte Joseph zwei verchromte, dünne Drähte hervor, jeweils ungefähr einen halben Meter lang, und eine Gartenschere, wie sie Gärtner benutzten, um abgestorbene Rosen zu stutzen.

Joseph drehte sich zurück zu Verna und lächelte. »Hast du schon mal Panik gehabt?«, wollte er von ihr wissen. »Ich meine – so *richtige, echte, totale* Panik?«

Verna starrte ihn zu Tode verängstigt an, außerstande, die Frage zu verstehen.

Joseph löste den Schnappverschluss der Gartenschere und schnippte damit bedrohlich durch die Luft, als wolle er den Morgen selbst in Stücke schneiden. Er johlte vor Gelächter. »Du hast noch nie totale Panik gehabt? Noch nie in deinem Leben? Tja – *je-he-hetzt* hast du *die* Gelegenheit dafür!«

8

Michael hielt das Foto zum Fenster hoch und studierte es beinah eine Minute lang, ohne ein Wort zu sagen, obwohl er das Mädchen auf Anhieb erkannt hatte.

Fünf Stockwerke tiefer heulten im Süden auf der Cambridge Street immer noch Sirenen.

Auf dem letzten Foto, das er von ihr gesehen hatte, war sie gerade dabei gewesen, ein Lächeln aufzusetzen – ein Auge wegen der grellen Sommersonne geschlossen.

Diese Aufnahme hier war im Leichenschauhaus entstanden. Ein Porträt voll blauer Flecken, Narben und verkrusteter Verbrennungen.

»Großer Gott …«, stieß er hervor.

Die letzten zehn Minuten hatte Victor über den verschwommenen Faxkopien der Fotos gebrütet, die Michael aus Dr. Moorpaths Büro übertragen hatte. Hie und da brachte er darauf mit Bleistift kleine Kreuze an und schrieb mit sauberer, enger Handschrift kurze Notizen auf einen gelben Block. Gleichzeitig nahm er schnelle, hungrige Bissen von einem Sandwich mit gepökeltem Rindfleisch und Essiggurken und schlürfte dazu Tomatensuppe aus einem Polystyrolbecher.

Plötzlich jedoch bemerkte Victor, dass Michael etwas Wichtiges und Schmerzvolles zu sagen hatte. Er ließ den Bleistift sinken und schaute zu ihm auf. Die Augen zeichneten sich vergrößert hinter der Brille ab, die Kiefer kauten langsamer.

»Das ist Elaine Parker«, verkündete Michael und senkte das Foto mit zittrigen Händen.

Victor legte den Bleistift ganz beiseite und schluckte. »Sie *kennen* sie?«

»Sollte ich wohl. Ich habe genug Fotos von ihr gesehen.«

»Aber wer ist sie?«

Michael entfernte sich vom Fenster und nahm auf der gegenüberliegenden Seite des Schreibtisches Platz. »Erinnern Sie sich an die Flugzeugkatastrophe von Rocky Woods? An die L10-11, die abgestürzt ist?«

»Wer nicht? Sie waren einer der Versicherungsermittler bei dem Fall, richtig? Die Giraffe hat es mir erzählt.«

Michael ließ das Foto von Elaine Parker auf Victors Schreibtisch fallen. »312 Menschen sind in der Nacht gestorben. Das Flugzeug ist aufgebrochen wie eine gottverdammte Erbsenschote, und alle sind vom Himmel gefallen. Alle außer ihr.«

»Ich kann Ihnen nicht folgen«, gestand Victor.

»Sie stand auf der Passagierliste – Elaine Patricia Parker, 21 Jahre alt, Kunststudentin aus Attleboro, Massachusetts. Sie war unterwegs, um sich irgendeine Wanderausstellung aus Europa anzusehen. Turner, Gauguin, ich weiß es nicht mehr. 19 Minuten nach drei an dem Nachmittag hat sie am Schalter von Midwest Airlines eingecheckt. Ihr einziges Gepäckstück war eine karierte Reisetasche.

Soweit wir wissen, hatte sie noch eine Tasse Kaffee und ein Plundergebäck im Flughafencafé, bevor sie zum Gate ging. Im Café haben mehrere Personen gesehen, wie sie sich mit einem jungen Mann unterhalten hat. Dunkle Haare, lächelnd. Das ist die einzige Beschreibung, die wir je bekommen haben. Und was ist schon dabei? Die Welt ist voll von dunkelhaarigen, lächelnden jungen Männern, und junge Mädchen reden gerne mit ihnen.«

Victor blickte auf das dunkle, verschwommene Fax hinab, das vor ihm lag. Er hatte bereits die Umrisse eines ausgestreckten und verrenkten Leichnams gekennzeichnet und Teile eines weiteren. John O'Brien, vornübergebeugt, kopflos. Dean McAllister, die Beine am Oberschenkel abgeschnitten. Er nahm einen weiteren Bissen von seinem Sandwich.

Michael fuhr fort. »Wir haben knapp 30 Quadratkilometer abgesucht – weit mehr als den Umkreis der Trümmerteile –, und wir haben ihre Leiche nie gefunden. Ihre Handtasche haben wir gefunden, und einen ihrer Schuhe. Aber nie sie selbst.«

Er beugte sich über den Tisch und starrte konzentriert auf das Foto. Das Gesicht der jungen Frau war durch die Verwesung aufgedunsen und schrecklich zernarbt. Angelhaken waren durch ihre Lippen gestochen worden, Zigarettenverbrennungen verunstalteten ihre Augenlider. Die Fotos vom Rest ihres Leichnams hatte er nicht gesehen, und so, wie Victor sie beschrieb, wollte er das auch nicht. Ihm war nie bewusst gewesen, dass eine Frau auf so viele verschiedene Arten verletzt werden konnte.

»Sie hat gelitten, nicht wahr?«, murmelte er. »Sie hat *richtig* gelitten.«

»Was? Das können Sie aber laut sagen«, gab Victor mit vollem Mund zurück.

Michael stand wieder auf und lief im Büro hin und her. Ein menschliches Skelett baumelte in einer Ecke. Er ging hin und starrte in die staubigen, leeren Augenhöhlen. Behutsam berührte er das Skelett, und es legte mit klappernden Knieknochen ein Tänzchen für ihn hin.

»Wir nennen ihn Idle«, verriet Victor. Michael brachte ein halbes Lächeln zustande.

»Die Frage ist …«, setzte er an, aber er wurde

unterbrochen, da die Bürotür aufschwang und Thomas eintrat. Thomas sah müde und verschwitzt aus. Ein Hemdzipfel hatte sich aus der zerknitterten beigen Hose hervorgearbeitet, und die Krawatte hing völlig schief. An Victor gewandt fragte er: »Wie geht es voran?«

Victor hielt sein halb aufgegessenes Sandwich hoch. »Stärkungspause. Ist harte Arbeit, Menschen aufzuschneiden. Wir haben den Thorax und die Bauchhöhle geöffnet. Keiller stellt gerade den Mageninhalt sicher. Ich schicke Ihnen so bald wie möglich einen schnellen, vorläufigen Bericht.«

»Vorzugsweise *vor* dem Abendessen«, bat Thomas. »Mein Verdauungssystem kommt mit solchen Dingen nie besonders gut zurecht.« Er sah Michael an, schniefte und wischte sich mit dem Handrücken über die Nase. »Tja, Mikey – Victor hat mir gesagt, dass Sie uns bei dem Fall ein bisschen unterstützen.«

»Mehr als ein bisschen«, korrigierte Victor. Er deutete auf die auf dem Schreibtisch liegenden Fotos. »Michael glaubt, unsere Unbekannte aus der Byron Street identifiziert zu haben.«

»Das ist jetzt ein Scherz, oder?«, sagte Thomas. Er ergriff das Foto. »Sie wissen, wer sie ist?«

Michael nickte.

»Sind Sie *sicher,* dass Sie wissen, wer sie ist?«

»Absolut. Ihr Name ist Elaine Patricia Parker«, sagte Michael. »Sie war die Einzige auf der Passagierliste bei der Flugzeugkatastrophe von Rocky Woods, deren Leiche wir nie gefunden haben.«

Thomas war einen guten Kopf größer als Michael. Eine lange Weile starrte er auf ihn hinab und atmete rau durch den offenen Mund. »Elaine Patricia Parker?«

»Genau. Sie war Kunststudentin aus Attleboro.«

»Und Sie erkennen Sie nach all der Zeit, obwohl sie so gefoltert und so verprügelt worden ist und entstellte Gesichtszüge hat?«

Michael nickte. »Thomas, glauben Sie mir, ich habe jedes verfügbare Foto von dieser jungen Frau Hunderte Male genau studiert. Ich bin Profi.«

Thomas zog eine Augenbraue hoch.

»Ich bin *immer noch* ein Profi«, betonte Michael.

Victor trommelte lebhaft mit den Fingern auf seinen Schreibtisch, dann stand er auf und griff nach dem grünen Chirurgenkittel, der am Hutständer neben der Schautafel der Lymphdrüsen aus *Hewers Histologie* hing. »Also«, kündigte er an, »ich mache mich besser wieder an die Arbeit.«

»In Ordnung«, sagte Thomas, ohne den Blick von Michael zu lösen. »Lassen Sie mich so bald wie möglich etwas wissen, ja?«

Victor verschwand zur Tür hinaus. Michael, Thomas und Idle, das Skelett, blieben in unbehaglicher Stille zurück. Thomas ergriff das Foto von Elaine Parker und hielt es hoch, dicht vor Michaels Gesicht. Michael warf vereinzelte, kurze Blicke darauf, konnte es jedoch nicht ertragen, länger und zu genau hinzusehen. Ihn beschlich jenes vertraute, schreckliche Schwindelgefühl, als würde sich der Boden gleich unter seinen Füßen auftun – als würde er jeden Moment 6000 Meter tief in eisige Finsternis stürzen. Dann: peitschende Zweige, schlagende Äste. Und schließlich geradewegs hinein in festen Boden wie ein Turmspringer, der in ein Betonbecken hechtet.

»Sind Sie sicher, dass sie es ist?«

Michael räusperte sich. »Ich suche ihre Akte bei Plymouth raus und bringe sie Ihnen vorbei. Sie hatte auch Erkennungsmerkmale, soweit ich mich erinnern kann. Einen kleinen Storchenkuss unter der rechten Achselhöhle.«

»Ich werde Victor sagen, er soll danach suchen«, murmelte Thomas. Immer noch hielt er das Foto vor Michaels Gesicht. Michael sah blass und zerstreut aus, und er schluckte fortwährend, und Thomas interessierte sehr, weshalb.

»Ihre Eltern leben immer noch in Attleboro, soweit ich weiß«, ergänzte Michael. »Sie … äh … Sie könnten sie doch bitten, sie zu identifizieren, oder?«

»Werde ich wohl müssen, wenn ich überzeugt davon bin, dass sie es *ganz sicher* ist«, erwiderte Thomas. Ohne das Foto zu senken, fasste er mit der linken Hand in seine Hemdtasche und holte eine Zigarette hervor. »Aber ich denke, Sie verstehen meinen Standpunkt. Ich werde niemandem zumuten, sich die Überreste dieser jungen Frau anzusehen, wenn ernsthaft im Raum steht, dass sie es vielleicht doch nicht ist. Was mit dieser jungen Frau angestellt worden ist – das hat *mir* Albträume verursacht, und ich habe schon reichlich äußerst unangenehme Dinge gesehen, die einer Menge Menschen angetan worden sind.«

»Sie ist es, ich bin mir ganz sicher«, beharrte Michael. Und er *war* sich sicher.

»Wenn Sie recht haben, Mikey, tischen Sie uns damit einige verflucht knifflige Fragen auf, die es zu beantworten gilt«, meinte Thomas. »Zum Beispiel: Wie konnte sie eine Flugzeugkatastrophe in schwindelerregender Höhe überleben, die sonst niemand überlebt hat?«

»Dafür gibt es mehrere Möglichkeiten«, erwiderte Michael. »Es könnte eines dieser physikalischen Phänomene gewesen sein, die vielleicht einmal in einer Million Fällen vorkommen. Einige der Lockerbie-Opfer hatten noch Vitalwerte, als man sie gefunden hat, und *die* sind aus über 9000 Metern Höhe abgestürzt. Zugegeben, sehr lange haben sie nicht überlebt. Aber wenn ein menschlicher

Körper aus großer Höhe fällt, erreicht er eine Endgeschwindigkeit von 177 Kilometern pro Stunde, dann verhindert der Luftwiderstand, dass er noch schneller fällt. Wenn er auf dem Boden aufschlägt, ist der Aufprall nicht schlimmer als eine Frontalkollision zweier Autos, die mit jeweils 90 Stundenkilometern unterwegs sind.«

»Und wohl auch nicht besser, würde ich meinen«, warf Thomas ein.

Michael zuckte mit den Schultern. »Die andere Möglichkeit ist, dass sie gar nicht im Flugzeug war. Sie hat zwar eingecheckt, sie wurde beim Einchecken *gesehen* – und ihr Gepäck wurde ebenso gefunden wie ein Schuh und eine Handtasche. Aber natürlich gibt es keine überlebenden Zeugen, die bestätigen können, dass sie tatsächlich an Bord gewesen ist.«

Thomas klemmte sich die Zigarette zwischen die Lippen. Sie wackelte unangezündet auf und ab, als er sprach. »Falls Sie recht haben mit … wie ist noch mal ihr Name … Elaine Parker, dann haben wir es mit zwei Mädchen zu tun – beide im Großraum Boston –, die beide auf die eine oder andere Weise einen Absturz überlebt haben und die beide anschließend entführt, gefangen gehalten, gefoltert und getötet worden sind. Und das Wieso und Warum und Wer zu *diesen* speziellen Fragen – tja, die Antworten darauf weiß Gott allein.«

Michael meinte: »Natürlich haben wir eine Verbindung in Form dieser Einstiche – dieser Narben, die beide am Rücken aufweisen.«

»Richtig«, pflichtete Thomas ihm müde bei. »Aber das ist nicht sonderlich viel als Ausgangspunkt, oder? Jemand hat ihnen Nadeln in den Rücken gestochen. Aber bisher haben wir keine Ahnung, *warum* das jemand gewollt haben könnte. Ein Teil des Problems ist, dass die Eingeweide der vormals Unbekannten zu stark zersetzt waren, als dass Victor bestimmen konnte, was ihr Peiniger zu erreichen versucht hat – das heißt, abgesehen davon, ihr extreme Schmerzen zuzufügen.«

»Wenn Sie zersetzt sagen, dann meinen Sie ...«

»Maden«, antwortete Thomas. »Die Larven der gemeinen Fleischfliege. Fragen Sie Victor genauer, er ist der Experte. Die haben ihre Eingeweide ausgehöhlt wie ein leer geräumtes Gebäude.«

»Schon gut«, sagte Michael. »Mit Maden kenne ich mich ziemlich gut aus.« Er drückte sich den Handrücken gegen die Stirn. Ihm war zugleich eiskalt und schweißtreibend heiß. Vermutlich wäre es keine üble Idee, an diesem Nachmittag Dr. Rice anzurufen, nur um die Dinge durchzusprechen, sich neu zu orientieren. Die reale Welt fing allmählich an, ein entschieden kaltes und bedrohliches Flair zu entwickeln, und er fühlte sich zunehmend weiter von Patsy und Jason und Dr. Rices beschaulicher, beruhigender Praxis in Hyannis entfernt.

Das Telefon klingelte. Thomas hob den Hörer ab und meldete sich knapp mit: »Boyle.«

Er lauschte, dann legte er auf und verkündete: »Victor will mich unten bei der Autopsie haben. Er meint, da sei etwas, das ich mir ansehen sollte.« Nach einer kurzen Pause fügte er hinzu: »Wollen Sie mitkommen?«

Michael zögerte einen Moment, bevor er nickte. »Ich schätze, ich muss wohl.«

Es waren zwei lärmende Tage im städtischen Leichenschauhaus gewesen. 22 Männer und drei Frauen waren bei den Unruhen in der Seaver Street bereits ums Leben gekommen, und Schlimmeres wurde für die bevorstehende Nacht erwartet. Davon abgesehen hatten die Rechtsmediziner die übliche, tägliche Quote von Erschossenen, Strangulierten, Erstochenen, Verbrannten und Ertrunkenen zu bewältigen. Boston war ein Mekka für Ertrunkene. Der Bürgermeister hatte einmal indiskret damit geprahlt, dass im Bostoner Hafen seit der Jahrhundertwende mehr Menschen ertrunken waren, als auf den kombinierten Opferlisten der *Lusitania* und der *Titanic* standen.

Michael musste sich an die Wand quetschen, als ein mit einem grünen Laken bedeckter Leichnam von einem zwergenhaften schwarzen Helfer an ihm vorbeigerollt wurde. Der Helfer sang bei sich: »*When a man ... loves a woman ...*«

Victor erwartete sie außerhalb der Flügeltüren der Leichenhalle. Er hob die blutverschmierten Handschuhe an, als führe er eine Segnung durch. »Das ist jetzt alles andere als ein schöner Anblick«, warnte er vor. »Aber es ist *sehr* interessant.«

Damit schob er die Türen auf und betrat den kalten, hell beleuchteten Raum. Die Luft roch durchdringend nach Desinfektionsmittel, Galle und ranzigem menschlichem Gewebe. Thomas, der unmittelbar hinter ihm ging, träufelte energisch seine Gewürznelkenessenz in sein Taschentuch. Er drehte sich um und fragte Michael: »Wollen Sie etwas davon?« Aber Michael schüttelte den Kopf.

Auf dem weißen Keramiktisch vor ihnen lag unter einer Reihe greller Operationsleuchten etwas, das wie ein riesiger, aufgeplatzter Sack exotischer Früchte aussah – Braun- und Gelb- und Violett- und Rottöne. Erst als Michael auf die andere Seite des Tisches herumging, bekam er ein annäherndes Gefühl dafür, was er da vor sich sah – denn dieser aufgeplatzte Sack exotischer Früchte besaß einen Kopf, ein Gesicht, zwei Arme und zwei Beine. Es handelte sich um den Leichnam von Sissy O'Brien, geöffnet vom Schritt bis zum Schlüsselbein, durch die Bauchdecke aufgeschlitzt, damit Victor Kurylowicz herausfinden konnte, was genau ihre Entführer mit ihr gemacht hatten.

Michael ertappte sich dabei, auf ihr Gesicht zu starren. Die Augen waren geschlossen, die Haut wies einen eigenartigen perlgrauen, fast leuchtenden Teint auf, doch im Tod hatte sie eine ruhige, reife Schönheit angenommen, und Michael fand es beinah unmöglich, zu glauben, dass sich in jenem Kopf unter jenem seidigen Haar überhaupt nichts mehr befand. Nur Dunkelheit und Leere, ein junges, auf abscheuliche Weise beendetes Leben, und warum? Aus keinem für ihn vorstellbaren irdischen Grund. Er ließ den Blick über die farbenprächtige Grausigkeit ihrer Eingeweide wandern, sah Thomas mit tränenden Augen und seinem Taschentuch vor dem Gesicht und Victor, der ihn mit seiner das Licht reflektierenden Brille beobachtete.

»Hier«, sagte Victor und gestikulierte. »Sie müssen näher herkommen.«

Michael trat näher hin. Er spürte, wie unter ihm Dunkelheit begann, ihm entgegenzustreben. Victor setzte nach. »*Näher* – sie wird nicht aufspringen und Sie zum Tanz auffordern.«

Michael rückte so nah zum Tisch vor, wie er es wagte. Victor ergriff einen Teleskopspiegel aus Edelstahl und benutzte ihn, um die beigen, eiskalten Haufen von Cecilias Innereien beiseitezuschieben. »Also hier«, erklärte er, »hier sind ihre Nieren.«

Cecilias Nieren erwiesen sich als so nierenförmig, dass sich Michael insgeheim schwor, nie wieder Nieren zu essen. Braun, gekrümmt und glänzend – nur leicht durch den jüngsten Kontakt mit der Luft gewelkt. Victor stupste sie, und sie waberten ein wenig in ihrer Bettung aus nicht ganz weißem Fett und losem von Blutgefäßen durchzogenen Bindegewebe.

Im nüchternen Tonfall eines Vortragenden dozierte Victor: »Soweit ich das bisher nachvollziehen konnte, passen die Hauptverletzungen alle zu Folter oder der Befriedigung sadistischer Gelüste. Sie sind schrecklich – und wenn ich schrecklich sage, meine ich damit, sie sind weit extremer als alles, was ich je zuvor gesehen habe. Aber vor allem wollte ich herausfinden, was die zwei Nadeleinstiche im unteren Rückenbereich sind – da sie ja offensichtlich eine Verbindung zwischen unserem Opfer aus der Byron Street und diesem armen Mädchen hier vor uns sind. Ich glaube nicht, dass der Hauptzweck der Nadeleinstiche darin bestanden hat, Schmerz zu verursachen. Das *könnten* sie zwar getan haben, aber verglichen mit einer angezündeten Zigarette an den ungeschützten Brustwarzen … vernachlässigbar.«

»Und was haben Sie nun herausgefunden?«, drängte Thomas, der ungeduldig wurde, weil ihm zunehmend Übelkeit zusetzte.

Victor schaute auf und zog selbstzufrieden eine Augenbraue hoch. »Herausgefunden habe ich, dass diese Nadeleinstiche direkt in die Nebennieren führen, *direkt.*«

Mit gedämpfter Stimme fragte Thomas: »Ist das schwierig zu schaffen?«

»Extrem schwierig. Sie sehen ja selbst, dass die Nieren ziemlich beweglich sind.«

»Also wer auch immer diese Nadeln direkt in die Nebennieren gestochen hat, derjenige hat es mit Geschick …«

»Oh ja.«

»… und Präzision …«

»Unfassbarer Präzision … vergessen Sie nicht, die linke Niere ist immer etwas schmaler und befindet sich höher in der Bauchhöhle als die rechte.«

»… und Voraussicht getan.«

»Mit Sicherheit.«

»Ein Chirurg vielleicht?«, schlug Michael vor.

»Das wäre eine Möglichkeit. Jedenfalls war es bestimmt kein Dartsspieler.«

Thomas holte tief durch das in Gewürznelkenessenz getränkte Taschentuch Luft, dann wollte er wissen: »Und wofür genau sind diese Nebennieren nun gut? Warum könnte jemand eine Nadel in sie stechen wollen?«

Victor ergriff ein Skalpell und schnitt eine fasrige Außenschicht der Drüsen weg, die oben an die eigentlichen Nieren anschlossen. Ein wenig Blut und Flüssigkeit sickerten heraus, aber Sissy war seit Langem tot und brachte ihn nicht in Verlegenheit, indem sie zu stark blutete.

»Schauen Sie, hier …«, sagte Victor und öffnete eine der Nieren, damit es Thomas und Michael selbst sehen konnten.

Thomas konnte nicht aufhören, an den Brunch zu denken, den er vor drei Wochen bei Barrett's gegessen hatte, an all die Nieren im Speckmantel, die in einem silbrigen Speisenwärmer gelegen hatten.

»Das ist die Nebenniere. Davon gibt es je eine oben an jeder Niere, ungefähr fünf Zentimeter lang und etwas weniger als fünf Zentimeter breit. Im Inneren sehen Sie diese feste, tiefgelbe Schicht, ja? Die bezeichnen wir als Rindenschicht. Und genau in der Mitte, hier – dieser weiche, dunkelbraune Teil, der wird als Medulla bezeichnet«, führte Victor weiter aus.

»Okay«, sagte Thomas und schluckte. »Aber was machen die Nebennieren? Sind sie wichtig?«

Victor richtete sich auf. »Nähme man jemandem die Nebennieren heraus, würde derjenige Muskelschwäche erleiden und innerhalb weniger Tage tot sein. In diesem weichen braunen Teil, dem Nebennierenmark, wird Adrenalin gebildet.«

»Sie meinen dasselbe Adrenalin, das ausgeschüttet wird, wenn man unter Strom steht?«

»Genau. Wenn man sich bedroht, aufgeregt oder gestresst fühlt, schütten die Nebennieren Adrenalin aus – und das bewirkt, dass sich die Augen weiten, die Haare sträuben, das Herz schneller schlägt und die Leber dem Blutkreislauf zusätzlichen Zucker zuführt.«

Michael konnte fühlen, wie die Dunkelheit näher rückte, aber er bemühte sich, rational zu bleiben. »Was versuchen Sie, damit zu sagen? Soll das heißen, jemand hat absichtlich Nadeln in die Nebennieren dieser jungen Frauen gesteckt, um ihr Adrenalin anzuzapfen? Geht es darum?«

Victor setzte eine halb belustigte, halb abschätzige Miene auf. »Woher soll ich das wissen? Das herauszufinden ist Lieutenant Boyles Aufgabe.«

»Aber irgendjemand hat vorsätzlich Nadeln in ihre Nebennieren gestochen?«

»Das ist richtig – genau in die Mitte, wo das Adrenalin gebildet wird. Und natürlich müssen ihre Nebennieren unter den gegebenen Umständen eine gewaltige Menge Adrenalin produziert haben.«

Thomas ergriff das Wort. »Sie reden von der Angst, dem Schmerz, der Bedrohung des unmittelbar bevorstehenden Todes?«

Victor nickte. »Natürlich ist das nur eine Theorie. Aber sie eröffnet ein alternatives Motiv zu schlichtem Sadismus.«

»Alternatives Motiv?«, warf Michael ein. »Was für ein alternatives Motiv? Wieso um alles in der Welt sollte jemand irgendjemandes Adrenalin wollen?«

»Schwer zu sagen«, antwortete Victor. »In der Regel beziehen wir das Adrenalin, das wir brauchen, von

Tieren oder stellen es künstlich her. Es wird bei Augen- und Nasenoperationen und allen möglichen medizinischen Notfällen verwendet, weil es den Blutdruck steigen lässt und kleinere Blutgefäße zusammenzieht, dadurch Blutungen verringert. Manchmal wird es mit Gaze oder Mull direkt auf eine schwere Wunde aufgetragen und hilft dabei, eine Hämorrhagie zu stoppen. Auch zur Erleichterung bei Asthma kann es hilfreich sein.«

Thomas starrte auf Sissy O'Briens geplünderten Körper hinab. Er war perplex und ihm war schlecht, vor allem jedoch empfand er Traurigkeit.

Seine Frau Megan war vom Schicksal auf tragische Weise verletzt worden, aber zumindest lebte Megan noch. Das Leben dieses armen Mädchens war unter entsetzlichen Umständen und grausamen Qualen für immer beendet worden – und das, um eine Gier zu befriedigen, die niemand verstehen konnte.

Im grellen, unbarmherzigen Licht der Leichenhalle standen sie um den Leichnam, und jeder dachte auf seine eigene Weise über Schmerz nach. Und nicht nur darüber, sondern auch über Gott und ob es ihn überhaupt gab.

Nach zwei oder drei Minuten meinte Thomas plötzlich: »Der Schwanz.«

Michael sah ihn an. Auf diese spezielle Offenbarung hatte er sich alles andere als gefreut.

Victor hob das Operationstuch an, das die untere Hälfte von Sissys Leiche bedeckte. Michael wollte nicht hinsehen, doch er konnte nicht anders, und mit einem grässlichen Gefühl von Übelkeit und Laszivität erhaschte er einen flüchtigen Blick auf das buschige, schmuddelige Fell zwischen Sissys Schenkeln.

»Ich habe mich noch nicht in den Unterleibsbereich vorgearbeitet«, erklärte Victor.

»Aber Sie haben trotzdem eine ziemlich klare Vorstellung davon, was man mit ihr gemacht hat?«

Victor nickte. »Ja.«

»Tun Sie es jetzt? Wir müssen es unbedingt wissen.«

»Dafür müssen Sie nicht hierbleiben.«

Thomas schaute über das Taschentuch zu Michael und dachte: *Mein Gott, der Bursche ist kurz vor dem Zusammenklappen.* Er kannte Michael schon lange. Thomas wusste, dass er ein guter Mann und besonders war, vor allem, wenn es um verworrene, tückische Ermittlungen ging. Aber Joe Garboden hatte ihn gewarnt, dass Michael seit Rocky Woods nicht mehr ganz derselbe wie früher war. Und nun konnte er mit eigenen Augen beobachten, wie Michael nach und nach unter der Last seiner Traumata einknickte. Sein Gesicht war aschfahl, die Pupillen hatten sich geweitet, und während er neben Victor Kurylowicz' Seziertisch stand, zeigte er alle Anzeichen eines unmittelbar bevorstehenden Schocks.

»Victor ...«, murmelte Thomas. »Vielleicht überspringen wir diesen Teil besser. Sie können mir ja später die Fotos schicken.«

Aber Michael wollte es sehen. Michael *musste* es sehen. Er war überzeugt davon, dass eine Verbindung zwischen dem, was Sissy O'Brien widerfahren war, und den Ereignissen in Rocky Woods bestand. Ebenso war er überzeugt davon, die Dämonen des einen Falls austreiben zu können, wenn es ihm gelänge, den anderen zu lösen. Seine geistige Gesundheit hing davon ab. Seine gesamte *Seele* hing davon ab.

»Nein, ist schon gut«, sagte er zu Victor. »Legen Sie los.«

Victor schaute zu Thomas, aber Thomas konnte nur sagen: »Sicher ... wenn er das will.«

Victor winkte zwei junge Pathologen zu sich herüber und sprach in leisem Tonfall mit ihnen. Unter ihnen befand sich eine junge Schwarze, die mehrfach den Kopf schüttelte, aber Victor legte ihr die Hand auf die Schulter und sagte: »Schlimmer kann es kaum je werden. Wenn Sie das hier bewältigen, dann bewältigen Sie alles. Denken Sie darüber nach.«

Michael spürte, wie ihm langsam Schweiß den Rücken hinabperlte. Er schniefte fortwährend, als bahne sich eine Erkältung an, doch in Wirklichkeit lag es an den Nerven. Angst überwältigte ihn. Er fühlte sich, als läge die Last des gesamten Gebäudes auf ihm, während von unten weiterhin die Dunkelheit zu ihm aufstieg, um ihn zu verschlingen. Michael beobachtete, wie Victor Sissy O'Briens sterbliche Überreste herumdrehte und wie sein Skalpell funkelte, und er konnte den Blick nicht abwenden. Es schien zu schrecklich zu sein, um hinzuschauen: Aber es wäre noch schrecklicher gewesen, nicht hinzuschauen.

Nur Victor sprach, als er begann, den gewickelten, rosa Dickdarm aufzuschneiden – tiefer und tiefer. Fettgewebe teilte sich, Haut teilte sich. Er zeichnete seine Eindrücke auf Band auf, damit er Thomas einen präzisen Vorabbericht liefern konnte. Später würde er allein noch Stunden damit verbringen zu sezieren, zu analysieren und einen umfassenden Katalog dessen zu erstellen, was Sissy O'Brien in welcher Reihenfolge widerfahren war und welches bestimmte Ereignis oder welche bestimmten Ereignisse sie letztlich getötet hatten.

»Es ist zu sehen, dass das Rektum und der untere Abschnitt des Dickdarms durch das gewaltsame Eindringen eines Fremdkörpers stark geweitet sind – eines Fremdkörpers mit einer Länge von ungefähr 60 Zentimetern und zehn Zentimetern Durchmesser.«

Michael wusste, worum es sich handelte, und anhand der blutigen, aufgerissenen Wölbungen in Sissy O'Briens

Gedärmen konnte er es auch sehen. Trotzdem betete er, dass nichts davon geschehen sein möge und dass niemand eine solche Tat begangen haben möge. Ihm war nicht bewusst, dass sein Gesicht so bleich wie Elfenbein war, wie das eines heiligen Märtyrers in einer mittelalterlichen Kapelle. Ebenso wenig war ihm bewusst, dass ihm Tränen über die Wangen strömten.

Das hätte nie sein sollen. Das kann nicht sein. Oh, lieber Gott im Himmel, bitte sag mir, dass es nie war.

»Im unteren Darmbereich sind mehrere Perforationen und Risswunden. Jede davon könnte eine tödliche Peritonitis verursacht haben«, kommentierte Victor. Michael hörte seine Stimme nur aus weiter Ferne, als spräche er aus einem anderen Raum durch ein Blechmegafon. Ihm war kalt, er fühlte sich losgelöst und er konnte spüren, wie das Blut aus seinem Kopf abfloss. Er ahnte, dass er wahrscheinlich ohnmächtig werden würde.

Victor streckte die Hand aus, und die junge schwarze Pathologin legte ihm schwungvoll ein Skalpell in die Finger. Er beugte sich über Sissys Leichnam und schnitt vorsichtig in den dunklen, gewölbten Abschnitt des Rektums.

Das annähernd weiße Gewebe teilte sich, und Michael hörte, wie Thomas »Grundgütiger …« zischte, mehr nicht. Er wurde nicht ohnmächtig. Er fiel nicht. Aber er konnte sich nicht rühren. Er konnte nur auf die wilden, toten Augen der Katze starren, die zwischen den aufgeschlitzten Gewebefalten zum Vorschein gekommen waren.

Michael fand sich sitzend auf einem harten Stuhl wieder. Wie er dorthin gelangt war, wusste er nicht. Jemand hielt seine Hand, eine Frau. Er starrte in einen leeren Pappbecher. Er hörte Victors Stimme, Thomas' Stimme. Er hörte das Quietschen von Rädern.

Plötzlich nahm er den dichten, eindringlichen Gestank von Tod wahr.

Victor sagte: »… weiß nicht, womit Sie es hier zu tun haben, Lieutenant.«

»Blanker Wahnsinn«, wiederholte Thomas mehrmals. »Wer begeht einen solchen verfluchten, blanken Wahnsinn?«

»… sie fest in Stacheldraht eingewickelt wie ein Baby in eine Decke, zusammengeschnürt wie einen gottverdammten Rollbraten und sie dann *gewaltsam* hineingeschoben … großer Gott …«

Er stand am Fenster in Victors Büro, als Victor zurückkehrte. Mittlerweile war es fast neun Uhr. Am Himmel über dem Süden von Boston hing dichter Rauch, den die untergehende Sonne dramatisch violett färbte, und entlang des gesamten Horizonts zeichneten sich Brände wie die Feuer einer Belagerungsarmee von Barbaren ab, Hunnen vielleicht oder Goten oder Westgoten.

Michael drehte sich nicht um, als Victor hereinkam, aber er hörte, wie sich Victor schwer auf seinen nachgebenden Komfortsitz plumpsen ließ, sich damit herumdrehte und eine Schreibtischschublade öffnete. Er hörte das Klirren von Schnapsgläsern und das flüssige Schwappen einer Whiskyflasche.

»Was ist mit Ihnen?«, fragte ihn Victor. »Wollen Sie auch einen?«

Michael schüttelte den Kopf.

»Möchten Sie mit irgendjemandem reden?«, erkundigte sich Victor.

»Ich … äh … ich rufe später meinen Therapeuten an.«

»Sie können ihn auch von hier aus anrufen, wenn Sie wollen.«

»Hab ich schon gemacht. Er ist gerade unterwegs zu einem Hausbesuch. Hypnotisiert gerade irgendeine Frau in West Yarmouth, die dünn werden will.«

Victor trat ans Fenster und stellte sich neben ihn, lehnte sich an den Rahmen und schwenkte den Bourbon in seinem Glas herum.

»Sieht so aus, als würden die Bostoner ihre eigene Stadt ziemlich gründlich zerstören, oder?«, merkte er an.

»Fragen Sie mich nicht«, erwiderte Michael. »Nach dem, was ich heute gesehen habe, glaube ich, dass Menschen zu absolut allem fähig sind. Ich meine, wie kann irgendjemand ...«

Victor wartete darauf, dass er den Satz beendete, doch das tat er nicht, also übernahm es Victor für ihn.

»Wie kann irgendjemand ein junges, unschuldiges Mädchen zu Tode foltern und auch noch auf eine Weise töten, die Ihnen oder mir nicht einmal im Traum oder in unseren kränksten Albträumen einfallen würde?«

Michael sah ihn mit ausdrucksloser Miene an. Victor nahm die Brille ab und lächelte ihn an. »Etwas habe ich in Newark gelernt«, verriet Victor. »Wenn einem ein Menschenleben scheißegal ist, dann ist einem ein Menschenleben scheißegal. So jemanden kümmert nicht, *wie* er Menschen tötet. Erschießen, erstechen, erwürgen, was macht das schon für einen Unterschied? Tot muss das Opfer am Ende sein, darum geht's. Nur Leuten wie Ihnen und mir liegt etwas daran, *wie* Menschen sterben. Mördern ist das egal. Sie löschen jemandes Existenz vollkommen aus – was spielt es da für eine Rolle, ob das Opfer leidet?«

Michael meinte: »Sie glauben nicht, dass es für die Leute, die Sissy O'Brien oder Elaine Parker getötet haben, eine Rolle gespielt hat, wie sehr sie gelitten haben?«

Victor nippte an seinem Whisky. »Allmählich fange ich an zu vermuten, dass es das doch hat – allerdings nicht so, wie Sie es meinen.«

»Das verstehe ich nicht.«

»Na schön, dann lassen Sie es mich so ausdrücken: Ich beginne zu vermuten, dass diese Nadeleinstiche entscheidend für den gesamten Fall sind. Wir haben keinen handfesten physischen Beweis dafür, dass sie Elaine Parker zugefügt wurden, um in ihre Nebennieren einzudringen. Alle inneren Organe waren zu stark verwest. Aber Elaine Parkers äußere Nadeleinstiche sind identisch mit Sissy O'Briens Nadeleinstichen. Sie könnten sogar von denselben Nadeln verursacht worden sein. Daher denke ich, wir können – vorerst – getrost davon ausgehen, dass wir eine ziemlich starke Verbindung zwischen dem Tod von Elaine und dem Tod von Sissy hergestellt haben. Beide wurden auf sadistische Weise gefoltert. Beide sind durch die Hölle gegangen, das können Sie mir glauben – und Elaine sogar fast ein Jahr lang, bevor sie letztlich getötet wurde. Falls Sie den Obduktionsbericht verkraften, schicke ich Ihnen eine Kopie. Er enthält viel über Stacheldraht, über brennende Zigaretten, über Kakerlaken und auch etwas über eine lebende Ratte.«

»Oh Gott«, entfuhr es Michael. Mehr wollte er wirklich nicht hören.

Aber Victor ließ nicht locker. »Die Frage lautet: *Warum* wurden sie gefoltert? Geld kann nicht der Grund gewesen sein, denn niemand hat eine Lösegeldforderung für eine der beiden gestellt, oder? Sie können auch nicht wegen Informationen gefoltert worden sein. Weder Elaine noch Sissy dürfte irgendwelche weltbewegenden Geheimnisse gekannt haben – und Sissy wäre nicht in der Lage gewesen, die rechtlichen Ansichten ihres Vaters zu beeinflussen. Sie wurden auch nicht als Druckmittel benutzt, um irgendjemanden zu erpressen, etwas zu tun, das derjenige nicht tun wollte.«

»Warum also?«, fragte Michael.

Victor schluckte einen Mundvoll Whisky. »Früher habe ich immer gesagt, dass es nur drei große Triebfedern im Leben der Menschen gibt – Geld, Macht und Sex. Aber wenn es in diesen Fällen nicht um Geld, nicht um Macht und auch nicht um Sex geht – worum *dann?*«

Michael starrte ihn an, zu benommen, um etwas Sinnvolles von sich zu geben.

»Es geht um das Leben selbst«, sagte Victor und klopfte ihm auf den Arm. »Nicht *nur* um das Geld, nicht *nur* um die Macht, nicht *nur* um den Sex, sondern um das Leben selbst.«

»Ich kann Ihnen nicht folgen.«

»Ich kann mir selber nicht folgen. Ich habe keinen Schimmer, was zum Teufel hier abgeht. Aber in dem Moment, wenn jemand anfängt, an menschlichen Körpern herumzudoktern, können Sie den Hintern darauf verwetten, dass irgendjemand irgendwo nach *Leben* sucht. Schauen Sie nur in die Dritte Welt – nach Indien, Afrika. Dort verkaufen die Menschen alle möglichen Körperteile, und die Menschen im Westen kaufen sie. Es gibt einen Markt für Nieren, einen Markt für Lebern, sogar einen Markt für Hoden. Kommen Sie zu Dr. Schnippelgut und holen Sie sich ein Ei. Ich meine, um Himmels willen! Und wenn sich die Leute im Westen die Organe, die Sie wollen, nicht kaufen können, dann tun Sie das Nächstbeste – sie arrangieren, was wir Leichenschnippler als ›Zwangsspende‹ bezeichnen. Man sucht sich einen geeigneten Spender, tötet ihn und nimmt sich, was man will.«

»Ist das Ihr Ernst?«, fragte Michael.

Victor nickte nachdrücklich. »Niemand bei rechtem Verstand würde sich je für eine Organ- oder Knochenmarkstransplantation registrieren. Es besteht immer das Risiko, dass eines Tages jemand, der reicher ist als man selber, eine Leber oder vielleicht eine Lunge oder gar ein Herz haben will – und man, wenn man dann zufällig geeignet ist …«

»Aber wir reden hier von Adrenalin«, sagte Michael.

»Das ist richtig«, bestätigte Victor. »Von menschlichem Adrenalin. Und vielleicht auch von Kortison. Ich wüsste allerdings nicht, warum es jemand so dringend wollen könnte … aber ich bin fest entschlossen, es herauszufinden.«

»Haben Sie das Thomas erzählt?«, fragte ihn Michael.

Victor nickte.

»Was hat er gesagt?«, wollte Michael wissen.

»Nicht viel. Thomas ist, was man als Pragmatiker bezeichnen könnte. Abgesehen davon hat Thomas einen empfindlichen Magen und redet nicht gern über physiologische Wirklichkeiten. Thomas stört es nicht zu hören, wie schlimm die Dinge sind, solange man ihm nicht sagt, dass sie wahrscheinlich verdammt viel schlimmer sind.«

Michael konnte nicht aufhören, sich an die grauenhaften Augen der Katze zu erinnern, die ihn aus Sissy O'Briens Überresten angestarrt hatten. Es war wie etwas von Edgar Allan Poe oder George Fielding Eliot – *Die schwarze Katze* und *Die Kupferschale.*

Jedenfalls sah er Victor auf einmal in einem völlig anderen Licht, und er war überrascht, beunruhigt und auf seltsame Weise zugleich erfreut. Der dünne, kratzbürstige Rechtsmediziner aus Newark, New Jersey, hatte plötzlich die Bereitschaft gezeigt, quer zu denken, seine Vorstellungskraft zu benutzen. Victor erwiderte seinen Blick mit düsterer, eindringlicher Miene ohne den Hauch eines Lächelns, aber zwischen ihnen herrschte eine ausgeprägte professionelle Empathie und auch eine Art persönliches Verständnis.

»Ich weiß nicht recht …«, meinte Victor schließlich. »Ich kann mir nicht sicher sein, aber hinter all dem steckt eine Art Muster – irgendein Grund, irgendein Motiv. Ich denke nur gerade laut nach. Jedenfalls hatte ich den Großteil meines beruflichen Lebens mit dem Tod zu tun. Mein Onkel war Bestattungsunternehmer, und ich war neun, als ich ihm geholfen habe, meinen eigenen Vater aufzubahren. Was halten Sie davon als Ausbildung, hm? Ich kenne mich mit dem Tod aus, Michael. Für mich ist der Tod wie ein leeres Haus, aus dem alle ausgezogen sind, aus dem alle Möbel ausgeräumt sind. Ich kann darin herumgehen, ich empfinde dabei Bedauern, aber es jagt mir keine Angst ein. Aber eine Menge Menschen wollen nie sterben, nie, und ich meine wirklich *nie,* und was sie tun würden, um am Leben zu bleiben … na ja, legen Sie's einfach in Ihrem Gehirn in dem Fach mit der Aufschrift ›mögliche Motive‹ ab, in Ordnung?«

Michael sah auf die Uhr. »Haben Sie heute Nacht noch etwas vor?«, fragte er Victor. »Ich hätte nichts dagegen, noch ein wenig mehr darüber zu diskutieren.«

»Ich muss noch einige Notizen zusammenschreiben.«

»Und danach?«

»Danach nichts Aufregendes. Ein schnelles Essen vor dem Fernseher und ein wenig Schlaf.«

»In dem Fall«, sagte Michael, »sind Sie hiermit zum Abendessen eingeladen. Ich wohne direkt über der *Cantina Napoletana* in der Hanover Street. Dort wird eine *Saltimbocca alla romana* serviert, die treibt Ihnen vor Seligkeit die Tränen in die Augen.«

Victor dachte kurz darüber nach, dann nickte er. »In Ordnung, geht klar. Mir ist sowieso zum Weinen zumute.«

Die Jalousien in Matthew Monyattas Wohnzimmer in der Mission Hill Wohnsiedlung waren zugezogen, wodurch nur ein schmaler, dreieckiger Streifen Sonnenlicht an die linke Wand schien. Abgesehen von großen, schwarzen Sitzsäcken und einem niedrigen, schwarzen japanischen Tisch war der Raum kahl. In der Mitte des Tisches glommen drei Sandelholz-Räucherstäbchen in einer Kupferschale. Matthew Monyatta selbst hockte auf dem Boden neben dem Tisch und verteilte die Knochen. Sein verschwitztes Gesicht wirkte ernst. Sein CD-Spieler dudelte sehr leise »Jah Africa«, einen hypnotischen, trommelnden afrokaribischen Rhythmus.

Schon lange vor dem Sklavenhandel hatten Medizinmänner aus den Knochen gelesen. Ursprünglich hatte man immer menschliche Knochen benutzt – man hatte eigens Menschen dafür getötet, um ihre Knochen zu erlangen, und menschliche Gebeine ergaben immer noch bessere Prophezeiungen. Das Geheimnis des Knochenlesens war auf den Sklavenschiffen über den Atlantik befördert worden, und auf den Plantagen im Süden waren für dieselben Vorhersagen Hühnerknochen, Schweineknochen oder – noch besser – die Knochen von Fehlgeburten verwendet worden.

Matthew war von seinem Großvater beigebracht worden, wie man sie las, und genau das tat er gerade. Knochen, die zu einem sternförmigen Muster fielen, bedeuteten, dass schlechte Zeiten bevorstanden. Knochen, die in einem Zickzackmuster fielen, verhießen einen Konflikt. Zwei parallele Knochen standen für weiße Männer. Drei parallele Knochen und Knochen, die wie eine Ziege mit Hörnern fielen, bedeuteten mehr als weiße Männer. Sie bedeuteten weiß-weiße Männer. Sie bedeuteten Opfermänner. Sie bedeuteten Grauen, Grauen und nochmals Grauen und eine auf den Kopf gestellte Welt.

Seit mittlerweile über zehn Jahren spürte er die zunehmende Aktivität der weiß-weißen Männer. Jedes Mal, wenn er aus den Knochen las, wies irgendetwas auf ihre Gegenwart hin, ganz gleich, wie unbedeutend. Vielleicht lag er damit falsch, aber er hatte angefangen, eine Parallele zum allmählichen Verfall von Jamaica Plain und Roxbury und anderen Gegenden im südlichen Boston zu ziehen. Roxbury war früher eine solide Gemeinde der jüdischen Mittelklasse mit hervorragenden Geschäften und beispielhaften Schulen gewesen. Mittlerweile war das Viertel verseucht von Crack, Verbrechen und Schießereien aus fahrenden Autos. Der letzte Supermarkt hatte die Rollläden für immer heruntergelassen, die letzte Bank hatte unlängst geschlossen.

Und wie Matthew die Knochen auch warf, sie besagten stets: die weiß-weißen Männer. Die Männer, die nie die Augen schlossen. Dies entsprach der Welt, die sie wollten. Es war Armageddon, was sich zutrug.

Matthew sammelte gerade die Knochen wieder ein, als er in der Küche das Telefon läuten hörte. Nach einer kurzen Weile kam seine Tochter Yasmin herein, zierlich und anmutig in ihrem scharlachroten Sari.

»Papa, es ist für dich. Patrice.«

Sie reichte ihm das Telefon. »Patrice?«, meldete sich Matthew. »Ich dachte, ich wäre weißer als verfickt weiß.«

Patrice klang seltsam und verängstigt. »Matthew … du musst mir helfen.«

»Wovon redest du, Patrice? Was für Hilfe könntest du schon von mir wollen?«

»Pass auf, Matthew … was ich vorher gesagt habe … es tut mir leid, okay? Es tut mir leid, dass ich es gesagt habe. Ich bin um zwei nach Hause gekommen, die Tür ist verriegelt, und jemand hält Verna als Geisel.«

»Ist das dein Ernst? Wer würde Verna als Geisel halten wollen?«

»Ich weiß es nicht, Mann. Es sind zwei, beide weiß. Ich hab gesehen, wie sie aus dem Fenster geschaut haben.«

»Hast du mit ihnen gesprochen?«

»Ich hab sie gefragt, was sie wollen, mehr nicht.«

»Und was haben sie gesagt?«

»Sie haben gesagt, sie wollen ihr Geld.«

»Welches Geld?«

»Woher zum Teufel soll ich das wissen? Ich habe von niemandem irgendwelches Geld.«

»Vielleicht hast du jemanden ausgeraubt und es vergessen.«

»Hör mal, Mann, das ist kein Scherz! Ich hab nie jemanden ausgeraubt! In meiner Wohnung sind zwei weiße Typen, die Verna haben, und sie werden ihr *wehtun*, Mann, das haben sie gesagt!«

Matthew schaute zu Yasmin auf und gab ihr mit einer Geste zu verstehen, dass er eine Cola wollte. Yasmin ging in die Küche, während Matthew fragte: »Was kann ich da tun? Das ist ein Verbrechen, Patrice. Es hat nichts mit schwarzer Identität zu tun. Wenn du Hilfe brauchst, musst du die Polizei anrufen.«

»Wie soll ich die Bullen anrufen? Hier ist ein gottverdammtes Kriegsgebiet, Mann. Hier brennen Gebäude, und die schicken nicht mal die verfickte Feuerwehr.«

Matthew wusste, was er zu tun hatte, ob er wollte oder nicht. Ganz gleich, wie sehr ihn Patrice Latomba irritierte, ganz gleich, wie sehr Patrice Latomba seine Glaubwürdigkeit und seine Arbeit für schwarze Autarkie untergrub, Patrice Latomba war ein Bruder in Not, und Matthew würde hinfahren müssen.

»Fährst du mich runter nach Roxbury?«, fragte er

Yasmin. »Ich schätze, mit ein bisschen gutem Willen kann ich mich in deinen winzigen Volkswagen reinquetschen.«

»Wenn du mein Auto kaputt machst, bist du erledigt«, erwiderte Yasmin.

Gefolgt von Patrice, Bertrand und zwei weiteren Brüdern näherte sich Matthew vorsichtig der Eingangstür von Patrices Wohnung. Im Gebäude herrschte durchdringend der Gestank von Holzrauch, brennendem Gummi und noch etwas anderem vor – der Geruch von verbrannten Kartoffeln.

Matthew zögerte einen Moment, dann drückte er auf die Türklingel.

Die Antwort kam fast sofort, als hätte drinnen schon jemand auf sie gewartet. »Wer ist da?«

»Matthew Monyatta«, antwortete Matthew. »Ich bin ein Freund von Patrice. Ich bin mitgekommen, um herauszufinden, was ich tun kann. Ihr versteht schon – um herauszufinden, ob ich die Lage irgendwie entschärfen kann.«

Eine kurze Pause entstand, dann: »Wir wollen unser Geld, das ist alles.«

»Frag ihn, welches Geld«, zischte Patrice.

»Patrice sagt: Welches Geld«, wiederholte Matthew.

»Das Geld, das sich jemand gekrallt hat, nachdem dieses Baby erschossen worden ist.«

»Wovon laberst du da?«, schrie Patrice verängstigt und frustriert. »Ich hab nie das Geld von irgendjemandem genommen!«

»Oh, sicher … das wissen wir«, antwortete die Stimme. »Aber einer deiner Freunde hat's getan, Patrice. Einer deiner sogenannten Brüder. Schau dich um, finde heraus, wer verschwunden ist. Stell ein paar Fragen, Patrice. Irgendjemand hat sich das Geld gekrallt, und es waren weder die

Bullen, noch war es unser Mann, also muss es jemand von deinen Leuten gewesen sein.«

»Kann ich von Angesicht zu Angesicht mit euch reden?«, ging Matthew dazwischen.

Eine weitere Pause entstand. Dann sagte die Stimme: »Na schön … willst du reinkommen? Aber nur du, sonst niemand.«

»Das ist meine Frau, die ihr da drin festhaltet!«, brüllte Patrice. »Wenn ihr sie auch nur anrührt …«

Matthew packte Patrice am Arm. »Bleib cool, ja? Das ist mit Sicherheit besser. Bitte.«

Patrice drosch mit der Faust gegen die Wand. Risse erschienen im Verputz. Er war den Tränen nahe. »Das ist meine Frau, die sie da drin festhalten. Zuerst bringen sie unser Baby um – und jetzt das.«

»Ich geb mein Bestes für dich, Bruder«, versicherte ihm Matthew und klopfte zurückhaltend an die Tür.

Die Tür wurde geöffnet, allerdings nur einen Spalt.

»Alle anderen gehen zurück«, verlangte die Stimme.

Bertrand war in Richtung der Tür vorgerückt, aber Patrice gab ihm mit dem Kopf ein Zeichen, dass er tun sollte, was verlangt wurde, und sich zurückziehen sollte.

Die Tür öffnete sich weiter. Matthew drehte sich noch einmal zu Patrice um und bedachte ihn mit einem langen, mitfühlenden Blick. Dann schob er die Tür noch weiter auf und betrat die Wohnung.

Rasch schloss sich die Tür hinter ihm. Er fand sich im Wohnzimmer wieder, wo er einem großen, dünnen, weißgesichtigen Mann mit schwarzer Sonnenbrille gegenüberstand.

Der weißgesichtige Mann musterte ihn von oben bis unten. »Schwere Verstärkung, was?«, meinte er mit einem schiefen Grinsen.

»Ich finde, das ist nicht der richtige Zeitpunkt für Scherze«, gab Matthew zurück. »Was habt ihr mit Verna gemacht?«

»Noch nicht besonders viel. Werden wir aber, wenn wir provoziert werden.«

»Ich will sie sehen.«

»Du willst sie sehen? Aber klar doch! Wir haben sie in der Küche. Komm ruhig rein. Übrigens, ich bin Joseph, und das ist mein Kumpel Bryan.«

Unbehaglich folgte Matthew dem weißgesichtigen Mann in die Küche. Was er dort sah, ließ ihn sofort den Blick abwenden. Verna war nackt ausgezogen worden und lag mit dem Gesicht nach unten an den Hand- und Fußgelenken gefesselt auf dem laminierten Küchentisch, die Füße in die Luft erhoben.

Bryan erwies sich als so weißgesichtig wie Joseph. Er schaute nicht auf, als Matthew eintrat. Er war zu sehr darauf konzentriert, eine angezündete weiße Kerze über Vernas nackten Rücken zu halten. In regelmäßigen Abständen, wenn sich geschmolzenes Wachs unter der Flamme gesammelt hatte, neigte er die Kerze vorsichtig zur Seite, und das sengend heiße, weiße Wachs tropfte hinab, um sich auf ihrer dunklen, nackten Haut zu verfestigen. Bei jedem Tropfen zuckte sie zusammen und stieß einen leisen, verhaltenen Schrei aus. Zwischen 20 und 30 Tropfen befanden sich bereits auf ihrem Rücken, verteilt von den Schultern bis hinunter über das Rückgrat.

»Was soll das, seid ihr *krank* oder was?«, stieß Matthew mit vor Emotionen zittriger Stimme hervor.

»›Wer meinen Beutel stiehlt, nimmt keinen Tand‹«, zitierte Joseph falsch. »Wer meinen Beutel stiehlt, wird leiden, leiden und nochmals leiden, bis ich meine Kohle wiederhabe.«

»Diese Frau hat euch nichts getan!«

»Das halte ich nicht für besonders relevant«, entgegnete Joseph. »Sie ist ein Opfer, mehr nicht, und dafür können wir nichts, oder, Bryan?«

»Nein«, bestätigte Bryan und tropfte weiteres Wachs auf Vernas Rücken. »Dafür können wir nichts.«

»Euch ist schon klar, dass Patrice euch umbringen wird, oder?«, fragte Matthew.

Joseph kreiste um den Tisch und strich zart mit den Fingerspitzen über Vernas von Wachstropfen gesprenkelten Rücken. »Das glaube ich kaum, mein lieber Mr. Monyatta. Wohl eher umgekehrt.«

»Lasst Verna gehen«, verlangte Matthew. »Das müsst ihr … sie ist vollkommen unschuldig.«

»Oh, wir werden ihr nicht besonders wehtun, außer es wird nötig«, erwiderte Joseph. »Aber weißt du, irgendjemand hat sich unsere Tasche genommen, als Jambo verhaftet worden ist – und in der Tasche war eine ganze Menge Knete, außerdem Kokain und Munition. Das ist alles unser Eigentum, und wir wollen es zurück.«

»Ich glaube nicht, dass Patrice weiß, wer die Tasche genommen hat«, sagte Matthew. »Soweit ich das beurteilen kann, hat irgendjemand einfach zugegriffen, sie sich geschnappt und ist damit weggerannt.«

Joseph nahm die dunkle Brille ab, und Matthew erstarrte beim Anblick seiner Augen. Sie entpuppten sich als blutrot wie die Augen eines Dämons, außerdem von solcher Verachtung und solchem Hass erfüllt, dass ihm unwillkürlich ein Schauder über den Rücken lief.

»Ich will diese Tasche zurück, und diese Lady hier bleibt bei uns und erfreut sich unserer Zuwendung, bis ich sie habe.« Lächelnd ließ er wie bei einem Zaubertrick eine doppelschneidige Rasierklinge zwischen Zeige- und

Mittelfinger erscheinen. »Du glaubst nicht, dass sie sich daran erfreut? Lass es mich dir zeigen.« Und damit fasste er nach unten zwischen Vernas Pobacken und spreizte sie weit mit den Fingern der linken Hand, entblößte ihren dunklen, runzligen Anus und ihre von lockiger Behaarung gesäumte Vulva.

»Siehst du das?«, fragte Joseph und tauchte die Fingerspitzen in das weiche, rosa Fleisch ihrer Vagina. »Sie ist so feucht, dass sie bereit für Sex ist. Schrecken bewirkt das immer, er turnt Frauen an. Wenn du eine Frau erregen willst, Matthew, ich meine, *richtig* erregen, dann jag ihr Todesangst ein. Ich verspreche dir, bevor du auch nur ›Monyatta‹ sagen kannst, ist sie klatschnass.«

Dann nahm er die Rasierklinge und zeichnete damit überaus behutsam ein Tic-Tac-Toe-Muster auf ihre linke Pobacke. Es blutete kaum, nur ein paar feine Perlen traten aus, die fast sofort gerannen.

»Sag deinem Freund, dass wir unser Geld wollen, Matthew. Sonst muss Verna sehr viel mehr leiden, als es nötig wäre.«

Matthew schleppte sich um den Tisch herum. Er war dermaßen erschüttert, dass er sich am Küchenschrank abstützen musste. Vernas Gesicht drückte gegen die rote Laminatbeschichtung. Tränen verschmierten ihre Augen, ihre Lippen waren geschwollen und geschunden.

Matthew beugte sich über sie und sagte in sanftem Tonfall: »Verna … kannst du mich hören? Ich bin Matthew … Matthew Monyatta. Vielleicht hast du Patrice schon meinen Namen erwähnen gehört.«

Verna schien ihn nicht wahrzunehmen. Ihr Blick zuckte zwar zu ihm hoch, konzentrierte sich jedoch nicht auf ihn.

»Verna … wir holen dich hier raus, das verspreche ich dir.«

Bryan ergriff das Wort. »Ja, Verna, du kommst hier schon raus, mach dir darüber keine Gedanken. Wahrscheinlich in handliche kleine Scheibchen geschnitten … aber du kommst hier raus.«

Wutentbrannt richtete sich Matthew jäh auf. Aber Bryan hob ihm schlagartig die linke Hand entgegen, Zeigefinger und kleinen Finger steif abgespreizt, die anderen Finger angewinkelt – *Cornu,* das Ziegenzeichen. Und da war Matthew vollends überzeugt, dass er recht hatte – und dass alles zutraf, wovor ihn die Knochen gewarnt hatten.

Er verspürte eine grässliche, rumorende Kälte im Bauch. Die Knochen hatten ihn gewarnt, Nacht für Nacht, stärker und stärker, Jahr für Jahr. Die weiß-weißen Männer. Die Männer, die nie die Augen schlossen. In Äthiopien und in Ägypten hatte man sie vor Jahrhunderten die Wächter genannt, die schlaflosen Engel.

Matthew hatte noch nie in seinem Leben solche Angst empfunden. Heiser stieß er hervor: »Ich kenne euch.«

»Du *kennst* uns?«, fragte Joseph nach, setzte die Sonnenbrille wieder auf und lächelte.

»Ihr seid Wächter, nicht wahr? Se'irim.«

Joseph lachte. »Klingt, als hättest du Wahnvorstellungen, mein lieber Mr. Monyatta. Du träumst. Wir sind ehrliche Geschäftsleute, die ihr Geld wollen, sonst nichts.«

Matthew verlangte: »Sagt mir, wie viel Geld. Ich will versuchen, es für euch aufzutreiben.« Obwohl es in Patrices Küche warm und stickig war, fing Matthew vor Kälte zu zittern an.

»450.000.«

»Das ist alles?«, fragte Matthew ungläubig. *»450.000?«* Sanft berührte er Verna am Kopf – eine Segnung, eine Hoffnung, ein frommer Wunsch. »Gott schütze dich«, murmelte er. Dann wandte er sich den weiß-weißen Männern zu und verlangte: »Gebt mir bitte etwas Zeit, ja? Ich kann euer Geld auftreiben, wenn ihr mir Zeit gebt.«

»Es geht nicht *nur* um das Geld, Monyatta«, warf Bryan ein.

»Worum noch?«, wollte Matthew wissen.

»Um die Aufstände«, erklärte der Mann und fuchtelte mit den Händen durch die Luft. »Um die Plünderungen, die Schießereien, das Chaos.«

»Ihr wollt, dass es aufhört?«

Joseph lachte, ein raues, peitschendes Geräusch. »Aufhören? Bist du verrückt? Wir wollen, dass es weitergeht! Wir wollen es noch schlimmer! Wir wollen, dass Fenster eingeschlagen, Autos abgefackelt und Bullenschweine ohne jede Provokation abgeknallt werden!«

»Das kann ich nicht zulassen«, gab Matthew zitternd und mit aschfahlen Wangen zurück.

»Warum nicht? Erklär mir, warum nicht.«

»Das sind meine Leute ... sie leben hier. Ihr verlangt damit, dass sie ihre eigene Gemeinschaft zerstören. Gott weiß – Gott *weiß* –, es ist so schon schlimm genug.«

In kaltem Tonfall warnte Joseph: »Wag es nicht, vor *mir* den Namen des Herrn zu gebrauchen, Monyatta. Wenn ich etwas noch mehr hasse als einen Vermittler, dann einen Heiligen, und wenn ich etwas noch mehr hasse als einen Heiligen, dann einen Vermittler, der sich für einen Heiligen hält.«

»Ich bin nur ein Mensch«, erwiderte Matthew. »Ihr habt von mir nichts zu befürchten.«

»Wir fürchten uns nicht vor dir, Monyatta«, stieß Joseph hervor. »Vielleicht sind wir Wächter, vielleicht auch nicht. Aber an deiner Stelle würde ich kein Risiko eingehen. Hm?«

Dann sagte er »Her damit« und streckte Bryan die Hand hin, der ihm die angezündete Kerze reichte. Ohne den Blick von Matthew abzuwenden, schraubte er das untere Ende der Kerze in Vernas Hintern und ließ sie darin stecken.

Matthew starrte voll Grauen erst auf die Kerze, dann auf Joseph.

»Sehr lange hast du nicht Zeit, Monyatta«, teilte ihm Joseph mit. »Vielleicht eine Stunde, vielleicht anderthalb. Dann beginnen die Schmerzen erst *richtig*. Ach ja … und denk erst gar nicht an den Versuch, die Polizei zu überreden, dir zu helfen. Wenn ich eines der Schweine auch nur *rieche,* nur ein *einziges,* kann Frau Latomba ihr Baby im Himmel wiegen. Und ich scherze nicht.«

Draußen von den Straßen hörte Matthew eine Salve von Schüssen und den Lärm zerbrechender Fensterscheiben. Er bekreuzigte sich und sagte: »Gott beschütze mich. Und Gott beschütze diese unschuldige Frau. Und Gott verdamme euch zwei in die Hölle.«

Mit vor unendlicher Bedrohung strotzender Stimme verkündete Bryan: »Ich denke, es ist jetzt Zeit für dich zu gehen, Monyatta. Joseph und ich, wir sind nicht für unsere unerschöpfliche Geduld bekannt.«

Matthew warf einen letzten verzweifelten Blick auf Verna. Die Flamme der Kerze flackerte zwischen ihren Pobacken. Dann bewegte er sich langsam auf die Küchentür zu und durchquerte das Wohnzimmer. Er zog die Eingangstür auf, und ehe er sich versah, stand er schwitzend und zitternd draußen im Flur.

Sofort packte ihn Patrice am Ärmel. »Also, was ist da drin los?«, wollte er wissen. »Lassen die sie gehen oder was?«

Matthew starrte ihn mit Schweißperlen auf der Oberlippe an. »Ich kann nichts für dich tun, Mann. Das hast du dir selbst zuzuschreiben. Du hast sie hereingelassen, Mann. Du hast sie hereingelassen. Du kannst nur dir selbst die Schuld daran geben, sonst niemandem.«

Matthew stolperte das Geländer entlang und begann, die Stufen hinunterzupoltern. Entgeistert zögerte Patrice kurz, dann rannte er hinter ihm her.

»Was ist mit Verna?«, schrie er über das Geländer.

»Möge Gott sie beschützen, das ist alles, was ich dazu sagen kann.«

»Aber was soll ich jetzt machen?«

Auf halbem Weg die Treppe hinunter blieb Matthew stehen. »Die werden ihr wehtun, Patrice. Die werden ihr auf eine Weise wehtun, die du nicht für möglich halten würdest, die dir nicht einmal einfallen würde.«

»Das reicht! Das reicht!«, schrie Patrice. Er zog seine automatische 45er und entsicherte sie. »Ich puste ihnen die verfluchten Gehirne aus den Schädeln! Bertrand! Ich puste ihnen die verfluchten Gehirne aus den Schädeln!«

»Die bringen sie um, bevor du durch die Tür bist«, warf Matthew ein. »Glaub mir, Patrice, du hast keine Ahnung, womit du es zu tun hast.«

»Was zum Teufel wollen die?«, kreischte Patrice zu ihm hinunter.

»Das haben sie dir schon gesagt. Die wollen ihr Geld.«

»Ich hab ihr Geld nicht, verfickte Scheiße noch mal!«

»Dann solltest du besser herausfinden, wer es hat, oder du treibst irgendwo 450 große Scheine auf, und zwar sofort.«

»*Was?* Wo soll ich auf die Schnelle so viel Kohle auftreiben?«

»Das ist es, was sie wollen, Patrice.«

»Und was machst du?«, verlangte Patrice zu erfahren. »Läufst du mir jetzt davon oder wie? Du lässt mich im Stich? Lässt mich mit diesen Kakerlaken allein?«

»Patrice – ich will genauso sehr wie du, dass Verna nichts passiert und dass sie freikommt. Aber ich kann nichts mehr tun, nicht hier und nicht, bis du das Geld gefunden hast.«

»Was ist mit den Bullen? Könntest du nicht mit den Bullen reden? Hör zu – wir beenden den Aufstand, wir beenden die ganze Sache.«

»Die sagen, wenn du die Bullen holst, bringen sie Verna auf der Stelle um.«

»Und was machst du jetzt? Du haust einfach ab?«

»Es gibt nur eins, was ich im Augenblick tun kann, und zwar herausfinden, mit wem und was wir es hier zu tun haben. Danach komme ich zurück.«

Und damit setzte er den Weg die Treppe hinunter fort.

»Matthew!«, heulte Patrice hinter ihm her. »Matthew, du kannst mich nicht allein lassen! Ich brauche dich, Mann!«

Matthew hielt inne, umklammerte das Geländer und brüllte zu ihm hoch: »Sie sind hier! Die weiß-weißen Männer! Sie sind hier! Deinetwegen! Du hast ihnen alles gegeben, was sie gewollt haben! Du hast ihnen alles gegeben, was sie gebraucht haben! Und jetzt verlangst du von mir, dich zu retten?«

Dann eilte Matthew weiter die Stufen hinunter und zur Tür hinaus, bevor Patrice ihm antworten konnte.

Patrice drehte sich Bertrand zu und fragte: »Die weiß-weißen Männer? Was zum Teufel sind die weiß-weißen Männer?«

Bertrand zuckte mit den Schultern. »Ich hab noch nie von irgendwelchen weiß-weißen Männern gehört.«

Patrice ging zur Eingangstür seiner Wohnung und trommelte wild mit den Fäusten darauf ein. »Ihr Mistsäcke! Wenn ihr meiner Frau auch nur ein Haar krümmt, mach ich euch alle, ihr Arschgesichter!«

Er bekam keine Antwort. Patrice drehte sich erneut

Bertrand zu und fragte: »Wer hat das Geld genommen, Mann? Wo ist die verfluchte Kohle?«

Bertrand kratzte sich und zuckte abermals mit den Schultern. »Ich schätze, wir hören uns mal besser um.«

Patrice schlug mit der Faust gegen das Geländer. »Wer immer sich die Kohle gekrallt hat, den bring ich um! Ich bring ihn verflucht noch mal um!«

Dann fing Verna zu schreien an: »Patrice! Patrice! Patrice!«

Kurz vor Sonnenaufgang sah Michael, wie die Katze aus Sissy O'Briens Eingeweiden kroch, gelbäugig, überzogen von menschlichem Schleim, knurrend – und er wachte schreiend auf.

Victor, der auf der Couch im Wohnzimmer gedöst hatte, rannte ins Schlafzimmer, wo er Michael eingekeilt zwischen dem Bett und der Wand vorfand, wild gegen die Tapete schlagend.

»Michael!«, brüllte er ihn an. »Michael! Um Himmels willen, Michael!«

Er packte Michael am Ellbogen und versuchte, ihn hochzuziehen, doch Michael setzte sich zu heftig zur Wehr.

»Michael!«, wiederholte er. »Michael, hör mir zu!«

Schließlich hörte Michael auf, gegen die Wand zu dreschen, drehte sich um und starrte zu ihm hoch. Seine Pupillen glichen Stecknadelköpfen, sein Gesicht wirkte geradezu beängstigend bleich.

»Michael, ich bin's, Victor. Geht es dir gut?«

Langsam, qualvoll rappelte sich Michael auf. »Geht schon wieder«, murmelte er nach einer Weile. »Ich hatte bloß gerade ein Erlebnis, sonst nichts.«

»Ein Erlebnis? Was für ein Erlebnis denn?«

Michael versuchte, ein schiefes Lächeln aufzusetzen.

»Hättest du es gehabt, würdest du es wahrscheinlich als Albtraum bezeichnen.« Er tippte sich an die Stirn. »Wegen meiner speziellen psychischen Verfassung … habe ich es praktisch *erlebt*. Nennt sich posttraumatische Nachstellung oder so ähnlich.«

»Willst du Kaffee?«

Michael nickte. »Tut mir echt leid. Ich hätte gestern wohl doch nicht mit in die Leichenhalle kommen sollen. Das hat irgendetwas ausgelöst.«

»Schon gut, vergiss es einfach. Warum redest du nicht mit deinem Psychodoktor?«

»Ist wahrscheinlich eine gute Idee. Aber ich müsste schon persönlich zu ihm. Ich unterziehe mich einer Hypnotherapie, und die Hypnotherapie scheint übers Telefon nicht zu funktionieren.«

Victor sah auf die Uhr. »Weißt du was? Ich fahre dich hin. Ich könnte ohnehin eine kleine Arbeitspause vertragen. Wo, hast du noch mal gesagt, ist er? In Hyannis?«

Detective Ralph Brossard döste gerade, während *Dschingis Khan* über den Fernseher flimmerte, als das Telefon klingelte. Zuerst dachte er, es wäre ein Traum, und er rechnete damit, dass jemand anders abheben würde. Aber es bimmelte weiter und weiter, und schließlich öffnete er die Augen und begriff, wo er sich befand und was vor sich ging.

Er räumte die halb leeren Kartons mit *Chow mein* und Chili-Rindfleisch beiseite, die den kleinen Tisch neben seinem Lehnsessel zumüllten, und hob den Hörer ab. »Ich bin nicht da«, sagte er mit belegter Stimme.

»Ralph? Ralph, hier Newt.«

»Ich hab's doch grad gesagt, Newt. Ich bin nicht da.«

»Ralph, es hat sich etwas Merkwürdiges ergeben.«

Ralph sah sich in seiner kistenähnlichen, braun

tapezierten Wohnung nach Zigaretten um, konnte jedoch weit und breit keine entdecken. Durch das vorhanglose Fenster konnte er den endlosen Strom des frühmorgendlichen Verkehrs auf dem John Fitzgerald Expressway und die allmählich grauer werdende Morgendämmerung über dem Hafen von Boston sehen. Im Fenster selbst erblickte er sein eigenes, gespenstisches Spiegelbild – inzwischen ähnelte er Ernest Hemingway noch mehr, da ihm in den bisherigen zwei Tagen der Suspendierung vom Dienst ein paar Bartstoppeln wachsen konnten.

»Ich … äh … ich hatte gerade einen Anruf von Patrice Latomba«, verkündete Newt.

»Latomba? Willst du mich verarschen? Warte kurz, Newt, ich muss mal eben Zigaretten suchen.«

Ungeachtet der kläglichen Proteste von Newt legte Ralph den Hörer beiseite und polterte durchs Wohnzimmer, hob Bücher und Zeitschriften auf und ließ sie wieder fallen. Letztlich fand er ein halb zerdrücktes Päckchen Winston in der schmalen, grün gestrichenen Küche, und er beugte sich mit zu Schlitzen verengten Augen über den Gaskocher, um sich eine Kippe anzuzünden.

Danach hob er den Hörer auf und blies Rauch aus. »Okay, Newt, bin wieder da. Also, worum geht's?«

»Patrice Latomba sagt, seine Frau Verna wird in seiner eigenen Wohnung von zwei Weißen als Geisel gehalten.«

»Scheiße! Sind die *irre?*«

»Anscheinend nicht. Die sind schon seit gestern Vormittag dort.«

»Weiß er, wer sie sind?«

»Er hat keine Ahnung. Aber er denkt, *du* könntest es wissen.«

»Woher zum Teufel soll ich wissen, wer sie sind? Ich habe mein Leben in einem kleinen Karton mit der Aufschrift

›Rauschmittelbekämpfung‹ verbracht. Mit Black Muslims oder der Afrobewegung – oder was immer Latombas Ding ist – habe ich nichts am Hut.«

»Diese zwei weißen Typen sagen, sie wollen ihr Geld zurück.«

»Geld? Welches verfluchte Geld?«

»Halt dich fest, Ralph – das Geld, das beim Zugriff auf Jambo verloren gegangen ist. Anscheinend hat sich während der Aktion irgendjemand die Tasche gegriffen, und jetzt wollen diese Typen sie zurück.«

»Das also ist damit passiert«, murmelte Ralph und ließ Rauch zwischen den Zähnen hervorquellen. »Warum gibt er sie ihnen dann nicht? Wen juckt's? Die Kohle war in dem Moment, als wir sie aus den Augen verloren haben, ohnehin nicht mehr als Beweismittel zulässig. Ich meine, dem Dezernat fehlen halt 450 große Scheine, aber *c'est la vie*.«

»Geht nicht, Ralph. Anscheinend hat der Bruder, der das Geld gefunden hat, entschieden, dass es zu viel ist, um es mit seinen anderen Brüdern zu teilen, und sich irgendwohin abgesetzt, wo ihn seine anderen Brüder nicht so ohne Weiteres finden können. Wer weiß, vielleicht auf die Bermudas oder nach Las Vegas.«

»Dann sag Latomba, er soll die Cops rufen.«

»Komm schon, Ralph. Latombas Wohnung liegt mitten im Kampfgebiet. Latombas Leute schießen wegen Latombas totem Baby auf Cops, und Cops erwidern das Feuer. Offiziell könnte sich die Polizei um kein Geiseldrama in der Seaver Street kümmern, ohne ein inakzeptabel hohes Risiko für die Beamten und für Zivilisten einzugehen. Inoffiziell ist es den Kollegen scheißegal, was aus Mrs. Latomba oder sonst jemandem wird, der Latomba heißt.«

»Und was soll ich jetzt tun?«

»Du sollst Patrice Latomba fachmännisch helfen, Mrs.

Latomba lebendig und wohlbehalten aus den Händen der Geiselnehmer zu befreien. *Wie* wohlbehalten noch möglich ist, weiß ich nicht. Patrice sagt, es hat Geschrei gegeben.«

»Patrice Latomba will von *mir,* dass ich ihm helfe? Wen zum Teufel will er hier verarschen? Ich habe sein Baby erschossen.«

»Haargenau. Und deshalb findet er, du bist ihm was schuldig.«

Ralph beobachtete, wie die Horden von Dschingis Khan wild und mit aufblitzenden Schwertern über das Studiogelände von Universal galoppierten.

»Newt«, sagte er, »auf keinen Fall. Wenn du mich fragst, ist die ganze Geschichte bloß ein verflucht plumper Trick, um mich in die Seaver Street zu locken, damit mich Latomba erledigen kann. Sag ihm, er soll mir eine Bombe mit der Post schicken, das spart mir den Weg dort runter.«

»Er sagt, wenn es dir gelingt, seine Frau zu retten, beendet er den Aufstand und bringt keinerlei Beschwerde gegen dich wegen dem ein, was mit dem kleinen Toussaint passiert ist.«

»Und was, wenn ich seine Frau nicht retten kann? Was, wenn die Geiselnehmer sie abknallen? Was macht er dann? Mir die Hand schütteln und mich zu einem gepflegten Abendessen einladen?«

Ein ausgedehntes, hohles Schweigen setzte ein. Schließlich verriet Newt: »Es ist so, Ralph: Ich glaube ihm.«

»Du glaubst ihm? Gut! Nur bist nicht du derjenige, der den Schädel in den Rachen des Löwen stecken soll.«

»Ralph – diese Typen haben gedroht, Latombas Frau zu foltern und umzubringen, wenn sie ihr Geld nicht kriegen.«

Ralph schlug sich mit dem Handballen gegen die Stirn. »Was erwartet er von mir? Ich kann nicht mehr tun als er, jedenfalls nicht ohne ein Sondereinsatzkommando.

Sag ihm, er soll die Tür eintreten und wild ballernd reinstürmen. Vielleicht rettet er seine Frau so, vielleicht auch nicht.«

»Du kannst mit ihnen verhandeln, das hat Latomba gesagt. Du kannst ihnen irgendeinen Deal anbieten.«

»Was für einen Deal denn, um Himmels willen? Ich bin suspendiert, falls du's schon vergessen hast. Ich kann ihnen nicht mal ein verficktes Sandwich anbieten.«

»Schon gut, Ralph … kein Grund, sauer auf mich zu werden. Ich überbringe bloß die Botschaft.«

»Ja … danke, Newt. Entschuldige. Ich schätze, ich tue mir wohl vor allem selber leid.«

»Morgen habe ich meinen freien Tag«, sagte Newt. »Warum treffen wir uns nicht im Sunset und finden raus, wie viele verschiedene Biere wir schaffen?«

Ralph schaute hinüber zum über dem Kamin hängenden Foto von Hemingway. Kein Wunder, dass sich der arme Teufel das Gehirn weggepustet hatte. In einer Welt aus Lug und Trug und Angst und Feigheit schien das manchmal der einzige Weg zu sein, den ein echter Mann einschlagen konnte.

9

Es war ein dunstiger, sonnenheller Morgen, als sie den Pilgrims Highway in südlicher Richtung entlangfuhren. Aus dem Radio dudelte Musik aus den 1970ern. »Staying Alive«, »The Air That I Breathe« und »Reasons To Be Cheerful«.

Victor meinte: »Ich sollte mal Urlaub nehmen. Ich habe seit Jahren keinen Urlaub genommen. Jeden Tag eine andere Leiche. Verstehst du, was ich meine?«

»Muss ziemlich deprimierend sein«, vermutete Michael.

»Oh, auf keinen Fall, deprimierend ist es nicht. Es ist bloß langweilig. Verstehst du, was ich meine? Hat man eine Bauchspeicheldrüse gesehen, hat man alle gesehen.«

Kurz vor elf trafen sie in New Seabury ein, und Michael hupte, als er in seinen Hof bog. Patsy öffnete sofort die Küchentür und kam die Holzstufen herabgerannt. Sie trug eine enge Jeans, eine rosa karierte Bluse und die Haare zurückgesteckt. Michael hielt sie fest, und sie fühlte sich genauso warm und sexy an wie immer, und sie duftete nach Lauren, genau wie immer.

»Das ist Victor Unaussprechlich«, stellte er schließlich vor und drehte sich um.

»Kurylowicz«, korrigierte Victor und streckte die Hand aus.

Patsy schüttelte ihm die Hand und lächelte ihn an. »Freut mich, Sie kennenzulernen. Michael hat mir am Telefon viel von Ihnen erzählt.«

»Nicht die Wahrheit, hoffe ich.«

»Er hat gesagt, Sie sind ein Freund.«

Sie erklommen die Stufen zur Küche, dann durchquerten sie das Wohnzimmer mit seinen zwei abgewetzten Sofas, den Stühlen vom Flohmarkt und der atemberaubenden, blauen und weißen Aussicht auf den Ozean. »Möchtet ihr Kaffee?«, wollte Patsy von Michael wissen. Ihre Augen strahlten, so sehr freute sie sich, ihn zu sehen.

»Das wäre toll«, erwiderte Michael.

Nachdem Patsy in die Küche zurückgekehrt war, meinte Victor: »Sieh sich nur einer diesen Ort an. Wunderschön. Gott allein weiß, warum du in der Stadt arbeiten willst.«

»Mangelndes Einkommen«, gestand Michael. »Sonst brächten mich keine zehn Pferde von hier weg.«

»Wie fühlst du dich jetzt?«, erkundigte sich Victor.

»Unausgeglichen, wenn du die Wahrheit wissen willst.«

»Triffst du dich mit deinem Psychodoktor?«

»Klar, heute Nachmittag.«

»Diese Hypnosesache … hilft das wirklich?«

»Auf jeden Fall. Es ist, als würde man seine schlimmsten Albträume wirklich erleben. Man durchlebt sie, man wandelt in ihnen, man lernt sie kennen, und man lernt, mit ihnen umzugehen … genauso wie man lernt, mit dem Tod umzugehen.«

Victor lächelte und blickte aufs Meer hinaus. »Weißt du, was mein alter Herr zu mir gesagt hat, bevor er gestorben ist? Er hat gesagt: ›Lass um Himmels willen nicht zu, dass mir Onkel Kazyk Lippenstift aufträgt. Ich will nicht so aussehen wie deine Tante Krysta, wenn ich beerdigt werde.‹ Wir haben damals so ausgelassen gelacht, dass wir geweint haben; und danach haben wir richtig geweint. Na ja, er hatte Krebs.«

»Was hat dich dazu gebracht, aus Newark hierherzuziehen?«

»Nichts Bestimmtes. Der Job war zu haben, also bin ich hergekommen.«

»Bist du nicht verheiratet?«

Der Pathologe schüttelte den Kopf. »Wenn man mal gesehen hat, was sich in Menschen befindet, ist es schwierig, eine physische Beziehung zu ihnen aufzubauen. Dadurch distanziert man sich irgendwie von ihnen, falls du verstehst, was ich meine.«

Patsy kam mit dem Kaffee zurück. Sie schenkte für sie beide ein, dann setzte sie sich dicht neben Michael und küsste ihn auf die Wange. »Ich hab dich heute Morgen angerufen«, verriet sie, »aber du warst schon weg.«

»Ach ja?«

»Ich war ein bisschen besorgt. Auf der anderen Straßenseite haben zwei Typen herumgelungert. Hat so ausgesehen, als würden sie das Haus beobachten. Ich hatte schon überlegt, die Polizei anzurufen, aber ungefähr zehn Minuten später hab ich noch mal rausgeschaut, und da waren sie weg.«

»Wie haben sie ausgesehen?«, wollte Michael wissen.

»Ich weiß nicht … irgendwie seltsam. Einer von ihnen war ganz in Schwarz, der andere in Grau. Sie hatten beide Sonnenbrillen auf, deshalb konnte man nicht wirklich erkennen, wie ihre Gesichter aussehen. Ich konnte nur deutlich ausmachen, dass ihre Gesichter entsetzlich bleich waren. Du weißt schon, fast wie Albinos.«

Michael zuckte mit den Schultern. »Ach, hier unten taucht alles Mögliche an Gesocks auf. Wir hatten mal eine ganze Limousinenladung Mafiagangster hier, die haben in ihren Vikunja-Mänteln und mit ihren Gucci-Schuhen am Strand gesessen und Zigarren geraucht. Danach sind sie alle wieder abgedampft.«

»Die zwei sind mir nicht wie Einbrecher oder so

vorgekommen«, meinte Patsy. »Aber sie haben mich beunruhigt, und ich bin nicht sicher, warum.«

»Also, falls du sie noch mal siehst, rufst du die Polizei an.«

»Da ist noch etwas. Spät gestern Abend hat dreimal jemand angerufen, ein Mann. Ich hab zu ihm gemeint, er müsse die falsche Nummer haben, aber er hat wieder angerufen.«

»Hat er gesagt, welche Nummer er wollte?«

»Nein, hat er nicht«, antwortete Patsy.

»Hat er wie jemand geklungen, den du kennst?«

»M-m.«

»Und er hat nichts Obszönes gesagt?«

»Nein, überhaupt nicht. Aber er war so beharrlich, hat dauernd nach ›Mr. Hillarius‹ gefragt.«

Michael starrte sie an. Ein frostiges Kribbeln kroch ihm über den Rücken. »›Mr. Hillarius‹? Bist du sicher?«

»Das hat er gesagt. ›Ich möchte mit Mr. Hillarius sprechen.‹«

Michael runzelte die Stirn. *Mr. Hillarius.* Diesen Namen hatte der blinde Mann erwähnt, als er den Copley Place überquert hatte. Es konnte kein Zufall mehr sein, dass *zwei* Erwähnungen von »Mr. Hillarius« innerhalb so kurzer Zeit und noch dazu so unverhofft stattgefunden hatten.

»Stimmt etwas nicht?«, erkundigte sich Victor und nippte an seinem Kaffee.

»Ich weiß nicht … Ich habe diesen Namen bloß schon mal gehört.«

»Merkwürdig«, befand der Rechtsmediziner.

Victor und Patsy gingen in Hyannis einkaufen, während sich Michael zu Dr. Rice begab. Es war ein strahlender, sonniger Nachmittag. Ein forscher Wind wehte, und die

Wolken tollten wie übermütige Schafe über den Himmel. Dr. Rice ließ Michael über 20 Minuten lang warten, und als er die Tür seiner Praxis öffnete, kam eine Frau mittleren Alters in einem orangen Leinenanzug mit hochrotem Gesicht herausgeeilt, die Augen gerötet, ihr Mascara verschmiert.

»Tut mir leid, dass Sie warten mussten, Michael«, entschuldigte sich Dr. Rice. An diesem Tag sah er mit einem gelben, kurzärmeligen Hemd, einer blau karierten Golfhose und weißen Slippern mit Quasten ungewöhnlich leger aus. »Und entschuldigen Sie auch die Aufmachung. Ich spiele heute Nachmittag in Chatham. Psychiater gegen Zahnärzte. Wir werden den Boden mit ihnen aufwischen.«

Michael setzte sich auf den verchromten Segeltuchstuhl. Die Armlehnen waren seit seiner letzten Therapie begradigt worden. Dr. Rice ging zum Fenster und passte die Jalousien so an, dass die Praxis in bräunliche Düsternis getüncht wurde.

»Wie geht es Ihnen so, Michael?«, erkundigte er sich und setzte sich mit einer Pobacke auf die Schreibtischkante. »Am Telefon haben Sie irgendwie panisch geklungen.«

»Ich bin … instabil, um die Wahrheit zu sagen«, gestand Michael.

»Instabil?«

»Es liegt an diesem Auftrag, daran besteht kein Zweifel. Ich erlebe ständig Rückblenden von Rocky Woods. Und auch andere Dinge. Wirklich seltsame Zwischenfälle auf der Straße – Zwischenfälle, die ich nicht verstehe.«

»Reden wir von nächtlichen Albträumen?«

»Nein, nein. Es sind definitiv Albträume am Tag. Oder eigentlich zu jeder Zeit. Ich erlebe wiederholt dieses plötzlich einsetzende Gefühl, dass ich aus einem Flugzeug falle und gleich sterben werde.«

»Nun«, meinte Dr. Rice sachlich, »ich weiß, dass Sie diesen Auftrag brauchen, aber vielleicht sollten Sie trotzdem darüber nachdenken auszusteigen. Wie ich schon einmal gesagt habe – Ihre geistige Gesundheit sollte Ihnen viel mehr wert sein als alles Geld der Welt. Es bringt nichts, Millionär zu sein, wenn man zu sehr durch den Wind ist, um es zu genießen.«

»Ich will aber nicht aussteigen. Ich *kann nicht* aussteigen. Da sind zu viele offene Fragen, zu viele Rätsel … Ich glaube, wenn ich nicht herausfinde, was John O'Brien und seiner Familie zugestoßen ist, werde ich schlimmer durch den Wind sein als je zuvor.«

»Denken Sie wirklich, es hätte so große Bedeutung, herauszufinden, was John O'Brien zugestoßen ist? Der Mann ist tot, und nichts kann ihn zurückbringen. Für Plymouth Insurance mag es eine Rolle spielen, wie er gestorben ist, aber wieso sollte es *für Sie* von Bedeutung sein? Aus psychologischer Sicht, meine ich.«

»Es spielt eine große Rolle«, beharrte Michael. »Ich vermute, Sie haben in den Nachrichten gesehen, dass O'Briens Tochter tot in der Bucht von Nahant angeschwemmt worden ist, richtig?«

»Selbstverständlich«, erwiderte Dr. Rice skeptisch. Er streckte die Hand aus und schaltete sein Aufnahmegerät ein.

»Ich bin zur Bucht von Nahant gefahren und habe die Leiche gesehen. Aber mehr als das, ich habe die Bucht von Nahant gesehen … und die Bucht von Nahant ist dieselbe Bucht, die ich gesehen habe, als Sie mich zuletzt hypnotisiert haben.«

Dr. Rice schaute überrascht drein. »Sind Sie sich da ganz sicher?«

»Absolut. Derselbe Strand, derselbe Leuchtturm, alles.«

»Und sind Sie vorher schon einmal bei der Bucht von Nahant gewesen?«

»Nie.«

»Sie haben sie auch nie in einem Reiseführer oder einer Zeitschrift gesehen?«

Kläglich schüttelte Michael den Kopf.

»Also … dann ist das wirklich bemerkenswert«, räumte Dr. Rice ein. »Ich habe schon von Patienten gehört, die unter Hypnose Gedankenblitze hatten … aber noch nie von einem Patienten, der in die Zukunft sehen konnte.«

»Ich möchte, dass Sie mich noch mal hypnotisieren«, erklärte Michael.

Dr. Rice stand auf und ging um den Schreibtisch herum. Das gedämpfte Sonnenlicht brachte seine knochigen, frisch rasierten Wangen zum Schimmern, die Augen jedoch blieben Tümpel undurchdringlicher Dunkelheit.

»Sind Sie sicher?«

»Selbstverständlich bin ich sicher … warum fragen Sie? Das haben Sie mich noch nie gefragt.«

»Der Grund dafür ist, dass ich mir Sorgen um Sie mache. Normalerweise nutzen Patienten bei der Hypnotherapie ihre Erlebnisse, um sich mit ihren psychischen Traumata zu arrangieren. Sie scheinen das Gegenteil zu tun … Sie erschaffen unter Hypnose weitere psychische Traumata und nehmen sie in den Wachzustand mit, wo sie Ihr Alltagsleben durcheinanderbringen.«

»Ich habe die Bucht von Nahant gesehen. Ich habe den Leuchtturm gesehen, ich habe den Strand gesehen. Ich habe diese grünen Saltbox-Häuser gesehen. All das war *da*, Herrgott noch mal. Es war alles wirklich da. Ich muss in Erfahrung bringen, wie ich diese Dinge sehen konnte, bevor ich dort war, und warum.«

Dr. Rice ließ den Kopf sinken. »Ihnen muss klar sein,

dass die Hypnotherapie nur Dinge aufdecken kann, die bereits in Ihrem Gehirn schlummern. Sie kann Ihnen nichts zeigen oder sagen, was Sie nicht bereits wissen.«

»Bitte«, sagte Michael. »Ich klammere mich gerade am Rand des Abgrunds fest, hänge nur noch mit den Fingernägeln daran. Ich sehe Dinge, die ich nicht sehen sollte. Ich habe alle möglichen sonderbaren Erlebnisse. In Boston hatte ich das Gefühl, verfolgt zu werden, dann hat mich dieser blinde alte Mann angesprochen, und danach ist mir mein Taxifahrer mit der Bibel gekommen.«

»Klingt für mich ganz normal für Boston«, befand Dr. Rice mit einem verhaltenen, schelmischen Lächeln.

»Ich muss in mein Unterbewusstsein eintauchen«, ließ Michael nicht locker.

Schließlich gab sich Dr. Rice geschlagen. »Na schön. Aber das Aufnahmegerät läuft, und ich möchte festhalten, dass ich Sie auf Ihren eigenen Wunsch und auf Ihr eigenes Risiko hypnotisiere und Sie mich von jeglicher Verantwortung entbinden.«

Michael zögerte. So hatte er Dr. Rice noch nie reden gehört. »Sie haben Angst«, unterstellte er ihm.

»Ich bin nur besorgt. Hypnose ist kein Partytrick. Sie könnten ein schweres Trauma erleiden.«

»Ich habe bereits in wachem Zustand Visionen davon, aus einem Flugzeug zu fallen. Ich meine, Visionen in *wachem Zustand,* am helllichten Tag, als würde sich der Boden direkt unter meinen Füßen auftun. Ich sehe Leichen. Ich sehe Körperteile. Ich *sehe* sie, Herrgott noch mal! Was könnte schlimmer sein als das?«

»Na gut«, willigte Dr. Rice ein. »Wenn Sie meinen, dass es Ihnen wirklich helfen kann, in Hypnose einzutauchen … Aber lassen Sie mich Ihnen noch einmal sagen: Sie werden unter Hypnose nichts erleben, was Sie nicht bereits wissen.

Und vielleicht sollten Sie besser über das nachdenken, was Sie bereits wissen.«

»Hä?«, fragte Michael und drehte den Kopf, als Dr. Rice hinter ihn trat.

»Ich mag Sie«, erklärte Dr. Rice. »Mehr als das kann ich nicht sagen.«

»Bitte …«, blieb Michael hartnäckig. »Lassen Sie mich abtauchen, okay?«

Dr. Rice zog sich einen Stuhl herüber und setzte sich neben ihn. Michael konnte den Binaca-Mundspray in seinem Atem riechen. »Sitzen Sie gemütlich?«, fragte der Hypnotherapeut, und Michael nickte.

Dann sagte Dr. Rice: »Legen Sie die linke Hand mit der Handfläche nach oben auf Ihr linkes Knie und die rechte Hand auf die linke Hand, ebenfalls mit der Handfläche nach oben. Entspannen Sie sich …«, fügte er hinzu. »Sie sind angespannt, Sie sind verängstigt, Sie wissen nicht, was Sie tun sollen … aber Sie sind hergekommen, um Hilfe zu finden, und ich werde Ihnen Hilfe bieten. Drehen Sie den Kopf hin und her, lockern Sie die Muskeln. Entspannen Sie sich.«

Michael entspannte sich – entspannte sich *richtig*. Er ließ seine Seele aus den Füßen abfließen, bis er nur noch einer Marionette glich und schlaff auf dem Stuhl lungerte, die Fäden durchgeschnitten, leer, vollkommen empfänglich, bereit für alles.

Dr. Rice holte seine Hypnosescheibe aus Zink und Kupfer hervor und drückte sie in Michaels offene Handfläche.

»Richten Sie den Blick fest auf die Mitte der Scheibe, auf die Stelle aus Kupfer. Lassen Sie den Blick darauf geheftet und schauen Sie nicht weg.«

Michael starrte auf die Kupferstelle hinab und sah, wie sie vor seinen Augen tänzelte. *Diesmal,* dachte er, *wird es ihm nicht gelingen, mich abtauchen zu lassen. Diesmal wird er versagen.*

»Ihnen ist danach zumute zu schlafen«, sagte Dr. Rice. »Kämpfen Sie nicht gegen die Versuchung an zu schlafen ... lassen Sie sich vom Schlaf übermannen, sobald er es will. Wenn ich Sie auffordere, die Augen zu schließen, dann tun Sie es.«

Dr. Rice führte die Hände vor Michaels Gesicht vorbei, wieder und wieder. »Sie fühlen sich schläfrig«, wiederholte er. »Ihre Lider sind so schwer, Sie können sie kaum noch offen halten. Sie haben kein Gefühl mehr in den Armen oder Beinen. Ihr Körper ist taub. Ihre Augen schließen sich, Sie schlafen ein.«

Er berührte Michaels Lider, dann murmelte er: »Es ist Ihnen unmöglich, die Augen offen zu halten. Sie schlafen, schlafen, schlafen. Sie können die Augen nicht öffnen, die Lider sind fest verschlossen. Jetzt schlafen Sie ... Sie schlafen.«

Michael wollte nicht einschlafen. Jedenfalls nicht so leicht. Diesmal wollte er Dr. Rice zeigen, dass er sich ihm widersetzen konnte. Aber noch während er dachte: *Nein, diesmal nicht, oh nein ...* glitt er hinein in Unwirklichkeit, in jenen warmen, dunklen, einladenden Ozean des Unterbewusstseins, und er konnte die Augen nicht öffnen, sosehr er es auch versuchte. Es ging einfach nicht. Und er wollte es auch nicht wirklich, denn der Ozean war tief, und der Ozean fühlte sich so entspannend an, er konnte tiefer und tiefer tauchen und gleichzeitig schlafen, während er schwamm.

Er sah jenes grelle, rosa Aufflammen, das er jedes Mal wahrnahm, bevor ihn Dr. Rice vollständig abtauchen ließ, und diesmal empfand er es als greller als je zuvor. Dann wurde er von Dunkelheit umhüllt.

Er wusste, dass er sich an jenem Strand befand. Immer noch wollte er die Augen nicht öffnen, trotzdem wusste er, dass er an dem Strand sein musste. Er konnte hören, wie sich die Brandung unermüdlich der Küste entgegenwarf, er konnte fühlen, wie ihm der salzige Wind ins Gesicht blies, und er nahm das Kreischen der Möwen wahr. Er hörte Jason sagen: »... *Fahrrad* ...« Dann öffnete Michael letztlich die Augen.

Ein großer Mann stand in der Nähe und beobachtete ihn. Der Mann besaß knochenbleiches Haar, lang und seidig, und er trug es zurückgekämmt, wenngleich ein Teil davon im Küstenwind wehte. Ein längliches Gesicht mit scharf geschnittenen Zügen, einer geraden, schmalen Nase, markanten Wangenknochen und dunklen, gebieterischen Augen. Er war beängstigend gut aussehend, einer jener Männer, in deren Gegenwart Ehemänner instinktiv schützend den Arm um ihre Frauen schlangen.

Der Mann trug einen langen, teuer wirkenden Mantel aus hellgrauer, weicher, gewobener Wolle, der sich im Wind bauschte. Penibel schälte er eine Limette und ließ die Stücke der Schale auf den Sand fallen.

»Also sind Sie gekommen, um sich uns anzuschließen, Michael«, meinte der Mann lächelnd, wenngleich seine Lippen nicht synchron zur Stimme zu sein schienen wie bei einem schlecht synchronisierten fremdsprachigen Film.

Angst flutete Michael von Kopf bis Fuß, aber der Mann legte ihm einen Arm um die Schultern und sagte: »Kommen Sie mit ... Sie sollten sich nicht fürchten ... Sie sind jetzt unter Freunden ... unter Freunden und Verwandten.«

»Ich verstehe nicht«, brachte Michael mühsam hervor. Er sah sich an der Küste um, ließ den Blick über die vom Wind gepeitschten Dünen wandern, über die kleinen, gedrungenen Saltbox-Häuser, zu den still am Himmel kreisenden Möwen. In der mittleren Ferne konnte er etwas Gräuliches, Bleiches am Strand ausmachen, etwas, das ein angeschwemmter Postsack, eine schleimige Ansammlung von Treibgut … oder etwas Schlimmeres sein mochte. Einige der Möwen stakten besitzergreifend um das Objekt herum und zupften mit den Schnäbeln daran.

Der Mann führte Michael behutsam weg. Sein Mantel bauschte sich ständig um Michaels Beine, was es für Michael schwierig gestaltete zu gehen. Er sagte: »Sie müssen wissen, Sie sind sehr privilegiert. Nicht viele von euch erinnern sich noch daran, was sie sind.«

Sie erklommen die Dünen. Ihre Füße sanken tief in den weichen Sand. Michael konnte nicht umhin, sich noch einmal umzudrehen und zu dem Schemen zu starren, der am Strand lag. Das konnte nicht Sissy O'Brien sein, oder? Ihm gefiel nicht, wie die Möwen daran zupften und wie sich eine Möwe mit einem großen Brocken von etwas Nassem, Zerfetztem im Schnabel in die Luft erhob.

»Kommen Sie schon«, drängte ihn der Mann. »Wir haben nicht viel Zeit.«

»Wohin gehen wir?«, wollte Michael wissen.

Der Mann erwiderte nichts, sondern packte ihn mit einer starken, klauenartigen Hand am Ellbogen und trieb ihn voran. Zusammen erreichten sie die Kuppe der Dünen, angeschoben vom Wind, der ihnen in den Rücken wehte, dann stiegen sie einen weitläufigen, sandigen Hang hinab und hielten auf den weißen Leuchtturm zu, den Michael in seiner letzten hypnotischen Trance gesehen hatte.

»Ich träume«, murmelte Michael. »Sagen Sie mir, dass ich träume.«

Der Mann drehte sich ihm zu, das Gesicht kantig und weiß wie ein Kalksteinbruch, die Augen rot wie flüssige

Rubine. »Nein, Michael, Sie träumen nicht. Das hier ist real … es ist das Hier und Jetzt. Würden Sie träumen, müsste ich auch träumen, und wir würden uns denselben Traum teilen.«

»Ich bin nicht wirklich hier«, beharrte Michael.

»Natürlich sind Sie hier! Können Sie nicht den Wind fühlen? Können Sie nicht das Meer hören?«

»Ich bin in Trance. Ich sitze in Dr. Rices Praxis in Hyannis. Er hat mich hypnotisiert.«

»Sie sind *hier,* Michael. Warum versuchen Sie, sich etwas anderes vorzumachen?«

Michael stolperte im Sand, als ihn der Mann näher und näher zu dem geweißten Leuchtturm zerrte. Der Wind pfiff und säuselte durch das Gras. Der Leuchtturm war so weiß, dass ihn Michael sogar an einem so trüben Morgen wie diesem wegen des Gleißens kaum ansehen konnte.

»Hören Sie wohl auf, mich zu ziehen!«, herrschte er den Mann an und entriss ihm seinen Ärmel. »Ich will überhaupt nicht hierher!«

Der Mann blieb stehen und starrte Michael an, die Füße in Schulterbreite in den Boden gepflanzt, der Rücken gerade, die Hände an den Hüften. Er wirkte auf biblische Weise streng.

»Sie müssen«, erklärte er gebieterisch.

Michael schüttelte den Kopf. »Ich gehe nirgendwohin. Das ist ein Traum.«

Der Mann beugte sich über ihn. »Ich schlafe nie. Und weil ich nie schlafe, träume ich auch nie. Das ist kein Traum. Das ist die Wirklichkeit. Sie sind *hier,* Michael, draußen an der Küste, und Sie kommen mit mir.«

Damit packte er Michaels Arm wieder und schleifte ihn weiter vorwärts. Michael war teilweise bewusst, dass es Dr. Rice sein musste, der ihn vorwärtszerrte. Ihm war teilweise bewusst, dass er sich noch in Dr. Rices Praxis befinden musste. Und dennoch nahm er die kräftige, salzige Meeresbrise deutlich wahr, konnte den unter seinen Füßen rutschenden Sand spüren und fühlen, wie sich der Mantel des Mannes immerzu um seine Beine verhedderte. Da dachte er bei sich: *Wie kann das sein? Wie in Dreiteufelsnamen kann das sein? Wo bin ich, verdammt noch mal? Bin ich hypnotisiert oder träume ich oder bin ich tot?*

Meter für Meter zog ihn der Mann auf den Leuchtturm zu. Aus der Nähe stellte Michael fest, dass er aus grell geweißtem Beton bestand, obwohl er sich als wesentlich fleckiger und verwitterter entpuppte, als es aus der Ferne den Anschein gehabt hatte.

»Kommen Sie mit hinein«, befahl ihm der Mann und zog ihn zu einer niedrigen, massiven Tür aus Eichenholz mit braunen Flecken. Er drehte den Eisenknauf und ließ die Tür aufschwingen. Dann packte er Michael wieder am Arm und stieß ihn hinein.

Michael sah sich um. Er stand in einer großen, düsteren, feucht riechenden Kammer mit hoher Decke und dicken Mauern. Rings um ihn bildeten 60 bis 70 junge, weißgesichtige Männer einen Halbkreis, gekleidet in Schwarz- und Grau- und Gewittergrüntöne. Ohne jede Überraschung, dafür mit frostiger Neugier starrten sie ihn an. Er drehte sich von einem zum anderen, und alles, was er sah, waren Mienen, die von Grausamkeit und Feindseligkeit zeugten, beinah so, als fühlten sie sich zu sehr über ihn erhaben, um ihm die Arme zu fesseln und ihn bei lebendigem Leib zu häuten.

»Das ist ein Traum«, redete er sich hartnäckig vor, während er sich einem arroganten, weißen Gesicht nach dem anderen zudrehte. »Das *muss* ein Traum sein.«

»Kein Traum«, beharrte der Mann. »Soll ich es Ihnen beweisen?«

»Es *ist* ein Traum«, ließ sich Michael nicht überzeugen. »Ich bin in Hyannis, nicht in der Bucht von Nahant. Ich sitze in einer hypnotherapeutischen Trance in Dr. Rices Praxis. Können Sie mich hören, Dr. Rice? Ich will, dass Sie mich hier rausholen! Ich will, dass Sie mich *sofort* hier rausholen!«

Er wusste nicht, ob er zusammenhängend sprach oder nicht. Vielleicht redete sein waches Ich bloß Kauderwelsch – in dem Fall würde ihn Dr. Rice wahrscheinlich weitermachen lassen. Aber er musste hinaus aus dieser Trance. Er konnte den Wind nicht ertragen, und er konnte die Kälte in den Gesichtern dieser jungen Männer nicht ertragen. Ebenso wenig konnte er die Vorstellung ertragen, jener Postsack am Ufer könnte sich plötzlich erheben und den Weg hinter ihm her antreten, denn er war überzeugt davon, dass es sich um Sissy O'Brien handelte, mit ihrem grauen Gesicht, von Seegras verkrusteten Haaren und der schrecklichen, so tief in ihr verborgenen Katze, wild und rachsüchtig, bereit, ihm die Augen auszukratzen.

»Sie machen mir Angst«, warf er dem weißgesichtigen Mann vor. »Sie machen mir Angst, und ich muss jetzt gehen.«

Der weißgesichtige Mann legte eine Hand auf Michaels Arm, hielt ihn fest. »Jetzt ist alles gut, Michael. Alles ist gut. Sie müssen nur zu Ihrer Familie zurückkehren und uns vergessen. Sie wollen doch nicht, dass etwas *Schlimmes* passiert, oder?«

»Nein«, antwortete Michael nervös.

Der weißgesichtige Mann trat näher zu ihm und starrte ihm eindringlich in die Augen. Michael hatte noch nie zuvor so blutrote Augen gesehen und schrak unwillkürlich zurück.

»Wovor haben wir denn Angst?«, fragte ihn der Mann abfällig. »Wir haben doch nicht etwa Angst vor blutroten

Augen, oder? Haben Sie noch nie die Augen eines Mannes gesehen, der 3000 Jahre lang nicht geschlafen hat? Haben Sie noch nie die Augen eines Mannes gesehen, der wach geblieben ist, Nacht für Nacht, Monat für Monat, Jahr für Jahr, während Caesar aufstieg und Caesar fiel, während die Pyramiden erbaut wurden, während die Wikinger das Meer überquerten und während Pilger bei Plymouth Rock an Land gingen?«

»Ich träume«, murmelte Michael. Er schloss die Augen und wiederholte: »Ich träume.«

Als er die Lider wieder öffnete, beugte sich der weißgesichtige Mann noch näher über ihn, und all die anderen Männer scharten sich nach wie vor um ihn, starrten ihn an, als wollten sie ihn tot sehen.

Der weißgesichtige Mann stieß Michael so kräftig in die Brust, dass er es spüren konnte. »Wissen Sie, wer ich bin?«, fragte er.

Michael schüttelte den Kopf.

»Sie suchen nach mir, halten nach mir Ausschau, obwohl Sie es noch nicht wissen.«

»Wie meinen Sie das?« Michael schauderte. »Wenn ich gar nicht weiß, wer Sie sind oder *was* Sie sind, wie kann ich dann nach Ihnen suchen?«

»Man nennt mich *Mr. Hillarius*«, klärte ihn der weißgesichtige Mann auf. »Und Sie suchen nach mir, ohne es zu wissen. Aber jetzt …«

Abrupt verstummte der Mann, richtete sich auf und ging langsam durch den Raum. Sein langer, grauer Mantel wallte dabei wie eine Rauchspur hinter ihm her. »Jetzt wissen Sie, wer ich bin, jetzt haben Sie *gefühlt,* wer ich bin … und ich bin hier, um Sie zu warnen. Sie müssen mich unentdeckt lassen und vergessen, dass Sie mich gesehen haben, müssen vergessen, dass ich mit Ihnen gesprochen habe.«

Beinah bedauernd fügte er hinzu: »Die Welt ist niemals einfach gewesen, Michael. Weder einfach noch tugendhaft. Man kann seine Sünden nicht loswerden, indem man zu Gott betet. Man kann seine Sünden nicht loswerden, indem man sie alle in die Seele eines Menschen bündelt und diesen Menschen dann dem Herrn, eurem schrecklichen Gott, opfert. Man kann seine Sünden nicht loswerden, indem man beichtet oder die Absolution erhält oder sagt, dass es einem leidtut.

Eine Sünde ist und bleibt eine Sünde, ob man daran nun Freude hatte oder nicht. Sie bleibt einem erhalten, und man muss damit leben. Und selbst wenn es jemandem irgendwie gelingt, Absolution zu erlangen, kann eine solche Absolution nur vorübergehend sein … verstehen Sie mich? Denn ganz gleich, wie sehr man versucht, seine Sünden zu verstecken oder zu vergessen oder so zu tun, als hätte man sie nie begangen, sie werden einen immer, immer, *immer* finden.«

Er zeigte auf seine Augen. »Und wissen Sie, weshalb? Weil wir sie haben. *Wir* haben sie, und auch wenn Menschen sie vergessen, wir erinnern uns daran. Wir schlafen nie, wir vergessen nie. Für uns gibt es kein ›am nächsten Morgen besser fühlen‹. Für uns gibt es kein ›ach, es war doch bloß ein Traum‹. Für uns gibt es nur Schmerz und Bestrafung, bis wir euch eure Schlechtigkeit zurückgeben und all das Chaos und die Grausamkeiten, mit denen ihr gelebt habt, bevor Aaron für eure Sünden Buße getan hat. Sie haben noch nicht bezahlt, Michael. Sie haben noch nicht bezahlt! Aber bald schon wird der Tag kommen, an dem Sie bezahlen werden!«

Michael wich zurück, aber »Mr. Hillarius« folgte ihm mit rot funkelnden Augen.

»Das ist eine Trance«, erinnerte sich Michael. »Ich sitze in Dr. Rices Praxis in Hyannis, und das alles hier passiert in einer Trance.«

»Mr. Hillarius« kam näher und näher, bis Michael die Kälte seines Atems fühlen konnte. Hinter ihm begannen all die weißgesichtigen jungen Männer, sich raschelnd zu rühren wie Albinofledermäuse, die sich von den Wänden einer für lange Zeit unentdeckten Höhle lösen.

»Sie haben noch nicht bezahlt, Michael. Niemand von euch hat bezahlt. Aber bald schon wird der Tag kommen, an dem ihr bezahlen werdet!«

Er hob die linke Hand und streichelte unendlich zart Michaels Wange. Dann beugte er sich mit leicht geteilten Lippen vor, und plötzlich wurde offensichtlich, dass er Michael auf den Mund küssen wollte.

Michael stieß ihn weg, schwang die Fäuste und brüllte aus Leibeskräften: »Weg von mir! Weg von mir! Sie gottverdammter Perverser, weg von mir!«

Er schlug sich die Knöchel der rechten Hand an der metallgefassten Seite von Dr. Rices Schreibtisch an, schlug die Augen auf und erkannte auf Anhieb, dass er recht gehabt hatte. Es *war* eine Trance gewesen. Es *war* ein Traum gewesen. Er hatte nicht die Bucht von Nahant besucht. Er hatte nicht die Dünen erklommen und den Leuchtturm betreten. Er hatte diese versammelten jungen Männer mit ihren totenbleichen Gesichtern nicht gesehen.

In Wirklichkeit war er die ganze Zeit hier gewesen, hatte in diesem braun-düsteren Raum auf diesem verchromten Segeltuchstuhl gesessen. Da hing Dr. Rices gerahmtes Zeugnis aus Wien, dort Charles Sheelers Gemälde eines Ozeandampfers – verwaist, still, akribisch.

Ein menschenleeres Szenario, darauf wartend, dass etwas passierte.

Dr. Rice stand mit dem Rücken zum Fenster. Er sah entschieden unglücklich aus.

»Geht es Ihnen gut?«, fragte er Michael.

»Ich weiß es nicht«, antwortete ihm Michael wahrheitsgemäß. »Ich hatte dasselbe Erlebnis wie letztes Mal … den Mann am Strand. Nur diesmal ging es viel weiter.« Er beschrieb seine Trance in kurzen, abgehackten Sätzen und bemühte sich, nichts auszulassen.

Nachdem er geendet hatte, meinte Dr. Rice: »Irgendetwas verstört Sie zutiefst.«

»Sie haben ja nicht mal ansatzweise eine Ahnung«, erwiderte Michael. »Ich habe vorher noch nie von ›Mr. Hillarius‹ gehört.«

»Sie erschaffen diese ganze Sache in Ihrer unterbewussten Fantasie«, diagnostizierte Dr. Rice. »Es ist wie eine Metapher für das, was Sie im wahren Leben tun. Dem menschlichen Verstand missfällt die Vorstellung sinnloser Unfälle wie der Katastrophe mit den O'Briens – ganz besonders *Ihrem* Verstand, der darauf geschult ist, nach Antworten und Erklärungen zu suchen. Dieser ›Mr. Hillarius‹ ist genau wie einer der imaginären Freunde, die Kinder haben, wenn sie klein sind … nur dass ›Mr. Hillarius‹ Ihr imaginärer *Feind* ist. Er ist jemand, dem Sie die Schuld an John O'Briens Tod geben können.«

»Wie ein Sündenbock«, meinte Michael.

Mit unerwarteter Plötzlichkeit schaute Dr. Rice auf und starrte Michael an, als hätte er damit einen Nerv getroffen. Dann schürzte er die Lippen und nickte. »Ja. Das ist richtig. Wie ein Sündenbock.«

Raschelnd schichtete er seine Unterlagen. Michael beobachtete ihn kurz, dann fragte er: »Was denken Sie?«

»Ich weiß es nicht, es liegt alles bei Ihnen. Aber meiner Meinung nach kann es Ihnen nur besser gehen, indem Sie sich ausruhen und sich von allem fernhalten, was mit Todesfällen durch Gewalt und Unfälle zu tun hat. Für solche Dinge besitzen Sie nicht die mentale Stärke, Michael.

Das ist nichts, wofür Sie sich schämen müssten. Die wenigsten Menschen haben diese Stärke.«

Michael stand auf. Aus irgendeinem Grund hatte er das Gefühl, sich nicht ganz darauf verlassen zu können, dass ihm Dr. Rice die Wahrheit über »Mr. Hillarius« sagte, wenngleich er nicht wusste, weshalb. Früher hatte er dem Mann immer vertraut. Es lag wohl daran, dass Dr. Rice ihn diesmal besonders hartnäckig davon zu überzeugen versuchte, seinen Auftrag von Plymouth Insurance hinzuschmeißen. Tatsächlich hatte Dr. Rice vorher noch nie versucht, ihn von irgendetwas abzubringen – nicht einmal von entschieden dummen Ideen wie einer Weltumsegelung oder einer Hundeschlittenfahrt zum Nordpol.

»Ich fahre morgen Vormittag zurück nach Boston«, kündigte Michael an. »Vielleicht kann ich noch einmal vorbeischauen und mit Ihnen reden, bevor ich aufbreche.«

Dr. Rice nickte. »Na schön ... sagen wir um Viertel vor zehn. Später nicht, jeden Donnerstagvormittag empfange ich eine meiner Schlankheit anstrebenden Damen, und sie mag es nicht, wenn man ihre Cellulitis warten lässt.«

Michael verließ Dr. Rices Praxis und ging hinaus in den windigen Sonnenschein. Er erblickte Patsy und Victor auf der gegenüberliegenden Straßenseite, wo sie das Schaufenster des Raven Buchladens betrachteten. Michael rief ihnen zu, aber in dem Moment fuhr ein schwerer Lastwagen vorbei und übertönte ihn. Als er gerade vom Bürgersteig treten wollte, bemerkte er einen weißgesichtigen Mann mit dunkler Brille am Eingang eines Eisenwarenladens nur anderthalb Blocks entfernt. Es sah ganz so aus, als beobachte er Patsy und Victor – aber kaum hatte Michael die Straße überquert, um sich zu ihnen zu gesellen, entfernte sich der Mann vom Eingang des

Ladens und ging mit raschen Schritten in nördlicher Richtung davon.

Michael packte Patsy am Arm. »Siehst du den Kerl da? Den, der gerade die Straße hinauf verschwindet?«

»Was ist mit ihm?«

»War das keiner der Männer, die das Haus beobachtet haben?«

Patsy schirmte mit der Hand die Augen ab. »Ich bin mir nicht sicher … Ich kann sein Gesicht nicht erkennen. Er ist zwar genauso gekleidet … aber nein, sicher bin ich mir nicht.«

»Soll ich hinter ihm her?«, meldete sich Victor zu Wort. »Ich habe früher an der High School Football gespielt.«

Michael schüttelte den Kopf. Der Mann war bereits um die nächste Ecke verschwunden und Michael hatte das seltsame Gefühl, sie würden ihn nicht finden können, selbst wenn sie hinter ihm herliefen.

Stattdessen spazierten sie zurück zu Michaels Auto, und Victor fragte: »Wie war die Hypnotherapie?«

»Ich bin mir noch nicht sicher. Irgendwie verwirrend. Man fühlt sich danach nicht immer besser.«

»Wenn man sich danach nicht besser fühlt, was hat sie dann für einen Sinn?«

»Sie soll einem helfen, das eigene Unterbewusstsein zu erkunden.«

»Ich bin mir nicht allzu sicher, ob ich das wollen würde«, meinte Victor. »Ich habe ein Unterbewusstsein voller Dämonen.«

»Das haben wir doch alle. Aber heute war es irgendwie schräg. Ich komme morgen noch mal her, um herauszufinden, ob ich schlau daraus werden kann.«

»Ich bin noch nie hypnotisiert worden«, verriet Victor. »Ich glaube, das wäre bei mir auch gar nicht möglich.«

»Oh, du würdest dich wundern«, entgegnete Michael. »Manchmal gehe ich mit dem festen Entschluss in Dr. Rices Praxis, mich diesmal nicht in Trance versetzen zu lassen, aber es gelingt ihm trotzdem jedes Mal.«

Michael schloss das Auto auf, und sie alle stiegen ein. Victor nahm hinten Platz. Der Rechtsmediziner beugte sich nach vorn und erzählte: »Ich habe mal eine Hypnoseshow auf der Bühne gesehen. Der Hypnotiseur ließ Leute auf einem Bein stehen, hat sie dazu gebracht, ihre Hosen auszuziehen, alles Mögliche. Und das, nachdem sie angeblich aufgewacht waren und die Bühne schon wieder verlassen hatten.«

»Das nennt sich posthypnotische Suggestion«, erklärte Michael und lenkte den Mercury auf die Straße. »Ich habe früher nie geglaubt, dass so etwas funktionieren könnte, tut es aber … vorausgesetzt, die Suggestion ist simpel und klar.«

»Was, wenn die Suggestion etwas Destruktives ist?«

Michael wollte gerade darauf antworten, als ihn ein Bus ohrenbetäubend laut anhupte. Als der Bus um ihr Heck herummanövriert hatte und Michael damit fertig war, den Busfahrer durch das Fenster zu verwünschen, hatten sie den Faden der Unterhaltung verloren.

Aber als sie zurück in Richtung New Seabury fuhren, fing Victor an, nachdenklich zu wirken.

Patsy drehte sich auf dem Sitz um und erkundigte sich: »Was geht Ihnen gerade durch den Kopf?«

»Ich bin nicht sicher. Mir ist nur ein Gedanke gekommen.«

»Etwas Gutes? Etwas Schlechtes?«

»Etwas, das anfängt, einer Sache Sinn zu verleihen, die keinen Sinn ergibt.«

Ralph Brossard briet sich gerade geräuschvoll Speck, als das Telefon klingelte.

»Ich bin nicht da«, verkündete er und klemmte sich den Hörer unters Kinn. »Wenn Sie eine Nachricht hinterlassen wollen, dann nach dem Piepton. *Piiiep.*«

»Sind Sie Detective Ralph Brossard?«

»Ganz genau. Wer will das wissen?«

»Detective Brossard, Sie wissen, wer ich bin. Sie haben meinen Sohn getötet.«

Ein sehr, *sehr* langes Schweigen breitete sich aus.

»Haben Sie mich gehört, Detective Brossard?«

»Ja, habe ich. Detective Newton hat mich gestern Abend angerufen und mir gesagt, was Sie wollen.«

»Die haben Verna inzwischen seit fast 20 Stunden, Detective Brossard. Ich konnte ein wenig Zeit herausschinden, indem ich ihnen gesagt habe, ich wüsste, wo das Geld ist. Aber die tun ihr weh, Mann. Sie tun ihr *richtig* weh, und ich weiß nicht, was ich machen soll.«

Ralph wendete seine Speckstreifen mit der Gabel. »Mr. Latomba, Sie werden mit dieser Situation entweder alleine klarkommen oder den Notruf wählen müssen. Ich bin bis zum Abschluss der internen Ermittlungen suspendiert, was der normalen Vorgehensweise bei einem Schusswechsel mit Todesfolge entspricht. Selbst wenn ich wollte, könnte ich nichts tun.«

Patrice sog hörbar die Luft ein. »Detective Brossard, ich hasse Sie, ich hasse Sie abgrundtief, aber ich hasse alle Weißen gleichermaßen, und dass Sie meinen kleinen Sohn erschossen haben, lässt mich Sie nicht mehr hassen, als ich es ohnehin schon getan hatte. Das wäre schlichtweg nicht möglich.«

»Schön zu wissen, dass Sie eine so gerechte Anschauung haben«, gab Ralph zurück. »Nur ändert das nichts, oder?«

»Was ich damit sagen will, Mann, ist, dass es ganz bei Ihrem Gewissen liegt, ob Sie mir helfen oder nicht. Sie haben meinen Sohn erschossen, Sie haben meinen kleinen Toussaint umgebracht, und deshalb sind Sie mir was schuldig, Mann. Sie sind mir was *schuldig.*«

Ralph drehte das Gas ab. »Mr. Latomba, der Tod Ihres Sohnes war eine bedauernswerte Tragödie. Wenn es eine Möglichkeit gäbe, die Zeit zurückzudrehen und es ungeschehen zu machen, würde ich es tun. Es war tragisch, es war grauenhaft, und ich fühle mich deswegen durch und durch elend, aber es war ein Unfall. Jambo hat auf mich geschossen, und ich habe das Feuer erwidert. Der Kinderwagen Ihres Sohnes ist dabei versehentlich in die Schusslinie geraten.«

»Mann, Sie *schulden* mir was!«, brüllte Patrice, den Tränen nahe.

»Es tut mir leid, Mr. Latomba, aber ich schulde Ihnen gar nichts außer Respekt als Mensch.«

»Auch meiner Frau?« Patrices Stimme zitterte.

»Ja, auch Ihrer Frau«, bestätigte Ralph matt.

»Na schön. Dann hören Sie jetzt zu. Das ist eine Tonbandaufnahme, angefertigt mit meiner eigenen Hi-Fi-Anlage, die vor einer Stunde von den Geiselnehmern aus der Wohnung geschoben worden ist.«

»Mr. Latomba, ich glaube wirklich nicht, dass …«

»Hören Sie es sich an!«, verlangte Patrice mit solcher Wut, dass Ralph verstummte und lauschte.

Er hörte irgendein ratterndes Geräusch, als Patrice sein Kassettengerät einschaltete. Dann vernahm er eine widerhallende, verzerrte Unterhaltung, als redeten zwei Personen in einem Badezimmer oder einer Küche miteinander. Jemand lachte, das Lachen eines Mannes. Kurz darauf näherte sich eine Stimme dem Mikrofon so weit, dass man die Atemgeräusche hören konnte. Die Stimme sagte: »Wir wissen, dass du dein Bestes gibst, um unser Geld zu finden, Patrice, aber wir dachten, es könnte nicht schaden, dir einen kleinen Vorgeschmack auf das zu geben, was passiert, wenn es dir nicht gelingt.«

Eine andere Stimme, noch mehr Echos. »Zum Anfang ein bisschen feine Messerarbeit.«

Auf eine kurze Pause folgten die Geräusche einer kreischenden Frau. Sie schrie und schrie und hörte einfach nicht auf. Ralph sträubten sich die Nackenhaare, und nach wenigen Sekunden legte er den Hörer weg und hielt die Hand über die Muschel. Er hatte schon Frauen vor Schmerzen schreien gehört und wusste, dass die Aufnahme echt war. Und nicht nur echt – diese Aufnahme enthielt die gequältesten Schreie, die ihm je untergekommen waren … und er hatte schon Frauen schreien gehört, die von ihren eifersüchtigen Ehemännern mit Benzin übergossen und angezündet worden waren. Er wartete, bis er sicher sein konnte, dass es vorbei war, dann hob er den Hörer wieder ans Ohr und sagte: »Mr. Latomba?«

Ein Klicken, als Patrice das Kassettengerät ausschaltete.

»Mr. Latomba?«

»Ich bin noch da. Haben Sie das gehört, Mann? Die haben sie geschnitten. Die haben Sie verdammt noch mal *geschnitten*, Mann!«

»Haben Sie irgendeine Ahnung, wo das Geld sein könnte?«, fragte Ralph mit todernster Stimme.

»Ich lasse gerade sieben Mann danach suchen. Aber einer denkt, ein Bruder namens Freddie könnte sich die Tasche geschnappt haben, und seither hat niemand mehr eine Spur von Freddie gesehen.«

»Wahrscheinlich hat Freddie die Tasche aufgemacht und an ein verfrühtes Weihnachtsgeschenk geglaubt.«

»Was soll ich jetzt tun, Mann? Sie haben ja gehört, was die mit Verna machen. Die werden ihr solche Schmerzen zufügen. Die werden sie umbringen.«

Ralph streckte die Hand nach einer Zigarette aus. »Erzählen Sie mir etwas über Ihre Wohnung«, forderte er Patrice auf.

»Was meinen Sie?«

»Ist sie im Erdgeschoss, im ersten Stock oder wo?«

»Im ersten Stock.«

»Gibt es neben dem Vordereingang auch eine Servicetür?«

»M-m. Die Vordertür ist der einzige Weg hinein.«

»Was ist mit einem Balkon?«

»So eine Art schmaler Balkon auf der Vorderseite.«

»Wie sieht's mit der Wohnung unmittelbar darüber aus? Hat die auch einen Balkon?«

»Ja, hat sie. Alle Wohnungen im Haus haben Balkone.«

»Und wie kommt man auf den Balkon? Doppeltür aus Glas, so was in der Art?«

»Ja, genau. He – warum stellen Sie mir diese ganzen Fragen über meinen Balkon, Mann? Was zum Teufel hat mein Balkon mit irgendwas zu tun?«

Ralph zündete sich die Zigarette am Gaskocher an und hätte sich dabei um ein Haar die Augenbrauen versengt. »Hat Ihr Balkon nun Glastüren oder nicht?«, wiederholte er.

»Ja, hat er.«

»Gehen die nach außen oder nach innen auf?«

»Keine Ahnung, Mann«, erwiderte Patrice genervt. »Nach außen, nach innen, was macht das für einen Unterschied?«

»Ich muss Ihnen noch eine weitere Frage stellen«, kündigte Ralph an. »Falls ich versuche, Ihre Frau zu retten, es mir aber nicht gelingt, habe ich dann Ihr Wort auf sicheres Geleit aus der Seaver Street?«

Er konnte hören, wie Patrice von Emotionen überwältigt schluckte. »Soll das heißen, Sie machen es?«

»Geben Sie mir Ihr Wort, Mr. Latomba. Und sorgen Sie dafür, dass all die Penner und Vollidioten, die Sie als Ihre Sicherheitsmannschaft bezeichnen, ebenfalls wissen, dass Sie mir Ihr Wort gegeben haben.«

»Sie haben meinen feierlichen Eid, Mann.«

Ralph sah auf die Armbanduhr. »Geben Sie mir 20 Minuten, in Ordnung? Ich fahre einen hellbraunen VW.«

Damit legte er auf. *Ich muss den Verstand verloren haben,* dachte er. Gleichzeitig spürte er, wie sich ein wildes Hochgefühl in seinem Körper ausbreitete. Dieses Unterfangen war gefährlich, es war dramatisch und, am besten von allem, nicht genehmigt. Echter Hemingway-Stoff. Etwas für richtige Männer. Für solche Einsätze war er ursprünglich zur Polizei gegangen, nur hatte er sie selten vorgefunden. Er hatte sich immer nach Action gesehnt, und was hatte er stattdessen bekommen? Papierkram und noch mehr Papierkram, abgelöst durch stundenlange, todlangweilige Observationen oder noch langweiligere Stunden bei Gericht, um auszusagen.

Er öffnete die Schublade seines Nachttisches und holte eine vernickelte 44er heraus. Dann ging er zur Kommode, schloss sie auf und entnahm ihr zwei Schachteln mit Patronen. Er kehrte in die Küche zurück, wo sein Speck in der Pfanne briet.

Mit den Fingern ergriff er einen Streifen und steckte ihn sich in den Mund, gleich darauf ließ er einen zweiten Streifen folgen.

Mit vollem Mund leckte er sich die Finger ab, um sie vom Fett zu befreien, verließ die Wohnung und zog von dannen, um ein Held zu werden.

10

Zu Michaels Überraschung parkte Joe Garbodens metallicblauer Cadillac vor dem Haus, als sie aus Hyannis zurückkamen. Zuerst fehlte jede Spur von Joe selbst, aber als Michael die Eingangstür aufschloss und zum Fenster ging, sah er ihn am Strand stehen, 60 bis 70 Meter entfernt. Mit über die Schulter geschwungenem Jackett starrte er aufs Meer hinaus.

Victor kam mit den Einkäufen die Stufen herauf und legte sie auf den Küchentisch. »Wer ist das?«, wollte er wissen.

»Mein unmittelbarer Boss«, antwortete Michael. »Ich frage mich, was er hier will.«

Michael ging zurück hinunter in den Hof und überquerte den Sand. Joe musste ihn kommen gehört haben, denn er drehte sich um und hob einen Arm zum Gruß.

»Hi, Michael. Ein herrlicher Tag, nicht wahr? Wie war die Therapie?«

»Ich bin mir nicht sicher. Seltsam. In gewisser Weise eine Offenbarung – aber definitiv seltsam.«

Joe schien nicht wirklich daran interessiert zu sein. »Ich dachte mir, ich komme besser persönlich her«, meinte er.

»Ach ja? Findest wohl doch langsam Gefallen an der Küste, was?«

Joe sah sich um. Die Brandung glitzerte weiß, die Häuser schimmerten im Sonnenschein. Auch Michael sah sich um und erblickte Victor, der sie mit einer Dose Bier in der

Hand vom Wohnzimmerfenster aus beobachtete. Als er bemerkte, dass Michael in seine Richtung schaute, hob er die Dose prostend an.

Joe ergriff das Wort. »Wir haben gerade die Ergebnisse von Dr. Moorpaths Obduktionen erhalten. Ich habe eine Vorabkopie mitgebracht, sie liegt im Auto. Die Presse erhält die Ergebnisse um vier heute Nachmittag, rechtzeitig für die Abendnachrichten.«

»Na also, endlich ein Fortschritt«, meinte Michael.

»Da bin ich mir nicht so sicher.«

»Was soll das heißen, du bist dir nicht so sicher? Es gibt nur einen Schluss, zu dem Moorpath gekommen sein kann.«

»Ach ja?«

»Joe – diese Leute sind ermordet worden. Du hast die Bilder gesehen, um Himmels willen. John O'Brien wurde enthauptet, seine Frau ausgeweidet und Dean McAllister hat man die verdammten Beine abgeschnitten. Vielleicht ist der Pilot durch den Unfall gestorben, aber nicht einmal das glaube ich wirklich. Sein Kopf war zu Pastasoße zermatscht. Es war Mord. Es war ein Anschlag. Was könnte es sonst gewesen sein? Ich meine, es war verdammt sicher kein *Selbstmord,* oder?«

Joe schüttelte den Kopf. »Ich fürchte, du bist total auf dem Holzweg. Dr. Moorpath in seiner unendlichen Weisheit ist zu dem Schluss gelangt, dass alle Insassen des Helikopters tödliche Verletzungen infolge des Absturzes erlitten haben. Ihre Leichen wurden zwar im anschließenden Feuer verbrannt, aber nicht zu schlimm, um zu verhindern, dass sich Dr. Moorpath zweifelsfrei davon überzeugen konnte, die ›vielfältigen und katastrophalen Verletzungen‹ seien alle von dem Unfall verursacht worden.«

Michael starrte ihn ungläubig an. »John O'Brien wurde

enthauptet. Seine Frau hatte die eigenen Eingeweide auf dem Schoß!«

»John O'Brien wurde von einem abgetrennten Schott enthauptet. Mrs. O'Brien wurde von einer abgebrochenen Sitzstütze ausgeweidet.«

»Aber ich hab dir die Bilder gezeigt! In der Nähe von John O'Briens Leiche war weit und breit kein abgetrenntes Schott! Und da war auch nirgendwo eine abgebrochene Sitzstütze!«

Joe schaute aufs Meer hinaus. Plötzlich fiel Michael auf, wie viel älter er aussah, wie viel gebückter. Er konnte sich an Zeiten erinnern, da waren Joe und er wirklich top gewesen – einen Fall nach dem anderen hatten sie zusammen gelöst, Brandstiftung, Autounfälle, gesunkene Jachten, alles nur Erdenkliche. 1989 hatten sie beide Plymouth Insurance über 78,5 Millionen Dollar an betrügerischen Forderungen gespart. Sie waren die Golden Boys gewesen, die schnellsten, die intuitivsten Ermittler, die Bestbezahlten. Nun jedoch plagte ihn die ständige Angst, der Boden könnte sich unter ihm auftun, und Joe wirkte verbraucht wie ein altes Sofa, auf dem drei Generationen von Kindern herumgesprungen waren.

Er legte Joe die Hand auf die Schulter, spürte jedoch, wie sich die Muskeln versteiften, und nahm die Hand wieder weg.

»Was sagt die Polizei?«

»Polizeichef Hudson verlautbart heute Abend eine Erklärung, aus der hervorgeht, dass er Dr. Moorpaths Obduktionsbericht gelesen hat und akzeptiert.«

»Und die Luftfahrtbehörde?«

»Jorge da Silva hat die Turbinen und den Getriebemechanismus untersucht. Als direkte Absturzursache gilt ein Getriebeschaden. Verschlissene Zahnräder, was zu einer jähen Abnahme der Umkehrspanne und zu einer dramatischen Überhitzung geführt hat.«

Michael hatte das Gefühl, betrunken oder wahnsinnig zu sein. »Soll das heißen, der gesamte Absturz war durch und durch ein Unfall?«

»Jorge da Silva ist bereit, uns das Wrack untersuchen zu lassen. Seine exakten Worte waren: ›Wenn ihr wollt, könnt ihr das Ding mit Essstäbchen in seine Einzelteile zerlegen.‹«

»Joe – wenn der Absturz wirklich ein reiner Unfall war, wie konnte dann der Pick-up auf Sagamore Head warten? Was ist mit der Aussage, die Neal Masky gegenüber Artur Rolbein gemacht hat?«

Joe zuckte wegwerfend mit den Schultern. »Der Pick-up war ein Zufall. Der Wagen war einfach so dort. Das heißt, falls ihn Masky nicht frei erfunden hat.«

»Wieso um alles in der Welt sollte er ihn erfunden haben?«

»Vielleicht ist er ans Ufer gerudert, um den Hubschrauber selbst zu plündern.«

Michael streckte die Hände gen Himmel, als flehe er darum, der Herr möge Vernunft regnen lassen.

»*Vielleicht ist er ans Ufer gerudert, um den Hubschrauber selbst zu plündern.* Ich kann gerade nicht glauben, was ich da höre. Joe, die Einsatzkräfte sind zu dem Zeitpunkt aus allen Richtungen angerauscht gekommen. Er musste 300 Meter bei einer steifen südwestlichen Brise in einem Beiboot der Größe meiner Badewanne durch die Bucht rudern. Die Chancen, dass er den Helikopter vor der Polizei oder der Feuerwehr erreichen konnte, waren bestenfalls minimal. Und er soll die Absicht gehabt haben *zu plündern?*«

»Das war eine der alternativen Theorien, die vorgebracht worden sind.«

»Von wem? Wer hat sie vorgebracht?«

»Ob du's glaubst oder nicht, Mr. Bedford hat sie vorgebracht.«

Michael starrte ihn an. »Mr. Bedford hat sie vorgebracht? Mr. *Edgar* Bedford, unser Herr und Meister?«

Joe nickte. Er wirkte verlegen und wollte Michaels Blick nicht begegnen. »Es war eine neue Betrachtungsweise, mehr nicht. Du weißt selbst, dass man bei komplexen Ermittlungen betriebsblind werden kann. Dann sieht man den Wald vor lauter Bäumen nicht mehr.«

Michael verspürte einen jähen Anflug blanker Wut. »Wald? Bäume? Wovon zum Teufel laberst du da, Joe? Edgar Bedford ist doch angeblich der … der Typ, der das Sagen hat, der Hüter der Vermögenswerte von Plymouth. Das ist der gottverdammte Grund, warum er dich beschäftigt, und der gottverdammte Grund, warum *du mich* beauftragt hast. Unser gesamter Fall hängt davon ab zu beweisen, dass John O'Brien vorsätzlich getötet worden ist. Und auf einmal kommt unser eigener Präsident daher und stellt frisch-fröhlich eine Theorie auf, mit der er die Integrität nicht nur unseres besten, sondern praktisch unseres einzigen Zeugen untergräbt.«

Zuerst erwiderte Joe nichts darauf. Stattdessen holte er ein zerknittertes, weißes Taschentuch hervor und faltete es erst einmal und dann noch einmal, bevor er sich damit die Nase putzte. »Viel mehr kann ich dazu nicht sagen«, meinte er schließlich. »Lass uns zum Haus zurückgehen … Dann kann ich dir Dr. Moorpaths Bericht und die Faxe zeigen, die ich von Jorge da Silva von der FAA bekommen habe.«

»Joe …«, blieb Michael hartnäckig. »Was läuft hier ab? Was stimmt hier nicht?«

Sie setzten sich in Bewegung. Eine Möwe flatterte sehr nah neben ihnen einher, und sogar als Joe mit der Hand nach ihr fuchtelte, weigerte sie sich wegzufliegen.

Schließlich räumte Joe ein: »Irgendjemand übt gewaltigen Druck aus.«

»Wie meinst du das?«

»Genau so, wie ich es sage. Irgendjemand will, dass der Fall O'Brien abgeschlossen und archiviert wird. Jemand mit der Art von Einfluss, von der du und ich nur träumen können.«

»Wer zum Beispiel?«

Joe verzog das Gesicht. »Ich hab keinen Schimmer, und ich glaube nicht, dass es sich lohnt, allzu sehr darüber nachzudenken. Benutz dein Hirn, Michael. Wenn Edgar Bedford auf einmal bereit ist, mehrere Hundert Millionen Dollar auszuspucken, ohne auch nur vor Gericht dagegen zu kämpfen, dann quetscht ihn jemand mit einem Druck, der die Eier eines Mannes in Mus verwandeln kann.«

Sie gingen um das Haus herum und begannen, die Holzstufen zu erklimmen.

»Ist das eine politische Geschichte?«, fragte Michael.

»Keine Ahnung«, erwiderte Joe. »Ich hab nicht gefragt. Es gibt Zeiten in der Laufbahn eines Mannes, da kommt man zu dem Schluss, dass es klüger ist, einfach wegzuschauen.«

Er verstummte kurz und musterte Michael mit äußerst trauriger, ernster Miene. »Ich behaupte nicht, dass es ehrenhaft ist. Ich behaupte nicht, dass es professionell ist. Aber es ist klüger.«

»Was ist mit Sissy O'Brien?«, fragte ihn Michael. »Wie passt sie in dieses Szenario eines ›reinen Unfalls‹? Wie will Edgar Bedford erklären, was mit ihr passiert ist?«

»In Sissy O'Briens Fall wird noch ermittelt.«

»Das weiß ich. Von mir – und von Lieutenant Thomas Boyle von der Bostoner Polizei und von Mr. Victor Kurylowicz von der Gerichtsmedizin. Tatsächlich ist Mr. Kurylowicz heute gerade hier bei mir.«

Victor tauchte mit seiner Dose Budweiser oben an den Stufen auf. »*Nastrovje*«, sagte er und neigte den Kopf.

»Victor, das ist Joe Garboden von Plymouth Insurance. Joe hat eine Vorabkopie von Dr. Moorpaths Obduktionsbericht über den O'Brien-Absturz mitgebracht.«

Joe und Victor schüttelten sich gegenseitig die Hände. Joe wirkte unbehaglich und sah auf die Uhr. »Hör mal, Michael – vielleicht ist das nicht der richtige Zeitpunkt.«

»Komm schon, Joe, Victor hat die Obduktion an Sissy O'Brien vorgenommen. Ich habe sie selbst gesehen, obwohl ich bei Gott wünschte, ich wäre nicht dabei gewesen. Alles, was im Fernsehen und in den Zeitungen darüber berichtet worden ist, stimmt. Sie wurde sexuell misshandelt und gefoltert, und zwar, als sie noch am Leben war.«

Victor nickte, nahm seine Brille ab und bekräftigte: »Das ist richtig.«

Michael fuhr fort: »Wenn sie gefoltert wurde, muss sie den Helikopterabsturz überlebt haben. Man kann zwar eine Tote sexuell missbrauchen, aber sie zu foltern hätte wohl keinen besonderen Sinn, oder?«

»Das wäre die logische Schlussfolgerung«, pflichtete Joe ihm bei.

»Die logische Schlussfolgerung? Joe, du redest hier mit mir. Mit Michael, deinem alten Kumpel Michael. *Natürlich* hat sie den Helikopterabsturz überlebt. Und an der Stelle fängt Raymond Moorpaths Obduktionsbericht an, entschieden wackelig zu werden. Auch wenn man ihre Leiche nicht im Wrack gefunden hat, Sissy O'Brien muss unmittelbar neben Dean McAllister gesessen haben – also wäre es schon verflucht merkwürdig, dass *ihm* die Beine von einem abgetrennten Schott abgesäbelt wurden, das über beide Sitze ging, *ihr* aber nicht.

Außerdem führt das Erscheinungsbild von Sissy O'Briens Leichnam Edgar Bedfords Theorie, Neal Masky könne versucht haben, den Helikopter zu plündern, und es habe gar keinen Pick-up gegeben, völlig ad absurdum.«

Mit sehr leiser, im Wind vom Meer kaum hörbarer Stimme sagte Victor zu Joe: »Sie hat den Absturz überlebt, konnte aber ihren Sitz nicht verlassen. Sie kann nur aus dem Helikopter gelangt sein, indem sie jemand aus dem Sitz befreit und getragen hat.«

»Was?«, fragte Joe barsch.

»Auch das ist wahr«, versicherte ihm Victor. »Ihre Füße und Fußgelenke wurden unter dem Sitz zerquetscht. Ich kann nur annehmen, dass irgendjemand eine Art Hebel benutzt hat, um sie zu befreien, und sie dann weggetragen hat. Sie wäre nicht in der Lage gewesen, selbst zu gehen oder auch nur zu kriechen.«

Joe wirkte zutiefst aufgebracht. Sein Gesicht war beinah beige. »Michael …«, sagte er, »ich will echt keine Schwierigkeiten haben. Was immer mit Sissy O'Brien passiert ist … ich bin sicher, Polizeichef Hudson wird das klären.«

»Da gibt es nichts zu klären«, entgegnete Michael, und er hatte noch nie zuvor so kalt geklungen. Sein Tonfall erschreckte ihn sogar selbst. »Du brauchst nur zu Edgar Bedford zu gehen und ihm zu sagen, dass wir Raymond Moorpaths Obduktionsbericht anzweifeln, dass wir Jorges technische Untersuchung anzweifeln und dass wir vorhaben, ihm in den nächsten zehn Tagen mehr Geld zu sparen, als ihm irgendjemand in den letzten zehn Jahren gespart hat.«

Joe entgegnete: »Ich glaube, Edgar hat diese Möglichkeit bereits in Erwägung gezogen und ausgeschlagen. Widerwillig, wie ich vielleicht hinzufügen sollte. Und ich meine *richtig* widerwillig.«

»Na schön. Sag ihm, wir wenden uns an die Medien.«

»Ach, jetzt hör aber auf, Michael«, protestierte Joe. »Hast du dir die bisherige Medienberichterstattung angesehen? Jüngster Richter des Obersten Bundesgerichts kommt bei tragischem Unfall ums Leben. Das ist alles, was die wissen wollen. Sissy O'Brien ist also in Nahant ans Ufer geschwemmt worden. Und wenn schon. Sie könnte aus dem Wrack getrieben sein, sie könnte vor dem Absturz aus der Maschine gesprungen sein. Wer weiß das schon? Jetzt ist sie tot. Sie wird nichts mehr sagen. Kann sie nicht. Und niemand sonst kann die Wahrheit herausfinden.«

»Wie erklären Sie ihre Folterung?«, fragte ihn Victor.

»Wer weiß?«, gab Joe zurück. »Jeder könnte sie aus der Bucht gefischt haben. Vielleicht wurde sie in Wirklichkeit auch gar nicht gefoltert. Sie ist doch ziemlich lange im Meer gewesen, oder? Sie wissen ja, was Raubtiere anrichten können. Haie, Krebse – die sind alle nicht zimperlich, wenn's darum geht, was sie fressen.«

Ein langes Schweigen stellte sich zwischen ihnen ein. Schließlich konnte Joe die Stille nicht länger ertragen. Gereizt warf er die Hände hoch und fragte: *»Was?«*

Michael gab sich alle Mühe, sein Temperament im Zaum zu halten. »Was du nicht weißt, Joe, ist, dass Sissy O'Brien mit Zigaretten gefoltert wurde, mit merkwürdigen Eiseninstrumenten, mit Messern, mit Angelhaken und mit allen möglichen Dingen, an die man nicht mal denken will. Die ultimative Folterung war ein streunender Kater, der fest in Stacheldraht eingewickelt und ihr gewaltsam dort eingeführt wurde, wo das rauskommt, was Edgar Bedford und du reden.«

Joes Lippen wurden kalkweiß. Er klammerte sich am Holzgeländer fest, um nicht das Gleichgewicht zu verlieren. »Großer Gott«, stieß er flüsternd hervor. »Tut mir leid.«

»Also, was soll das alles, Joe?«, wollte Michael wissen. »All diese Ausreden, diese gefakten Obduktionsberichte und diese getürkten Unfallberichte?«

»Ich glaube aufrichtig, das müssen wir nicht wissen«, antwortete ihm Joe. »Von ganz oben heißt es, die O'Brien-Ermittlungen seien zufriedenstellend abgeschlossen, es handle sich um Tod durch Unfall und Plymouth Insurance werde zahlen. Ich bin eigentlich nur hergekommen, um dir das mitzuteilen.«

Michael packte ihn am Arm. »Joe?«, sagte er, plötzlich besorgt.

»Schon gut, alles klar. Alles unter Kontrolle. Pass auf – du kommst mit mir zum Auto, und ich gebe dir Dr. Moorpaths Bericht. Dann können wir für heute Schluss machen.«

»Joe …«

Joe wirbelte ziemlich heftig herum und Michael hörte, wie eine Naht unten am Ärmel seines Jacketts riss. Sein Gesicht war verschwitzt und verzerrt, wirkte mehr wie das einer Puppe als das eines Menschen.

»Herrgott noch mal, Michael, ich weiß, dass es völliger Schwachsinn ist! Du musst es mir nicht noch schwieriger machen, als es ohnehin schon ist.«

»Dann sag mir: Warum?«

»Weil das Überleben manchmal Vorrang vor Ruhm hat, darum.«

»Was ist mit der Wahrheit?«

»Wahrheit? Ha! Der war gut. Du und ich, wir arbeiten in der Versicherungsbranche, richtig? Und in der Versicherungsbranche kann sich niemand die Prämie für Wahrheit leisten.«

Michael wurde klar, dass es nicht mehr viel gab, was er noch sagen konnte. So hatte er Joe noch nie erlebt – humorlos, besorgt, *zwielichtig.*

»Na schön …«, sagte er. »Wenn es so ist, dann ist es eben so.«

Joe steuerte auf sein Auto zu. Michael zögerte einen Moment, bevor er ihm folgte. Joe öffnete die Tür, streckte sich hinüber auf den Beifahrersitz und ergriff eine grüne Aktenmappe aus Karton mit der Aufschrift O'BRIEN.

»Benutz deinen Verstand, Michael«, warnte er. »Diese Sache ist entschieden zu groß für Leute wie dich und mich. Wenn jemand keine Hemmungen hatte, einen einflussreichen Kerl mit besten Beziehungen wie John O'Brien auszuschalten, würde derjenige nicht mal mit der Wimper dabei zucken, dasselbe mit uns zu machen, glaubst du nicht auch?«

»Soll das heißen, es war alles von vornherein geplant?«

»Das soll gar nichts heißen. Ich versuche nur, dir zu sagen, dass du deinen Verstand benutzen sollst, sonst nichts.«

Er wollte Michael gerade den Obduktionsbericht aushändigen, als etwas auf der anderen Straßenseite seine Aufmerksamkeit erregte. Auch Michael schaute hin. Ein schwarzer Camaro parkte auf der falschen Seite der Straße neben dem Hof der Anstruthers. Staub überzog die Karosserie, die Windschutzscheibe strotzte vor zermatschten Insekten. Dennoch konnte Michael sehen, dass zwei junge Männer im Wagen saßen. Dunkle Sonnenbrillen verbargen ihre Augen.

»Kennst du die Typen?«, fragte er Joe.

»M-m, wollte nur sichergehen«, antwortete Joe. »Man kann nicht vorsichtig genug sein, falls du verstehst, was ich meine.« Er fasste in sein Jackett und fischte einen Stift heraus. »Hier – das ist meine Handynummer, falls du mich mal *dringend* brauchst.«

Er öffnete die Rückseite der Aktenmappe mit dem Obduktionsbericht und kritzelte rasch. Dann übergab er

Michael die Mappe, schlug die Tür seines Wagens zu und ließ den Motor an.

»Bist du morgen wieder im Büro?«, fragte er.

Michael nickte. »Gegen Mittag, wenn das in Ordnung ist. Ich habe vorher noch eine Sitzung beim Therapeuten.«

Joe winkte, dann rollte er vom Haus weg und fuhr die Straße entlang in Richtung South Mashpee los. Michael stand in seinem Hof und schaute ihm nach, bis er um die nächste Ecke verschwand. Fast sofort ließ der staubige, schwarze Camaro den Motor an, ein tiefes, aggressives Grollen, und brauste in dieselbe Richtung los.

Irgendwas stimmt hier nicht, ging es Michael durch den Kopf. Er drehte sich zurück zum Haus. Victor stand immer noch oben auf der Treppe und beobachtete ihn.

»Ärger«, sagte Michael schlicht, als er den Absatz erreichte.

»Ist das der Obduktionsbericht?«, fragte Victor.

Michael gab ihm die Mappe, und der Rechtsmediziner blätterte den Bericht durch. »Das ist Quatsch«, stellte er fest und fuhr mit dem Finger den Bericht über John O'Brien hinab. »*›Mr. O'Brien wurde durch die horizontale Guillotinenwirkung des abgetrennten Aluminiumschotts unmittelbar hinter seinem Sitz getötet.‹* Also echt jetzt, Dr. Moorpath, wen wollen Sie hier verscheißern? Ich sage dir was, Michael: Die Faxe, die du mir gezeigt hast, waren zwar ziemlich verschwommen, trotzdem konnte man deutlich erkennen, dass dieses Schott noch intakt war. Und selbst wenn dem Mann der Kopf abgeschnitten worden *wäre,* als er aufrecht gesessen hatte, wären sein Kragen und sein Jackett von Blut durchtränkt worden. Tatsächlich jedoch hat er nach vorn gebeugt auf seinem Sitz gesessen, *bevor* er enthauptet wurde. Es muss so gewesen sein, denn das ganze Blut ist vor ihm auf den Boden gespritzt. Sein Kragen war makellos sauber, seine Schultern waren makellos sauber. Jemand hat ihn hingerichtet, verdammt noch mal.«

»Das Dumme ist nur«, warf Michael ein, »von oberster Stelle will man nicht, dass wir sagen, jemand habe ihn hingerichtet. An oberster Stelle will man, dass wir uns damit zufriedengeben, es sei alles nur ein Unfall gewesen.«

»Was ist mit Sissy O'Brien?«

»Oh, keine Sorge wegen Sissy. Man wird einen Weg finden, auch das wegzuerklären. Von einem Fischerboot aus dem Meer gehievt, die Lippen versehentlich in eine Reihe von Angelhaken geraten, versehentlich umgekippt und die Lider in einem Aschenbecher verbrannt, dann versehentlich auf eine Katze gesetzt. Inzwischen kann ich das alles schon vor mir sehen.«

Rasch blätterte Victor mit angewiderter Miene durch den Rest des Obduktionsberichts. Als er am hinteren Deckel der Mappe anlangte, hielt er plötzlich inne und legte die Stirn in Falten.

»Hat Joe das geschrieben?«, fragte er.

»Ist seine Handynummer, falls ich ihn mal dringend brauche.«

»Das glaube ich nicht. Hier, schau mal.«

Victor hob die Mappe an, und Michael spähte auf die hastig gekritzelten Zeichen. Es war gar keine Telefonnummer. Stattdessen stand da schlicht: *Mushing, Dezember 1991.*

Stirnrunzelnd betrachtete Michael die Worte. *Mushing, Dezember 1991.* Wieso um alles in der Welt hatte Joe das geschrieben? Und wieso hatte er gemeint, Michael sollte nur in einem dringenden Notfall darauf zurückgreifen?

»Hast du denn gar keine Idee?«, fragte Victor. »Ich meine, du bist doch hier der große Mushing-Experte.«

»Das ist eine Zeitschrift, mehr nicht.«

»Hast du eine Ausgabe davon?«

»Ich weiß nicht. Könnte sein.«

»Warum sehen wir nicht mal nach?«

Sie gingen hinauf in Michaels Arbeitszimmer. Als Michael hier eingezogen war, hatte er entlang der hinteren Wand zwei lange Bücherregale aufgestellt. Mittlerweile waren sie vollgestopft mit Büchern, wissenschaftlichen Fachjournalen und Kaffeetassen, die eigentlich zurück in die Küche gehört hätten.

»Übernimm du das obere Regal, ich kümmere mich um das untere«, schlug Michael vor.

Obwohl sie zu zweit suchten, dauerte es über zehn Minuten, bis Victor plötzlich eine Ausgabe der Zeitschrift *Mushing* hervorzog und triumphierend hochhielt. »Dezember 1991 … Sonderbericht über das Dressieren eines Hundegespanns.«

Er reichte Michael die Zeitschrift, und dabei fiel ein großer Umschlag auf den Boden. Michael hob ihn auf und drehte ihn um. Er war versiegelt, und es stand nur das mit Bleistift geschriebene Wort *Parrot* darauf.

»Das muss Joe hier versteckt haben«, sagte Michael. »Ich frage mich, was das sein mag.«

»Es gibt eine einfache Möglichkeit, es herauszufinden.«

Vorsichtig riss Michael den Umschlag auf. Er entdeckte darin über ein Dutzend Kopien von Schwarz-Weiß-Fotos, die meisten davon so stark vergrößert, dass man gerade noch etwas erkennen konnte. Überwiegend zeigten sie eine Gruppe von Leuten, von Männern und Frauen, die vor einem Zaun standen, einige im Sonnenschein, andere im Schatten von Bäumen.

Michael reichte eines der Bilder Victor, der es eingehend betrachtete, aber nur den Kopf schütteln konnte. »Das sagt mir jetzt gar nichts.«

»Mir auch nicht.«

»Nein – halt, warte kurz. Auf der Rückseite von dem hier steht etwas.«

Victor las die lange, mit zartem Bleistiftdruck angebrachte Beschriftung, dann reichte er sie wortlos an Michael weiter. Auch Michael las sie, bevor er Victor ansah und fluchte: »Heilige Scheiße …«

»Meinst du, die sind echt?«, fragte Victor.

»Joe scheint es zu glauben, und Joe würde nicht einmal glauben, dass gerade Tag herrscht, wenn man es ihm nicht notariell beglaubigt.«

»Und was hast du jetzt vor?«

»Keine Ahnung. Meinen Namen ändern, untertauchen und so tun, als hätte ich das nie gesehen.«

Seit Joe aus New Seabury aufgebrochen war, hatte er den staubigen schwarzen Camaro im Innenspiegel nicht aus den Augen gelassen. Er wusste, wer diese Leute waren. Dieselben weißgesichtigen jungen Männer, die in sein Büro gekommen waren und ihm die Aktenmappe mit dem Obduktionsbericht zusammen mit der klaren Anweisung überbracht hatten, dass die Versicherungsermittlungen zum Fall John O'Brien mit sofortiger Wirkung beendet seien.

Er hatte dazu angesetzt, mit den beiden zu diskutieren, aber einer der weißgesichtigen jungen Männer hatte ihn mit seidenweicher Stimme gefragt, wie sehr ihm seine Frau so gefiel, wie sie im Augenblick war. Makellos, unbeschädigt und unberührt von Spießen, Zangen oder einem Schweißbrenner.

Erschüttert hatte er »oben« angerufen und verlangt, mit Mr. Bedford zu sprechen.

Mr. Bedford befand sich bei einer ganztägigen Konferenz, aber Mr. Bedford hatte die Anweisung hinterlassen, dass die jungen Männer von Hillarius Underwriters seine volle Zustimmung hätten.

»Sie haben mir gedroht«, hatte Joe bei Mr. Bedfords persönlichem Assistenten protestiert.

Mr. Bedfords persönlicher Assistent hatte geantwortet: »War bestimmt nicht ernst gemeint, Joe. War bestimmt nicht ernst gemeint.« Allerdings hatte der Tonfall seiner Stimme die wahre Geschichte verraten. *Halt einfach die Klappe, Joe, und tu, was man dir sagt.*

Er schaltete das Autoradio ein. Eine Band namens Red House Painters gab einen traurigen Westküsten-Song zum Besten, bei dem sich Elend beinah attraktiv anhörte. Wieder blickte er in den Innenspiegel. Die weißgesichtigen jungen Männer im schwarzen Camaro verfolgten ihn nach wie vor, blieben ihm mit bedrohlicher Beharrlichkeit auf den Fersen – nicht so nah, als wollten sie ihn überholen, nicht so weit, als hätten sie die Absicht, ihn davonfahren zu lassen.

Ursprünglich hatte er geplant gehabt, die 130 zu nehmen, um bei Sandwich auf den Highway 6 zu gelangen und dann geradewegs in nördlicher Richtung nach Boston zu zischen. Stattdessen bog er nach Westen auf die 151 ab, eine gewundene Landstraße, die ihn südlich an Johns Pond vorbei, dann durch Hatchville und schließlich nach Norden wieder auf die 28 führen würde. So würde er herausfinden, ob sie ihn wirklich verfolgten oder nicht – und falls ja, wie gut sie fahren konnten.

Er nahm die erste lange Kurve auf die 151 zwischen einem verschwommenen, bunten Kaleidoskop von Eichen, Ahornbäumen und Lärchen hindurch, und kaum befand sich der schwarze Camaro außer Sicht, trat er das Gaspedal durch, sodass sein Cadillac rasant beschleunigte – 80 – 100 – 120 – 130.

Allerdings hatte er mit seinem Firmenauto neueren Baujahrs keine Chance. Fast sofort tauchte der Camaro wieder im Spiegel auf. Der Wagen mochte staubig und verbeult sein, aber er wurde von einem Fünflitermotor mit Turbolader angetrieben, besaß eine versteifte Aufhängung und breite Reifen. Mit der Kraft und dem Raubtierhunger eines Berglöwen holte der Wagen auf, und als Joe das nächste Mal in den Spiegel spähte, befand sich der Camaro unmittelbar hinter ihm, weniger als eine Autolänge von seiner Heckstoßstange entfernt. Die weißgesichtigen jungen Männer lächelten ihm entgegen, verhöhnten ihn, forderten ihn stumm heraus, doch zu versuchen, noch schneller zu fahren.

Joe zog sein Taschentuch hervor und wischte sich Schweiß aus dem Gesicht. »Na schön, ihr Drecksäcke, ihr wollt also ein Rennen?«, murmelte er. Wieder trat er das Gaspedal durch, und der Cadillac beschleunigte. Aber nicht genug. Der Wagen war kein Muscle-Car, ihm fehlte die Leistung. Und plötzlich schubste und stupste der schwarze Camaro seine Heckstoßstange, zwar nur leicht, aber ausreichend, um zu sticheln und ihn beim Lenken aus der Fassung zu bringen.

Joe schlingerte von einer Seite der Landstraße zur anderen und betete, ihm möge niemand entgegenkommen. Der Camaro stieß ihn wieder und wieder, und seine Reifen kreischten wie verängstigte Kinder.

Joe versuchte, langsamer zu werden, aber der Camaro stieß ihn nur weiter und weiter, und letzten Endes trat er das Gaspedal auf Anschlag durch und wollte versuchen, den weißgesichtigen jungen Männern davonzufahren. Immerhin fuhr er seit 30 Jahren Auto, Herrgott noch mal. Na schön, seine Reaktionen mochten langsamer geworden sein. Na schön, seine Nerven aus Stahl mochten ihn verlassen haben. Trotzdem war er geschickt und erfahren. Und es gab keinen jungen Punk auf der Welt, der Joe Garboden beim Autofahren das Wasser reichen konnte – auf gar keinen Fall.

Wie aneinandergeschweißt rasten die zwei Autos durch die Kurven, die sie in südlicher Richtung auf Johns Pond zuführten. Der Camaro stieß ihn und verhöhnte ihn, stieß ihn und verhöhnte ihn, und wieder spürte Joe, wie seine Kontrolle über das Fahrzeug zum Teufel ging.

Ich bin erfahren, ich komme damit klar. Aber er wusste, dass er entsetzliche Angst hatte. Er wusste, dass er mit der Situation in Wirklichkeit überfordert war. Joe blickte in den Innenspiegel und stellte fest, dass die zwei jungen Männer über ihn lachten, richtig lachten. Die Augen schwarz, die Gesichter weiß.

Sie lachten über ihn.

Die Polizei nennt es »rotsehen« – jenes überstimulierte Empfinden von Raserei, Angst und Unwirklichkeit, das einen Fahrer aufhören lässt, wie ein vernunftbegabtes menschliches Wesen zu handeln, und ihn um jegliche Kontrolle bringt. Befeuert von Wut, befeuert von Adrenalin, befeuert von einem lodernden Konkurrenzdenken ist ein solcher Fahrer bereit, alles zu tun und alles zu riskieren. Seinen Job, sein Leben und das Leben aller anderen um ihn herum.

Joe »sah rot«. Und stieg auf die Bremse.

Der Cadillac geriet ins Schleudern, schlingerte und drehte sich. Der Camaro rammte das Heck des Cadillacs, zertrümmerte die beifahrerseitige Bremsleuchte, riss die Zierleiste und die Hälfte der Stoßstange ab und raste dann mit aufheulendem Motor in einer Schlangenlinie die grasbewachsene Böschung hinauf und hinein in die Ahornbäume, streifte einen Stamm, kippte und überschlug sich. Einen Moment lang herrschte eine geradezu feierliche Stille, dann explodierte der Wagen, und die Flammen von über 50 Litern Benzin wallten heiß und grell in den Himmel hoch.

Joes Wagen drehte sich und schlitterte, bis er schließlich neben der Landstraße zum Stehen kam. Der Camaro stand bereits lichterloh in Flammen. Rauch verhüllte Joes Windschutzscheibe. Brennende Vinylfetzen trieben vorbei, schwarz wie tänzelnde Fledermäuse, gefolgt von Funken. Joe gelang es, sich abzuschnallen und auszusteigen. Der Camaro prasselte leise vor sich hin wie ein Lagerfeuer.

Joe schaffte es, vier oder fünf Meter auf das Wrack zuzugehen. Dann jedoch verwandelten sich seine Knie ohne Vorwarnung in Wackelpudding und er musste umkehren, um sich über die Motorhaube seines Wagens zu beugen und sich abzustützen. Sein Magen rumorte. Der Gestank von Benzin und brennendem Kunststoff erfüllte die Nachmittagsluft. Plötzlich erhob sich ein Schwarm Spatzen von der Hecke auf der anderen Seite der Landstraße und erschreckte ihn.

»Herrgott noch mal«, murmelte er bei sich. »Gott.« Joe fühlte sich erschüttert und erleichtert zugleich.

Während er über der polierten Motorhaube des Cadillacs lehnte, bemerkte er sein verzerrtes, verstörtes Spiegelbild im Lack. Joe schloss die Augen, atmete tief durch. Er hatte sie umgebracht, richtig? Diese zwei weißgesichtigen Männer mit ihren dunklen, dunklen Sonnenbrillen. Ihm war zwar schlecht, aber schuldig konnte er sich nicht fühlen. Bestimmt hätten sie ihn getötet. Sie hätten seiner Frau wehgetan. Er hatte solche Leute schon gesehen – und nicht bloß einmal, sondern viele Male. Lange waren sie ihm nicht aufgefallen, bis er sie irgendwann doch bemerkt hatte, und danach hatte er schnell erkannt, dass sie überall auftauchten – bei jedem gesellschaftlichen Anlass, der wirklich zählte, bei jeder wichtigen Wirtschaftskonferenz, bei jeder politischen Zusammenkunft. Er hatte sie bei Plymouth Insurance in ihren Limousinen mit den schwarz getönten Scheiben ein und aus gehen gesehen. Er hatte sie bei Partys in Milton und Duxbury und Canton gesehen, weißgesichtig, schweigsam, unscheinbar. Niemand sprach je über sie, aber es diskutierte auch nie jemand mit ihnen. Sie wurden in der Bostoner Gesellschaft so akzeptiert, wie sich die Menschen mit Trockenfäule in einem alten Haus abfinden. Man mag sie nicht, aber wenn sie sich erst festgesetzt hat, kann man kaum noch etwas dagegen tun, außer dem Haus das Herz herauszuschneiden.

Joe war humorvoll, vulgär und gut in seinem Job. Er trank zu viel, aber er hatte immer eine Rolle Minzbonbons dabei. Einer der Gründe, weshalb er zu viel trank, war, dass er in der Welt um ihn herum Geschehnisse gesehen hatte, die er nicht verstand. Er hatte weißgesichtige junge Männer – anonym, unangekündigt – in der Gesellschaft von Bostons betuchtesten und einflussreichsten Männern und Frauen gesehen. Er hatte gesehen, wie Edgar Bedford die Türen für sie geöffnet und ihnen lächelnd die Hände geschüttelt hatte. Er hatte sie bei der Vereidigungszeremonie des Bürgermeisters gesehen.

Zwei von ihnen hatte er beim Verlassen der Räumlichkeiten der Bundesluftfahrtbehörde am Vormittag von John O'Briens tödlichem Helikopterabsturz gesehen, andere hatte er in der Polizeizentrale gesehen und einen dabei, wie er mit unergründlichem Ernst mit dem Bürgermeister gesprochen hatte. Was bewies das? Überhaupt nichts. Aber Joe hatte beschlossen, sich gut abzusichern, und deshalb hatte er Kevin Murray und Artur Rolbein für die Untersuchung des Absturzes ausgewählt. Kevin und Artur waren intelligent, hartnäckig und emotionslos, ganz zu schweigen davon, dass sie beide einen eigenen Kopf hatten. Beide besaßen eine gesunde Skepsis gegenüber Edgar Bedford und der Gesamtheit des politischen Establishments von Boston.

Deshalb war er so beunruhigt gewesen, als Edgar Bedford ihn unverhofft angewiesen hatte, Michael für die Aufgabe zurückzuholen.

Er hatte gewusst, dass es Michael noch nicht gelungen war, Rocky Woods zu verarbeiten. In seinem letzten vierteljährlichen Bericht an Plymouth Insurance hatte Dr. Rice angegeben, Michael sei noch nicht einmal halb darüber hinweg – und eine weitere Ermittlung, bei der er aus nächster Nähe mit menschlicher Verstümmelung konfrontiert wurde, könnte leicht bewirken, dass er sich noch wütender und schuldiger fühlte und endgültig davon entfernte, auf sozialer Ebene zu funktionieren. Wie konnte man lächelnd »Guten Morgen« zu jemandem sagen, wenn man wusste, wie Menschen aussahen, nachdem sie in Stücke gerissen worden waren? Ein einziger weiterer Auftrag wie Rocky Woods konnte Michael geradewegs in den Abgrund kippen – nächster Halt: Irrenanstalt.

Über eine Stunde hatte Joe diskutiert und argumentiert, aber Edgar Bedford hatte darauf bestanden. »Der Bursche braucht eine weitere Chance … Das ist wie bei einem Autounfall – je früher man sich wieder hinters Lenkrad klemmt und zu fahren anfängt, desto besser.«

Edgar Bedford war kurz verstummt und hatte sich die trockenen Hände gerieben. Dann hatte er hinzugefügt: »Sie werden es doch so darstellen, dass es Ihre Idee war, ja? Sagen Sie nicht, dass ich ihn wollte. Wenn Sie ihm sagen, dass ich ihn wollte – nun, dann kommt er wahrscheinlich nicht, oder? Sie wissen ja, wie stur er sein kann.«

Joe hatte keine andere Wahl gehabt, als nach New Seabury zu fahren und Michael zu überreden, den Fall zu übernehmen.

Michael war ein kompetenter und intuitiver Ermittler mit hundertprozentiger Integrität. Außerdem war er auf exzentrische Weise brillant – ein Ermittler, der verstehen konnte, dass der Wald nicht nur aus Bäumen bestand, sondern auch aus den Bereichen zwischen den Bäumen. Gute Versicherungsdetektive sahen nicht nur, was da war, sondern auch, was fehlte.

Aber Joe hatte jemanden gebraucht, der nicht unter Albträumen litt – jemanden, der nicht glaubte, von toten, verstümmelten Unfallopfern heimgesucht zu werden.

Joe hatte jemanden gebraucht, der sich nicht vor diesen weißgesichtigen Männern fürchtete.

Er holte tief Luft und öffnete die Augen. Dann beschlich ihn plötzlich das Gefühl, als gieße ihm jemand langsam Eiswasser über den Hemdrücken. Neben seinem Spiegelbild in der Motorhaube des Cadillacs prangten zwei andere Reflexionen – zwei verkrümmte, verzerrte Bilder von weißgesichtigen Männern, die Augen geschwärzt, die Kleidung qualmend.

Joe drehte sich um. Sie standen nur ungefähr zwei Meter von ihm entfernt, die Haare versengt, die Jacken verkohlt, die Gesichter totenbleich. Ihre Augen waren blutrot.

Joe hatte solche Angst, dass er die Muskeln anspannen musste, um zu verhindern, dass sich seine Blase und sein Darm entleerten.

»Dachtest wohl, du würdest uns nie wiedersehen, was?«, rief einer der weißgesichtigen Männer. »Dachtest, du hättest uns braten gesehen.«

Joe rückte weg und fasste hinter sich, um die beruhigende Sicherheit seines Autos zu ertasten. »Komm schon, Kumpel«, versuchte er es mit Vernunft. »Es war ein Unfall. Immerhin habt ihr mich gerammt, oder?«

Der weißgesichtige Mann schwenkte den Zeigefinger hin und her. »Das war kein Unfall, mein Freund. Das war Vorsatz. Unter anderen Umständen hätte das Totschlag sein können.«

»Ein Unfall«, wiederholte Joe mit zittriger Stimme.

»Das glauben wir nicht.« Der andere lächelte, und Rauch quoll aus seinem Mund.

Einen Moment lang verharrte Joe mit geweiteten Augen und dem Rücken am Cadillac, schwitzend, angespannt. Er betete, ein anderes Auto möge vorbeikommen und diese zwei verkohlten Zombies verscheuchen. Er betete, ein Helikopter möge vorüberfliegen, das brennende Wrack des Camaro bemerken und die Autobahnpolizei verständigen.

Am meisten jedoch betete er, sie mochten ihm nicht wehtun.

Einer der weißgesichtigen Männer fasste in seine Jacke und zog zwei lange Metallröhrchen hervor, jedes so dünn wie eine Kugelschreibermine. »Jagen wir dir Angst ein?«, fragte er in nüchternem Tonfall.

»Geben wir dir das Gefühl, du würdest gleich *sterben?*«, wollte der andere wissen.

Als sie näher kamen, sah Joe, dass einer der beiden einen beschlagenen Ziegenschädel aus Silber an der linken Schläfe hatte. Und nicht nur an der linken Schläfe, sondern *in* der linken Schläfe – denn die einzige Möglichkeit, ein solches Schmuckstück zu befestigen, konnte darin bestanden haben, ein Loch in seine Stirn zu bohren. Rußgeschwärzter Speichel tropfte von seinen Mundwinkeln.

»Jagen wir dir Angst ein, Kumpel?«, fragte der weißgesichtige Mann ihn erneut, dann stieß er einen schrecklichen Schrei aus, einen durchdringenden Laut wie jenen, mit dem man Schweine ruft, und weitere Vögel stoben von den Büschen auf.

Joe bewegte sich langsam um sein Auto herum, dann rannte er ohne Vorwarnung los. Er preschte diagonal die Böschung hinauf über das stolpergefährdende, büschelige Gras auf den Wald zu. Wenn er es in den Wald schaffte, hätten sie keine Chance, ihn zu finden. Joe hatte mit der 3. Marineinfanteriedivision in Phu Bai gekämpft. Er wusste, was Angst bedeutete, er wusste aber auch, wie man überlebte.

Als er die Kuppe des Hangs erreichte, schaute er über die Schulter zurück. Sie befanden sich noch 18 bis 20 Meter unter ihm, aber sie kamen hinter ihm her, und so verbrannt sie sein mochten, so mitgenommen sie sein mochten, sie waren jung, und junge Beine konnten *rennen*. Joe stürmte durch Büsche, Farnkraut und Jungbäume. Dünne Äste peitschten ihm brennend ins Gesicht. Er konnte seine Atmung hören, die rau und schnell ging. *Weiter! Weiter! Weiter! Weiter!* Beinah konnte er hören, wie ihn Sergeant Jackson anbrüllte.

Mit einem erhobenen Arm schirmte er das Gesicht ab, als er die Böschung einer Schlucht hinabrutschte, dann rannte er sie entlang, und seine Schuhe wirbelten Laub vom Vorjahr auf. *Weiter!*, dachte er keuchend, und *Weiter!*

Als er das Ende der Schlucht erreichte, musste er einen steilen, lehmigen Hang erklimmen, indem er sich an Wurzeln und Unkraut festhielt, um nicht zurück nach unten zu rutschen. Er hörte Schritte, die ihm dicht auf den Fersen waren und durch das Laub stapften, doch er schaute nicht zurück. Sergeant Jackson hatte ihm immer eingebläut:

Schau nicht zurück, das hält nur auf, macht Angst und gibt dem Feinde dein käsig-weißes Gesicht als Ziel.

Keuchend, schwer außer Atem zog er sich zwischen den Ästen zweier Weißbirken hoch, dann stürmte er in vollem Tempo los. Das Gelände wurde ebener, obwohl es nach rechts leicht abschüssig verlief, und Joe ertappte sich dabei, der natürlichen Neigung des Terrains zu folgen, die ihn weiter und weiter von der Landstraße wegführte.

Hinter sich hörte er, wie die weißgesichtigen Männer an den Wurzeln und am Unkraut zerrten, als sie den lehmigen Hang erklommen. Joe rannte und rannte.

Obwohl die Blätter den Himmel vollkommen verdeckten, standen die Bäume in diesem Wald sonderbar weit auseinander, wodurch Joe der Eindruck beschlich, durch einen düsteren Ballsaal mit zahlreichen Säulen zu laufen. Entfernungen und Maßstäbe abzuschätzen gestaltete sich schwierig, weil der Wald menschenleer dalag und es weit und breit nichts von Menschenhand Geschaffenes gab, das ein Gefühl für Proportionen vermittelt hätte. *Weiter! Weiter! Weiter! Weiter!*, verlangte Sergeant Jackson, aber Joe schwitzte und zitterte, und plötzlich kamen die Folgen all der Jahre mit Bier, Zigarren und *spalla di vitello brasata* zum Vorschein.

Er hörte knapp hinter sich einen Ruf – sehr viel näher, als er gedacht hatte, dass sie sein könnten, diese zwei Verbrannten mit ihren blutroten Augen. Nackte Angst verlieh ihm für einige weitere Meter Flügel. Raschelnd und pochend hetzten seine Füße durch das Laub, seine dicken Oberschenkel brannten, sein Bauch schwabbelte auf und ab und hin und her.

Herrgott noch mal, wohin war der Marine Joe Garboden verschwunden, tough und jung und fit wie ein Turnschuh? Wer war dieser keuchende, schwitzende Clown mit seinem wabernden Wanst und den schwachen, gummiweichen Knien? Dann fiel er, bevor er auch nur mitbekam, dass er fiel. Sein Fuß verhedderte sich an einer Wurzel, und er krachte so jäh zu Boden, dass er nicht einmal die Hände hochreißen konnte, um das Gesicht zu schützen. Joe war völlig außer Atem, von blauen Flecken übersät und hatte *Schmerzen,* um Himmels willen. Am liebsten wäre er in Tränen ausgebrochen, hätte sich eingerollt und um Gnade gewinselt. Aber Sergeant Jackson zeigte sich unerbittlich. *Weiter! Weiter! Weiter!* Und so rappelte er sich wieder auf und versuchte weiterzurennen.

Dann holten ihn die weißgesichtigen Männer ein – diesmal stumm, nicht johlend, nicht lachend – und brachten ihn wuchtig zu Fall wie zwei Löwen, die ein Gnu reißen.

»Bitte«, flehte Joe. Er wusste nicht einmal, was sie mit ihm vorhatten. Allerdings war er überzeugt davon, dass sie ihn auf die eine oder andere Weise töten würden.

Sie drückten ihn mit dem Gesicht nach unten ins Laub. Einer von ihnen hockte sich rittlings auf seinen Rücken, während der andere umherstakste und penible Vorbereitungen traf.

Joe schwitzte und schwitzte und bemühte sich, zu Atem zu gelangen. Nur ungefähr fünf Zentimeter von seiner Nase entfernt versuchte eine winzige gelbliche Spinne, die Erhebung eines vertrockneten braunen Blattes zu erklimmen. Joes keuchende Atmung brachte das Blatt zum Erzittern, und die Spinne musste sich verzweifelt daran festklammern. *Mein Gott*, dachte Joe. Was für Angst die Starken den Schwachen doch einjagen konnten – und meist wurde ihnen nicht einmal bewusst, dass sie es taten.

Dennoch wünschte er beinah, er könnte diese Spinne sein, denn diese Spinne brauchte sich nur den Kopf darüber zu zerbrechen, das Gleichgewicht zu halten, ob es regnen würde und was sie fressen sollte.

Der weißgesichtige Mann, der auf Joes Rücken saß, erwies sich als überraschend leicht, obwohl seine Knie so kräftig gegen Joes Hüften pressten, dass er sich nicht rühren konnte. Verbrannte Stellen verkrusteten die Hose des weißgesichtigen Mannes, und er roch durchdringend nach versengter Baumwolle, sauren Körperausdünstungen und etwas anderem – etwas, das Joe an Krankenhäuser oder Beerdigungen erinnerte, er vermochte nicht zu sagen, an was davon.

»Du hast darum gebettelt, Freund«, sagte der andere Mann und kauerte sich neben ihn, sodass Joe sein Gesicht sehen konnte. Weiß, so weiß, mit einem fleckigen, pickeligen Teint, die Nasenflügel von etlichen großen Mitessern überzogen, die Augen gefüllt mit Blut.

»Ich habe Familie«, krächzte Joe und spuckte Brösel von Blättern aus.

»Du hast Familie? Das ist sogar noch besser. Menschen mit Familie haben immer so viel mehr Angst. Und je verängstigter du wirst, desto besser gefällt es uns, versteht sich wohl von selbst.«

»Ihr denkt, ihr … würdet mir Angst einjagen? Ich habe in Vietnam gedient.«

Der weißgesichtige Mann beugte sich bis zum Laub hinab und küsste Joes Lippen, dann leckte er mit der Zunge den Schweiß von Joes Stirn.

»Aber du bist noch *am Leben,* nicht wahr?«

»Du widerlicher Drecksack«, gab Joe zischend zurück.

Der weißgesichtige Mann lachte, ein hoher, wiehernder Laut, dann stand er auf und lief hin und her. »Weißt du was, mein Freund? Ich bin froh, dass du in den Wald gerannt bist. Hier ist es wesentlich intimer, findest du nicht? Hör nur! Man hört nicht das Geringste. Nicht einmal ein Flugzeug. Oder einen Vogel. Das hier ist ein toter Ort, wie ein Mausoleum. Irgendwie unheimlich, oder?«

Er kreiste um Joes ausgestreckt auf dem Boden liegenden Körper, wirbelte Laub auf. Dann begann er zu summen, ein hoher, an- und abschwellender Laut, und nach einer Weile erkannte Joe, dessen Gesicht nach wie vor hart gegen den lehmigen Boden gepresst wurde, die Melodie, die er summte. Er hatte das Lied in der Grundschule gelernt – jeder lernte es in der Grundschule.

Fünf will ich singen!
Grün, grüner Haselstrauch!
Fünf für die Finger an der Hand,
Vier für die Jahreszeiten,
ja vier für die Jahreszeiten,
Drei für alle guten Dinge,
Zwei für die blütenweißen Leut',
So grün, so grün gekleid't,
Eins ist eins und war schon eins
und wird es immer bleiben.

Joe lauschte, schloss die Augen und versuchte, sich vorzumachen, er wäre gar nicht hier, sondern wieder in der Grundschule, wo die Morgensonne durch die oberen Fenster hereinfiel und sich rings um ihn Kinderstimmen zu dem Lied erhoben.

Für den Bruchteil einer Sekunde glaubte er tatsächlich, er könnte seinem Albtraum allein durch die Kraft der Fantasie entrinnen.

Dann jedoch riss der Mann, der auf ihm hockte, die Rückseite seines Jacketts und seines Hemds hoch. Seine ungeschnittenen Fingernägel kratzten über Joes Haut.

»Mistkerl! Runter von mir!«, fauchte Joe ihm entgegen. Aber stattdessen kniete sich der andere neben ihn und half seinem Freund, Joes Jackett nach oben über die Schultern abzustreifen. »Mistkerl!«, brüllte Joe erneut. Ohne jedes Zögern ergriff der Mann neben ihm eine Handvoll Erde mit Laub und Kiefernnadeln und rammte sie Joe in den offenen Mund.

»Ist nicht nötig, unhöflich zu werden, mein Freund«, tadelte er ihn. Joe hustete, spuckte die Erde aus und versuchte verzweifelt, sich zu befreien. Nun jedoch begannen die zwei Männer, mit entsetzlicher Kraft und der Entschlossenheit von Tieren über ihn herzufallen. Einer schlug ihm mit den Knöcheln drei-, viermal seitlich gegen den Kopf, während ihn der andere in die Oberschenkel und Rippen trat. Joe schrie, atmete Laubmulch ein und erstickte beinah daran.

»Denkst du, er hat Angst?«, fragte johlend der Mann, der auf seinem Rücken hockte. »Denkst du, er hat richtig schön Angst?«

»Ich sorge dafür, dass er richtig schön Angst bekommt«, gab der andere zurück. Damit packte er Joes Gürtel und zerrte ihm die Hose über den Hintern runter. Der Gürtel schabte schmerzhaft über Joes Hüften und Oberschenkel, und er brüllte: »Hilfe! Nicht! Hört zu – ich gebe euch, was immer ihr wollt!« Aber die Männer schenkten seinen Worten keine Beachtung. Stattdessen zogen sie ihm die Hose ganz aus und warfen sie achtlos ins Gebüsch.

Halb nackt und benommen unternahm Joe eine letzte Anstrengung, sich auf die Beine zu rappeln. Aber einer der weißgesichtigen Männer ging um ihn herum und trat ihm mitten in die Nase. Der Tritt kam so unerwartet, dass Joe zuerst gar nicht kapierte, was passiert war, dann jedoch spürte er, wie ihm Blut die Kehle hinabströmte, Blut vermischt mit Kiefernnadeln und Laubmulch, Blut, das frisch und metallisch und wie der Tod schmeckte.

Plötzlich kam ihm der Gedanke, dass sie ihn wirklich umbringen würden. Plötzlich kam ihm der Gedanke, dass dies der Tag war, an dem er sterben würde.

Oh Gott, vergib mir, dachte er. *Gott, bitte, tu mir das nicht an. Nicht hier, nicht jetzt. Nicht durch diese schrecklichen, weißgesichtigen Männer.*

Der Mann, der auf Joes Rücken gekauert hatte, senkte die Knie auf Joes Schultern und presste ihn gegen den Boden. Gleichzeitig fuhr der andere Mann mit der Hand zwischen Joes Beine und packte seine Hoden. Er quetschte sie qualvoll fest, und Joe schrie gellend: »*Nein!*« Verzweifelt versuchte er, sich herumzudrehen.

»Du hast die Wahl, mein Freund«, sagte der Mann, der auf seinen Schultern kniete. »Leben … Tod, es liegt ganz bei dir.«

»Ich habe eine Frau«, wimmerte Joe, während ihm Nasenblut seitlich aus dem Mund lief. »Ich habe eine Familie.«

»Sollte das irgendeinen Unterschied ausmachen?«, fragte ihn der Mann.

»Ich ersuche lediglich um ein wenig Mitgefühl, das ist alles.«

»Mitgefühl! Das ist ja krass! Du hättest mit Freuden dabei zugesehen, wie wir braten!«

»Um Gottes willen, nein«, presste Joe erstickt hervor.

»Das glaube ich nicht«, entgegnete der Mann.

In dem Moment schob der Mann, der Joes Hoden gequetscht hatte, den Kopf wild zwischen Joes Oberschenkel, zerrte seinen Penis nach hinten und unten und packte ihn mit dem Mund. Joe grunzte vor Grauen und wölbte den Rücken durch, aber der Mann ließ nicht los, behielt die Zähne hartnäckig um den Rand der Eichel gelegt.

Joe zitterte vor Entsetzen und Abscheu. »Was zum Teufel wollt ihr?«, wiederholte er unablässig. »Was zum Teufel wollt ihr?«

»Soll er dir abgebissen werden?«, fragte ihn der Mann auf ihm in suggestivem, öligem Tonfall. »Mein Freund steht einfach darauf, sie abzubeißen.«

Zur Bestätigung presste der andere weißgesichtige Mann die Zähne etwas tiefer in die empfindliche Haut von Joes Penis und leckte lasziv über die Eichel. Joes Magen krampfte sich vor Angst, Abscheu und dem Geschmack von Blut zusammen.

Er konnte kaum denken. Sein Verstand glich einem auf volle Lautstärke aufgedrehten Fernseher mit statischem Rauschen. Er konnte nichts sehen, er konnte nichts hören. Jeder seiner Sinne schien von einem endlosen, tosenden Rauschen überlagert zu sein.

Er hatte schon davor in seinem Leben Todesängste ausgestanden, einmal bei einem Autounfall und einmal während eines Flugs zu den Niagarafällen, als die Maschine von einem Blitz getroffen worden war. Aber noch nie auf diese Weise. Dies war Elend und Grauen und die totale Demütigung, alles miteinander vermischt. Er ertappte sich dabei zu beten, seine Familie möge nie herausfinden, was mit ihm passiert war. Lieber wollte er für immer als vermisst gelten und in einem flachen Grab im Wald vermodern, als dass Marcia erführe, was diese weißgesichtigen Männer mit ihm angestellt hatten.

Er betete noch immer, als der Mann, der auf seinen Schultern kniete, zwei lange Metallröhrchen aus der Innentasche seiner Jacke zog. Wortlos und ohne jedes Zögern setzte er eines der Röhrchen oberhalb der Mitte von Joes nacktem Rücken an. Es drückte eine Delle in die weiße, dralle Haut.

»Du weißt ja, wie es in der Bibel heißt«, meinte der Mann im Plauderton zu Joe. »Der Mensch lebt nicht vom Brot allein.«

»Wa...«, setzte Joe an, doch an der Stelle drückte der Mann so kräftig auf das Röhrchen, dass es Joes Haut durchstieß, und Joe spürte, wie es kalt und spitz geradewegs in seinen Körper eindrang. Es berührte ihn irgendwo tief in ihm, und er konnte fühlen, wie sich Gewebe teilte und wie Nervenenden mit unerwarteter Pein explodierten. Er versuchte, sich zu wehren, aber da gruben sich Zähne so tief in seinen Penis, dass es sich anfühlte, als würde er entzweigebissen. Angesichts der Qualen, die ihm die Nadel bereitete, angesichts der schieren, erlesenen Schmerzen, die jenes dünne Röhrchen auf dem Weg in seinen Körper verursachte, als es in seine Niere stach und eindrang, krallte er beide Hände in die Erde, presste die Lider zu und versuchte, an irgendetwas anderes als Schmerzen zu denken.

Was natürlich unmöglich war – denn ehe er sich versah, wurde ein zweites Röhrchen in die andere Seite seines Rückens eingeführt, tief hinein durch Haut, Muskelmasse und Fettgewebe. Joe schrie, obwohl er sich nicht schreien hören konnte, dann explodierte aus seinen Nebenhöhlen ein abscheuliches Niesen hervor – Blut und Erde und Zweige und Erbrochenes.

Er vermeinte, jemanden lachen zu hören – ein hohes, ein schrilles, ein irres Lachen. Er vermeinte, Donner zu hören, doch es handelte sich lediglich um das durch sein Gehirn tosende Blut.

Dann fühlte er einen süßen, intensiven Schmerz in seinen Nieren, einen Schmerz, der ihn davon überzeugte, dass er sterben würde. Er wusste nicht, ob er in das Gelächter einstimmen oder vor Qualen schluchzen sollte.

Joe tauchte tief in sein Unterbewusstsein ab, und als

er bewusstlos auf dem Boden lag, beugten sich die zwei weißgesichtigen Männer über ihn und saugten mit intensiver Konzentration an den dünnen Metallröhrchen, die aus seinem nackten Rücken ragten. Die Schlürfgeräusche wurden nur vom gelegentlichen Zwitschern eines Vogels über ihnen in den Bäumen und vom fernen Dröhnen eines Flugzeugs unterbrochen.

Joe konnte fühlen, wie sie saugten, aber er blieb komatös. Er glaubte, irgendwo allein einen Strand entlangzuwandern. Der Wind blies ihm stetig in die Augen, überall um ihn herum kreisten Möwen. Ihm wurde bewusst, dass ihm jemand folgte, jemand, der sich sehr nah hinter seiner rechten Schulter befand, so nah, dass er sich nicht umdrehen und denjenigen zur Rede stellen konnte.

»Wissen Sie, Joe, Sie könnten sich uns anschließen«, flüsterte eine Stimme, die halb von der Brise verweht wurde.

Er blieb stehen, und wer immer ihm folgte, hielt ebenfalls an.

Joe hörte jemanden sagen: »Mr. Hillarius? Mr. Hillarius?«

Er drehte sich um. Joe stand von Angesicht zu Angesicht einem großen, kantigen Mann in einem weichen, grauen Mantel gegenüber, einem Mann mit knochenbleichem Haar, das ihm um das Gesicht wehte.

Rot füllte die Augen des Mannes aus wie zwei Tintenfässchen aus Glas voller Blut.

»Mr. Hillarius«, hörte er jemanden sagen, und dieser Jemand war er selbst.

Der Mann nickte und hob langsam die rechte Hand, wodurch sein Ärmel den Unterarm hinunterrutschte. Seine Handgelenke erwiesen sich als dünn, die Haut war ungesund bleich. »Wissen Sie, Joe, Sie könnten sich uns anschließen«, wiederholte der Mann lächelnd, wobei er wie ein Souffleur sprach, ohne die Lippen zu bewegen. »Unser

Herrschaftsgebiet ist die ganze Welt. Die Sünden der Väter, die Sünden der Söhne, sie gehören alle uns.«

Joe fröstelte vor absolutem Grauen. Sein Herz schlug langsamer und langsamer. Noch nie zuvor in seinem Leben hatte ihm jemand solche Angst eingejagt.

»Mr. Hillarius« lächelte ungebrochen und bewegte den Arm näher zu Joe. Die Haut schien sich zu kräuseln. Joe wollte nicht hinsehen, wollte nicht herausfinden, weshalb, aber er konnte nicht anders. Der Mann verängstigte ihn so sehr, dass er nicht einmal den Blick abzuwenden wagte.

»Beunruhige ich Sie?«, erkundigte sich der Mann. »Ist an mir etwas, das Ihnen Unbehagen bereitet?«

Joe starrte auf den Arm des Mannes und erkannte, dass jenes Kräuseln von Bewegungen direkt von seinen Adern ausging. Und an der Innenseite der Handgelenke, wo die Haut dünn und fast transparent war, konnte er tatsächlich sehen, was sie verursachte. Durch die Adern des Mannes wand sich ein steter, Übelkeit erregender Strom von Grabwürmern. Krabbelnd bahnten sie sich den Weg die Innenseite seines Arms hinab und um seinen Ellbogen, und sie wölbten die Blutgefäße an seinem Handrücken.

Langsam hob Joe den Blick zu »Mr. Hillarius'« Gesicht und sah, dass sich die Würmer auch durch die Schlagadern an den Seiten seines Halses quetschten.

»Mr. Hillarius« grinste. »Jage ich Ihnen Angst ein, Joe?«, erkundigte er sich.

Joe sog scharf und verheerend die Luft ein. Er atmete dabei Blut, Erde und Gewebefetzen seiner Nebenhöhlen ein. Wieder versuchte er zu atmen, doch es gelang ihm nicht. Seine Lunge war wie verstopft. Blätter und Fasern blockierten seine Luftröhre. Und er hatte viel zu große Angst.

Sein Herz krampfte sich zusammen wie eine zur Faust geballte Hand, die sich nicht mehr öffnen will.

Oh Gott. Oh Gott.

Aber sein Herz weigerte sich zu schlagen. Und seine Lunge weigerte sich zu atmen.

Oh Gott. Oh Gott. Oh Gott.

Dann kam der Tod auf ihn zu. Wie schwarze, gemächlich schlagende Schwingen. Wie eine sich öffnende Kellertür. Und dann folgte nur noch nichts.

11

Ralph rollte mit seinem Wagen am Ende der Seaver Street an den Randstein, dicht gefolgt von einem metallicvioletten Eldorado Baujahr 1982, der ihn den ganzen Weg südwärts durch das Kampfgebiet eskortiert hatte. Er stieg aus und verriegelte die Tür, obwohl er wusste, wie absurd es war, die Tür eines drei Jahre alten Volkswagens abzusperren, der in der Seaver Street parkte. Absurd, weil ihn niemand in der Seaver Street stehlen wollen würde, und falls doch, so ging aus Polizeistatistiken hervor, dass sogar Modelle mit werkseitig eingebauter Alarmanlage innerhalb von einer Minute und 58 Sekunden geknackt wurden und verschwanden, häufig sogar schneller.

Irgendwie jedoch hatte er das Gefühl, dass sein Auto an diesem Tag nicht gestohlen werden würde. Patrice Latomba erwartete ihn auf dem Bürgersteig, flankiert von sechs oder sieben seiner Gehilfen, darunter Bertrand mit seinen Dreadlocks und schwarzer Brille, nervös und wild, außerdem ein ziemlich gut aussehender junger Schwarzer mit kahl rasiertem Kopf, Silberohrreifen und ärmelloser Lederweste und ein Ex-Boxer mit verquollenen Augen und geplätteter Nase, den Ralph – mit einem Anflug von Traurigkeit – als Henry »Der Hammer« Rivers erkannte, einen seiner Helden aus den Tagen der Schwarz-Weiß-Fernseher mit den abgerundeten Ecken. Den Tagen von Cassius Clay und Kennedy.

Er ging um sein Auto herum und trat auf den Bürgersteig, wo Patrice mit versteinertem Blick vor ihm stand.

Ralph ergriff das Wort. »Es tut mir leid. Ich will, dass Sie das wissen, bevor irgendetwas sonst gesagt wird. Es war ein Unfall, sonst nichts. Aber Ihr Sohn ist tot, ich habe ihn erschossen, und es tut mir leid.«

Patrice erwiderte: »Lassen Sie uns nicht darüber reden, okay? Reden bringt ihn nicht zurück. Nichts kann ihn zurückbringen.«

»Welche Wohnung ist Ihre?«, fragte Ralph.

Patrice drehte sich um und zeigte hin. »Gleich da oben. Zweiter Stock. Aber die haben die Vorhänge zugezogen. Man kann nichts sehen.«

Ralph trat auf dem Gehweg einen Schritt zurück und begutachtete den fleckigen Wohnblock aus Ziegelstein. Die Balkone erwiesen sich als wesentlich schmaler, als er erwartet hatte – kaum breit genug für ein paar Stühle. Aber er wusste, dass Sturmangriffe durch die Eingangstür immer mörderisch waren.

Viel zu oft hatte er miterlebt, wie uniformierte Beamte dabei erschossen worden waren, und er war nicht scharf drauf, der Nächste zu werden.

»Haben Sie in letzter Zeit mit denen geredet?«, fragte er Patrice.

»Ich hab's versucht. Aber die sind absolut unzugänglich für jede Vernunft, Mann. Sie sagen, sie wollen ihr Geld, und damit hat es sich. Denen ist scheißegal, wer es hat. *Ich* muss es für sie finden. Scheiße, Mann, ich hab's versucht, hab alle nur erdenklichen Fühler ausgestreckt. Aber ich weiß nicht, wer es genommen hat. Verdammt, wenn ich's wüsste, hätten sie ihre Kohle längst haben können.«

Ralph fragte: »Gehen sie ans Telefon?«

»Ja, tun sie.«

»Und es sind zwei?«

»Mehr mit Sicherheit nicht.«

»Wie lange haben sie nicht geschlafen?«, fragte Ralph.

»Seit gestern, Mann. Wir haben gestern den ganzen Tag mit ihnen geredet, die ganze letzte Nacht lang und heute den ganzen Vormittag.«

»Mit beiden?«

»Ja. Sie haben stark unterschiedliche Stimmen. Einer klingt nach Salem oder Marblehead, verstehen Sie, was ich meine? Von außerhalb, niveauvoll. Hat einen wirklich eigenartigen Akzent. Der andere klingt mehr wie ein gewöhnlicher Bostoner.«

»Sie müssen ziemlich müde sein.«

»Sollte man annehmen. Nur *klingen* sie nicht müde. Keiner der beiden.«

Ralph überlegte eine Weile, dann erkundigte er sich in scharfem Tonfall: »Und Sie wissen wirklich nicht, wo das Geld ist, richtig?«

»Mann, wenn ich es wüsste, dann …«

»Schon gut, schon gut, ich glaube Ihnen ja«, fiel ihm Ralph ins Wort. »Und Sie wissen auch nicht, wer diese Typen sind? Ich meine, Sie haben nicht mal eine Ahnung? Nicht die leiseste?«

»Ich habe von denen noch nie etwas gehört, und das ist die hundertprozentige Wahrheit.«

Ralph rieb sich mit den Fingerspitzen die Stirn. »Ich wusste nicht, dass außer Jambo DuFreyne, Luther Johnson und all diesen Elitestudenten in Harvard, an der medizinischen Fakultät von Harvard und am MIT noch jemand die Finger bei der Sache im Spiel hat.«

»Mann, ich wusste nicht mal *das*«, sagte Patrice. »Ich wusste zwar, dass Luther dealt, aber das weiß ohnehin jeder. Ich meine, das ist sein Job.«

»Und wie sieht die Lage im Augenblick aus?«, wollte Ralph von ihm wissen. Er fühlte sich angespannt, nervös, fehl am Platz. Der gut aussehende Schwarze beobachtete ihn mit unverhohlenem Hass in den Augen, und Henry »Der Hammer« legte den Kopf abwechselnd nach links und nach rechts schief und schlug sich gleichzeitig mit der Faust in die Handfläche.

»Sie tun Verna weh«, antwortete Patrice mit brüchiger, belegter Stimme. »Ich weiß nicht, wie sehr, ich weiß nicht, wie. Aber ich habe sie am Telefon gehört, und sie hat geschrien. So habe ich vorher noch nie jemanden schreien gehört. Die sagen, wenn ich ihnen die Tasche nicht bis zwölf Uhr bringe, töten sie Verna ohne Wenn und Aber.«

Plötzlich traten Patrice Tränen in die Augen. Ralph sah ihn an, und ihn überkam etwas völlig Unerwartetes. Zum allerersten Mal in seiner Laufbahn verstand er, dass die Leute, die er als Polizeibeamter im Zaum hielt, menschlich waren, genau wie er – dass sie weinten und Gefühle hatten, selbst wenn sie Einbrecher, Erpresser, Drogendealer und Zuhälter waren. Es war keine Frage der Vergebung – Vergebung blieb Geschworenen vorbehalten. Es war vielmehr eine Frage des Verständnisses, und Patrice weinte, und Ralph verstand, und dies war der Mann, dessen Baby er getötet hatte.

Ralph verkündete: »Ich hole sie da raus. Im Auto habe ich Seil und einen Haken.«

»Das ist alles? Seil und einen Haken?«

»Das ist alles. Vorausgesetzt, jemand kann mich in die Wohnung unmittelbar darüber bringen.«

Abrupt schlug Verna die Augen auf und spürte schier unerträgliche Schmerzen in ihren Hand- und Fußgelenken, während ihre Wange gegen den harten Küchentisch drückte. Sie konnte die quadratische, gelbe Digitaluhr an der Küchenwand sehen und fand es zugleich erschütternd und erleichternd, dass sie weniger als 20 Minuten gedöst hatte. Erschütternd, weil sie sehr viel länger schlafen wollte, denn während sie geschlafen hatte, waren ihr wenigstens die lasziven Folterungen erspart geblieben, die Bryan und Joseph ihr angedeihen ließen. Erleichternd deshalb, weil es noch zweieinhalb Stunden bis Mittag waren. Patrice hatte versprochen, bis dahin das Geld zurückzubringen.

Einen Moment lang dachte sie, Bryan und Joseph könnten auch eingenickt sein. Aber kaum hatte sie die Augen geöffnet und versucht, sich in eine bequemere Position zu winden, tauchte Bryan mit seinen blutroten Augen und dem weißen Gesicht auf. Er feilte sich die Nägel mit einer Feile der Art, wie man sie für gewöhnlich in Weihnachtsknallbonbons fand.

»Hungrig?«, fragte er sie.

Verna schluckte trocken. »Ich könnte einen Schluck Wasser vertragen. Und meine Handgelenke tun entsetzlich weh. Ich kann nicht einmal mehr meine Finger spüren.«

Bryan nickte, als hätte er vollstes Verständnis für sie. »Mit solchen Dingen werden wir auf die Probe gestellt.«

Joseph erschien und runzelte zerstreut die Stirn. »Ich hab eine meiner Pfeifen verlegt«, verkündete er.

»Wahrscheinlich hast du sie im Wohnzimmer gelassen«, meinte Bryan. »Holst du für Verna ein wenig Wasser?«

»Ich bin sicher, ich hab sie hiergelassen.«

»Hol Verna ein wenig Wasser, ja? Wir wollen doch nicht, dass sie dehydriert. Das ist nicht gut für den Körper. Verdickt das Blut. Macht das Adrenalin sauer.«

»Könnt ihr mich nicht einfach losbinden?«, fragte Verna flehentlich. »Ich verspreche, dass ich nicht zu fliehen versuche.«

Bryan schüttelte den Kopf. »Wir brauchen bald etwas Nahrhaftes.«

»Ich könnte euch etwas kochen. Im Kühlschrank habe ich jede Menge Schweinekoteletts.«

Joseph füllte am Spülbecken eine Tasse. Er johlte vor Gelächter.

»Wir essen kein Schweinefleisch«, erklärte Bryan.

»Ich habe auch Steak und Bohnen da. Und Thunfisch.«

»Wir essen kein Steak, wir essen keine Bohnen, und wir essen keinen Thunfisch«, ließ Joseph sie wissen. Er trug die Tasse durch die Küche und hob Vernas Kopf an, damit sie trinken konnte. Ein Großteil des Wassers lief ihr seitlich aus dem Mund, aber es gelang ihr, genug zu schlucken, um ihren Durst ein wenig zu stillen.

Sie ließ den Kopf wieder auf den Tisch sinken. Joseph blieb nah bei ihr, so nah, dass sie ihn *riechen* konnte, ein Blumenaroma mit einem unterschwelligen Beigeschmack von Verfall wie bei absterbenden Rosen in einer ausgetrockneten Vase.

Sie aßen also kein Steak, sie aßen keine Bohnen, und sie aßen auch keinen Thunfisch. Verna sparte sich für den Fall, dass ihr die Antwort nicht gefiele, die Frage, was sie denn überhaupt aßen. Abgesehen davon hatte sie bereits gelernt, dass es besser war, sie nicht zu provozieren, keinen der beiden. Zwar wirkten sie insgesamt in ihrem Verhalten merkwürdig formell, dennoch hatten sie Verna bereits genug Schmerzen zugefügt, um ihr zu verdeutlichen, dass ihre Fähigkeit zu Grausamkeit keine wie auch immer gearteten Grenzen kannte.

Sie konnte nicht nachvollziehen, wie irgendjemand einem anderen Menschen so sehr wehtun wollen konnte – vor allem, da es keinem der beiden Vergnügen zu bereiten schien, nicht einmal leicht sexuell gefärbte Lust. Wann immer sie ihr Schmerzen zufügten, wann immer sie ihren Körper berührten, taten sie es auf so nüchterne Weise, dass sich Verna vollkommen charakterlos fühlte, ein Stück Fleisch, das sie nicht folterten, weil sie ihr Böses wollten, sondern für irgendein unbegreifliches Ritual.

Die beiden hassten Verna nicht, das konnte sie fühlen. Es verhielt sich nicht einmal so, dass sie Verna nicht mochten. Tatsächlich sprachen sie auf so verspielte, freundliche Weise mit ihr, dass sie beinah glauben konnte, sie hätten sie irgendwie lieb gewonnen.

Was ihre Grausamkeit nur umso erschreckender wirken ließ. Und Verna mehr Angst als alles andere einjagte.

Noch etwas beunruhigte sie. Etwas, das sich in ihr Bewusstsein gebohrt hatte wie eine Glasscherbe in eine Fußsohle. Den Großteil der Zeit war sie zu verwirrt, zu sehr von Schmerzen geplagt und zu erschöpft gewesen, um darüber nachzudenken. Aber es stocherte immer und immer wieder in ihrem Verstand.

Die zwei hatten nicht geschlafen. Verna hatte sie zusammen gesehen, sie hatte sie voneinander getrennt gesehen. Doch jedes Mal, wenn sie dachte, einer der beiden würde sich vielleicht ausruhen, tauchte er lächelnd wieder auf, die Augen so blutrot wie Rubine.

Verna beschlich das zutiefst unheimliche Gefühl, dass sie *niemals* schliefen.

Die füllige schwarze Frau in dem blauen Kleid mit Blumenmuster öffnete die Doppeltür für Ralph und führte ihn hinaus auf den schmalen Balkon. An einem Ende stand ein Korbstuhl mit halb durchgewetzter Sitzfläche und einem fransigen Kissen. »Hier sitze ich normalerweise«, teilte sie ihm mit. »Das heißt, wenn keine Feuer brennen und keine Kugeln durch die Luft schwirren.«

Am anderen Ende des Balkons befand sich eine Ansammlung von Tontöpfen, gefüllt mit einer Mischung bunter Blumen und Kräuter – Thymian, Petersilie, Koriander, Basilikum und Salbei. »Und das ist mein Garten, mein ganzer Stolz.«

»Wirklich hübsch«, meinte Ralph. »Ist schön, etwas wachsen zu sehen.«

Er beugte sich über den Rand und konnte viereinhalb bis fünf Meter tiefer den Balkon von Patrice Latombas Wohnung sehen. Ein rotes Fahrrad stand darauf neben einigen hohen, nesselartigen Pflanzen in rostigen Speiseöldosen … Pflanzen, die verdächtig nach *Cannabis sativa* aussahen. Er legte die Hände um das Metallgeländer, das den Balkon umgab, und rüttelte daran. Fühlte sich ziemlich stabil an.

»Ich glaube, die haben Verna in der Küche gefesselt«, meldete sich Patrice zu Wort. »Sie hat ein paarmal geschrien, und von dort sind die Schreie gekommen.«

»Okay«, erwiderte Ralph und nickte. »Und Ihre Küche ist an derselben Stelle wie die Küche in der Wohnung dieser Dame hier, richtig?«

»Ja, genau.«

»Okay«, wiederholte Ralph und bemühte sich, zuversichtlich zu klingen. »Dann bleibt nichts mehr zu tun, außer es zu tun.«

Er ging zurück in die Wohnung der Frau und holte das dicke graue Seil, das er im Kofferraum seines Wagens mitgebracht hatte. Patrice und die Frau beobachteten ihn schweigend, als er geschickt einen Webeleinstek um das Geländer anbrachte und daran zog, um den Knoten zu überprüfen. Dann holte er die 44er aus seinem Schulterholster, öffnete die Trommel, drehte sie, schloss sie und spannte den Hahn.

»Sie geben aber schon acht, auf wen Sie damit zielen,

oder?«, fragte Patrice. »Sie haben mir schon mein Kind genommen – nehmen Sie mir nicht auch noch meine Frau.«

Ralph bedachte ihn mit einem harten Blick und erwiderte nichts. Er hätte sich rundheraus weigern können, überhaupt herzukommen, und er konnte der Situation hier immer noch sofort den Rücken kehren, doch er hatte nicht vor, das zu sagen. Adrenalin strömte durch seinen Körper, und er war zu allem bereit. Ralph wollte sich nur noch von diesem Balkon schwingen und loslegen. Vorlaute Worte von Patrice Latomba würden ihn nicht davon abhalten.

»Sprechen Sie ein kleines Gebet«, sagte er. Die Frau bekreuzigte sich und murmelte: »Halleluja, halleluja.« Patrice starrte Ralph an, als wäre er vollkommen wahnsinnig, was vermutlich auch zutraf.

Ralph wickelte sich das Seil um das linke Handgelenk. Dann kletterte er auf das Geländer und balancierte mit gespreizten Beinen darauf, den Rücken zur Straße, die sich knapp mehr als 20 Meter unter ihm befand. Die 44er hielt er in der rechten Hand erhoben. Es war so weit. Darum ging es dabei, ein ganzer Mann zu sein. In der Ferne hörte er das *Peng-peng-peng* eines halbautomatischen Gewehrs und sah sich um. Die Seaver Street bot ein Bild der Verwüstung mit dichtem, braunem Rauch, und genau *das* wollte er, diese Gefahr, diese einem Kriegsgebiet ähnelnde Landschaft, dieses überwältigende Gefühl, dass er tatsächlich etwas bewirken könnte.

Er stieß einen Schrei aus, mit dem er sich selbst Angst einjagte. Dann sprang er rückwärts vom Geländer in den leeren Raum, stieß sich dabei mit einem Fuß von der Mauer ab, um weiter nach außen zu gelangen, bevor er zu Patrices Balkon hinabschwang, immer noch brüllend wie ein Verrückter. Sein Fußgelenk streifte Patrices Balkongeländer und stieß das Fahrrad um. Ralphs Körper drehte sich im Schwung, dann jedoch krachte er mit einer splitternden Explosion von Scherben und Fenstersprossen durch Patrices Balkontür. Er rollte über den Wohnzimmerboden, verheddert in weiße Netzvorhänge, die ihn wie ein Leichentuch verhüllten.

Rasch rappelte er sich auf die Beine. Seine linke Wange blutete, weiteres Blut tropfte stetig aus einem langen Schnitt an seinem rechten Handballen geradewegs auf den Läufer. Aber es gelang ihm, sich hustend von den Vorhängen zu befreien und hinaus in den Flur zu eilen. Die Küchentür war angelehnt. Ralph roch Zigarettenrauch und konnte hören, wie jemand etwas sagte. Nur einen Moment lang zögerte er, dann stürmte er in die Küche, die 44er starr mit beiden Händen vor sich gestreckt, und brüllte: »Keine Bewegung!«

Die zwei jungen Männer mit dunklen Sonnenbrillen standen zu beiden Seiten des Küchentischs. Sie wirkten nicht im Geringsten überrascht. Einer der beiden rauchte eine Zigarette und stieß dünne Rauchströme aus den Nasenlöchern aus, während sich der andere die Nägel feilte.

Verna Latomba lag fest an den Tisch gefesselt da, nackt, von blauen Flecken übersät, die Hand- und Fußgelenke über ihr aneinandergebunden. Ein Fischgrätenmuster von Schnitten überzog ihren Rücken, auf ihren Pobacken und ihren Oberschenkeln prangten getrocknete, weiße Wachstropfen.

Sie versuchte, den Kopf zu drehen, um herauszufinden, wer gekommen war. »Patrice?«, rief sie mit schriller, atemloser, erwartungsvoller Stimme. »Patrice, bist du das?«

Ralph trat langsam vor, ließ die Waffe genau zwischen Josephs Augen gerichtet. Als Verna sah, um wen es sich handelte, flüsterte sie mit belegter Stimme: »*Sie?*«

»Sagen wir einfach, ich schulde Patrice einen Gefallen«, sagte Ralph. Bryan hörte auf, sich die Nägel zu feilen, und ließ die Feile in seine Jackentasche fallen.

»Ich sagte, keine Bewegung!«, brüllte ihn Ralph an.

Der junge Mann hob beide Hände. »Wir bewegen uns ja nicht, um Himmels willen, wir bewegen uns ja nicht.«

»Hände auf den Kopf«, befahl Ralph den beiden. »Hände auf den Kopf und umdrehen. Ich sagte, umdrehen. Gesicht zur Wand, *comprende?*«

Die zwei jungen Männer sahen sich gegenseitig an, dann zuckten sie mit den Schultern und taten, wie ihnen geheißen. Derjenige, der rauchte, behielt die Zigarette in der Hand, wodurch sich der Rauch wie ein Band aus seinem Kopf zu kräuseln schien.

Angespannt und mit geweiteten Augen bewegte sich Ralph um den Tisch herum. Einer der jungen Männer drehte den Kopf und schaute zu ihm. Sofort herrschte Ralph ihn an: »Gesicht zur Wand, du Penner!«

»Entschuldigen Sie den flüchtigen Blick«, sagte der junge Mann beinah bockig.

Ralph öffnete eine Küchenschublade nach der anderen, bis er fand, wonach er suchte – Messer. Er holte das heraus, das am schärfsten aussah, und begann, linkshändig an den Schnüren zu sägen, die Vernas Hand- und Fußgelenke aneinanderfesselten.

»Keine Ahnung, was für gottverdammte Perverse ihr zwei Arschgesichter seid«, stieß er keuchend hervor, während er eine Schnur nach der anderen durchschnitt.

»Ist auch besser für Sie«, erwiderte einer der jungen Männer.

Ralph kappte die letzte Schnur. Verna zuckte vor Schmerzen zusammen, als sie langsam die Beine sinken ließ. Ralph warf das Messer beiseite und stellte sich dicht neben sie, hielt den Arm schützend über ihren Rücken. »Meinen Sie, dass Sie laufen können?«, fragte er sie.

»Ich weiß es nicht«, antwortete Verna. Matt versuchte sie, sich an seinem Ärmel festzuhalten.

»Na schön … wenn Sie nicht laufen können, trage ich Sie im Feuerwehrstil, in Ordnung? Versuchen Sie nur, sich aufzusetzen, das reicht schon. Versuchen Sie nur, sich aufzusetzen.«

Der junge Mann mit der Zigarette drehte sich zu Ralph um und ließ die Hände sinken. Ralph brüllte: »Umdrehen! Sofort wieder umdrehen! Bist du taub oder was?«

Der junge Mann rührte sich nicht. Er sog ein wenig an seiner Zigarette, dann fragte er: »Können wir aus dieser törichten Rettungsaktion schließen, dass Mr. Latomba nicht in der Lage ist, unser Geld zu finden?«

»Zum letzten Mal, Kumpel, ich warne dich: Dreh dich um!«

»Mein guter Mann, ich muss wissen, ob ich hier meine Zeit vergeudet habe oder nicht. Wenn wir das Geld nicht von Mr. Latomba zurückbekommen, werden wir wohl herausfinden müssen, wo wir es stattdessen wiederbeschaffen können.«

»Umdrehen!«, wiederholte Ralph.

Immer noch rührte sich der junge Mann nicht. Er rauchte nur, wartete, lächelte. Dann ließ der andere die Hände sinken und drehte sich ebenfalls um. Beide standen beobachtend da, als wollten sie Ralph herausfordern, sie zu töten.

»Kommen Sie schon, auf jetzt«, sagte Ralph drängend zu Verna. Er sank neben dem Tisch auf ein Knie. So gelang es ihm, sich Verna auf die Schulter zu hieven. Sie war nicht schwer. Er konnte ihre Rippen und ihre Hüften spüren, ihr Parfüm und ihren Schweiß riechen. Trotz ihres geringen

Gewichts begann sein Arm, unter der Anstrengung zu zittern. Er musste sich die Schulter gezerrt haben, als er sich vom Balkon geschwungen hatte, und seine rechte Hand hatte Mühe, den Revolver Kaliber 44 zu halten, der immerhin mehr als ein Kilogramm wog.

Vor Anstrengung grunzend stemmte er sich hoch und machte einen unbeholfenen Schritt zur Seite, um nicht das Gleichgewicht zu verlieren.

»Bleibt bloß zurück«, warnte er die weißgesichtigen jungen Männer. »Ich will euch nicht abknallen, aber ich tu's, wenn es sein muss.«

»Ich fürchte, es liegt nicht an Ihnen zu entscheiden, ob wir sterben«, meinte der junge Mann mit der Zigarette. Er begann, sich Ralph zu nähern, und schob einen der Küchenstühle beiseite, die ihm im Weg standen.

Ralph zog sich in Richtung der Tür zurück und hievte Verna höher. Sie lastete leblos und unkooperativ wie eine tote Antilope auf seiner Schulter, und er wäre beinah umgekippt. Ihre Hand- und Fußgelenke mussten so gefühllos geworden sein, dass sie nicht einmal selbst das Gleichgewicht halten konnte. Aus irgendeinem Grund dachte Ralph unverhofft an seinen Vater, der an multipler Sklerose gelitten hatte. Eines Tages hatte sein Vater an einem offenen Feuer gestanden und sich vor dem Spiegel auf dem Kaminsims die Haare gekämmt, ohne zu bemerken, dass sein in einem Pantoffel steckender Fuß mitten in den lodernden Scheiten steckte und brannte.

Ralph erinnerte sich noch daran, wie seine Mutter den Raum betreten und geschrien hatte, und jener Schrei konnte selbst heute noch seine Konzentration durchbrechen.

Als Ralph die Küchentür erreichte, bahnte sich der andere junge Mann ausweichend, wirbelnd und tänzelnd einen Weg um den Tisch herum, um ihm den Fluchtweg zu versperren.

Ralph schwenkte den Revolver auf ihn. »Geh einfach beiseite, okay? Ist dir klar, was das hier ist? Eine 44er – die pustet dir den Schädel weg. Nur noch Hals, kein Kopf mehr.«

Der junge Mann zuckte mit den Schultern und wich zurück, hob die Hände zu einer beschwichtigenden Geste. »Schon gut, mein Freund … kein Grund, übernervös zu werden.«

Aus dem Augenwinkel bemerkte Ralph flüchtig, wie der andere junge Mann sich anzuschleichen versuchte. Er wirbelte herum, und der junge Mann stürmte auf ihn zu. Diesmal schoss er, ein guter alter Ralph-Brossard-Reflex. Der Revolver zuckte, und die Küche schien sich unter dem ohrenbetäubenden Knall der in dem beengten Raum abgefeuerten Patrone Kaliber 44 zu weiten. Ralph sah, wie die Jackenaufschläge des jungen Mannes zu schwarzen Stofffetzen zerrissen wurden. Er sah Rauch, und mitten in den Schwaden drehte sich der junge Mann und stürzte zu Boden.

Aber statt ganz zu fallen, drehte er sich weiter, beinah wie ein Kosaken-Tänzer, und richtete sich durch den Qualm wieder auf, bis er Ralph mit demselben unbekümmerten Lächeln gegenüberstand wie zuvor.

»Ich habe es Ihnen ja gesagt«, meinte er lächelnd. »Es liegt nicht an Ihnen zu entscheiden, wann wir sterben.«

Fassungslos feuerte Ralph erneut. Der Rückschlag des Revolvers peitschte seinen Arm nach oben und zerrte seine andere Schulter. Von der Jacke des jungen Mannes spritzten weitere schwarze Fetzen, und er stieß ein rauchendes Japsen aus, doch das blieb alles. Wieder schoss Ralph, obwohl er mittlerweile ahnte, dass es nutzlos sein würde.

Er hörte, wie jemand an die Eingangstür hämmerte. Es klang nach Patrice. »Brossard! Brossard! Was zum Teufel geht da drin *ab,* Mann?«

»Alles in Ordnung!«, rief Ralph zurück. »Alles in Ordnung! Ich hab Verna, alles cool!«

Der junge Mann stimmte ein hohles Lachen an. »Alles cool? Alles cool? Das glaube ich nicht! Ich würde eher sagen, alles *heiß.*«

Er näherte sich Ralph. Von seiner Jacke stieg immer noch Schießpulverrauch auf. Seine Augen wirkten blutig, sein Blick war ausdruckslos. Ralph hob die 44er an, doch der junge Mann schob den Lauf einfach beiseite und sagte: »Nein, das ist nicht der Weg.«

»Ich schaffe diese Frau hier raus«, kündigte Ralph an.

»Natürlich«, pflichtete ihm der junge Mann bei. »Sie schaffen sie hier raus ... von hier raus und weit, weit weg. Wo sie in Sicherheit sein wird.«

Er fasste in die Tasche seiner ruinierten Jacke und holte eine kleine Scheibe aus Kupfer und Bronze hervor, die er zwischen den Fingern und dem Daumen vor sein Gesicht hob.

»Wissen Sie, was das ist?«, fragte er seelenruhig.

Ralph wich einen wackeligen Schritt zurück. »Ist mir scheißegal. Ich schaffe diese Frau hier raus, und das war's dann.«

»Aber schauen Sie doch mal hin ...«, ermutigte ihn der junge Mann und hob die Scheibe höher, direkt vor seine Augen. »Werden Sie bei dem Anblick nicht schläfrig ... fühlen Sie sich bei dem Anblick nicht müde? Möchten Sie Verna nicht kurz ablegen und sich eine wohlverdiente Ruhepause gönnen?«

»Du hast den Verstand verloren«, spie ihm Ralph entgegen. Allerdings erwies es sich als unmöglich, den Blick von der Scheibe aus Kupfer und Bronze zu lösen, die ihn mit wissender Schlichtheit anzufunkeln schien. *All deine Probleme könnten Kupfer sein. All deine Mühsal könnte Bronze sein. All dein Stress und all deine Plage – jedes Schuldgefühl und jede Angst –, alles könnte so schlicht sein wie ich.*

Ein Kreis innerhalb eines Kreises. Wie jede Beziehung in der Galaxis, wie Planeten innerhalb von Planeten, wie Räder innerhalb von Rädern.

Der junge Mann sagte: »Ich wette, Sie fühlen sich müde.«

»Ich gehe jetzt.«

»Natürlich gehen Sie jetzt. Wir haben nichts dagegen, wenn Sie gehen. Was bedeutet das schon für uns? Mr. Latomba hat unser Geld verloren, die Tauben sind aus dem Verschlag ausgeflogen.« Langsam blinzelte er mit seinen blutroten Augen, und in seinen blutroten Augen sah Ralph Vögel fliegen, die langsam mit den Schwingen schlugen, langsam über blutrote Strände schwebten, vor denen sich gerinnende Ozeane zähflüssig kräuselten. Er konnte nicht aufhören, auf die Scheibe aus Kupfer und Bronze zu starren, und irgendwie schien die Scheibe aus Kupfer und Bronze zu blinzeln und zu funkeln.

Ralph ertappte sich dabei, wie er durch die warme und blutige Brandung ins Meer hinauswatete, darin eintauchte. Einen Moment lang schien die Sonne durch den Schaum, und der Schaum war rosa. Dann folgte Dunkelheit, eine überwältigende Dunkelheit, und es wurde kälter, trotzdem schwamm er weiter, tauchte tiefer, denn er *musste* tiefer tauchen.

»Wovor haben Sie Angst?«, fragte ihn die Stimme des jungen Mannes.

»Feuer … mein Vater hat sich im Feuer den Fuß verbrannt.«

»Ah, Feuer! Sie sollten sich nicht vor Feuer fürchten. Feuer ist unser Freund.«

Ralph tauchte tiefer, und je tiefer er tauchte, desto kälter wurde ihm. Er war überzeugt davon, fühlen zu können, wie sein Körper arbeitete wie eine leise, fleißige Maschine.

Feuer, dachte er.

Feuer ist mein Freund … Ralph bekam nicht mit, dass er in Wirklichkeit gar nicht schwamm, sondern in tiefer, hypnotischer Trance durch die Küche der Latombas wankte, gegen den Tisch prallte, mit den Stühlen zusammenstieß und immer noch Verna trug, die hilflos über seiner Schulter baumelte. Sein rechter Arm senkte sich, der schwere Revolver fiel klappernd auf den mit Kunststofffliesen ausgelegten Boden. Weder Bryan noch Joseph unternahm den Versuch, die Waffe aufzuheben. Das mussten sie nicht. Es lag an niemand anderem zu entscheiden, wann sie sterben würden.

»Brossard!«, brüllte Patrice und hämmerte an die Tür. »Brossard! Was ist da drin los?«

Bryan lächelte Joseph an, und Joseph lächelte zurück. Verna fing an, zu zappeln und sich zu wehren, sich freizuwinden, aber Ralph hielt sie mit unnatürlicher Kraft fest – derselben Kraft, die es Michael ermöglicht hatte, die Armlehnen von Dr. Rices Stuhl zu verbiegen –, und sie war von ihrer langen Tortur auf dem Küchentisch geschwächt und halb betäubt.

»*… los! Lassen Sie mich … los!*«, verlangte sie keuchend, doch Ralph fasste mit der rechten Hand nach oben, packte ihre Haare und riss ihren Kopf so hart zurück, dass die Sehnen in ihrem Hals scharf knackten und er sie beinah umgebracht hätte. Sie stieß einen brüchigen, atemlosen Schrei aus – den Ralph jedoch in seiner Trance nicht hören konnte.

Mittlerweile glaubte er, aus dem Meer aufgetaucht zu sein und ans Ufer zu waten. Der Himmel war schwarz wie frisch vergossenes Blut. In der mittleren Ferne sah er ein Feuer flackern und im Wind wirbelnde Asche. Ein großer Mann mit einem grauen Mantel stand nicht weit vom Feuer entfernt, die Hände in den Taschen. Knochenbleiches Haar wehte um sein Gesicht. Ralph hatte diesen Mann noch nie zuvor gesehen, dennoch wusste er irgendwie, um wen es sich handelte und dass ihnen immer vorherbestimmt gewesen war, sich zu treffen.

Er überquerte den Sand und ging näher zum Feuer – so nah, dass er die Hitze an den Händen und im Gesicht fühlen konnte. Ohne den Mund zu öffnen, sagte der Mann: *»Hallo, Ralph.«* Und Ralph dachte: *Das ist er – es ist »Mr. Hillarius«.*

Gleichzeitig, während er Verna fest am Hals gepackt hielt, drehte er die Knöpfe der beiden vorderen Brenner ihres Gasherds. Mit einem leisen *Wusch* zündeten sie, und Ralph fuhr mit der bloßen Hand darüber, hin und her, zwei- oder dreimal, um ihre Hitze zu spüren. Ein durchdringender Brandgeruch entstand, als die versengten Härchen auf seinem Handrücken schrumpften und rauchten, aber er zuckte nicht einmal zusammen.

»Es ist kalt, Ralph, nicht wahr?«, sagte »Mr. Hillarius«. *»Wärmen wir uns doch, was halten Sie davon? Kommen Sie nah ans Feuer.«*

Ralph streckte beide Hände aus, so nah zum Feuer, wie er konnte. Mittlerweile brannte es lichterloh, eine kleine, orange schimmernde, heiße Höhle aus Treibholz und zerbrochenen Verpackungskisten. Ihn faszinierten die grellen Funken, die über das Brennmaterial krochen und dann in den blutfarbenen Himmel emporwirbelten. Ihn beschlich das Gefühl, dass er einen der brennenden Trümmer mit den Händen ergreifen wollte, um ihn eingehender zu betrachten.

»Feuer ist unser Freund, Ralph«, erklärte »Mr. Hillarius«.

In der Küche packte er Verna am Genick, bohrte die Finger tief in ihre Nerven. Sie versuchte sich zu befreien, indem sie wild sein Gesicht zerkratzte, ihn mit dem Ellbogen schlug und nach seinen Hoden tastete. Wieder und wieder schrie sie dabei, doch Ralph nahm keine Notiz davon. Seine weit geöffneten Augen blinzelten kein einziges Mal, nicht einmal, als ihm Verna mit den abgebrochenen Fingernägeln die linke Wange vom Augenwinkel bis zum Mundwinkel aufriss.

»Feuer ist unser Freund«, wiederholte er. Blut lief sein Gesicht in vier Rinnsalen hinab und tropfte auf seinen Kragen. »Hörst du das? *Feuer ist unser Freund!*«

»Nein!«, kreischte Verna, und *»Nein!«* und *»Nein!«*, die Züge grotesk vor Angst und Schmerzen verzerrt. Sie versuchte zu entkommen, indem sie auf die Knie zusammenbrach, aber Ralph zerrte sie gnadenlos wieder hoch. Dann, ohne zu zögern, rammte er ihren Kopf mit dem Gesicht voraus auf einen der angezündeten Gasbrenner.

Und hielt sie dort fest.

Und hielt sie dort fest.

Vernas Haare fingen Feuer. Ihr gesamter Kopf wurde zu einem orangen Flammenball. Zwischen ihren Blasen schlagenden Lippen explodierte ein Schrei hervor, der überhaupt nicht menschlich klang – ein schrilles, endloses, misstönendes Geheul, als führe jemand mit langen Fingernägeln die gesamte Breite einer Schultafel entlang –, bis Ralph ihren Kopf kurz anhob und erneut auf den Brenner rammte. Sie atmete ein, atmete brennendes Gas.

Es dauerte nur Sekunden, bis ihr Haar zu leuchtenden, Funken sprühenden Klumpen versengt wurde. Die Gasstrahlen nagten brodelnd an ihrer Stirn und verschlangen gierig ihre Ohren. Ihre Wangen röteten sich und verschrumpelten, die Haut platzte auf wie die Schale einer gebratenen roten Paprika.

Während der gesamten Zeit zuckte sie und wehrte sich und wand sich, aber Ralph drückte ihr Gesicht kräftig und unbarmherzig gegen den Brenner, obwohl auch seine linke Hand brannte und die Flammen bereits den Ärmel seiner Jacke hinaufzüngelten.

»Feuer ist unser Freund«, wiederholte er ständig, den Blick auf »Mr. Hillarius'« Gesicht gerichtet, das er viereinhalb Meter entfernt irgendwo in der Küchenwand wahrnahm. »Feuer ist unser Freund.«

Die Haut seiner Finger blähte sich und schlug Blasen. Mittlerweile stand sein gesamter Ärmel in Flammen, sein Arm glich einer Feuersäule. Die unverkennbaren Gerüche brennender Haare, brennender Wolle und brennenden Fleisches vermischten sich zu einem widerlichen, nicht zum Atmen geeigneten Dunst, und sogar Bryan begann zu husten. Joseph packte ihn am Arm und schob ihn rasch in Richtung der Tür.

Ralph sah sie nicht – *konnte* sie nicht sehen, weil er sich immer noch in tiefer, hypnotischer Trance befand. Die Trance wirkte sich auf Ralphs Nervensystem so aus wie die multiple Sklerose damals auf seinen Vater: Sie ließ ihn unempfindlich für Schmerz werden. Er brannte, spürte es aber nicht, und er wusste, dass Feuer sein Freund war.

Verna führte einen wilden Tanz auf, einen außergewöhnlichen Tanz, bei dem sie den Rücken durchwölbte, sich zuckend hin und her wand, und letzten Endes riss sie sich von Ralph los. Taumelnd fiel sie zur Seite, weg vom Herd, der Kopf geschwärzt und rauchend, blind, die Nase weggebrannt, die Lippen qualmend und roh. Sie versuchte, sich aufzurappeln, was ihr nicht gelang, also blieb sie steif und regungslos auf dem Küchenboden liegen. Nur ein krampfhaftes Zucken der rechten Hand wies darauf hin, dass sie noch lebte.

Ralph wurde klar, dass er zu nah am Feuer stand. Ihm war entschieden zu heiß. Seine linke Hand fühlte sich an, als wäre sie von Blasen überzogen, und er hob sie, um sich zu vergewissern, dass sie nicht verbrannt war.

Als er es tat, wurde seine gesamte Welt von Flammen umhüllt. Mit einem Aufschrei erwachte er und spürte schlagartig die Höllenqualen seines brennenden Arms.

Was ihm so seltsam verlockend erschienen war – der Strand, die Nacht und »Mr. Hillarius'« Feuer –, schlug plötzlich zur Hölle auf Erden um.

Sein Arm – sein gesamter verfluchter Arm – stand in Flammen! Er versuchte, das Feuer durch Schläge zu löschen, bewirkte damit jedoch nur, dass er sich auch noch die Finger der anderen Hand verbrannte. Die Bewegungen fächelten den Flammen höchstens noch Luft zu und schürten sie so. Was hatte man ihm im Überlebensunterricht beigebracht? Auf den Boden fallen lassen, herumrollen, das Feuer ersticken, so gut man kann.

Er schnappte sich ein Geschirrtuch vom Haken neben dem Herd und wickelte es um seinen Arm. Ralph sah, dass seine Hand auf schauerliche Weise verbrannt war … ein fünffingriges Muster von Knochen und schwarzer Asche. Die Schmerzen waren mehr, als er ertragen konnte. Auf steifen Beinen wankte er in einem Schockzustand mit immer noch qualmendem Arm durch die Küche und versuchte, einen Weg zu finden, die unvorstellbarsten Qualen zu überwinden, die er je erlebt hatte. Einmal hatte er sich die Finger in einer Autotür eingeklemmt. Einmal hatte er sich den Arm verbrannt, als er einen widerspenstigen Grill mit Benzin anzünden wollte. Beim Kampf gegen einen gewalttätigen Crackdealer hatte er einen Fingernagel verloren. Schmerzen, alles Schmerzen. Aber alles nichts im Vergleich zu dem, was er nun durchlitt. Er hätte nicht für möglich gehalten, dass ein Mensch solche Schmerzen erleiden konnte, ohne zu sterben.

Aber er war nicht tot. Er lebte noch. Und er nahm nicht einmal wahr, dass er wie am Spieß brüllte.

Ralph hörte ein klägliches Weinen. Er hörte ein wildes Hämmern. Dann hörte er Schüsse und ein splitterndes Geräusch. Er hörte jemanden streiten, wild streiten, aus voller Kehle. Als Nächstes bekam er mit, wie Patrice Latomba am Eingang zur Küche auftauchte, keuchend und verschwitzt, nur mit einer fleckigen Weste und einer Jeans bekleidet.

Patrice blickte auf Verna hinab, die auf dem Rücken am Boden lag und immer noch glomm. Ihr Körper zuckte vor Schmerzen krampfhaft, ihre Fersen zitterten an den Kunststofffliesen. Dann drehte er sich Ralph zu. Seine Augen zeichneten sich weiß ab, sein Blick wirkte wild.

»Was ist hier passiert, Mann?«

Ralph konnte ihn nur mit verzerrter Miene angrinsen. Seine Schmerzen trübten seinen Blick mit einem roten Schleier, und er stand kurz davor zusammenzubrechen.

»Was, verfluchte Scheiße noch mal, ist hier passiert, Mann? Wo sind diese Typen? Wo sind diese Typen?«

»Ich … weiß es nicht … sie sind …«, stammelte Ralph. Dann stieß er mit einem gequälten Heulen hervor: »Ich wollte sie nicht verbrennen! Keine Ahnung, warum ich's getan hab! Ich wollte sie nicht verbrennen, um Himmels willen!«

Patrice fächelte Rauch von seinem Gesicht weg. Auf einmal wirkte er überaus ernst. »*Sie* haben Verna verbrannt?«, fragte er. Seine Stimme erklang mit der schrecklichen Kälte eines schweren Schocks – eine Stimme, die den Geschmack von Metall und Öl an Ralphs Gaumen hinterließ.

»Ich wollte sie nicht verbrennen«, wiederholte er.

Mit steifem Handgelenk hob Patrice seine Automatik an und gab einen Schuss ab. Das Geschoss Kaliber 45 schlug mitten in Ralphs Nasenrücken ein und verspritzte sein Gehirn über die Küchenvorhänge. Ein Blumenkorbmuster aus Beige und Blutrot tauchte schlagartig am Fenster auf, geprägt mit einer Geschwindigkeit von 260 Metern pro Sekunde.

Noch bevor Ralph zu Boden gesackt war, schwenkte Patrice zu Verna herum und schoss auch ihr in den Kopf – eine Kugel, mitten hinein in die qualmenden Knorpel ihres Gesichts.

Bertrand tauchte am Eingang auf und sah sich verdattert um. »Du hast sie beide umgebracht, Mann. Was ist mit dem Gesetz?«

Patrice traten Tränen in die Augen. »Kein Gesetz mehr, Mann. Kein verficktes Gesetz mehr. Nicht in der Seaver Street. Kein Gesetz mehr.«

Bertrand blickte auf Verna hinab, flüsterte »Heilige Mutter Gottes …« und bekreuzigte sich.

Patrice schob ihn aus der Küche und durch den Flur. »Keine Religion mehr, Mann, und kein Gesetz mehr. Überhaupt nichts mehr. Das bedeutet Krieg, Mann. Das bedeutet Krieg! Wenn du im Umkreis von einem Kilometer ein Bullenschwein siehst – oder irgendeine weiße Visage, einen Juden, einen Araber oder einen gottverdammten Algonkin-Indianer –, knallst du ihn ab! Du knallst sie alle ab, Mann! Mit meiner ausdrücklichen Erlaubnis! Denn *ich* bin jetzt das Gesetz! Und was die heute hier getan haben, verleiht mir das Recht dazu!«

Bertrand zog eine vernickelte Automatik Kaliber 45 aus seiner Jacke mit den roten Fransen und feuerte in die Decke. Verputz rieselte herab. Bertrand wischte ihn sich von den Schultern und rief: »Weihnachten! Weihnachten ist dieses Jahr früher!«

Michael saß in seinem Arbeitszimmer, als ein leises Klopfen an der Tür ertönte und Patsy hereinkam. Mittlerweile war es Nachmittag – sie hatten alle gut zu Mittag gegessen, Hühnerpastete, und Victor war mit Jason hinaus auf den Strand gegangen, um Jasons neuen Kampfdrachen steigen zu lassen.

Der Sonnenschein wurde heller und verblasste, wurde heller und verblasste, während die Wolken flott die Küste entlang vorbeitrieben. Michael konnte Victor und Jason in der Ferne ausmachen. Der rote und gelbe Drachen wirbelte und tauchte immer wieder ab, als sie versuchten, ihn zum Fliegen zu bringen. Der Wind war an diesem Tag zu turbulent, brachte zu viele Fallböen mit.

Patsy trat hinter Michael und massierte seine Schultermuskulatur. »Du bist aber verspannt!«, stellte sie fest. »So angespannt bist du seit Monaten nicht mehr gewesen.«

»Das liegt bloß an dem Auftrag. Sobald er abgeschlossen ist und ich meinen Lohnscheck eingelöst habe, wende ich mich wieder der Seepockenbeseitigung zu, das kann ich dir versprechen.«

»Ich weiß nicht recht«, meinte sie. »Vielleicht steht dir ein bisschen Stress ganz gut zu Gesicht.«

Er schwenkte mit seinem Stuhl herum, packte sie, setzte sie auf seinen Schoß und küsste sie. Die Haare hatte sie mit einem gelben Seidentuch zurückgebunden, und sie trug ein kurzes Baumwollkleid, gelb wie Sonnenblumen, gelb wie Farbe, gelb wie Butter. Ihr Mund schmeckte nach rosa Lippenstift und frisch aufgetragenem Parfüm. Ihr großes Perlenarmband klapperte.

Als sie sich zu Ende geküsst hatten, sahen sie sich gegenseitig in die Augen, suchend, ohne jede Verlegenheit.

»Du hast dich verändert«, meinte sie zu ihm mit beträchtlicher Überzeugung im Tonfall.

»Verändert? Das glaube ich nicht.«

»Doch ... ich kann es fühlen, du hast dich verändert. Du bist – wie soll ich es ausdrücken? – *tiefer.*«

»Tiefer? Und bis jetzt war ich seicht? Bei dir höre ich mich ja wie ein Swimmingpool an.«

Sie schnippte mit dem Finger gegen seine Nasenspitze. »Das habe ich nicht gemeint. Ich meine damit, dass du zuversichtlicher wirkst – selbstsicherer. Ich habe das Gefühl, dass du – ganz plötzlich – genau weißt, wohin du willst.«

Michael schaute zu der abgegriffenen Ausgabe von *Mushing* auf dem Boden neben der Couch, und er wusste, Patsy hatte recht. Er wusste *tatsächlich,* wohin er wollte, zum ersten Mal seit fast einem Jahr. Und es war nicht der magnetische Nordpol mit einem Gespann von Huskys und vier Kisten Labatt.

Seit Rocky Woods hatte er all seine Pflichten als Versicherungsdetektiv und auch als Ehemann nach und nach schleifen lassen – vielleicht sogar als Mensch. Er hatte versucht, so zu tun, als wäre er in der Lage, eine völlig andere Person zu werden – und nicht nur eine andere Person, sondern eine *glücklichere* Person. Dabei hätte er wissen müssen, dass er nie Glück hatte, jedenfalls nicht in der Hinsicht, dass er je etwas umsonst bekommen hätte. Er hatte nie bei einem Preisausschreiben oder in der Lotterie gewonnen, er hatte nie etwas aus einem Spielautomaten herausgeholt.

Auch bei der Arbeit hatten ihm selbst seine besten Ermittlungen nie eine Gehaltserhöhung oder auch nur eine bescheidene Beförderung eingebracht. Als Beispiel brauchte man sich nur den Hunt-Fall vor dreieinhalb Jahren anzusehen. Damals hatte er herausgefunden, dass eine wohlhabende Ehefrau aus Lynnfield bereits tot gewesen war, *bevor* ihr Auto mit ihr darin abgefackelt worden war, weil es an Mund und Nase keinerlei Anzeichen für das Einatmen von Rauch gegeben hatte. Das war nicht einmal den Ermittlern der Feuerwehr aufgefallen. Damit hatte er Plymouth Insurance 1,35 Millionen Dollar gespart. Eingebracht hatte es ihm ein kostenloses Schulterklopfen von Joe Garboden und ein dankbares Memo von Edgar Bedford, das war alles gewesen.

Aber Patsy hatte schon recht. Die Ermittlungen im Fall John O'Brien hatten ihn tiefer werden lassen. Sie hatten ihn erkennen lassen, dass er nicht bloß einen Beobachter verkörperte, jemanden, der in den qualmenden Ruinen des Lebens anderer Menschen herumstocherte, sondern jemanden, der in der Lage war, Dinge zu verändern, angefangen damit, wie *er selbst* war.

Ein Teil dieses neu gefundenen Selbstvertrauens stammte von den hypnotischen Trancen, die er erlebt hatte … von dem Strand, dem Leuchtturm und dem knochigen weißgesichtigen Mann. Er hatte das ausgeprägte Gefühl, dass der Mann aus seinen Trancen real und jemand war, der den Verlauf der Geschichte formen konnte. Auch der Leuchtturm besaß eine wichtige Bedeutung, davon war er überzeugt. Der Leuchtturm mochte real oder symbolisch sein, in jedem Fall war Michael fest entschlossen, herauszufinden, *weshalb* er so bedeutsam war und um wen es sich bei dem Mann handelte – und wegen dieser Entschlossenheit fühlte er sich allmählich stärker.

Auch *er* konnte den Verlauf der Geschichte formen.

Patsy küsste ihn auf die Stirn und zerzauste ihm das Haar. »Also, worum geht's bei all dem?«, wollte sie wissen. »Wer *waren* diese jungen Männer, die sich auf der anderen Straßenseite herumgetrieben haben?«

Michael küsste sie seinerseits. »Oh … die waren niemand.«

»Sie müssen *irgendjemand* gewesen sein.«

Michael schwenkte den Stuhl zurück, sodass sie beide dem Schreibtisch zugewandt saßen. Darauf verstreut lagen die vergrößerten Schwarz-Weiß-Fotos, die Joe in seiner Zeitschrift versteckt hatte. Sie mussten wirklich bis ans äußerste Limit vergrößert worden sein, denn sie waren körnig und verschwommen, und einige davon hätten ohne Weiteres für die »Was ist das?«-Preisausschreiben des *National Enquirer* getaugt.

»Was sind das für Bilder?«, fragte Patsy.

»Erkennst du irgendjemanden darauf?«

Sie ergriff eines der Fotos und betrachtete es eingehend mit gerunzelter Stirn. »Ich bin nicht sicher … wo sind die aufgenommen worden?«

Patsy sah sich gerade ein Bild von einem Zaun im Schatten von Bäumen an. Vor dem Zaun standen mehrere Personen – eine Frau in einem getupften Kleid, ein Mann mit Anzughose und Sportjackett, eine weitere Frau in einem kurzärmeligen Kleid mit einer Handtasche, ein weiterer Mann in einem karierten Hemd. Hinter dem Zaun jedoch befanden sich weitere acht oder neun Personen, deren Gesichter durch die gesprenkelten Schatten der Bäume schwer auszumachen waren. Ganz rechts standen drei junge Männer mit blassen Gesichtern. Alle trugen schwarze Mützen der Art, wie sie in den 1960ern populär gewesen waren. Alle drei trugen dunkle Sonnenbrillen.

»Nun?«, hakte Michael nach.

Patsy sah ganz genau hin, bis ihre nach oben gewandte Nase beinah die Oberfläche des Fotos berührte. Dann blickte sie ihn an, und er konnte die winzigen grauen Einschlüsse in ihren kornblumenblauen Regenbogenhäuten und die feinen, so feinen Härchen ihrer Augenbrauen sehen. »Das sind sie, nicht wahr?«, fragte sie.

»Keine Ahnung. Das frage ich ja dich.«

»Sie *sind* es«, sagte sie und nickte dazu. »Zumindest die zwei hier. Der ganz rechts und der neben ihm, also der in der Mitte. Den auf der linken Seite erkenne ich nicht.«

»Bist du dir ganz sicher?«

Wieder spähte Patsy auf das Foto, wieder nickte sie.

»Ich bin mir sicher. Ja, bin ich. Sogar *ganz sicher.* Sieh dir die Ohren von dem hier an. Ich meine, er ist zwar nicht Mr. Spock, aber fast. Es ist eigentlich weniger so, dass ich sie einzeln erkenne, aber die zwei zusammen …«

Michael küsste ihr Ohr und wickelte sich ihr feines, blondes Haar um einen Finger. »Ich wollte mit einem Hundegespann zum Nordpol«, verriet er ihr. »Ich wollte dich und Jason verlassen, ins nördliche Grönland fliegen und den restlichen Weg mit dem Schlitten zurücklegen. Wohl halb in der Hoffnung, ich würde dabei an Unterkühlung sterben. Angeblich ist es friedlich, an Unterkühlung zu sterben … vor allem, wenn einem all die treuen Huskys das Gesicht lecken, während man die Reise zum großen Eis-am-Stiel-Hersteller im Himmel antritt.«

»Was *du* wolltest, mein Schatz, war, nicht an die Realität zu denken. Und versuch nicht, es ins Lächerliche zu ziehen. Du hast nach Rocky Woods gelitten, und du brauchst es gar nicht erst abzustreiten, denn ich habe mit dir gelitten.«

»Ich weiß«, sagte Michael und drückte ihre Hand. »Aber *das hier* ist Realität.« Er tippte auf das Foto. »Das sind die Männer, die draußen gewartet haben, und es sind die Männer, die Joe gefolgt sind, als er von hier weggefahren ist. Ich meine, ich will diese Fotos zwar noch mit den Computern von Plymouth optimieren, aber ich bin zu 99 Prozent überzeugt davon.«

»Wo ist das aufgenommen worden?«, fragte Patsy erneut.

»Bist du bereit dafür? Laut Joes Beschriftung auf der Rückseite stammt die Aufnahme vom 22. November 1963 von der Ostseite der Dealey Plaza in Dallas.«

Eine sehr lange Pause entstand. Dann betrachtete Patsy erneut die Fotos. »Aber Dealey Plaza, Dallas ... dort wurde Präsident Kennedy erschossen.«

»Das ist richtig.«

Patsy dachte eine Weile darüber nach, während Michael sie beobachtete. Schließlich meinte sie: »Aber ... wie können diese Männer dort gewesen sein ... 1963 ... wenn sie heute hier waren und genauso ausgesehen haben?«

»Das hat Joe herauszufinden versucht. Das muss *ich* herausfinden.«

»Oh, Michael ... es *können* nicht dieselben Männer sein. Die Männer, die ich gesehen habe, waren höchstens 24, 25 Jahre alt ... im äußersten Fall 30. Sie müssen noch *Babys* gewesen sein, als der Anschlag auf Kennedy verübt wurde. Bist du dir überhaupt sicher, dass diese Bilder echt sind? Die sehen völlig anders aus als alle Fotos, die ich bisher davon kenne. Sie waren auch nicht in dieser Dokumentation über Kennedy, oder?«

»Nein, waren sie nicht. Laut Joe wurden sie von einem Mann namens Jacob Parrot geschossen, dem ein Musikgeschäft in Grand Prairie gehört hat. Er war einer der wenigen Amateurfotografen am Schauplatz des Anschlags, deren Bilder nicht von der Polizei oder vom FBI beschlagnahmt wurden. Als er mitbekommen hat, dass den Leuten ihre Kameras abgenommen wurden, hat er den Film aufgespult, aus dem Gerät genommen und in seiner Tasche verschwinden lassen.

Anscheinend hatte sich Jacob Parrot die Kamera von einem Freund geborgt und den Fokus nicht richtig eingestellt. Auf den meisten Bildern ist Präsident Kennedy stark verschwommen, aber die Leute auf dem grasbewachsenen Hügel und der Zaun dahinter sind einigermaßen scharf. Und da haben wir sie.«

»Du glaubst wirklich, dass es dieselben Männer sind?«

»Sieh dir mal *dieses* Bild an.«

Michael reichte ihr ein Foto, das deutlich einen der Männer mit dunkler Sonnenbrille zeigte, ein Gewehr an der Schulter angesetzt. Der andere Mann hatte sich weggedreht und eine Hand ans Ohr erhoben, als versuche er, sich vor dem Knall zu schützen.

Patsy brauchte nur einen kurzen Blick darauf zu werfen, bevor sie es zurück auf den Schreibtisch fallen ließ und bestätigte: »Ja … ja, das sind die beiden. Sie sind es wirklich. Eindeutig.«

»Ganz sicher?«

»Ohne jeden Zweifel. Das ist der mit den Spock-Ohren. Und der andere … der hat etwas *Kantiges* an sich.

Selbst wenn ich nur ein Foto von einem der beiden gesehen hätte, ich hätte Ja gesagt. Aber die zwei zusammen? Sie müssen es sein.«

Michael gab ihr einen weiteren Kuss. »Was ich wissen muss, ist: Warum hat Joe diese Bilder hiergelassen?«

»Um sie zu verstecken, vermute ich.«

»Na ja, das ist wohl offensichtlich. Aber warum musste er sie ausgerechnet *hier* verstecken? Hätte er sie nicht bei sich zu Hause oder im Büro oder in einem Schließfach am Busbahnhof oder sonst irgendwo verstecken können?«

»Vielleicht wusste er, dass sie ihm auf der Spur waren.«

»Trotzdem …«

»Vielleicht wusste er, dass sie ihm auf der Spur waren, und hatte einfach keine Zeit, um sie irgendwo anders zu verstecken.«

Michael blätterte durch die Bilder des grasbewachsenen Hügels und schüttelte langsam den Kopf. »Ich weiß nicht … Widerstrebt mir zutiefst, die Dinger hier zu haben. Das sind Fotos der Art, für die Menschen getötet werden.«

»Warum sprichst du nicht mit Joe darüber?«

»Bei einem Anruf über Mobilfunk, den selbst deine kleine Schwester abhören könnte? Das kann nicht dein Ernst sein.«

»Du brauchst ›Kennedy‹ ja nicht namentlich zu erwähnen. Du könntest dich vage ausdrücken, zum Beispiel: ›Joe, vielen Dank für die interessante Akte, die du mir geschickt hast.‹ Oder: ›Haben mir echt gefallen, diese Bilder der Jungs.‹«

Michael drückte seine Frau und lachte. »Wofür hältst du das hier? Für eine Episode von *Codename U.N.C.L.E.?* Nein … Joe müsste bald wieder im Büro sein, *dann* rufe ich ihn an.«

Durchs Fenster konnten sie sehen, wie Victor und Jason zurück zum Haus schlenderten. »Ganz im Ernst«, sagte Patsy, »was hast du jetzt vor? Rufst du die Polizei an?«

»M-m. Noch nicht. Wir müssen eine ganze Menge mehr an Beweisen beschaffen als das. Und abgesehen davon, wenn diese Kerle Wind davon bekommen, dass wir ihnen auf die Schliche gekommen sind und wissen, wer sie sind, könnten sie uns auch ins Visier nehmen. Denk nur an den Burschen, der vor Gericht beweisen wollte, dass Lee Harvey Oswald in direkter Verbindung zu Clay Shaw stand, wie hieß er noch mal? David … Ferrie, genau.

David Ferrie ›starb unter mysteriösen Umständen‹, bevor er in den Zeugenstand treten konnte. Genau wie etliche andere Personen. Jeder, der beweisen konnte, was wir beweisen können … dass Lee Harvey Oswald Präsident Kennedy nicht erschossen hat – nicht erschossen hat und nicht erschießen konnte –, und dass es stattdessen *diese* Männer waren. Diese weißgesichtigen Typen mit ihren Mützen, ihren Anzügen und ihren merkwürdigen kleinen Sonnenbrillen.«

»Michael … du willst doch nicht etwa selbst versuchen, sie aufzuspüren, oder?«

»Nein, Joe und ich werden sie zusammen aufspüren … vorausgesetzt, wir bekommen ein wenig Hilfe von der Gerichtsmedizin und der Polizei.«

Victor betrat mit vom Wind geröteten, wässrigen Augen das Arbeitszimmer, dicht gefolgt vom grinsenden Jason.

»Mann, ist es da draußen windig!«, stieß der Pathologe hervor.

»Glück mit dem Drachen gehabt?«

»Ein Absturz nach dem anderen«, stellte Jason ein ernüchterndes Zeugnis aus.

»Die Geschichte meines Lebens«, brummte Victor. Er setzte sich und nahm die Brille ab. »Enttäuschungen an jeder Ecke.«

»Jason, willst du dir nicht 'ne Cola holen?«, schlug Michael vor.

Jason hatte sich bereits auf die Couch plumpsen lassen. »Oh, schon klar. Ihr wollt unter Erwachsenen reden.«

Michael zerzauste ihm die Haare. »Ich hätte nie gedacht, dass meine Lenden einen so scharfsinnigen Spross hervorbringen könnten.«

»Lenden? Was sind Lenden?«

»Hol dir einfach eine Cola, okay?«

»Ich will wissen, was Lenden sind.«

»Mit Lenden sind die Genitalien gemeint.«

»Du meinst, der Pimmel?«

»Ja, Jason, der Pimmel.«

»Und warum sagst du's dann nicht so? ›Lenden‹. Kannst

du dir das in der Schule vorstellen? ›He, Bradley, pack mal deine Lenden weg!‹«

»Gott, 13-Jährige«, meinte Michael mit einem Stöhnen, nachdem Jason gegangen war, natürlich ohne die Tür ordentlich zu schließen.

Aber Victor hatte bereits die Kennedy-Fotos ergriffen und sah sie durch. »Was meinen Sie dazu?«, fragte er Patsy.

Sie gab sich kurz angebunden. »Ich halte das für beängstigend. Ich finde, das sollte alles der Polizei oder dem FBI übergeben werden, sollen die sich darum kümmern.«

»Ich bin nicht sicher, ob das eine gute Idee wäre«, entgegnete Victor.

»Ach ja?«

»Denken Sie mal darüber nach. Joe scheint eine Verbindung zwischen diesen Männern und der Ermordung von Präsident Kennedy entdeckt zu haben. Aber Joe hat außerdem ziemlich klar angedeutet, dass sie auch in den Mord an John O'Brien verstrickt sind – bei dem sich die Bostoner Polizei jede erdenkliche Mühe gibt, ihn als Unfall zu erklären.«

»Wollen Sie damit sagen, dass die Polizei ebenfalls in diese Morde verwickelt ist?«

Victor zuckte mit den Schultern. »Vielleicht nicht direkt verwickelt. Aber sie tut eindeutig alles in ihrer Macht Stehende, um die Beweise zu vertuschen. Mein Rat wäre, dass wir in Hinblick auf die Polizei sehr, sehr vorsichtig sein sollten.«

Michael ging zur Tür des Arbeitszimmers und öffnete sie. Unten lagen sowohl der Hof als auch die Straße verwaist da. Sand säuselte leise durchs Gras und wirbelte über den Bürgersteig.

»Ich schlage vor, wir fahren zurück nach Boston und

graben ein wenig weiter«, sagte er. »Thomas Boyle können wir doch vertrauen, oder?«

»Ich denke schon. Jedenfalls mehr als so manchem anderen.«

»Wir müssen mit Thomas über die offizielle Haltung der Polizei in dieser Sache reden. Danach müssen wir uns noch einmal mit Dr. Moorpath unterhalten. Er soll uns erklären, wie um alles in der Welt er in seinen Bericht schreiben konnte, die O'Brien-Gruppe sei durch einen Unfall ums Leben gekommen. Wir müssen außerdem mit Edgar Bedford von Plymouth reden und ihn fragen, warum er die Ermittlungen abwürgen will. Und wir müssen mit Kevin Murray und Artur Rolbein sprechen. Ich habe zwar ihre Berichte gelesen, aber noch unzählige unbeantwortete Fragen.«

»Damit wirst du in eine ganze Reihe von Hornissennestern stechen, wenn du mich fragst«, verkündete Victor seine Meinung.

Michael nickte. »Ist mir bewusst. Und als Erstes will ich mit Joe reden. Ich will wissen, warum er solche Angst hat … und wie viel Angst *wir* haben sollten.«

»Ich denke, verflucht große Angst«, warf Victor ein.

Patsy sah ihn besorgt an. »Ihr wollt doch nicht etwa *jetzt* zurück nach Boston, oder?«, fragte sie.

Michael sah auf die Armbanduhr. Elf Minuten nach drei. »Nicht sofort. Ich muss das erst noch mit Joe besprechen. Ich will nicht hinter seinem Rücken irgendetwas unternehmen.«

Kurz nach vier Uhr rief er Joe bei Plymouth Insurance an. Joes Sekretärin teilte ihm mit, dass Joe noch nicht aus New Seabury zurück sei. An sich dauerte die Fahrt selbst bei starkem Verkehrsaufkommen kaum mehr als zwei Stunden, aber vielleicht hatte Joe zum Mittagessen angehalten oder beschlossen, zuerst noch zu Hause vorbeizuschauen. Michael rief Joes Privatnummer an. Marcia hob ab, aber auch sie hatte Joe nicht gesehen.

Sie gab ihm Joes Handynummer, und Michael versuchte es damit. Eine monotone, nasale Tonbandstimme teilte ihm mit, dass der Teilnehmer vorübergehend nicht erreichbar sei.

Michael sagte zu Victor: »Er ist noch nicht im Büro, er ist nicht zu Hause, und sein Handy ist nicht erreichbar.«

»Gib ihm noch eine halbe Stunde«, schlug Victor vor.

Um fünf rief Michael erneut im Büro an, dann noch einmal um 17:30 Uhr. Zehn Minuten vor sechs versuchte er es ein letztes Mal, und diesmal war das Büro bereits geschlossen, er bekam nur noch den Anrufbeantworter in die Leitung. *»Wenn Sie die Durchwahl der gewünschten Person kennen, können Sie diese Nummer jetzt wählen …«*

Er gab Joes Durchwahl ein, landete jedoch nur bei Joes persönlichem Anrufbeantworter. *»Hallo, hier ist Joe Garboden … Ich bin gerade nicht an meinem Platz …«*

Michael hob den Hörer an, damit auch Victor die Mitteilung hören konnte. »Irgendetwas stimmt hier nicht«, befand Michael. »Ich hoffe bloß, er hatte keinen Unfall.«

Victor schüttelte den Kopf. »Ich würde mir nicht zu viele Sorgen machen. Wahrscheinlich hat er nur jemanden getroffen und ist aufgehalten worden.«

Michael rief Kevin Murray an, aber Kevin Murrays Mutter erklärte ihm, Kevin sei übers Wochenende in Maine. Als Nächstes rief er Artur Rolbein an, und Artur willigte ein, sich um 14 Uhr am nächsten Tag mit ihm zu treffen. Trotzdem klang er seltsam zurückhaltend.

»Ist alles in Ordnung?«, fragte ihn Michael.

»Oh, klar. Ich hab bloß gehört, die Ermittlungen im Fall O'Brien seien endgültig abgeschlossen.«

»Hast du Dr. Moorpaths Bericht gesehen?«

»Gelesen hab ich ihn noch nicht, aber er wurde in den Vier-Uhr-Nachrichten erwähnt.«

»Und was meinst du dazu?«

»Ich meine dazu gar nichts. Die Ermittlungen sind abgeschlossen. Tod durch Unfall, Plymouth löhnt.«

»Glaubst *du*, dass es Tod durch Unfall war?«

Ein langes Schweigen folgte. Schließlich sagte Artur Rolbein: »Ich arbeite jetzt an einem anderen Fall.«

»Artur … Ich brauche deine Meinung dazu.«

»Wir reden morgen«, wich Artur aus und legte so schnell auf, dass sich Michael nicht einmal von ihm verabschieden konnte.

Victor trank einen Schluck Bier aus seiner Flasche, dann sagte er: »Was hab ich dir gesagt? Wir müssen sehr, *sehr* vorsichtig vorgehen.«

12

Bis weit nach Mitternacht rief Michael weiter jede halbe Stunde bei Joe an. Er rief auch bei der Autobahnpolizei an, aber dort lagen keine Meldungen über Unfälle in den Bezirken Barnstable oder Plymouth mit einem metallicblauen Cadillac vor. Zwar waren ein Mann und eine Frau auf der 495 unmittelbar nordöstlich von West Wareham bei einem Frontalzusammenstoß mit einem Kenworth-Kühllaster ums Leben gekommen, aber sie waren in einem silbernen Lincoln unterwegs gewesen. Einen Camaro hatte man ausgebrannt an der 151 entdeckt, doch dort hatte jede Spur von Verletzten gefehlt, daher ging die Autobahnpolizei davon aus, jemand habe ein gestohlenes oder liegen gebliebenes Fahrzeug abgefackelt, entweder um Beweise zu vernichten oder um die Versicherungssumme einzustreichen. Letztlich beschloss Michael, es für die Nacht gut sein zu lassen.

Victor hatte sich bereits mit einer teichgrünen Webdecke auf die Couch gelegt. Seine Brille lag zusammengeklappt auf dem Boden neben ihm.

»Kein Glück?«, fragte er, als Michael den Hörer auflegte.

»Ich weiß nicht, wohin zum Teufel er verschwunden sein könnte.«

»Ach, keine Sorge … bestimmt finden wir ihn morgen in Boston. Wann willst du aufbrechen?«

»Früh. Eigentlich sollte ich um Viertel vor zehn zu Dr. Rice, aber das kann ich auch absagen.«

»Hilft dir diese Hypnotherapie denn wirklich?«

»Keine Ahnung. Manchmal denke ich, sie macht mich noch übergeschnappter, als ich am Anfang war. Aber andere Male … na ja, sie gibt mir die Kraft, Dinge zu tun, die ich ohne sie vielleicht nicht geschafft hätte.«

»Wir haben heute Vormittag von posthypnotischer Suggestion gesprochen. Setzt Dr. Rice das bei dir ein?«

Michael sammelte die Kennedy-Fotos von seinem Schreibtisch ein. »Nur in eher allgemeiner Hinsicht. Du weißt schon, zum Beispiel: ›Heute werden Sie sich positiver fühlen.‹«

»Und *fühlst* du dich dann positiver?«

»Auf jeden Fall, ja. An manchen Tagen klappt es zwar besser als an anderen, aber grundsätzlich funktioniert es.«

»Er sagt dir also nichts Bestimmtes – zum Beispiel, dass du mitten auf der Straße einen Stepptanz aufführen oder jede Frau in einem blauen Kleid, die du siehst, küssen sollst oder etwas in der Art?«

Michael lächelte. »Das sollte er besser nicht versuchen.«

»Aber könnte er es tun?«

»Oh, klar. Die meisten Menschen denken, man könnte sie unmöglich hypnotisieren und sie würden nie und nimmer auf posthypnotische Suggestion ansprechen. Aber es ist echt unglaublich, wozu ein guter Hypnotiseur Menschen bringen kann. Und all das Gerede, dass Menschen nichts tun würden, das ihrer inneren Natur widerspricht, oder nichts Gefährliches oder Lebensbedrohliches … das ist alles Quatsch. Ein begabter moderner Hypnotiseur könnte einen dazu bringen, vom John Hancock Tower zu springen oder vor einen fahrenden Bus zu treten, was immer er wollte.«

»Genau das ist mir durch den Kopf gegangen.«

Michael drehte sich Victor zu. »Wie meinst du das?«

»Ich habe über Frank Coward nachgedacht, den Piloten, der den Helikopter geflogen hat, als die Familie O'Brien umgekommen ist.«

»Und?«

»Egal welche Fortschritte wir bei diesen Ermittlungen erzielen, wir kehren immer wieder zu diesem Hubschrauberabsturz zurück. Gut – wir gehen also mal davon aus, dass die O'Brien-Gruppe wahrscheinlich ermordet wurde, und wir gehen ferner davon aus, dass Sissy O'Brien entführt wurde. Aber wie wurde es gemacht? Wie konnte der Täter haargenau wissen, wo der Helikopter abstürzen würde, wenn ihn Frank Coward nicht absichtlich abstürzen ließ?«

»Du denkst, Frank Coward könnte den Helikopter unter posthypnotischer Suggestion zum Absturz gebracht haben?«, fragte Michael.

»Ist nur so ein Gedanke, mehr nicht. Jedenfalls war er nicht todkrank. Thomas Boyle hat mir erzählt, dass die Polizei sämtliche seiner Bankkonten, Sparkonten und jüngsten Ausgaben durchgegangen und auf keinerlei Anzeichen darauf gestoßen ist, er könnte bestochen worden sein. Er hat sich kein neues Auto gekauft, keinen Urlaub auf Acapulco gebucht oder auch nur seine Frau mit einem neuen, doppeltürigen Kühlschrank verwöhnt. Zugegeben – er könnte bereit gewesen sein, Selbstmord zu begehen, um die O'Brien-Gruppe zu töten. Denk nur an die Terroristen im Nahen Osten, die Laster mit Bomben in Einrichtungen der US-Armee lenken. Oder an die Frau, die Rajiv Gandhi umgebracht hat. Aber … ich weiß auch nicht, eine Selbstmordmission passt irgendwie nicht richtig ins Bild, oder? Nicht durch einen amerikanischen Piloten, um einen Richter des Obersten Bundesgerichts zu ermorden. Das klingt einfach nicht richtig.«

Michael dachte darüber nach, dann meinte er: »Okay, das ist eine interessante Theorie. Vielleicht nehme ich den Termin mit Dr. Rice morgen Vormittag doch wahr. Dann kann ich ihn dazu befragen.«

Victor legte sich auf die Couch zurück. Er bekreuzigte sich.

Michael wollte gerade das Licht ausschalten. »Machst du das immer?«

»Ist bloß so eine Gewohnheit. Meine Großmutter hat mir eingetrichtert, es zu tun, als ich noch ein Kind war. Hält die blütenweißen Gestalten fern, das hat sie immer gesagt.«

»Die blütenweißen Gestalten? Wer waren die blütenweißen Gestalten in der Heimat deiner Großmutter?«

»Das weiß ich echt nicht. Ist irgendeine alte Judenlegende aus Polen. Sie kommen nachts und rauben einem die Seele, irgendetwas in der Art. Sie wollte es mir nie richtig erklären. Jedes Mal, wenn sie überhaupt von ihnen sprach, hat sie sich über und über bekreuzigt.«

Michael schaltete das Licht aus. »Schlaf gut«, wünschte er Victor. »Und – äh, vielleicht sollte ich mich auch bekreuzigen.«

Um sechs Uhr morgens rief ihn Marcia an und teilte ihm mit zittriger Stimme mit, dass Joe immer noch nicht nach Hause gekommen war. Sie hatte all seine Freunde angerufen, sie hatte die Stadtpolizei und die Autobahnpolizei angerufen, sie hatte in den Krankenhäusern angerufen. Nirgendwo eine Spur von ihm.

»Vielleicht ist er aus irgendeinem Grund aufgehalten worden und hat beschlossen, die Nacht in einem Hotel zu verbringen«, schlug Michael vor, obwohl er es selbst keinen Moment lang glaubte.

»Dann hätte er *angerufen,* Michael. Er ruft immer an.«

»Also, ich bin gegen Mittag wieder in Boston. Wenn er bis dahin nicht im Büro aufkreuzt, komme ich bei dir vorbei.«

»Oh lieber Gott, ich hoffe, es geht ihm gut«, zeterte Marcia. »Er steht wegen diesem O'Brien-Fall unter solcher Anspannung.«

»Anspannung?«, hakte Michael nach. Das überraschte ihn ziemlich. »Was für Anspannung?«

»Der Fall scheint ihm solche Sorgen zu bereiten. Er scheint ihm *Angst* einzujagen. Vor ein paar Wochen hat er gemeint, es würden Dinge vor sich gehen, von denen niemand wisse. Eine Art Geheimgesellschaft, so hat er es genannt. Er hat gesagt, sie sei ihm schon vor Jahren aufgefallen und er habe anfangs nicht wirklich daran geglaubt, aber inzwischen habe er Beweise.«

Michael dachte an die Kennedy-Fotos. Auf was in Dreiteufelsnamen war Joe da gestoßen? Gab es etwa eine Art Verbindung zwischen dem Anschlag auf Kennedy und den O'Brien-Morden? Eine Mafiaverbindung vielleicht wie Sam Giancana oder Bugsy Siegel? Oder eine Geheimgesellschaft politischer Auftragsmörder? Was immer es sein mochte: »Mir gegenüber hat er davon nichts erwähnt«, sagte er zu Marcia.

»Ich weiß«, erwiderte sie. Kurz verstummte sie. Als sie weitersprach, konnte er die Tränen in ihrer Stimme hören. »Es tut mir leid, Michael, vielleicht hätte er es tun sollen. Aber er hat gesagt, er will niemandem etwas davon erzählen, bevor er völlig sicher sein kann. Deshalb wollte er dich auch nicht bei dem Fall dabeihaben. Er hat gemeint, du würdest zwangsläufig herausfinden, was vor sich geht, und du würdest die Katze vielleicht aus dem Sack lassen, bevor er genügend Beweise hätte.«

Michael runzelte die Stirn. »Wie meinst du das, er wollte

mich bei dem Fall nicht dabeihaben? Er ist hierhergekommen und hat mich ausdrücklich gebeten, den Auftrag anzunehmen. Er hat mich buchstäblich angefleht.«

»Das musste er. Edgar Bedford wollte dich haben, und Joe hatte keine andere Wahl.«

Michael war perplex. »Marcia, das kann ich jetzt einfach nicht glauben. Joe wollte gar nicht, dass ich diese Ermittlungen übernehme?«

»Er hat gesagt, es sei viel zu gefährlich und es stehe viel zu viel auf dem Spiel. Er hat sich bemüht, es sich nicht anmerken zu lassen, aber er hatte eine Heidenangst. Oft hat er nachts zitternd wach gelegen. Deshalb mache ich mir jetzt solche Sorgen.«

»Ich melde mich später bei dir«, versprach ihr Michael und legte auf. Er saß noch am Küchentisch und starrte aufs Telefon, als Patsy nur mit einem karierten Hemd bekleidet hereinkam.

»Was ist denn los?«, fragte sie ihn. »Michael? Du siehst ja aus, als hättest du einen Geist gesehen …«

Nach dem Frühstück fuhren Michael und Victor nach Hyannis, um Michaels Therapietermin bei Dr. Rice einzuhalten. Sie hatten erneut versucht, Joe anzurufen, aber er war immer noch nicht im Büro eingetroffen, und sein Mobiltelefon war nach wie vor ausgeschaltet. Es war ein heißer, strahlender Vormittag, an dem kaum ein Lüftchen wehte, und die Straßen von Hyannis sahen für Michael aus, als betrachte er sie in einem auf Hochglanz polierten Spiegel.

»Vielleicht ist er untergetaucht«, dachte Victor laut nach, den Kopf an die Sitzstütze gelehnt, einen Arm am offenen Seitenfenster.

Michael parkte vor Dr. Rices Praxis. »Das hoffe ich. Inzwischen mache ich mir echt Sorgen um ihn.«

Sie betraten den Empfangsbereich. Drinnen fühlte es sich nach der Hitze der Straße draußen düster und kühl an. Die Blätter eines großen Köstlichen Fensterblatts in einem Topf wippten und zitterten im Luftzug der Klimaanlage. Der Rezeptionsschalter erwies sich als verwaist, und die Lämpchen an der Telefonschaltanlage blinkten mit eingehenden Anrufen. Der Drehstuhl der Empfangsdame stand in schrägem Winkel ein gutes Stück vom Schreibtisch entfernt, als wäre sie in aller Eile aufgesprungen, und ihre Handtasche lag seitlich auf dem Teppich. Ein Kamm, ein Lippenstift und ein Schlüsselbund waren halb herausgefallen.

Michael sah sich um. »Seltsam«, kommentierte er.

»Vielleicht hat sie kurz Pause gemacht, um auf die Toilette zu gehen«, meinte Victor.

»M-m. Wenn Frauen auf die Toilette gehen, nehmen sie Kamm und Lippenstift mit.«

»Ich bin beeindruckt«, lobte Victor und bedachte ihn mit einem sarkastischen Blick. »Du hättest Versicherungsdetektiv werden sollen.«

Michael näherte sich der Tür mit Mahagonifurnier, die zu Dr. Rices Behandlungszimmer führte. Sie stand leicht offen – nur zwei, drei Zentimeter. Trotzdem klopfte er an und rief: »Dr. Rice? Dr. Rice, hier ist Michael Rearden. Ich bin für meinen Termin hier.«

Als er die Tür aufschieben wollte, klemmte sie. Er schob erneut, doch es schien etwas auf dem Boden zu liegen, etwas Weiches und Schweres, das die Tür blockierte. Eine Matratze vielleicht oder ein …

Als er abermals schob, erblickte er einen bestrumpften Fuß.

Einen bestrumpften Fuß, der schlaff, leblos nachgab, als er dagegendrückte.

»Großer Gott«, entfuhr es Michael.

»Was ist denn los?«, wollte Victor wissen.

»Da lehnt ein Körper an der Tür. Ein Frauenkörper. Ich kann einen Fuß sehen.«

Victor spähte in den Türspalt, dann trat er zurück. »Wenn der Täter sie gegen die Tür gelehnt hat, ist er wahrscheinlich noch da drin. Oder er ist hinten raus geflüchtet.«

Michael spürte, wie ihm unter dem Hemd Schweiß über den Rücken hinablief. »Vielleicht sollten wir die Polizei anrufen.«

»Ach, jetzt hör aber auf«, entgegnete Victor. »Wir *sind* praktisch die Polizei. Ich zumindest.«

Michael zögerte, dann trat er wieder dicht vor die Tür und rief: »Dr. Rice? Sind Sie da? Hier ist Michael Rearden!«

Fast eine halbe Minute lang warteten sie, doch es kam immer noch keine Antwort. Schließlich fand Victor: »Wir haben keine andere Wahl, oder? Treten wir das Mistding auf.«

Sie stellten sich Seite an Seite im Empfangsbereich auf und fassten sich gegenseitig an den Schultern, um das Gleichgewicht zu halten. Zum ersten Mal, seit Michael zusammen mit seinem Vater Decks kalfatert und Heckspiegel gebeizt hatte, nahm er ein starkes Gefühl von Zusammenhalt wahr: Dies war etwas, das sie gemeinsam taten, ohne Diskussion. Victor war dünn, und Victor war ausgefuchst. Kein Typ, den Michael normalerweise zu seinen Freunden gezählt hätte. Aber er hatte etwas fast schon erschreckend Geradliniges an sich. Man wusste, er würde nicht versuchen, einen zu verarschen, und man wusste auch, sollte man je seine Hilfe brauchen, würde er sie einem gewähren, ohne darüber nachzudenken.

Oder auch nicht, je nach Stimmungslage.

»Bereit?«, fragte Victor. »Eins, zwei, drei, bereit oder nicht – *treten!*«

Zusammen traten sie gegen die Tür. Ihre kombinierte Kraft erwies sich als deutlich größer, als sie vorhergesehen hatten. Die Tür explodierte von den Angeln und brach entzwei, fiel in einer geknickten Zeltform in den Korridor dahinter und bedeckte den Körper der Frau, die dort lag.

Michael stieg umständlich über die Tür hinweg, und Victor folgte ihm. Zusammen hoben sie die Tür an und schoben sie zurück in den Empfangsbereich, wo sie am Rezeptionsschalter lehnte wie ein Betrunkener, der zwar wankt, sich aber weigert umzukippen.

Auf dem Boden lag die Leiche von Dr. Rices Empfangsdame. Michael erkannte ihr langes brünettes Haar auf Anhieb. Man hatte ihr die pfirsichfarbene Seidenbluse den Rücken hinauf nach oben und die Strumpfhose nach unten gezogen, um ihr Kreuz, ihren Hintern und die Oberschenkel freizulegen. Ihre Haut schimmerte weiß wie Schweineschmalz. An ihrem Kreuz prangten zwei Einstichwunden, die kaum Blut aufwiesen, aber sehr tief wirkten, als wäre sie mit einem Locher angegriffen worden.

»Da sind sie wieder«, hauchte Michael mit vor Schock leiser Stimme.

Victor betrachtete die Einstichwunden eingehend. »Genau die gleichen.«

Michael wollte gerade verkünden, dass er Thomas Boyle anrufen wollte, als ein entsetzlicher, gequälter Schrei durch die Praxisräumlichkeiten hallte. Ein *männlicher* Schrei, was es nur noch schlimmer machte – der Schrei eines Mannes, der versucht, sich nicht anmerken zu lassen, dass er unerträgliche Schmerzen erleidet, es aber letztlich doch rauslassen muss.

Ohne ein Wort eilten sie zur Tür, und Michael trat sie weit auf. Sie krachte gegen die Wand und federte ein Stück zurück. Vor ihnen saß Dr. Rice auf seinem Oggetti-Stuhl, das Gesicht verkrampft zusammengeknautscht wie ein altes, dreckiges Taschentuch, die Fingernägel so tief in die Handflächen gebohrt, dass dunkelrotes Blut zwischen seinen Knöcheln hervorquoll. Sein gesamter Körper war grässlich verkrümmt und verrenkt.

Er sah aus wie ein Krüppel im Mittelalter, ein Leprakranker, der sich von einem Markt zum nächsten schleppt und auf den Stufen der heiligen Kirche sitzt, um heulend um Gnade und Almosen zu betteln. Neben ihm standen zwei große, argwöhnisch wirkende, weißgesichtige junge Männer, deren Augen pechschwarze Sonnenbrillen verbargen. Sie trugen Schwarz, diese jungen Männer, als wären sie Priester, Leichenbestatter, Jazzmusiker oder Handlanger irgendeiner satanischen Sekte. Auf beängstigende Weise kamen sie cool rüber. Jason hätte wohl gesagt, sie seien cool. Aber der auf der rechten Seite hielt einen industriellen Bolzenschneider mit langen Griffen, einen der richtig großen Sorte, die Stahlstäbe des Durchmessers eines menschlichen Fußgelenks durchschneiden konnten – oder auch menschliche Fußgelenke *selbst*.

Und genau das hatten sie getan.

Dr. Rices blutige Füße lagen auf dem Boden, 25 Zentimeter von seinen Fußgelenken entfernt. Sie trugen noch kastanienbraune Budapester, und sie trugen noch grüne und gelbe Burlington-Socken. Ein Fuß war auf die Seite gekippt, der andere stand aufrecht. 20 Zentimeter darüber ragten die Beinknochen des Psychotherapeuten zwischen dem gekräuselten, roten Gewebe seiner durchtrennten Fußgelenke hervor, und Blut schoss in schrecklichen, rhythmischen Schwallen aus seinen kruralen Arterien.

Michael hörte sich brüllen: »… was ihr da *macht!*« Dann stürmte er auf den Mann mit dem Bolzenschneider zu, packte den Bolzenschneider und schwang den Mann so wuchtig herum, dass er mit dem Rücken gegen Dr. Rices Aktenschrank krachte. Der weißgesichtige junge Mann erwies sich als geradezu lächerlich leicht, und Michael erstaunte, dass es ihm gelungen war, ihn mit solcher Kraft zu schleudern. Der Aktenschrank geriet ins Wanken, kippte aber nicht um. Allerdings musste sich der junge Mann dabei den Rücken schwer verletzt haben, denn er lag mit dem Gesicht auf dem heidekrautfarbigen Teppich und zitterte wie ein elektrogeschocktes Kalb.

Michael zögerte kaum eine Sekunde, bevor er den Bolzenschneider herumschwang. Er streifte den zweiten jungen Mann am Hals knapp unter dem Ohr. Der Getroffene stolperte, geriet aus dem Gleichgewicht, fiel auf ein Knie und stützte sich an der Stereoanlage ab. Er wollte sich gerade wieder aufrappeln, als Victor mit der Entschlossenheit eines ausgebildeten Boxers vortrat und ihm erst auf den Nasenrücken, dann auf den rechten Wangenknochen, auf die rechte Schläfe und schließlich erneut auf die rechte Schläfe schlug. Der junge Mann unternahm einen weiteren Versuch, auf die Beine zu kommen, dann jedoch kippte er zur Seite und brach auf dem Boden neben seinem Gefährten zusammen.

Dr. Rice hatte zwar zu schreien aufgehört, sein Blut jedoch nicht, aus seinem Körper zu pulsieren. Der Teppich unter seinem Stuhl hatte sich dunkel verfärbt und war völlig durchnässt. Der Psychiater zitterte. Tatsächlich hopste er beinah auf seinem Sitz.

»Ruf einen Krankenwagen!«, befahl Victor. Dann riss er sich die Krawatte vom Hals, schlang sie um Dr. Rices linkes Fußgelenk, verknotete sie und zog sie mit aller Kraft fest. Der Blutstrom verringerte sich von einem gleichmäßig pulsierenden Schwall zu einem langsamen, zähen, roten Tröpfeln. Victor schnappte sich Dr. Rices geblümten

Seidenschlips und brachte auch um das rechte Fußgelenk eine provisorische Aderpresse an, bis die Blutung stoppte.

»Der Krankenwagen ist unterwegs«, verkündete Michael.

Der erste junge Mann rappelte sich bereits wieder auf die Beine. Michael brüllte ihn an: »Bleib, wo du bist!«

»Soll das ein Scherz sein?«, gab der junge Mann zurück, wenngleich seine Stimme belegt vor Benommenheit klang.

»Rühr dich einfach nicht von der Stelle, du bist verhaftet.«

»Ach … so läuft das also?«, verhöhnte ihn der junge Mann. »Habe ich das Recht zu schweigen? Habe ich das Recht auf einen Anwalt? Habe ich das Recht, *nicht* hierzubleiben, während du mir diesen langweiligen, schwülstigen, altbackenen Quatsch auftischst?«

»Du bleibst, wo du bist«, warnte ihn Michael.

Trotzig setzte sich der junge Mann in Richtung der Tür in Bewegung, aber Michael trat ansatzlos vor, packte ihn am Arm und schleuderte ihn wuchtig gegen die Wand.

Sofort schämte er sich dafür. Er hätte keine solche Gewalt anwenden müssen. Er mochte untergewichtig wirken, und er wäre vielleicht kein Gegner für jemanden gewesen, der ihn ernsthaft verletzen wollte. Aber er war fit, und er besaß eine gewisse Härte. Abgesehen davon fing er endlich an, all die menschlichen Körper zu verarbeiten, die über Rocky Woods vom Himmel gefallen waren. Er entdeckte allmählich in sich eine Courage, die weit über das hinausging, was man bei der Plymouth Insurance Company je von ihm verlangt und ohnehin nicht zu schätzen gewusst hätte.

Sein Blick fiel auf Victor, dessen Augen leuchteten, und da wusste Michael, er empfand dasselbe. Sie hatten sich gerade selbst inoffiziell zum Team fürs Grobe ernannt.

»Wer hat euch hergeschickt?«, verlangte Michael vom ersten jungen Mann zu erfahren.

»Niemand …«, antwortete der. Sein Akzent klang merkwürdig gestelzt, ein wenig wie Salem oder Marblehead oder noch weiter nördlich, praktisch wie britisches Englisch.

»Ruf noch mal den Krankenwagen an«, verlangte Victor, der die Hand auf Dr. Rices Stirn drückte. »Er verfällt in einen Schock.«

»Bleib«, warnte Michael den ersten jungen Mann. Er griff zum Telefon, wählte den Notruf und wiederholte seine Forderung nach einem Krankenwagen.

»Sie wollen noch einen Krankenwagen?«

»Natürlich nicht, Herrgott noch mal, sagen Sie einfach dem ersten Krankenwagen, er soll auf die Tube drücken.«

»Sir, glauben Sie mir, das tun sie immer.«

Michael legte auf. Kaum hatte er es getan, verkündete der erste junge Mann: »Wir müssen jetzt gehen.«

»Was?«, gab Michael zurück. »Nichts da, ihr bleibt hier.«

»Es tut mir leid, wir müssen weg.«

»Ihr bleibt, und das ist endgültig.«

Der junge Mann ließ den Kopf sinken und wandte sich ab. Einen flüchtigen Moment lang dachte Michael wirklich, er würde tun, was von ihm verlangt wurde. Dann jedoch wirbelte er so schnell herum, dass Michael ihn nicht einmal sah, und er traf Michael am Schlüsselbein mit etwas Hartem und Schwerem – einem Briefbeschwerer vielleicht oder einem Türstopper, was immer ihm gelungen war aufzuheben.

Die Schmerzen explodierten wie eine Bombe in Michaels Schulter. Er taumelte rücklings gegen Dr. Rices Schreibtisch und versuchte, das Gleichgewicht zu halten, doch es gelang ihm nicht, und er fiel auf ein Knie. Der zweite junge Mann hatte fast gleichzeitig Victor links in den Brustkorb getreten. Dann huschten beide durch die Tür der Praxis hinaus und steuerten schnurstracks auf den hinteren Teil des Gebäudes zu.

Victor rief: »Kümmere dich um ihn! Beobachte seine Atmung!« Und damit stürmte er hinter den zwei jungen Männern her wie ein Terrier. Michael hörte, wie die Hintertür des Gebäudes aufgetreten wurde, worauf sofort das Schrillen eines Alarms einsetzte. Er hörte rennende Schritte und Gebrüll.

Schließlich rieb er sich die pochende Schulter, rappelte sich auf die Beine und stellte sich dicht neben Dr. Rice. Zuvor hatten Dr. Rices Lider im Schockzustand geflattert, nun jedoch öffnete er sie, starrte Michael gequält an und erkannte ihn.

»Hilfe ist unterwegs«, beruhigte ihn Michael und ergriff seine Hand.

»Ich hoffe, die bringen Superkleber mit«, flüsterte Dr. Rice.

»Keine Sorge … Sie werden überleben. Unter Umständen verlieren Sie nicht einmal Ihre Füße. Es ist unglaublich, was mit Mikrochirurgie heute alles möglich ist.«

Dr. Rice schauderte. Seine sehr langen, trockenen Nägel bohrten sich in Michaels Finger. »Die haben zu mir gesagt, dass ich dort, wo ich hingehe, keine Füße brauche.«

»Die wollten Sie töten?«

»Natürlich wollten sie mich töten. Genau wie jeden anderen, der dahinterkommt, was sie treiben.«

»Und was genau treiben sie?«

Dr. Rice bedachte ihn mit einem elenden, brüchigen Lächeln. »Glauben Sie mir, Michael, das wollen Sie nicht wissen.«

»Aber warum haben die ausgerechnet Sie ausgesucht?«

»Was glauben Sie wohl? Sie haben mich ausgesucht, weil ich der Beste bin. Sie haben mich ausgesucht, weil ich meine Aura benutzen kann.«

Der Psychotherapeut zuckte zusammen und hustete, und

einen Herzschlag lang dachte Michael, er würde in dem Augenblick unmittelbar vor ihm sterben.

Aber nach einer Weile hob Dr. Rice eine zitternde Hand, wischte sich über den Mund und fuhrt fort: »Es gibt nur sechs oder sieben von uns – soweit ich weiß.«

Michael drückte erneut seine Hand. Er konnte es nicht ertragen, nach unten zu den tropfenden Fußgelenken zu blicken.

»Sechs oder sieben wovon?«, hakte er nach.

»Aura-Hypnotiseure. Haben Sie das nicht gewusst? Ich bin ein Aura-Hypnotiseur. Das haben wir damals in den 1960ern gelernt. Verstehen kann man das nur, wenn man sich selbst von außen gesehen hat.«

Eine sehr lange Stille entstand. Dr. Rice lehnte sich auf dem Stuhl zurück, und es war offensichtlich, dass er zum ersten Mal anfing, den wahren Schmerz der Amputationen zu fühlen. Er umklammerte Michaels Hand wie ein Geier mit Totenstarre, und seine Atmung wurde rau und stockend.

In der Ferne hörten sie das Geheul einer Sirene.

»Da«, sagte Michael. »Sie werden gleich hier sein.«

Dr. Rice umklammerte seine Hand noch fester. »Ich kann Ihnen nicht alles erklären – dafür ist nicht genug Zeit. Aber nehmen Sie mein Notizbuch … nehmen Sie meinen Filofax … in der obersten rechten Schreibtischschublade. Und nehmen Sie das Buch vom Regal neben dem Sheeler … das grüne …«

Der Krankenwagen kam mit schlitternden Reifen vor der Praxis zum Stehen. Michael konnte durch die halb geschlossenen Jalousien das Blinken des Blaulichts erkennen.

»Noch etwas …«, flüsterte Dr. Rice.

»Ist schon gut«, beruhigte ihn Michael. »Das können Sie mir später erzählen. Schaffen wir Sie erst mal ins Krankenhaus.«

»Nein, Michael … da ist noch etwas … etwas, das Sie wissen müssen …«

»Nein … vergessen Sie's. Erzählen Sie es mir, sobald es Ihnen wieder besser geht.«

Aber Dr. Rice klammerte sich an ihm fest und versuchte sogar, sich aus dem Stuhl hochzuziehen. »Der Pilot …«, flüsterte er.

»Dr. Rice …«

»Hören Sie mir zu!«, schnitt ihm Dr. Rice das Wort ab. »Der Pilot, Frank Coward … er war einer meiner Patienten … Sie haben ihn zur Aura-Hypnose hergeschickt, damit ich ihm sagen konnte, was er zu tun hat … damit *›Mr. Hillarius‹* ihm sagen konnte, was er zu tun hat.«

»Ich … ich verstehe nicht«, stammelte Michael.

»Lesen Sie mein Tagebuch … lesen Sie die Bücher … dann werden Sie es verstehen.«

»Victor hat gemeint, Frank Coward könnte den Helikopter zum Absturz gebracht haben, weil es ihm unter Hypnose aufgetragen wurde.«

»Tja, Victor hat recht – wer auch immer Victor ist. Jedenfalls ist er auf der richtigen Spur. Aber hören Sie …«

In dem Moment hörten sie ein Klopfen an der Eingangstür, und die Stimme eines Sanitäters rief: »Hallo? Jemand hier? Sanitäter!«

»Hier drin!«, rief Michael hinaus.

»Bitte!«, zischte Dr. Rice. *»Sie müssen mir zuhören!«*

»Bill, die Frau da ist tot«, sagte eine Stimme draußen im Gang.

»Bitte!«, flehte Dr. Rice und umklammerte Michaels Ärmel. Die blutigen Stümpfe seiner Fußgelenke zappelten vor Anspannung hin und her. *»Ich habe dasselbe mit Ihnen gemacht!«*

»Was?«, stieß Michael hervor und starrte verwirrt auf den Mann hinab.

»Ich habe dasselbe mit Ihnen gemacht. Dasselbe wie mit Frank Coward.«

»Was meinen Sie damit?«, verlangte Michael zu erfahren, aber Dr. Rice antwortete nicht. Stattdessen fasste er mit der freien Hand in seine Tasche und holte etwas daraus hervor. Etwas Kleines, ungefähr so groß wie eine Vierteldollarmünze, nur dicker. Er drückte es in Michaels Handfläche, dann schloss er seine Finger darum.

An der Stelle betraten zwei kräftige Sanitäter mit kurz geschorenen Köpfen die Praxis.

»Großer Gott«, entfuhr es einem von ihnen. »Er hat beide Füße verloren.«

Michael rüttelte heftig an Dr. Rices Arm. »Was meinen Sie wegen Frank Coward?«, wiederholte er seine Frage. »Was meinen Sie damit, dass Sie dasselbe mit mir gemacht haben?«

Aber Dr. Rices Lider flatterten und klappten zu, sein Kopf fiel plötzlich zur Seite und seine Oberlippe verfing sich zur Parodie eines Knurrens an den Eckzähnen.

»Weg da, Kumpel«, sagte der Sanitäter und löste Michael von Dr. Rice. »Dieser Mann braucht jede fachmännische Hilfe, die er kriegen kann.«

Der zweite Sanitäter kniete sich auf den Boden und hob voll Abscheu Dr. Rices Füße auf. »Die müssen wir auf Eis packen«, sagte er. »Und dann müssen wir den armen Teufel blitzartig ins Krankenhaus schaffen.«

Von draußen hörte Michael eine weitere Sirene, gleich darauf noch eine, dann wurden Autotüren zugeworfen. Die Polizei war verständigt worden. Gleichzeitig kam Victor durch die Hintertür wieder herein und rang nach Luft. »Ich konnte sie nicht schnappen«, schilderte er japsend. »Sie sind beim Copper Kettle um die Ecke gebogen und dann waren sie einfach nicht mehr da.«

Ein Polizist mit mächtigem Wanst in einer adrett gebügelten Uniform betrat ebenfalls den Raum. Blinzelnd sah er Victor an, blinzelnd sah er Michael an, blinzelnd sah er Dr. Rice an.

»Allmächtiger Gott«, stieß er hervor. Dann: »Lieber, allmächtiger Gott …«

13

Michael traf sich mit Artur Rolbein im The Rat in der Commonwealth Avenue, ein Lokal, das er seit Jahren nicht mehr besucht hatte. Es bot alles, was eine Kneipe haben sollte: verrauchte Atmosphäre, wummernde Musik, klebrige Böden, billige Drinks und die Mischung von Leuten, die ein Mars-Anthropologe in seiner fliegenden Untertasse mit zurück auf den roten Planeten genommen hätte, um die gesamte Breite und Tiefe der menschlichen Zivilisation zu demonstrieren, von ausgelassenen Bostoner College-Biertrinkern über ultracoole schwarze Brüder bis hin zu kichernden Inuit.

Er kam vier Stunden zu spät. Die Polizei von Hyannis hatte sowohl Victor als auch ihn jeweils über zwei Stunden befragt und sie nur unter der Bedingung entlassen, dass sie nicht weiter als Boston reisten und dafür zur Verfügung stünden, jederzeit zu weiteren Befragungen nach Hyannis zurückzukommen.

Dr. Rice hatte man für eine dringende mikrochirurgische Operation ins Boston Central geflogen. Seine auf Eis gelegten Füße begleiteten ihn in zwei Aluminiumboxen.

Zum Glück für Michael und Victor hatte er der Polizei eine Beschreibung seiner Angreifer geliefert und nachdrücklich erklärt, dass weder Michael noch Victor ihn angerührt hätten. »Sie sind hereingekommen … und haben mir das Leben gerettet.«

Artur Rolbein saß eingezwängt an einem Ecktisch. Er war dünn und kantig wie eine Schreibtischlampe und trug das schwarze, schuppige Haar in einer gewellten Topffrisur. Seine Augen quollen leicht vor, wenn er schluckte, und er besaß dicke, tiefrote Lippen, als trüge er Make-up.

Michael fragte ihn, was er trinken wollte, und er antwortete: »Seven Up.«

»Bist du sicher?«

»Ich kann Alkohol nicht anrühren. Krieg Ausschlag davon.«

Für sich bestellte Michael ein Löwenbräu. Aus der Stereoanlage dröhnte »Perpetual Dawn – The Long Remix«. Michael trank einen ausgiebigen Schluck des kühlen Biers, dann meinte er: »Ich hätte wohl schon viel früher mit dir reden sollen. Deine Akte über O'Brien war sehr aufschlussreich.«

Artur Rolbein schniefte, zuckte mit den Schultern und schaute weg. »Na ja, wie ich schon sagte, ich arbeite nicht mehr am Fall O'Brien.«

»Du kannst nicht wirklich glauben, dass es ein Unfall war.«

»Ich glaube das, was zu glauben sicher ist.«

»Und du findest nicht, man könnte mit Sicherheit davon ausgehen, dass es vorsätzlicher Mord war? Dass auf John O'Brien ein Anschlag verübt wurde?«

»Sagen wir so: Das sind keine Begriffe, mit denen ich im Büro um mich werfen würde.«

»Und zwar weshalb?«

»Wegen bestimmter Leute, die dort kommen und gehen.«

»Ach ja? Und wer sind diese Leute?«

Theatralisch ließ Artur Rolbein den Blick durch das gut

besuchte Lokal wandern, als trete er in einem Theaterstück auf und müsse Nervosität mimen.

»Joe Garboden kann dir mehr erzählen als ich.«

»Joe Garboden hat auch Angst, soweit ich das beurteilen kann.«

»Tja, sollte er auch haben«, sagte Artur Rolbein. »Ich meine, willst du unbedingt einen grauenhaften Tod sterben oder was?«

»Artur, das ist wichtig«, blieb Michael hartnäckig. »Du musst mir sagen, worum es bei all dem geht.«

Artur Rolbein holte tief Luft, dann bedeckte er das Gesicht mit einer Hand wie mit einer Maske, sodass seine Augen zwischen den gespreizten Fingern hervorlugten. Als er sprach, sprudelten die Worte sehr schnell und mit leiser, monotoner Stimme aus ihm hervor, und das Wummern von »Perpetual Dawn« gestaltete es für Michael beinah unmöglich zu hören, was er sagte.

»Du hast meine Akte gelesen. Ich habe eine gewisse Toleranz für Schicksal berücksichtigt … Ich meine, das muss man im Versicherungsgeschäft. Trotzdem blieb die Wahrscheinlichkeit, dass der O'Brien-Helikopter rein zufällig an einer Stelle der Küste abstürzen sollte, wo jemand darauf wartet, die Insassen zu töten, viel zu gering, als dass selbst ein vernünftiger Versicherungsträger darüber hinweggesehen hätte. Und machen wir uns nichts vor, so etwas wie einen vernünftigen Versicherungsträger gibt es nicht.

Ich habe mich mit allem, was ich wusste, an Kevin gewandt … mit dem Masky-Interview und allen Statistiken. Kevin war es gelungen, einige technische Erkenntnisse der FAA auszugraben, und er war einer Meinung mit mir. Also sind wir zu Joe Garboden marschiert, und er war auch der Ansicht, dass die ganze Sache verflucht merkwürdig ist, um es harmlos auszudrücken. Nüchtern betrachtet hat es so ausgesehen, dass man den O'Brien-Absturz zumindest als verdächtig einstufen musste und dass er auf eine Verschwörung zu mehrfachem Mord hinauslaufen könnte.«

»Und was ist passiert?«, fragte Michael. »Kevin und du wart doch auf einer heißen Spur. Warum hat Joe euch plötzlich von dem Fall abgezogen und ihn mir angeboten? Wie ich herausgefunden habe, wollte er gar nicht wirklich, dass ich ihn übernehme.«

Artur Rolbein nippte an seinem Seven Up, ohne die Hand vom Gesicht zu entfernen. »Edgar Bedford hat es ihm aufgetragen.«

»Aber ... komm schon, Artur, das ergibt keinen Sinn. Edgar Bedford hat gewusst, dass ich gesundheitsbedingt ausgestiegen bin. Er hat gewusst, dass ich mich einer Therapie unterziehe. Warum dachte er, ich könnte eine bedeutende Ermittlung wie diese besser als ihr abwickeln?«

»Frag mich nicht«, erwiderte Artur Rolbein. »Aber Joe hat gemeint, dass sogar Edgar Bedford Befehle befolgen müsse.«

»Edgar Bedford? Der große, selbstherrliche Bostoner Milliardär? Das kann nur ein Scherz sein.«

»Joe war überzeugt davon. Erklärt hat er es irgendwie ausweichend. Er hat gemeint, es gebe Leute, die kommen und gehen. Er habe sie in Edgar Bedfords Büro gesehen, im Büro des Bürgermeisters, einfach überall.«

»Was für Leute?«

»Keine Ahnung, irgendwelche *Leute* eben. Joe hat gesagt, wenn man erst durchschaut habe, wer sie sind, erkenne man sie immer. Er hat so etwas wie eine Akte zu dem Thema zusammengetragen. Vielleicht war er paranoid, vielleicht hat ihn der Job runtergezogen. Er ist mein Boss, also habe ich es nicht hinterfragt. Aber die O'Brien-Sache war mehrfacher Mord, ein Anschlag, davon bin ich überzeugt.

Wie es gemacht wurde, weiß ich nicht. Vielleicht wurde der Helikopter per Fernsteuerung zum Absturz gebracht, wer weiß? Immerhin leben wir im Zeitalter der Technik, richtig? Wenn ein Neunjähriger das letzte Level bei Sonic, dem Igel, erreichen kann, dann kann ein erwachsener Techniker auch einen Weg finden, einen Hubschrauber abstürzen zu lassen, wo immer er will. Es gibt immer für alles irgendeine Möglichkeit. Das *Wie* ist nicht der eigentliche Punkt.«

»Und was ist der eigentliche Punkt?«, fragte ihn Michael.

»Der eigentliche Punkt ist, dass Joe Garboden an dem Nachmittag, als er Kevin und mir mitgeteilt hat, dass wir von der O'Brien-Untersuchung abgezogen sind, ein Stück Papier über seinen Schreibtisch geschoben hat, damit wir es lesen konnten, während wir uns unterhalten haben.«

»Red weiter.«

Artur Rolbein war unübersehbar verängstigt und durcheinander. Als er endlich die Hand vom Gesicht entfernte, hatte er Tränen in den Augen. »Das werde ich nie vergessen. Auf dem Zettel stand: ›Bitte fügt euch ohne Diskussion, okay? Sonst bringen sie euch um.‹ Dann hat er ihn umgedreht, und auf die Rückseite hatte er geschrieben: ›Das ist mein voller Ernst.‹«

»Also habt ihr euch gefügt«, folgerte Michael und fühlte sich verbittert. Er wünschte, Joe wäre zu Hause, damit er mit ihm reden könnte.

Artur Rolbein wischte sich mit den Fingern über die Augen und bedachte Michael mit einem gequälten Lächeln. »Hättest du es nicht getan?«

Draußen vor der Kneipe schüttelten sie sich die Hände und vereinbarten, in Verbindung zu bleiben. Der späte Nachmittag erwies sich als warm, und Fußgänger verstopften die Commonwealth Avenue. Vor der Ziegelsteinfassade mit dem germanisch anmutenden Schild *Rathskeller* konnten sie immer noch das eindringliche Wummern von Musik hören. Artur Rolbein sagte, er werde wohl einen Teil des Wegs nach Hause laufen – er wollte noch einen Freund in der Boylston Street besuchen. Michael rief sich ein Taxi.

»Wohin wollen Sie?«, fragte ihn der Fahrer.

»*Cantina Napoletana*, Hanover Street.«

Sie fuhren durch den frühabendlichen Stoßverkehr. Mittlerweile war es fast dunkel, ein Chaos von Lichtern und hupenden Autos. Weitere Lichter blinkten auf dem Prudential Center und der Sixty State Street. Zwei Chinooks der Nationalgarde donnerten über die Straße hinweg. Der Taxifahrer schaute im Innenspiegel zu Michael, und Michael sah, dass eines seiner Augen dunkel blutunterlaufen war. »Sieht so aus, als hätten wir Krieg«, merkte der Taxifahrer an.

»Ich habe die letzten Meldungen nicht gehört«, erwiderte Michael. »Dauert der Aufruhr noch an?«

»Die Bullen knallen immer noch unschuldige Unbeteiligte ab, falls Sie das meinen.«

»He«, entgegnete Michael, »ich will hier nicht politisch werden.«

»Wer wird denn politisch?«, gab der Taxifahrer zurück. »Das ist der Tag der Buße, nicht wahr? Das ist nicht politisch, sondern biblisch.«

»Was immer es sein mag, es ist eine himmelschreiende Schande«, befand Michael.

»Es ist der Tag der Buße«, wiederholte der Taxifahrer. »Ich wusste immer, dass er kommen würde, und jetzt ist er da.«

Er setzte Michael vor der *Cantina Napoletana* ab. Der Taxifahrer gab Michael sein Wechselgeld und starrte ihn dabei mit einem heilen und einem blutunterlaufenen Auge an. »Es ist ein Brandopfer, genau das ist es«, erklärte er mit aggressiver, übermäßiger Betonung. »Ein Opfer durch Feuer, ein besänftigendes Aroma für den Herrn.«

»Ein was?«

»Ein besä-hä-hänftigendes Aroma«, wiederholte der Taxifahrer, bevor er in den Verkehr davonfuhr.

Als Michael auf dem Bürgersteig vor der *Cantina Napoletana* inmitten all der Normalität eines Sommerabends in der Hanover Street stand und ihm die Gerüche von italienischem Essen, von Benzindämpfen, des Bostoner Hafens und von Dieselöl und Damenparfüm in die Nase stiegen, wusste er mit endgültiger Sicherheit, dass Joe recht hatte und im Gespinst des Alltagslebens auf etwas Seltsames und Schreckliches gestoßen war.

Das musste sich angefühlt haben, als hätte er im Muster einer vertrauten Tapete eine abscheuliche Fratze entdeckt. Wenn man es erst bemerkt hat, kann man die Tapete nie wieder anschauen, ohne dieselbe abscheuliche Fratze zu sehen, endlos wiederholt.

Michael stieg die Stufen zu seiner Wohnung empor und schloss die Tür auf. Alle Lichter brannten, und Thelonious Monk spielte auf CD »Nice Work If You Can Get It«. Victor war bereits da, hatte die Füße auf der Couch hochgelegt und trank abwechselnd aus einer Tasse Espresso und aus einem Schnapsglas Jack Daniel's.

»Ich habe auf dich gewartet«, sagte er, nahm die Brille ab und legte das Notizbuch beiseite, in dem er gelesen hatte. Neben ihm auf der Couch befanden sich die anderen Bücher, die Michael aus Dr. Rices Praxis mitgenommen hatte: sein Filofax und der grüne Einband vom Regal neben dem Gemälde von Sheeler. Während die Polizei von Hyannis den Sanitätern dabei geholfen hatte, Dr. Rice zum Krankenwagen zu tragen, hatte Michael sie einfach in einen großen, mit NEW ENGLAND DEACONESS HOSPITAL gekennzeichneten Umschlag gesteckt und war mit dem Umschlag unter dem Arm aus der Praxis marschiert.

»Sieht so aus, als wäre Frank Coward mehrere Jahre lang ein Patient von Dr. Rice gewesen«, verkündete Victor. »Dr. Rice hat ihn einer Hypnotherapie wegen wiederkehrender Albträume und Panikattacken unterzogen. Anscheinend sah der arme alte Frank ständig zwei alte Kumpel aus seiner Zeit beim Militär. Das Beunruhigende daran war, dass *er* inzwischen 20 Jahre älter war, während *sie* überhaupt nicht gealtert zu sein schienen.«

»Weist irgendetwas darauf hin, dass Frank Coward eine posthypnotische Suggestion eingepflanzt worden sein könnte?«

Victor leckte sich über den Finger und blätterte rasch durch die Seiten. »Das hier kommt mir wie ein möglicher Hinweis vor«, meinte er und reichte Michael das Buch.

Auf der Seite stand ein kurzer, mit kräftig violetter Tinte in Dr. Rices Handschrift verfasster Eintrag. »6. April: H hat um 11 Uhr angerufen und sich nach Franks Fortschritten und allgemeiner Verfassung erkundigt. Natürlich habe ich ihm gesagt, ich sei überzeugt, Frank wäre bereit und sogar noch einfacher zu aktivieren als Lesley Kellow.«

Michael ließ das Buch sinken und starrte Victor mit geweiteten Augen an. »Lesley Kellow! Weißt du, wer Lesley Kellow war?«

»Sollte ich?«

»Lesley Kellow war der Co-Pilot der L10-11, die über Rocky Woods explodiert und abgestürzt ist.«

»Du verscheißerst mich doch.«

»Absolut nicht. Natürlich war danach nicht viel von ihm übrig. Buchstäblich nur noch Teile. Kleine Stückchen wie bei einem Puzzle, nur Fleisch und Knochen. Tatsächlich war er schwerer verletzt als irgendjemand sonst an Bord der Maschine.«

»Wie ist das Flugzeug abgestürzt?«, fragte Victor.

»Das haben wir nie mit Gewissheit herausgefunden. Aber die plausibelste Theorie war, dass irgendjemand irgendwo im Mittelteil des Flugzeugs eine Bombe platziert hat. Nicht im Frachtraum, sondern im Passagierbereich zwischen den Reihen 20 und 23, genau zwischen den Flügeln. Der Boden des Flugzeugs ist aufgebrochen, als schäle Gott eine Erbsenschote, und alle sind rausgefallen.«

Victor nickte. »Ich erinnere mich daran, Berichte darüber im Fernsehen gesehen zu haben.«

»Sieh sich das einer an – eine definitive Verbindung«, meinte Michael. »Frank Coward und Lesley Kellow waren beide bei Dr. Rice in Hypnotherapie. Und es gab noch eine Verbindung, die Joe erwähnt hat. Zwar nur eine *mögliche* Verbindung, trotzdem eine Verbindung. Bei dem Helikopterabsturz ist John O'Brien gestorben, bei der Katastrophe von Rocky Woods ist Dan Margolis ums Leben gekommen. Du erinnerst dich doch an Dan Margolis, oder? Den Mann, der mit dem kolumbianischen Drogenhandel aufräumen wollte? Zwei liberale Idealisten, beide in Fluggeräten umgekommen, die von Patienten von Dr. Rice gesteuert wurden.«

»Und es gibt noch eine weitere Verbindung«, ergänzte Victor. »Die Männer hinter dem Zaun auf dem grasigen Hügel, als Kennedy erschossen wurde. Ein weiterer Liberaler.«

Beide verstummten kurz, weil sie zögerten, die nächste logische Schlussfolgerung laut auszusprechen. Sie mutete zu weit hergeholt, zu dramatisch an. Es war, als fände man heraus, dass der Südpol eigentlich oben auf der Erde und der Nordpol an der Unterseite sein sollten.

»Eine Verschwörung?«, sagte Victor schließlich.

»Falls ja, dann eine ziemlich unglaubliche Art von Verschwörung«, erwiderte Michael. »Und was ist das Motiv? Was ist die politische Absicht dahinter?«

»Das müssen wir herausfinden«, erklärte Victor.

Michael las Dr. Rices Gekritzel ein zweites Mal. »Wir könnten damit anfangen, herauszufinden, wer dieser ›H‹ ist. Wenn sich ›H‹ dafür interessiert hat, ob Frank Coward einsatzbereit war, dann scheint es mir wahrscheinlich zu sein, dass ›H‹ Dr. Rices Kontakt bei den Verschwörern ist. Immer vorausgesetzt, es *gibt* überhaupt irgendwelche Verschwörer.«

Victor blätterte durch Dr. Rices Filofax. »Hmmm … er kennt eine Menge ›H‹. Julius Habgood, Zahnarzt. Kerry Hastings, Florist. Norman T. Henry.«

Michael ging hinüber zum Tisch und ergriff das Telefon. »Ich rufe noch mal Marcia an, um sie zu fragen, ob es von Joe schon irgendein Lebenszeichen gibt.«

»Mason Herridge, Immobilienmakler. Ruth Hersov, Immobilienmaklerin. Jacob Hertzman, Psychiater.«

Michael wählte Joes Nummer, und Marcia hob fast sofort ab. »Joe?«, fragte sie, die Stimme von blanker Sorge gefärbt.

»Nein, tut mir leid, Marcia, ich bin's bloß, Michael. Immer noch kein Lebenszeichen von ihm?«

»Nichts. Niemand hat ihn gesehen, niemand hat etwas von ihm gehört.«

»Ich bin sicher, es geht ihm gut. Wahrscheinlich ist ihm gar nicht bewusst, wie besorgt du bist.«

»Das glaubst du doch selbst nicht, oder? Joe würde nicht einfach verschwinden, ohne mir etwas zu sagen. Manchmal ist er gereizt, manchmal ist er ungeduldig, aber er ist niemals grausam.«

»Kann ich irgendetwas tun?«, fragte Michael sie.

»Joe Hesteren, Autoreparaturen«, las Victor vor. »Joyce Hewitt. Leonard Heyderman.«

»Bleib einfach mit mir in Verbindung«, bat ihn Marcia. »Meine Schwester kommt zwar morgen her, aber ich fühle mich so allein.«

Michael legte auf. Mittlerweile war er selbst zutiefst besorgt um Joe. Ihn beschlich das entsetzliche, bleierne Gefühl, dass Joe tot war und er ihn nie wiedersehen würde, außer vielleicht in einem Sarg.

»Hier ist ein auffallender Name«, meldete Victor.

»Wieso auffallend?«, fragte Michael.

»Es ist der einzige Eintrag ohne einen Vornamen, deshalb. Hat wahrscheinlich nichts weiter zu bedeuten.«

Michael ging um die Couch herum und spähte über Victors Schulter. Victor zeigte auf den sauber geschriebenen Namen samt Adresse, *Mr. Hillarius, Bock's Sunden,* gefolgt von einer Telefonnummer, die mit 508 begann.

Michael spürte ein frostiges Kribbeln, das ihm über den gesamten Rücken kroch, und er konnte ein unwillkürliches Schaudern nicht unterdrücken.

»Mr. Hillarius«, wiederholte er. »Das ist der Mann, den ich unter Hypnose gesehen habe. Das ist der Name, den der blinde Mann am Copley Place zu mir gesagt hat.«

Victor drehte sich um. »Großer Gott«, entfuhr es ihm. »Du bist ja weiß wie die Wand.«

»Aber mir war nicht bewusst, dass es ›Mr. Hillarius‹ wirklich gibt.«

»Worüber machst du dir Sorgen? Das ist durch und durch erklärbar. Dr. Rice hat dir den Namen in den Kopf gepflanzt, als er dich hypnotisiert hat. Unter Umständen hat er den Namen nicht einmal direkt dir gegenüber erwähnt ... vielleicht hat er mit ›Mr. Hillarius‹ telefoniert, während du abgetaucht warst.«

»Aber ich habe ›Mr. Hillarius‹ *gesehen*. Ich weiß genau, wie er aussieht.«

»Das muss nicht unbedingt etwas bedeuten. Vermutlich war es so, dass du den Namen ›Mr. Hillarius‹ gehört hast, während du in Trance warst, und deine Vorstellungskraft hat ihn für dich Gestalt annehmen lassen. Ich wette, wenn du in deinem Gedächtnis kramst, fällt dir jemand ein, den du mal gekannt hast und der so ausgesehen hat, oder vielleicht eine Figur aus einem Buch oder aus dem Fernsehen – jemand mit einem Namen, der wie ›Hillarius‹ klingt.«

»Ich habe nie jemanden gekannt, der wie dieser Kerl ausgesehen hat. Und abgesehen davon, wie kommt es, dass dieser Blinde mir gegenüber seinen Namen erwähnt hat?«

»Keine Ahnung. Wahrscheinlich hast du dich verhört. Oder vielleicht war es eine Nachwirkung deiner hypnotischen Trance.«

»Wer bist du, Mr. Skeptiker oder was?«, fragte ihn Michael.

Victor lächelte. »Ich bin Gerichtsmediziner. Ich bin darauf geschult, skeptisch zu sein. Es stört mich nicht im Geringsten, Hinweisen und Verbindungen nachzugehen und zu versuchen, zwei und zwei zusammenzuzählen. Aber ich glaube nicht an Magie, und ich glaube nicht, dass man unter Hypnose Menschen sehen kann, die einem im echten Leben noch nie untergekommen sind.«

Michael ergriff den Filofax. »Mr. Hillarius, Bock's Sunden. Wo zum Teufel liegt Bock's Sunden?«

»Keine Ahnung. Hast du eine Karte?«

Michael ging hinunter zur Straße und holte seinen zerfledderten Rand McNally Autoatlas aus dem Handschuhfach des Wagens. Auf den Bürgersteigen trieben sich noch zahlreiche Passanten herum, und auf der anderen Straßenseite spielte ein junger Mann mit langem, wallendem schwarzen Haar Geige – eines dieser hohen und eindringlichen Stücke, die Michael immer an Gothic-Filme erinnerten, in denen weißgesichtige Frauen in verlassenen Villen verängstigt von einem Zimmer zum anderen eilten.

Michael schloss gerade das Auto ab, als ihm noch jemand auf der anderen Straßenseite auffiel. Ein Mann mit sehr dunkler Brille, der am Eingang der mittlerweile geschlossenen italienischen Bäckerei DiLucca stand. Michael spürte ein Kribbeln von Beklommenheit. Es ließ sich unmöglich sagen, ob der Mann ihn anstarrte oder nicht, aber er stand völlig regungslos mit den Armen an den Seiten da, und ebendiese Regungslosigkeit inmitten all des geschäftigen Treibens um ihn herum ließ ihn so bedrohlich erscheinen.

Langsam kehrte Michael den Bürgersteig entlang zur *Cantina Napoletana* zurück. Nur einmal, bevor er das Gebäude betrat, drehte er sich um, und der Mann stand nach wie vor dort, immer noch regungslos.

Oben eilte Michael zum Fenster, das die Hanover Street überblickte, aber vor DiLuccas Bäckerei parkte ein großer blauer Van, durch den er nicht sehen konnte, ob der Mann noch dort stand oder nicht.

»Stimmt was nicht?«, fragte Victor. Er hatte sich ein weiteres Glas Whisky eingeschenkt und las in Dr. Rices Notizbuch.

»Ich bin nicht sicher … auf der anderen Straßenseite an einer Tür hat ein Mann gestanden. Blasses Gesicht, dunkle Brille. Hat wie einer der Typen ausgesehen, die sich in New Seabury herumgetrieben haben.«

»Ist er noch da?«

»Ich weiß nicht … Ich glaube, jetzt ist er wohl weg.«

»Also … lass uns nicht paranoid werden«, warnte Victor.

Michael schlug den Autoatlas auf und legte ihn auf den

Tisch. Er fuhr mit dem Finger die gesamte Küstenlinie von Acoaxet im Süden bis Salisbury Beach im Norden nach.

Victor fragte: »Hast du gewusst, dass Dr. Rice Aura-Hypnose praktiziert?«

»Ja, hat er heute erwähnt. Und er hat während der Therapie ein paarmal über meine ›Aura‹ gesprochen. Ich dachte, er meint damit persönliche Schwingungen. Er war der Ansicht, meine Aura sei in ziemlich lausiger Verfassung.«

»Das war alles? Er hat dir nicht erklärt, was er zu erreichen versucht hat?«

Michael schaute auf und sah Victor mit gerunzelter Stirn an. »Er hat versucht, meine Aura wieder in Form zu bringen. So was wie ein Workout von Cindy Crawford mit Anleihen von Woody Allen.«

»Aber er hat dir nicht erklärt, was Aura-Hypnose eigentlich ist?«

Michael schürzte die Lippen. Er fand es irgendwie irritierend, dass ihn Victor so eingehend über den Verlauf einer Therapie ausfragte, die er immerhin seit fast einem Jahr aus nächster Nähe erlebt hatte. »Aura-Hypnose ist eine Form der Hypnose, mit der die Aura korrigiert wird, das ist alles.«

»Na ja, klar, das tut sie schon in gewisser Weise. Aber sie funktioniert anders als gewöhnliche Hypnose. Sie erfüllt denselben therapeutischen Zweck … die Technik allerdings ist eine andere. Anscheinend ist sie wesentlich stärker, wesentlich direkter. Vor ein paar Monaten habe ich einen Artikel darüber in der Fachzeitschrift *New Psychology* gelesen, und wenn man mit hochgestochenen Fachbegriffen etwas anfangen kann, ist alles in diesem Buch hier erklärt.«

»Ach ja?«, gab Michael zurück und bemühte sich, nicht gereizt zu klingen. Sein Finger befand sich mittlerweile weit im Norden bei Priscilla Beach, knapp südlich von Plymouth. »Ich dachte, du glaubst nicht an Hypnose. Ich dachte, du hättest gesagt, die einzige Hypnose, die du je bezeugt hast, habe auf einer Bühne stattgefunden, wo Leute dazu gebracht wurden, ihre Hosen auszuziehen und dergleichen.«

»Vielleicht hab ich gelogen.«

Michael schaute auf. »Vielleicht hast du *gelogen?* Warum solltest du wegen so etwas lügen?«

Victor nahm die Brille ab. Sein Blick wirkte trüb, verschwommen. »Ich weiß, was Hypnose für mich getan hat. Ich wollte nur herausfinden, was sie bei dir bewirkt hat.«

»Und was hat Hypnose für dich getan?«

»Ich bin selbst noch nie hypnotisiert worden. In der Hinsicht habe ich nicht gelogen. Aber meine Schwester wurde über Monate hinweg wiederholt hypnotisiert. Weißt du, sie war sehr krank. Die Hypnose schien ihr eine Menge Schmerzen zu ersparen. Ich schätze, ich wollte nur wissen, ob es wirklich stimmt – und ob es ihr Leiden wirklich gelindert hat.«

»Also, es wirkt, das kann ich dir garantieren«, versicherte ihm Michael.

Victor hatte ein Eselsohr in eine Seite von Dr. Rices Buch geknickt. »Hör dir das an: ›Die Aura-Hypnose wurde ursprünglich im Jahr 1782 vom Marquis de Puységur entdeckt. Er war ein Schüler von Mesmer, dem Wiener Arzt, der den Mesmerismus erfand. Mesmer benutzte alle möglichen, aufwendigen magnetischen Hilfsmittel, um Menschen zu hypnotisieren – Drähte, Magneten, Wasserschalen –, aber der Marquis de Puységur bewies, dass man nichts davon brauchte … nur etwas, um die Konzentration optisch zu bündeln, beispielsweise ein Licht oder eine Münze, und eine beruhigende Stimme.‹

Und da kommt noch mehr, hör dir das an: ›In den 1780er Jahren reiste er nach Südamerika und fand heraus, dass sich peruanische Indianer lediglich zu dem Zweck hypnotisierten, um ihre Auren aus den Körpern entweichen und zur Unterhaltung ihrer Kinder um die Lagerfeuer tanzen zu lassen.‹ Ist das zu fassen? Fernsehen der Frühzeit! ›Sie veranstalteten auch hypnotische Duelle gegeneinander, versetzten sich gegenseitig in hypnotische Trance, damit die Aura eines Kriegers physisch den Körper verlassen und gegen die Aura eines anderen kämpfen konnte.‹ Klingt, als wäre bei all dem eifrig auf Kokablättern gekaut worden, aber im Wesentlichen fasst das zusammen, worum es bei Aura-Hypnose geht. Die persönliche Aura des Hypnotiseurs verlässt ihn dabei zeitweilig und schließt sich der Aura des Patienten innerhalb seiner Trance an. Könnte man als ›praxisnahen‹ Hypnotismus bezeichnen.«

»Mach weiter«, forderte Michael den Gerichtsmediziner auf und löste die Aufmerksamkeit vom Straßenatlas.

Victor sagte: »Dr. Rice erwähnt hier drin Aura-Hypnose zwei- oder dreimal. Das hier ist … von wann? Ah, Oktober vergangenes Jahr. *›Michael Reardens Trauma erweist sich als so widerspenstig, dass ich beschlossen habe, ihn bei dieser Sitzung mit Aura-Hypnose in sein Unterbewusstsein eintauchen zu lassen. Das Erlebnis war grauenerregend. Sein Schockzustand ist derart schlimm, dass sich sein ätherischer Körper zu dunklen Klumpen der Anspannung und Angst verknotet hat, ähnlich einem extremen Muskelkrampf. Es ist einer der schlimmsten Fälle, die mir bislang untergekommen sind, noch schwieriger zu behandeln als der von Frank Coward. Wäre es möglich, ein Röntgenbild seiner Aura anzufertigen, könnte man jedes einzelne traumatische Erlebnis erkennen, das er in jener Nacht hatte, aber so muss ich mich »nach Gefühl« vorarbeiten. Ich bin noch nie* *zuvor einem derart geschwärzten und entstellten Ätherleib begegnet.‹«*

Michael brummte belustigt. »Er lässt mich wie Quasimodo aussehen.«

»Der Glöckner von Hyannis«, meinte Victor lächelnd. »Aber ungeachtet dessen … er scheint zu glauben, dass Aura-Hypnose hilfreich dabei war, dich zu therapieren. Ich schätze mal, du solltest dankbar sein, wenn man bedenkt, wie gefährlich sie sein kann.«

»Gefährlich? Wie meinst du das?«

»Bei einer gewöhnlichen Hypnotherapie versetzt einen der Hypnotiseur in eine leichte Trance, was bewirkt, dass die cortischen Funktionen vorübergehend ausgesetzt werden. Man wird hochgradig beeinflussbar, und dadurch kann einen der Hypnotherapeut zurück in die Kindheit geleiten oder dorthin, wo das Problem angefangen hat – in deinem Fall die Flugzeugkatastrophe von Rocky Woods. Er hilft einem dabei, die Quelle der Angst zu lokalisieren und zu verstehen, und er suggeriert einfach, dass man sich keine Sorgen mehr machen sollte. Man wacht auf, und zack, Problem gelöst.«

»Aber die Aura-Hypnose ist nicht so?«

»Die Aura-Hypnose ist mehr wie eine Physiotherapie … du weißt schon, wenn man einen Unfall oder so hatte und von einem Therapeuten in einen Swimmingpool verfrachtet wird, wo er die Muskeln bearbeitet. Bei der Aura-Hypnose versetzt dich der Hypnotiseur in eine sehr tiefe Trance – so tief, dass sich der Herzschlag verlangsamt und die Atemfrequenz fast halbiert. Wenn du in die Trance eintauchst, begleitet dich sein ätherischer Körper. Seine Aura befindet sich tatsächlich mit dir *in* deiner Trance. Dann kann er zusammen mit dir deine Ängste ›besuchen‹ und dir verstehen helfen, dass es nichts gibt, worüber du dir Sorgen machen müsstest.«

»Was ist daran gefährlich?«

»Zum einen könnten deine Ängste viel schrecklicher sein, als es die Aura des Hypnotiseurs bewältigen kann. Die Traumata, die *deine* Aura durcheinandergebracht haben, könnten auch *seine* Aura durcheinanderbringen. Die Gefahr besteht darin, dass der Arzt genauso krank wie der Patient werden könnte. Sogar noch kränker, da sich seine Aura außerhalb seines Körpers befindet und deshalb wesentlich verwundbarer ist als sonst.«

»Glaubst du irgendetwas davon?«, fragte Michael.

Victor nickte. »Du hättest Ruth sehen sollen, meine Schwester. 1967 hat sie Magenkrebs bekommen. Sie hatte die Art von Schmerzen, die man sich nicht einmal vorstellen will. Der Einzige, der ihre letzten Tage erträglich machen konnte, war ihr Hypnotherapeut. Sie hätte Wochen unter unvorstellbaren Qualen verbringen können, stattdessen hat er ihr Wochen der Glückseligkeit geschenkt. Er hat sie zurück zu ihrer Kindheit geführt und zurück zu ihrer Hochzeit. Sie konnte all ihre glücklichsten Momente noch einmal erleben. Als sie gestorben ist, hat sie nicht in einem Krankenhausbett in Newark gelegen, sie war mit ihrem Hund zu Hause bei unserem Onkel in Cos Cob, Connecticut, spazieren.« Er tippte sich an die Stirn. »Hier drin jedenfalls.«

Victor verstummte eine Weile und seine Augen glänzten ein wenig. Schließlich fügte er hinzu: »Das war Aura-Hypnose, und was ich erst Jahre später herausgefunden habe, war, dass der Hypnotherapeut, als er Ruth in die Trance begleitet hat, beinah genauso schlimme Schmerzen litt wie Ruth selbst. Nachdem Ruth gestorben war, verbrachte er sieben Monate mit durchbrechenden Geschwüren im Krankenhaus. Es hätte ihn beinah umgebracht.«

Michael meinte: »Erstaunlich, dass die Persönlichkeiten

zweier Menschen so *verflochten* sein können. Du weißt schon – wie heißt das Wort … symbiotisch.«

»Also, ich bin nicht so sicher, ob ich an das kollektive Unterbewusstsein glaube«, schränkte Victor ein. »Sehr wohl jedoch glaube ich, dass sich zwei Menschen so magnetisch nahekommen können, dass sie dieselben unterbewussten Erlebnisse teilen. Du liebst doch deine Frau. Du solltest das wissen.«

»Ja«, erwiderte Michael gedehnt. »Ich schätze, schon. Vielleicht vergesse ich es öfter, als ich sollte.«

Victor schloss Dr. Rices Buch und erhob sich von der Couch, um bewusst zu versuchen, die Stimmung aufzulockern. »Also«, sagte er, »wo ist jetzt dieses Bock's Sunden, nach dem du suchst?«

Michael fuhr weiter mit dem Finger die Küstenlinie von Massachusetts entlang. Vorbei an Boston Harbor, vorbei an Winthrop Beach und Revere Beach und Lynn Harbor. Und plötzlich stieß er darauf, verblüfft darüber, dass es ihm zuvor noch nie aufgefallen war. Bock's Sunden, am südlichsten Ufer der Halbinsel von Nahant, einem Stück Land, das am Ende einer knapp fünf Kilometer langen Landenge in die Bucht von Massachusetts ragte wie ein springender Delfin am Ende einer Leine.

Nahant – wo Sissy O'Briens gefolterter Leichnam an den Strand gespült worden war und wo sich der Leuchtturm befand, von dem Michael in seiner tiefen hypnotischen Trance geträumt hatte.

»Na so was, na so was, na so was«, murmelte Victor, schob sich die Brille auf die Stirn und begutachtete die Karte eingehend. »Allmählich fängt das alles an, einen Sinn zu ergeben.«

Michael wandte sich ab. Sein Schatten an der Wand sah gewaltig und bedrohlich aus.

»Das ist alles real, nicht wahr?«, fragte er verkniffen. »All dieser Verschwörungskram. Es ist alles real.«

»Sagen wir so: Es wird noch einiger weiterer Ermittlungen bedürfen.«

»Ja«, brachte Michael hervor und konnte beinah fühlen, wie sich der Boden unter seinen Füßen auftat.

Es gab nichts mehr, was sie in dieser Nacht tun konnten, außer zu trinken, fernzusehen und zu planen, wie sie am nächsten Morgen vorgehen würden.

Um 22 Uhr brachte CBS einen Livebericht aus der Seaver Street. Zuerst fehlte der Ton, aber die Bilder sagten bereits alles. Ein schwarzer Reporter stand in einer von Trümmern übersäten Bar, im Hintergrund brannten Pkw und Lastwagen. Polizeiblaulichter blitzten über sein schwitzendes Gesicht.

Dann hörten sie ihn berichten: »*… sind sieben Nationalgardisten umgekommen, als ihr Chinook-Helikopter über Grove Hall abstürzte, 18 Zivilisten werden vermisst … die Aufstände sind mittlerweile vollkommen außer Kontrolle … der Gouverneur hat den Notstand ausgerufen …*«

»Das Ende der Welt, wie wir sie kennen«, merkte Victor nüchtern an.

Aus dem Studio verkündete Nachrichtensprecher John Breezeman: »Wir haben soeben aus dem Weißen Haus die Mitteilung erhalten, dass der Präsident ›zutiefst besorgt‹ über die Aufstände in Boston ist und dem Gouverneur seine ›uneingeschränkte persönliche Unterstützung‹ zugesichert hat.«

Michael stand auf und schaltete den Fernseher aus. »Lass uns ein wenig schlafen. Ich will mich dem Ende der Welt nicht mit einem Kater stellen.«

Aber in jener Nacht, in den letzten Stunden vor dem Morgengrauen, hatte Michael einen außergewöhnlichen und überaus Furcht einflößenden Albtraum. Er fiel durch Dunkelheit, wie er immer fiel, und er wusste, dass rings um ihn andere Körper fielen.

Aber während er durch die Nacht stürzte, spürte er, wie ihn jemand rempelte. Und plötzlich fiel er nicht mehr, sondern bahnte sich den Weg durch eine Menschenmenge, und jeder rempelte ihn. Es wurde nicht wie in einer normalen Menschenmenge gerempelt.

Die Leute taten es steif und ungelenk, als wären sie außerstande, allein aufzustehen, und als würden sie von jemandem gestoßen und geschoben, damit sie sich bewegten.

Als wären sie tot.

Durch die Menge erhaschte er einen Blick auf einen Mann in einem Anzug, und der Mann lächelte. Er sprach nicht, er winkte nur, und als sich Michael näher zu ihm drängte, streckte er beide Hände aus, als wolle er Michael ergreifen, ihn umschlingen, ihn in die Arme nehmen.

Michael schrie ihm entgegen: »Nein! Kommen Sie mir nicht zu nah! Kommen Sie mir nicht zu nah!«

Er fürchtete sich nicht vor den rempelnden Körpern rings um ihn. Er fürchtete sich nicht vor dem Mann im Anzug.

Vielmehr fürchtete er sich vor dem Schaden, den er selbst anrichten würde. Er fürchtete sich vor seinen eigenen mörderischen Absichten.

Michael war überzeugt davon: Wenn ihm der Mann im Anzug noch näher käme, würde er ihn umbringen. Ihn aufschlitzen wie eine reife Melone.

Aber der Mann lächelte weiter und bahnte sich den Weg näher zu ihm, und Michael konnte sich nicht umdrehen, konnte wegen all der toten, drängelnden Körper um ihn herum nicht flüchten.

Er brüllte: »*Nein, Mr. President, kommen Sie mir nicht zu nah! Nein, Mr. President, nicht!*«

14

Thomas öffnete die Tür seiner Wohnung für seine Gäste und forderte sie auf: »Kommen Sie rein.« Er trug ein rot kariertes Holzfällerhemd, aus dem seine ergrauende Brustbehaarung hervorlugte. Thomas ging voraus ins Wohnzimmer, das hübsch geschmückt, aber auf gemütliche Weise unordentlich war. In der Luft hing der aromatische Duft von Zimt, Nelken und Apfelkuchen, und die Sonne schien durch den kirchenähnlichen Rauch einer unlängst ausgedämpften Zigarette.

»Haben Sie schon die Nachrichten gehört?«, fragte Thomas, als er die Zeitungen von gestern von der Couch entfernte. »Halb Roxbury steht in Flammen. Zwei weitere Nationalgardisten wurden getötet. Es scheint schlimmer statt besser zu werden.«

»Wir haben Ihnen einige Dinge zu erzählen«, ergriff Victor das Wort, faltete seine Brille zusammen und steckte sie in seine Hemdtasche. »Aber zuerst müssen Sie Ihr natürliches Ungläubigkeitsempfinden als Polizist vorübergehend ausschalten.«

»Setzen Sie sich«, sagte Thomas. »Victor, Sie haben Megan noch nicht kennengelernt, oder?«

Megan rollte ins Wohnzimmer. Sie trug noch ihre Lochstickereischürze in gebrochenem Weiß und hatte Mehl an der Nase. »Tut mir so leid«, entschuldigte sie sich lächelnd. »Ich habe gerade ein altes irisches Rezept für Apfelkuchen ausprobiert.«

»Hallo, Mrs. Boyle«, grüßte Michael. »Ich bin Michael Rearden. Wir sind uns einmal auf dem Bauernmarkt im Cold Spring Park begegnet.«

»Ja, ich erinnere mich.« Megan nickte. »Wie geht es Ihnen?«

Michael vollführte mit der Hand eine Wackelgeste. »Ein bisschen aus dem Gleichgewicht, ist aber nicht so schlimm. Wir sind hergekommen, um uns mit Giraffe zu unterhalten, wenn das in Ordnung ist.«

»Natürlich. Möchten Sie Kaffee?«

Ungeduldig führte Thomas sie weiter in sein Arbeitszimmer. In dem Raum befanden sich eine kleine, durchgesessene Couch mit grünem Baumwollsamtbezug und ein Schreibtisch, auf dem sich Akten, Papier und Zeitschriften türmten. An den Wänden hingen etliche gerahmte Fotos von Zusammenkünften der Bostoner Polizei – vom Trinken gerötete Ermittler prosteten mit ihren Gläsern in die Kamera.

»Nehmen Sie Platz«, sagte Thomas. Michael und Victor ließen sich nebeneinander auf der Couch nieder, was sich als eher ungemütlich erwies, weil ihre Oberschenkel gegeneinanderdrückten. Thomas schloss die Tür, dann setzte er sich hinter den Schreibtisch und lehnte sich auf seinem altmodischen Holzstuhl zurück.

»Diese O'Brien-Ermittlung«, begann Michael, »entwickelt sich zu einer ganz schön komplizierten Geschichte.«

Thomas hob die Hand. »Bevor Sie anfangen: Ich habe eine Mitteilung vom Büro des Sheriffs von Barnstable County bekommen. Man hat eine weitere Leiche mit Einstichwunden im Rücken gefunden – den gleichen wie bei Sissy O'Brien und Elaine Parker.«

Er holte tief Luft. »Sie wissen das nicht, aber ich habe im gesamten Staat die Bekanntmachung verschickt, dass jegliche Fälle von Folterungen oder ungewöhnlichen Verletzungen umgehend dem Bostoner Morddezernat gemeldet werden sollen. Diese Meldung kam um 3:30 Uhr heute Nacht herein.«

Michael wartete. Er spürte, dass Thomas diese Bekanntgabe schwerfiel, und er hatte mehr als eine ansatzweise Ahnung, weshalb dem so war.

Mit angespannter Stimme fuhr Thomas fort. »Die Leiche wurde in einem dichten Wald ungefähr einen Kilometer nördlich der 151 in der Nähe von Johns Pond gefunden. Es gab Anzeichen sexueller Misshandlung, aber ich habe noch nicht alle Einzelheiten. Jedenfalls glaubt der Arzt, der den Leichnam untersucht hat, dass der Tod durch das Einführen einer oder mehrerer Nadeln in den Rücken verursacht wurde – Nadeln, die in die Nebennieren eingedrungen sind. Genau wie bei Elaine Parker, genau wie bei Sissy O'Brien.«

Thomas' Gesicht wirkte aschfahl. Er hatte nicht mehr geschlafen, seit ihn Sheriff Maddox in den frühen Morgenstunden angerufen hatte, und generell hasste er es, irgendjemandem Neuigkeiten dieser Art mitteilen zu müssen.

»Anhand der … äh … persönlichen Dokumente, die in der Nähe gefunden wurden, hat Sheriff Maddox den Leichnam provisorisch als den von Joseph K. Garboden identifiziert.«

Seit Thomas zu sprechen begonnen hatte, vermutete Michael, dass es sich bei dem Leichnam um Joe handelte. Trotzdem stellte er fest, dass ihm Tränen über die Wangen liefen und dass ihn ein gewaltiger Anflug von Kummer und Verlust überwältigte, fast so schmerzhaft, als wäre ein Elternteil gestorben. Victor legte unsentimental einen Arm um seine Schultern und drückte ihn tröstend.

»Wann war der geschätzte Todeszeitpunkt?«, fragte der Rechtsmediziner.

»Vorgestern kurz vor Mittag, nach den … äh … Fleischfliegenaktivitäten zu urteilen.«

»Das bedeutet, er ist wahrscheinlich nur eine halbe Stunde nach dem Aufbruch von Michaels Haus in New Seabury gestorben.«

Thomas nickte. »Tut mir sehr leid, Mikey. Ich habe Joe fast besser als jeden anderen in dieser Stadt gekannt und ihn weit mehr als die meisten gemocht, die ich kenne.«

»Weiß es Marcia schon?«, fragte Michael und wischte sich mit den Fingern über die Augen.

»Dick Maddox hat zwei seiner Deputys losgeschickt, um sie zu informieren.«

»Großer Gott«, murmelte Michael. »Als er nicht an sein Handy gegangen und nicht zurück nach Hause gekommen ist … da wusste ich, dass etwas Schlimmes passiert sein muss.«

»Tut mir wirklich leid«, wiederholte Thomas. »Ich weiß, dass Sie und Joe sich lange gekannt haben.«

Ein kurzes Klopfen ertönte an der Tür, und Thomas ging hin, um aufzumachen. Es war Megan, die ein Tablett mit Kaffee und Barmbrack brachte, einem irischen Obstkuchen, den sie selbst gebacken hatte. Sie rollte herein und stellte das Tablett vorsichtig auf einem Stapel der Zeitschrift *Guns & Ammo* ab.

Megan wollte sich gerade wieder zurückziehen, als sie plötzlich wendete, Michael mit jenen grünen Pfefferminzliköraugen ansah und fragte: »Was haben Sie gesagt?«

Zuerst begriff Michael nicht, dass sie mit ihm redete. Dann jedoch sah auch er sie an und erwiderte: »Wie bitte?«

»Sie haben etwas gesagt«, meinte sie zu ihm. »Ich habe gerade das Tablett abgestellt, und da haben Sie etwas gesagt.«

»Tut mir leid, ich hab kein Wort gesagt.«

»Ich musste ihm gerade das von Joe Garboden mitteilen«, warf Thomas ein und ergriff ihre Hand.

»Nein, nein«, wehrte Megan ab. »Sie haben definitiv etwas gesagt. Und zwar *Hillarius.*«

Michael spürte ein Kribbeln in den Händen, als hätte er sie unfreiwillig in Gläser voll gelber Tausendfüßler gesteckt.

»›Hillarius‹? Sie haben mich ›Hillarius‹ sagen gehört?«

»Ich bin mir ganz sicher«, bekräftigte Megan.

»Ach, jetzt hör aber auf, Schatz«, ergriff Thomas das Wort und legte ihr eine Hand auf die Schulter. »Ich habe Mikey überhaupt nichts sagen gehört.« Er wandte sich an Michael und fügte hinzu: »Megan hatte vorgestern ihre erste Hypnotherapiesitzung ... seither ist sie ein wenig durcheinander. Ich weiß, Sie empfehlen das, aber ich bin nicht so überzeugt davon. Gar nicht überzeugt.«

»Sie hatten eine Hypnotherapie?«, fragte Michael eindringlich nach.

Megan nickte. »Ich hatte eine Aura-Therapie bei Dr. Loeffler bei Brigham & Women's. Hat zwar meine Schmerzen deutlich gelindert, aber jetzt habe ich andauernd Halluzinationen. Na ja – nicht wirklich Halluzinationen, sondern kleine, merkwürdige Erlebnisse, zum Beispiel, dass ich Leute reden höre, wenn sie in Wirklichkeit gar nicht reden. Und ich habe andauernd das Gefühl, ich müsste irgendwohin und sollte mich auf den Aufbruch vorbereiten. Das Ärgerliche ist nur, ich weiß nicht, *wohin.*«

»Haben Sie den Namen ›Hillarius‹ davor schon einmal gehört?«

»Keine Ahnung. Er kommt mir bekannt vor. Nur weiß ich nicht, warum.«

Michael drehte sich Thomas zu. »Bei allen meiner letzten Hypnotherapiesitzungen habe ich diesen großen, weißhaarigen Mann namens ›Mr. Hillarius‹ gesehen. In jeder Trance begegne ich ihm am Ufer der Bucht von Nahant, und er führt mich zu dem Leuchtturm. Er fordert mich ständig auf, mich ihm anzuschließen, und behauptet, ich sei einer seinesgleichen. Und in dem Leuchtturm stellt er mich all diesen weißgesichtigen jungen Männern vor. Dieselben weißgesichtigen jungen Männer beobachten mein Haus in New Seabury, dieselben weißgesichtigen jungen Männer beschatten Victor und mich, seit wir zurück in Boston sind, und dieselben weißgesichtigen jungen Männer haben Joe verfolgt, als er uns vor zwei Tagen verlassen hat.«

»Ich habe sie auch gesehen«, warf Victor für den Fall ein, dass Thomas dachte, Michael lasse Anzeichen von zu viel emotionalem Stress erkennen.

Michael fügte hinzu: »Wir sind eigentlich hergekommen, um Ihnen zu berichten, dass wir zwei davon dabei erwischt haben, wie sie meinem Hypnotherapeuten die Füße abgeschnitten haben.«

»Sie haben *was* getan?«, fragte Thomas ungläubig.

»Sie haben ihm mit einem Bolzenschneider die Füße abgeschnitten. Seine Empfangsdame haben sie umgebracht, und vermutlich wollten sie auch ihn töten. Zum Glück ist es Victor gelungen, einen Großteil der Blutung zu stoppen, und die Sanitäter haben ihn zu einer mikrochirurgischen Operation ins Boston Central geflogen. Dort ist er jetzt. Er hatte zwar einen Schock, als wir ihn gefunden haben, trotzdem ist es ihm gelungen zu bestätigen, was Victor und ich bereits als Theorie aufgestellt hatten … nämlich dass der Pilot von John O'Briens Helikopter unter posthypnotischer Suggestion geflogen ist – und *deshalb* wusste der Fahrer des Pick-ups, dass er am Strand von Nantasket abstürzen würde.

Außerdem hat er uns seine Notizbücher und seinen Filofax gegeben … und in seinen Notizbüchern finden sich mehrere Erwähnungen eines gewissen ›H‹. Wir haben seinen Filofax durchgeblättert und sind darin auf den Namen ›Mr. Hillarius, Bock's Sunden‹ gestoßen. Bock's Sunden ist in Nahant, wo der Leuchtturm steht.«

Megan hielt Thomas' Hand, und auch ohne die mit Mehl verschmierte Nase sah sie blass aus. »Der Leuchtturm. Genau. Der Leuchtturm.«

»Sie haben ihn auch gesehen?«

»Als ich hypnotisiert war. Aus der Ferne. Ein weißer, kompakter Leuchtturm.«

Thomas runzelte die Stirn. »Es ist doch nicht möglich, dass zwei Personen unter Hypnose dasselbe Erlebnis haben, oder? Verschiedene Menschen können nicht dieselben Träume haben, richtig? Wie können dann Sie und Megan denselben Leuchtturm gesehen haben?«

»Das kann sehr wohl vorkommen«, warf Victor ein. »Sowohl Michael als auch Megan hatten eine Aura-Hypnotherapie, die sich von einer gewöhnlichen Hypnotherapie unterscheidet. Dadurch wird der Geist zugänglich für äußere Einflüsse – für die Auren anderer Personen. Es könnte sein, dass Michaels Therapeut und Megans Therapeut beide in Kontakt mit diesem ›Mr. Hillarius‹ gestanden haben. In dem Fall wäre es durchaus möglich, dass sowohl Michael als auch Megan unter Hypnose diesen Leuchtturm gesehen haben.«

Megan schauderte. »Das ist beängstigend.«

»Noch beängstigender ist das hier«, meldete sich Michael zu Wort. Er ergriff seine Aktentasche vom Boden, öffnete sie und reichte Thomas die Parrot-Fotos, die Joe im *Mushing Magazine* versteckt hatte.

»Was soll das alles?«, fragte Thomas.

Aber Michael erwiderte nur: »Werfen Sie einfach einen Blick darauf. Lesen Sie die Beschriftungen auf der Rückseite. Und dann machen Sie sich ein eigenes Bild davon, was das alles soll.«

Thomas drehte die Fotos hin und her. »Die sind irgendwie ziemlich verschwommen, oder? Dealey Plaza, 22. November 1963? Aber das …«

Danach verstummte Thomas abrupt. Eingehend betrachtete er alle Bilder und las die Beschriftungen. Megan schenkte Kaffee ein, und sie saßen beisammen und nippten an ihren Tassen, während Thomas auf das Foto der weißgesichtigen jungen Männer auf dem grasbewachsenen Hügel starrte und kein Wort von sich gab.

»Was schlagen Sie vor, sollen wir tun?«, fragte ihn Michael schließlich.

»Keine Ahnung. Ich weiß nicht, was ich sagen soll. Solche Ermittlungen liegen weit außerhalb meiner Zuständigkeit.«

»Aber Sie werden nicht Polizeichef Hudson informieren, okay? Oder das FBI?«

»Ich wüsste nicht, was ich sonst tun kann.«

»Sie können uns helfen, diesen ›Mr. Hillarius‹ aufzuspüren.«

»Das sollte nicht schwierig sein. Wir haben immerhin seine Adresse.«

»Sie könnten ihn verhören.«

»Ach ja? Mit welcher Begründung? Verdacht des Erscheinens in den hypnotischen Trancen anderer?«

»Giraffe, das ist eine ernste Sache«, sagte Michael. »Joe ist deswegen gestorben, Sissy O'Brien ist deswegen gestorben, Elaine Parker ist deswegen gestorben. All die Menschen, die in Rocky Woods umgekommen sind – *sie* sind deswegen gestorben. Und die Beweise hier legen nahe, dass auch JFK deswegen gestorben ist.«

Langsam schüttelte Thomas den Kopf. Er steckte die Fotos wieder in den Umschlag und gab ihn zurück. »Das sind alles Spekulationen, noch dazu *wilde* Spekulationen. Laut offiziellem Autopsiebericht sind John O'Brien und seine Familie durch einen Unfall gestorben – und machen wir uns nichts vor, so ziemlich der einzige Mensch, dem *nicht* zum einen oder anderen Zeitpunkt vorgeworfen worden ist, er habe John F. Kennedy ermordet, ist der Papst.«

Das Telefon klingelte. Megan ging im Wohnzimmer ran, dann rief sie: »Thomas! Es ist David Jane. Er sagt, es sei dringend.«

»Entschuldigen Sie mich«, sagte Thomas und hob den Hörer ab. »Gu-hu-huten Morgen, David, was gibt's?« Während er lauschte, zuckte rhythmisch ein Muskel in seiner Wange. Schließlich sagte er »15 Minuten« und legte auf.

»Was ist denn los?«, wollte Victor wissen.

»Sie kommen besser mit mir«, erwiderte Thomas nur. Damit stand er auf und trank seinen sengend heißen Kaffee mit schnellen, kurzen Schlucken aus. »Einem Sondereinsatzkommando ist es gelungen, die Hälfte der Seaver Street unter Kontrolle zu bekommen. Unter anderem wurde Patrice Latombas Wohnung besetzt.«

Er schnallte sich sein Schulterholster um und steckte seinen Dienstrevolver hinein. Victor half ihm in seine rostbraune Jacke.

»Es wurden Leichen gefunden«, sagte Thomas. »Eine davon ist Verna Latomba, Patrice Latombas Frau. Die andere ist Detective Ralph Brossard vom Drogendezernat – derselbe Ermittler, der versehentlich Patrice Latombas Baby erschossen und diesen ganzen Krieg erst angezettelt hat.«

Michael fragte: »Kann ich auch mitkommen?«

»Tut mir leid«, entschuldigte sich Thomas. »Im Augenblick steht zu viel auf dem Spiel. Noch ein toter Zivilist, und der *Globe* verspeist uns zum Frühstück.«

Victor legte Michael eine Hand auf die Schulter. »Ich melde mich später bei dir. Keine Sorge – ich lasse nicht zu, dass du aus der Sache rausgedrängt wirst.«

Als sie weg waren, erkundigte sich Megan: »Möchten Sie noch Kaffee?«

Michael schüttelte den Kopf. »Trotzdem danke.«

»Tut mir sehr leid um Ihren Freund Joe«, sagte Megan zu ihm.

»Ja, mir auch. Deshalb will ich unbedingt diesen ›Mr. Hillarius‹ aufspüren.«

Megan meinte: »Wie kann jemand in einer hypnotischen Trance erscheinen, wie er es bei Ihnen gemacht hat?«

»Ich weiß es nicht. Aber so wie es Victor erklärt, ist diese Aura-Hypnose wohl ziemlich mächtig. Mir war nicht einmal bewusst, dass mein Therapeut sie bei mir eingesetzt hat, bis mich Victor darüber aufklärte.«

»Dr. Loeffler hat es mir ein wenig erklärt«, verriet Megan. »Er hat gesagt, dass jeder eine Aura besitzt … seiner Beschreibung nach handelt es sich um ein grelles, buntes Licht, das zwei- bis dreimal die Größe des physischen Körpers hat. Manche sensitiven, medial veranlagten Menschen können sie sehen. Er meinte, wenn er mich hypnotisiert, nähme ich ein weißes oder rosa Licht wahr, und das sei *seine* Aura, die mir in mein Unterbewusstsein folgt.«

Sie lächelte. »Ist schon irgendwie ziemlich persönlich – einen Fremden in das eigene Unterbewusstsein zu lassen. Das ist schlimmer, als jemanden die Schubladen seiner Kommode durchsuchen zu lassen.«

»Ich habe dieses rosa Licht auch gesehen, wenn mich Dr. Rice hypnotisiert hat. Nur wusste ich nie, was es war. Ich vermute, Dr. Rice wollte nicht, dass ich weiß, dass er mir folgt.«

»Wurden Sie sehr schlimm traumatisiert?«, erkundigte sich Megan. »Ich hoffe, Sie haben nichts dagegen, dass ich frage.«

Michael schüttelte den Kopf. »Ich war monatelang völlig neben der Spur.« Er holte Dr. Rices Scheibe aus Kupfer und Zink heraus und hielt sie hoch. »Ich denke, ohne dieses kleine Baby hier wäre ich wohl nach und nach verrückt geworden. Und ich meine richtig verrückt – unheilbar.«

»Lassen Sie mich das mal sehen«, ersuchte ihn Megan und legte die Scheibe auf ihre Handfläche. Eine Weile betrachtete sie das Teil, drehte es um und schlug schließlich vor: »Warum versuchen wir es nicht zusammen?«

»Ich verstehe Sie nicht.«

»Wieso probieren wir nicht, ob wir *beide* in eine hypnotische Trance eintauchen können? Ich meine, in *dieselbe* hypnotische Trance. Dann könnten wir zusammen nach diesem ›Mr. Hillarius‹ suchen. Wenn er in Trancen genauso existiert wie in der echten Welt, können wir ihn vielleicht finden, ohne den Raum zu verlassen.«

Skeptisch schaute Michael zu Megan. Er hoffte, ihre Behinderung hatte sie nicht aus dem seelischen Gleichgewicht gebracht und in ihr eine Sehnsucht nach einer Bewegungsfreiheit ausgelöst, die sie nie wieder erfahren würde. Aber sie lächelte ihn an, und er lächelte unwillkürlich zurück. Michael mochte sie. Megan war aufgeweckt, intelligent und aufrichtig. Sie schien weder verbittert über ihre Lähmung zu sein, noch schien sie nach Mitgefühl zu haschen.

Er ergriff die Scheibe, legte sie auf den Tisch zwischen ihnen, zog sich einen Stuhl herbei und setzte sich. »Ich hab keine Ahnung, ob das funktionieren kann«, räumte er

Zweifel ein. »Aber ich schätze, es ist einen Versuch wert. Na schön. Wir halten uns an den Händen, blicken konzentriert auf die Scheibe und bringen uns gegenseitig zum Einschlafen. Dann sehen wir ja, ob es uns gelingt, unsere Auren zu vereinen.«

»Was, wenn nicht?«, fragte ihn Megan.

»Dann ist das Schlimmste, was passieren kann, dass wir beide ein wohlverdientes Nickerchen halten.«

»Also gut«, willigte sie ein. »Versuchen wir es.«

Michael ergriff ihre linke Hand. »Bereit?«, fragte er sie. »Starren Sie auf die Scheibe. Die Scheibe hilft uns beim Einschlafen.«

»Wir wollen schlafen«, sagte Megan. »Wir wollen schlafen und unsere inneren Geister sehen.«

Michael ließ zart den Daumen über Megans Handrücken kreisen, immer und immer wieder. »Wir wollen schlafen. Unser Wille führt uns tiefer und tiefer hinein in die Dunkelheit. Unser Wille führt uns tiefer und tiefer.«

»Wir *wollen* schlafen«, wiederholte Megan. »Wir wollen uns ausruhen, wir wollen schwimmen, wir wollen die wache Welt hinter uns zurücklassen.«

Michael war nicht bewusst, dass er einschlief. Er konnte auf der anderen Seite des Tisches immer noch Megan sehen, er konnte immer noch die weiche, warme Haut ihres Handrückens spüren. Aber sein Daumen kreiste und kreiste, und irgendwie schien ihm sein Geist zu folgen und kreiste und kreiste. Er fühlte, wie eine warme Dunkelheit in ihm aufstieg, eine Dunkelheit, die er als tief und einladend empfand. Die Scheibe auf dem Tisch schien ihn funkelnd anzublinzeln, und sosehr er es versuchte, er konnte den Blick nicht davon lösen. In der Ferne hörte er Helikopter und den Verkehr, doch das lenkte ihn nicht ab. Es erinnerte ihn an die Kindheit, wenn er krank war und den ganzen

Tag im Bett blieb, döste und träumte, während die Sonne von einer Seite seines Zimmers zur anderen wanderte und letztlich der Dunkelheit wich.

»Wir wollen jetzt schlafen«, murmelte Megan, und ihre Stimme klang sehr weit entfernt. »Wir wollen in unseren Geist eintauchen.«

Michael wollte gerade wiederholen, was sie gesagt hatte, doch da stellte er fest, dass er langsam fiel, sehr langsam, durch eine weiche und stickige Dunkelheit. Er konnte nichts mehr hören – weder Megan noch den Verkehr oder die Geräusche seiner eigenen Atmung. Er sank tiefer und tiefer und tiefer, obwohl er sich – anders als bei seinen Albträumen von Rocky Woods – nicht davor fürchtete, auf dem Boden aufzuschlagen. Er fiel zu langsam, als rutsche er in Wirklichkeit die Seite eines schwarzen, samtenen Steilhangs hinab.

Mit trägen, übertriebenen Bewegungen drehte er sich um und stellte fest, dass er tatsächlich rutschte, und zwar auf dem Rücken eine Sanddüne hinab. Allmählich verflachte die Düne, und er kam zum Liegen, schaute zu einem Himmel auf, der nahtlos schwarz anmutete. Auf den Sand schien die Sonne, der Himmel jedoch zeichnete sich vollkommen schwarz ab. Das konnte Michael nicht verstehen. Möwen flogen vorbei, blendend weiß in der Finsternis.

In der Ferne sah er eine Frau am Rand des Wassers stehen. Sie blickte in die Wellen hinab, die ihre Fußgelenke umspülten. Das Wasser reflektierte sie so, dass es für Michael den Anschein hatte, es wären zwei Frauen, eine, die aufrecht stand, und eine verkehrt herum, wie bei einer Spielkarte. Ihr Haar wehte in der salzigen Meeresbrise.

Er rappelte sich auf die Beine und begann, auf sie zuzugehen. Da drehte sie sich um, und er sah, dass es sich um Megan handelte. Sie war nicht mehr gelähmt. Mit bedauerndem, zugleich jedoch triumphierendem Blick stand sie da und beobachtete ihn. *Die Dinge, die geschehen sind, sind nun mal geschehen. Denk an die Dinge, die da noch kommen.*

Als er sich ihr näherte, erinnerte er sich daran, dass Menschen, die ihre Mobilität einbüßten, oft noch jahrelang davon träumten, sie seien nach wie vor in der Lage, zu gehen. Er begegnete Megan so, wie sie vor ihrem Unfall gewesen war – was vermutlich nicht einmal Thomas je wieder gelingen würde. Michael trat dicht vor sie hin, ergriff ihre Hand, und er konnte sie *fühlen,* sie war real. Er fand es beinah unmöglich, zu glauben, dass er sich tief in einer selbst herbeigeführten, hypnotischen Trance befand.

»Hallo, Michael«, begrüßte sie ihn lächelnd. Ihre Stimme schien nicht ganz synchron mit den Bewegungen ihrer Lippen zu sein. »Also haben wir es geschafft, wir beide. Wir sind hier.«

»Unsere Auren sind hier«, berichtigte er sie und angesichts dieser gemeinsamen Erfahrung beschloss er, sie spontan zu duzen. »Unsere Körper schlafen in deiner Wohnung. Hoffen wir mal, dass Giraffe kein eifersüchtiger Typ ist.«

Megan richtete sich auf die Zehenspitzen auf und küsste ihn auf die Wange. »Ich vertraue dir«, sagte sie.

Michael sah sich um. In der Ferne, weit links, konnte er die schimmernde, weiße Erhebung von »Mr. Hillarius'« Leuchtturm sehen. Von »Mr. Hillarius« selbst fehlte jede Spur, obwohl 50 oder 60 Meter entfernt am Ufer ein graues Bündel lag, ein Bündel, bei dem es sich um den Körper einer jungen Frau handeln mochte. Möwen staksten rings um den Haufen, und gelegentlich tänzelte einer der Vögel näher hin und pickte daran.

»Gehen wir zum Leuchtturm«, schlug Michael vor. »Vielleicht finden wir Hillarius dort.«

»Bist du sicher, dass es nicht gefährlich ist?«, fragte Megan. »Ich meine, was passiert mit dem physischen Körper, wenn jemand die Aura verletzt?«

Abermals sah sich Michael um und fuhr sich mit der Hand durch die mattbraunen, lichter werdenden Haare. »Ich weiß es nicht«, gestand er. »Es gibt wohl nur eine Möglichkeit, das herauszufinden.«

Megan zögerte und umklammerte seine Hand fester.

»Du musst das nicht tun, wenn du nicht willst«, sagte Michael zu ihr. »Wir können uns immer noch aufwecken.«

Beklommen musterte sie ihn kurz, dann nickte sie. »Tun wir es«, erklärte sie sich bereit. »Wir müssen es tun.«

Hand in Hand marschierten sie den Strand entlang und erklommen die weichen, grauen Hänge der Sanddünen. Hinter ihnen zog sich das Meer träge vom Ufer zurück. Über ihnen kreisten nach wie vor Möwen auf der Suche nach Fisch, auf der Suche nach Aas. Michael und Megan stapften durch das klumpige Gras, bis sie den Leuchtturm erreichten, dann umkreisten sie ihn, bis sie die Tür fanden. Eine niedrige, dicke, solide Eichentür mit mächtigen Angeln aus Eisen.

»Vielleicht sollten wir klopfen«, schlug Megan vor.

»Wir sind in unserem Geist«, hielt ihr Michael vor Augen. »Wir müssen nicht anklopfen.«

»Aber mal angenommen, wir sind doch nicht in unserem eigenen Geist. Was, wenn das hier real ist?«

»Hast du je einen pechschwarzen Himmel an einem sonnigen Tag gesehen?«

Mit gerunzelter Stirn sah sie ihn an, bevor sie nach oben schaute. »Der Himmel ist blau, Michael. Der Himmel sieht ganz normal aus.«

»Ich sehe nur Schwarz. Vielleicht hatte Dr. Rice recht – vielleicht ist meine Aura völlig durcheinander.«

»Es ist ein wunderschönes Blau, Michael. Verblüfft mich, dass du es nicht sehen kannst.«

Michael ging zur Tür und legte die Hand auf den schweren Knauf. »Sehen wir mal nach, ob jemand zu Hause ist.« Er drehte den Knauf und ging davon aus, dass abgesperrt sein würde, doch die Tür öffnete sich geräuschlos, und sie sahen sich einem dunklen Eingang gegenüber, frostig und übel riechend wie eine Höhle. Sie spähten hinein, konnten jedoch nur einen Teil eines Handlaufs aus Eisen und die ersten von mehreren Holzstufen erkennen.

»Ich mache mir Sorgen«, gestand Megan. »Ich kann fühlen, dass hier irgendetwas nicht stimmt.«

Michael erwiderte nichts, sondern drückte ihre Hand und lauschte. Er vermeinte, ein Singen oder Stöhnen zu hören – sehr, sehr leise und widerhallend. »Da drin ist jemand«, stellte er fest. »Wir sollten uns das ansehen.«

»Michael, ich schäme mich nicht, es zuzugeben: Ich habe Angst.«

Abermals lauschten sie. Zuerst vernahmen sie gar nichts, nur die Schreie der Möwen und das beharrliche Säuseln des Windes, dann jedoch hörten sie wieder das Stöhnen, und diesmal war es definitiv ein Stöhnen.

»Da ist jemand verletzt«, kommentierte Michael.

»Aber was ist mit ›Mr. Hillarius‹?«

»Ich weiß es nicht. Vielleicht erscheint er nicht, wenn wir beide hier sind.«

»Michael, ich will nicht hineingehen.«

»Willst du hier draußen bleiben?«

»Ich will auch nicht, dass du hineingehst.«

»Megan, ich muss. Die haben einen meiner besten Freunde umgebracht. Und abgesehen davon noch eine ganze Menge anderer Menschen. Ich kann sie nicht einfach davonkommen lassen.«

Megan umklammerte fest seine Hand. Schließlich räumte sie ein: »Du hast natürlich recht. Vermutlich bin ich nach dem Unfall einfach zu einem Feigling geworden. Der Gedanke an weitere Schmerzen …«

»Ich verspreche dir, ich werde nicht zulassen, dass dir irgendjemand wehtut.«

Michael schob die Tür weiter auf, und sie traten vorsichtig ein. Das Innere des Leuchtturms erwies sich als unheimlich düster, und es herrschte ein durchdringender Geruch von toten Blumen vor … und noch etwas anderem – Zimt, Kali und Alkohol. Einige der Zutaten von Einbalsamierungsflüssigkeit. Es roch nach einem Ort des Todes.

Zusammen erklommen sie die Holzstufen, die gewunden nach rechts verliefen. Die geweißte Wand neben ihnen war kühl und feucht, als hätte sie jahrelang Meereswasser in sich aufgesogen. Am Kopf der Treppe befand sich eine weitere Eichentür, die nach außen aufging, sodass Michael den Knauf drehen und einen Schritt die Stufen hinunter zurückweichen musste.

Sie traten ein und fanden sich in einer riesigen, runden Bibliothek mit Tausenden und Abertausenden Büchern in halbkreisförmigen Regalen wieder. Einige der Bücher waren so alt, dass ihre Einbände bis auf die Leinenunterfütterung durchgewetzt und ihre Pergamentrücken von Würmern zerfressen waren. Andere Bücher waren brandneu, erst unlängst veröffentlicht. *Die Ursprünge der Sünde* von William Charteris. *Soziales Gewissen* von Leah Brightmuller.

Eine einzige, von der Decke hängende Glühbirne erhellte die Bibliothek. Es handelte sich um eine Tageslichtglühbirne der Art, die Künstler verwendeten, um nachts zu malen, und sie strahlte ein kaltes, frostiges Licht ab. In der Mitte des Raumes stand eine Couch, die Polsterung aus rissigem braunen Leder, und auf der Couch kauerte auf allen vieren eine sehr dünne, weiße junge Frau mit unfassbar rotem Haar und unfassbar roten Sommersprossen. Das Stöhnen musste von ihr ausgegangen sein, denn sie stöhnte erneut, als Michael und Megan den Raum betraten. Als Michael die Wände der Bibliothek entlangging, sah er plötzlich, weshalb sie stöhnte. Zwei rötlich-braune Kätzchen baumelten von ihren Brüsten, klammerten sich mit den Krallen daran fest und saugten gierig an den Nippeln der jungen Frau.

Jedes Mal, wenn die Rothaarige stöhnte, schaukelten die Kätzchen und bohrten die Krallen noch fester in die Haut. Michael konnte Tränen in den Augen der jungen Frau sehen, doch obwohl sie die Augen weit geöffnet hatte, schien sie ihn nicht zu sehen.

»Was ist das?«, fragte Megan flüsternd und klang verängstigt. »Was macht sie da?«

Langsam schüttelte Michael den Kopf. »Ich hab keine Ahnung, ehrlich nicht.«

»Gott, muss das wehtun«, murmelte Megan.

Sie beobachteten die junge Frau noch eine Weile, unsicher, was sie tun sollten. Schließlich flüsterte Michael: »Ich glaube nicht, dass ›Mr. Hillarius‹ hier ist. Vielleicht sollten wir es gut sein lassen.«

Aber als sie sich zum Gehen wandten, sprach eine kalte Stimme undeutlich: »Warum gut sein lassen? Ich würde mich lieber daran erfreuen, Sie hier zu haben.«

Hinter ihnen, groß, skelettartig, das Gesicht knochenbleich, die Augen blutrot, stand »Mr. Hillarius«. Sein langer, grauer Mantel schleifte über den Boden, als er auf sie zuging, *sch-sch-sch*, als fürchte sich selbst der Mantel davor, ihn zu erzürnen.

»Mr. Hillarius« legte eine Hand auf Michaels Schulter

und eine Hand auf die von Megan. Michael fiel auf, dass Megan unwillkürlich schauderte.

»Warum wollen Sie schon so früh gehen?«, fragte »Mr. Hillarius«. »Die Party hat doch noch kaum angefangen.«

»Danke, ich denke, wir haben genug gesehen«, erwiderte Michael und ergriff beschützend Megans Hand.

»Genug?«, sagte »Mr. Hillarius«. »Sie haben noch gar nichts gesehen. Diese junge Frau ist mein Aperitif, bevor das richtige Gelage beginnt.« Er ging um die Couch herum, begutachtete die junge Frau von allen Seiten. Mittlerweile weinte sie unverhohlen, und an ihren Brüsten prangten Dutzende zornig rote Kratzspuren, aber die Kätzchen klammerten sich weiter daran fest.

»Du bist ein hübsches Ding«, befand »Mr. Hillarius«. Dann fasste er in eine Tasche seines voluminösen Mantels und holte zwei oder drei Lippenstifte hervor. Er begutachtete jeden davon prüfend und entschied sich schließlich für Erdbeerrot. Mit äußerster Konzentration beugte er sich vor und malte die Lippen der jungen Frau an, obwohl sie vor Schmerzen und Anspannung zitterte und weinte.

»›Und die Söhne des Asasel sollen ihre Frauen bemalen und in feine Gewänder kleiden und sie zu heiligen Dirnen machen, und sie sollen ihre Töchter lehren, Dirnen zu sein. Und alle Frauen werden Dirnen sein, bis die Welt letztlich von feuriger Hölle verschlungen wird, und sie sollen sich jedem hingeben, der sie haben will, und darin schwelgen.‹«

»Das steht nicht in der Bibel«, merkte Megan trotzig an.

»Da haben Sie völlig recht!«, bestätigte »Mr. Hillarius«. Mittlerweile hatte er einen Eyeliner hervorgeholt und zog die Augen der jungen Frau nach. »Deine Augen sind wunderschön«, lobte er sie mit spürbarer Herzlichkeit. »Wir müssen sie hervorheben, damit wir sie besser sehen können.«

Die junge Frau weinte und zitterte weiter, und auch die Kätzchen zitterten. Verspielt versetzte »Mr. Hillarius« jedem davon einen Klaps, wodurch sie sich noch fester in die Haut krallten und hin und her schwangen, und die junge Frau schrie lauthals auf. »Tun Sie das nicht! Tun Sie das nicht!«

Ohne ein weiteres Wort gab »Mr. Hillarius« mit der Hand ein Zeichen, woraufhin aus dem Nichts ein dünner, weißgesichtiger junger Mann erschien. Er trug einen schwarzen Anzug und eine dunkle Brille.

»Das ist Joseph«, stellte »Mr. Hillarius« vor. »Joseph ist einer meiner ältesten Söhne, nicht wahr, Joseph?«

Joseph sagte nichts, sondern fasste in sein Jackett und holte zwei lange, dünne Metallröhrchen daraus hervor. Er reichte sie »Mr. Hillarius«, dann ging er zur Couch und packte die junge Frau ohne jedes Zögern an den Handgelenken. Sie musste geahnt haben, was auf sie zukam, denn sie hörte auf zu stöhnen und begann stattdessen, wiederholt zu kreischen, immer und immer wieder, obwohl sie sich kaum zu bemühen schien, sich zu befreien. Tatsächlich sogar gar nicht. Michael beschlich das Gefühl, dass Joseph sie nicht festhielt, weil er damit rechnete, sie würde fliehen, sondern weil sie freiwillig große Schmerzen erlitt und jemanden brauchte, der sie dabei festhielt.

Megan starrte ihn entsetzt an, doch Michael hob einen Finger an die Lippen. Es gab einen Grund, weshalb ihnen »Mr. Hillarius« das zeigte. Er hätte sie mühelos gefangen nehmen, vertreiben oder sogar töten können – falls es denn möglich war, jemandes Aura zu verletzen.

»Mr. Hillarius« stellte sich neben die Couch und begutachtete den nackten Rücken der jungen Frau wie ein fachkundiger Kenner. Er fuhr mit einem Finger über ihre schmalen Schultern und ihr knochiges Rückgrat hinab bis zur Spalte ihrer Pobacken. Da erkannte Michael, dass sie zwei golden Stifte im Rücken hatte, einen auf jeder Seite – zwei goldene Stifte, jeweils mit einem Loch in der Mitte. Er sagte kein Wort zu Megan, doch schlagartig wurde ihm klar, wozu die Stifte dienten. Sie erfüllten denselben Zweck wie die goldenen »Platzhalter« die sich Frauen in die Ohren steckten, nachdem sie durchstochen worden waren, um zu verhindern, dass sich die Wunde schloss. Diese junge Frau hatte im Rücken zwei Wunden, die direkt zu ihren Nebennieren führten, und sie ließ sie offen, damit »Mr. Hillarius« wieder und wieder von ihrem Adrenalin kosten konnte.

»Mr. Hillarius« hob das erste der dünnen Metallröhrchen an, führte es in das Ende des linken Stifts ein und schob es dann in den Körper der jungen Frau, um gezielt die Nebenniere zu treffen. Die junge Frau erzitterte und stieß einen weiteren Schrei aus, und Joseph schlug die Kätzchen, damit sie sich noch wilder in die Brüste krallten.

»Mr. Hillarius« beugte sich über den Rücken der jungen Frau und nahm das Ende des Metallröhrchens zwischen die Lippen. Er schloss die Augen und sog. Michael konnte sehen, wie sich die Wangen stetig, rhythmisch nach innen wölbten. Das knochenbleiche Haar fiel ihm in die Stirn, und er fasste nach unten, massierte sich mit der freien Hand den Schritt. In sein Gesicht trat ein Ausdruck schrecklicher Ekstase.

Michael und Megan beobachteten das Schauspiel mit nach und nach wachsendem Grauen. Während »Mr. Hillarius« aus dem in den Rücken der jungen Frau implantierten Stift trank, wurde er zunehmend erregter. Die weißen Haare richteten sich auf seinem Haupt auf wie bei einem Kakadu, geladen mit statischer Elektrizität. Sein Gesicht begann vor Wonne weiß zu leuchten, ein verschwommenes, gleißendes Weiß, das Michael kaum ansehen konnte.

Nach und nach entwickelte »Mr. Hillarius« eine erschreckende Attraktivität – die Art von Attraktivität, die Männer genauso sehr wie Frauen in ihren Bann zu schlagen vermochte. Nach einem letzten Schluck aus dem rechten Metallröhrchen wischte er sich die Lippen mit den Fingern ab, dann richtete er sich zu voller Größe auf, deutlich über 1,83, und trat mit einem Lächeln vor Michael und Megan hin.

Sein weißes Haar leuchtete wie blütenweiße Seide. Seine blutroten Augen glänzten vor Befriedigung und Vitalität. Trotz ihrer Blässe schimmerte seine Haut an den perfekt geformten Wangenknochen – Haut so weich, dass Michael das starke, subversive Verlangen überkam, die Hand auszustrecken und sie zu streicheln. »Mr. Hillarius'« Nase war gerade und schmal, scharf definiert, und die Lippen bildeten zwei dünne, aber sinnliche Striche wie die Kurven einer Stradivari.

Er drehte sich zurück zu der jungen Frau und schwenkte wegwerfend die langfingrige Hand. Sofort zerrte Joseph sie von der Couch auf die Beine. Dann packte er jedes der Kätzchen am Genick und zog sie nacheinander von den Brüsten der Frau. Sie schrie nicht auf, sondern bedeckte den Busen mit den Armen und das Gesicht mit den Händen. Ohne zu zögern, drehte Joseph beiden Kätzchen zusammen den Hals um, als wringe er ein nasses Handtuch aus. Dann warf er ihre Körper ins Feuer des Kamins und schaute nicht einmal hinterher, um zu beobachten, wie sie verbrannten. Ihr Fell fing Feuer, und Michael dachte: *Wie real kann das sein? Ist das jetzt eine Trance oder nicht? Wie kann ich brennendes Fell riechen, wo das doch eigentlich eine Fantasie sein sollte?*

Joseph bedeckte die Schultern der jungen Frau mit einem losen, kastanienbraunen Umhängetuch und scheuchte sie aus der Bibliothek. »Mr. Hillarius« wandte sich wieder Michael und Megan zu, und er lächelte nach wie vor, als hätte ihn etwas belustigt.

»Du bist hier willkommen«, ließ »Mr. Hillarius« alle Förmlichkeit fahren und duzte Michael. »Diesmal bist du sogar aus eigenen Stücken hergekommen.«

»Diesmal bin ich hergekommen, um herauszufinden, ob Sie Joe Garboden ermordet haben«, gab Michael zurück.

»Mr. Hillarius« schüttelte den Kopf. »Du verstehst es einfach nicht, oder? Vielleicht willst du es nicht verstehen. Eine Sünde ist eine Sünde und muss bestraft werden. So etwas wie Buße gibt es nicht. Dein Freund hat sich in das Schicksal eingemischt, und wer sich in das Schicksal einmischt, muss den Preis dafür bezahlen.«

»Mein Freund hat den Anschlag auf einen Richter des Obersten Gerichtshofs untersucht.«

Langsam schüttelte »Mr. Hillarius« den attraktiven Kopf. Von ihm ging eine beinah greifbare sexuelle Anziehungskraft aus – eine Anziehungskraft, die Michaels Nervenenden zum Kribbeln brachte und ihm die Haare am Hinterkopf aufrichtete. Michael hatte sich noch nie zuvor von einem Mann erregt gefühlt, und die Vorstellung, dass er auch nur die geringsten homosexuellen Neigungen haben könnte, erfüllte ihn mit tiefer, dunkler Abscheu. Gleichzeitig jedoch verspürte er ein erotisches Kribbeln zwischen den Beinen, als hielte jemand mit sehr scharfen Fingernägeln zart seine Hoden und streichle die Spitze seines Penis.

Er konnte fühlen, wie sich sein Glied aufrichtete, und er wich erschrocken und angewidert einen Schritt von »Mr. Hillarius« zurück.

»Mr. Hillarius« sagte: »Gib nicht mir die Schuld, Michael. Ich bin die Sünde selbst – jede nur vorstellbare Sünde –, aber dazu habt ihr mich gemacht. Ich war euer

Sündenbock. Ich war derjenige, der euch erlöst hat. Euch arme, schwache, verwirrte Menschen! Sieh dir nur an, was für Unheil ihr wirkt und wie ihr winselt und um Gnade wimmert, wenn das Unheil zurückkehrt, um sich zu rächen!«

Einen Moment lang verharrte sein Blick auf Michael, schleppte sich über ihn wie ein Netz voll blutiger Fische, und Michael spürte einen Schauder kalter Sinnlichkeit, der ihm über das Rückgrat hinablief, bis sich seine Prostata zusammenzog. Sein Penis hatte sich vollständig aufgerichtet, zum Platzen prall, und dabei hatte ihn »Mr. Hillarius« nicht einmal angefasst.

Dann richtete »Mr. Hillarius« die Aufmerksamkeit auf Megan. »Das ist nicht dein wahres Ich, Megan, nicht wahr?«, fragte er. »Das ist nicht dasselbe Ich, dem Dr. Loeffler zu helfen versucht.«

»Wie meinen Sie das?«, erwiderte Megan, die Stimme vor Angst leise und belegt. Ungeachtet dessen waren ihr Gesicht und ihr oberer Brustbereich gerötet, und ihre Nippel zeichneten sich steif durch die dünne, graue Seide ihrer Bluse ab.

»Mr. Hillarius« bedeckte verschlagen das Gesicht mit der Hand, sodass Megan nur noch seine blutroten Augen sehen konnte, die hinter dem schützenden Käfig der Finger funkelten. »Dein wahres Ich, Megan, ist nicht in der Lage zu gehen. Dein wahres Ich, Megan, ist ein armseliges, gelähmtes Etwas, das Erfüllung in Fröhlichkeit und in Torten und Kuchen suchen muss.«

Er schaute zurück zu Michael und lobte: »Du bist ein guter Jünger, Michael. Ich freue mich schon darauf, mehr von dir zu sehen.«

Dann wandte er sich wieder Megan zu und schüttelte den Kopf. »Mach dir nichts vor, Megan. Es gibt auch so zu viel Lug und Trug auf der Welt. Viel zu viel! Und bald wird der Tag kommen, da wird für allen Lug und Trug restlos bezahlt, mit den Zinsen für 2000 Jahre!«

Er streckte beide Hände aus und packte Megans Schultern. Michael fauchte: *»Rühren Sie sie nicht an!«* Aber »Mr. Hillarius« bedachte ihn mit einem finsteren Blick so blutiger Wildheit, dass er einen Herzschlag lang zögerte, und für Megan genügte dieser Herzschlag, um zusammenzubrechen. Ihre Knie gaben nach, und sie fiel seitwärts auf den Boden der Bibliothek, schlug sich die Schulter an einem kleinen Hocker an und warf ihn um.

»Das ist die Megan, die wir kennen und lieben!«, meinte »Mr. Hillarius« lächelnd und kniete sich neben sie wie ein Liebender neben seine Angebetete, wie ein Bittsteller neben seine gefallene Königin. Mit unendlicher Behutsamkeit hob er ihren Kopf mit der rechten Hand an und küsste sie auf die Lippen. Gleichzeitig fuhr er mit der linken Hand zart ihre Seite hinab, berührte kaum ihre Brust, berührte kaum ihre Hüfte, berührte kaum ihren Oberschenkel.

Michael stolperte vorwärts, fest entschlossen, ihn niederzuschlagen, aber »Mr. Hillarius« drehte sich um, hob die Hand und sagte nur in ganz leisem Tonfall: »Halt.« Und dann: »Aufwachen.«

»Aufwachen?«, fragte Michael. *»Aufwachen?«*

»Es ist alles vorbei, Michael. Wach auf.«

Michael sah sich um, betrachtete die Bücherregale der Bibliothek, die geweißte Decke, »Mr. Hillarius« in seinem weichen grauen Mantel, wie er über Megan kauerte, attraktiv und böse, die Hand nach wie vor an ihrer Hüfte.

Er hörte ein Geräusch wie von einem Spiegel unter großer Belastung in dem Moment, bevor er zerbricht.

Dann spürte er, wie ihm die Welt entglitt, schneller und schneller.

Er sah Lichter, Dunkelheit und Wände, die an ihm vorbeirasten.

Er hörte Stimmen, Gemurmel, gedämpft und langsam.

Als er die Augen aufschlug, saß er an Megans Esstisch und blinzelte im Sonnenlicht. Megan befand sich ihm gegenüber. Ihre Hände umklammerten die Armlehnen ihres Rollstuhls. Sie starrte ihn an. Ihre Augen waren geweitet, ihr Mund stand offen. Auf ihren Wangen schillerten zwei hellrosa Flecken.

Michael wusste nicht, was er sagen sollte. Noch nie zuvor in seinem Leben hatte ihn so fieberhafte sexuelle Leidenschaft gepackt. Seine Brust hob und senkte sich, als wäre er gerannt, gerannt, gerannt.

Wortlos hievte sich Megan aus dem Rollstuhl und glitt unbeholfen auf den Teppich. Mit einer Hand schob sie den Rollstuhl weg, mit der anderen zog sie ihren Rock hoch.

Michael öffnete die Knöpfe seines Hemds und seinen Gürtel, stieg aus seiner Hose. Ihm war vollkommen bewusst, wie falsch es war, was er gerade tat. Er war im Begriff, Patsy zu betrügen, er war im Begriff, Giraffe zu verraten. Aber das Blut schoss durch seine Adern wie Regenwasser nach einem heftigen Schauer durch einen Gully, und sein Schädel pulsierte donnernd vor Erregung.

Megan schrie auf wie ein verwundeter Vogel. Mit beiden Händen fasste sie nach unten und zog ihr weißes Spitzenhöschen beiseite. Ihre rosige Vulva war geschwollen und glänzte vor Bereitschaft. Nackt kletterte Michael auf sie, hielt seine Erektion in der Faust und schob sie in sie, bis sich ihr Schamhaar ineinander verwob und er nicht mehr tiefer eindringen konnte.

Er küsste Megan, leckte an ihr und knabberte an ihren Ohrläppchen. Er zog die Knöpfe von ihrer Bluse, schob die Hand in ihren BH und drückte ihre Brustwarzen. Und die ganze Zeit stieß er dabei in sie, wieder und wieder und wieder, mit der gewaltigsten, härtesten und unersättlichsten Erektion, die er je in seinem Leben gehabt hatte. Megan konnte zwar mit ihren Beinen nichts anfangen, dafür brachte sie ihre Lippen und Finger zum Einsatz, und sie küsste ihn, knabberte an seinen Lippen und fuhr mit den Fingernägeln seinen Rücken hinab. Dann zog sie seine Pobacken auseinander, reizte ihn, kratzte ihn und kitzelte ihn, bis er wusste, dass er sich nicht länger zurückhalten konnte.

Megan musste es auch gespürt haben, denn sie sagte: »*Komm!*« Und damit ergriff sie mit der Hand seinen Penis. Sie zog ihn nach oben, drängte ihn nach oben, bis er rittlings auf ihr saß. Megan küsste sein Glied und rieb es mit der Hand, härter und härter, schneller und schneller. Ihre vereinte Lust glich zwei Expresszügen, die auf derselben Strecke aufeinander zurasten. Härter und härter, schneller und schneller.

Michael erreichte den Höhepunkt, einen Orgasmus dichter, weißer Erlösung, die Schwall um Schwall aus ihm spritzte. Megan verteilte seine Ejakulation in seltsamer Ekstase über ihr gesamtes Gesicht – ihre Wimpern, ihre Wangen, ihr Haar, ihre Lippen. Als es vorbei war, sah sie aus, als wäre sie mit wabernden Perlen geschmückt worden.

In jenem ausgelaugten Moment nach dem Erguss beugte sich Michael vor und küsste sie. Megan erwiderte den Kuss sehr langsam, sehr lasziv und schob die Finger in sein Haar.

»Du weißt, was passiert ist, nicht wahr?«, flüsterte sie. Ihr Atem drang heiß und donnernd in sein Ohr.

Er schüttelte den Kopf.

»Das war er, ›Mr. Hillarius‹. Er hat von uns beiden Besitz ergriffen.«

Michael wusste nicht, was er sagen sollte. Ihn plagten bereits verzweifelte Schuldgefühle. Er wollte sich nur noch vom Boden aufrappeln, in seine Hose schlüpfen und so tun, als wäre dies nie geschehen. Großer Gott, er war Patsy gerade zum allerersten Mal untreu gewesen – mit der behinderten Frau eines Ermittlers des Morddezernats. Er konnte nicht glauben, dass er es wirklich getan hatte. Er konnte nicht glauben, dass er es hatte tun *wollen*.

Schließlich setzte er sich auf. Er streckte sich zur Seite und kramte in seiner Hose nach einem Taschentuch. Behutsam wischte er Megan das Gesicht ab, bevor er sie erneut küsste. »Es tut mir leid«, entschuldigte er sich. »Es tut mir wirklich leid.«

»Warum tut es dir leid? Du hast getan, wonach dir zumute gewesen ist. Es war keine Liebe.«

»Es tut mir leid, weil ich dich mag. Es tut mir leid, weil du Thomas' Frau bist. Es tut mir leid, weil ich Patsys Mann bin.«

»Hilfst du mir zurück in meinen Stuhl?«, fragte sie ihn.

Michael knöpfte ihre Bluse zu, rückte ihren Slip zurecht und strich ihren Rock glatt. Dann hob er sich Megan auf die Arme und setzte sie zurück in ihren Rollstuhl.

»Das war er«, beteuerte sie erneut. »Das warst nicht du, und das war nicht ich. Er war es. Er wollte uns zeigen, was unsere Sünden sind.«

»Ich verstehe es immer noch nicht.«

Michael bückte sich, um seine Hose aufzuheben, aber Megan forderte ihn auf: »Nein … komm her, bevor du dich anziehst.«

Nackt näherte er sich ihr und stellte sich vor sie hin. Sie hob die Hand, ergriff seinen erschlaffenden Penis, rieb mit dem Daumen um seine Eichel und massierte sanft seinen Schaft.

»Das wird mir nie wieder passieren«, erklärte sie. »Ich bin keine Ehebrecherin, und ich weiß, dass du kein

Ehebrecher bist.« In ihren Augen glitzerten Tränen. »Das waren nicht wir, das war er, und er war sündhaft. Aber ich bereue es nicht. Das kann ich nicht. Du hast mir das Gefühl gegeben, ganz zu sein. Zum ersten Mal seit meinem Unfall hatte ich durch dich das Gefühl, ganz zu sein.«

Michael beugte sich vor und küsste sie auf die Stirn. »Ich sollte jetzt besser gehen. Ich habe noch eine Menge zu erledigen.«

Weder sie noch er bemerkten es, aber zwischen ihnen flackerte ein zartrosa Licht, als sich eine Aura widerwillig von der anderen löste. Was sie beide empfanden, als sich Michael langsam anzog und sich die Haare kämmte, war ein ausgeprägtes Gefühl des Verlusts und der Trennung.

Michael ergriff die Scheibe aus Kupfer und Zink. Er wollte sie sich schon in die Tasche stecken, dann jedoch überlegte er es sich anders und legte sie zurück auf den Tisch.

»Souvenir«, erklärte er und ging und schloss sehr leise die Tür hinter sich.

Michael manövrierte gerade seinen großen grünen Mercury aus der abschüssigen Zufahrt vor Thomas' und Megans Wohnung, als ihm drei weißgesichtige junge Männer mit dunklen Brillen auffielen, die ihn von der gegenüberliegenden Straßenseite aus beobachteten. Michael hielt an und zog die Handbremse.

Plötzlich kam ein italienisch aussehender Mann mit einer blauen Baumwolljacke aus dem Gebäude geeilt und klopfte eindringlich an sein Fenster. Mr. Novato, der Hausbesorger, mit dem Thomas eine Hassliebe verband.

»Stimmt etwas nicht?«, fragte ihn Michael.

»Sie können hier nicht stehen bleiben, Sir, das ist eine private Zufahrt.«

»Ich will hier nicht stehen bleiben, ich wollte gerade fahren.«

»Dann fahren Sie.«

»Ich wäre längst weg, wenn Sie mich nicht aufgehalten hätten.«

Der Mann hob einen Finger und zeigte nach oben zum Wohntrakt. »Waren Sie auf Besuch?«

»Ganz genau, ich war auf Besuch. Ich bin ein Freund von Lieutenant Boyle, wenn Sie's unbedingt wissen müssen.«

»Tja, das ist mal ein trauriger Mann.«

»Wer? Von wem reden Sie? Lieutenant Boyle?«

»Genau. Das ist mal ein trauriger Mann.«

»Hören Sie, Kumpel, Sie mögen hier der Hausbesorger oder was auch immer sein, aber ich werde Lieutenant Boyles persönliches Befinden weder mit Ihnen noch mit sonst irgendjemandem diskutieren.«

»Wer wäre an seiner Stelle nicht traurig? Seine Frau ist so krank. Kann nicht laufen, kann nicht einkaufen gehen, kann gar nichts machen.«

Michael wandte sich ab und atmete tief durch. Dann drehte er sich dem Mann wieder zu und erklärte: »Lieutenant Boyle ist alles andere als traurig, das kann ich Ihnen flüstern. Und ich kann Ihnen noch etwas sagen: Mrs. Boyle ist mehr wert als hundert der meisten Frauen, die mir einfallen.«

Mr. Novato starrte ihn skeptisch an. »He … tut mir leid, dass ich was gesagt hab. Nichts für ungut.«

Damit wich er zurück und beobachtete, wie Michael mit einem zornigen kleinen Quietschen der Reifen aus der abschüssigen Zufahrt zurücksetzte. Bevor Michael losfuhr, warf er noch einmal einen Blick über die Straße zu dem Eingang, wo ihn die drei weißgesichtigen jungen Männer beobachtet hatten, doch mittlerweile waren sie verschwunden. Es war durchaus möglich, dass er sie sich nur eingebildet hatte – vor allem nach jener Aura-Hypnose mit Megan.

Andererseits war es genauso möglich, dass sie ihn verfolgten und vorhatten, mit ihm auf dieselbe Weise zu verfahren, wie sie mit Joe verfahren waren.

Er fuhr in südlicher Richtung auf der Margin Street, wo dichter Verkehr herrschte und er nur langsam vorankam, dann bog er Richtung Westen auf die Copper. Aus dem Autoradio dudelte »Happy Together« von den Turtles. *Imagine me and you, I do, I think about you day and night.*

Großer Gott, was hatte er seiner Ehre angetan? Was hatte er seiner Ehe angetan?

Er hielt an, um einen Mann mit dunkler Brille die Straße überqueren zu lassen, von dem er dachte, er sei blind. Als der Mann den Randstein auf der anderen Seite beinah erreicht hatte, hob er die dunkle Brille grüßend an und lächelte.

Marcia war hyperaktiv. Ihr Gesicht wirkte verquollen, ihre Haare waren hinten völlig geplättet. Wahrscheinlich hatte sie sich kein einziges Mal hingesetzt, seit die Deputys aus Barnstable County ihr die Nachricht überbracht hatten, dass man Joe in dem Wald nördlich der 151 gefunden hatte, nackt und misshandelt, gestorben an einem Herzstillstand.

Sie redete, als lebte er noch. Zwar sagte sie nicht wörtlich »… wenn Joe zurückkommt …«, aber in allem, was sie von sich gab, schwang unterschwellig mit, dass dem Büro des Sheriffs von Barnstable County ein schlimmer und schmerzlicher Fehler unterlaufen sein musste, und wenn Joe zurückkäme, tja, dann würden wahrscheinlich Köpfe rollen.

Michael saß im Wohnzimmer mit einer Tasse Cappuccino, die er nicht trinken wollte, während Marcia von Zimmer zu

Zimmer lief und dabei redete, argumentierte, protestierte. Sie bräuchte nur eine Minute lang innezuhalten, dann würde sie die Tatsache akzeptieren müssen, dass Joe tot war, und dazu war sie noch nicht bereit. Es fiel schon Michael schwer genug, es zu akzeptieren. Wohin er auch blickte, überall befanden sich Fotos von Joe. Auf dem Fernseher, auf dem Kaminsims. Sogar als er das Badezimmer benutzte, erwartete ihn dort ein Foto von Joe in einem gelben Neoprenanzug, wie er eine Riesenkrabbe hochhielt.

»Ich hab ihm noch gesagt, er soll die Finger davon lassen«, klagte Marcia.

»Du hast ihm gesagt, er soll die Finger wovon lassen?«

»Von dieser Verschwörungssache. Er hat zwar nicht viel darüber geredet, aber ich konnte ihm anmerken, dass er besorgt war.«

»Was hat er dir darüber erzählt?«

Marcia schüttelte den Kopf. »Kaum etwas. Eigentlich nichts. Er meinte, es sei sicherer, wenn ich nichts darüber weiß. Ich hab versucht, ihn zu überreden, die Sache zu vergessen. ›Ich wette, nichts davon ist wahr‹, das hab ich zu ihm gesagt. ›Aber selbst, wenn es nicht wahr ist, wird man dir auf die Zehen steigen, weil man sich sorgt, dass es wahr sein könnte, also lass es einfach gut sein‹.«

»Es tut mir leid«, murmelte Michael. »Ich weiß nicht, was ich sonst sagen soll.«

Marcia blieb einen Moment lang stehen, dann erklärte sie: »Er hat nichts für dich hiergelassen, falls du das gedacht hast.«

»Hab ich nicht.«

»Da ist nur ein Umschlag, das ist alles.«

»Ein Umschlag? Darf ich ihn mir mal ansehen?«

»Oh … sicher.« Marcia verschwand in den Raum, den Joe als Arbeitszimmer benutzt hatte. Zwei, drei Minuten später kehrte sie mit einem dicken, großen Umschlag zurück. Auf der Vorderseite stand in Joes Handschrift: *Für Michael Rearden. Nur im Fall meines plötzlichen Todes zu öffnen.*

Michael riss den Umschlag auf und zog ein Schriftstück heraus. »Das ist vor zwei Jahren datiert«, stellte er überrascht fest.

»Damals hat Joe diese Verschwörungstheorie zum ersten Mal aufgebracht«, erklärte Marcia. »Seither ist unser Leben so viel weniger harmonisch gewesen. Gott … ich wünschte, er wäre Straßenkehrer, Hauswart in einer Schule oder Automechaniker gewesen. Warum ist er nicht bei gewöhnlichen, routinemäßigen Versicherungsermittlungen geblieben? Warum hat er gedacht, er müsste unbedingt die Welt verändern?«

Michael blendete Marcia Garboden einen Moment lang aus. Er konnte nachvollziehen, wie sie sich fühlte, allerdings war sie alles andere als hilfreich. Außerdem versuchte er gerade, den Inhalt der Unterlagen zu verstehen, die ihm Joe hinterlassen hatte. Es handelte sich um ein Blatt aus einem Notizblock, auf dem nur eine Reihe mit Schreibmaschine getippter Namen und Nummern ohne jede erklärende Anmerkung stand. Hinzu kamen 20 bis 30 Kopien von Gravuren und Fotografien, vorwiegend Fotografien.

Die Namen und Nummern lauteten: »Lincoln 65 Alexander 81 Garfield 81 Umberto 00 McKinley 01 Madero 13 George 13 Ferdinand 14 Michael 18 Nicholas 18 Carranza 20 Collins 22 Villa 23 Obregon 28 Cermak 33 Dollfuss 34 Long 35 Bronstein 40 Gandhi 48 Bernadotte 48 Hussein 51 Somoza 56 Armas 57 Faisal 58 as-Said 58 Bandaranaike 59 Lumumba 61 Molina 61 Evers 63 Diem 63 Mansour 65 X 65 Verwoerd 66 King 68 Tal 71 Noel 73 Park 74 Davies 74 Ratsimandrava 75 Faisal 75 Rahman 75 Ramat

Mohammed 76 Jumblat 77 Ngoubai 77 Al-Naif 78 Dubs 79 Neave 79 Mountbatten 79 Park 79 Tolbert 80 Debayle 80 Ali Raji 81 El-Sadat 81 Gemayel 82 Sartawi 83 Aquino 83 Gandhi 84 …«

Es dauerte ein paar Minuten, aber nach und nach begann Michael zu verstehen, was ihm das Schriftstück zu sagen versuchte. Jeder Name stand für einen ermordeten Politiker, einen ermordeten Würdenträger oder ein ermordetes Staatsoberhaupt, und die Zahlen kennzeichneten die Jahre, in denen sie getötet worden waren.

Dann sah er die Fotos durch. Bei jedem handelte es sich um eine Aufnahme der Ermordung oder der Beerdigung einer der Personen auf der Liste oder um die Hinrichtung ihrer Attentäter. Auf jedem einzelnen hatte Joe mit rotem Filzstift zwei oder drei weißgesichtige Anwesende eingekreist.

Da war die Erhängung der Komplizen von John Wilkes Booth am 7. Juli 1865 nach dem Anschlag auf Lincoln. Mrs. Mary Surratt, Mr. David Herrold, Mr. Lewis Paine und Mr. George Atzerodt hingen vom Schafott, die Köpfe von Säcken verhüllt, die Beine zusammengebunden, damit sie nicht strampeln konnten. Und unter großen Schirmen, um sich gegen die Sonne zu schützen, standen zwei der weißgesichtigen Männer, jeweils mit kleinen Rauchglasbrillen, und beide lächelten.

Da war Charles J. Guiteau, der am Bahnhof von Washington auf Präsident Garfield geschossen hatte, wie er in Handschellen am 14. November 1881 zu seinem Prozess eintraf – in der Menschenmenge, unmittelbar hinter seiner linken Schulter, standen drei weißgesichtige Männer.

Da war die Erschießung des ägyptischen Präsidenten Anwar El-Sadat am 6. Oktober 1981 bei einer Militärparade in Kairo. Die meisten Zuschauer versteckten sich unter ihren Sitzen – aber ein weißgesichtiger Mann beobachtete Präsident El-Sadats Tod ganz links im Bild mit einem leichten Lächeln im Gesicht.

Michael fragte »Darf ich?« und breitete die Kopien auf Marcias Esstisch aus. Er ließ den Blick von einer Aufnahme zur nächsten wandern – und wenngleich die Qualität variierte und einige Bilder offensichtlich mit dem Computer optimiert worden waren, bestand kein Zweifel daran, dass dieselben Männer wieder und wieder äußerlich unverändert auftauchten, von den Schüssen auf Lincoln im Ford's Theater in Washington bis hin zur Ermordung von Rajiv Gandhi bei einer politischen Versammlung in Südindien – mit über 125 Jahren dazwischen. Nur mit Namen, Daten und kennzeichnenden Kreisen erhielt Michael von Joe den unumstößlichen Beweis, dass die weißgesichtigen Männer Jahr für Jahr Anschläge auf Politiker und Staatsoberhäupter verübten – unabhängig von deren politischen Standpunkten.

Einige Opfer galten als Extremisten des rechten Flügels. Andere als linksgerichtete Terroristen. Es zog sich kein politischer roter Faden durch die Getöteten. Ungeachtet dessen erklärte ihm Joe damit, dass John F. Kennedy nicht das einzige Opfer der weißgesichtigen Männer gewesen war. *Sie* hatten all diese Anschläge veranlasst.

Michael trat einen Schritt zurück und starrte auf die Bilder, so tief in Gedanken versunken, dass er nicht einmal hörte, wie ihn Marcia fragte, ob er etwas trinken wollte.

Was in Dreiteufelsnamen sollte er jetzt tun? Es bestand nicht der geringste Zweifel daran, dass es die weißgesichtigen Männer auf ihn abgesehen haben würden, wenn sie herausfänden, was er wusste – sie würden mit ihm genau wie mit Joe und Dr. Rice und vielleicht jedem im Verlauf der Geschichte verfahren, der einen ihrer Anschläge bezeugt oder zwei und zwei zusammengezählt hatte wie Joe, um danach zu erkennen, dass dieselben bleichen Visagen ungefähr hundertmal zu oft auftauchten, um ein Zufall zu sein.

Auf einmal überkamen ihn solche Angst und Unentschlossenheit, dass er kaum atmen konnte. Das war mehr, als er bewältigen konnte. Denn an wen konnte er sich wenden? Wem konnte er vertrauen? Jedenfalls nicht der Polizei. Polizeichef Hudson hatte Dr. Moorpaths himmelschreiend fadenscheinige Autopsie an John O'Brien »mit verbindlichstem Dank für die feinfühlig ausgeführte Arbeit an einer schwierigen Aufgabe« akzeptiert. Auch die Medien fielen flach, denn sie schienen das Ergebnis der Autopsie ebenfalls ohne ein einziges investigatives Gemurmel akzeptiert zu haben – sogar der *Boston Globe,* sogar Darlene McCarthy von Kanal 56.

Er konnte nicht zu Edgar Bedford gehen. Immerhin hatte Joe seit mittlerweile Jahren vermutet, dass Edgar Bedford tief mit den weißgesichtigen Männern unter einer Decke steckte. Noch bedrohlicher wirkte die Tatsache, dass sich auch Edgar Bedford mit Dr. Moorpaths Obduktionsbericht zufriedengab, obwohl es Plymouth und die Versicherungsträger des Unternehmens zig Millionen Dollar kosten würde.

Michael glaubte, Thomas Boyle vertrauen zu können, obwohl ihn Schuldgefühle wegen dem plagten, was er mit Megan getan hatte. Gott behüte, dass es Thomas je herausfände. Und Victor – Victor konnte er mit Sicherheit vertrauen.

Langsam sammelte Michael die Fotos ein und schob sie zurück in den Umschlag. Vielleicht hoffte er insgeheim vor allem, dass er sich selbst vertrauen konnte.

15

Er traf sich mit Victor und Thomas im Venus Seafood in the Rough, dem Meeresfrüchterestaurant in der Sleeper Street in der Nähe der Northern Avenue Bridge, weil Thomas eine der Besitzerinnen – oder selbst ernannten »Muschel-Königinnen« – kannte, Susan Chused-Still. Die Ereignisse des Morgens hatten Victor und Thomas unübersehbar verstört, aber auch sie erwiesen sich als hungrig und bestellten sich frittierte Muscheln und Maiskolben.

Michael hatte überhaupt keinen Appetit und fand es überaus schwierig, Thomas in die Augen zu sehen. Immer wieder musste er daran denken, wie sich Megan aus ihrem Rollstuhl zu Boden gelassen und den Rock hochgezogen hatte, die Augen leuchtend vor einer Lust, die nicht die ihre gewesen war. Er nippte an einem Bier und aß eine Handvoll Räuchermandeln, mehr nicht.

Victor berichtete: »Verna Latomba war auf dieselbe Weise gefesselt und gefoltert worden wie Elaine Parker – auf dieselbe Weise wie Sissy O'Brien –, nur dass sie bei Verna keine Zeit hatten, zu weit zu gehen.«

Thomas zündete sich eine Zigarette an und warf trocken ein: »Soweit wir es uns zusammenreimen können, hat Ralph Brossard wohl Tarzan gespielt. Er hat sich mit einem Seil in Patrice Latombas Wohnung geschwungen, vom Balkon unmittelbar darüber. Gott allein weiß, warum. Er war suspendiert, weil er Latombas kleinen Sohn erschossen hatte. Ich hätte gedacht, er würde sich so weit wie möglich von der Seaver Street und insbesondere von Patrice Latomba fernhalten. Jedenfalls hat er es in die Küche geschafft, wo Verna auf dem Tisch gefesselt war. So viel konnten wir feststellen – obwohl wir nicht wissen, wer sie gefesselt hat oder warum. Es gab mehrere Zeugen, allerdings haben sich die alle vom Acker gemacht. Wer immer es war, diejenigen müssen Verna gefoltert haben, weil auf dem Tisch jede Menge Blut war, das provisorisch als das ihre identifiziert werden konnte.

Anscheinend hat Brossard auf einen der Täter geschossen, denn über das Fenster war Blut verspritzt, außerdem war da ein Einschussloch, das wahrscheinlich von einer Kugel aus Detective Brossards 44er verursacht wurde. Ein weiteres Projektil hatte sich in einen der Küchenschränke gebohrt, ebenfalls Kaliber 44, stark geplättet und zerschrammt, als hätte es zuvor ein weiches Möbelstück oder einen menschlichen Körper durchschlagen.

Die einzigen Leichen, die gefunden wurden, waren allerdings die von Verna Latomba und Ralph Brossard. Vernas Gesicht war mit dem Gaskocher in der Küche übel verbrannt worden, danach ist sie aus nächster Nähe mit einem Kaliber 45 erschossen worden – definitiv nicht mit Brossards Waffe. Brossards linker Arm war stark verkohlt. Hat so ausgesehen, als wäre er für Vernas Verbrennungen verantwortlich gewesen. Aber er wurde mit demselben Kaliber 45 abgeknallt.«

»Und wie sieht Ihre Vermutung aus?«, erkundigte sich Michael, steckte sich weitere Mandeln in den Mund und verschluckte sich beinah daran.

»Jemand hat Brossard gezwungen, Verna zu verbrennen, und dann alle beide erschossen.«

»Aber warum?«, hakte Michael nach. »Was ist das Motiv?«

»Rache vielleicht, wer weiß?«

»Rache? Rache wofür? Ich kann verstehen, dass jemand Detective Brossard wegen dem erschossen haben könnte, was er mit Latombas Baby gemacht hat. Auch dass Verna erschossen wurde, kann ich nachvollziehen. Ein ehemaliger Lover vielleicht oder ein rachsüchtiger Rassist. Aber wer würde beide erschießen wollen? Weswegen?«

Victor ergriff das Wort. »Was mir noch Kopfzerbrechen bereitet, ist die Frage, wessen Blut wir an dem Fenster entdeckt haben. Es gab keine Anzeichen dafür, dass ein blutender Körper durch die Küche geschleift oder getragen wurde, und weder im Wohnzimmer noch im Flur oder auf der Treppe waren weitere Blutflecken. Aber wer immer Brossard erledigt hat, muss eine schwere, invasive Schussverletzung abbekommen haben, und die Chancen, die Blutung zu stoppen und einfach aus der Wohnung zu spazieren, müssen gleich null gewesen sein.«

Thomas blies Rauch aus der Nase aus. »Es ist bizarr. Die ganze verfluchte Sache ist total bizarr. Wenn ich es nicht besser wüsste, würde ich glatt sagen, wir haben es mit Zombies zu tun. Mit dem Fluch der lebenden Toten.«

Michael bat: »Erklärt mir das noch mal – den Teil, wie Verna von Detective Brossard verbrannt worden ist.«

»Also«, begann Victor, »seine linke Hand war bis auf die Knochen verbrannt, ein Großteil der Haut war verkohlt. Er hatte schwere Verbrennungen am gesamten Unterarm und starke Schrumpfungen der Haut im Bereich des Oberarms und der Schulter mit Verbrennungen zweiten Grades in der Achselhöhle und an der linken Seite des Oberkörpers sowie Verbrennungen ersten Grades in der linken Gesichtshälfte.

Nach den Kreuzmustern in Vernas Gesicht zu urteilen, wurde sie direkt auf den Gaskocher gepresst und fast eine Minute lang darauf festgehalten.«

Michael massierte sich langsam das Genick. Seine Muskeln waren verspannt, seine Schultern vollkommen steif. Er wünschte, Thomas würde ihn nicht so ermutigend anlächeln. Fast wäre ihm lieber gewesen, Thomas wäre wütend auf ihn. Dann hätte er wenigstens das Gefühl gehabt, für das bestraft zu werden, was er getan hatte.

»Haben Sie sich schon mal verbrannt?«, fragte er Thomas.

Der Detective schüttelte den Kopf. Aber Victor sagte: »Ich verstehe, worauf du hinauswillst. Verbrennungen sind unglaublich schmerzhaft. So schmerzhaft, dass Verbrennungsopfer oft darum betteln, sterben zu dürfen, um nicht mehr leiden zu müssen.«

Michael nickte. »Und wie haben diese geheimnisvollen Täter Detective Brossard davon überzeugt, Verna Latombas Gesicht auf den Gaskocher zu halten, während seine eigene Hand dabei verbrannt wurde? Ich glaube, selbst wenn man ihm eine Pistole an den Kopf gehalten hätte, wäre das nicht möglich gewesen. Er hätte die Schmerzen nicht ertragen können.«

»Vielleicht wurde er physisch festgehalten.«

»Ich wüsste nicht, wie. Jeder, der ihn physisch gezwungen hätte, Verna Latombas brennenden Kopf festzuhalten, wäre selbst genauso schwer verbrannt worden.«

Thomas drückte seine Zigarette aus und nickte. »Sie haben natürlich recht. Also, wie sieht Ihre Theorie aus?«

Michael holte eine Scheibe aus Kupfer und Zink wie die hervor, die er bei Megan gelassen hatte, und legte sie auf den Tisch. »Ich glaube, er könnte hypnotisiert worden sein. Er könnte Verna Latomba unter dem Einfluss hypnotischer Suggestion verbrannt haben.«

Thomas ergriff die Scheibe und drehte sie zwischen den Fingern herum. »Ich hätte nicht gedacht, dass es

Hypnotiseuren möglich ist, Menschen zu etwas zu zwingen, das ihrer Natur widerspricht.« Er wandte sich an Victor und fügte hinzu: »Wenn ich das geglaubt hätte, denken Sie, ich hätte dann Megan zu Dr. Loeffler geschickt?«

Er meinte es scherzhaft, doch bei Michael nistete sich durch die Äußerung ein grauenhaftes Gefühl im Magen ein, als wäre er viel zu schnell über eine Temposchwelle gerast.

Victor erwiderte: »Ich fürchte, der verbreitete Glaube, man könne Menschen nicht dazu bringen, sich zu verletzen oder etwas zu tun, das sie normalerweise nicht tun würden, ist ein Mythos. Wenn man unter Hypnose ist, spürt man keinen Schmerz. Es wurden schon Menschen unter Hypnose schweren chirurgischen Eingriffen ohne jedes Anästhetikum unterzogen, und sie haben dabei rein gar nichts gespürt.«

»Aber Verna Latombas Gesicht auf einen angezündeten Gaskocher zu drücken …«

»Unter Umständen war ihm gar nicht bewusst, dass es ein angezündeter Gaskocher war. Er könnte den Eindruck gehabt haben, nicht mehr als eine gewöhnliche Verhaftung durchzuführen. Oder vielleicht auch etwas völlig anderes. Kommt wirklich ganz darauf an, wie empfänglich für Suggestion er war.«

Thomas sah auf die Uhr. »Ich muss zurück in die Zentrale. Ich habe für drei Uhr eine Pressekonferenz anberaumt. Ich finde, es ist an der Zeit, dass die Öffentlichkeit die grausigen Einzelheiten darüber erfährt, was mit Elaine Parker, Sissy O'Brien und Joe passiert ist – und mit Ralph Brossard und Verna Latomba.«

»Sie wollen *alles* bekannt geben?«, fragte Victor nach.

Thomas nickte. »Kann nicht schaden. Ich meine, welche Fortschritte haben wir bisher schon erzielt? Absolut keine.

Wir haben einige der bizarreren Details wie die Löcher im Rücken und die Sache mit der Katze für den Fall zurückgehalten, dass uns eine Festnahme gelingt. Aber wir sind mitten im Nirgendwo. Wir können nur noch darauf hoffen, dass sich irgendjemand an eine scheinbar irrelevante Einzelheit erinnert, die all diese Morde miteinander in Verbindung bringt. Zum Beispiel, woher die Metallröhrchen für das Eindringen in die Nebennieren der Opfer stammen. Oder wo der Stacheldraht gekauft wurde. Oder wessen Katze verschwunden ist, als Sissy O'Brien gefoltert wurde.«

»Na schön«, meinte Victor und trank sein Bier aus. »Dann melden wir uns später bei Ihnen.«

Thomas griff sich die Rechnung. Bevor er jedoch ging, wandte er sich noch einmal an Michael. »Diese Hypnose … glauben Sie wirklich, dass sie Megan sehr helfen kann?«

Michael zögerte, dann zuckte er mit den Schultern. »Ist wohl wie bei jeder anderen Therapie. Sie taugt nur so viel wie der Wille des Patienten oder der Patientin, gesünder zu werden. Aber soweit ich das gesehen habe, besitzt Megan jede Menge Willen.«

Thomas überlegte einen Moment, dann hob er die Hand zu einem wortlosen Abschiedsgruß und verließ das Restaurant.

Kaum war er gegangen, fragte Victor: »Raus damit – was ist es? Was hältst du zurück?«

Michael holte den Umschlag mit all den Fotos ermordeter wichtiger Persönlichkeiten hervor, den Joe ihm hinterlassen hatte. »Es ist nicht so, dass ich Thomas nicht vertraue. Ich wollte nur, dass du zuerst einen Blick auf diese Bilder wirfst, danach können wir entscheiden, was wir damit anfangen sollen. Ich persönlich bin hin- und hergerissen. Ich meine, das ist echt starker Tobak. Zu 50 Prozent bin ich dafür, sie zu verbrennen und so zu tun, als hätte ich sie nie gesehen, zu 50 Prozent bin ich dafür, sie zu behalten und zu benutzen, um zu beweisen, dass John O'Brien ebenso wenig durch einen Unfall gestorben ist wie Abraham Lincoln.«

Victor sah die Fotos mit einem nüchternen Ausdruck im Gesicht durch. Schließlich nahm er die Brille ab und klappte sie zusammen. »Das ist entweder Joe Garboden in den letzten Phasen schwerer Paranoia oder die verheerendste Entdeckung in der Geschichte der letzten 200 Jahre.«

Michael nickte mit verkniffener Miene. »Sehe ich genauso. Aber ich werde mir einfach nicht recht schlüssig darüber, wohin ich tendiere. Einerseits habe ich eine Heidenangst, dass Joe recht gehabt haben könnte. Andererseits habe ich genauso große Angst davor, dass er sich geirrt hat und ich so wie er werden und hinter allem und jedem eine Verschwörung sehen könnte. Sieh dir die drei Leute an, die zusammen die Straße überqueren! Das ist eine Verschwörung!«

Victor drehte sich um, setzte die Brille auf, schaute über die Straße und lachte dann. »Du kannst das unmöglich gewusst haben, aber die drei Leute arbeiten alle in der Bostoner Gerichtsmedizin. Daher: Ja, ich schätze, man könnte sagen, sie sind eine Art Verschwörung. Ein Mittagsverband, der zusammen frittierte Muscheln und Shrimps von Misery Island isst und sich dabei über Schnitte durch kranke Lebern unterhält.«

»Haargenau«, meinte Michael. »Darauf wollte ich hinaus. Aber ich mache mir echt Sorgen. Der Fall O'Brien hat alle möglichen sonderbaren Auswirkungen, über die ich nicht einmal mit Thomas diskutieren will, weil sie so bizarr sind.«

Stockend und immer wieder abschweifend berichtete er Victor von der hypnotischen Trance, in die sich Megan und er gegenseitig versetzt hatten. Victor lauschte mit gesenktem

Haupt, wodurch Michael sehen konnte, dass die Haare an seinem Scheitel bereits lichter wurden. Er schilderte Victor sogar die erotischen Gefühle, die »Mr. Hillarius« in ihm ausgelöst hatte, und verriet ihm, dass Megan wohl genauso empfunden haben musste. Aber er zog die Grenze davor, Victor zu erzählen, dass Megan und er sich tatsächlich geliebt hatten – oder Sex gehabt hatten oder was es auch gewesen sein mochte, das sie zusammen auf dem Boden der Wohnung der Boyles gemacht hatten. Er konnte Megans Gesicht vor sich sehen, gesalbt mit seinem Ejakulat, und er spürte, wie seine Wangen vor Verlegenheit brannten.

»Glaubst du, was ihr in eurer Trance gesehen habt, war echt?«, fragte Victor.

»Jedenfalls ist ›Mr. Hillarius‹ echt. Wir haben seinen Namen in Dr. Rices Notizbuch gesehen.«

Victor überlegte eine Weile, bevor er meinte: »Ich weiß nicht recht. Ich denke, wir lehnen uns entschieden zu weit aus dem Fenster. Der Schlüssel zu der ganzen Angelegenheit ist, wer die Fäden zieht. Wer hat darauf bestanden, dass die Überreste der Familie O'Brien ins Boston Central überstellt wurden, damit Raymond Moorpath die Obduktionen durchführen konnte? Wer hat Raymond Moorpath gesagt, wie die Ergebnisse der Obduktionen auszusehen haben? Wer hat Polizeichef Hudson und Edgar Bedford angewiesen, Raymond Moorpaths Erkenntnisse zu akzeptieren?«

»Vielleicht war das auch alles ›Mr. Hillarius'‹ Werk«, schlug Michael vor.

Victor verzog das Gesicht. »Das wissen wir noch nicht, oder? Ich glaube dir, was du in deinen Trancen gesehen hast. Ich bin mir ziemlich sicher, dass es ›Mr. Hillarius‹ wirklich gibt. Aber ›Mr. Hillarius‹ könnte mühelos deine Wahrnehmung dessen beeinflussen, was wahr und was eingebildet ist, um dich auf eine falsche Fährte zu locken. Wir befinden uns jetzt in der Welt der Hypnose, Michael. Da muss man auf sein psychologisches Bauchgefühl hören.«

Michael blickte auf die halb leere Schale mit Mandeln hinab und beschloss, keine mehr zu essen. »Hör mal«, sagte er. »Ich denke, wir sollten mit Raymond Moorpath reden.«

»Glaubst du, er würde überhaupt mit dir reden?«

»Na ja … Raymond ist neuerdings zwar ziemlich aufgeblasen und nimmt sich sehr wichtig. Aber er und ich kennen uns schon einige Jahre. Vielleicht tut er es, vielleicht auch nicht. Den Versuch scheint es mir auf jeden Fall wert zu sein.«

»Du willst versuchen, die Welt zu retten, richtig?«

»Ganz genau. Ich versuche, die Welt zu retten. Kikeriki.«

Sie verließen das Venus Seafood und überquerten die Straße zu Michaels Auto. Der frühe Nachmittag erwies sich als sengend wie ein Backofen, und die Hitze stieg flimmernd vom Asphalt auf wie die durchsichtigen Wellen einer Flut. Sie bemerkten die zwei jungen Männer mit dunklen Brillen nicht, die am Eingang des schmalen Ziegelsteingebäudes auf der anderen Straßenseite standen. Ebenso wenig bemerkten sie das sattelbraune Lincoln Town Car, das nur drei Autos entfernt den Motor startete und sich knapp hinter ihnen in den Verkehr einreihte.

Victor nahm die Brille ab und kniff sich müde den Nasenrücken. »Ich fühle mich, als wäre ich schon ewig wach«, klagte er.

Sie fuhren zum Boston Central und stellten den Wagen auf dem Parkplatz für Ärzte ab. Den Eingang zur Notaufnahme bevölkerten Krankenwagen, Streifenwagen und überall hin und her eilende Leute. Michael hielt einen schmalgesichtigen Polizisten mit einem hängenden Schnurrbart im Stil von Wyatt Earp an und erkundigte sich, was denn los sei.

»Die Blue Hill Avenue – dort tobt ein verfluchter Krieg. Sieben Personen sind von Maschinenpistolen getroffen worden. Darunter drei Cops, zwei mit Sicherheit tot.«

Michael und Victor gingen zum Haupteingang des Krankenhauses herum, aber noch während sie unterwegs waren, trafen drei weitere Krankenwagen mit blinkenden Blaulichtern und an- und abschwellendem Sirenengeheul ein. Im Süden der Stadt stieg neuer Rauch auf, und im Wind lag ein gummiartiger Brandgeruch. Mittlerweile tobten die Aufstände seit fast einer Woche ununterbrochen, und jeden Tag hatte sich Rauch aus Roxbury in den Himmel gekräuselt. Da die Menschen nun mal gelernt haben, sich schnell anzupassen, nahmen die Bewohner von Boston kaum noch Notiz davon, gingen einfach ihren Angelegenheiten nach und ließen eine Hälfte ihrer Gemeinschaft brennen. Man mochte es Anpassungsfähigkeit nennen oder Zynismus, aber immerhin war es nicht *ihre* Hälfte.

Dennoch breitete sich allmählich in Boston das Gefühl aus, dass die Dinge schlimmer statt besser werden würden, dass sich die Grundfesten der Stadt selbst verlagerten. Der Präsident hatte an diesem Morgen ein Interview gegeben und angekündigt, »einschneidende und entschlossene Maßnahmen zu ergreifen … um urbanen Terrorismus auszurotten … worum es sich hierbei handelt – nicht mehr, nicht weniger«.

Am Schalter verlangten sie mit Dr. Moorpath zu sprechen. Die gehetzte Empfangsdame forderte sie auf zu warten und gab an, nicht zu wissen, wo sich Dr. Moorpath aufhielt. In seinem Büro jedenfalls nicht: vielleicht unten in der Pathologie. Knapp zehn Minuten saßen sie da und warteten, dann deutete Michael mit dem Kopf in Richtung der Fahrstühle und meinte: »Zeit für unabhängige Action, *mon ami.*« Die Empfangsdame – die zwei Telefonanrufe gleichzeitig beantwortete, während sie versuchte, einer riesigen Nigerianerin zu erklären, wo es zur Fettabsaugung ging – bekam nicht einmal mit, wie sie losgingen.

Sie fuhren mit dem Aufzug in den siebenten Stock, dann marschierten sie schweigend den mit Teppich ausgelegten Gang zu Raum 7202 entlang. Michael klopfte an die Tür und wartete, dann öffnete er sie. Dr. Moorpaths prunkvolles Büro erwies sich als menschenleer, obwohl noch der markante Geruch von Zigarrenrauch in der Luft hing und ein halb leeres Glas Scotch auf Dr. Moorpaths Schreibtisch stand.

»Raymond?«, rief Michael. Er trat ein und sah sich um.

»Was für ein Büro«, meinte Victor und stieß einen leisen Pfiff aus.

»Die Wunder der Privatwirtschaft«, meinte Michael zu ihm. Er warf einen Blick auf die Unterlagen auf dem Schreibtisch, doch es handelte sich lediglich um Kostenvoranschläge für neue Kühleinheiten für menschliche Überreste, eine Mahnung von *Reader's Digest* und eine Rechnung für ein Tuning an Dr. Moorpaths Porsche.

Sie wollten gerade wieder gehen, als ein hängewangiger, griechisch wirkender Arzt an die Tür klopfte und eintrat.

»Suchen Sie nach Dr. Moorpath?«, fragte er.

»Ja, genau. Sie haben ihn nicht zufällig gesehen, oder?«

»Erst vor zwei, drei Minuten im neunten Stock. Wahrscheinlich ist er noch dort.«

»Oh, danke«, sagte Michael.

»Neunter Stock«, wiederholte der griechisch wirkende Arzt. »Das ist der Aufwachbereich.«

»Aufwachbereich?«

»Genau. Dorthin werden die Patienten nach schweren Operationen zum Aufwachen gebracht.«

»Scheint mir ein untypischer Ort für Dr. Moorpath zu sein«, meinte Michael mit einem Lächeln. »Ich dachte, er interessiert sich nur für Patienten, die nicht mehr aufwachen.«

Unvermittelt stimmte der Arzt ein Lachen an und legte eine grüne Aktenmappe auf Dr. Moorpaths Schreibtisch. »Schon … aber da ist ein sehr interessanter Fall, auf den wir alle einen Blick geworfen haben … ein Mann, dem bei einem Unfall beide Füße abgetrennt worden sind. Sie sind ihm mikrochirurgisch wieder angenäht worden, und natürlich sind wir alle neugierig, wie er sich davon erholt. Dr. Ausiello hat das Chirurgenteam geleitet … er ist mit Abstand der Beste.«

Wie bei einem kleinen, gut geölten Zahnrad einer Uhr rastete in Michaels Gehirn etwas ein. Dr. Rice hatte seine Füße verloren – Dr. Rice, der von den weißgesichtigen Männern verstümmelt worden war. Und Dr. Moorpath war losmarschiert, um einen Blick auf ihn zu werfen? Dr. Moorpath, der verantwortlich für die Vertuschung der Morde an den Insassen des Helikopters von John O'Brien zeichnete?

»Komm mit«, forderte er Victor eindringlich auf.

»Was?«, fragte Victor.

»Komm mit, mach schon! Es könnte bereits zu spät sein!«

Der Arzt schaute ihnen verwirrt nach, als sie hinaushasteten und zu den Fahrstühlen rannten. Michael hämmerte auf die Neun und wartete und wartete, während Expressaufzüge vorbeirauschten oder sich Aufzüge auf dem Weg nach unten mit einem Bimmeln öffneten, wodurch Scharen plappernder Krankenpflegerinnen und höflich wirkende Praktikanten zum Vorschein kamen. Nachdem fast zwei Minuten quälend langsam vergangen waren, traf endlich ein nach oben fahrender Aufzug ein und öffnete sich mit einem Bimmeln. Er war von einem älteren Arzt in einem dreireihigen Anzug besetzt.

»Haben Sie schon mal das Famous Atlantic ausprobiert?«, erkundigte er sich aus heiterem Himmel, als der Fahrstuhl den Weg zum neunten Stock antrat.

»Kann ich nicht behaupten«, antwortete Michael.

»Ich hatte dort heute jungen Kabeljau, er war hervorragend. Frisch vom Pier direkt auf den Teller. Frischer bekommt man ihn nur, wenn man mit offenem Mund durch den Hafen schwimmt.«

Die Fahrstuhltüren öffneten sich, und bevor der Arzt den Mund ein zweites Mal aufmachen konnte, waren Michael und Victor verschwunden. Im Laufschritt eilten sie den Korridor entlang, bis sie am Empfangsschalter eintrafen. Unter einer Schreibtischlampe mit Neonleuchte las eine vollbusige blonde Krankenpflegerin mit einer kessen, kleinen, gestärkten Mütze im *National Enquirer*. Die Schlagzeile lautete: »Baby mit vier Beinen geboren«. Sie schaute auf und bedachte Michael und Victor mit einem breiten, strahlenden Lächeln.

»Dr. Rice?«, fragte Michael. »Wir sind Freunde von ihm. Enge Freunde.«

»Tut mir leid«, erwiderte die Pflegerin. »Dr. Rice darf im Augenblick keinen Besuch empfangen, nicht einmal von Angehörigen. Er hat gerade eine schwere Operation hinter sich und ist noch sehr, sehr krank.«

»Einige der Ärzte durften zu ihm«, ließ Michael nicht locker.

»Na ja, selbstverständlich. Ärzte sind Ärzte.«

»Aber ich bin einer seiner Patienten.«

»Tut mir leid, Sir. Sie dürfen trotzdem nicht zu ihm.«

»Ich *muss* zu ihm. Dr. Moorpath ist bei ihm!«

»Wie ich schon sagte, Sir, Dr. Moorpath ist ein Arzt. Er ist berechtigt, ihn zu besuchen. Und jetzt machen Sie mir bitte keinen weiteren Ärger, sonst muss ich den Sicherheitsdienst rufen.«

In dem Moment traf ein Kurier mit Blumen am Schalter ein – Schwertlilien, Gänseblümchen und Lilien. »Rice?«, wollte er wissen.

»Zimmer 911«, teilte ihm die Krankenpflegerin mit, und mehr brauchte Michael nicht. Ohne ein Wort sprintete er vom Empfangsschalter weg, den Korridor entlang und folgte der Beschilderung für 900 bis 920.

Schneller, Herrgott noch mal, schneller! Er raste um die Ecke und erblickte die Tür zu 911 nur knapp zehn Meter entfernt. Michael konnte die Nummer deshalb so deutlich erkennen, weil die Tür leicht angelehnt war.

»Sir!«, rief die Krankenpflegerin hinter ihm her. »Sir! Sie dürfen da nicht rein!«

Keuchend verlangsamte Michael das Tempo auf eilige Schritte. Aber just, als er es tat, öffnete sich die Tür zu Zimmer 911 weiter, und Raymond Moorpath kam heraus. Er trug einen dunklen Blazer und einen dunklen Rollkragenpullover, und sein sonst so glatt frisiertes Haar war zerzaust. Überrascht und missfällig starrte er Michael an.

»Dr. Moorpath …«, begann Michael. Aber in einer seltsamen, zurückhaltenden Geste schirmte Dr. Moorpath das Gesicht mit der Hand ab und hastete den Flur entlang davon.

»Raymond, um Himmels willen!«, brüllte Michael hinter ihm her.

Victor schloss zu ihm auf. »Was ist passiert? Wer war das?«

»Raymond Moorpath, der sich aufführt wie ein Hund, der den Sonntagsbraten gestohlen hat.«

Victor blickte in Zimmer 911, dann drehte er sich mit äußerst ernster Miene zurück zu Michael. »Eher wie ein Pathologe, der dasselbe bei Dr. Rice getan hat.«

Michael betrat den Raum. Es handelte sich um eines der bestausgestatteten Aufwachzimmer im Boston Central, mit allen Überwachungs- und Lebenserhaltungsgerätschaften, die jemand brauchen konnte. Dr. Rice lag mit einem Käfig um seine Beine im Bett in der Mitte des Raumes. Er war an einen Nasentropf und einen Vitalparameter-Monitor von McClary angeschlossen. Sein Gesicht wirkte gelblich-grau. Der Monitor piepte eine Warnung darüber, dass Dr. Rices Herzschlag, Atmung und Gehirnaktivitäten bereits geendet hatten und sich sein Blutdruck in einem langen, unerbittlichen Sturzflug befand.

»Scheiße«, stieß Michael hervor. Er machte kehrt, um Dr. Moorpath zu verfolgen, aber er prallte aus vollem Lauf mit zwei blau gekleideten Ärzten, einer Krankenpflegerin und einem Sicherheitsmitarbeiter des Krankenhauses zusammen.

»Was um alles in der Welt ist hier los?«, verlangte einer der Ärzte zu erfahren. »Wer zum Teufel sind Sie?«

»Victor!«, brüllte Michael. »Erklär ihm, wer zum Teufel wir sind und was hier los ist!«

Erschrocken wich der Arzt zurück. Michael versetzte ihm mit der flachen Hand einen Stoß gegen die Brust, rempelte den Sicherheitsmitarbeiter mit der Schulter und rannte dann den Korridor hinunter davon, um Dr. Moorpaths Verfolgung aufzunehmen.

»Halt!«, schrie der Sicherheitsmitarbeiter. »Stehen bleiben!« Aber Michael hatte bereits die Ecke des Gangs erreicht. Er huschte nach rechts, stolperte beinah über die eigenen Füße und rannte dann in vollem Lauf den Flur hinunter, keuchend vor Anstrengung. Seine Füße pochten über den Teppich, Türen rasten an ihm vorbei, Lichter rasten an ihm vorbei. Jemand öffnete unmittelbar neben ihm eine Tür und rief »He!«, als Michael vorbeisauste.

Er vermutete, dass Dr. Moorpath versuchen würde, zurück zur Reihe der Hauptaufzüge zu gelangen. Das würde bedeuten, er müsste umkehren und das Risiko eingehen, dass sich Victor und Michael aufgeteilt haben könnten, um ihm aus beiden Richtungen den Weg abzuschneiden.

Da erreichte er die Fluchttreppen – und die pneumatisch gedämpfte Tür schloss sich gerade.

Er stieß die Tür wieder weit auf und betrat ein düsteres Treppenhaus aus Beton mit blau lackierten Metallgeländern. Michael stand still und lauschte – und tatsächlich, er konnte die trapsenden Geräusche von Dr. Moorpath hören, der die Stufen zum nächsten Stockwerk erklomm.

»Raymond!«, brüllte er mit vom Rennen heiserer Stimme. »Raymond! Ich muss mit Ihnen reden!«

Er bekam keine Antwort, vernahm nur die Geräusche, wie Dr. Moorpath höher und höher die Treppe hinaufstieg.

»Gottverdammt noch mal!«, stieß Michael atemlos hervor. Aber er hatte keine Wahl. Er begann die Stufen zwei auf einmal nehmend zu erklimmen und zog sich dabei am Geländer hoch. Bald passierte er den zehnten Stock, dann den elften. Immer noch konnte er Dr. Moorpaths Schritte zwei oder drei Etagen über sich hören, obwohl der Mann allmählich langsamer wurde. Vier Stockwerke mit je 24 Stufen genügten schon für jemanden, der jung und in Form war, doch Dr. Moorpath war mittleren Alters und schleppte 20 Kilo Übergewicht mit sich herum.

Plötzlich vernahm Michael von oben ein scharfes Rasseln. Als er das Treppenhaus hinaufspähte, flutete Sonnenlicht herein. Dr. Moorpath musste das Dach erreicht und die Zugangstür geöffnet haben. Michael schleppte sich schneller und schneller die Stufen hinauf, überzogen von kaltem Schweiß und keuchend nach Luft ringend, bis er schließlich die letzte Treppenflucht erreichte.

Kurz zögerte er. Die zwei Zugangstüren schwangen im warmen Nachmittagswind langsam vor und zurück, sodass ein Parallelogramm aus Sonnenlicht über die Betonwände des Treppenhauses vor und zurück wanderte. Michael erspähte Gebäude, Dächer und Rauch. Von Dr. Moorpath fehlte jede Spur. Vielleicht war er bereits vom Dach gesprungen. Allerdings war ihm Dr. Moorpath nie wie der Typ für Selbstmord vorgekommen – zu stolz, zu arrogant, zu sehr von sich eingenommen. Für wesentlich wahrscheinlicher hielt er, dass er sich hinter den Türen versteckte und darauf lauerte, Michael niederzuschlagen.

»Raymond?«, rief Michael. »Raymond, hören Sie mich?«

Die Türen schwangen weiter vor und zurück. Eine Antwort blieb aus. Michael wischte sich mit seinem Taschentuch Schweiß aus dem Gesicht, dann putzte er sich die Nase. Er hatte das Gefühl, seine Lunge und seine Nebenhöhlen wären mit Ajax ausgescheuert worden.

In der Ferne hörte er Sirenen und das tiefe Wummern von Helikopterrotoren. Außerdem vernahm er, wie sich tief unter ihm eine Tür öffnete und die verzerrten Stimmen brüllender Personen zu ihm drangen. Es würde nicht besonders lange dauern, bis die Sicherheitsmitarbeiter herausfänden, wo er sich aufhielt – und damit wäre seine Chance dahin, mit Raymond Moorpath über die O'Brien-Autopsie, über »Mr. Hillarius« und über die weißgesichtigen jungen Männer zu reden. Ganz zu schweigen von Dr. Rices Tod.

Langsam, vorsichtig, die Ohren für das geringste Geräusch eines Schrittes gespitzt, stieg Michael die letzte Treppenflucht zum Dach hinauf. Die Türen schwangen immer noch vor und zurück, und er streckte den Arm aus, um sie mit dem Ballen der linken Hand aufzuhalten. Er konnte entweder vorsichtig nach draußen vorrücken oder es mit einem mächtigen Satz tun. Insgesamt gelangte er zu dem Schluss, dass ein mächtiger Satz besser sein könnte.

Das würde ihm zumindest den Vorteil der Überraschung verschaffen.

Michael zählte bis drei – und sprang nicht. Dann zählte er ein zweites Mal bis drei – und sprang. In dem Moment schwang der rechte Türflügel im Wind, und der Stangengriff traf ihn mit einem harten, betäubenden Schlag am Ellbogen. Michael geriet völlig aus dem Gleichgewicht und stolperte. Er rollte über die körnige Schwarzdecke des Dachs, schürfte sich beide Hände auf und zerriss die Knie seiner Hose – zwei dreieckige Risse wie bei einem Schulkind.

Keuchend und panisch rappelte er sich auf die Beine. Er sah sich um – aber Dr. Moorpath hatte nicht hinter den Türen auf ihn gelauert. Michael rückte ein wenig zurück, damit er hinter den Aufbau des Treppenhauses sehen konnte, doch auch dort fehlte jede Spur von Dr. Moorpath. Er spähte über die Brüstung 15 Stockwerke in die Tiefe zur Rückseite des Krankenhauses, wo er Dampf durch die Küchenventilatoren austreten und winzige Leute auf den Gehwegen marschieren sah. Nichts dort unten wies auf Dr. Moorpath oder darauf hin, dass Menschen zu einem abgestürzten Körper eilten, also musste sich der Pathologe noch auf dem Dach befinden.

Leicht humpelnd und mit immer noch vor Schmerzen pochendem Ellbogen kreiste Michael langsam um den Fahrstuhlaufbau, die Klimageräte und die grau lackierten Wassertanks. In der Ferne sah er die Sonne auf Gebäuden des Inner Harbor gleißen und den Verkehr, der die Northern Avenue Bridge überquerte. Ein warmes, angeregtes Summen stieg aus der Stadt auf, und Michael vermeinte beinah einzelne Stimmen heraushören zu können: eine Frau, die im Boston Common ihren Hund rief, ein Mann, der an einem offenen Wohnungsfenster in der Branch

Street stand und seiner Frau mitteilte, dass er sie liebte, ein Mädchen, das in einer Telefonzelle in der Boylston Street mit ihrem Freund stritt.

Über dem südwestlichen Horizont jedoch hing dicht und braun der Rauch wie die aufsteigende Asche verbrannter Träume.

Michael hatte fast eine vollständige Umrundung des Daches beendet, als er um die Ecke der Wassertanks bog und letztlich auf Dr. Moorpath stieß. Er wollte gerade »*Raymond!*« rufen, doch das Wort blieb ihm im Hals stecken.

Dr. Moorpath stand auf dem gemeißelten Steinwappen, das die nordöstliche Brüstung zierte. Die Arme hatte er weit ausgestreckt, entweder um das Gleichgewicht zu halten oder um eine Kreuzigung zu simulieren. Seine Füße befanden sich am äußersten Rand des Wappens, und vor ihm ging es im freien Fall 96 Meter in die Tiefe zu den gewundenen Steinstufen des Haupteingangs des Krankenhauses. Er stand mit dem Rücken zu Michael, das Gesicht im Wind. Die Ränder seines Jacketts flatterten und wirbelten.

Michael rückte so nahe zu ihm vor, wie er es wagte. Sobald er spürte, dass ihn Dr. Moorpath wahrgenommen hatte, blieb er stehen. »Raymond«, sagte er und bemühte sich, beruhigend zu klingen. »Sie wollen doch nichts Überstürztes tun, oder, Raymond?«

Zuerst antwortete Dr. Moorpath nicht, sondern ließ nur den Kopf sinken. Dann rief er zurück: »Was hat es für einen Sinn, zu leben, Michael, wenn wir uns nicht gelegentlich eine überstürzte Handlung gönnen?«

»Ich bin hier, um mit Ihnen zu reden«, sagte Michael.

»Dafür haben Sie sich ja einen tollen Zeitpunkt ausgesucht. Zwei oder drei Sekunden später, und niemand hätte es je erfahren.«

»Soll das heißen, Sie haben ihn getötet? Sie haben Dr. Rice tatsächlich getötet?«

Dr. Moorpath drehte sich nicht um. »Sagen wir einfach, ich habe ihn vor etwas viel Schlimmerem bewahrt.«

»Das verstehe ich nicht.«

»500 Milligramm Kaliumchlorid haben sein Herz fast sofort zum Stillstand gebracht. Das ist besser als monatelange Folterung, bei der einem diese unheimlichen jungen Männer die Seele aussaugen, finden Sie nicht?«

»Dann wissen Sie über die Bescheid? Wissen Sie auch, wer die sind?«

Dr. Moorpath erwiderte nichts.

»Diese Männer haben den Anschlag auf John O'Brien verübt, nicht wahr?«, sagte Michael. »Ich habe die Fotos gesehen.«

Immer noch schwieg Dr. Moorpath.

»Sagen Sie mir, dass diese Männer den Anschlag auf John O'Brien verübt haben«, drängte ihn Michael. »Dr. Rice hat Frank Coward hypnotisiert, und Frank Coward hat den Helikopter auf Sagamore Point zum Absturz gebracht. So ist es gewesen, nicht wahr? Und deshalb wollten diese Typen auch Dr. Rice umbringen – damit er nicht ausplaudern konnte, wie es gemacht wurde.«

»Wenn Sie schon so viel darüber wissen, wieso fragen Sie mich dann?«, gab Dr. Moorpath zurück. »Warum gehen Sie nicht direkt zu Edgar Bedford oder Polizeichef Hudson? Warum nicht direkt zur Bezirksstaatsanwaltschaft oder zum Bürgermeister? Reden Sie mit dem *Globe,* reden Sie mit dem *Phoenix,* reden Sie mit dem *Herald.* Reden Sie mit den Fernsehsendern.«

Michael wartete darauf, dass Dr. Moorpath noch etwas hinzufügte, was er jedoch nicht tat. Stattdessen hielt er weiter mit ausgestreckten Armen wie eine dicke Saatkrähe auf dem ungefähr 15 Zentimeter breiten Sandstein das Gleichgewicht.

Aber was Dr. Moorpath bereits angedeutet hatte, war beängstigend genug. Mit einem Gefühl schrecklicher Kälte wurde Michael klar, dass es absolut keine Zukunft hätte, mit Edgar Bedford über »Mr. Hillarius« und die weißgesichtigen Männer zu reden – oder mit dem Polizeichef, dem Bezirksstaatsanwalt, dem Bürgermeister oder den Medien.

Sollte er versuchen, dem Anschlag auf John O'Brien weiter nachzugehen, würde er sich wahrscheinlich in eine Lage bringen, die man bei Plymouth Insurance in der Regel als »kalkulierte, vorsätzliche Position extremer Gefahr« bezeichnete. Mit anderen Worten: Seine Chancen darauf, zu überleben, wären derart gering, dass niemand bereit wäre, ihn zu versichern.

Dr. Moorpath hatte gerade bestätigt, dass Joe Garboden mit seinem Verdacht recht gehabt hatte und diese weißgesichtigen Männer einen Einfluss besaßen, den Michael nur ansatzweise erahnen konnte. Offenbar flüsterten sie in alle Ohren, die zählten, belohnten diejenigen, die ihnen gefällig waren, und ergriffen grauenerregende Maßnahmen zur Beseitigung derjenigen, die ihnen nicht zu Gesicht standen.

»Raymond«, appellierte Michael an den Pathologen, »Sie müssen mir sagen, wer die sind.«

Dr. Moorpath schüttelte minimal den Kopf. »Nein, muss ich nicht, Michael. Und glauben Sie mir, Sie sind besser damit dran, es nicht zu wissen.«

»Wollen Sie nicht da runterkommen?«

»Wozu?«

»Niemand wird Ihnen etwas tun, Raymond. Und wenn es stimmt, was Sie über die Bezirksstaatsanwaltschaft sagen, dann droht Ihnen nicht einmal strafrechtliche Verfolgung, oder?«

»Ich habe nicht getan, was mir aufgetragen wurde«, sagte Dr. Moorpath. »Ich habe mich eingemischt.«

»Na und? Was können die schon tun?«

»Was haben sie mit Elaine Parker gemacht? Was mit Sissy O'Brien? Was mit Ihrem Freund Joe Garboden? Glauben Sie mir, Michael, jetzt wollen die mich, und auf diese Weise ist es mit Abstand besser.«

Er rückte einen Zentimeter näher zum Rand des Steinwappens vor und hob das Gesicht dem Himmel entgegen. »Sie haben mir etwas gezeigt, das ich nicht für möglich gehalten hätte«, sagte er. »Sie haben mir die Macht der menschlichen Aura in all ihrer Pracht gezeigt.«

»Sie meinen Hypnose. Davon reden Sie, nicht wahr? Hypnose.«

»Hypnose ist nur der Anfang. Hypnose ist nur der Weg hinein wie ein Loch in der Wand, durch das sich Mäuse zwängen, um die herrliche Fülle der Speisekammer zu entdecken. Die menschliche Aura ist magisch, unendlich, erstaunlich – und wer lernt, sie zu benutzen, gebietet über die Substanz des Lebens selbst.«

Mittlerweile klang Dr. Moorpath beinah hysterisch. Vorsichtig streckte Michael eine Hand aus und forderte ihn auf: »Kommen Sie, Raymond – kommen Sie da runter. Ich will mehr erfahren. Ich möchte, dass Sie mir mehr erzählen. Aber ganz ehrlich, das geht nicht, solange Sie da oben am Rand schwanken.«

Dr. Moorpath drehte den Kopf und sah Michael über die rechte Schulter an. Sein Gesichtsausdruck war haarsträubend. Seine Augen starrten Michael lodernd an, seine Kiefermuskeln wirkten so verkrampft, dass der Mann aussah, als könnte er jeden Moment von innen explodieren.

»Sehen Sie her!«, rief er.

Und damit stieg er vom Steinwappen.

Und *ging*.

Mit langen, schweren Schritten bewegte er sich durch die Luft – von der Brüstung aufwärts, höher und höher wie jemand, der versucht, eine tiefe Schneeverwehung zu erklimmen.

Michael konnte sich nicht rühren. Er konnte nicht glauben, was ihm seine Augen zeigten. Und dennoch, drei Meter entfernt, dann weiter weg und höher, bewegte sich Dr. Moorpath stetig von ihm weg – 15 Stockwerke über dem Erdboden.

Michael konnte ihm nicht nachrufen, er konnte nicht einmal sprechen. Angst und Faszination überwältigten ihn gleichzeitig.

Dr. Moorpath schaute nicht zurück, sondern straffte die Schultern ein wenig mehr. Es sah so aus, als fiele ihm der Aufstieg zunehmend schwerer. Allmählich wurde er langsamer, und zwei-, dreimal stolperte er. Mittlerweile befand er sich knapp zehn Meter vom Krankenhaus entfernt und drei Meter über der Höhe des Daches. Michael sah ein fahles, rosa Flimmern kreuz und quer über Dr. Moorpaths Rücken.

Dasselbe rosa Flackern, dass er gesehen hatte, wenn er von Dr. Rice hypnotisiert worden war. Sein ätherischer Leib. Seine Aura. Und als sich Dr. Moorpath höher und höher kämpfte, wurde das Flackern heller und schneller, bis sein massiger, schwarzer Umriss von tänzelnden, gleißenden Energieranken umgeben war.

Der Pathologe hob ein Bein, zögerte, hob das andere Bein … zögerte länger.

Dünne Rauchschwaden begannen, vom Rücken seines Jacketts aufzusteigen.

Er streckte die linke Hand empor, als versuche er, sich einen steilen Hang hinaufzuziehen. Blendendes, gelbes

Licht schoss aus seinem Ärmel, und Rauch strömte von seinen Handgelenken wie Blut. Er hob die rechte Hand und zog sich ein wenig höher, doch es wurde immer deutlicher, dass er seinen Marsch durch die Luft nicht mehr lange würde aufrechterhalten können.

Es folgte ein Moment, in dem er frei schwebte, sich verzweifelt an nichts festklammerte, während überall von seiner Kleidung schwarzer Rauch aufstieg. Dann fing er an, zu schreien und zu schreien, und Feuer verhüllte ihn von Kopf bis Fuß. Ein Krachen wie von einem Feuerwerk folgte, begleitet von einem dichten Funkenschauer, und Dr. Moorpath drehte sich, rotierte, den Mund unmöglich weit aufgerissen, während er vor Qualen brüllte.

Zuerst dachte Michael, er würde nicht fallen, sondern weiter mitten in der Luft kreisen, bis er vollständig verbrannt wäre. Fetzen lodernder Kleidung lösten sich von Dr. Moorpaths Schultern, und knisterndes Fett spritzte von seinen zappelnden Füßen. Plötzlich jedoch kippte er zur Seite und fiel. Michael näherte sich mit drei steifen Schritten dem Rand der Brüstung und beobachtete, wie er abstürzte und sich überschlug, Arme, Beine, Flammen, Füße, bis er wie ein Sack voll glimmender Grillasche auf den Boden klatschte.

Michael stand immer noch an der Brüstung und starrte in die Tiefe, als Victor auftauchte, gefolgt von zwei Sicherheitsmitarbeitern des Krankenhauses.

»Großer Gott«, stieß Victor mit einem Blick hinunter auf die Menschenmenge und die verspritzte Asche hervor. »Was um alles in der Welt ist passiert?«

»Er hat sich in Brand gesteckt«, brachte Michael tonlos hervor. »Er ist gesprungen. Genau wie diese japanischen Studenten, die sich umgebracht haben, falls du dich daran erinnerst. Es war in den Nachrichten.«

Victor legte Michael eine Hand auf die Schulter. »Geht's dir gut?«

»Klar geht's mir gut«, log Michael, obwohl er sich vollkommen leer, vollkommen flach fühlte, als stünde er zum letzten Mal in einem Haus, das er gleich für immer verlassen würde. Keine Möbel mehr, keine Läufer, kein Telefon und – überraschenderweise – keine Erinnerungen.

Victor blickte noch einmal zu Dr. Moorpaths qualmender Leiche hinab, dann schaute er zurück zur Brüstung.

»Von wo ist er gesprungen?«, wollte Victor wissen.

Michael deutete mit dem Kopf. »Von dem Steinwappen da. Er hat bereits darauf gestanden, als ich hier oben angekommen bin. Ich habe mit ihm geredet. Hab ihn gebeten runterzukommen. Aber ich konnte nichts tun.«

Wieder schaute Victor zur Leiche hinunter. »Er hat auf dem Steinwappen da gestanden und ist bis dort rüber gesprungen? Jetzt hör aber auf, Michael, das sind mindestens …«

»Ja?«, fiel ihm Michael ins Wort und starrte ihn eindringlich an, bevor seine Lippen das Wort »später« bildeten, um Victor anzuzeigen, dass er nicht vor den zwei Sicherheitsmitarbeitern erörtern wollte, was mit Dr. Moorpath passiert war.

»Oh«, sagte Victor und schaute erneut in die Tiefe. »Ich verstehe schon, was du meinst.«

Zwei puppengroße Sanitäter rollten hastig eine Trage zu der Stelle, an der Dr. Moorpath gelandet war. Die Sicherheitsmitarbeiter sagten zu Michael und Victor: »Kommen Sie mit, Sie zwei Idioten. Die Polizei wird mit Ihnen reden wollen.«

Victor empörte sich: »Hören Sie mal, Freundchen, nennen Sie uns gefälligst nicht ›Idioten‹. Sie können uns ›Doktor‹ und ›Sir‹ nennen.«

Der Sicherheitsmitarbeiter stieß ein gedehntes Seufzen aus, als wäre es ihm herzlich egal. »Dann kommen Sie mit, Doktor und Sir. Die Bullen warten unten darauf, mit Ihnen beiden Idioten zu reden.«

16

Michael war gerade damit fertig geworden, Kopien der Attentatsbilder von Joe Garboden anzufertigen, als sich die Tür zu seinem Büro ohne Vorwarnung öffnete. Er stopfte das letzte Bild in den Umschlag zurück und schaltete den Xerox aus. Zu seiner Überraschung handelte es sich um Edgar Bedford, den erhabenen Grandseigneur von Plymouth Insurance.

Edgar Bedford war stämmig und besaß einen bulligen Hals und weiße, krause Haare. An sich zierte ihn ein großer, gut aussehender Kopf, aber sein Gesicht verunstalteten rote und weiße Flecken, die Michael immer an Rinderhack erinnerten. Zu viel Sonne, zu viele Hautpeelings, zu viele große Martinis.

Er trug einen Frack und eine schwarze Fliege und roch nach Xeryus-Aftershave, ein Duft für junge Männer, der sich mit seinem Erscheinungsbild biss. Edgar Bedford steckte den Kopf zur Tür herein, schaute hierhin und dorthin und setzte dann das Lächeln eines Mannes auf, der absolut niemandem gegenüber gefällig sein muss.

»Ah, Rearden«, sagte er. Seine Stimme klang belegt und eigenartig undeutlich wie ein schlecht aufgenommener Soundtrack. »Sie arbeiten aber noch spät.«

»Ja, Sir. Ich wickle gerade die O'Brien-Ermittlungen ab, Sir.«

»Tja … eine durch und durch traurige Angelegenheit.« Edgar Bedford ging in die Mitte des Raumes und betrachtete einige der Memos an der Wand. »Und besonders traurig stimmt es mich, Joe verloren zu haben.«

»Haben Sie das von Dr. Moorpath schon gehört?«, erkundigte sich Michael und gab sich alle Mühe, nicht provokativ zu klingen.

Edgar Bedford nickte. »Ich habe Raymond seit 25 Jahren gekannt. Wir haben oft zusammen Golf gespielt. Sehr traurige Sache.«

Michael zuckte mit den Schultern und meinte: »Er hat in letzter Zeit ziemlich unter Druck gestanden, habe ich zumindest gehört.« Vor seinem geistigen Auge sah er, wie sich Raymond Moorpath brennend mitten in der Luft drehte und vor Schmerzen schrie.

Edgar Bedford drehte sich um und bedachte ihn mit einem bohrenden Blick wässriger Augen. »Ja«, sagte er nach einer Weile. »Das habe ich auch gehört. Sie werden doch, äh, diese O'Brien-Sache zu Ende bringen, damit ich sie so bald wie möglich auf dem Schreibtisch habe, oder?«

»Ich habe mich gefragt, ob Sie wollen, dass ich bleibe«, erwiderte Michael.

Edgar Bedford betrachtete ihn stirnrunzelnd, als verstünde er nicht, was »bleiben« bedeuten könnte.

Michael holte tief Luft, dann führte er weiter aus: »Da diese Untersuchung nun beendet ist – diese O'Brien-Sache –, könnten Sie ja vielleicht etwas anderes für mich finden.«

»Ah«, machte Edgar Bedford. »Das ist einer der Gründe, warum ich mit Ihnen reden wollte.«

»Oh, gut – ich bin bereit, einen anderen Fall zu übernehmen. Ich denke, ich habe meine psychischen Schwierigkeiten ziemlich gut in den Griff bekommen.«

Edgar Bedford schien ihm nicht zuzuhören. Stattdessen sah er sich um, bis er den Stuhl einer Schreibkraft entdeckte, den er sich in die Mitte des Raumes zog. Er setzte sich, verschränkte die Arme vor der Brust und musterte Michael mit einem Ausdruck, den Michael noch nie zuvor im Gesicht von irgendjemandem gesehen hatte. Herablassend, besitzergreifend, aber auch besorgt, als hätte er keinen wie auch immer gearteten Respekt vor Michael, sondern fürchte vielmehr, Michael könnte das sorgsam ausbalancierte Gleichgewicht des Bedford-Lebens durcheinanderbringen.

»Ich will Ihnen etwas erzählen, Michael. Meine Familie beherrscht die Bostoner Gesellschaft seit mittlerweile fast hundert Jahren.«

»Dessen bin ich mir bewusst, Sir.«

»Wissen Sie auch, wie wir das geschafft haben? Wissen Sie, wie wir solchen Einfluss erlangt haben?«

»Nun, Sir, ich bin mir ziemlich sicher, Sie werden es mir gleich verraten.«

»Wir haben diesen Einfluss erlangt, indem wir Freundschaft mit den richtigen Leuten geschlossen haben. So haben wir es gemacht. Wir haben Freundschaft mit den richtigen Leuten geschlossen. Wir waren gut zu den Leuten, die uns helfen konnten, und wir waren gnadenlos gegenüber den Leuten, die versucht haben, uns schlechtzumachen.«

Michael nickte, als verstünde er voll und ganz, worum es bei diesem Vortrag ging.

Edgar Bedford verstummte eine Weile, bevor er fortfuhr: »Ich bin kein Trottel, Rearden, wofür Sie mich auch halten mögen. Auf Ihre Weise sind Sie einer von uns, und dadurch sind Sie gefeit. Aber gefeit zu sein bedeutet nicht, dass Sie unverwundbar sind – und gefeit zu sein bedeutet auch nicht, dass Sie tun können, was Sie wollen, oder dass Sie die Nase in Angelegenheiten stecken können, die

Sie nichts angehen. Also sage ich Ihnen jetzt: Sie schließen diesen O'Brien-Bericht ab – Tod durch Unfall –, stellen die Versicherungsträger zufrieden, und danach denken wir vielleicht darüber nach, Sie zu behalten.«

Michael stand mit den Anschlagfotos von Joe hinter dem Rücken vor Edgar Bedford.

»In Ordnung, Mr. Bedford«, sagte er. Und Edgar Bedford fixierte ihn mit wässrigen, verwaschenen Augen, und Michael wusste, dass sich der Boden direkt unter seinen Füßen auftat, aber er weigerte sich hinzusehen, weigerte sich zu fallen.

Ob Edgar Bedford den Moment von Michaels Beklommenheit nun gespürt hatte oder nicht, er stand auf, rollte den Stuhl der Schreibkraft zurück und bemühte sich um ein Lächeln. »Es sind die richtigen Freunde, Rearden, um die sich die Welt dreht. Ich freue mich schon darauf, Ihren Bericht zu lesen. Übrigens, Joes Beisetzung ist am Samstag um elf Uhr im Wakefield Krematorium. Schon eigenartig, ich hätte ihn nämlich nicht für einen Wakefield-Mann gehalten, Sie etwa? Aber wie dem auch sein mag, ich vermute, wir werden uns dort sehen.«

Nachdem Edgar Bedford gegangen war, blieb Michael noch zwei, drei Minuten im Zwielicht des Kopierraumes stehen und dachte daran, wie Raymond Moorpath die Luft erklommen hatte. *So haben wir es gemacht*, hatte Edgar Bedford gesagt. *Wir haben Freundschaft mit den richtigen Leuten geschlossen.*

Michael rief Patsy an. Von Raymond Moorpath erzählte er ihr nichts. Sie fand die Lage angesichts seiner langen Abwesenheiten, Joes Tod und Dr. Rices schwerer Verwundung – dass auch Dr. Rice tot war, hatte er ihr noch nicht mitgeteilt – ohnehin schon schwierig genug. Hinzu kam, dass die Nachrichtensender im Fernsehen die Rassenunruhen in Boston hinlänglich ausschlachteten und bei jeder Berichterstattung Livebilder von Feuergefechten, Hinterhalten, brennenden Gebäuden und verängstigten, um ihr Leben rennenden Kindern zeigten.

Der Bürgermeister hatte Reservisten der Nationalgarde und Sondereinsatzkommandos zu Hilfe gerufen, doch jede neue Initiative schien die Unruhen nur zusätzlich anzufachen. Jahrzehnte der Wut, der Gehässigkeit und der Entfremdung hatten sich aufgetürmt wie ein riesiger Scheiterhaufen, und jeder Versuch, die Feuersbrunst einzudämmen, wirkte so, als wollte man die Flammen mit Benzin löschen.

»Es dürfte dich freuen zu erfahren, dass Edgar Bedford mir aufgetragen hat, die ganze Sache zu einem Ende zu bringen«, berichtete Michael. »Bis zum Wochenende sollte ich damit fertig sein. Dann komme ich nach Hause.«

»Jason vermisst dich«, sagte Patsy. »Und ich vermisse dich auch. Ich weiß, was ich über das Geld gesagt habe … aber irgendwie kommt es mir nicht mehr so wichtig vor.«

Michael wusste nicht, was er darauf erwidern sollte. Er dachte an Megan, wie sie aus ihrem Rollstuhl geglitten war. Er dachte daran, wie er ihr das Gesicht abgewischt hatte. Am liebsten hätte er geweint, so sehr schämte er sich.

»Plymouth gibt mir danach vielleicht weitere Aufträge. Ich weiß es noch nicht genau. Wir werden abwarten müssen.«

»Vielleicht könntest du ja auch das Brettspiel beenden, an dem du gearbeitet hast.«

Michael schluckte. Ihm standen Tränen in den Augen. »Ja, klar. Könnte ich wohl.«

Um drei Uhr morgens klingelte das Telefon. Verängstigt und schwitzend setzte er sich im Bett auf. Er hatte wieder geträumt. Denselben Traum, in dem der Präsident mit ausgestreckter Hand auf ihn zukam. Und seine eigene Stimme in Zeitlupengeschwindigkeit: *Neee-iiin, Miiis-teeer Prääässiiideeent, niiicht, kooommeeen Siiie miiir niiicht zuuu naaah …*

Das Telefon klingelte weiter, und Michael brauchte eine Weile, um zu begreifen, wo er sich befand und wo das Telefon stand, bis er schließlich abhob.

»Michael?«, meldete sich eine barsche Stimme mit dem Akzent eines Bostoner Iren. »Hier Giraffe.«

»Giraffe? Wissen Sie, wie spät es ist?«

»Drei Minuten nach drei. Können Sie zu mir nach Hause kommen – auf direktem Weg?«

»Sie meinen, *jetzt sofort?*«

»Je früher, desto besser. Es ist wichtig, Mikey. Es geht um das, wonach wir alle gesucht haben.«

Michael war nicht sicher, ob er um diese nachtschlafende Zeit ein Taxi finden würde, also fuhr er selbst zu Thomas Boyles Wohnung und parkte auf der gegenüberliegenden Straßenseite. Der nächtliche Wind wehte warm, und einige wenige Nachteulen schlenderten über die Bürgersteige. Neben dem Briefkasten an der Ecke stand ein Mann, das Gesicht vom Schatten eines Huts verborgen. Seine Arme hingen an den Seiten herab, und er rührte sich nicht. Michael zögerte kurz und spielte mit dem Gedanken, ihn anzusprechen, entschied jedoch, es wäre vermutlich sicherer, es sein zu lassen. Was sollte er schon sagen? »Sie sehen aus wie einer der weißgesichtigen Männer, die mein Freund für verantwortlich hält, seit schier ewig langer Zeit Anschläge auf berühmte Menschen zu verüben. Was machen Sie hier?«

Er klopfte sachte mit den Knöcheln an Thomas' Tür, statt die Klingel zu benutzen, um Megan nicht zu wecken, falls sie schlief, doch es war Megan, die öffnete. »Hallo, Michael, wie geht's?«

Michael ergriff ihre Hand und drückte sie. Es war eine Geste, die bestätigen sollte, dass ihr gemeinsamer Akt von »Mr. Hillarius« verursacht worden war, nicht von gegenseitiger Lust aufeinander. Aber es erschien ihm wichtig, dass sie beide Freunde blieben.

Thomas und Victor saßen am Esstisch, tranken Kaffee und unterhielten sich mit einem riesigen, gut aussehenden Schwarzen in einer grünen Djellaba. Der Unbekannte erhob sich, als Michael eintrat, und er streckte beide Hände aus.

»Mikey, das ist Matthew Monyatta von der Olduvai-Gruppe schwarzen Bewusstseins.«

»Freut mich, Sie kennenzulernen«, sagte Michael. »Ich glaube, ich habe Sie schon mal im Fernsehen gesehen.«

Matthew grinste. »Wäre durchaus möglich. Es wird immer wieder mal ein schwarzer Revolutionär gebraucht, um Programmen politische Ausgewogenheit zu verleihen.«

»Möchten Sie Kaffee?«, erkundigte sich Thomas. »Matthew hat uns etwas ziemlich Wichtiges mitzuteilen.«

»Ist noch ein bisschen früh für mich«, erwiderte Michael. »Und übrigens, ich glaube, wir werden verfolgt und beobachtet. Draußen auf der Straße treibt sich ein Kerl herum … Ich kann mir nicht ganz sicher sein, aber irgendwie sieht er nach demselben Mann aus, der auch meine Wohnung beobachtet hat.«

Matthew ergriff das Wort. »Oh ja, und ob Sie beobachtet werden. Jeder, der die weiß-weißen Männer bedroht, wird beobachtet. Rund um die Uhr.«

»Die weiß-weißen Männer?«, hakte Michael nach.

»So nennen die Menschen in Afrika und im Nahen Osten sie. Wegen ihrer Gesichter. Hat man sie einmal gesehen, vergisst man sie nie wieder. Weiß, die Augen abgeschirmt.«

»Was hast du neulich Abend noch mal gesagt?«, wandte sich Michael an Victor. »Etwas über blütenweiße Leute?«

»Die blütenweißen Leute, die weiß-weißen Männer, das sind ein und dieselben«, bestätigte Matthew nickend. »Man könnte es als Ironie bezeichnen. Ihre Gesichter sind weiß, ihre Haut ist weiß, aber ihre Seelen sind schwarz wie die Nacht.«

»Wissen Sie, wer die sind?«, fragte Michael. Er konnte kaum glauben, was er hörte.

Matthew nickte. »Und ob. Deshalb habe ich Lieutenant Boyle angerufen, sobald ich seine Pressekonferenz im Fernsehen mitverfolgt hatte.«

»Erzählen Sie Michael, was Sie mir erzählt haben«, forderte Thomas ihn auf. »Erzählen Sie ihm von den Knochen.«

Matthew fasste unter den Kragen seiner Djellaba und holte einen Beutel aus grauem Leder hervor. Er löste das Zugband, das den Beutel verschlossen hielt, und breitete ein Dutzend kleiner, weißer Knochen auf der Tischfläche aus.

»Das sind die Knochen. Früher wurden sie von Medizinmännern in Kenia benutzt, um die Zukunft vorherzusagen und die Geheimnisse der Vergangenheit zu entschlüsseln. Vor drei Wochen habe ich die Knochen geworfen, und sie haben mich davor gewarnt, dass die weiß-weißen Männer rastlos sind.«

»Wie haben sie das gemacht?«, fragte Michael nach und bemühte sich, nicht zu skeptisch zu klingen. Aber es war erst vier Uhr morgens, und er hatte etwas Glaubhafteres als Knochen erwartet.

Matthew fuhr mit der Handfläche über die Knochen, wodurch sie rollten und ihr Muster veränderten. »Ich weiß, was Ihnen durch den Kopf geht, Michael. Sie halten die Knochen für primitiv, Sie glauben, die Knochen sind bloß ein Aberglaube des schwarzen Mannes. Wer kann schon die Zukunft anhand eines toten Gockels vorhersagen? Wer kann die Vergangenheit allein mit Knochen entschlüsseln? Aber mir wurde von einem Medizinmann, der in der Nähe von Olduvai lebte, beigebracht, wie man sie benutzt, und diesem Medizinmann war es von dem Medizinmann vor ihm beigebracht worden, und so weiter und so fort, bis über tausend Jahre zurück, immer dasselbe Wissen, dieselben psychokinetischen Fähigkeiten, noch bevor es überhaupt eine wissenschaftliche Bezeichnung dafür gab.

Die Knochen sind im Wesentlichen dasselbe wie Wünschelruten, nur spüren sie kein Wasser auf. Stattdessen erspüren sie den Geist einer Person – und wenn der Geist einer Person aufgewühlt oder rastlos ist, dann zucken und hüpfen und verlagern sich die Knochen aus eigener Kraft. Die weiß-weißen Männer besitzen sehr mächtige Geister – Geister, die sich auf die Gesamtheit der menschlichen Gesellschaft auswirken. Wenn also die weiß-weißen Männer rastlos sind – nun, dann warnen die Knochen ziemlich früh davor.«

»Und das ist vor drei Wochen passiert?«, warf Thomas ein und kritzelte Notizen in einen Ringbuchblock.

»Das hat vor drei Wochen *angefangen*«, berichtigte Matthew, »und seither sind die Knochen immer unruhiger geworden. Ich wusste, dass uns etwas Böses bevorsteht, ich wusste, dass eine wichtige Persönlichkeit sterben würde. Aber die Knochen haben mir keinen Hinweis geliefert, wer es sein könnte, sie waren wirklich verwirrt, und als Mr. O'Briens Helikopter schließlich auf diese Weise abgestürzt ist und alle an Bord umgekommen sind, konnte ich nur noch trauern. Ich konnte mir nicht sicher sein, dass die Tat von den weiß-weißen Männern verübt worden war, obwohl ich schon den Verdacht hatte, denn die Knochen sind an jenem Tag buchstäblich *gesprungen,* haben wie kleine tote Männchen auf dem Tisch getanzt. Und dann habe ich sie natürlich gesehen.«

»Sie haben sie gesehen?«, hakte Thomas nach. »Sie haben die weiß-weißen Männer gesehen?«

Matthew zögerte und ließ den Kopf sinken. Als er weitersprach, klang seine Stimme wesentlich gedämpfter. »Ich habe sie in Patrice Latombas Wohnung gesehen.«

Thomas' Stift hielt auf dem Notizblock inne. »War das, bevor Verna Latomba ermordet wurde, oder danach?«

»Ich habe sie dort gesehen, ich habe sie zusammen mit Verna gesehen. Sie war gefesselt, und die weiß-weißen Männer haben ihr wehgetan. Sie haben Kerzenwachs auf sie tropfen lassen und sie mit Messern geschnitten.«

Thomas starrte ihn an. »Sie haben sie zusammen mit Verna gesehen, Sie haben gesehen, was sie mit ihr gemacht haben, und Sie haben nicht die Polizei verständigt? Matthew – Sie hätten ihr das Leben retten können!«

Matthew sah ihn trotzig an. »Die weiß-weißen Männer haben mich aufgefordert, mich um meine eigenen Angelegenheiten zu kümmern. Glauben Sie nicht, dass es geschmerzt hat, einfach so davonzumarschieren? Glauben Sie nicht, dass ich mich geschämt habe? Für mich selbst, für meine Rasse, für meine Feigheit?«

»Aber Herrgott noch mal, Matthew …«

Matthew schlug mit der Faust auf den Tisch. »Sie haben keine Ahnung, womit Sie es hier zu tun haben! Das sind keine Mafiosi oder jamaikanische Gangmitglieder oder Yakuza! *Das sind die weiß-weißen Männer!*«

Michael schaute weg. Ihm war Matthews Gefühlsausbruch peinlich, doch ebenso peinlich waren ihm seine eigenen Gedanken. Die weiß-weißen Männer? Um Himmels willen. Dafür hatte ihn Thomas aus dem Bett gezerrt? Damit er sich dieses abergläubische Geschwafel anhörte? Andererseits schien Matthew ein so stolzer Mann zu sein, ein Mann mit Stärke und Charakter.

Thomas sagte in überaus sanftem Tonfall: »Bitte, Matthew, klären Sie mich auf. Wieso sind diese weiß-weißen Männer so viel schlimmer als die Mafia?«

Matthew holte tief Luft. »Sie verstehen es wirklich nicht, oder? Die Mafia hat Ehre, die Mafia hat Religion, die Mafia hat einen Verhaltenskodex. Mafiosi mögen Mörder sein, und sie mögen ihr Geld mit Drogen, Prostitution und Glücksspiel verdienen. Aber sie haben ihren Stolz und sie kennen Loyalität in der Familie, ganz gleich, wie pervertiert uns dieser Stolz und diese Loyalität erscheinen mögen. Bei den weiß-weißen Männern gibt es nichts davon. Die weiß-weißen Männer sind jeder Sünde schuldig, deren man überhaupt schuldig sein kann. Jeder Ausschweifung. Jeder Grausamkeit. Und genau das sind sie – die grausamsten Kreaturen auf Gottes Erde, die Personifizierung alles Bösen.«

»Und Sie haben Verna Latomba in den Händen dieser Männer gesehen und keinen Versuch unternommen, die Frau zu retten?«

»Nein, habe ich nicht.«

»Sind Sie stolz darauf?«

»Nein, bin ich nicht. Aber es gab nichts, was ich hätte tun können, und nichts, was irgendjemand sonst hätte tun können. Und glauben Sie mir, hätte ich mich mit Ihnen angelegt, hätten sie auch Jagd auf mich gemacht wie Haie aus der Hölle, für immer und ewig, bis sie mich erwischt hätten. Ich habe versucht, mir vorzumachen, es gehe lediglich um eine Drogenangelegenheit zwischen Patrice und Luther Johnson und den weiß-weißen Männern. Vermutlich wissen Sie das nicht, aber die weiß-weißen Männer haben die Finger tief im Drogenhandel drin, nicht etwa wegen des Profits, sondern wegen der gesellschaftlichen Zerrüttung, die Drogen verursachen. Deshalb verkaufen sie gern an MIT- und Eliteunistudenten ... darum geht es bei der ganzen Eliteuni-Verbindung. Verkauft man Crack an irgendeinen Jugendlichen in der Blue Hill Avenue, was macht das schon für einen Unterschied? Der hat keinen gesellschaftlichen Einfluss, ist bloß ein weiterer trauriger Statistikwert. Aber verkauft man Crack an einen Physikstudenten, einen angehenden Anwalt oder einen aufstrebenden Politiker – dann bewirkt man einiges an Schaden. Dann kann man Hunderte oder gar Tausende Leben für den Preis von nur einem zerstören.«

Victor ergriff das Wort. »Was hat Sie dazu bewogen, Lieutenant Boyle heute Nacht anzurufen?«

»Schuldgefühle, würde ich sagen. Und die Fakten, die bei der Pressekonferenz präsentiert wurden und mich zu 100 Prozent davon überzeugt haben, dass es die weiß-weißen Männer waren, die John O'Brien, Elaine Parker und Ihren Freund von der Versicherung getötet haben. Es wurde verlautbart, dass alle auf dieselbe Weise markiert wurden, mit jenen tiefen Einstichen am Rücken – tja, als ich das gehört habe, ist mir das Blut zu Eiswasser geronnen. Denn das tut niemand außer den weiß-weißen Männern – wie Graf Dracula, der die berühmten Bissspuren an den Hälsen von Frauen hinterlässt.«

Michael wollte wissen: »Woher kommen diese weiß-weißen Männer? Ich meine, wer genau sind sie? Sind sie Außerirdische oder so?«

Matthew stimmte ein lautes, dröhnendes, verbittertes Gelächter an und hieb mit der Faust auf den Esstisch. »Das könnte man so sagen! Das könnte man wirklich so sagen! Außerirdische, das gefällt mir!«

»Kriegen Sie sich wieder ein, Matthew«, mahnte Thomas. »Das ist kein Scherz.«

»Oh doch, ist es«, widersprach Matthew. »Es ist ein Scherz auf Ihre Kosten. Falls Sie dachten, Ihre weiße westliche Zivilisation sei frei von all ihren Verpflichtungen aus längst vergangenen Zeiten, ist es ein Scherz auf Ihre Kosten. Wie viele jüdische Amerikaner kehren nach Israel zurück, um dort zu meditieren und zu beten? Wie viele schwarze Amerikaner kehren nach Nigeria und Sierra Leone zurück, um sich auf ihre Wurzeln zu besinnen? Wie viele Iren kehren nach Irland zurück, wie viele Deutsche nach Deutschland, wie viele Neapolitaner nach Neapel? Wir sind alle unentwirrbar miteinander verflochten, jeder Einzelne von uns, so wie wir sind, und so, wie unsere Ahnen waren – und das ist das Schöne an der Menschheit und an Rassen, und wir sollten alle stolz darauf sein, statt uns dafür zu schämen.«

»Aber was ist mit den weiß-weißen Männern?«, lenkte Thomas zurück zum Thema.

Matthew nippte zuerst an einem Espresso, dann trank er einen Schluck Leitungswasser. Mit ernster Miene beugte er sich auf den Tisch vor. Michael fand, dass sein Gesicht beinah wie eine Landschaft aussah – breit und voller Vertiefungen mit Steppen als Wangen und hohen Gebirgsketten als Wangenknochen und Höhlen als Nasenlöchern … und über allem ein Plateau, das seine Stirn bildete.

»Die weiß-weißen Männer gehen auf die Tage des Levitikus zurück, was dem dritten Buch Mose entspricht, und das wurde vor 1600 Jahren geschrieben. Das Buch

Levitikus zeigt, wie Menschen von ihren Sünden und deren Konsequenzen getrennt werden können, und wissen Sie auch, wie?

Der Herr befahl seinem Hohepriester Aaron, am jüdischen Versöhnungstag ›das Los zu werfen über einen Bock für Asasel‹. ›Da soll Aaron seine beiden Hände auf dessen Haupt legen und bekennen auf ihn alle Missetat der Kinder Israels und alle ihre Übertretung in allen ihren Sünden, und soll sie dem Bock auf das Haupt legen und ihn durch einen Mann, der bereit ist, in die Wüste laufen lassen, dass also der Bock alle ihre Missetat auf sich in eine Wildnis trage; und er lasse ihn in die Wüste.‹ Und wenn in jenen Tagen über Sünden gesprochen wurde, waren damit Sünden jeder Art gemeint … vom Berühren einer menstruierenden Frau über das Entblößen der Nacktheit des Eheweibs des eigenen Bruders bis hin zum Schlafen mit einem Mann auf die Weise, wie man mit einer Frau schläft, was als Gräuel galt, und das können Sie mir glauben.

Mit anderen Worten, Aaron sollte einen Sündenbock auswählen, ihn mit den Sünden aller beladen, ihn in die Wüste hinausschleifen und von einer Klippe werfen, und von da an sollten alle rein, sollten alle blütenweiß sein. Ich meine, immerhin stürzten zusammen mit der Ziege alle Sünden über die Klippe in den Abgrund, nicht wahr?«

»Sündenbock«, wiederholte Michael und konnte sich nicht erklären, warum sich das Wort so vertraut anhörte. *»Sündenbock.«*

Matthew fuhr fort: »Levitikus beschreibt ziemlich ausführlich, was für Ziegen dafür verwendet werden sollen, welche Teile man essen kann und welche Teile man verbrennen soll. Was Levitikus jedoch nicht verrät, ist, dass Aaron keine *richtige* Ziege benutzt hat. Wenn man sich die ägyptischen Überlieferungen ansieht, wenn man die sumerischen Geschichten liest, hat Aaron einen *Mann* verwendet, keinen Ziegenbock. Aaron hat einen Mann benutzt, der Asasel sein sollte, der gefallene Engel, der in jenen Tagen über die Erde wandelte, wie Sie und ich über die Erde wandeln können, abgesehen davon natürlich, dass Asasel unheimlich Furcht einflößend war.«

»Entschuldigen Sie bitte, ein *Engel?*«, warf Victor ein.

Matthew zuckte mit den Schultern. »So haben die Menschen sie genannt, obwohl niemand weiß, wer oder was sie in Wirklichkeit waren. Sie besaßen menschliche Gestalt und sprachen menschliche Sprachen, obwohl sie manchmal ihre Gestalt verändern konnten und manchmal Sprachen benutzten, von denen noch niemand je gehört hatte. Allerdings konnte man sie leicht erkennen, denn sie besaßen gewaltige persönliche Auren, und in der Regel war irgendetwas an ihnen bedeutend anders, beispielsweise eine zusätzliche Brustwarze oder Haare einer seltsamen Farbe. Asasel wurde als Ziege bezeichnet, weil er geschlitzte Augen hatte und wie eine Ziege *aussah*.«

Victor schüttelte skeptisch den Kopf, aber Thomas schaute auf und sagte: »Reden Sie weiter.«

»Nun«, fuhr Matthew fort, »die Menschen haben Asasel dazu auserkoren, für all ihre Sünden zu büßen, weil er anders war und sie Angst vor ihm hatten. Aaron legte seine Hände auf Asasels Haupt, danach schleifte ihn ein Mann an einem Seil hinaus in die Wüste und warf ihn von einer Klippe. Alle tanzten und sangen und riefen das hebräische Pendant von: ›Spitze, das war's, damit sind all unsere Sünden von uns abgewaschen.‹

Aber wie sich herausstellte, war dem nicht so. Denn Asasel überlebte. Schwer verletzt und gebrochen, aber am Leben. Und Asasel verbrachte 20 Jahre damit, als Nomade, als Vagabund durch die Wüste zu wandern, und in all der

Zeit hatte er die kombinierten Sünden all dieser Menschen, des Stammes des Volkes Israel in sich. Ohne eigenes Verschulden war Asasel zum leibhaftigen Bösen geworden. Er tötete Schafe und Kamele. Er vergewaltigte Frauen, er vergewaltigte kleine Mädchen, er vergewaltigte Hunde, er vergewaltigte kleine Jungen, aber man kann ihm nicht die Schuld daran geben. Die liegt bei Gott, die liegt bei Aaron. Die liegt bei jedem, der immer noch an den Herrn, unseren Gott glaubt. Denn Asasel hatte den Stamm des Volkes Israel von *allem* entlastet, ganz gleich, was es war. Asasel hatte alle Bösartigkeit, alle Perversion, alle Schuld dieser Menschen angenommen.

Außerdem war er unsterblich oder zumindest unnatürlich langlebig. Sie können ruhig skeptisch die Augenbrauen hochziehen, meine Freunde, trotzdem bleibt die schlichte Tatsache, dass es Engel wirklich gibt. Keine Bilderbuchengel mit Flügeln, Heiligenscheinen und Harfen, sondern Männer, die schon zu Zeiten der Magie gelebt haben, als Gott, was immer er gewesen sein mag, noch auf Erden gewandelt ist und Wunder und Magie offen gewirkt wurden.

Angeblich konnten sie auch fliegen – obwohl die Beschreibung, die man in all den alten Schriften findet, ›durch die Luft gehen‹ lautet.

Liebe Güte, ich will gar nicht erst so tun, als wüsste ich, wie. Sehr wohl aber weiß ich, dass Asasel real war. Er wird in verschiedenen Schriften aller möglichen Stämme und Kulturen immer wieder erwähnt.

Laut diesen Geschichten hat er sich auf einem griechischen Handelsschiff den Weg in das Land gebahnt, das wir heute als Marokko kennen, und dort in einer abgeschiedenen Burg mit Blick auf die Meerenge von Gibraltar gelebt. Von dort ließ er die Kunde verbreiten, er würde alle um sich scharen, die magisch und unzufrieden sind – seltsame und unnatürliche Ausgestoßene aus der gesamten bekannten Welt.

Die Kommunikation lief in jenen Zeiten natürlich langsamer ab, aber durchaus effektiv. Was man im September auf dem Basar von Kairo flüsterte, wurde im nächsten Mai ins Ohr des Kaisers von China geflüstert.

Die weiß-weißen Männer kamen aus ganz Europa und Afrika und Teilen von Kleinasien. Einige von ihnen über das Meer, andere mit Handelskarawanen. Wieder andere marschierten Hunderte Kilometer zu Fuß.«

»Aber wer waren sie?«, fragte Victor dazwischen. »Woher stammten sie?«

»Ich weiß es nicht«, erwiderte Matthew. »Ich glaube auch nicht, dass wir es je mit Sicherheit erfahren werden. Das äthiopische Henochbuch deutet an, dass sie Engel waren, die von der Flut versprengt wurden und sich seither versteckten – verfolgt, weil sie anders waren. Gejagt, weil sie magisch waren.

Vielleicht ist das die Wahrheit, vielleicht nur ein Mythos. Was immer sie gewesen sein mögen, sie waren verdammt seltsam, so viel steht fest. Zum einen haben sie nie geschlafen. Stellen Sie sich das mal vor, *sie haben nie geschlafen!* Sie sind ein ums andere Jahr wach geblieben, und deswegen waren ihre Augen total blutunterlaufen. Im äthiopischen Henochbuch werden sie Wächter genannt, weil sie immer wachen, niemals schlafen, niemals müde werden – oder unendlich müde sind, wer weiß das schon?

In afrikanischen Dialekten, in Nigeria und Sierra Leone und im Senegal, und auch auf Haiti und Martinique nennt man sie die weiß-weißen Männer. Augen wie Rubine, Haut wie Schnee. In Europa hat man sie größtenteils längst vergessen, aber man erinnert sich noch an ›Zwei für die blütenweißen Leut', so grün, so grün gekleid'‹.«

Thomas warf durch und durch ernst ein: »Wollen Sie uns damit sagen, Matthew, dass diese weiß-weißen Männer mehrere Jahrhunderte alt sind? Dass sie niemals schlafen? Dass sie niemals sterben?«

»Mann, Sie *wissen,* dass sie niemals sterben!«, gab Matthew mit wackelnden Hängebacken zurück. »Sie sterben *niemals!* Sie sterben nur, wenn Asasel *sagt,* dass sie sterben!«

»Fahren Sie fort«, ersuchte ihn Michael. Er hatte keine Lust, sich auf ein Schreiduell einzulassen, zumal er von dem, worüber gesprochen wurde, kaum eine Ahnung hatte.

»Die weiß-weißen Männer taten alles, was sie konnten, um Asasel zu dienen. Was jedoch nicht einfach war, weil Asasel als Engel keinerlei Art von Essen zu sich nahm. Trotzdem brauchte er hier auf der Erde, dem dritten Stein von der Sonne aus, eine *bestimmte* Art von Nahrung.

Und die Nahrung, die er brauchte, war menschliches Adrenalin. Immerhin trug er all diese menschliche Boshaftigkeit, all diese menschlichen Missetaten in sich herum, und es verbrannte ihn innerlich, es verzehrte ihn. Er brauchte menschliche Energie, um am Leben zu bleiben.

Nun – es gibt da dieses eklatante Missverständnis, dass die weiß-weißen Männer Blut trinken würden. Das liegt hauptsächlich daran, dass ihre Augen so rot sind. Die weiß-weißen Männer sind die Inspiration hinter dem Mythos der Vampire und der Geschichte von Dracula. Aber all das hat nie stattgefunden – Vampire hat es nie gegeben! Wissen Sie, was Gott in Levitikus sagt? ›Und welcher Mensch, er sei vom Haus Israel oder ein Fremdling unter euch, irgend Blut isst, wider den will ich mein Antlitz setzen und will ihn mitten aus seinem Volk ausrotten. Keine Seele unter euch soll Blut essen. Denn des Leibes Leben ist im Blut.‹

Selbst die dunkelsten Dämonen gehorchen diesem Gesetz. Aber sie brauchen Adrenalin, sie brauchen es dringend. Und deshalb entführen und foltern sie Mädchen oder junge Frauen – um ihnen Angst einzujagen, um ihnen wehzutun, damit sie riesige Mengen zusätzliches Adrenalin produzieren. Die weiß-weißen Männer tragen immer dünne Metallröhrchen bei sich, die sie in jemandes Rücken stechen und in die Nieren schieben können, und schon können sie das Adrenalin desjenigen absaugen.«

»Und woher, Matthew … woher wissen Sie das alles?«, fragte Victor.

Langsam drehte sich ihm Matthew zu und begegnete fest und direkt seinem Blick. »Ich weiß es, weil ich aus Olduvai hierhergekommen bin, weil ich 30 Jahre lang Religion und Anthropologie studiert habe und weil ich Reales von schlichtweg Fantastischem abgesondert habe. Ich weiß es, weil ich geglaubt habe, als Traditionalisten und Skeptiker nicht glauben wollten, und weil ich ein wenig Magie in mir trage. Möchten Sie, dass ich die Knochen werfe, um herauszufinden, was Ihnen noch in *Ihrem* Leben bevorsteht?«

Victor bedachte ihn mit einem schiefen Lächeln. »Schon gut, Matthew … lieber nicht.«

»Erzählen Sie mir mehr über diesen Sündenbock«, meldete sich Thomas zu Wort.

Matthew trank seinen Kaffee aus und wischte sich über den Mund. »Nun … seit Asasel von Aaron von der Klippe geworfen wurde und Asasel überlebt hat, ist Asasel fest entschlossen, uns all unsere Sünden zurückzugeben … dieselben Sünden, die Aaron ihm am Versöhnungstag aufgebürdet hat. Er wollte die Welt in einem Konfliktzustand halten und jeden töten, der den Anschein erweckt, er könne Frieden und Verständnis bringen. Seine weiß-weißen Männer wollten sich mit menschlichen Frauen paaren, um die Blutlinien der Welt dauerhaft zu verunreinigen. Wie es im Henochbuch heißt: ›Er und seine Anhänger sahen, dass sich die Menschenkinder vervielfacht hatten und dass ihnen wunderschöne anmutige Töchter geboren wurden. Sie pflegten Umgang mit den Frauen und begannen, sie mit ihrer Saat zu beflecken.‹

Die weiß-weißen Männer brachten ihren Eheweibern alle möglichen Zauber und Banne sowie die Wissenschaft von Wurzelstecklingen und der Pflanzenkunde bei, und Asasel brachte ihren Söhnen die Kunst des Krieges und die Herstellung von Schwertern und Schilden bei. Außerdem brachte er den Frauen die Verwendung von Kosmetik bei, ›die Kunst der Täuschung und Verzierung der Körper‹, und er offenbarte ihnen die Geheimnisse der Hexerei.

Asasel verursacht seit Jahrhunderten Chaos, Krieg und soziale Unruhen, indem er Bruder gegen Bruder aufhetzt, Rasse gegen Rasse. Was glauben Sie wohl, worum es bei dem ganzen Aufstand in der Seaver Street geht? Das sind die weiß-weißen Männer, die unsere Gemeinschaft in Stücke reißen. Was glauben Sie wohl, worum es bei der Ermordung von John O'Brien ging? Jedes Mal, wenn ein Mensch von Gott begünstigt zu sein scheint, jedes Mal, wenn es bei einem Menschen so aussieht, als könnte er ein größeres Problem im Zustand der Welt verbessern, lässt Asasel denjenigen umbringen. Nicht von den weiß-weißen Männern, jedenfalls nicht oft, sondern von irgendeinem Handlanger wie Sirhan Sirhan, der Bobby Kennedy erschossen hat, oder James Earl Ray, der Martin Luther King erschossen hat.

Asasel ist der große Sündenbock, Asasel ist alle Sünden des Volkes Israel in der x-ten Potenz, denn der Versöhnungstag wird uns mit Zinsen und Zinseszinsen zurückgezahlt.«

Thomas lehnte sich zurück und tippte sich nachdenklich mit seinem Kugelschreiber gegen die Zähne. »Ihnen ist aber schon klar, wie verrückt sich das anhört, oder?«

Matthew erwiderte: »Natürlich hört es sich verrückt an. Aber das liegt nur daran, dass sich die weiß-weißen Männer so lange so gut verborgen haben. Ich muss sie als Engel bezeichnen, weil sie von den Menschen damals zu Zeiten von Levitikus so genannt wurden und ich nicht weiß, was sie sonst sein könnten. Früher dachte man, Schizophrene seien vom Teufel besessen, aber nur, weil wir es inzwischen besser wissen, sind sie nicht weniger verrückt. Vielleicht sind diese weiß-weißen Männer in Wirklichkeit auch nur in gewisser Weise ›behindert‹ – vielleicht leiden sie an irgendeinem Gendefekt, der verhindert, dass sie schlafen können, und der sie mit einem Durst nach Adrenalin erfüllt. Bis wir eine Gelegenheit erhalten, sie zu studieren, werden wir es nicht erfahren.«

»Und Sie glauben wirklich, dass Asasel noch lebt? Derselbe Asasel, den Aaron hinaus in die Wüste geführt hat?«

»Ich weiß es nicht. Was meinen Sie? Ist es möglich, dass irgendein Geschöpf auf Erden 1600 Jahre lang lebt? Ich glaube allerdings nicht, dass es wirklich eine Rolle spielt. Auch wenn Asasel selbst vielleicht nicht mehr lebt, sein Name, sein Werk und seine Rituale sind noch sehr lebendig.

Wenn die weiß-weißen Männer einen Anschlag auf jemanden verüben, nehmen sie sich immer einen lebenswichtigen Teil des Körpers der Person, damit eine Wiederauferstehung unmöglich wird.«

»Ich wusste gar nicht, dass Wiederauferstehungen überhaupt möglich *sind*«, warf Victor ein.

Matthew drehte sich ihm zu und gab sich keine Mühe, die Verächtlichkeit in seiner Stimme zu verbergen. »Es ist offensichtlich, mein Freund, dass Sie nie in Haiti gewesen sind oder sich mit der Voodoo-Religion befasst haben, denn Wiederauferstehungen sind nicht nur möglich, sondern verbreitet … und nicht nur in der Karibik. Es gibt Tote, die durch Boston wandeln, mein Freund. Es gibt Tote, die durch Manhattan wandeln. Wenn man anfängt, nach ihnen Ausschau zu halten, dann sieht man sie auch.«

»Also machen sie das bei jedem Anschlagsopfer?«, unterbrach ihn Thomas in dem Versuch, zurück aufs eigentliche Thema zu kommen.

»Ganz genau, bei jedem Einzelnen. Bei Abraham Lincoln haben sie sich das Herz geholt, bei John F. Kennedy das Gehirn. Sie haben Martin Luther King die Augen genommen und Anwar Sadat die Lunge. Und falls es ihnen nicht gelingt, etwas direkt vom Tatort mitzunehmen, haben sie reichlich Ärzte und Leichenbestatter in der Hand.«

Michael hatte lebhaft das Bild von Dr. Moorpath vor Augen, wie er wackelig die Luft erklomm. Vielleicht übertrieb Matthew Monyatta. Vielleicht vermischte er Fakten und Hokuspokus. Aber Michael hatte die Macht der weiß-weißen Männer, der sogenannten blütenweißen Leute aus nächster Nähe erlebt und wusste, dass sie beängstigend real waren.

Eine Macht aus Zeiten des Alten Testaments. Eine Macht, die all die Magie und all die Mysterien der Bibel selbst in sich vereinte.

»Was haben sie von John O'Brien genommen?«, wollte Matthew wissen. »In den Nachrichten wurde nicht erwähnt, dass er auf irgendeine Weise verstümmelt wurde.«

»Woher wissen Sie, dass er verstümmelt wurde?«

»Weil es die weiß-weißen Männer waren, die ihn getötet haben, und wie ich schon sagte, die weiß-weißen Männer nehmen sich immer irgendetwas.«

Thomas schwieg eine ganze Weile, nach wie vor zurückgelehnt, immer noch nachdenklich. »Na schön«, meinte er schließlich gedehnt. »Sie haben seinen Kopf mitgenommen. Sie haben ihn mit einer Holmatro-Schneidvorrichtung enthauptet – einem Werkzeug, das die Feuerwehr benutzt, um Menschen aus Autowracks herauszuschneiden. Überall war Blut, aber weit und breit kein Kopf. Wir konnten nur davon ausgehen, dass ihn der Täter als Trophäe mitgenommen hat.«

»Tja, das ist nur halb richtig«, erwiderte Matthew nickend. »Sie haben ihn teilweise als Trophäe und teilweise als Vorsichtsmaßnahme mitgenommen.«

Victor ergriff das Wort. »Lassen Sie mich Ihnen eine Frage stellen ... Ist bekannt, ob je einer der weiß-weißen Männer gestorben ist?«

Matthew schüttelte den Kopf. »Sie schützen ihre Geheimnisse gut – wie sie leben, wie sie *über*leben. Sie haben eine Vielzahl von Freunden in gehobenen Positionen, Freunde, die reich dafür belohnt werden, dass sie ihnen helfen. Ebenso haben sie eine Menge Feinde in gehobenen Positionen, aber fast alle ihre Feinde haben zu große Angst, um etwas gegen sie zu unternehmen. Ist besser, einfach wegzuschauen, falls Sie verstehen, was ich meine.

Es gibt allerdings eine Geschichte, laut der einst ein alter Händler in Marokko die weiß-weißen Männer aufgesucht hat, weil sie seine Lieblingstochter geholt hatten, um sie zu schänden. Er flehte den weiß-weißen Mann an, der sie entführt hatte, aber der weiß-weiße Mann weigerte sich, sie ihm zurückzugeben.

Es ist jedoch eine arabische Anstandsregel, dass ein Besucher eines Hauses nie aufgefordert werden darf zu gehen. Also blieb der Händler den ganzen Tag und die ganze Nacht im Haus des weiß-weißen Mannes und flehte ihn an, die Reinheit seiner Tochter nicht zu besudeln, und der weiß-weiße Mann hatte keine andere Wahl, als dazusitzen und ihm zuzuhören. Der Händler blieb einen weiteren Tag und eine weitere Nacht, konnte kaum noch wach bleiben, aber der weiß-weiße Mann schlief natürlich nie. Für den Händler wurde klar, dass er bald schlafen müsste und sich so für den weiß-weißen Mann die Gelegenheit ergäbe, ihn zu verlassen und seine Tochter mitzunehmen. Also stimmte er ein Lied an, das ihm seine Großmutter immer vorgesungen hatte, als er ein Kind gewesen war, um den weiß-weißen Mann einschlafen zu lassen. Gleichzeitig schwenkte er seinen Anhänger vor den Augen des weiß-weißen Mannes hin und her.

Der weiß-weiße Mann schlief tatsächlich ein, und während er schlief, zeigte sich nach und nach sein wahres Alter, und er vertrocknete und schrumpfte, bis von ihm so gut wie nichts übrig blieb außer einem …«

»… *kleinen, verkrümmten, behaarten Etwas, das wie eine Steckrübe aussah*«, fiel ihm Thomas ins Wort.

Matthew starrte ihn an. »Woher wissen Sie das?«

»Weil ich es gesehen habe. Zumindest habe ich ein Bild davon gesehen. Es hing im Flur des Hauses in der Byron Street, in dem wir Elaine Parker gefunden haben. Darauf stehen rings um einen Tisch viktorianisch aussehende Leute, und ein solches verschrumpeltes, verdorrtes Etwas liegt direkt auf dem Tisch vor ihnen.«

»Dann fangen Sie also an, mir zu glauben?«, fragte Matthew.

»Ich glaube, ich brauche mehr Kaffee«, murmelte Victor.

Thomas kritzelte einige weitere Notizen. Dann meinte er zu Matthew: »Irgendetwas liegt diesem ganzen mythischen Kram zugrunde. Ich bin nicht sicher, ob ich glaube, dass die weiß-weißen Männer für jeden bedeutenden Anschlag verantwortlich waren, der je verübt worden ist. Aber ich denke, dass genug von dem, was Sie uns erzählt haben, zu den Fakten passt, um weitere Untersuchungen zu rechtfertigen.«

»Und was der Händler gemacht hat, war Hypnose«, warf Michael ein. »Die einzigen Male, dass ich diesen ›Mr. Hillarius‹ gesehen habe, waren unter Hypnose.«

»Was für einen Namen haben Sie da gerade gesagt?«, hakte Matthew nach. In seiner Stimme schwang echte Beklommenheit mit.

»›Mr. Hillarius‹«, wiederholte Michael. »Ich werde derzeit einer Hypnotherapie unterzogen, und die letzten Male, als ich hypnotisiert wurde, habe ich diesen großen, weißhaarigen Mann namens ›Mr. Hillarius‹ gesehen.«

Matthew fasste sich mit der Hand an die Stirn, eine Geste zur Abwehr des Bösen.

»Der heilige Hilarius war der einzige Papst, von dem bekannt war, dass er Umgang mit den weiß-weißen Männern hatte. Das war im fünften Jahrhundert. Es gibt Geschichten, die besagen, er sei mit Asasel gesehen worden. Es gibt Geschichten, die besagen, er sei Asasel *gewesen*. Angeblich stammte er aus Sardinien, aber manche Menschen glauben, er kam ursprünglich aus Marokko.«

»Zufall?«, fragte Thomas.

»Das glaube ich kaum«, sagte Michael. »Es gibt bei diesem Fall zu viele gottverdammte Zufälle, und alle verweisen auf eine bestimmte Person. ›Mr. Hillarius‹, Bock's Sunden, Nahant.«

»Na schön«, brummte Thomas und streckte sich. »Ich denke, ich könnte auch noch ein wenig Kaffee vertragen.«

»Was haben Sie jetzt vor?«, fragte Michael.

»Ich werde lange und gründlich überlegen«, antwortete Thomas.

»Das ist alles? Was ist mit ›Mr. Hillarius‹?«

»Was soll mit ihm sein? Er hat einen Namen, der wie der eines Papstes aus dem fünften Jahrhundert klingt. Er taucht in Ihren hypnotischen Trancen auf. Außerdem steht er im Notizbuch Ihres Hypnotherapeuten. Ach ja – hätte ich fast vergessen: Ein blinder Mann hat Ihnen gegenüber seinen Namen auf der Straße erwähnt. Ich glaube nicht, dass wir genug Handfestes haben, um ihn zu verhaften, Sie etwa?«

»Sie könnten sein Haus observieren lassen«, schlug Michael vor.

Der Detective schüttelte den Kopf. »Auch das könnte ich nicht rechtfertigen. Weder rechtlich noch finanziell.«

»Dann werde *ich* sein Haus observieren.«

»Sie halten sich von seinem Haus fern. Graben Sie weiter, recherchieren Sie weiter. Falls und wenn Sie etwas finden, geben Sie mir Bescheid.«

Matthew ergriff das Wort. »Sie wollen Jagd auf die weiß-weißen Männer machen, Lieutenant?«

»Falls sie existieren – und falls sie getan haben, was Sie behaupten –, mache ich Jagd auf sie.«

Matthew hievte seine gewaltige Masse vom Stuhl und strich seine Djellaba glatt. »Wenn das so ist, erscheinen mir ein paar Worte der Warnung angebracht. Lassen Sie die weiß-weißen Männer nie durch Ihre Tür herein. Sprechen Sie niemals mit ihnen. Sehen Sie ihnen nie in die Augen. Und falls Sie einem davon nachts begegnen, sollten Sie unbedingt eine Taschenlampe oder eine Kerze dabeihaben und ihm nie den Rücken zudrehen.«

Thomas brachte ihn zur Tür. »Ich möchte Ihnen für all die Unannehmlichkeiten danken, die Sie auf sich genommen haben.«

»Sie wissen noch nicht, was Unannehmlichkeiten sind, Lieutenant.«

»Tja … klingt ganz so, als würde ich es noch herausfinden.«

Matthew fasste sich erneut an die Stirn. »Mögen die guten Geister Sie vor Schaden bewahren, das wünsche ich Ihnen.«

Michael verließ Thomas' Wohnung kurz nach acht Uhr, nachdem Megan Frühstück für sie alle gemacht hatte und sie die Auswirkungen von Matthew Monyattas Schilderungen diskutiert hatten. Alle drei kamen überein, dass die Attentatsbilder von Joe *Anscheinsbeweise* dafür darstellten, dass eine Art Verschwörung hinter den meisten der bedeutenden politischen Morde der vergangenen 120 Jahre steckte. Allerdings waren sie alles andere als sicher, ob die blassen Männer, die auf allen Bildern vorkamen, immer dieselben Männer waren – oder ob sie Matthews sogenannte »weiß-weiße Männer« verkörperten oder ob sie wirklich die schlaflosen Nachkommen von Engeln aus dem Alten Testament sein könnten.

»Wir dürfen nicht vergessen, dass Matthew ein Revolutionär ist«, gab Thomas zu bedenken. »Es könnte durchaus sein, dass er uns irgendwie für seine politischen Zwecke einspannen oder uns einfach nur wie abergläubische Idioten aussehen lassen will.«

»Das Gefühl hatte ich nicht«, meinte Michael. »Ich hatte vielmehr das Gefühl, dass er echte Angst hatte.«

Megan rollte mit frischem Toast ins Zimmer. Sie legte die Hand auf die von Michael, und er konnte physisch die Wärme ihrer Aura spüren.

»Schon satt?«, fragte sie ihn.

Er sah Thomas an, und Thomas lächelte, und Michael kam sich durch und durch schäbig vor.

Als er zurück in seiner Wohnung war, schlüpfte er müde aus seinem Sweater und warf ihn auf die Couch. Dann setzte er sich, um die Schuhe auszuziehen. Das rote Lämpchen am Anrufbeantworter blinkte, also drückte er die Wiedergabetaste, um seine Nachrichten abzuhören. Nach einem Klicken folgte ein längeres Zischen, danach hörte er leise Musik dudeln – eine seltsam misstönende Musik, als versuche jemand, mit einer Geige grässliche Kopfschmerzen auszudrücken.

Schließlich hörte er laut – fast so laut, als stünde der Sprecher unmittelbar neben ihm – eine belegte, rauchige Stimme.

»Du stellst unsere Geduld zu sehr auf die Probe, Michael. Wir haben versucht, dich zu ermutigen, wir haben versucht, tolerant zu sein. Du hättest ein stilles und wohlhabendes Leben genießen können, wenn du nur weggeschaut hättest. Wegzuschauen ist keine Sünde, Michael. Wir müssen uns schützen, das musst du verstehen. Jede Gesellschaftsordnung hat das Recht, sich zu schützen. Deshalb haben wir uns deine Frau und deinen Sohn geliehen, Michael – aus keinem anderen Grund, nur um uns zu schützen. Alles, was du tun musst, Michael, ist wegzuschauen und niemals zurückzublicken.«

Das war alles. Die kratzige Musik spielte noch eine Weile weiter, dann verstummte sie, und die Nachricht endete. Sofort holte Michael sein Handy heraus und gab hastig seine Nummer zu Hause in New Seabury ein. Beim ersten Mal verwählte er sich und wurde von dem Dreiklang begrüßt, der darauf hinwies, dass der gewählte Anschluss nicht existierte. Beim zweiten Mal hörte er, wie das Telefon bei ihm zu Hause klingelte, allerdings klingelte und klingelte es fast eine Minute lang, und niemand ging ran.

Er rief Thomas an. »Ich bin gerade zurückgekommen und hatte eine Nachricht auf dem Anrufbeantworter. Jemand hat gesagt, er habe sich Patsy und Jason ›geliehen‹. Ich habe bei mir zu Hause angerufen, aber es geht niemand ran.«

»Sind Sie sicher, dass die zwei nicht bloß unterwegs sein könnten?«

»Patsy ist normalerweise um diese Zeit zu Hause. Jason ist in der Schule.«

»Warum rufen Sie nicht in der Schule an, um nachzufragen, ob er dort aufgetaucht ist? Falls nicht, rufe ich meinen alten Freund Walt Johnson unten in Hyannis an und lasse ihn bei Ihnen zu Hause nachsehen. Die Hauptsache ist jetzt, nicht in Panik zu verfallen.«

»Giraffe …«

»Was ist, Mikey?«

»Ich glaube, das war er. Die Stimme am Telefon. Ich glaube, ich habe sie erkannt.«

»Das ist ein guter Anfang. Was glauben Sie, wer es war?«

»Ich bin mir zu 99 Prozent sicher, dass es ›Mr. Hillarius‹ war.«

Eine sehr lange Stille entstand. Dann stieß Thomas hervor: »Oh Scheiße.«

»Warum ›oh Scheiße‹?«, wollte Michael wissen.

»Hören Sie«, erwiderte Thomas, »wir wissen, wo ›Mr. Hillarius‹ wohnt, nicht wahr?«

»Richtig. Wenn er also Patsy und Jason entführt hat, dann …«

»Er könnte Patsy und Jason entführt haben, ja. Wenn er in die Ermordung von John O'Brien verstrickt ist, hätte er auf jeden Fall ein Motiv dafür, Patsy und Jason zu entführen, damit Sie aufhören, noch tiefer zu graben. Aber ohne Durchsuchungsbefehl kann ich nicht in sein Haus, und um einen Durchsuchungsbefehl zu bekommen, muss ich einen triftigen Grund vorlegen.«

»Aber ich habe seine Stimme erkannt! Welchen ›triftigeren Grund‹ als das brauchen Sie denn?«

»Sind Sie ›Mr. Hillarius‹ je begegnet?«

»Nein, natürlich nicht. Aber …«

»Mikey – *woher* kennen Sie diese Stimme?«

»Er hat mit mir geredet, Herrgott noch mal! Er hat mit mir geredet, als ich unter Hypnose …«

Jäh verstummte Michael. Plötzlich verstand er, was Thomas ihm zu sagen versuchte. Kein Richter würde einen Durchsuchungsbefehl auf der Grundlage einer Identifizierung ausstellen, die auf einer in einer hypnotischen Trance gehörten Stimme basierte.

»Rufen Sie in der Schule an«, drängte ihn Thomas. »Rufen Sie in der Schule und dann noch mal bei mir an.«

»Okay«, willigte Michael ein und legte auf.

Er suchte in seinem Adressbuch, bis er die Nummer der Schule fand, und wählte sie. Doch schon bevor er mit Jasons Klassenlehrer gesprochen hatte, wusste er, wie die Antwort lauten würde. Patsy und Jason waren entführt worden – von »Mr. Hillarius«, von den blütenweißen Leuten, den weiß-weißen Männern –, und Michael konnte nur an Elaine Parkers von Zigaretten verbrannte Haut und an die schleimige Katze denken, die ihn immer noch in seinen Albträumen von Sissy O'Briens grausam misshandeltem Körper angrinste.

17

Ein Unfall hatte sich auf dem McClellan Highway an der Kreuzung mit dem Revere Beach Parkway ereignet. Ein riesiger Sattelzug war umgekippt und lag wie ein toter Elefantenbulle auf der Seite, nur dass aus ihm Diesel statt Blut austrat. Der Verkehr staute sich bis zur Bennington Street zurück. Michael und Victor hatten keine andere Wahl, als frustriert zu warten, während es nur im Schneckentempo voranging.

Als sie endlich den Lynn Shore Drive erreichten und nach Süden auf die Landenge von Nahant bogen, war es fast vier Uhr. Der Nachmittag war warm, die Brise vom Meer federleicht, aber die Sonne wurde von einem dichten grauen Schleier verhüllt, der dem Strand die Anmutung eines Schwarz-Weiß-Fotos verlieh, jeglicher Farben beraubt.

»Dir ist schon klar, dass Giraffe stinksauer sein wird, wenn er herausfindet, dass du allein hergekommen bist, oder?«, merkte Victor an.

»Giraffe kann mir in dem Fall den Buckel runterrutschen. Ist ja nicht Giraffes Familie, die von einer Horde weißgesichtiger Irrer entführt worden ist.«

»Glaubst du wirklich, dass es am Telefon ›Mr. Hillarius‹ war?«

»Ich habe die Nachricht wieder und wieder abgespielt. Ich bin überzeugt davon. Keine Ahnung, wie ich unter Hypnose seine echte Stimme hören konnte, aber es war so.«

»Na ja … Aura-Hypnose ist eine ziemlich mächtige Form der menschlichen Kommunikation. Keinen Schimmer, ob jemand die mentale Stärke besitzen kann, mit jemand anderem über eine Entfernung von fast 50 Kilometern so deutlich zu sprechen, dass seine Stimme erkannt werden kann. Aber wer weiß? Die ganze Sache steckt ja noch in den Kinderschuhen. Ist ein bisschen wie virtuelle Realität, bei der keine speziellen Geräte nötig sind.«

»Es ist wie Fliegen, ohne dass man Flügel braucht«, warf Michael ein. »Wie bei Dr. Moorpath.«

»Ich wünschte, ich hätte das gesehen«, dachte Victor laut.

Michael sah ihn an. »Glaub mir, es ist passiert.«

»Versteh mich nicht falsch … Ich zweifle nicht an deinen Worten. Ich wünschte bloß, ich hätte es gesehen.«

»Glaubst du …«

»Was?«, bohrte Victor nach.

»Na ja … Ich habe gesehen, wie Dr. Moorpath so durch die Luft gegangen ist, und plötzlich musste ich an Elaine Parker denken. Sie ist Tausende Meter tief aus einem Flugzeug gestürzt, trotzdem ist es ihr gelungen zu überleben. Ich habe seit Monaten Albträume über diesen Flugzeugabsturz. Ich bin öfter aus dieser L10-11 gefallen, als man zählen kann. Ich falle und falle, und jedes Mal geht mir dabei durch den Kopf: *Wenn ich nur fliegen könnte.*«

Victor zog die Augenbrauen hoch. »Willst du damit andeuten – mal angenommen, Elaine Parker ist geflogen? Oder durch die Luft gegangen? Oder was immer Dr. Moorpath gemacht hat?«

»Wäre doch eine Möglichkeit, oder? Wenn er es konnte, dann konnte sie es vielleicht auch. Und es sind schon früher Menschen aus Flugzeugen gefallen und haben überlebt. Es gab da mal einen Bomberpiloten während des Kriegs, der ist über 5000 Meter tief gefallen und in Bäumen gelandet.«

Sie fuhren an den gepflegten Strandhäusern von Little Nahant vorbei, dann bogen sie auf den unebenen, sandigen Weg, der zum Leuchtturm bei Bock's Sunden führte. Der große Mercury holperte und rumpelte, und einmal blieben die Hinterräder in einer Ansammlung von Schotter und Sand hängen. Plötzlich jedoch gelangten sie auf offenes Gelände und fuhren über knorrige Klumpen von Seegras, und vor ihnen ragte der kompakte weiße Leuchtturm auf, den Michael in seinen hypnotischen Trancen gesehen hatte.

»Bleib besser hier stehen«, schlug Victor vor. »Und wende den Wagen für den Fall, dass wir schnell abhauen müssen.«

Michael manövrierte den Mercury so herum, dass er in Richtung Norden wies. Dann stiegen sie aus und legten den Rest des Wegs zu den Stufen des Leuchtturms zu Fuß zurück. In der näheren Umgebung parkten keine anderen Fahrzeuge, und der Leuchtturm selbst sah verlassen aus. Die Lampe erwies sich als verdreckt und gesprungen, die dem Meer zugewandte Mauer als stark verwittert.

»Sieht leer stehend aus«, kommentierte Victor. »Vielleicht war ›Mr. Hillarius‹ doch nur ein Produkt deiner Fantasie.«

Michael schüttelte den Kopf. »Vergiss nicht, dass Megan ihn auch gesehen hat.«

»Dann war er vielleicht auch ein Produkt ihrer Fantasie.«

»Ach, jetzt hör aber auf, Victor. Du glaubst doch nicht wirklich, dass sich zwei verschiedene Personen dieselbe imaginäre Gestalt ausgedacht haben könnten, oder? Wir waren beide in Bock's Sunden – jedenfalls in unserer Trance. Wir haben beide ›Mr. Hillarius‹ so deutlich gesehen, als wäre er real.«

»Warum hast du Giraffe davon nichts erzählt?«

»Es hätte nichts geändert. Und ich wollte nicht, dass er falsche Schlüsse zieht.«

»Was für falsche Schlüsse?« Victor klang perplex. Michael antwortete nicht, dachte jedoch bei sich: *Nur weil Megan im Rollstuhl sitzt, ist sie um nichts weniger lebendig, attraktiv oder sexy.*

Victor sah sich um und schniefte. »Warum klopfst du nicht an die Tür? Ich sehe mich mal auf der Rückseite um.«

Michael schluckte. Der Leuchtturm blieb unerbittlich still, und allmählich fing Michael an, sich zu wünschen, er wäre nicht hergekommen. Vielleicht hatte Thomas recht damit gehabt, dass er nicht überstürzt nach Bock's Sunden fahren sollte, ohne einen Beweis dafür zu haben, dass es »Mr. Hillarius« gewesen sein könnte, der Patsy und Jason entführt hatte. Tatsächlich lag immer noch kein konkreter Beweis dafür vor, dass Patsy und Jason *überhaupt* entführt worden waren. Die Polizei von Barnstable County suchte nach ihnen, doch bisher war nichts gemeldet worden, das in irgendeiner Weise verdächtig erschien. Das Haus war menschenleer, aber ordnungsgemäß abgesperrt gewesen. Keiner der Nachbarn wusste von irgendwelchen Schreien oder Kampfhandlungen zu berichten oder hatte Fremde in der Umgebung bemerkt.

Dennoch konnte Michael das eindringliche Gefühl nicht abschütteln, dass sie weg waren und »Mr. Hillarius« sie sich geholt hatte. Es füllte seinen Verstand wie ein schwarzer, unausgesprochener Satz aus. Als wüsste er es, könnte aber nicht recht verstehen, weshalb.

Und obwohl rings um den Leuchtturm Stille ohne jedes Anzeichen von Leben herrschte, konnte er fühlen, dass hier irgendetwas war. Etwas sehr Dunkles und sehr Seltsames.

Etwas, das ihn näher lockte und wollte, dass er blieb.

Etwas, das ihn näher lockte und ihn dazu brachte, dass er bleiben *musste.*

Victor ergriff kurz seinen Arm, dann rutschte er den losen, sandigen Hang zur seewärtigen Seite des Leuchtturms hinunter. »Da sind ein paar Nebengebäude«, rief er zurück. »Die seh ich mir mal an.«

Michael wartete einen Moment, dann ging er langsam zu der soliden Eichenholztür. Unter einem rostigen Glockenzug aus Schmiedeeisen hing ein korrodiertes Namensschild, auf dem stand: »… ARI … S, L … ÄCHTER.«

Wahrscheinlich hatte der vollständige Text einmal gelautet: »Mr. Hillarius, Leuchtturmwächter«. Ironisch, dass sich der letzte Teil beinah wie »Schlächter« las.

Michael zog an dem Glockenzug und wartete. Er hörte nicht einmal die Glocke klingeln. Vermutlich kaputt. Vermutlich war der Leuchtturm tatsächlich verlassen, und Patsy und Jason waren bereits wieder zu Hause und versuchten, ihn zu erreichen. Er sah auf die Uhr. 20 Minuten nach vier. Ihm fiel ein, was ihm seine Mutter immer über die Zeit 20 Minuten nach einer vollen Stunde erzählt hatte. Da flogen angeblich Engel über einen hinweg. Er räusperte sich und zog ein zweites Mal an dem Glockenzug.

»Bisher nichts!«, rief Victor von der anderen Seite des Leuchtturms. »Nur das wohl erste je erfundene Fahrrad und ein zugekackter alter Hühnerstall.«

Michael ließ den Blick die Wände des Leuchtturms hinaufwandern. Unmittelbar über der Tür waren Graffiti eingeritzt, einige davon ziemlich alt. »John, Februar 1911« und »I ©* Anthea«, »34« und – irgendwie unpassend – »Theologische Schule Andover Newton für immer«.

Höher oben jedoch befanden sich weitere Graffiti, einige davon in Spiegelschrift, andere nur Dreiecke, Quadrate und Zickzacklinien. Michael musste einen Schritt zurücktreten, um einen Teil davon zu erkennen, weil sie so hoch oben prangten, acht bis neun Meter über dem Boden.

Und plötzlich schoss ihm durch den Kopf: *Wie ist da irgendjemand raufgelangt, um all das einzuritzen?* Man hätte eine Leiter verwenden können, nur die Stufen, die zum Leuchtturm führten, waren außergewöhnlich schmal, zu schmal für eine gewöhnliche Leiter. Und welcher Leuchtturmwächter würde schon zulassen, dass jemand die Seite seines Leuchtturms erklomm, um mit Hammer und Meißel irgendwelche Buchstaben und Symbole darin einzuritzen? Einer der Schriftzüge in Spiegelschrift lautete EIN ZEHNTEL EPHAH. Ein anderer UNREIN. Einen Großteil des Rests bildete unentzifferbares Kauderwelsch.

Michael schaute immer noch mit gerunzelter Stirn zu den Graffiti hinauf, als sich die Tür des Leuchtturms vollkommen lautlos öffnete. Zuerst bemerkte es Michael gar nicht – er war zu sehr in ein Muster von Hieroglyphen vertieft, das wie verschiedene Vögel aussah, Raben, Möwen, Falken und Störche. Auch Insekten befanden sich darunter, Kreaturen, die wie Spinnen, Tausendfüßler und Ameisen aussahen.

Die Leuchtturmtür öffnete sich weiter, und da erregte die allmählich breiter werdende Schwärze dahinter Michaels Aufmerksamkeit. Überrascht schrak er zusammen und hätte beinah auf den steilen Stufen das Gleichgewicht verloren.

Eine blasse junge Frau stand an der Tür. Ihre Augen waren minzgrün. Sie trug ein weißes Baumwollkopftuch, das sie noch blasser wirken ließ. Außerdem trug sie eine dünne Halskette aus Gold und ein knöchellanges Kleid aus derselben weißen Baumwolle wie das Kopftuch.

»Suchen Sie nach jemandem?«, fragte sie Michael mit einer brüchigen, über dem leisen Rauschen der Brandung kaum hörbaren Stimme.

»Ich suche nach ›Mr. Hillarius‹. Ist er hier?«

»Natürlich. Er erwartet Sie.«

»Ist meine Frau hier? Ist mein Sohn hier?«

»Natürlich. Haben Sie damit denn nicht gerechnet?«

Michael verspürte einen solchen Anflug von Wut und Panik, dass er kaum atmen konnte. »Sagen Sie ›Mr. Hillarius‹, er muss sie sofort gehen lassen. Und ich meine *sofort!* Ich will sie hier draußen haben, *auf der Stelle!*«

Die junge Frau lächelte nur über seinen Zorn. »Sie können hereinkommen und sie sehen.«

»Na schön. Aber ich nehme sie von hier mit, und ich nehme sie jetzt gleich mit.«

»Warum reden Sie nicht mit ›Mr. Hillarius‹? Er wartet schon so lange darauf, mit Ihnen zu reden.«

»Habe ich vor. Allerdings bin ich nicht sicher, ob ihm gefallen wird, was er zu hören bekommt. Victor!«

»Ah«, sagte die junge Frau. »Uns ist aufgefallen, dass Sie einen Begleiter mitgebracht haben.«

»Ja, habe ich.«

»›Mr. Hillarius‹ würde es vorziehen, wenn Ihr Begleiter ginge.«

»Ich glaube nicht, dass ›Mr. Hillarius‹ in der Position ist, irgendjemandem Vorschriften zu machen. Die Polizei weiß, dass wir hier sind.«

Die junge Frau sah Michael direkt in die Augen und widersprach ohne jeden Nachdruck: »Nein, weiß sie nicht.«

Michael schrak zurück, wenn auch nur geringfügig. Er hatte irgendwo in seinem Geist eine Kälte gespürt, als bohre sich eine frostige Nadel durch sein Gehirngewebe.

»Sie müssen uns nicht belügen.« Die junge Frau lächelte.

Victor kam um den Leuchtturm herum und polierte mit einem Taschentuch seine Brille. »Salznebel«, sagte er. Dann: »*Also,* was ist denn hier los?«

»›Mr. Hillarius‹ ist hier«, erklärte Michael. »Und Patsy und Jason sind auch hier.«

»Hast du sie gesehen?«

»Ich gehe jetzt rein, um sie zu sehen.«

»Nur Sie«, teilte die junge Frau Michael mit. »Ihren Begleiter wollen wir hier nicht haben. Ihr Begleiter muss sofort gehen und darf zu niemandem etwas sagen.«

»Jetzt mach aber mal halblang, Herzchen«, ergriff Victor das Wort. »Dein ›Mr. Hillarius‹ hat ein schweres Verbrechen begangen, genau wie du. Also lässt du uns jetzt einfach rein, wir nehmen die Frau und das Kind dieses Mannes hier mit und machen uns vom Acker. Sonst verschlimmerst du die Mittäterschaft, die du gerade begehst, nur noch mehr.«

»Nur Sie«, wiederholte die junge Frau an Michael gerichtet.

Victor erklomm die letzten zwei Stufen und baute sich unmittelbar vor der jungen Frau auf. »Ich bin Mitarbeiter der Gerichtsmedizin von Boston und fordere dich auf, uns *sofort* zu Patsy und Jason Rearden zu bringen. Verstehst du unsere Sprache?«

Die junge Frau schien überhaupt nicht auf Victor zu achten. Ihre grünen Augen fixierten nach wie vor über Victors Schulter hinweg Michael. Etwas an ihnen wirkte unheimlich *konzentriert,* als wären sie mit liebevoll destillierter Eifersucht gefüllt – als wären jeder Moment des Schmerzes und jedes Martyrium, die diese junge Frau erlebt hatte, in zwei flüssige Tropfen unendlichen Grüns gebündelt worden.

Sie legte eine Hand auf Victors rechte Schulter, und Michael konnte sich nicht ansatzweise vorstellen, was sie vorhatte. Dann jedoch umklammerte sie seine Schulter fester, spannte die Halsmuskeln an, und plötzlich schrie Victor auf: »Herrgott! Oh Gott! Oh Gott!«

Er drehte sich, als befände er sich auf einem Plattenteller. Sein Mund stand vor Grauen weit offen. An der Vorderseite seines Hemds erschien – literweise – Blut, das auf die Stufen des Leuchtturms spritzte. Michael wollte ihn auffangen, ihn festhalten, doch er verlor das Gleichgewicht, rollte die Treppe hinunter und überschlug sich unten am Boden mehrfach.

Benommen hob Michael beide Hände – beide erwiesen sich als blutig. Er schaute zu der jungen Frau, und sie lächelte ihn an, vollkommen ruhig, vollkommen selbstbeherrscht. Auch ihre rechte Hand war blutig – bis zum Ellbogen, als trüge sie einen roten Abendhandschuh.

Sie hielt ein kleines Messer mit schmaler Klinge. Damit musste sie Victor vom Nabel bis zum Brustbein aufgeschlitzt haben, ohne das geringste Zögern.

»Victor!«, brüllte Michael und setzte sich in Richtung der Stufen in Bewegung. Aber die junge Frau trat jäh von der Tür weg und stellte sich vor ihn, das Messer erhoben.

»Geh mir verdammt noch mal aus dem Weg!«, herrschte Michael sie wutentbrannt an. »Er ist verletzt! Du hättest ihn umbringen können! *Geh mir verdammt noch mal aus dem Weg!*«

Er versuchte, an ihr vorbeizugelangen, aber sie schwenkte von einer Seite der Stufen zur anderen hin und her. Ihr Blick blieb völlig emotionslos, und Michael war überzeugt davon, sie würde auch ihn aufschlitzen.

»Joseph!«, rief sie mit durchdringender, schriller Stimme.

Michael täuschte einen Vorstoß auf der einen Seite an und versuchte erneut, auf der anderen Seite an ihr vorbeizugelangen, aber sie ließ das Messer diagonal vor ihm durch die Luft schnellen und schlitzte ihm die Knöchel der linken Hand fast bis zu den Knochen auf. Blut quoll üppig hervor und tropfte auf die Stufen. Michael war gezwungen, sein Taschentuch hervorzuziehen und es sich um die Faust zu binden. Schlagartig verfärbte es sich von weiß zu rot.

»Hör zu«, sagte er zu der jungen Frau und zitterte dabei vor Schock. »Du kannst ihn nicht einfach so hier liegen lassen. Er wird verbluten.«

»Ich fürchte, daran hätte er denken sollen, als ich ihn aufgefordert habe, zu gehen«, erwiderte die junge Frau. Sie sagte es so nüchtern, als hätten Victor und sie eine Meinungsverschiedenheit darüber gehabt, in welchem Restaurant sie an diesem Abend essen sollten.

Michael spähte über die Schulter der jungen Frau zu den Stufen und sah, dass Victor versuchte, sich auf die Beine zu rappeln. Mit einer Hand umklammerte er seinen aufgeschlitzten Bauch, mit der anderen hielt er sich am Geländer fest.

»Victor!«, brüllte Michael, aber Victor antwortete nicht, drehte sich nicht einmal um. Wahrscheinlich stand er zu sehr unter Schock und hatte ihn nicht gehört.

»Du musst mich ihm helfen lassen«, beharrte Michael.

»Schon gut ... Joseph und Bryan werden ihm helfen.« Die junge Frau lächelte. In jenem Augenblick kamen wie auf ein Stichwort zwei schwarz gekleidete, junge Männer durch die Tür des Leuchtturms heraus, weißgesichtig, die Augen hinter blickdichten schwarzen Sonnenbrillen verborgen. Sie würdigten Michael kaum eines Blickes, als sie die Stufen hinuntereilten.

»Geht um Himmels willen vorsichtig mit ihm um!«, rief Michael. Dann sagte er zu der jungen Frau: »Du musst einen Krankenwagen rufen. Mach schon, du musst *sofort* einen Krankenwagen rufen! Habt ihr hier ein Telefon?«

»Hören Sie auf, sich Sorgen zu machen.« Die junge Frau lächelte. »Kommen Sie mit rein zu Ihrer Frau und Ihrem Kind. Ihr Begleiter wird versorgt.«

»Er braucht einen Krankenwagen!«, brüllte Michael sie an. »Er stirbt, du hast ihn umgebracht! Er braucht auf der Stelle einen Krankenwagen!«

Am Fuß der Treppe schaute Victor auf und erblickte die zwei weißgesichtigen jungen Männer, die auf ihn zueilten.

Michael konnte nicht erahnen, was ihm in jenem Augenblick durch den Kopf gehen musste. Er musste wohl unter solchem Schock und solchen Schmerzen leiden, dass er nicht wusste, wo er sich befand oder was ihm widerfahren war. Vielleicht dachte er, ein kleiner Junge zu sein, den seine Großmutter wieder und wieder vor den blütenweißen Männern warnte, jenen Gestalten mit bleichen Gesichtern, die kamen, wenn man schlief, und einem die Seele aussaugten. Was immer er gerade dachte, er stieß einen Schrei derartiger Verzweiflung aus, dass sich Michael die Nackenhaare sträubten. Victor ließ das Geländer los, umklammerte mit beiden Händen seinen Bauch und begann, über das klumpige Gras davonzuhumpeln.

»Victor! Victor, lauf nicht weg!« Doch es gab nichts, was Michael tun konnte. Er versuchte, die junge Frau von sich zu schieben, aber sie schwang das Messer in Richtung seiner Leinenjacke und schnitt durch die Schulterpolsterung und in den Muskel.

Vornübergebeugt humpelte Victor auf die Küste zu. Michael konnte hören, wie er schluchzte, als er zu entkommen versuchte. Die jungen Männer mit den bleichen Gesichtern machten sich nicht einmal die Mühe, hinter ihm herzurennen. Sie folgten ihm lediglich mit forschen, steten Schritten, nur sechs Meter hinter ihm. Die Szene erinnerte Michael an Zbigniew Cybulski in *Asche und Diamant,* wie er angeschossen und blutend durch die Ödnis von Warschau taumelte. Dasselbe Gefühl von verschwendetem Heldenmut überkam ihn. Ebenso dasselbe Gefühl von Unwirklichkeit, als sähe er sich bloß einen weiteren Film an.

Victor schaffte es beinah bis zum Strand. Dann jedoch fiel er auf die Knie, und als es ihm gelang, sich wieder auf die Beine zu stemmen, glitschten plötzlich seine Eingeweide heraus und baumelten zwischen seinen Oberschenkeln.

Michael wusste, dass Victor sterben würde. Klinisch gesehen war er vermutlich bereits tot. Aber irgendwie schaffte er es, sich einen Schritt auf den Sand zu schleppen, dann noch einen, den Kopf in den Nacken gelegt, sodass er in den grauen Nachmittagshimmel starrte. Das gesamte Gepäck seiner Eingeweide schleifte durch den Sand, körnig, grau, glitzernd vor Blut. Ein, zwei Atemzüge lang stand er da, während sich die zwei bleichgesichtigen Männer neben ihn stellten. Dann fiel er mit dem Gesicht voraus in den Sand.

Ohne zu zögern, knieten sich die zwei bleichgesichtigen Männer neben ihn, zogen seine Jacke und sein Hemd hoch und legten seinen Rücken frei. Einer der beiden holte zwei lange, dünne Metallröhrchen hervor, die er in Victors Haut stach. Dann beugten sich die zwei über ihn, und Michael konnte sehen, wie sie vorsichtig an den Röhrchen saugten.

Ungläubig starrte er die junge Frau an. Sein Magen drehte sich um und er hatte das Gefühl, sich gleich übergeben zu müssen. »Also … also ist es wahr«, stammelte er. »Es gibt sie wirklich.«

»Die blütenweißen Männer? Natürlich ist es wahr.«

»Wenn ihr meiner Frau auch nur ein Haar krümmt, wenn ihr meinem Jungen wehtut …« Michael verstummte. Ihm wurde klar, wie albern er sich anhörte.

»Kommen Sie mit hinein«, forderte ihn die junge Frau auf. »Sie sind nicht wirklich in der Lage, uns zu drohen, oder?«

Michael warf einen letzten Blick auf Victor, der am Strand lag, während die beiden menschlichen Aasfresser über ihn gebeugt kauerten. Dann betrat er den Leuchtturm, dicht gefolgt von der jungen Frau. Leise schloss sie die Tür, und einen Moment lang wurden sie in völlige Schwärze getaucht. Dann jedoch wurde ein schwerer Vorhang beiseite gezogen, und Michael sah eine schmale Steintreppe, die links gewendelt nach oben führte.

Er wusste, wohin. In seiner Trance hatte er diesen Leuchtturm bereits besucht.

Michael stieg hinauf und hörte, wie die Schritte der jungen Frau hinter ihm über die Stufen flüsterten. Schließlich erreichte er einen Absatz, und die junge Frau befahl: »Halt.« Er blieb stehen, und als sie sich dicht an ihm vorbeischob, berührten ihre Brüste seinen Ärmel, und ihre grünen Augen blickten direkt in die seinen. Sie schloss die Tür vor ihnen auf und sagte: »Kommen Sie jetzt. Folgen Sie mir. Es ist an der Zeit, dass Sie ›Mr. Hillarius‹ kennenlernen.«

Michael schluckte trocken. Ihm war schwindlig vor lauter Schock über den Anblick von Victors schrecklichem Tod.

»Kommen Sie schon«, drängte ihn die junge Frau. »Das ist ein Privileg. Das ist der Höhepunkt Ihres gesamten bisherigen Lebens.«

Zögerlich setzte sich Michael in Bewegung, bis er in einer riesigen, schwach erhellten Bibliothek stand. Die Gewölbedecke aus Stein musste sich bis hinauf zur Lichtplattform erstrecken. Tausende Bücher säumten die gekrümmten Wände, viele davon neu, andere hingegen so alt, dass sie nur noch wurmzerfressene Bündel staubigen Papiers darstellten. Sofas, Tische und Sessel bildeten eine merkwürdig willkürliche Anordnung, und den Boden bedeckten mehrere Schichten verschiedener Läufer, die meisten davon abgewetzt. Der größte Sessel stand mit der Rückenlehne zur Tür, sodass Michael nicht sehen konnte, wer darauf saß. Aber er konnte einen Arm sehen, der über eine Seite baumelte, einen Arm, der in einem Ärmel aus weicher, grauer Wolle steckte, einen Arm mit einer langfingrigen, ausgemergelt wirkenden Hand.

Die Fingerspitzen rieben langsam mit steten, kreisförmigen Bewegungen so aneinander, wie jemand Seide oder die Haare einer Frau reiben würde.

Die junge Frau ging um den Stuhl herum, bis sie dem Mann zugewandt stand, der darauf saß. »Er ist hier«, verkündete sie mit leiser Stimme.

Der Mann musste etwas in der Art gefragt haben wie: »Woher stammt das Blut an deiner Hand?« Denn die junge Frau antwortete: »Er hat einen Begleiter mitgebracht. Damit haben wir nicht gerechnet. Joseph und Bryan haben sich um ihn gekümmert.«

Der Mann sagte noch etwas. Die junge Frau wandte den Blick ab, als wäre sie verlegen.

Michael wartete, wusste nicht, was er als Nächstes tun sollte. Aber sein Magen beruhigte sich allmählich, und er fing an, sich etwas mutiger zu fühlen. Wenn man ihn hätte ermorden wollen, hätte man es wahrscheinlich bereits getan. Man wollte ihn aus einem bestimmten Grund hier haben.

»Ich verlange meine Frau und meinen Sohn zu sehen!«, rief er, so laut er konnte.

Die junge Frau schleuderte ihm einen missbilligenden Blick der grünen Augen zu. Aber der Arm in dem grauen Ärmel schwenkte die Hand zu einer beruhigenden Geste, und der Mann sagte erneut etwas.

Dann endlich erhob er sich aus dem Sessel, kam um das Möbelstück herum und trat Michael zum ersten Mal in Fleisch und Blut gegenüber. Eine graue Katze schlich um die schwarzen Stiefel des Mannes und beobachtete Michael mit zurückhaltendem Hass.

»Asasel«, hauchte Michael. Und er war überzeugt davon.

»Mr. Hillarius« trat mit an den Hüften ruhenden Händen vor, die Rockschöße nach hinten geschoben. In

Wirklichkeit schien er sogar noch größer zu sein als in Michaels hypnotischer Trance. Aber er besaß dasselbe seidige weiße Haar, dieselben fein geschnittenen Züge, dieselben blutroten Augen. Auch dieselbe Präsenz strahlte er aus – höchstens noch mächtiger. Es war die Präsenz einer zeitlosen Macht, außergewöhnlichen Reichtums und des erotischen, aber furchterregenden Gefühls, dem Herzen absoluter Sittenlosigkeit so nah zu sein.

Langsam zogen sich seine Lippen zu einem komplizierten Zähnefletschen zurück. »Ich glaube nicht, dass ich diesen Namen kenne. Für dich ›Mr. Hillarius‹. Das ist jetzt eine weltliche Welt. Wir müssen weltliche Namen tragen.«

Er trat näher. »Mr. Hillarius« ragte mindestens 1,90 hoch auf, und Michael ertappte sich dabei, ein wenig zurückzuweichen, damit er nicht den Kopf in den Nacken legen musste, um ihn anzusehen.

»Mit wem hast du geredet?«, wollte »Mr. Hillarius« von ihm wissen. »Wer hat dir von Asasel erzählt?«

»Ich will meine Frau und meinen Sohn zurück«, erwiderte Michael. »Sie hatten kein Recht, sie zu entführen, und Sie haben kein Recht, sie hierzubehalten.«

»Mr. Hillarius« verzog das Gesicht. »Ich denke, ich habe sehr wohl das Recht, mich zu schützen, oder?«

»Nicht indem Sie meine Familie bedrohen.«

»Ach, jetzt hör aber auf, Michael«, sagte »Mr. Hillarius« und streckte die Knöchel aus, um zart Michaels Haar zu streicheln. Wieder beschlichen Michael jene erschreckenden homoerotischen Gefühle. Sie krochen ihm wie Tausendfüßler über den Rücken hinab und krabbelten zwischen seine Beine. Dieser Mann war kein gewöhnlicher Mensch. Dieser Mann wirkte überhaupt nicht wie ein Mensch. Er war etwas anderes, etwas *vollkommen* anderes. Wie Frau und Mann und Tier, alles in einem. Und seine

Aura schien nun sogar noch lebendiger und pulsierender als in Michaels hypnotischen Trancen zu sein.

»Mr. Hillarius« erklärte: »Ich empfinde dich nicht wirklich als bedrohlich, Michael, aber deine Beharrlichkeit bei der Untersuchung des bedauernswerten Tods von John O'Brien kommt vielen meiner Freunde höchst ungelegen. Und wie du den armen Raymond Moorpath verfolgt hast, das hat das Fass zum Überlaufen gebracht. Ich habe Raymond gemocht. Ich habe ihn beinah geliebt. Für einen Mann, der den hippokratischen Eid geschworen hatte, war er so herrlich korrupt. Er hatte ein hoch entwickeltes Gespür für menschliche Schwäche.«

»Ich will meine Frau und meinen Sohn sehen«, wiederholte Michael verbissen. »Und glauben Sie bloß nicht, dass Sie mit dem Mord an Victor Kurylowicz davonkommen. Ich bin ein Zeuge. Ich werde dafür sorgen, dass Ihre blütenweißen Leute auf dem elektrischen Stuhl landen. Und Ihre Freundin da drüben.«

»Mr. Hillarius« schritt nachdenklich um Michael herum. Seine Katze schmiegte sich dabei um seine weichen, schwarzen Stiefeletten. »Vielleicht möchtest du ja mit Polizeichef Hudson sprechen. Er ist ein guter Freund von mir. Ich besitze ein Haus in Amherst im Gebiet von Holyoke, und er kommt mich dort oft besuchen. Oder vielleicht möchtest du lieber mit der Bezirksstaatsanwaltschaft von Boston sprechen. Dort habe ich alle möglichen Freunde. Auch Richter habe ich als Freunde, und Zeitungsverleger und Polizisten.

Ein Vorteil daran, langlebig zu sein, Michael, besteht darin, dass man seinen Einfluss von einer Generation zur nächsten weiterspinnen kann, vom Großvater zum Vater, vom Vater zum Sohn. Man kann von seinen Freunden und Kollegen eine recht einzigartige Hingabe erlangen. Und auch von Frauen. Nehmen wir nur die arme Jacqueline hier. Sie erleidet so viel Schmerz, nur um mich zu erfreuen. Sie erleidet so viel Grauen, nur um mich zu ernähren. Jacqueline weiß von einer Minute zur nächsten nie, ob sie weiterleben oder sterben wird. Ich könnte sie jetzt sofort töten. Sie aufschneiden und in ihren Eingeweiden herumwühlen! Du denkst, das würde ich nicht tun? Und sieh nur, wie ihre Augen aufleuchten!«

Das Blut von dem Schnitt an Michaels Knöcheln hatte sein Taschentuch mittlerweile völlig durchnässt und begann, auf die Läufer zu tropfen. »Mr. Hillarius« stand einen Moment lang völlig still und beobachtete es. Dann meinte er: »Dein Leben tropft aus dir heraus, Michael.«

Er zog ein weißes Seidentuch von seinem Hals und reichte es Michael, damit er es um seine Faust wickeln konnte. Es erwies sich als geladen mit statischer Elektrizität und knisterte dabei. »Mr. Hillarius« sah Michael direkt in die Augen, und Michael nahm in seinem Geist und Körper allerlei seltsame Empfindungen wahr, einen vorübergehenden Verlust des Gleichgewichts, der sich wie ein leichtes Erdbeben anfühlte.

»Du wirst deine Frau und deinen Sohn zu sehen bekommen, und danach unterhalten du und ich uns über die weitere Vorgehensweise.«

Fast unmerklich nickte er, und die weißgesichtige junge Frau namens Jacqueline ging hinüber zum Kamin, um dort an einem Glockengriff zu ziehen.

»Ich weiß ja noch nicht mal, was Sie eigentlich von mir wollen«, sagte Michael.

»Was will eigentlich überhaupt jemand?«, konterte »Mr. Hillarius«. Ein Anflug von Wehmut schwang in seiner Stimme mit. »Liebe, Aufregung, Wertschätzung, Komfort, Überleben.«

»Und haben Sie all das?«

»Das Überleben, ja. Was die Liebe angeht, müsstest du schon diejenigen um mich herum fragen. Und Wertschätzung … nun, ja, es gibt viele, die mich wertschätzen. Vielleicht mehr wegen meines Einflusses als wegen meiner bescheidenen Person an sich, aber …«

Die Tür öffnete sich, und fünf junge Männer kamen herein. Alle trugen schwarze Kleidung und dunkle Sonnenbrillen. Ihre Gesichter waren kalkweiß, und die Finger von drei der fünf steckten in Handschuhen. Schützend scharten sie sich um »Mr. Hillarius«.

Die Männer besaßen eine Aura, die keiner glich, die Michael je zuvor untergekommen war. Tödlich und kalt wie abgestorbene, in pechschwarzes Seidenpapier eingeschlagene Blumen.

»Meine Kinder«, stellte »Mr. Hillarius« lächelnd vor. »Meine blütenweißen Männer. Ein so heller Teint und ein so vollkommen dunkler Geist. Bete, Michael, dass du nie nachts aufwachst und einen dieser jungen Rabauken in deinem Zimmer vorfindest.«

Michael holte tief und beruhigend Luft. Seine Knöchel schmerzten höllisch. »Kann ich jetzt meine Frau und meinen Sohn sehen?«, wiederholte er seine Forderung.

»Natürlich. Warum kommst du nicht einfach mit? Es ist übrigens ein Privileg, den Leuchtturm besichtigen zu dürfen. Weißt du, offiziell ist er mittlerweile außer Betrieb, aber ich habe Freunde bei der Küstenwache. Ich bezeichne ihn als meine Zuflucht. Natürlich besitze ich überall Häuser. Unter anderem eine herrliche Villa aus der Vorkriegszeit in der Nähe von Charlotte, North Carolina. Solltest du mal besuchen.«

»Mr. Hillarius« gab Michael einen Wink, und Michael folgte ihm durch die Bibliothek zu einer kleinen, von einem

Vorhang verdeckten Tür auf der gegenüberliegenden Seite. »Mr. Hillarius« öffnete die Tür und sagte: »Komm mit.« Michael begann, die nächste Wendeltreppe zu erklimmen. Drei der blütenweißen Männer folgten ihm. Einer von ihnen nahm die dunkle Brille ab, und als sich Michael umdrehte, um ihn anzusehen, stellte er fest, dass seine Augen mit Blut gefüllt waren.

»Du hast mich gefragt, was ich will«, sagte »Mr. Hillarius«, als sie höher stiegen. Sie passierten ein kleines Fenster mit Blick auf die Küste, und Michael sah zwei Kinder, die einen weißen Kastendrachen steigen ließen, und eine entfernte Jacht.

»Ich will nur, dass die Menschen die Konsequenzen ihrer Handlungen akzeptieren. Ich will nur, dass die Menschen die Schuld für das übernehmen, was sie tun. Bis das geschieht, bleibt diese Welt ein böser und chaotischer Ort.

Du bist mir gegenüber skeptisch. Du hast Angst vor mir. Du schmähst mich. Aber du fühlst dich auch von mir angezogen, nicht wahr? Und weißt du, woran das liegt? Weil ich die Verkörperung all deiner Sünden bin, Michael, die Verkörperung von jedermanns Sünden. Ich bin der Sündenbock.«

»Mr. Hillarius« drehte sich auf der Treppe um, und seine roten Augen glänzten. »Liebst du mich? Jage ich dir Angst ein? Gut! Dann kannst du mich haben!«

Michael lehnte sich an die solide Steinmauer. Ihm war eiskalt, er fühlte sich erschöpft, und seine Hand schmerzte dermaßen, dass er es kaum ertragen konnte. »Mr. Hillarius'« Seidentuch war längst von Blut durchtränkt, das geronnen war, wodurch das Tuch an der offenen Wunde klebte. Er wagte nicht einmal, es davon zu lösen.

»Mr. Hillarius« berührte Michael an der Schulter, dann führte er ihn weiter nach oben. Schließlich erreichten sie einen schmalen, gekrümmten Treppenabsatz und eine weitere Tür. »Mr. Hillarius« öffnete sie und scheuchte Michael und seine blütenweißen Männer hinein – in einen schlichten, geweißten Raum mit einem großen Fenster mit Metallrahmen, das aufs Meer hinauswies. Ursprünglich musste es sich wohl um den Freizeitraum für die Leuchtturmwächter gehandelt haben, denn er enthielt ein durchhängendes Sofa, zwei nicht zusammenpassende Lehnsessel und eine Tischtennisplatte mit grünem Bezug, die Weingläser, Teller, Bücher und Zeitschriften übersäten. Zerrissene Papierreste an der Wand zeugten von einer beträchtlichen Sammlung mittlerweile entfernter Pin-ups. Nur ein ausgebleichtes Foto aus den 1950ern hatte überlebt, es zeigte eine Blondine mit dick aufgetragenem Lippenstift, die ihre Brüste hielt, wie um sie zu wiegen.

Patsy und Jason saßen einen knappen Meter voneinander entfernt auf dem Sofa. Man hatte ihnen die Augen verbunden und sie mit Schnüren gefesselt. Heftpflaster verklebten ihre Münder, in die Ohren hatte man ihnen Watte gestopft. Patsy trug ihre rosa karierte Bluse und eine blaue Jeans, Jason sein Red-Sox-T-Shirt und eine kurze Hose. Als Michael, »Mr. Hillarius« und die blütenweißen Männer den Raum betraten, ließen weder Patsy noch Jason irgendwelche Anzeichen dafür erkennen, dass sie ihre Gegenwart wahrnahmen. Taub, stumm, blind.

Sofort wollte sich Michael zu Patsy in Bewegung setzen, aber »Mr. Hillarius« packte ihn am Ärmel und zog ihn zurück.

»Nehmen Sie ihnen die Fesseln ab!«, herrschte Michael ihn an. »Und diese Knebel! Was zum Teufel stimmt nicht mit Ihnen? Das sind nur eine Frau und ein Kind! Sie müssen sie nicht so verschnüren!«

»Mr. Hillarius« zog Michael noch näher zu sich. »Das ist

gut für das Ausmaß ihrer Angst«, murmelte er. »Und auch für das deiner Angst.«

Michael atmete zweimal, dreimal tief durch. Er konnte fühlen, wie sich der Boden unter ihm auftat, und er wollte nicht, dass es geschah, nicht jetzt. Er musste ruhig und stark bleiben, durfte die Kontrolle nicht verlieren. Kein Fallen mehr durch die Nacht. Kein Rocky Woods mehr. Patsy und Jason hingen davon ab, dass er sich im Griff behielt.

»Was wollen Sie von mir?«, fragte er »Mr. Hillarius«.

»Mr. Hillarius« löste den Griff um Michaels Ärmel und ging um das Sofa herum, bis er unmittelbar hinter Patsys Kopf stand. Er streckte die Hand aus und streichelte überaus sanft ihre zerzausten blonden Locken, verträumt und langsam. Seine Lider schlossen sich über den blutroten Augen. Patsy zuckte mit dem Kopf und versuchte ihn abzuschütteln. Protestierend machte sie *Mm-mmfff*, mehr als das jedoch konnte sie nicht tun.

»Was ich von dir will, ist denkbar einfach«, erklärte »Mr. Hillarius«. »Ich will, dass du gar nichts tust. Ich will, dass du zu Plymouth Insurance zurückkehrst und einen Bericht einreichst, aus dem hervorgeht, dass der Tod von John O'Brien deiner fachkundigen Meinung nach ein Unfall war. Dann will ich, dass du die Akte schließt und vergisst.«

»Und wenn ich es nicht tue? Oder wenn ich es nicht *tun will?*«

»Mr. Hillarius« streichelte Patsys Locken einige Atemzüge lang weiter, dann hob er den Kopf, und der Ausdruck in seinen scharf geschnittenen, attraktiven Zügen war schlichtweg furchterregend. »Du weißt inzwischen ja, wovon wir uns ernähren. Und du weißt auch, wie wir es bekommen.«

Einer der blütenweißen Männer, Joseph, stimmte ein hohes, rasselndes Lachen an.

»Na schön«, gab Michael klein bei. »Sie scheinen mich dort zu haben, wo Sie mich haben wollen. Ich bin damit einverstanden. John O'Brien und seine Familie sind durch einen Unfall ums Leben gekommen. Und jetzt nehmen Sie bitte meiner Frau und meinem Sohn diese Augenbinden und diese gottverdammten Knebel ab.«

»Mr. Hillarius« schwenkte beiläufig die Hand in Josephs und Bryans Richtung. Sofort zückten sie Messer und begannen, Patsy und Jason loszuschneiden. Als Bryan die Augenbinde von Patsys Kopf entfernte, starrte sie zu Michael hoch und brach mit noch geknebeltem Mund in Tränen aus. Bryan riss ihr das Heftpflaster von den Lippen, und sie stieß schluchzend hervor: »Michael, Gott sei Dank! Ich dachte, die würden uns umbringen!«

Michael wollte vortreten, um sie in die Arme zu schließen, aber »Mr. Hillarius« bedachte ihn mit einem Blick, der ihn unmissverständlich ermahnte zurückzubleiben. Auch Jason wurde befreit und begann prompt zu schluchzen. »Dad, meine Handgelenke tun weh!«

»Ich hoffe, Sie sind mit sich zufrieden«, spie Michael anklagend in »Mr. Hillarius'« Richtung. Ihn erfüllte eine solche Wut, dass er kaum sprechen konnte. »Ein drohendes Wort unter vier Augen mit mir, mehr wäre nicht nötig gewesen – Sie hätten nicht meine Familie terrorisieren müssen.«

Patsy schluchzte. »Sie haben gesagt, sie würden uns aufschlitzen … sie haben alle möglichen schrecklichen Dinge gesagt.«

»Na schön«, presste Michael knurrend hervor. »Sind Sie jetzt zufrieden? Ich stelle meinen Bericht über O'Brien noch heute Nacht fertig, damit er gleich morgen früh auf Mr. Bedfords Schreibtisch liegt.«

»Mr. Hillarius« lächelte schelmisch. »Ach, jetzt komm

schon, Michael, sei doch nicht so wütend. Ich wollte nur meine eigene kleine Brut beschützen. Ist nichts passiert. Keine Haut wurde verletzt. Jedenfalls noch nicht.«

»Wie meinen Sie das – ›jedenfalls noch nicht‹?«

»Du hast doch nicht ernsthaft gedacht, ich würde dich einfach hier rausspazieren und nach Hause fahren lassen, oder?«

»Was dann?«, verlangte Michael zu erfahren. »Was wollen Sie denn noch?«

»Michael ... du scheinst noch nicht einmal jetzt zu begreifen, was du bist.«

»Mag sein. Aber ich weiß verdammt genau, was *Sie* sind.«

»Mr. Hillarius« fuhr sich theatralisch mit der Hand durch die seidigen weißen Haare, als wäre er eine Schauspielerin. »Du hast keine Ahnung, was ich bin. Du hast keine Ahnung, was ich ursprünglich war, und du hast keine Ahnung, was ich heute bin.«

»Ich habe gesehen, was Sie mit Victor Kurylowicz gemacht haben. Ich habe gesehen, was Sie mit John O'Brien und seiner Familie gemacht haben. Ich habe die Opfer der Flugzeugkatastrophe von Rocky Woods gesehen. Jeder, der solche Dinge fertigbringt, ist ein Irrer und ein Sadist, und genau das sind Sie.«

Zorn flammte in »Mr. Hillarius'« roten Augen auf.

»Ich war ein Pilger und ein Wesen vollkommener Reinheit. Ich war ein Bote Gottes. In jenen Tagen konnten die Boten Gottes offen unter den Menschen wandeln, wovor sie sich heute fürchten. Dann wurde ich von diesen abergläubischen und ahnungslosen Leviten gefangen und dazu auserwählt, für all ihre Sünden zu büßen. Meine Reinheit wurde besudelt, meine Unschuld schwarz wie Blut befleckt. Du denkst, dein Freund Victor habe gelitten? Du denkst, Sissy O'Brien habe gelitten? Oder diese Menschen, die in

Rocky Woods gestorben sind? Du hast keine Vorstellung, was Leiden bedeutet, Michael. Du hast keine Vorstellung, was es bedeutet, alles Böse einer gesamten Nation in sich herumzuschleppen.«

»Mr. Hillarius« verstummte und wischte sich mit den Fingerspitzen über die Lippen. »20 Jahre lang habe ich als Ausgestoßener in einer Hölle auf Erden gelebt. Niemand wollte mich akzeptieren, niemand wollte mich aufnehmen. Aber eines Morgens, als ich auf die Sonne zugewandert bin, stellte ich fest, dass jemand neben mir ging. Und am nächsten Tag schloss sich uns ein Stück entfernt noch jemand an. Nach einer Woche waren es viele von uns.

Es waren die Se'irim. Die primitiven semitischen Stämme nannten sie Ziegendämonen und brachten ihnen Brandopfer dar. Natürlich waren sie nicht wirklich Ziegendämonen, sondern *diese* Personen hier, die weiß-weißen Männer, die blütenweißen Gestalten. Die unehelichen Söhne der Wesen, die du als Engel begreifen würdest. Schlaflos und verdorben. Auch die Se'irim waren Ausgestoßene. Auch sie waren Sündenböcke. Es hatte eine Zeit gegeben, da hatte Rehabeam eigens Priester für sie ernannt – aber mit der Ankunft von Moses und Aaron wurden sie gejagt und geschmäht, und Josia ließ ihre Lager und ihre Andachtsstätten zerstören.«

Mittlerweile sprach »Mr. Hillarius« noch leiser. »Sie sind meine Familie, sie sind mein Stamm. Sie haben mich aufgenommen, als niemand sonst mich aufnehmen wollte, und sie sind Seite an Seite mit mir marschiert, als mir alle anderen den Rücken zugekehrt und mich mit dem Zeichen des bösen Blickes abgewehrt haben.

Wir haben zusammengelebt, und die Se'irim nahmen sich Weiber, und ihre Weiber gebaren ihnen Kinder. Das Blut der blütenweißen Männer fließt durch vieler

Menschen Adern, Michael. Wer von mir träumt, wer weiß, dass der Tod im Hinterkopf lauert wie eine graue Spinne, der stammt von den blütenweißen Gestalten ab.

John O'Brien hatte Träume von mir, und du hast sie auch. Denn ich kann dir sagen, was du bist, Michael: Du bist ein entfernter Nachkomme eines dieser Männer. Es könnte Joseph sein, es könnte Bryan sein. Es könnte Thomas sein. Aber das Blut, das von deiner Hand tropft, ist auch unser Blut.«

Michael schwieg eine Weile. Dann fragte er: »Was haben Sie mit uns vor?«

»Mr. Hillarius« bedachte ihn mit einem Lächeln, das einer knurrenden Fratze ähnelte. »Ich werde euch zeigen, wie es ist, für die eigenen Sünden und für die Sünden anderer zu büßen. Ich werde euch die Freude erlesenen Leidens angedeihen lassen.«

18

Thomas war noch dabei, sein Frühstück zu beenden, als das Telefon klingelte. Er hob den Hörer ab, klemmte ihn sich unters Kinn und sagte mit dem Mund voll einem Bissen von einem Muffin: »Boyle.«

»Tut mir leid, dass ich Sie so früh anrufe, Sir.« Es war Sergeant Jahnke, der sich ungesund enthusiastisch und knabenhaft anhörte.

»Was gibt's für ein Problem, David?«, erkundigte sich Thomas. Megan kam in den Raum und hob die Kaffeekanne, bot ihm stumm mehr Kaffee an, aber Thomas schüttelte den Kopf.

»Als ich heute Morgen zum Dienst angetreten bin, hat mich ein Fax vom Polizeikommissariat Plymouth in Vermont erwartet. Die haben dort Dr. James T. Honeyman, Diplom-Zahnmediziner, und Mrs. Honeyman nachgespürt – den Leuten, die das Haus in der Byron Street gemietet hatten.«

»Und haben sie irgendwelche Fortschritte erzielt?«

»Sieht so aus. Mr. und Mrs. Honeymans Haus in der Feriengemeinde Hawk-Salt-Ash wurde nicht von Mr. und Mrs. Honeyman, sondern von White Mountain Resort Investments gekauft, die ihren eingetragenen Sitz in Manchester, Vermont haben. Tatsächlich ist das gar nicht so überraschend, weil es laut den Aufzeichnungen des US-Zahnärzteverbands gar keinen Dr. James T. Honeyman, Diplom-Zahnmediziner, *gibt.*«

»Das kommt tatsächlich nicht allzu überraschend«, pflichtete ihm Thomas bei.

»Ja, aber da ist noch mehr«, fügte Sergeant Jahnke hinzu. »Der Vorstandsvorsitzende von White Mountain Resort Investments ist ein Mr. A. S. Asel, dessen Anschrift mit Postfach 335, Nahant, Massachusetts, eingetragen ist. Ich habe vor ein paar Minuten beim Postamt in Nahant angerufen und die Auskunft erhalten, dass der Mann, der die Post von Postfach 335 abholt, in dem außer Dienst gestellten Leuchtturm in Bock's Sunden lebt.«

»›Mr. Hillarius‹«, hauchte Thomas.

»Dachte mir, das würden Sie vielleicht wissen wollen, Sir«, meinte David Jahnke selbstzufrieden.

»Gute Arbeit, David. Und richten Sie denen im Kommissariat Plymouth meinen verbindlichsten Dank aus. Sagen Sie Warren Forshaw, ich schulde ihm eine Kiste Zigarren.«

»Mache ich, Sir. Möchten Sie einen Durchsuchungsbefehl beantragen?«

»Worauf Sie Ihren Hintern verwetten können. Ich bin in zehn Minuten in der Zentrale.«

Thomas legte den Hörer auf, ballte die Hand zur Faust und murmelte: »Hab ich dich, du Mistkerl.«

Megan rollte in den Raum und musste unwillkürlich lächeln.

»Um welchen Mistkerl geht es?«

»›Mr. Hillarius‹«, antwortete Thomas. »Der Hauptverdächtige in den Mordfällen Elaine Parker und Sissy O'Brien. David hat gerade die rechtliche Grundlage für eine Durchsuchung seines Hauses zusammengetragen. Eigentlich seines *Leuchtturms* in Bock's Sunden.«

Alle Farbe entwich aus Megans Gesicht. »Was hast du jetzt vor?«

»Megs – ich nehme den Mistkerl natürlich hoch, das habe ich vor. Ich weiß nicht, wann ich zurück sein werde. Ich rufe dich später an.«

»Thomas …«, setzte Megan an. Aber wie sollte sie ihm die selbst herbeigeführte hypnotische Trance erklären, in die Michael und sie gesunken waren? Wie konnte sie ihm sagen, was sie gesehen, was sie gefühlt und was sich danach zwischen Michael und ihr abgespielt hatte? Allein der Gedanke daran brachte ihre Wangen immer noch zum Glühen. Sie gab sich nach wie vor Fantasien darüber hin, dass sie es noch einmal tun würden, dass seine Ejakulation wie warmer Sommerregen auf ihr Gesicht prasseln würde.

»Sei vorsichtig!«, rief sie Thomas nach, als er die Wohnung verließ. Wartend saß sie in ihrem Rollstuhl, bis sie hörte, wie er sein Auto startete. Dann schob sie sich zum Telefon und blätterte das Notizbuch durch, das Thomas daneben liegen gelassen hatte, bis sie den gekritzelten Eintrag fand, nach dem sie suchte.

Sie gab die Nummer ein und wartete unruhig, während es am anderen Ende der Leitung klingelte. Was, wenn er nicht zu Hause wäre? Was sollte sie dann tun?

Aber nach einer Weile meldete sich eine verhaltene Stimme mit: »Hallo? Wer ist da?«

»Mr. Monyatta?«, sagte Megan. »Hier spricht Megan Boyle – Lieutenant Thomas Boyles Frau. Mr. Monyatta, ich brauche dringend Ihre Hilfe.«

Michael träumte. Er träumte, dass er sich rempelnd den Weg durch eine Menschenmenge bahnte. Die Leute bewegten sich nicht wie gewöhnliche Menschen – sondern so, als würden sie von jemandem hin und her geschoben und gezogen. Sie bewegten sich, als könnten sie sich kaum auf den Beinen halten.

Durch die Menge bahnte sich ein lächelnder Mann in einem Anzug langsam den Weg auf ihn zu. Als er Michael erblickte, streckte er die Hand aus und sagte: *»Freut mich, Sie kennenzulernen – ich bin froh, dass Sie es einrichten konnten.«*

Panisch wollte sich Michael von dem Mann abwenden. Aber die leblose Menge presste ihn näher hin. Er wurde gegen seinen Willen vorwärts getragen, seine Füße berührten kaum den Boden.

»Kommen Sie mir nicht zu nah!«, schrie er. *»Mr. President, kommen Sie mir nicht zu nah!«*

Schwitzend und zitternd erwachte er. Es war Morgen. Sonnenlicht flutete den Raum, so hell, dass es beinah wie ein Traum vom Himmel anmutete.

Er lag auf einem schmalen Diwan in einem beengten, geweißten Zimmer. Abgesehen von einem kleinen Tisch mit zwei Kerzenhaltern darauf befanden sich keine sonstigen Möbel in der Kammer. An der Wand hing eine verblasste Gravur des heiligen Christophorus, des Christusträgers. Christus kauerte auf äußerst merkwürdige Weise auf den Schultern des heiligen Christophorus, beinah so, als flöge er, statt zu sitzen, und ein Tintenfleck hatte sein Gesicht verdunkelt.

Steif setzte sich Michael auf. Durch das halb offene Fenster wehte stetig eine Meeresbrise herein, und er hörte die Geräusche der Brandung und die Schreie von Möwen. Er trug seine Boxershorts, sonst nichts, und von seiner Kleidung fehlte jede Spur. Michael konnte sich nicht einmal daran erinnern, was sich in der vergangenen Nacht ereignet hatte. Jason war zum Schlafen in ein anderes Zimmer gebracht worden, während Patsy und er auf der Couch im Freizeitraum geblieben waren, bewacht von Joseph und Bryan.

Joseph und Bryan hatten an der Tischtennisplatte Karten gespielt und kein Wort von sich gegeben. Im Verlauf der Nacht war Patsy an Michaels Schulter eingeschlafen, und durch das monotone Klatschen der Karten auf die grüne Tischfläche war auch Michael schläfrig geworden. Aber er war fest entschlossen gewesen, wach zu bleiben – und sei es nur, um sich davon zu überzeugen, dass die blütenweißen Männer wirklich nie schliefen.

Soweit sich Michael erinnern konnte, hatten sie stumm und unermüdlich bis vier Uhr morgens weitergespielt. Sie hatten nicht nur nicht geschlafen, sie hatten nicht einmal geblinzelt.

Michael wusste noch, dass ihm durch den Kopf gegangen war: *Ich hoffe bei Gott, sie tun Patsy oder Jason nichts an. Bitte, Gott, lass das nicht zu.* Doch das war schon alles. Die blütenweißen Männer mussten ihn hierhergetragen und ausgezogen haben, und offenbar hatte er sich dabei nicht einmal gerührt.

Michael stand auf, und in dem Moment öffnete sich die schmale Holztür. Es war Joseph, der ein weites, schwarzes Seidenhemd trug. Lächelnd winkte er und verkündete: »›Mr. Hillarius‹ ist jetzt bereit für sein Frühstück.«

»Sagen Sie ›Mr. Hillarius‹, er soll sich ins Knie ficken. Wo sind meine Sachen?«

»Sie werden keine Kleidung brauchen, Mr. Rearden.«

»Entweder geben Sie mir jetzt meine Kleidung, oder ich rühre mich nicht von der Stelle.«

Josephs Lächeln löste sich auf wie jemandes Atem auf einem Fenster an einem kalten Wintertag. »Mr. Rearden, Ihre bezaubernde Frau befindet sich bereits unten. Ich denke, um ihretwillen wäre es eine gute Idee, wenn Sie mit zu ihr nach unten kämen.«

»Wenn ihr sie auch nur anrührt …«

»Lieben und Berühren, Mr. Rearden. Lieben und Berühren. Beides ist ein Bestandteil desselben wundervollen Erlebnisses.«

Widerwillig folgte ihm Michael durch die Tür hinaus und einen schmalen, geweißten Flur mit einem Boden aus Eichenholzdielen entlang. Gelegentlich schaute Joseph über die Schulter zu ihm zurück und grinste.

Sie passierten drei Fenster, und Michael schaute hinaus auf die Bucht von Nahant und den Strand, über den die Meeresbrise wehte. Er konnte sein Auto sehen, das immer noch dort parkte, wo er es stehen gelassen hatte – nach Norden ausgerichtet, falls er überstürzt die Flucht antreten müsste. Worauf mittlerweile keinerlei Hoffnung mehr bestand.

Joseph ging die Treppe hinunter voraus und zurück in die Bibliothek. Dort saß »Mr. Hillarius« auf seinem Sessel mit der hohen Rückenlehne, die Beine gemütlich übereinandergeschlagen, die Haare zurückgekämmt und mit einem Lederriemen zu einem Pferdeschwanz zusammengebunden. Seine geweiteten, blutroten Augen starrten Michael eindringlich entgegen, als hätte er großen Appetit auf etwas, die Lippen hatte er zurückgezogen, sodass sie die Zähne entblößten.

Hinter ihm – als posierten sie für ein Familienporträt – standen acht oder neun der blütenweißen Leute, einige in schwarzes Leder gekleidet, andere in schwarze Armani-Anzüge, wieder andere in schwarze Brokatwesten und schwarze Gummihemden. Alle schwarz – mit kalkweißen Gesichtern und von Blut erfüllten Augen.

Auf der Armlehne von »Mr. Hillarius'« Sessel kauerte die junge Frau, Jacqueline, das kupferrote Haar zu fransigen Zöpfen geflochten. Sie trug ein hauchdünnes, weißes Kleid mit Flecken getrockneten Blutes über beiden Brüsten.

Die Frau lächelte Michael verträumt an, als er die Bibliothek betrat, und sie nickte in Richtung der linken Seite des Raums. Dort war eine Liege mit dem Kopfteil nah an den Bücherregalen aufgestellt worden. Drei weitere blütenweiße Männer standen daneben, zwei davon mit dunklen Brillen. Einer davon hob immer wieder die Faust zum Mund, hustete hinein und schniefte.

Auf der Liege hatte man eine moderige, gelbe und rote Brokatdecke ausgebreitet, und auf der Decke lag Patsy, splitterfasernackt, die Hand- und Fußgelenke mit schwarzen Vorhangkordeln aus Seide gefesselt.

»Patsy!«, stieß Michael mit zittriger Stimme hervor. »Patsy – geht's dir gut?«

»Michael – sie haben mir nicht wehgetan!«

Michael stapfte auf »Mr. Hillarius« zu und verlangte: »Lassen Sie meine Frau gehen. Sonst können Sie unsere Vereinbarung vergessen.«

»Michael«, erwiderte »Mr. Hillarius«, »du bist einer von uns.«

Er hielt eine lange, dünne Reitgerte mit einem beschlagenen Silbergriff in der Hand. Während er sprach, schnippte er sie zur Betonung mehrfach gegen Jacquelines Oberschenkel. Jacqueline zuckte zwar jedes Mal zusammen, zog das Bein jedoch nicht zurück.

Michael wiederholte: »Lassen Sie meine Frau gehen.«

Langsam schüttelte »Mr. Hillarius« den Kopf. »Du hast doch bestimmt schon Vampirgeschichten gelesen, Michael, oder? *Dracula*, *Brennen muss Salem* und was es sonst noch alles gibt. Wie verbreitet ein Vampir seine Unreinheit in einer Gemeinde? Indem er Blut saugt und die Opfer mit seiner Krankheit infiziert. Sie werden ebenfalls zu Untoten.«

»Mr. Hillarius« lächelte und ließ die Reitgerte härter gegen Jacquelines Oberschenkel peitschen. »Natürlich gibt es keine Vampire. Der Herr, unser Gott, hat das Trinken von Blut verboten, und nicht einmal die rebellischsten seiner Boten hätten es *gewagt*, sich solch einem Gebot zu widersetzen. Lesen Sie Levitikus.

Trotzdem basieren die Vampirgeschichten lose auf Fakten. Hat ein Se'irim einmal das Adrenalin eines Menschen gesaugt, wird derjenige eine Art Sklave, so ähnlich wie ein Süchtiger. Das Opfer möchte mehr Adrenalin spenden. Es spürt, wie es die Nieren danach juckt, mehr zu geben! Nehmen wir nur unsere Jacqueline hier, sie schwärmt dafür, sie würde mir jetzt sofort welches geben, wenn ich sie nur hart genug schlüge. Zeig doch Michael deine Stifte, Jacqueline. Zeig ihm, wie bereit du dafür bist, mich aus deinen Nebennieren saugen zu lassen.«

Jacquelines Augen blinzelten grün. Ohne ein Wort stand sie auf, drehte sich um und hob das hauchdünne, weiße Kleid an, damit Michael ihren blassen, nackten Rücken betrachten konnte.

Er wusste bereits, was er sehen würde, denn er hatte es ja schon in seiner hypnotischen Trance gesehen. Trotzdem erfüllte ihn der Anblick jener zwei goldenen Stifte in ihrem Kreuz mit blankem Grauen. Sie bedeuteten nämlich, dass sich Jacqueline wissentlich und freiwillig »Mr. Hillarius« ausgeliefert hatte, in dem vollen Bewusstsein, dass er ihr wehtun, sie foltern und wahrscheinlich am Ende töten würde. Michael hatte gesehen, wie jene Kätzchen ihre nackten Brüste zerkratzt hatten. Gott allein wusste, welche anderen Qualen man noch für sie auf Lager hatte.

»Du kannst das Kleid jetzt wieder runterlassen, Jacqueline«, sagte »Mr. Hillarius« – allerdings erst, nachdem er ihr einen schnellen, klatschenden Schlag auf den nackten Hintern versetzt hatte.

Mit einem wölfischen Grinsen im Gesicht sah er Michael an. »Deine erste Reaktion, als du herausgefunden hast, was mit Elaine Parker und Cecilia O'Brien passiert ist, war anzunehmen, dass sie gegen ihren Willen gefoltert wurden. Natürlich! Wer würde schon so gefoltert werden wollen?

Trotzdem war deine erste Reaktion falsch. Elaine Parker hat uns angefleht, sie länger am Leben zu erhalten, damit sie weitere Schmerzen erleiden und uns noch mehr Adrenalin geben konnte. Sie hat sogar selbst Folterungen vorgeschlagen – zum Beispiel, ihre Lider mit Zigaretten zu verbrennen, ihr Schamhaar zu versengen, ihr Nadeln durch die Nippel zu stechen. Sie war hingebungsvoll, Michael, sie wollte so viel geben. Genau wie Cecilia O'Brien.

Nicht ich habe mir die Folterung einfallen lassen, die Cecilia letztlich getötet hat. Ich hätte sie gern noch länger am Leben gelassen … so lange wie Elaine. Aber sie hat uns angefleht, es zu tun, hat gebettelt und *geweint*. Ihr fiel nichts ein, was sie mehr verletzt hätte, als es ihr nicht zu gewähren.«

Grazil leckte sich »Mr. Hillarius« über die Spitze des Mittelfingers und befeuchtete seine Augenbrauen. »In ihrem Todeskampf war sie wunderschön. Wirklich wunderschön. Und geschmeckt hat sie … aber ach, das wirst du ja nie erfahren. Und ich will dich nicht neidisch machen.«

Michael erklärte rundheraus: »Sie müssen uns gehen lassen.«

»Und ich *werde* euch gehen lassen!«, rief »Mr. Hillarius«. »Aber nicht, bevor du und deine wunderschöne Frau dasselbe Verlangen kennengelernt habt, das Jacqueline empfindet … und das Elaine und auch Cecilia, und *ach*, so viele andere empfinden.«

»Rühren Sie meine Frau verflucht noch mal nicht an!«, schrie Michael ihm entgegen.

Aber »Mr. Hillarius« richtete sich zu voller Größe auf, rückte seinen langen, grauen Wollmantel mit einem verächtlichen Zucken der Schultern zurecht und starrte Michael mit seinen schaurigen roten Augen so vernichtend an, dass Michael mit einem schrecklichen Gefühl wässriger Hilflosigkeit klar wurde: Es gab nicht das Geringste, was er unternehmen konnte.

»Komm mit«, befahl »Mr. Hillarius«, packte Michael mit einem klauenartigen Griff am Arm und zog ihn hinüber zu der Liege.

Michael fühlte sich wutentbrannt, verlegen und zutiefst gedemütigt. Da lag Patsy, nackt, sodass alle im Raum ihre vollen Brüste, ihre hellrosa Nippel und den hellblonden Flaum ihrer Schambehaarung sehen konnten. Patsys Nacktheit war etwas Privates. Patsys Nacktheit war etwas, das Michael und sie im Bett miteinander teilten, wenn Jason schlief und der Mond durchs Schlafzimmerfenster hereinschien und das Meer ihnen Wiegenlieder zuflüsterte.

»Patsy«, hauchte er und wollte ihr erklären, dass es ihm leidtat, dass er nichts von all dem je gewollt hatte. Gott im Himmel, wen kümmerte, ob die Welt von blütenweißen Leuten regiert, ob Präsidenten erschossen, ob Kriege gefochten und ob ganze Viertel in Schutt und Asche gelegt wurden? Wen kümmerte, ob die Ehefrau, die man liebte, bloßgestellt wurde?

»Du wirst das bestimmt genießen, Michael«, behauptete »Mr. Hillarius«. »Ich weiß ja nicht, wie sehr du Schmerz mit Lust assoziierst, aber von nun an wirst du es tun.«

Er gab Joseph und Bryan ein Zeichen. Die beiden traten vor und trugen eine karmesinrote Decke zwischen sich.

»Zeigt es ihm«, befahl »Mr. Hillarius«. Sie hoben die Decke an. Darunter kam ein großer, runder Kranz blutroter

Rosen zum Vorschein, aller Blätter entledigt, nicht jedoch der Dornen.

Michael starrte ihn an. »Was zum Teufel haben Sie vor?«

»Ich werde dabei zusehen, wie du deine wunderschöne Frau liebst, das habe ich vor. Und ich werde dich *schmecken*, Michael, damit du kennenlernst, wie es ist, für jemand anderes Sünden zu büßen – damit du kennenlernst, was es bedeutet zu leiden. Du hast ja bereits Se'irim-Blut in dir … jetzt wirst du dich uns mit Leib und Seele anschließen.«

Er peitschte mit seiner Reitgerte durch die Luft, und ohne Vorwarnung wurden Michaels Arme von Joseph und Bryan gepackt. Er brüllte: »Lasst mich los!« Und: »Scheiße, lasst mich los!« Aber »Mr. Hillarius« trat vor und schlug ihm mit der Reitgerte auf die Wange – ein heftiger Hieb, der die gesamte Gesichtshälfte zum Brennen brachte. Dann schlug er ihn gleich noch mal, direkt auf die Stirn, wobei er nur knapp das Auge verfehlte.

»Du bist einer von uns, Michael. Vergiss das nie.«

Michael schauderte vor Schmerzen und Entsetzen. Seine Knie fühlten sich schwach an, aber zwei der blütenweißen Männer hielten ihn auf den Beinen. Ein weiterer der blütenweißen jungen Männer kam herbei und zog ihm die Boxershorts runter, dann hob er abwechselnd seine Fersen an, um ihm die Unterhose von den Füßen zu streifen.

Mit großem Zeremoniell legte Joseph den Rosenkranz auf Patsys nackten Bauch. Dann schaute er zu Michael und lächelte boshaft. »Ihre zweiten Flitterwochen«, meinte er in jenem schelmischen, gedehnten Marblehead-Akzent. »Viel Spaß.«

»Mr. Hillarius« trat vor. »Du musst nur Liebe mit ihr machen. Und du liebst sie doch, oder? Zeig ihr, wie sehr du sie liebst.«

Dann schob er die Finger in Michaels Haar, wie es eine Frau tun würde, und ohne es zu wollen, ungeachtet seiner panischen Angst, verspürte Michael einen Anflug erotischer Hingezogenheit. »Mr. Hillarius« streichelte seine Kopfhaut, packte seine Haare, beugte sich vor und küsste Michael auf den Mund.

Michael schmeckte Speichel, Blumen und Tod. Aber er spürte, wie sich sein Penis aufrichtete, und es gab nichts, was er dagegen tun konnte. Aus nur fünf Zentimetern Entfernung starrten »Mr. Hillarius'« blutrote Augen direkt in die seinen – hypnotisch, mächtig, erotisch, gebieterisch –, und Michael wäre beinah in Versuchung geraten, den Kuss zu erwidern.

»Mr. Hillarius« wich zurück, wenngleich nur ein wenig. Er blickte auf Michaels anschwellendes Glied hinab und grinste. Mit der Gerte reizte er zuerst die Eichel, dann fuhr er damit die gesamte Unterseite des Schafts entlang und kitzelte und stupste Michaels sich zusammenziehende Hoden.

»Jetzt bist du bereit für sie, nicht wahr?«, hauchte er, und seine Stimme klang wie sechs oder sieben Stimmen, die einander überlagerten. »Mr. Hillarius« ergriff Michaels Erektion mit der linken Hand und zog ihn vorwärts. Dann fasste er nach unten zwischen Patsys Beine und spreizte mit der rechten Hand die Schamlippen auseinander. »Komm jetzt. Zeig mir, wie sehr du deine Frau liebst! Zeig mir, wie sehr deine Frau dich erregt!«

Michael sträubte sich und versuchte zurückzuweichen. »Nein! Rühren Sie Patsy nicht an!«

Aber Joseph kniete sich neben das Kopfteil der Liege und holte ein langes, scharfes Ausbeinmesser hervor, das er dicht an Patsys Wange hielt. Sie zitterte und schluchzte, und ihre Augen verschwammen vor Tränen. »Michael, tu es einfach, tu es, tu einfach, was sie verlangen.«

Michael schloss für einen Moment die Augen, was die blütenweißen Männer niemals tun konnten. Er sprach kein Gebet, denn ihm fiel keines ein. Aber er bat Gott, für Patsys und Jasons Sicherheit zu sorgen und nicht zuzulassen, dass »Mr. Hillarius« ihnen zu sehr wehtat. Dann kletterte er auf die Liege, blickte in Patsys Augen hinab und flehte Gott an, ihn auf der Stelle sterben zu lassen. Ein Herzinfarkt, ein Schlaganfall, ein Blitzschlag. Es spielte keine Rolle. *Töte mich, Gott. Lass Patsy nicht leiden.*

Aber »Mr. Hillarius« fasste erneut zwischen Michaels Beine, kratzte mit seinen langen, scharfen Fingernägeln über seine Hoden, ergriff seinen Penis und führte ihn in Patsys Vagina. Er schob sogar zusammen mit Michaels Penis zwei oder drei Finger in Patsy, damit er sie beide streicheln konnte. Michael spürte, wie Patsy vor Abscheu den Körper stocksteif anspannte, und ihre Beckenmuskeln krampften sich zusammen, doch dann peitschte »Mr. Hillarius« ihre Oberschenkel mit der Reitgerte, und sie zuckte zusammen und entspannte sich.

»Ihr solltet das genießen«, hauchte »Mr. Hillarius«. »All den Schmerz und all die Lust.«

Er zog die Spitze der Reitgerte zwischen Michaels Pobacken und stupste gegen seinen Anus. »All den Schmerz, Michael, und all die Lust. Und jetzt – *vorbeugen.*«

Patsys Bauch und Brüste waren vollkommen von dem Kranz roter Rosen bedeckt. Wenn sich Michael vorbeugte, würde er die spitzen Dornen geradewegs in ihre Haut pressen.

»Ich kann nicht«, flüsterte er.

»Was?«, fragte »Mr. Hillarius«.

»Ich kann nicht. Ich kann ihr nicht wehtun.«

»Mr. Hillarius« trat zurück und starrte Michael voll gespielter Ungläubigkeit an. »Du *kannst nicht?* Tja, dann werden wir dir helfen! Joseph – Bryan! Helft ihm!«

Lachend traten Joseph und Bryan an die Liege und drückten Michael auf Patsys Brüste hinunter. Das Stechen der Rosendornen verursachte Höllenqualen. Ihre Haut wurde aufgerissen, ihre Nervenstränge wurden durchtrennt. Aber damit endete es noch nicht. Joseph und Bryan zwangen Michael, sich auf Patsy vorwärts und rückwärts zu bewegen, drückten ihn bei jedem Stoß fester und fester nach unten. Patsy schrie vor Schmerzen, und Michael biss sich so heftig auf die Innenseiten der Wangen, dass seitlich aus seinem Mund Blut austrat.

»Rein! Raus! Rein! Raus!«, stimmten Joseph und Bryan einen Sprechgesang an und drückten Michael tiefer und tiefer, bis sein Penis mit voller Wucht in Patsy stieß und die Rosendornen ihnen beiden die Brust in blutige Fetzen rissen. »Rein! Raus! Rein! Raus!«

Schließlich trat wieder »Mr. Hillarius« vor und streckte erwartungsvoll eine Hand aus, als nähme er an, dass Jacqueline genau wusste, was er wollte. Und das tat sie, denn sie reichte ihm zwei dünne Metallröhrchen.

»Rein! Raus! Rein! Raus!«, setzten Joseph und Bryan ihren Sprechgesang fort. Und trotz all der Tränen, trotz all des Blutes und trotz all des qualvollen Mitgefühls für Patsy spürte Michael nach und nach, wie sich ein Orgasmus anbahnte.

»Schneller!«, drängte ihn »Mr. Hillarius«. »Härter!« Zur Betonung hieb er mit der Reitgerte auf Michaels nackten Hintern und seine Hoden ein, bis Michael nicht mehr wusste, was Schmerz und was sexuelle Ekstase war.

Michael spürte eine krampfhafte Anspannung zwischen den Beinen. Sein Rückgrat wölbte sich durch. Dann kam er, wie er noch nie zuvor gekommen war. Er hatte das Gefühl, als würde sein Rückgrat Wirbel für Wirbel aus ihm gezerrt und durch seinen Penis ausgespritzt.

Schwer sackte er auf Patsy, und Patsy schrie vor Schmerz gellend auf. Sie zappelte und wand sich unter Michael und versuchte, ihn von sich zu stoßen, aber die blütenweißen Männer hielten ihn fest. Sie drückten ihn kräftig nach unten und ließen nicht zu, dass er sich rührte.

Blutend, zitternd und weinend verharrten sie auf der Liege, und die blütenweißen Männer drückten sie mit vereinten Kräften härter und härter nach unten. »Mr. Hillarius« ging um die Liege herum, stellte sich neben sie, ragte über ihnen auf und tippte die Metallröhrchen aneinander, stimmte damit einen hohen, klirrenden Rhythmus an. »Nun, was denkt ihr?«, fragte er Michael und Patsy, obwohl ihn Michael kaum hören konnte. »Ist das Schmerz, oder ist es Lust? Wer kann das sagen?«

Er fasste zwischen Michaels Beine, hakte einen gekrümmten Finger um seinen erschlaffenden Penis und zog ihn aus Patsys Vagina. Dann stocherte er mit obszöner Neugier in Patsy herum wie ein Geburtshelfer, weitete sie, beobachtete mit verträumter Laszivität in den blutroten Augen, wie der Samen aus ihr floss. »Ihr beide seid wunderschön«, murmelte er und fuhr mit den Fingernägeln über Patsys und auch Michaels Schenkel; und vermutlich an der Stelle begriff Michael wirklich, was »Mr. Hillarius« war. Ein vollkommenes Wesen, vollkommen verdorben. Ein Kenner aller schönen Dinge – wozu auch der Liebesakt zählte –, allerdings ein Kenner, dessen Geschmack vollkommen verdorben geworden war.

»Mr. Hillarius« war *tatsächlich* ein Engel. Oder zumindest das exakte Gegenteil eines Engels.

Patsy biss sich vor Schmerzen auf die Unterlippe und schluchzte. Mit blutigem Mund stieß Michael hervor: »Lasst mich hoch. In Gottes Namen, würdet ihr mich wohl bitte hochlassen?«

»Mr. Hillarius« rieb mit der flachen Hand über Michaels Rücken hinab und über seine Pobacken. »Zuerst, Michael, muss ich von dir kosten. Zuerst muss ich dich verunreinigen.«

Michael versuchte sich zu befreien, aber die blütenweißen Männer erwiesen sich als viel zu stark für ihn. Er spürte, wie die Spitze eines von »Mr. Hillarius'« Metallröhrchen in sein Kreuz bohrte, und spannte die Muskeln an.

»Du wirst das genießen«, prophezeite »Mr. Hillarius« mit sonderbarer Stimme. Dann stieß er das Röhrchen in Michaels Rücken, und Michael verspürte Schmerzen, wie er sie noch nie zuvor verspürt hatte – so stark, dass er sich auf Patsys Bauch wand und krümmte, und die Dornen bohrten sich noch tiefer in ihren Busen und überzogen seine Brust kreuz und quer mit blutigen Kratzern.

»Nicht!«, schrie er und weinte dabei wie ein Kind. *»Nicht! Nicht! Nicht! Nicht!«*

Aber »Mr. Hillarius'« eiskaltes Röhrchen bohrte sich tiefer und tiefer, durch Muskeln, durch Bindegewebe und durch Nervenenden, bis es in die linke Niere eindrang, dann wanderte es höher, bis es die Nebenniere erreichte.

Michael spürte die Spitze tief in seinem Rücken. Er wollte nicht einmal mehr sterben, denn er konnte nicht mehr verstehen, was Sterben bedeutete. Wie ein totes Gewicht lastete er auf Patsy, während »Mr. Hillarius« saugte und saugte, bevor er sich letztlich aufrichtete, das Gesicht verwandelt, die Brust von Befriedigung erfüllt.

Jacqueline stand dicht neben ihm, streichelte seinen Arm und hob gelegentlich das Knie, um seinen Oberschenkel zu liebkosen, ihn zu berühren, sich an ihn zu schmiegen. *Tu mir auch weh. Nimm mich auch.* Aber »Mr. Hillarius« zog die Metallröhrchen aus Michaels Rücken, durchquerte den Raum, streckte sich, fuhr sich mit den Fingerspitzen über die Brust und den Bauch hinab und lächelte, sah dabei vollständig aus.

Die blütenweißen Männer hoben Michael vorsichtig von Patsy und trugen ihn zu einem der Lehnsessel. Sie nahmen den Rosenkranz hoch und warfen ihn auf den Boden. Dann befreiten sie Patsy von ihren Fesseln und halfen ihr auf, so sorgsam und zart, als wäre sie in einen Autounfall verwickelt statt das Opfer eines vorsätzlichen Aktes sadistischer Perversion geworden.

Das Einzige, was Patsy stammelnd von sich gab, war: »Kleidung … bitte … gebt mir meine Sachen.«

Ohne sich umzudrehen, lächelte »Mr. Hillarius« und meinte: »Eine wahre Tochter Evas. ›Da wurden ihrer beiden Augen aufgetan, und sie wurden gewahr, dass sie nackt waren.‹«

Patsy kreischte ihm entgegen: »Nicht! Nicht! Was für ein Monster sind Sie eigentlich?«

»Mr. Hillarius« wirbelte mit feurigem Blick herum. Dann jedoch erblicke er sie, nackt, zerkratzt und blutend, und er wandte das Gesicht ab.

»Ich bin kein Monster, Patsy. Monster gibt es nicht.«

Zitternd und weinend zog sie ihre Jeans an. »Sie sind böse!«

Schier unendlich leise entgegnete »Mr. Hillarius«: »›Da sahen die Kinder Gottes nach den Töchtern der Menschen, wie schön sie waren, und nahmen zu Weibern, welche sie wollten. Es waren auch zu den Zeiten Tyrannen auf Erden; denn da die Kinder Gottes zu den Töchtern der Menschen eingingen und sie ihnen Kinder gebaren, wurden daraus Gewaltige in der Welt und berühmte Männer. Da aber der Herr sah, dass der Menschen Bosheit groß war auf Erden und alles Dichten und Trachten ihres Herzens nur böse war immerdar, da sprach Gott: Alles Fleisches Ende ist vor mich gekommen; denn die Erde ist voll des Frevels von ihnen.«

Eine lange Weile schwieg er, bevor er hinzufügte: »Das erste Buch Mose, Kapitel sechs. 3000 Jahre vor Christi Geburt. Und doch kommt es mir wie gestern vor.«

Da hörten sie plötzlich in der Ferne ein hohes, durchdringendes, an- und abschwellendes Geheul.

»Was ist das?«, wollte »Mr. Hillarius« von Bryan wissen.

Bryan ging hinüber zum Fenster der Bibliothek und schaute hinaus. »Nichts«, sagte er. »Ich kann nichts sehen.« Dann jedoch: »Moment, es ist die Polizei. Vier Polizeiautos. Fünf. Sie kommen hierher.«

»*Polizei?*«, fragte »Mr. Hillarius« ungläubig.

Thomas hämmerte an die Tür des Leuchtturms und wartete. »Ist dieser Ort zu fassen?«, fragte er David Jahnke.

David kämmte sich gerade die Haare. »Es liegt abgeschieden, es ist billig. Was könnte ein durchgeknallter Mörder noch mehr verlangen?«

»Kommen Sie mir nicht neunmalklug«, mahnte Thomas. »Dieser ›Hillarius‹ ist weit mehr, als es auf den ersten Blick den Anschein hat.«

Er sah sich um und vergewisserte sich, dass seine sechs uniformierten Beamten ebenso in Position gegangen waren wie die zwei Deputys aus Essex County, die ihm sein alter Freund Sheriff Protter zur Verfügung gestellt hatte – teils aus Gefälligkeit, teils um ein Auge darauf zu haben, was er tat. Dann hämmerte er ein zweites Mal gegen die Tür.

»Da ist ein Glockenzug«, merkte David an.

»Glockenzüge sind für Klinkenputzer«, entgegnete Thomas. »Cops klopfen an.«

Man schien ihn gehört zu haben, denn die Tür öffnete sich leise, und zwei weißgesichtige junge Männer standen da. Beide trugen eine dunkle Sonnenbrille und schwarze Kleidung.

Sergeant Jahnke hielt den Durchsuchungsbefehl hoch. »Ist jemand namens ›Mr. Hillarius‹ hier?«

Die weißgesichtigen jungen Männer schüttelten die Köpfe.

»Tja, auch wenn ›Mr. Hillarius‹ nicht hier ist, wir haben einen Durchsuchungsbefehl für diese Räumlichkeiten, und genau das tun wir jetzt, wir durchsuchen sie. Also treten Sie bitte beiseite.«

Wortlos schlossen die jungen Männer die Tür vor Thomas' Nase. Völlig verdutzt starrten sich Thomas und Sergeant Jahnke gegenseitig an.

»Sie haben sie nicht mal zugeschlagen«, stellte David fest.

Thomas zog gleichzeitig am Glockenzug und hämmerte mit der Faust auf die Tür ein. »›Mr. Hillarius‹! ›Mr. Hillarius‹! Oder wer immer Sie sind! Hier ist die Polizei! P-O-L-I-Z-E-I, Polizei! Und ich warne Sie! Machen Sie die gottverdammte Tür auf, bevor ich sie eintrete!«

Wieder und wieder drosch er darauf ein, bevor er keuchend zurücktrat. Er wollte gerade wieder dagegenhämmern, als sich die Tür öffnete. Vor ihnen stand ein großer, weißhaariger Mann mit dunkler Brille in einem langen grauen Mantel.

»›Mr. Hillarius‹?«, fragte Thomas. »Ich bin Lieutenant Thomas Boyle vom Morddezernat in Boston. Ich habe einen Durchsuchungsbefehl für dieses Haus – äh, diesen *Leuchtturm*.«

»Darf ich ihn sehen?«, erkundigte sich »Mr. Hillarius«. Sergeant Jahnke reichte ihm das Schriftstück, das »Mr. Hillarius« aufmerksam studierte. Dann gab er das Dokument zurück.

»Nun?«, fragte Thomas.

»Mr. Hillarius« lächelte. »Dieser Durchsuchungsbefehl scheint echt zu sein. Bedauerlicherweise kann ich Sie trotzdem nicht hereinlassen. Wir stehen hier alle unter Quarantäne. Meningitis.«

Er hatte die Tür schon beinah geschlossen, als Thomas den Fuß dazwischenklemmte. »›Mr. Hillarius‹ – Meningitis oder Regelbeschwerden, wir kommen trotzdem rein.«

»Das geht nicht.«

»Wollen Sie, dass ich mir *gewaltsam* Zutritt verschaffe? Ich habe eine Menge Unterstützung dabei. Allerdings möchte ich lieber nicht, dass jemand verletzt wird, Sie etwa?«

»Mr. Hillarius« wirkte gereizt. »Lieutenant Boyle, das ist mein Haus, und ich habe ein Anrecht auf meine Privatsphäre.«

Thomas hielt den Durchsuchungsbefehl hoch. »Es gibt da einen Richter in Essex County, der findet nicht, dass Sie ein Anrecht auf Ihre Privatsphäre haben.«

»Mr. Hillarius« schwieg einen Moment lang und stand völlig regungslos da. Dann bedeutete er Thomas, näher zu kommen, damit er ihm ins Ohr flüstern konnte.

»Lieutenant«, hauchte er, »ich habe Michael Rearden, Mrs. Rearden und den jungen Herrn Rearden. Ich finde, sie sollten am Leben bleiben, meinen Sie nicht auch? Also machen Sie kehrt und gehen Sie dorthin zurück, wo Sie hergekommen sind. Ich rede direkt mit Polizeichef Hudson, und bis zum Mittag können Sie diesen Fall zu den Akten legen und sich mit etwas Wichtigem befassen, zum Beispiel mit den Fragen, wer all die Graffiti auf den Hancock Tower sprüht und wer ständig in den Hafen spuckt.«

Thomas sah »Mr. Hillarius« mit zu Schlitzen verengten Augen an – sah ihm direkt in die Augen, obwohl er eine dunkle Brille trug.

»Drohen Sie mir etwa?«, wollte er wissen.

»Mr. Hillarius« lächelte. »Ja, ich drohe Ihnen.«

»Welchen Beweis haben Sie, dass die Reardens hier sind?«

»Mr. Hillarius« nickte in Richtung Nordwesten. »Dort drüben steht Michaels Auto. Was brauchen Sie denn sonst noch an Beweisen?«

»Ich will ihn sehen, mit ihm reden.«

»Davon halte ich nichts, Lieutenant. Ich denke, das Beste, was Sie tun können, ist, einfach zu gehen. Schreiben wir diesen Zwischenfall hier einfach einem Missverständnis zu.«

Thomas blieb an der Tür stehen und sagte eine Weile nichts. Dann drehte er sich um, winkte zwei seiner uniformierten Polizisten zu sich und rief: »Officer Wilson! Officer Ribeiro! Kommen Sie her, wir führen jetzt eine Hausdurchsuchung durch!«

»Mr. Hillarius« trat zurück, und sein Körper versteifte sich. »Das ist keine gute Idee, Lieutenant. Sie könnten Ihre Karriere ruinieren.«

»Tja, das ist ein Risiko, das ich bereit bin einzugehen«, erwiderte Thomas. »Sergeant Jahnke – von oben bis unten durchsuchen, und niemand verlässt das Gebäude.«

»Ja, Sir, Lieutenant«, sagte David und nahm stramme Haltung ein.

Doch ohne ein weiteres Wort schloss »Mr. Hillarius« die Leuchtturmtür und verriegelte sie. Thomas sah David an, und David entfuhr ein »Oh«.

Wilson und Ribeiro kamen die Stufen mit gezogenen Waffen heraufgeeilt. Wilson hatte gerötete Wangen und war dick, Ribeiro trug einen buschigen, schwarzen Schnurrbart. Thomas erklärte: »Wir führen eine Hausdurchsuchung durch, sobald wir diese Tür geöffnet haben.«

»Im Auto haben wir einen Vorschlaghammer, Sir«, verriet Ribeiro.

»Das ist solide, hundert Jahre alte Eiche«, klärte ihn Thomas auf. »Dafür reicht kein Vorschlaghammer, dafür brauchen wir Dynamit.«

»Vielleicht können wir sie ja aushungern«, schlug Wilson vor.

»Ach ja? Und wie lange würde das dauern? Die haben wahrscheinlich genug Vorräte, um damit bis zum Winter durchzuhalten.«

»Vielleicht sollten wir die Feuerwehr rufen«, warf David ein. »Die sind gut darin, Türen aufzubrechen. Und Leitern haben sie auch. Wir könnten hochklettern und uns über das Dach Zugang verschaffen.«

Thomas schaute hinauf und schüttelte den Kopf. »Wir müssen uns das gut überlegen. Wenn die *wirklich* die Reardens als Geiseln halten, dann haben wir ein ernstes Problem. Nehmen wir uns ein wenig Zeit. Stellen wir zuerst telefonischen Kontakt her und versuchen wir, was wir damit erreichen. Ein Sturmangriff hat meines Erachtens keinen Sinn – dieser Leuchtturm ist wie eine Festung gebaut.«

Sie zogen sich die Stufen hinunter zurück und überquerten das sandige Gras zu Thomas' Wagen. »Wilson, richten Sie eine Telefonverbindung ein«, ordnete Thomas an. »Ribeiro, rufen Sie die Feuerwehr. Sagen Sie denen, wir brauchen hohe Leitern und etwas, um eine solide Eichentür aufzubrechen.«

»Wird erledigt«, antwortete Ribeiro.

Thomas setzte sich in sein Auto und zündete sich eine Zigarette an. David meldete sich zu Wort: »Das wird sich letztlich als völlige Zeitverschwendung herausstellen, das wissen Sie, oder?«

»Ach ja? Und warum sollte das so sein?«

»Weil dieser Typ, dieser ›Mr. Hillarius‹, jeden in der Tasche hat, der etwas zu sagen hat, darunter Polizeichef Hudson. Selbst wenn wir Videobänder vorlegen könnten, die seine persönliche Beteiligung an all den Morden beweisen, selbst wenn wir 8000 Zeugen auftreiben könnten, die auf die Bibel schwören, dass er es war – glauben Sie wirklich, dass wir eine Verurteilung oder auch nur eine Anklage durchsetzen können?«

»Wir werden ja sehen«, gab Thomas zurück und blies Rauch aus.

In dem Moment kam ein riesiges schwarzes Lincoln Town Car über die Grasbüschel geholpert. Es handelte sich um ein altes Modell, Baujahr 1972 oder 1973, auf Hochglanz poliert, mit schwarz getönten Scheiben. Das Fahrzeug rollte direkt neben Thomas' Auto, und als sich die Tür öffnete, stieg Matthew Monyatta aus. Er trug eine wallende grüne Djellaba und einen grünen Fez mit Quasten. Matthew ging zum Heck des Wagens, öffnete den Kofferraum und holte einen Rollstuhl heraus. Dann begab er sich zur Beifahrertür und öffnete sie. Zum Vorschein kam Megan. Vorsichtig half ihr Matthew in den Rollstuhl. Seine Djellaba flatterte dabei in der Brise vom Meer.

»Megs?«, stieß Thomas hervor. »Was um alles in der Welt machst du hier?«

Matthew schob Megan neben Thomas, und Thomas konnte nicht umhin, den Ausdruck in den Gesichtern der beiden zu bemerken. Entschlossen, ernst – aber auch inspiriert.

»Thomas, ich weiß, was hier vor sich geht«, erklärte Megan. »Ich weiß, wer ›Mr. Hillarius‹ ist und wie man an ihn herangelangt. Ich glaube, ich kann ihn auch vernichten.«

Thomas kniete sich vor sie und ergriff ihre Hände. »Megs, dieser Mann ist ein wahnsinniger Mörder. Wir haben schon Verstärkung gerufen, wir holen ihn da raus. Es gibt nichts, was du hier tun kannst.«

»Oh doch, gibt es«, widersprach Megan. »Mit Michaels Hilfe und mit Matthews Hilfe kann ich alles tun, was ich will.«

»Aber Michael ist da drin. ›Mr. Hillarius‹ hält ihn als Geisel – zusammen mit Patsy und Jason.«

»Ich weiß. Ich habe es gespürt, schon am Lynn Shore Drive, über sechs Kilometer entfernt. Es liegt an der Aura, Thomas. Es liegt an der Hypnose. Das hat ein Band zwischen uns entstehen lassen. Ein mentales Verständnis. Matthew versteht es auch.«

Thomas stand auf und stellte sich vor Matthew, der vollkommen gelassen wirkte.

»Ist das wahr?«, fragte ihn Thomas.

»Ich glaube, schon«, erwiderte Matthew. »Genau wie Gott wahr ist und wie Olduvai wahr ist und wie das ganze verdammte Universum wahr ist.«

»Was also schlagt ihr vor?«, wollte Thomas wissen.

Megan antwortete: »Sowohl Matthew als auch ich nehmen Verbindung mit Michael auf, dann benutzen wir unsere vereinten Auren, um ›Mr. Hillarius‹ aus seinem Leuchtturm zu treiben.«

»Glaubst du, dass euch das gelingen kann, ohne dass jemand verletzt wird? Ohne dass *du* verletzt wirst?«

Megan ergriff seine Hand und drückte sie. In ihren Augen schimmerten Tränen. »Thomas, mein Schatz, ich würde niemals etwas tun, das dich verletzt. Nicht vorsätzlich, niemals.«

Thomas spürte, dass sie damit etwas anderes meinte, hatte jedoch keine Ahnung, was. Er zog sein Taschentuch hervor und tupfte ihre Augen ab. »Na schön«, gab er nach. »Wenn du meinst, es kann funktionieren, dann versucht es.«

Megan ergriff Matthews Hand, dann holte sie aus ihrer Handtasche die Scheibe aus Kupfer und Zink hervor, die Michael bei ihr gelassen hatte. Thomas trat instinktiv zurück, und er schob auch David Jahnke weg. Zwar glaubte er an nichts von alledem, doch er glaubte auch nicht, dass man Menschen bedrängen sollte, die im Begriff waren, ihr Bestes zu versuchen.

Megan legte sich die Scheibe auf die Handfläche. Das Licht der Sonne fing sich darin und brachte sie zum Leuchten wie eine entfernte Fensterscheibe. »Schauen Sie auf das Licht, Matthew, und entspannen Sie sich … schauen Sie auf das Licht und entspannen Sie sich. Außer dem Licht gibt es nichts. Das Licht ist der Mittelpunkt des Universums. Das Licht ist alles. Wir fühlen uns schläfrig, wir fühlen uns müde. Unsere gesamte Aura fließt aus uns ab, unsere gesamte Stärke … wir gleiten in eine Trance, Matthew, Sie und ich zusammen, während wir uns an den Händen halten … wir gleiten hinein in Schlaf, Matthew, nur Sie und ich … wir folgen dem konzentrierten Licht, wir folgen ihm, wir gleiten geradewegs durch das Licht hindurch …«

Mit nach und nach wachsender Verblüffung beobachtete Thomas, wie sich Megans Augen schlossen und wie sich Matthews Augen schlossen. Die beiden verharrten in einer seltsamen Pose, Matthew neben Megans Rollstuhl stehend, ihre Hand haltend, im Grunde genommen in jeder Hinsicht völlig natürlich … wenn man davon absah, dass sie beide tief und fest schliefen. Thomas näherte sich ihnen vorsichtig, ging um sie herum, starrte aus wenigen Zentimetern Entfernung in Matthews Gesicht.

»Heilige Scheiße …«, stieß er hervor. »Er ist weg. Ich

meine, er ist völlig weggetreten. Und Megan auch. Ich wusste nicht, dass Hypnose so schnell wirkt.«

David Jahnke wusste seinerseits nicht, was er sagen sollte. Das entsprach keiner ihm bekannten Vorgehensweise. Es war nicht einmal Angeberei. Sondern einfach nur seltsam.

Megan und Matthew marschierten Hand in Hand über das Gras und erklommen dann die Stufen zur Tür des Leuchtturms. Der Tag war grau und farblos wie eine alte, ausgebleichte, in einem lange verloren geglaubten Schuhkarton entdeckte Schwarz-Weiß-Fotografie. Die Tür des Leuchtturms war geschlossen, aber sie traten einfach mit einem Rauschen durcheinandergebrachter Moleküle *hindurch* und gingen hinein. Megan rief: »Hallo, Michael? Hallo?« Aber es kam keine Antwort.

Sie stiegen die Wendeltreppe zur Bibliothekstür hinauf und öffneten sie. Michael kauerte nackt auf einem Sessel, die Knie an die zerschnittene, von getrocknetem Blut verkrustete Brust gezogen. Langsam hob er den Kopf, als sie eintraten, und setzte ein breiter werdendes Lächeln auf, als er sie erkannte.

»Meegggaannn …«, sagte er mit träger, verzerrter Stimme. *»Matthheeewww* …«

Sie sahen, wie seine Aura rings um ihn flackerte, rosa und hell. Ihre eigenen Auren tänzelten durch die Bibliothek wie Geister, unausgeglichen, verstohlen, unstet wie Flammen. Sie vereinten ihre Auren mit der seinen, und alle drei verspürten einen Anflug gewaltiger Macht, gewaltiger Hitze, als hätten sie die Tür eines Hochofens geöffnet und stünden mit entblößter Brust davor. Nackt und verwundet erhob sich Michael vom Sessel, schien jedoch beinah über dem Boden zu schweben.

»Asasel!«, brüllte er mit widerhallender, dröhnender Stimme. *»Asasel!«*

»Mr. Hillarius« erschien an der Tür, begleitet von Joseph und Jacqueline. Für Megan und Matthew wirkte er völlig anders: Sie konnten die Dunkelheit seiner Aura sehen – das flimmernde schwarze Chaos, das seine physischen Umrisse umgab.

Noch deutlicher jedoch konnten sie seine Augen sehen: gleißend und rot. Einen Moment lang empfanden sie wahre, entsetzliche Angst – vor allem, da »Mr. Hillarius« auf Anhieb zu spüren schien, dass sich Michael verändert hatte.

»Wer bist du?«, wollte »Mr. Hillarius« von Michael voll Argwohn wissen, und damit verriet er sich. Er musste wahrgenommen haben, dass Michael mehr als eine Aura in sich vereinte.

»Ich bin derjenige, der gekommen ist, um dich zu holen«, antwortete Michael. »Ich bin Aarons Freund. Ich bin der Menschen Freund. Ich bin der Freund all der Frauen, die du geschändet hast.«

»Mr. Hillarius« begann zu lachen. Ein tiefes, höhnisches, polterndes Lachen, als hätte jemand ein leeres Bierfass eine Müllrutsche hinuntergeworfen. Dann jedoch griff ihn Michael an, stürmte über die staubigen Läufer, packte ihn an den Haaren, wirbelte ihn herum und trat die Beine unter ihm weg, sodass er schwer zu Boden fiel.

Michael vereinte die Kraft von Megan und Matthew in sich. Einer magisch Begabten und eines Märtyrers. Er loderte vor Macht, explodierte förmlich vor Macht.

»Mr. Hillarius« brüllte auf – *Aarrrrghhhhhh* – und rappelte sich wutentbrannt auf die Beine. Mit seiner Reitgerte hieb er auf Michael ein – einmal, zweimal, dreimal –, aber Michael erwies sich auf die Weise, in der Megan einst beweglich gewesen war, als viel zu schnell für ihn. Dann nutzte er die Stärke, die einst jene von Matthew gewesen war, um »Mr. Hillarius« in die Rippen zu schlagen – und noch einmal und wieder und wieder –, Schläge wie von Vorschlaghämmern, die »Mr. Hillarius'« Rippen zertrümmerten und ihm das Brustbein brachen.

»Mr. Hillarius« schrie vor Wut und Schmerzen gellend auf, und Blut spritzte aus seinem Mund. Er war hysterisch, rasend vor Zorn und erfüllt von menschlichem Adrenalin. Aber drei Auren in einem Körper waren mehr, als er bewältigen konnte. Er taumelte rücklings, stolperte über die Läufer, taumelte erneut, rannte auf die Tür zu und stürmte die Stufen hinunter.

Michael eilte hinter ihm her. Es kümmerte ihn nicht, dass er nackt war. Er war nun engelsgleich, übermenschlich, drei Persönlichkeiten in einer. Hinter »Mr. Hillarius« herjagend sprang er die Stufen hinunter und riss die Tür des Leuchtturms auf. Sofort erblickte er die rings um das Gebäude positionierten Streifenwagen mit ihren blinkenden Blaulichtern. Er konnte Megan sehen, die mit gesenktem Haupt in ihrem Rollstuhl saß, und er konnte Matthew Monyatta sehen. Und ihm ging durch den Kopf: *Gott segne euch.*

Denn nun konnte er auch »Mr. Hillarius« sehen, der über das sandige Gras rannte. Sein weißes Haar wehte wild im Wind, sein grauer Mantel flatterte hinter ihm, und Michael setzte die Verfolgung fort.

Er hörte, wie einer der Polizisten »Mr. Hillarius« zurief: »Halt! Polizei!« Aber natürlich hielt »Mr. Hillarius« nicht an.

Der Polizist feuerte einen Schuss ab, und »Mr. Hillarius'« Mantel platzte am Rücken auf, doch »Mr. Hillarius« rannte weiter, schneller und schneller, hielt auf die Küstenlinie zu. Einer der Streifenwagen erwachte mit aufheulendem

Motor zum Leben und raste über die buckelige Wiese hinter ihm her.

Auch Michael verfolgte »Mr. Hillarius« weiter und rannte schneller, als er je zuvor in seinem Leben gerannt war. Nackt mutete er wie ein griechischer Athlet an, jeder Muskel angespannt, jede Ader prall pulsierend. »Mr. Hillarius« lief in die Brandung. Seine Füße platschten durch das schäumende Wasser, und der Streifenwagen schlitterte und rutschte durch den Sand, nur noch 15 Meter von »Mr. Hillarius« entfernt.

Da geschah das Unmögliche.

»Mr. Hillarius« rannte weiter, aber seine Schritte platschten zunehmend weniger durch die Flut. Dann platschten sie überhaupt nicht mehr, denn er begann, die Luft zu erklimmen. Er rannte immer noch, aber mittlerweile zwei Meter *über* dem Wasser. Dann drei Meter, sechs Meter, höher und höher.

Der Streifenwagen kam unter aufspritzender Gischt im seichten Wasser zu stehen, und die zwei Polizisten stiegen aus, standen bis zu den Waden in der Flut. Sie schirmten mit den Händen die Augen ab und beobachteten ungläubig, wie »Mr. Hillarius« mit pumpenden Armen und stapfenden Beinen den Himmel erklomm, weiter und weiter, höher und höher.

Michael erreichte die Brandung und hielt nicht inne.

Jetzt, sandte er in Gedanken zu Megan und Matthew. *Jetzt, in Gottes Namen, jetzt!*

Tiefer und tiefer rannte er ins Wasser, erst bis zu den Waden, dann bis zu den Knien und schließlich bis zu den Oberschenkeln.

Jetzt!, brüllte er in seinem Geist. *Jetzt!*

Und Michael hob ab, er konnte spüren, wie er emporgehoben wurde. Er spürte den Auftrieb, spürte die Leichtigkeit.

Seine Knie und seine Schienbeine stiegen aus dem schäumenden Wasser auf. Dann strampelten seine Füße durch die Oberfläche, und nach einem letzten Aufspritzen von Gischt befand er sich in der Luft – und stieg höher und höher.

Es gestaltete sich unheimlich schwierig. Es war, als liefe er den Hang eines nicht vorhandenen Berges hinauf. Er musste weiterrennen, musste mit den Beinen und Armen in Bewegung bleiben, denn jedes Mal, wenn er ein wenig dabei nachließ, spürte er, wie er ein Stück tiefer sackte.

Es war seine Aura, die ihn emportrug, seine menschliche Aura, und er konnte auch die Stärke und den Auftrieb fühlen, die ihm Megan und Matthew verliehen. Sie teilten all ihre Energie, all ihren Glauben mit ihm. Es erwies sich als der größte vereinte Akt von Mut und Vertrauen, den Michael je erlebt hatte – drei an sich Fremde, die zusammenarbeiteten und zusammen wirklich *alles* in die Waagschale warfen.

Er konnte »Mr. Hillarius« sehen, der vor ihm zunehmend höher in die Luft stieg, mit eingezogenem Kopf, flatterndem Mantel und schnellen, flimmernden Schritten rannte. Michael versuchte, zu beschleunigen und höher zu gelangen. Das Meer glitzerte 15 Meter unter ihm, bald darauf 20 Meter. Und immer noch kämpfte sich »Mr. Hillarius« höher.

Jetzt!, flehte Michael. *Jetzt!*

Und unten am Boden, mit ernster, elender Miene von Thomas beobachtet, senkten Megan und Matthew die Köpfe, drückten sich gegenseitig krampfhaft die Hände und gaben Michael alles, was sie ihm geben konnten. Matthew zitterte vor Anstrengung. Megan strömten Tränen aus den fest geschlossenen Augen. Aber Thomas war klug genug, sie nicht aufzuwecken.

Über der Bucht von Nahant, mittlerweile in einer Höhe

von 45 Metern, befand sich Michael dicht hinter »Mr. Hillarius'« Mantelsaum. Er streckte die Hand aus, griff danach und verfehlte ihn. Mit feurigen roten Augen drehte sich »Mr. Hillarius« um und knurrte ihn an wie ein Wolf, dann beschleunigte er mit einem mächtigen Satz und einem weiteren.

»*Asasel!*«, rief ihm Michael nach. Aber »Mr. Hillarius« zog die Schultern an und stieg noch höher, strampelte mit den Stiefelabsätzen durch die Luft.

In einer Höhe von 60 Metern und fast einen Kilometer von der Küste entfernt glaubte Michael, ihn verloren zu haben. »Mr. Hillarius« stieg so hoch auf, rannte immer noch so kraftvoll. Dann jedoch legte Michael noch einmal alle Kraft in seine Verfolgung, hechtete vorwärts, bekam seinen Mantel zu fassen und hörte auf zu rennen, damit er abstürzen würde.

»*Neeeeeeiiiiiin!*«, brüllte »Mr. Hillarius«. »*Nein, du Mistkerl! Nein, du Narr! Du bist einer von uns! Du bist einer von uns!*«

Er zog an seinem Mantel, kämpfte und strampelte, versuchte, höher aufzusteigen. Doch selbst die Aura von Asasel, dem Sündenbock, genügte nicht, um zwei Personen gen Himmel zu tragen – nicht auf einem Planeten mit so starker Schwerkraft und nicht mit der Last menschlicher Sünden, die so schwer wogen.

»Mr. Hillarius'« Mantel begann zu glimmen, und Rauch quoll aus seinen Stiefeln. Seine Aura überhitzte buchstäblich. Er schrie, wirbelte herum und schlug mit den Fäusten auf Michael ein. Er drehte sich und drehte sich, qualmend, brennend, verzweifelt strampelnd.

»*Du bist einer von uns! Du bist einer von uns!*«

Doch Michael klammerte sich an »Mr. Hillarius'« Mantelsaum fest und weigerte sich, ihn loszulassen. Und sein Albtraum vom tiefen Fall wurde wahr. Er stürzte auf das Meer zu, und »Mr. Hillarius« stürzte mit ihm, bis sie getrennt voneinander fielen und sich dabei in der Luft überschlugen, zwei kleine schwarze Punkte, die sich gegen den morgendlichen Sonnenschein abzeichneten.

15 Meter über dem Ozean explodierte »Mr. Hillarius«. Ein leises *Wusch* ertönte, begleitet von einem kurzen Auflodern weißer Flammen, dann regnete es Teile eines verkohlten Körpers und verbrannter Kleidung.

Sein grauer Mantel folgte zuletzt, schwebte im Wind bald hierhin, bald dahin wie ein fallendes Blatt und schwelte auf dem Weg in die Tiefe weiter vor sich hin. Schließlich landete der Mantel auf der Wasseroberfläche und bedeckte die verbrannten Überreste, wie eine Henne den Flügel über ihre Küken ausbreiten würde.

Daneben schwamm Michael geschunden, ziellos und japsend nach Luft ringend in der Dünung.

Sofort eilte Thomas zu einem der Deputys von Essex County, der mit offenem Mund neben seinem Wagen stand, und herrschte ihn an: »Die Küstenwache, sofort. Ich will sie beide schnellstens aus dem Wasser haben, den Toten und den weniger Toten.«

Dann ging er zu Megan hinüber und schnippte unmittelbar vor ihrem Gesicht mit den Fingern. Zuerst reagierte sie nicht, aber er ließ nicht locker, schnippte erneut mit den Fingern und tätschelte ihre Wangen.

»Megs! Megs! Ich bin's!«

Sie blinzelte ihn an. Anfangs schien sie ihn nicht zu erkennen, doch nach und nach breitete sich ein Lächeln über ihre Züge aus.

»Megs? Ihr habt es geschafft! Was auch immer ihr wie auch immer gemacht habt, ihr habt es geschafft!«

Sie nickte, lächelte weiter. »Eines bleibt allerdings noch

zu erledigen, Schatz. Die weiß-weißen Männer. Die blütenweißen Gestalten.«

Er fand Jason in eine der kleinen, geweißten Kammern oben am Anfang der Wendeltreppe eingesperrt. Kaum hatte er die Tür geöffnet, kam Jason quer durch den Raum gerannt, umklammerte ihn geradezu verzweifelt und wollte ihn nicht mehr loslassen.

»Geht es dir gut?«, fragte er den Jungen. »Sie haben dir doch nicht wehgetan, oder?«

Jason schüttelte den Kopf. Er weinte zwar nicht, aber er ließ auch nicht los.

»Du riechst nach Krankenhaus«, sagte er.

»Ich hab ein paar Kratzer abbekommen, das ist alles. Die Sanitäter haben Desinfektionsmittel draufgemacht.«

»Geht es Mama gut?«

»Mama hat auch Kratzer abbekommen. Aber sie wird wieder.«

Jason schaute zu ihm auf. »Ich hab dich durchs Fenster gesehen. Ich hab gesehen, wie du in die Luft gestiegen bist. Wie hast du das *gemacht?*«

»Man kann alles schaffen, wenn man es nur angestrengt genug versucht.«

»Aber du warst ganz hoch oben in der Luft.«

»Das habe ich nicht allein geschafft. Megan hat mir geholfen, und ein Schwarzer namens Matthew. Wir haben es zusammen geschafft.«

»Was ist mit den anderen Männern?«, fragte Jason

»Die Polizei hat sie alle unten in der Bibliothek zusammengetrieben. Du musst keinen von ihnen je wiedersehen.«

Jason umarmte ihn noch fester.

»Komm«, sagte Michael und zerzauste ihm das Haar. »Gehen wir zu Mama.«

Sie stiegen die Wendeltreppe hinunter. In der Bibliothek befanden sich von der Polizei bewacht die versammelten blütenweißen Männer, insgesamt 13.

Jason wandte den Blick von ihnen ab, als Michael ihn durch den Raum zur Tür auf der gegenüberliegenden Seite führte.

»Leb wohl, Jason«, sagte Joseph und nahm seine dunkle Brille ab, aber Jason wandte sich ihm nicht zu.

Michael begleitete Jason gerade die Steinstufen vor dem Leuchtturm hinunter, als Thomas herauskam und rief: »Michael! Haben Sie einen Moment Zeit?«

Michael gab Jason einen Kuss und forderte ihn auf: »Sieh nach deiner Mutter, ja?« Dann bat er eine Polizistin, die am Fuß der Treppe stand: »Begleiten Sie ihn bitte hinüber zum Krankenwagen, wären Sie so nett?«

Jason meldete sich noch einmal zu Wort: »Du brauchst doch nicht lange, oder?«

»Nein«, versprach Michael mit einem Lächeln und küsste ihn erneut. »Ich brauche nicht lange.«

Er kehrte zurück in die Bibliothek. Thomas, Megan und Matthew befanden sich mit ernsten Mienen in der Nähe des Kamins. Thomas erklärte mit leiser Stimme: »Matthew hat etwas vorgeschlagen.«

»Ach ja? Was?«

»Er sagt, die blütenweißen Männer werden wahrscheinlich unbeschadet davonkommen. Sie sind praktisch unsterblich. Man kann sie nicht töten, man kann sie nicht wirklich verletzen. Selbst wenn es uns gelingt, sie vor Gericht zu bringen, haben sie zu viele einflussreiche Freunde an hohen Stellen. Sie werden freikommen.«

»Und weiter? Was schlagt ihr vor?«

Matthew ergriff das Wort. »Ich schlage vor, wir versuchen, sie zu hypnotisieren – sie einschlafen zu lassen.«

»Aber wenn wir das tun, verschrumpeln sie, oder? Das haben Sie erzählt.«

Matthew nickte.

Michael sah Thomas an. »Was meinen Sie dazu? Verletzen wir damit nicht ihre Rechte? Ich meine, wenn wir sie umbringen, sind wir dann nicht selbst des Mordes schuldig?«

»Sie sind nicht menschlich im eigentlichen Sinn«, warf Matthew ein. »Sie sind bloß *Objekte,* sie sind eine Krankheit. Ein Virus besitzt keine Rechte, und für sie gilt das auch.«

Michael sah Megan an. »Was denkst du?«

Sie zuckte mit den Schultern. »Du hast ja gesehen, was wir am Strand vollbracht haben. Wir drei, alle zusammen. Wir haben dich fliegen lassen. Wir könnten uns noch einmal gegen die blütenweißen Männer vereinen. Immerhin ist es kein Verbrechen, jemanden einschlafen zu lassen.«

»Ist es wohl, wenn man weiß, dass es denjenigen umbringen wird.«

Thomas meldete sich zu Wort. »Sie wollen diese Typen doch genauso sehr loswerden wie ich, oder?«

»Mehr sogar«, bestätigte Michael. »Aber wir sind weder eine Lynchjustiz noch Mörder.«

Thomas sah auf die Uhr. »Dann betrachten Sie es so: Sie haben zehn Minuten, um diese Gestalten einschlafen zu lassen. Tun Sie es zum Gedenken an Elaine Parker. Tun Sie es für Sissy O'Brien. Tun Sie es für Victor und für all die Menschen, die in Rocky Woods gestorben sind.«

Megan streckte den Arm aus und ergriff Michaels Hand. »Ich denke, wir haben eine Pflicht zu erfüllen, Michael. Davon bin ich überzeugt.«

»Na schön«, willigte Michael ein. »Versuchen wir es.«

Thomas verließ die Bibliothek, und seine Polizisten folgten ihm zögerlich. Einer von ihnen sagte, bevor er die Tür schloss: »Falls irgendetwas Schräges passiert – egal was –, rufen Sie einfach.«

Michael stand auf und ging zu Joseph, der mit hinter dem Rücken verschränkten Händen und einem Ausdruck geduldiger Resignation im Gesicht dastand.

»Dann ist das also das Ende«, meinte Michael.

Joseph zuckte mit den Schultern. »Das Ende? Das ist nicht das Ende. Das ist noch nicht einmal der Anfang vom Ende. Hier sind wir nur sehr wenige. Es gibt Hunderte weitere von uns. Sie werden uns immer wieder erkennen.«

»Sie wissen, was wir tun werden, oder?«, fragte ihn Michael.

Joseph nickte. »Ja, selbstverständlich. Und wir werden es begrüßen. Keiner von uns hat je erfahren, wie es ist zu schlafen.« Kurz verstummte er, dann fügte er hinzu: »Sie sollten eigentlich nicht so überrascht wirken. Das Verlangen nach Schlaf ist genauso stark wie jedes andere Verlangen: Lust, Hunger, Gier, Rache.«

»Rache«, sagte Michael. »Warum habe ich das Gefühl, dass Rache etwas ist, um das ich gerade betrogen werde?«

»Weil Rache eine Strafe ist, die man über jemanden verhängt, der einem übel mitgespielt hat. Was Sie jetzt mit uns tun werden – das ist keine Strafe. Es ist eine natürliche Folge all dessen, was passiert ist, und wir akzeptieren es. Wissen Sie, wir hätten auch fliehen können. Ihre Schusswaffen hätten uns nicht aufhalten können. *Wir* entscheiden, wann unser Leben vorbei ist, nicht Sie. Und selbst wenn es Ihnen gelungen wäre, uns festzuhalten, hätten es Ihre Gefängnisse nicht vermocht – das heißt, falls überhaupt einer Ihrer Richter bereit gewesen wäre, uns zu verurteilen. ›Mr. Hillarius‹ mag weg sein, Michael … aber der Einfluss der Se'irim wird in alle Ewigkeit weiter bestehen.«

Michael sah Joseph mit zusammengekniffenen Augen an. Joseph verhöhnte ihn, versuchte alles herabzuwürdigen, was er getan hatte. In Wirklichkeit jedoch spürte Michael eine tiefe Müdigkeit und noch tiefere Hoffnungslosigkeit in ihm. Der Tod von Asasel hatte die weiß-weißen Männer des Sinnes ihres seltsamen Daseins beraubt. Sie hatten ihren Anführer, ihren Mentor und ihre Inspiration verloren, das Wesen, in dessen Körper die Sünden der Welt gelodert hatten wie eine brennende Teergrube. Was gab es denn schon für eine Horde barbarischer, anachronistischer Außenseiter ohne ihn, ohne Asasel?

»Ich weiß, warum ihr nicht geflüchtet seid«, sagte er zu Joseph so leise, dass niemand sonst es hören konnte. »Ihr seid nicht geflüchtet, weil es für euch nichts gibt, *wohin* ihr flüchten könnt. Keinen Sinn, keine Zukunft. Keine Apokalypse. Nichts.«

Joseph lächelte ihn ungebrochen an. »Sie sind komplexer, als Sie aussehen, nicht wahr, Michael?«

»Jetzt schon«, antwortete Michael.

Er humpelte in die Mitte der Bibliothek und hielt die Scheibe aus Kupfer und Zink hoch, damit alle blütenweißen Männer sie deutlich sehen konnten.

»Schaut hierhin«, befahl er, und die Scheibe funkelte und leuchtete im Sonnenschein. »Schaut diese Scheibe an und denkt an Schlaf. Ihr habt nie geschlafen, keiner von euch … aber denkt jetzt daran. Denkt an Ruhe, denkt an Frieden. Denkt an Dunkelheit, die eure Augen verhüllt.«

Er lief auf und ab, hielt die Scheibe weiter hoch, damit alle sie sehen konnten.

»Ihr werdet jetzt schlafen, nach Monaten und Jahren und Jahrhunderten des Wachseins. Ihr werdet jetzt schlafen und für immer ruhen … Ihr fühlt euch müde, ihr werdet schlafen. Ihr fühlt euch müde, ihr werdet schlafen …«

Als er die monotonen Worte herunterleierte, ging ein außergewöhnlicher Schauder durch die Bibliothek. Bücher raschelten, Staub wurde von lange nicht entstaubten Regalen geweht. Ein ausgeprägtes, trockenes Wüstenaroma von endlosen Salzebenen und in der Sonne kochenden Tümpeln lag in der Luft. Blendend grelles Sonnenlicht und Trockenheit setzten ein.

Michael nahm wahr, wie er in die Dunkelheit einer tiefen hypnotischen Trance glitt. Dabei spürte er Matthew dicht neben sich. Er konnte seinen Charakter fühlen, stolz, primitiv und stark. Auch Megan konnte er fühlen. Sanfter, aber genauso entschlossen. Zu dritt tauchten sie tiefer und tiefer in die Trance – und ihre Auren flackerten dabei rosaweiß. Es handelte sich um ihre vereinte Aura, eine explosive Ladung ätherischer Elektrizität. Sie tänzelte gleißend und knisternd von einem zur anderen zum Nächsten, bevor sie allmählich verblasste. Dunkelheit hielt Einzug – eine kalte, untermeerische Dunkelheit, in die ihre Auren still und transparent wie Quallen versanken.

Michael fand sich dabei wieder, wie er den Strand entlangging. Die Sonne schien blendend hell, aber der Himmel war schwarz. Grellweiße Möwen hingen regungslos mitten in der Luft. Seine Füße verursachten im Sand ein weiches, zuckerartiges Geräusch, *kniiirsch – kniiirsch – kniiirsch.*

Über die Dünen verstreut lagen Hunderte Leichen, deren zerrissene Kleidung in der Meeresbrise flatterte. Es handelte sich um die Leichen all jener Menschen, die Opfer der blütenweißen Gestalten geworden waren – Politiker und Diplomaten, Ärzte und Abgeordnete, Männer des Friedens und hingebungsvolle Frauen, Generation um Generation.

Michael stellte fest, dass er weinte. Die Tränen liefen ihm

hemmungslos über die Wangen, seine Kehle fühlte sich vor Kummer wie zugeschnürt an. Zum ersten Mal sah er das gesamte Ausmaß der Tragödie. Die blütenweißen Männer hatten skrupellos jeden getötet, der danach gestrebt hatte, die Menschen zusammenzuführen, jeden, der bemüht gewesen war, Ruhe und Verständnis in die Welt zu bringen. Gleichzeitig hatten sie auch Tausende und Abertausende Unschuldige hingemetzelt. Alles im Namen des Chaos – alles im Namen des Haders, der Eifersucht, der Grausamkeit und des Krieges.

Ihm wurde bewusst, dass Matthew neben ihm lief, dann nahm er – auf der anderen Seite – Megan wahr. Sie wechselten Blicke, sprachen jedoch kein Wort. Zusammen setzten sie den Weg zur Küstenlinie über den trockenen, geriffelten Sand fort – und in der Ferne sahen sie die schwarzen, hitzeflimmernden Umrisse der blütenweißen Gestalten.

Sie bewegten sich gar nicht über den Strand, sondern durch eine gewaltige, blendende Wüste. Das Meer hatte sich irgendwie verflüchtigt, der Sand erstreckte sich flach und hart rings um sie, so weit das Auge reichte. Die Sonne heizte auf Michaels Kopf herab, und während er ging, begann er, sich allmählich schwächer und schwächer zu fühlen, und sein Mund wurde trockener und trockener.

Der Himmel blieb schwarz. Die Möwen blieben weiß und regungslos. Aber irgendwie spürte Michael, dass sich die Wüste weiter und weiter ausdehnte und sie das Ende niemals lebend erreichen würden. Sie marschierten und marschierten, ohne etwas zu sagen, aber nach und nach rückte der Anblick der blütenweißen Männer immer weiter in die Ferne, bis sie schließlich verschwanden.

»Wir haben sie verloren«, sagte Megan in Michaels Kopf.

»Die halten uns zum Narren«, meldete sich Matthew zu Wort. »Sie sind stärker als wir … sie locken uns weg.«

»Was sollen wir tun?«, fragte Megan beklommen.

»Wir haben keine Wahl«, erwiderte Michael. »Wir sind jetzt schon mal hier, also müssen wir hinter ihnen her.«

Matthew vollführte mit der linken Hand eine Geste, formte ein seltsames, kompliziertes Zeichen, das von den Olduvai-Stämmen benutzt worden war, um sich gegen den bösen Blick zu schützen. »Sie haben recht«, sagte er. »Wir haben keine Wahl. Das ist unser Schicksal. Das ist der Weg, dem wir folgen müssen.«

Sie marschierten stundenlang. Und doch verging keine Zeit. Die Sonne verharrte an derselben Stelle. Die Möwen blieben erstarrt. Schließlich jedoch erblickten sie Rauch am weit entfernten Horizont. Ein dichter, noch schwärzerer Fleck am schwarzen Himmel. Sie sahen wirbelnde Funken, sie sahen Menschen, die rannten und tanzten. Unnatürlich schnell bewegten sie sich durch Heerscharen von Männern und Frauen, alle mit Kitteln, Turbanen und Djellabas – einförmige, schlichte Kleidung.

»Biblische Zeiten«, sagte Matthew. »Sie haben uns zurück in die Tage von Aaron gebracht.«

Sie gingen weiter durch Rauch und Staub und tanzende Menschen, bis sie die riesige, primitive Statue einer Ziege erreichten, gefertigt aus Schlamm und Stroh und golden bemalt. Man hatte sie auf einem Ziegelsteinsockel errichtet, sodass sie insgesamt neun bis zwölf Meter in den pechschwarzen Himmel ragte. Die Augen bestanden aus zwei teerigen Feuern, aus denen Rauch strömte und Funken stoben. An den geringelten Hörnern hingen Hunderte menschliche Schädel – Schädel von Erwachsenen und von Kindern. Im Wüstenwind stießen sie klappernd aneinander.

Die blütenweißen Männer standen stumm und wartend auf dem Sockel, die Augen blutrot, die Gesichter weiß wie Kaolin.

Joseph trat an den Rand des Sockels. »Ihr habt gedacht, ihr könntet uns besiegen. Ihr habt gedacht, wir hätten aufgegeben. Aber wir sind zeitlos. Wir sind unzerstörbar. Ihr seid es, die jetzt zu Asche werden. Ihr seid es, die jetzt ihrem Schöpfer gegenübertreten.«

Er streckte beide Arme empor, und von den Heerscharen der Leviten erhob sich ein gewaltiges, orgiastisches Gebrüll. Michael drehte sich um und sah, wie sie sich gegenseitig die Kleider vom Leib rissen und übereinander herfielen. Er sah, wie ein nackter Mann einer Frau die Augen mit den Fingern aus den Höhlen pulte und sie sich in den Mund stopfte, bevor er einen obszönen, hopsenden Triumphtanz aufführte. Er sah sechs Männer, die ein junges Mädchen auf den Sand rangen und sie mit Gewalt nahmen, alle sechs, während sie sich wand und mit den Beinen strampelte und sich kratzend wehrte.

Trommeln donnerten, Trompeten erschollen, und Staub stieg in dichten Schwaden über die Wüste auf, vermischte sich mit dem teerigen Rauch aus den Augen des Ziegengötzen.

»Ihr seid es!«, brüllte Joseph. »Ihr seid es, die ihrem Schöpfer gegenübertreten werden!«

Der Boden erzitterte. Das Geschrei wurde lauter. Durch den Rauch und den Staub sah Michael Vergewaltigungen, Erstechungen, Erdrosselungen. Blut schwebte als feiner, klebriger Sprühnebel durch die Luft.

Verzweifelt schloss er die Augen. *Sie wollen nicht schlafen,* sandte er zu Megan und Matthew. *Sie wollen einfach nicht schlafen.*

Die blütenweißen Gestalten kamen die Stufen an der Seite des Sockels herunter, und jeder von ihnen trug zwei dünne Metallröhrchen bei sich. Sie klackten sie zu einem steten, eindringlichen Rhythmus aneinander.

Sie werden uns foltern, sagte Megan. *Sie werden uns aussaugen.*

Michael drehte sich um, aber die orgiastische Menschenmenge erwies sich als zu dicht gedrängt, um zu fliehen – genau wie die Menschenmenge in seinem Albtraum. Die blütenweißen Männer kamen näher und näher, klackten mit ihren Röhrchen und lächelten, die Gesichter weiß wie das Grauen selbst, die Augen leuchtend rot und schlaflos und voll von Rachsucht.

Joseph näherte sich Michael und stupste ihn mit einem der Metallröhrchen in die Brust.

»Haben Sie wirklich gedacht, Sie könnten uns so leicht einschlafen lassen? Dafür sind Sie viel zu frevelhaft – genau wie diese Frau, mit der Sie gesündigt haben, genau wie dieser Mann, Matthew. Sünder können Sünder niemals bezwingen.«

Die blütenweißen Gestalten versammelten sich. Sie raschelten, und sie flüsterten, und Michael hatte solche Angst davor, was sie tun würden, dass er nicht einmal den Mund zu öffnen vermochte.

Die Trommeln wurden lauter. Das Geschrei schwoll beinah unerträglich an. Michael sah eine Frau, die sich mit lichterloh brennenden Haaren auf dem Boden wälzte, und einen kastrierten Mann, der vor schrillem Schmerz und Verzweiflung schrie.

Der ölige Rauch wogte über sie hinweg und verbarg sie.

Und aus dem öligen Rauch löste sich ein unvorstellbar grelles Licht. Eine gleißende, strahlende Helligkeit, die anzusehen Michael kaum ertragen konnte.

Zuerst dachte er: *Das war's, das ist ihre Aura, an der Stelle werden sie uns töten.* Dann jedoch wurde ihm bewusst, dass die blütenweißen Männer nacheinander auf die Knie sanken und versuchten, die Augen vor dem Licht abzuschirmen.

Sogar Joseph bedeckte letztlich das Gesicht, sank auf den Sand und presste die Stirn dagegen.

Das Licht schwebte über ihnen, blendete sie alle, dann sprach eine klare, junge Stimme: *Schlaft – ihr müsst schlafen.*

Verblüfft schaute Michael auf. Jeder Nerv in seinem Körper kribbelte vor Stolz und Erkennen. Es war Jason, sein Sohn, feurig und strahlend – die Kraft der Unschuld, die Kraft der Unsündigkeit. Er war gekommen, um zu vollbringen, was sein Erzeuger nicht konnte.

Schlaft, wiederholte er und lächelte Michael mit unverfälschter Zuneigung an. *Schlaft, ihr alle, schlaft.*

Einer nach dem anderen schlossen die blütenweißen Männer die blutroten Augen und schliefen ein. Dabei brachen sie auf die Knie zusammen und sackten anschließend auf den Boden. Staub wallte auf und erfüllte den Raum, der Staub von Jahrhunderten, Mumienstaub, der Staub von Wesen, die viel zu lange gelebt hatten. Anzüge leerten sich, Jacken fielen zu Boden, Hosenbeine erschlafften platt.

Es dauerte nur wenige Minuten, doch in jenen wenigen Minuten spürte Michael das Verstreichen von Jahrhunderten. Er sah Pyramiden und Sphinxe, Tempeltürme und antike Grabmale. Er sah rote Sonnen aufgehen und rote Sonnen untergehen. Zurück blieben nur verwaiste Kleidung, sich setzender Staub und einige verschrumpelte Rückstände, die wie Gemüse aussahen.

Sie befanden sich wieder in der Bibliothek in Bock's Sunden, und die blütenweißen Leute waren eingeschlafen und zerfallen.

Jason saß auf »Mr. Hillarius'« Sessel, die Haare geladen, die Augen geweitet.

Michael ging zu ihm, ergriff seine Hand und spürte, wie seine Finger vor statischer Elektrizität knisterten.

»Du hast es geschafft«, sagte er. »*Du* hast es geschafft.«

Jason sah ihn an, die Augen nach wie vor geweitet. Ein knabenhaftes Triumphgefühl sprach aus ihnen.

Michael humpelte vorwärts und berührte einen der vertrockneten Haufen mit dem Fuß. Das Ding brach auf und zerfiel zu ockerbraunem Staub.

Er ging zu Megan und ergriff ihre Hand.

»Danke«, sagte er und küsste sie. Megan hob den Arm und schlang ihn um seinen Hals, um den Kuss zu verlängern.

In jenem Augenblick kam Thomas herein.

Draußen im Krankenwagen wartete Patsy auf sie. Die Sanitäter hatten ihre Schnittwunden und ihren Schockzustand behandelt, und sie machte Sergeant Jahnke gegenüber gerade eine Aussage. Jason nahm eine Cola entgegen, stellte sich neben den Krankenwagen und trank sie. Er sah müde und ausgesprochen erwachsen aus.

David Jahnke stieg aus dem Krankenwagen, als sich Michael näherte, bedachte ihn mit einem einfingrigen Gruß und einem merkwürdigen Blick.

»Das war eine ziemliche heiße Verfolgungsjagd, die Sie da hingelegt haben. Sie müssen mir beibringen, wie das geht.«

»Mach ich«, versprach Michael. »Jeder kann das, wenn man es nur versucht.«

An Patsy gewandt fragte er: »Bist du bereit aufzubrechen? Jetzt ist alles ausgestanden. Du wirst diese Männer nie wiedersehen.«

Matthew Monyatta kam herbei und klopfte Michael auf den Rücken. »Das war schon etwas, das wir da vollbracht haben, etwas Großes und Magisches, nicht wahr? Sie und ich und Mrs. Boyle und Ihr Sohnemann.«

Michael ergriff seine Hand und nickte. Er verspürte nicht das Bedürfnis, etwas zu sagen. Wenn zwei Menschen ihren Geist miteinander geteilt hatten, war ihre Nähe vollständig, ganz gleich, wie groß der Altersunterschied zwischen ihnen sein mochte, ganz gleich, welchen unterschiedlichen Rassen sie angehörten.

Als die Sanitäter Patsy aus dem Krankenwagen halfen, erschien jemand anders – Jacqueline mit einer Polizeijacke über den Schultern. Eine Polizistin bewachte sie.

»Leben Sie wohl«, sagte sie und küsste Michael auf die Wange. »Ich hoffe, Sie können mir verzeihen.«

Michael wischte sich mit dem Handrücken die Wange ab. »Ich glaube nicht, dass es an mir liegt, dir zu verzeihen. Außerdem glaube ich nicht, dass ich das könnte. Jedenfalls noch nicht.«

»Ich habe etwas für Sie zurückgelassen«, verriet sie. »Etwas, das Sie brauchen werden.«

»Ach ja? Und was wäre das?«

»Gehen Sie zurück in die Bibliothek. Ich habe es in die Rückenlehne von ›Mr. Hillarius'‹ Sessel gesteckt.«

Die Polizistin ergriff Jacquelines Arm und führte sie ab. Jacqueline drehte den Kopf, lächelte Michael über die Schulter hinweg an und rief: »Vergessen Sie es nicht! Es ist etwas, das Sie brauchen werden!«

»Was sollte das denn eben?«, fragte Matthew.

»Keine Ahnung«, gab Michael zurück. Dann jedoch warf er Jason seinen Autoschlüssel zu und sagte: »Schließ doch schon mal den Wagen für deine Ma auf, Jason, ja? Ich muss noch etwas holen.«

Er ging zurück zum Leuchtturm und erklomm die Stufen. In der Bibliothek stand Thomas über den staubigen Überresten der blütenweißen Männer, während ein Polizeifotograf Bilder schoss. Er schaute zu Michael und sagte: »Hallo, Mikey.« Allerdings schwang in seiner Stimme äußerst wenig Herzlichkeit mit.

Michael ging zu »Mr. Hillarius'« Sessel, und als ihm Thomas den Rücken zudrehte, schob er die Hand die Rückenlehne hinab. Zuerst ertastete er gar nichts, dann jedoch stieß er plötzlich auf kalten, scharfkantigen Stahl und hätte sich um ein Haar die Finger abgeschnitten.

Äußerst vorsichtig zog er den Gegenstand aus der Ritze in der Polsterung der Rückenlehne. Es handelte sich um Jacquelines Ausbeinmesser, dasselbe Messer, das sie benutzt hatte, um Victor aufzuschlitzen.

Er sah sich um, vergewisserte sich, dass ihn Thomas nicht beobachtete, und ließ das Messer in seinem Ärmel verschwinden. Michael wusste nicht, weshalb er es tat. Er wollte nicht einmal über den Grund nachdenken.

Als er hinausging, rief Thomas ihm nach: »Passen Sie gut auf sich auf.«

»Ja«, gab Michael zurück. »Sie auch.«

»Bleiben Sie bei Plymouth Insurance?«, fragte ihn Thomas.

»Ich weiß es nicht. Gut möglich, dass ich anfange, mich nach etwas weniger Aufregendem umzusehen.«

Michael hatte das Gefühl, dass Thomas noch etwas hinzufügen wollte, doch letztlich tat er es nicht, wandte sich stattdessen ab, holte eine Zigarette hervor und zündete sie an.

Michael humpelte die Stufen hinunter und kehrte zurück zu Patsy und Jason. In der Ferne ließen zwei kleine Kinder einen Drachen steigen. Er schwankte in der Meeresbrise hin und her und tauchte auf und ab, als versuche er, den Hang eines unsichtbaren Berges zu erklimmen.

19

Michael, Patsy und Jason kehrten nach New Seabury zurück, und nach einer Woche verfasste Michael ein Schreiben an Edgar Bedford, in dem er ihm mitteilte, dass er nicht mehr als Versicherungsdetektiv arbeiten wolle.

Er begann, an einer faseroptischen Vorrichtung für die Erzeugung holografischer Bilder von Ködern zu arbeiten, die am Ende von Angelleinen erscheinen und jede beliebige Fischart anlocken sollten. Im Gegensatz zu echten Fliegen sollten sie beweglich sein, die Farbe ändern können und unter zehn Dollar das Stück kosten.

Die meiste Zeit wirkte er rundum glücklich. Ihn plagten keine Albträume mehr von Rocky Woods oder von »Mr. Hillarius«.

Aber gelegentlich verließ er sein Arbeitszimmer, sah Patsy bei der Arbeit zu und sein Herz brach dabei still, so still.

Matthew Monyatta kehrte zu seiner Beratungstätigkeit zurück, er fügte jedoch den Wänden seines Büros ein neues Bild hinzu. Es zeigte die riesige Silhouette einer Ziege vor einem roten Wüstenhimmel. Was es bedeutete, erklärte er nie jemandem.

Thomas Boyle gab das Rauchen auf. Megan Boyle veröffentlichte ein Buch mit dem Titel *Beeinträchtigtes Kochen*, ein Kochbuch für Männer und Frauen mit Behinderungen.

Detective John Minatello kündigte bei der Bostoner Polizei, gab seine Wohnung in der Parkman Street auf und zog nach St. Cloud, Florida, eine kleine Gemeinde östlich von Orlando.

Ein Bankkonto eröffnete er nie. Wenn er Geld brauchte, musste er nur die Sporttasche oben in seinem Schrank öffnen und einige der Scheine hervorholen, die Jambo DuFreyne bei dem Zugriff in der Seaver Street zurückgelassen und die sich John Minatello später geholt hatte.

Die Aufstände in der Seaver Street legten sich nach und nach von selbst. Patrice Latomba wurde verhaftet, aber später wegen Mangels an schlüssigen Beweisen wieder entlassen. Als dem Präsidenten gemeldet wurde, das Risiko für weitere Gewalt sei »minimal«, veranlasste er einen Flug von Washington nach Boston für einen zweistündigen Besuch der Seaver Street und der Blue Hill Avenue, um die »soziale, ethnische und emotionale Beruhigung der Lage« zu demonstrieren.

Am Tag, bevor der Präsident in Boston eintreffen sollte, fasste Michael ganz hinten in seine Schreibtischschublade, um sich zu vergewissern, dass Jacquelines Messer nach wie vor dort wartete.

www.grahammasterton.co.uk

GRAHAM MASTERTON ist einer der erfolgreichsten Autoren moderner Spannungsromane. Er schreibt Thriller, Horrorromane und erotische Ratgeber. 1975 erschien mit Der Manitou sein erster unheimlicher Roman, der sofort zum Bestseller wurde und mit Tony Curtis und Susan Strasberg in den Hauptrollen verfilmt wurde. Inzwischen sind etwa 60 Romane erschienen, deren verkaufte Auflage bei über 20 Millionen liegt.

»Leute zu erschrecken hat mir schon als kleiner Junge Spaß gemacht«, erklärt er vergnügt. »Als ich elf war, schrieb ich eine Story über einen Mann ohne Kopf, der aber immer noch singen konnte und ständig *Tiptoe through the tulips* (Auf Zehenspitzen durch die Tulpen) trällerte. Vor Kurzem traf ich einen Schulkameraden, der sich sehr gut an diese Geschichte erinnern kann. Er gestand mir, dass ihm heute noch ein Schauder über den Rücken läuft, sobald er einen Topf mit Tulpen sieht.«

Graham Masterton bei FESTA:

Die Opferung
Der Ausgestoßene
Bluterbe
Das Atmen der Bestie
Irre Seelen
Bestialisch
Grauer Teufel
Bleiche Knochen
Die Schlaflosen

Zuletzt erschienen in der Reihe HORROR & THRILLER:

089 Scott Sigler: *Pandemic – Die Seuche*
090 Graham Masterton: *Grauer Teufel*
091 John Ringo: *Unter einem Friedhofshimmel*
092 John Everson: *Die Dreizehnte*
093 Tim Curran: *Feuertod*
094 Edward Lee & John Pelan: *Shifters – Radikal böse*
095 Tim Curran: *American Wasteland*
096 E. Lee & E. Steffen: *Porträt der Psychopathin als junge Frau*
097 Bryan Smith: *Abschaum*
098 Tim Miller: *Die Verdammten des Himmels*
099 John Ringo: *Über ein dunkles Meer*
100 Tim Curran: *Nightcrawlers – Kreaturen der Finsternis*
101 Jesus F. Gonzalez: *Snuff Killers*
102 Robert McCammon: *Wolf's Hour 1 – Die Verwandlung*
103 Robert McCammon: *Wolf's Hour 2 – Berserker*
104 Shane McKenzie: *BabyDoll*
105 Wrath James White: *Purer Hass*
106 Patrick Senécal: *Das Grab in mir*
107 Wrath James White: *400 Tage der Erniedrigung*
108 Ryan C. Thomas: *Der Sommer, als ich starb*
109 N. Sansbury Smith: *The Extinction Cycle 1: Verpestet*
110 Edward Lee: *Gewürm*
111 N. Sansbury Smith: *The Extinction Cycle 2: Mutierte Bestien*
112 Kristopher Rufty: *Ein Hund namens Jagger*
113 N. Sansbury Smith: *The Extinction Cycle 3: Krieg gegen Monster*
114 Tim Curran: *Der Leichenkönig*
115 Wrath James White: *Schänderzorn*
116 Graham Masterton: *Die Schlaflosen*